五千年英雄之护疆安邦

◎李荣太　周宏　著

黄河水利出版社
·郑州·

图书在版编目(CIP)数据

五千年英雄之护疆安邦/李荣太,周宏著.—郑州:黄河水利出版社,2017.10
ISBN 978-7-5509-1803-0

Ⅰ.①五… Ⅱ.①李… ②周… Ⅲ.①长篇小说-中国-当代 Ⅳ.①I247.5

中国版本图书馆 CIP 数据核字(2017)第 187504 号

出 版 社:黄河水利出版社
地址:河南省郑州市顺河路黄委会综合楼 14 层 邮政编码:450003
发行单位:黄河水利出版社
发行部电话:0371-66026940、66020550、66028024、66022620(传真)
E-mail:hhslcbs@126.com
承印单位:三河市人民印务有限公司
开本:787 mm×1 092 mm 1/16
印张:22.75
字数:406 千字
版次:2017 年 10 月第 1 版 印次:2021 年 8 月第 2 次印刷

定价:65.00 元

序

中华民族在统一和发展过程中，局部战争难免，大小叛乱时有发生，甚至有外族侵略，涌现出大批英雄豪杰，可歌可泣。五千年来，中华民族生生不息，薪火相传，皆源之于爱国，爱我们伟大的祖国。岳飞“精忠报国，岳母刺字”感人肺腑；陆游“位卑未敢忘忧国”是赤子情怀；于谦“一寸丹心图报国，两行热泪为思亲”是壮志豪情；郑成功护疆保土，誓死维护国家统一，所有这些无不饱含着民族精神。民族精神是一个民族在长期的共同生活和共同的社会实践基础上形成和发展的，为民族大多数成员所认同和接受的思想品格、价值取向和道德规范。而爱国主义正是一个民族的魂、民族的根，是民族凝聚力量之所在，创新力量之源泉，是民族繁衍、生息、发展的命脉。

英国历史学家汤因比在《历史研究》一书中写道，“将来统一世界的，大概不是西欧国家，也不是西欧化的国家，而是中国。”汤因比认为，在人类历史上，出现过二十六个文明形态，但是只有中华文化是延续至今而且从未中断过的文化。就世界范围而论，中国古代文化是世界上最古老的文化之一。唯有中华文化表现出最顽强的生命延续力。中华优秀传统文化是我们最深厚的文化软实力，是中华民族永远不能离别的精神家园。其蕴含着实现中华民族伟大复兴的中国梦的强大精神力量和有力的道德支撑，是我们必须努力弘扬的宝贵精神财富。

英雄是民族最闪亮的坐标。如何对待自己的英雄，检验着一个民族的思想水平、道德境界。习近平同志指出：“对中华民族的英雄，要心怀崇敬，浓墨重彩记录英雄、塑造英雄，让英雄在文艺作品中得到传扬，引导人民树立正确的历史观、民族观、国家观、文化观，绝不做亵渎祖先、亵渎经典、亵渎英雄的事情。”

2017 年 1 月 25 日，中共中央办公厅、国务院办公厅印发了《关于实施中华优秀传统文化传承发展工程的意见》，实施中华优秀传统文化传承发展工程是建设社会主义文化强国的重大战略任务，对于传承中华文脉、全面提升人民群众文化素养、维护国家文化安全、增强国家文化软实力、推进国家治理体系和治理能力现代化，具有重要意义。中华优秀传统文化蕴含着丰富的道德理念和规范，如天下兴亡、匹夫有责的担当意识，精忠报国、振兴中华的爱国情怀，崇德向善、见贤思齐的社会风尚，孝悌忠信、礼义廉耻的荣辱观念，体现着评判是非曲直的价值标准，潜移默化地影响着中国人的行为方式。要加强中华文化典籍整理编纂出版工作，大力弘扬爱国主义精神。鉴于使命感作者撰写了此书。当前局部战争大有一触即发之势。“生于忧患，死于安乐”。忧患是民族生存的底线，更是民族崛起的动力。没有底线，思维就会失去底线，没有危机意识就会危机四起。春秋时齐国兵法家田穰苴的兵书《司马法》曰：“国家虽大，好战必亡；天下虽安，忘战必危”。五千年来，中华民族的血缘薪火相传，自强不息，就在于我们秉持了一种大战争观，先战而后不战，战为永远不战。

一切英雄都是民族的脊梁。英雄是顺应历史潮流而产生的，崇敬英雄、礼赞英雄、学习英雄是各个国家和民族的普遍价值观。历史和现实都表明，一些歌颂英雄的经典之作有着巨大的影响力和长久的生命力。英雄始终是鼓舞人心、激励人们奋勇前进的强大精神力量，对于一个国家和民族的发展具有重要意义。

纵览世界历史，一个民族的崛起或复兴，常常与其民族精神的崛起和民族文化的复兴息息相关。在五千多年文明发展进程中，中华民族创造和传承了独树一帜的灿烂文化，而民族优秀传统文化始终潜移默化地影响着华夏儿女的思想方式和行为方式。我们要善于把弘扬优秀传统文化和发展现实文化有机统一起来，紧密结合起来，在继承中发展，在发展中继承。所以一定要把优秀传统文化和民族精神继承和发扬下去。若论中华民族根植最深、影响最久的精神品质，必定是爱国情怀。英雄身上凝结了中国人数千年来对爱国情怀最浓烈的情感与最深重的寄托。纪念英雄是为了寻找古人精神与当下需求的连接点，以溯民族精神之源流、辟与时俱进之路径，要矢志不渝地用爱国精神托举伟大复兴中国梦。当高楼大厦在我国大地上遍地林立时，中华民族精神的大厦也应该巍然耸立。让每个人的生活更有力量，让社会保持昂扬向上的姿态，让社会正气生生不息，而这是当今中国应该有的气派。

著名杂文家、评论家　享受政府特殊津贴的国家级专家　**李庚辰**

解放军报原副总编辑　少　将　**陶　克**

2017 年 6 月

【目　录】

引　子

自从盘古开天地，三皇五帝到如今。

女娲乃上古“三皇”大神之一，为母系氏族著名首领，出生于成纪，风姓，人首蛇身或人首龙身。据文献载，“女娲和伏羲系兄妹结合，繁衍子孙后代”。盘古开天辟地后，并没有人类。天地间虽有了春夏秋冬四季，阴晴雨雪天气变化；有起伏的崇山峻岭，有奔腾咆哮的江河湖海，有郁郁葱葱的森林草原；有鸟兽虫鱼生息，有五谷禾苗生长，可它们均不能沟通，更无法交流感情。女娲以泥土为本，水为血脉，再以河水映照身形相貌为镜，施展法术，运足“九九神功”，绳子蘸上泥浆，只轻轻地一甩，就出现了旷古稀世奇迹：一个个会说会笑，有情有感，又蹦又跳的“人”活灵活现。这“人”绝非庸庸凡物，他会说话，有语言，会文字，能沟通；他不仅有力、技、艺，更有智、商、谋。人能主宰天地之间的自然万物、鬼神世界。“人”才是真正的绝世奇才，万灵之神。唯有“人”才能按照自己的意愿，运用自己的智慧，“呼风唤雨，改天换地”。一句话，盘古所开的天地，必靠“人”来创造。自然界万物唯有“人”能统帅一切，主导一切，操控一切。“人”是元、是本、是根。他们生龙活虎，能量无比、神通广大。他们自觉或不自觉之间，制造一种“神器”，用他们自己的话来说：是“九五之尊”，又叫“国鼎”，令人惊叹不已，诡异无比，神秘莫测。这“神器”一方面威猛无比，令人谈虎色变；可另一方面又融入万方，和善、和谐、正能量无比，是人类的象征、依托和力量，生存的保障，繁衍发展的保护神。一句话，没有“保护神”，人将一盘散沙，自生自灭。这时期，中华大地上先后出了三个圣人。他们是有巢氏、燧人氏和神农氏，又称“三皇”。“三皇”助推人类，造福万方，开创了三季划时代壮举性的新纪元。此是华夏初史“三纪”之季。人命岌岌可危，朝不保夕，面临灭族绝种之厄。此时天帝派一圣人有巢氏下界，救人民于水深火热之中。有巢氏教人们攀树筑巢，登高而居，此称为“第一纪”。后战国法家代表人物韩非子说，有圣人作钻木取火以化腥臊。万民悦之，造福祉于社会，遂王天下，曰‘燧人氏’。此乃“第二纪”。他消民疾、除病患，神农尝百草，解民厄。一日之内，中毒七十次，终食“断肠草”而永远闭上了眼睛，以己生命换来全人类身心健康。神农氏救人造福，这是“第三纪”。“三纪”圣景天下太平，国泰民安，“物丰足，廪殷实。”后唐人有赋赞曰：

三皇圣贤，德播济世无限。高筑居巢，钻木取火尝百草，药疗顽症。第一救人性命。躬身履行，舍己命换来繁衍生灵。大圣大贤，遍洒恩德。普救众生，滋润万年生灵。人本是宝，灵物繁衍代代再造。血浓于水，勃勃生机延传无穷。黄种人精，有巢燧人又神农。开启鸿蒙，上古三哲大恩大德情涌。

“君子是华夏精英，社会楷模，人格境界典范，推动社会发展的主力军，先锋队。君子精神的根本特征是对国家、民族、社会与人民的高度使命感和强烈的责任心。君子的核心价值是忧国爱民、坚持道义、弘扬正气，孝悌忠信、仁智勇严。”有人说：“从精神、气质等方面来看，华夏传统文化本质上就是君子文化。自炎黄帝始，所有的部落、城邦、朝代，一切政治、军事、征战大家，无一例外都是以君子的视角、胸襟、尺度来立功、立德、立言的。黄帝是伟伟君子，就在于他是后世千万代人的旗帜。有了这面旗帜，中华民族的千秋万代能发展壮大，大有希望了！”

旗帜者，是原始部落时围猎、械斗、战争之间联系、召唤的一种信号、标志。久而久之，视为部落的象征和崇拜。旗帜在古代，曾是城邦的标志。《周官·司常》中有“日月为常语”。天子之旗有日月星辰，诸侯旌旗无日月星，故有升龙降龙。旗帜区分社会等级。旗，系爵秩、尊卑不同之徽帜。《说文解字》上说：“旗有众羚以令众也。”

世人诠释：“君子代表着美德，标志着卓越，象征着智慧，彰显出尊严。君子健行于我华夏沃土，穿行于历史长河，闪烁着东方灵气。君子具有崇高的理想，君子具有强烈的使命感、责任心。”古者又说：“君子是把兴国安邦、护疆保主视为自己的天职和无尚追求。”有绝句云：

浩气冲天贯斗牛，英雄事业未曾酬。
手提龙泉三尺剑，不斩奸邪誓不休。

虽说神话传说太久远了，但这与华夏民族或者说中华民族的五千年历史紧密相连。中华民族的来历非同一般，风风雨雨，历尽沧桑，其民族魂、国尊严、浩然气、精气神、脊梁骨永存。华夏五千年的历史星光灿烂、辉煌无比。

古人是以服饰华彩之美为华，以疆界广阔与文化繁荣、文明道德兴盛为夏。“华”字有美丽的含义，是“章服之美”的意思，“夏”字有盛大的意义，是“礼仪之大”的意思。“华夏”所指即为中原诸侯国民，也是汉代以前对汉族先民的称谓。“华夏”也指华夏族所居住的我国中原地区，后包括我国全部领土，遂又为我国的古称。华夏族的祖先是生活在黄河中上游的黄帝部落和炎帝部落，后来这两部落的联盟在战胜蚩尤后进入中原。华夏族在中原建立了统治。古时候，黄河流域一带的先民自称“华夏”，或简称“华”“夏”。“华夏”所指即为中原诸侯，也是汉族前身的称谓，所以“华夏”至今仍为中国的别称。华夏族的祖先是生活在黄河流域的黄帝和炎帝，后由于合并融合，蛮、夷、戎、狄等民族相继融入华夏族，构成后来汉族的主体，汉族由汉代而得名，此前称华夏族，所以汉族本身就是由不同民族融合而成的，其主体是华夏族，这就是中国之所以称为华夏的缘由。

据先秦文献记载的资料与夏、商、周的立都范围，华夏先民大体活动于西起陇山、东至泰山的黄河中下游地区。主要分布在这一地区的仰韶文化和龙山文化以及西南部的红山文化这几个类型的新石器文化，即为华夏先民的文化遗存。“华”与“夏”二字在甲骨文中的地位非常崇高。在周代，华夏族正式以一个民族团体的姿态形成。经过春秋时期的诸侯争霸，以及战国时期的强邦吞并弱邦，更有秦始皇的统一中原，终于使得华夏族这一庞大族群第一次完全得以统一。经过强大的汉代，华夏族有了另一个名字“汉”。但是原先的自称“华夏”并没有消失，而是与“汉”一起使用，华夏人就成为了汉人。自秦汉开始，随着各民族之间文化交流的日益频繁，以及“中国”范围的不断扩大，华夏文化也随着发展、扩大。后来，凡接受华夏文化的各族，大体上都纳入了华夏族的范畴，“华夏”因此逐渐成为中华民族的代名词。据史学家研究，中国古代的部族，可分为华夏部落、东夷部落和苗蛮部落。他们以华夏部落为中心，经过长期的交往与融合，到春秋时期基本同化，成为秦汉间所谓“中国人”的三个主要来源。秦以前，华夏族称自己的祖国为中国，秦以后，逐渐发展成为一个以华夏民族为主体的国家。“中”即中国，“华”是华夏族的简称。黄帝和炎帝在中原为争夺部落联盟首领而爆发了阪泉之战，炎帝部落战败，并入黄帝部落，炎黄联盟初具雏形。炎黄集团以炎帝部落和黄帝部落为主体，他们在涿鹿之战中打败了东夷集团的九黎族首领蚩尤，势力扩大至今日的山东境内，并与山东境内东夷集团的其他部落组成更庞大的华夏部落联盟，华夏族源流基本固定。公元前 2070 年—前 770 年，黄河中下游黄帝部落的后裔先后建立了夏代、商代、周代，经过夏、商、周三代的融合，华夏族正式形成了。根据史书记载，华夏族是黄河流域的最早居民（现代分子人类学也有证明），华夏先民早在八千年前就在黄河流域建立了大地湾文化和裴李岗文化（今河南新郑一带）。又于五千多年前在黄河中下游建立了龙山文化和仰韶文化。华夏先民分为大大小小许多个部落，活跃于黄河中下游。其中比较著名的首领有太昊（伏羲）、少昊（白帝）、颛顼（黑帝）、黄帝（轩辕氏）、炎帝（赤帝）、帝喾（高辛氏）、祝融、伯益、舜帝、尧帝。其中炎帝和黄帝为共主。班固说炎帝“教民耕农，故号曰神农氏”，对古老的农业生产做出了贡献。《史记·五帝本纪》说：“黄帝者，少典之子，姓公孙，名曰轩辕。”《史记正义》说：“黄帝之前，未有衣裳屋宇。及黄帝造屋宇，制衣服，营殡葬，万民故免存亡之难。”“教民江湖陂泽山林原隰皆收采禁捕以时，用之有节，令得其利也。”至于称他为“黄帝”，据《淮南子·天文训》记载：“中央土地，其帝黄帝，其佐后土。”也就是说，黄帝为五天帝之中央天帝，是管理四方的中央首领，又因专管土地，而土是黄色，故名“黄帝”。

据资料显示，炎帝后裔姓氏就有400多个。黄帝之子的12个姓发展到101个属地（方国、诸侯国），又派生出510个姓。其中的姬姓，作为黄帝的嫡系，势力最为庞大，拥有61个属地，衍生出432个姓。统计发现，中华姓氏中，90%以上的姓氏都出自黄帝及其后裔。炎帝、黄帝作为功绩卓著的贤明帝王，受到了当时人们的尊敬。炎帝、黄帝死后，黄帝的一些后代子孙如颛顼、帝喾、唐尧、虞舜、夏禹、商汤、周文王、武王等，又先后做了帝王，他们不忘炎帝、黄帝对于华夏文明的开创之功，把炎帝、黄帝奉为始祖，率领臣民依时节祭祀、供奉。这样，炎帝和黄帝就成了华夏族的共同祖先，于是也就自称为“炎黄子孙”或称为“华夏儿女”。后来，由华夏族发展而成的汉族、中华民族，继承了这一传统。

优秀传统文化是一个国家、一个民族传承和发展的根本，是民族精神的根脉。中华传统文化是伦理文化、责任文化。“家国”是中华民族独有的概念，中华民族有着根深蒂固的家国思想、家国情怀。为国尽忠、在家尽孝，天经地义。修身齐家治国平天下，修身为首要。孝悌忠信、礼义廉耻，这是中华传统文化的核心，也是中华文化的“DNA”，经过千锤百炼，已经渗透到中华民族每一个子孙的骨髓里。

中国历史具有五千年连绵不断、详细记载的文献，在世界上是独一无二的。中国历史从比较确定的有甲骨文为证的殷商算起仅有三千四百年，从夏禹王开始是四千一百年，从黄帝起是四千六百年。现在，随着考古学的发展和一系列新方法、新技术（如史前考古学、物理考古学、分子考古学、航空考古学等）的采用，人类及人类文明史正向更古老的年代延伸。二十六史，五千载沧桑谱写英雄轰轰烈烈，悲壮卓绝之举。

中华民族在统一和发展过程中，局部战争难免，大小叛乱时有发生，甚至有外族入侵，所以涌现出大批英雄豪杰，可歌可泣。

春秋时期兵法家田穰苴的兵书《司马法》：“国家虽大，好战必亡；天下虽安，忘战必危”。五千年来，中华民族之红色血缘薪火相传，自强不息，就在于我们秉持了一种大战争观，厌恶、反对战争，不惧怕战争。能战，方能止战，先战而后不战，战为永远不战。

金戈铁马，刀光剑影而惊天动地；
顶天立地，护疆安邦而扭转乾坤；
浩然正气，气贯长虹挺起民族脊梁；
沧海横流，方显英雄本色于天地间。

千古英雄彪炳史册，吾辈当煮酒论英雄。清风似有情，徐徐展画卷。热血男儿莫辜负上天美意，正所谓“行到水穷处，坐看云起时”。

炎黄融合疆域国家形成

国人自称炎黄子孙，就从炎帝说起。炎帝号烈山氏，又曰神农氏、烈(历)山氏。传说他出生时，长着牛的头，头上长两只长长的角，人的身子，全身鲜红。一日，炎帝在溪水边玩耍遇一老人。老人鹤发童颜，骑头毛驴，从溪边而过。见到炎帝，慌忙下驴，拉着他的手说："你是天神，非庸庸凡人。任重道远，命你下界，当为帝君。你要宣扬德化，恩泽孕育万物，对人间多播洒阳光，切记！"刹那间，不见踪影。炎帝闻听惊异，寝不安席，食不甘味。炎帝与黄帝一样，造福人类，德高望重，也是华夏民族的先祖之一。炎帝有三个女儿很有名气，街头巷议，妇孺皆知。《列仙传》说："炎帝大女儿追随一位仙人下凡，后来成了仙人。这位仙人就是赤松子。炎帝另一个女儿叫瑶姬，她非常漂亮，可惜红颜薄命，未出嫁就死了。她的灵魂晃晃悠悠到姑瑶仙池之上，变成了一株瑶草。后长江中的'神女峰'即是她的化身。'巫山云雨'由此而来。"炎帝的小女儿叫女娲。《山海经》神话"精卫填海"讲的就是她的事迹。"精卫填海"代表着永恒的毅力和坚韧不拔的精神。晋代大诗人陶渊明说："精卫衔微木，将以填沧海。"后人有诗：

三女是人又似神，性格迥异有奇勋。
老大得道升仙子，瑶姬雨露泽万人。
精卫填海矢志奋，华族气质是精神。

当时，路不拾遗，夜不闭户。人类相处友爱，你携我帮，共同劳动。没有奴隶，没有主人，人之间无贵贱尊卑之分。收获果实平分均沾，男女老幼，感情笃厚。如兄弟姊妹般相亲相爱，喜气洋洋，一派歌舞升平。人世沧桑，千回百转，曲折弯弯。无独有偶，此时在北方姬水之地又出现了一位不世人物。就其才能和功德而论，比起炎帝来，有过之而无不及。他与炎帝是一对兄弟，一个在南方，一个在北方，均为部落首领。他的名字叫黄帝。《史记正义》解释说："黄帝为有熊国君，号有熊氏，又曰缙云氏，又曰帝鸿氏，亦曰帝轩氏。"有熊、轩辕，均为古豫州(今河南省新郑市)的古名讳。黄帝即皇帝，原始人意识中的上帝、上天。黄帝乃上古五帝中的首帝。

黄帝为公认的华夏族共同祖先。相传蚕桑、舟车、文字、音律、算数均黄帝时所创造。律有十二律，是黄帝所制。传说黄帝时，有一位乐师叫伶

在伦,用昆仑山懈谷的竹子制成十二根竹管。十二根竹管与十二个月份相对应。奇数的六根称“律”,偶数的六根称“吕”。奇数表示阳,偶数表示阴。这些并排的竹管,一端整齐,一端参差错落,竹管中储存葭灰即用芦苇烧成的灰。将这些竹管埋入空屋的地下,不齐的一端在下,齐的一端在地面。当气象变化到阳气回升时(立春),第一根竹管子中有气冲出,芦灰飞动,吹起了黄钟的宫音。于是音乐与古老的历法、气象就有了关系。

黄帝因其对人类贡献巨大,历来被蒙上一层极为神秘的神话色彩。神话说:“黄帝造了人体的五脏六腑,七窍生七情六欲,天造地设般给了人类男女两性生殖器官。”他位置显赫,是位坐东方上帝太昊伏羲、南方上帝炎帝、西方上帝少昊、北方上帝颛顼四帝中为中央的天帝。黄帝威武,麾下统帅着熊、狼、豹、狮、虎庞大的军事兵团。宋人有词一首赞黄帝曰:

人文初祖大德量,圣贤降,非寻常;承载四方又八荒,丁香五谷蚕桑养;引导人类耕田忙,事生产,日出忙;勤劳耕作济上苍。造舟车,拟音律;人类文化七彩样,倡仁德,导礼仪;道德传响亮,忠孝尊卑呈程章。播洒恩泽惠八方；崇武尚文，传统弘扬，后裔繁衍，人丁兴旺；泱泱天下，位处中央，伟伟华夏，万国东西南北共仰。

此时，炎帝倒行逆施，天怒人怨。黄帝视民如父母，秉正义，济危弱，打抱不平，嫉恶如仇，在姬水一带深得人心。黄帝指挥着虎、豹、狼、熊兵团，分东西南北四路向炎帝杀来，以雕、鹰、鸢等猛禽作图案的帅旗，迎风招展，呼呼生风，熠熠生辉。兵卒、战马气势雄壮，威风凛凛。看看兵临城下，虎军团担任正面前锋，兵锋所指，吼声如雷；豹军团从右侧进击，排山倒海，气吞山河；熊军团从左方挺进，稳健有力；狼军团颇有耐力，机智、灵活，担负着后卫，前后迂回包抄。狼吠、熊叫，虎豹咆哮，惊天动地，山崩地裂。面对突如其来的强大阵势，炎帝兵马早已失魂落魄，无法抵挡，节节败退，溃不成军。于是炎帝毫不迟疑，亲自率文臣武将出帐迎接黄帝。黄帝的到来，两兄弟团圆，有诗为证：

泪眼两握手，
不尽离别恩怨愁。
五州山水多锦绣，
为何争斗永不休。
和和谐谐紧拉手，
春风温暖情依旧。
兄弟二人血脉流，
铸造华史播春秋。

阪泉之战以后，黄帝、炎帝连同分别从属于他们的一些部落结成联盟，形成了超越亲属部落联盟的新型联合体的雏形，确立黄帝的领导地位，拉开了英雄时代的帷幕。阪泉之战后，促使中国政治制度发生了具有划时代意义的历史变革。炎黄集团以炎帝部落和黄帝部落为主体，他们在涿鹿决战九黎族部族的首领蚩尤。

有道是“天有不测风云，人有旦夕祸福”。光阴荏苒，日月如梭。到了黄帝纪年，天下骤然狼烟四起，杀伐争夺，此起彼伏。草菅人命，肆意屠戮，惨不忍睹。仅阪泉一战“死十万三百级”。百姓痛哭，天昏地暗，日月无光。人这精灵，神通广大。人欲求生存，私念滋生，争强好胜，恃力斗勇。由来已久，渐渐蓄盈。乃尔蕴智、蓄技、逞力，渐而为武。武事渊源由此缘起也！黄帝炎帝首当人先，向人类显示了武功武德。

在远古时，居住在中国东南方一带的九黎族部族，群落众多，声势浩大，威震四方。司马太史公说：“九夷曰畎夷、于夷、方夷、黄夷、白夷、南夷、玄夷、风夷和阳夷等。性情骠悍，兵强马壮。”后有人说：“这九黎族的首领更是一位了不起的英雄，他是一位伟大人物，他的名字叫蚩尤。蚩尤力大无穷，智慧超群。他是中华民族最初的兵神。”后人又说，“蚩尤第一个制造出了各种冷兵器：锋利的矛、尖利的戟、巨大的斧、强固的盾。”交替使用的双鞭、双枪、双锏，轻捷、射远，功能巨大，杀伤力极强。威力无比的弓、弩、箭，都是由蚩尤以华夏唯一第一人的资格，首先研制成功的。蚩尤顿戟一怒，伏尸遍野，血流成河。

有史料说：蚩尤统领下的九夷，在远古称东夷部落。而东夷部落又是中华民族形成的三大集团，即华夏、苗蛮、东夷集团的“三分之一”。这东夷集团地大物博，人口众多，其辖区域约相当于今天的山东、江苏、安徽、江西、浙江、福建、上海、广东、广西还有台湾岛等10多个省市。以上古“十里为邑，百里方圆”论，所辖区域就有300万个部落，可谓“兵强马壮，威风八面”。

上古部落争战，双方将才战场耀武，与后世兵戎相见，惨烈杀戮，无不如出一辙。抢君位，掠经济，扩张地盘，收拢人口，此乃武事学说中一大核心要结。黄帝与蚩尤大战，战争规模空前，延时旷日持久，敌我双方战将如云。而敢于反抗黄帝权威，主动向其首先挑战的是刑天、夸父和蚩尤三个人。

刑天是一位巨人，一位天神。他与蚩尤、夸父联合，最先出马迎敌。刑天是一个小部落首领，居住在黄河流域中段，称中原“城邦”。时人说：“刑天部落，在黄河中游区域已生存了数十代，部落安定，人民日出而作，日落而息，安居乐业，人与人之间非常和谐，一派生机。”时人说：“所谓‘刑天造反’，其实是反抗黄帝的欺凌、侵略。”原来，刑天所在部落正好是黄帝讨伐炎帝必经中原之道。“四战之地”，绕又绕不过，躲又躲不开，战争不可避免。应对这场迫不得已而战的一场战争，刑天有其深邃的思想初衷。刑天有思想，有情怀，有血性，有尊严，有魄力。这是作为君子刑天的豪迈志向。刑天本无名讳，就是因为反抗黄帝，策动战争而出名。一番沙场血战后，不幸兵败，被黄帝在常羊山砍掉了脑袋。因此，称他为“刑天”。“刑”乃受刑意，“天”指首级。他是失败了的英雄。晋代大诗人陶渊明读《山海经》有感：“刑天舞干戚，猛志固长在。”刑天壮举，震烁千古。

黄帝与刑天战争也有难言的初衷。黄帝说：“我讨伐兄长炎帝，正好路过你刑天的‘一亩三分地’。我根本不是‘顺手牵羊’那种人，先派人前去通融，送上厚重礼物，对你够敬重备至了。你不予理睬，把我使臣轰了出来。第二次，又让我的大宰尔负，拿上我的亲笔书信，并又送上厚礼。你刑天不仅不接待，竟把尔负大骂一顿，轰了出来。为了过人家‘宅院’，咱就再忍一次吧。亲自去，当面向人家说说好话，请求施好，再开恩。这已是第三次了。我一看见你刑天，赶紧下跪，又是作揖，又是叩头。求你宽恕，行行好，发发善心，让我过道一次。”你刑天依然不理不睬，又把我臭骂了一顿。毫无办法了。一而再，再而三，已经仁至义尽了，再无招数了。

抵御侵略，保家卫国，行仁义之师。因众寡悬殊太大。虽然刑天失败，身首异处被杀了，可他是失败的一位大英雄。尤其他死后，灵魂不灭，两乳当眼睛，肚脐当嘴巴，依然吼声如雷，直震云天，杀、杀、杀！这种惊天地、泣鬼神的保家卫国、爱国主义精神，感动当世人，启迪、感悟后来人。商代有人对刑天悲壮卓绝、捍卫疆土的行为所感动，潸然泪下。遂作排律一首为证：

尊严御敌捍我疆，拒敌门外决反抗。
不屈不挠舞干戚，永不言败赖毅力。
掉头剜眼何所惧，肢体残缺仍奋击。
执着顽强誓杀敌，悲壮卓绝动天地。
何来不屈精神气，护疆保土本心机。
身为人子护父母，当为人臣保国主。
皇上代表国民意，国土主权贵天齐。
谁容来夺我社稷，刀剑出鞘誓杀敌。
寡不敌众何所惧，保我祖业命何惜。
血性尊严重泰山，何过肢体千千万。
残肢掉头不顾惜，保土护疆价无比。
刑天族人大气息，死也护国有能力。
从来不惧强欺弱，以弱胜强大气魄。
生为万千人中杰，死马鬼雄迸气节。
失败英雄人崇敬，感怀刑天大英雄。
华人坚韧死不屈，锐气顽强神鬼泣。

襄助蚩尤，打黄帝的还有一位骁将，他的名字叫夸父。夸父这个人诡异、奇特，更充满着神秘色彩。夸父助战，蚩尤军阵如鱼得水，如虎添翼。夸父居住在北方一座叫“成都载天”的山上。他是大神后土的后裔，原住在北海的幽都。幽都里尽是黑鸟、黑蛇、黑豹、黑虎和长着毛茸茸、松蓬蓬尾巴的黑狐。幽都威严、阴森、可怕。夸父形貌异常，他耳朵上挂着两条青蛇，手中握着两条黄蛇。夸父身高三丈八尺，是一位力大无穷的大力神。夸父是一位十分奇特的将才，他勇猛威武，敢想敢说，敢作敢为，能做前人不敢做、做不到的惊天动地的大事。

夸父的座右铭是：“不想，不说；不说，不做；若想，必说；若说，必做；

做，必做成。”夸父常常以此来鼓励自己。他常常想：太阳那么高，那么亮，人们常常仰望太阳，羡慕它的高大光亮，天上地下，高不可攀，可望而不可及。我要去追赶太阳，我要和太阳赛跑，看谁跑得快！在逐日的过程中，夸父伟大的身躯像一座巨大的山峰，轰然倒下。大地和山河无不为这位巨人的死哭泣，他们奔走，哀号，其声震天炸响。夸父死时，抛却了手里的权杖。那权杖落下的地方，忽然化作一片绿叶茂密、鲜果累累的桃林。这为后来追求光明的人们解除口渴，希冀他们像自己一样，趁着光明继续向前走，永远向前走，提供了精神和力量。

先贤巨人夸父死后，文化典迹遍布神州。其中有一座夸父山，又叫撑架山，在湖南省的沅陵县。山的东麓一直延伸到桃源县界。山头上有三块成“品”字形的大石头。民间传说，“这是夸父和太阳的赛跑处。口渴了，拿口大汤锅在这里烧开水喝。”郝懿行注《山海经》：“夸父山又叫秦山，位居河南省灵宝市的西南方，和陕西省的太华山紧紧相连。山的北边有一座方圆好几百里的森林，差不多都是桃树林。遍生佳果，名曰‘桃林’。桃林，也就是古代有名的桃林塞。”后世又美其名曰“灵宝”！说夸父山、撑架山、桃林、桃林塞，意在后人缅怀这位伟大的冒险家，效法其精神。唐人作歌赞夸父曰：

人类精灵智无穷，驾驭天地为魁雄。心比天高追太阳，口渴力竭桃林旁。

震天炸响撒权杖，轰然倒下蕴金藏。敢想敢干无阻挡，风驰电掣越大洋。

想到做到非异想，人定胜天唯东邦。夸父传吾精神气，兴吾中华万载长。

蚩尤邀来夸父相帮，如鱼得水，如虎生翼。夸父骁勇，当先冲锋。只见他一手执戟，一手持盾，声如惊雷。庞大身躯如飞箭般，闪转腾挪，翻飞跳跃空中。势如破竹，摧枯拉朽，如入无人之境。夸父战将之勇，叱咤风云，所向披靡，阵斩敌将如秋风扫落叶一般。后有唐人作鼓儿词一首单道：

蚩尤与黄帝大战势如芒，刑天友恶战勇猛命已丧。
为至友上战场死拼一场，头被砍脚被剁凄惨景象。
黄帝老儿杀戮如此凶狂，绝无有仁慈道善心彰扬。
以牙还牙无惧它逞强梁，手挺方天戟左冲右刺将。
助蚩尤冲锋骁勇无阻挡，腾飞跳跃声如雷阵阵响。
冒矢石突箭雨勇猛杀将，戟刺处人头滚血溅疆场。

百万军中取上将世无双，指东打西黄帝逃命惊慌。

个个晕头转向乱如群羊，夸父武功天下勇第一将。

蚩尤与黄帝大战，他赢来了两个重要同盟军，做先遣兵团。当先向黄帝冲锋，只杀得尸横遍野，血流成河，战绩辉煌，功勋卓著，充分说明了一切。与黄帝大战，蚩尤绝不是孤家寡人一个。蚩尤与刑天、夸父感情笃深。

蚩尤来攻，并非无中生有、空穴来风。冰冻三尺，非一日之寒。蚩尤，有八十一个铜头铁额兄弟，“上阵需要父子兵，打虎必仗亲兄弟”。他本人有四眼六手，力大无穷，武功高强，法力无边。蚩尤又是举世公认的兵神大家。蚩尤最早造出的刀戟兵器大弩威猛无比。蚩尤作五兵，谓戈、殳、酉、矛、夷、矛也。蚩尤手握当时天下最先进、威力无比的兵器。黄帝与他角力，无异于能力悬殊，以卵击石。事有诡异。有时才高艺大是坏事。时人说：“蚩尤本领大，能耐强，不安分守己，自控不住，蚩尤渐渐勃发了想把那中央天帝宝座夺过来坐一坐的野心。”蚩尤常常自忖：“当年在西泰山，你黄帝会合天下鬼神，位居中央，坐在大象挽拉的宝车中，六条蛟龙，前呼后拥，威风极了。我看着就眼馋。”

黄帝的宫殿在昆仑山。宫殿极其雄伟，朝向四方的每一面都有九扇大门。有九眼井，正门开向东方的，名为“开明门”，由一只叫“开明兽”的神兽守护着。宫殿分为五城十二楼，最高之处，生长着一株长四丈，粗五围的稻谷，宫殿四周生长着繁茂的玉树，有凤凰和鸾鸟在上面。其他各种神奇之物和居住在宫殿中服侍黄帝的神灵难以计数。昆仑山周围重重宫阙，计有九重，即“九重天”，总高一万一千一百一十步二尺六寸。黄帝居住在此，统治着天上人世间所有的鬼怪神灵。《韩非子》说：“黄帝曾召集天下鬼神，汇聚于西泰山，威风八面，在前面引路的是蚩尤。”

果然，在一切准备就绪之后，蚩尤带领着数十万兵马，车轮裹地毯式攻击。真正行起事来，马摘铃，人衔枚，以出其不意、突然袭击的手段，向太阳神炎帝进攻了。这一方，炎帝获得信息，当然也作了兵马部署。炎帝的玄孙祝融是抵挡蚩尤的前敌猛将。祝融本来是一位火神，他也是一位神通广大、法术无边的大将才能之神。他曾战败过水神共工氏。蚩尤兵马来得势大凶猛，又事出突然，仓促无措。刚一交手，寡不敌众，很快溃败，向北方的涿鹿退去。蚩尤就这样轻而易举地夺走了炎帝南方的权柄。

黄帝是一位有道明君，仁义正人君子。尽管蚩尤的野心，用兵的目的早已洞若观火，可他仍以道德、忍让施之。下旨，赍书派使到蚩尤军中。使者毕恭毕敬地说：“蚩尤大人，您才华超人，对国家功大无比。过去主上关爱不够，现已知错，有对不住之处，万望海涵。现特请大人入京都涿鹿都城任朝廷卿士，统领文武百官，这可是‘一人之下，万人之上’的大宰之职啊!”黄帝此举,是破格提拔重用了。满指望对方和好,化干戈为玉帛。哪知蚩尤对黄帝的施仁怀德根本不予理睬。黄帝的苦口婆心无异于“与虎谋皮”。蚩尤理也不理,睬也不睬,兵马一个劲儿地向前冲击,杀戮比先前更为惨烈。黄帝以仁政换来了蚩尤更猛烈的攻击。这场大战气势壮观,惨烈无比。蚩尤一方有八十一个铜头铁额猛士,有强悍的苗民族群,有成千上万的魑魅魍魉,还有天下四方的妖魔鬼怪。黄帝军队也以排山倒海、磅礴之势迎战。有四面八方的鬼神,有虎、豹、狼、罴、熊、貔貅军团,驱千百万野兽来战。还有拥护他,自发来帮他打仗的四面八方的民族。自有人类以来,一场旷古大战开始了。时人言:“双方均呈千军万马,排山倒海,地覆天翻之势。”

血战开始,敌对双方确也势均力敌。先锋队、敢死队、将才、猛士似潮水般向对方军阵冲杀过来,又似拉锯、拔河般冲过去。厮杀激烈,战马嘶鸣,兵车隆隆,呐喊连天。死伤枕藉,血流成河。前后大小九战,历时十八个日日夜夜。强弱、胜败已见分晓。蚩尤战神果然名不虚传。他的军队强悍、兵器锋利、战术变幻莫测。黄帝兵马虽然也十分勇猛,可耐力渐趋弱势,终不是对手。接连打了九仗,九战九败。兵败如山倒,黄帝军马已成狼狈不堪的态势。

待打到第九仗,双方军马一来一往,正打得如火如荼。不知怎的,蚩尤大手一挥,顿时漫天大雾扑来。霎时间迷雾一片,看不见人脸。这下蚩尤更加神勇无比。时隐时现,或出或没,指东杀西,逢兵便砍,见人就杀,无有不中。黄帝兵如“盲人骑瞎马,夜半临深池”,茫茫然不知所措,人喊马叫,鬼哭狼嚎。各方鬼神和黄帝兵的呐喊声、哭叫声混合成一片。九战九败下来,蚩尤杀黄帝兵卒五千八百级,俘二万六千众。

人在呼叫,野兽在咆哮,战马仍在狂奔,黄帝兵马将面临灭顶之灾。兵败羞愧难当,正当黄帝一筹莫展,万分危急之时,一个名叫“风后”的老头儿临乱不惊,“任凭风浪起,稳坐钓鱼台。”风后悠闲自得地在战车上打盹儿。黄帝气不打一处来:“战事如此危急,还有心在打瞌睡?”风后睁开眼睛:“我打什么瞌睡,正在思虑办法呢!”思想产生思路,思路决定出路。想啊,想啊,忽然,一个绝妙法儿终于想起来了。风后就用鬼斧神工的法术,在战场上很快造出一辆“指南车”。指南车的发明,标志着我国古代对齿轮系统的应用在当时世界上居于遥遥领先的地位。史书说:“马钧制造的指南车,在晋义熙十三年(公元417年)还存在,但其制作的技巧很快就失传了。”

指南车前面,有一个铁制的小仙人,小仙人伸出手臂,正指向南方。“山穷水尽疑无路,柳暗花明又一村”。靠风后造的指南车的指引,黄帝军队总算躲过灭顶一劫,很快冲出了大雾的重重包围。

战争实乃一复杂、难料、瞬息万变的系统工程。战争既是双方将星人才的武功较量，更是智慧、谋略高低的比拼。风后造指南车，黄帝兵卒一时脱了大厄，蚩尤岂能就此了事。蚩尤突发奇想，怪异百出，为敌方防不胜防，无愧于妙手大家。蚩尤军中有一批魑魅魍魉随大军助战，凶猛厉害无比。魑魅魍魉上阵施展法术，果然名不虚传，黄帝成千上万的士兵被他们迷惑过去，战局又一次逆转直下，黄帝兵马又惨遭一场大劫。如何破解厉害的魑魅魍魉，黄帝叫士兵们从牛羊角做的军号中吹出低沉的龙吟声。龙吟，吟吟有声，千回百转，回荡响彻在战场上。蚩尤的妖魔鬼怪们，顿时一个个胆寒身软，如喝醉酒一般，成群地瘫倒在地。峰回路转，黄帝士卒趁机猛冲上去，打了一个大胜仗。

“闻击鼓而思良将，势危急而猛士出。”且说双方已呈白热化态势，两军交手的最紧要关头，黄帝麾下的第一员虎士猛将应龙拍马上阵了。应龙居住在凶犁土邱山的南端，这可是一位非等闲神物的百战猛将。有资料说：“应龙是背上长有翅膀的一条神龙。”应龙除精通十八般武艺外，还能驱唤风雨，行云布阵。他的登台亮相是专门来对付魑魅魍魉的。应龙粉墨登场，有人说：“赛似后世的李元霸大战四明山，又胜过李存孝西祁山杀死梁军五十三员将。”应龙吼叫声大似惊雷，比号角更有威力。魑魅魍魉根本不是对手，未经恶战，便彻底放弃了抵抗，迅速逃散到了北方的深水大泽中去了。

交战已呈胶着情态，一波未平，一波又起。震慑、吓退魑魅魍魉之后，应龙又轮番出阵，“打蛇打七寸，擒贼先擒王”。直向蚩尤的中军帅旗冲去，应龙展开翅膀，飞行在空中，行云布雨，泰山压顶似扑来，将欲出手之时，突然对面一阵猛烈无比的大风雨倾泻而下。顿时应龙无法施展法力，仓惶败下阵来。原来，蚩尤早有准备，请来了高人风伯和雨师。两高人施展法术，纵起了大风大雨。“出其不意，先下手为强”。这一回合，蚩尤又胜了。

突如其来的狂风暴雨，何止是应龙无法施展本领，如席卷地毯式，一古脑儿向黄帝兵马倾泻过来。只吹得黄帝兵卒站立不住，四零八散溃逃。黄帝气恼，跺着脚。战场呼唤将才，将才应运而出。无奈之下，黄帝只有唤他一个叫“魃”的女儿前来助战。

魃生性诡异、神秘难测，相貌更是奇特怪异：她居住在系昆山的共工之台上，常穿一件黑色盔甲，形象丑陋，秃头一顶。有人说：“她本不是黄帝女儿，是九天玄女派来助黄帝剿灭蚩尤的。魃主攻水，其能量、法术在于营造旱情。凡是她出没过的地方，往往赤地千里，滴水全无。”

这旱魃一上战场，果然厉害，无疑是风伯雨师的夺命克星。刹那间，艳阳高照，热气冲天，灼灼烧人。风伯雨师的狂风暴雨顿时消失得无影无踪。偌大的天空万里无云，烈日当头，人人汗流浃背，酷热难熬。蚩尤兵马见了，一个个心惊胆颤。旱魃上阵，大肆向蚩尤兵卒施放热量，未及三个时辰。已热晕、热昏、热死，倒地一片，不省人事。应龙趁势冲杀过去，一下子杀死了蚩尤的几个兄弟和不少苗民。

蚩尤初败一阵，并不气馁。他有飞腾天空和在险峻山岭上行走如飞的本领。有兵家言："在战场上，直到最后时刻都不应对成功有所怀疑。从来运作战事，绝不像人们所想象的那样一厢情愿，心想事成。在人们认为这些愿望已经完全不起作用，也是最危急、最不利的场合时，它往往出人意料地发挥出作用来。"又有兵家言："善战者省敌，不善战者益敌。应当善于借用他人之力来战胜对手，此乃佳机也。"

黄帝苦思冥想，"制胜敌军，打击士气，要费尽心血，付出代价，做出一面特别响的军鼓来不失为一大行之有效的办法，"黄帝这样自言自语地说。

原来，在东海的流波山上。有一只叫"夔"的兽，像牛，却没有角。苍灰色的身子，只有一只足。夔能自由自在地进出海水。每当它进出海时，必定会兴起狂风暴雨，而且眼睛里同时能发出闪闪的像日月的光辉，伴随着的是大张着口吼叫，声音大得超过雷霆。此兽，古越国人叫它"山"。这"山"长一张人的脸，猴的身子，而且会说人话。黄帝立刻派人去捉来，杀掉，剥了皮，制成了一面鼓。这下军鼓有了，尚差鼓槌。黄帝又打听到"雷神骨"是上好的材料。此"雷神"又叫"雷兽"，是龙身人头的怪物。它常无忧无虑地拍打着自己的肚子玩。雷兽每一拍肚子，就放出一个响雷，震天炸响。黄帝为了战胜蚩尤，也派人去雷泽中捉到了它，杀了。抽出身体内一根最大的骨头，作为鼓槌。

一代名将吴起说："作战时之所以要敲响战鼓、金鸣，是为了从听觉上提高士兵的注意力，壮大声势；之所以要挥舞旗帜，是为了从视觉上集中士兵的注意力，鼓舞人心；之所以要制定各种军规、禁令，是为了约束士兵的内心，让他们真正认识打仗的重要性。""因此，既然要从听觉上提高士兵注意力，那么发出的声音就必须清脆宏亮；既然要从视觉上集中士兵的注意力，那么选用的旗帜就一定要鲜明醒目；既然要用军规、禁令约束士兵的内心，那么在执行中就一定要公正严明。倘若做不到以上三点，士兵就会松懈、倦怠，整个军队也就如同一盘散沙。"

各种材料具备，军鼓也做成功。鼓槌齐备，两件东西撞击在一起，发出的声音，不仅比普通鼓声响强上千万倍，而且比天上打的雷还要响，五百里外还震耳欲聋。与此同时，为战胜蚩尤，黄帝制造的配备性兵器也很多，有灵符、孤裘、车、轮、辕、钲、铙、锣，还有磁石、琴、瑟、弦等。"夔鼓"搬到两军阵上，一连擂了九通，山谷回应.地动山摇，日月为之无色。蚩尤兵哪曾听到这声响，见过这阵势，人人耳晕目眩，个个丧魂落魄。他们有枪不能刺，有足不能跑，人人筋软身麻。黄帝军队趁势追杀过去，又杀死了蚩尤许多兄弟和苗民士卒。

又一日，黄帝与蚩尤双方大战。蚩尤连着三拨冲击，第一次是大刀长枪手出击，计万二八千兵卒。黄帝虽兵多势众，可兵器粗劣。正打得难分难解之际，猝不及防，蚩尤第二批弓弩手八千士众成排成排次第冲来。只见万千箭弩弓矢，似狂风，如飞蝗般射来。黄帝兵马成片倒下。两次遭败，黄帝兵马所剩不过一半。蚩尤一声令下，第三拨兵马更是雄壮无比。有长枪手，有大刀队，有鞭、锏、锤、钩、杵，三路风驰电掣般追击。黄帝所剩兵卒惊魂丧胆，狂跑乱窜，死伤三万二千众，大大伤损了元气。

黄帝又一次败下阵来，退到泰山脚下。黄帝聚拢残兵，与上将风后、力牧等诸将筹划御敌方略。众大臣左思右想，个个束手无策，总也想不出个破敌良法来。风后说："不想蚩尤此人比刑天、夸父厉害得多，仍未触动毫毛，而且越战越勇？"殊未料到，正值黄帝危难之际，有两个人头鸟身的美妇人，名叫"九天玄女"和"素女"的女仙来到。她们是奉西王母娘娘之命来助战黄帝的。此乃上古常例，时人说："人有德，天帮忙。"九天玄女又叫九天女、玄女、元女。九天娘娘，乃一位女神，为道教所崇奉，为女仙中著名的一位，玄女的神性色彩很浓。

九天玄女在民间影响很大。后世诸多文学作品中多有她的记载。《水浒传》第四十二回、第四十八回的记载最为精彩。其中施耐庵在第四十二回写道："宋星主，传汝三卷天书，汝可替天行道，为主全忠，仗义为臣，辅国安民，去邪归正。"又说："此三卷天书，可以善观熟视，只可与天机星同观，其他皆不得见。功成之后，便可焚之，勿留后世。"素女是九天玄女的一位随从副使。

九天玄女、素女两位神仙下界相助黄帝。一穿九色彩衣，一穿洁白素纱，共驾祥云，瞬息之间，万里路程飘飘然来到泰山脚下。下了丹凤，一同向轩辕大营走来。那些黄帝军卒都是久经历练过的有道德修养之兵，绝非一无纪律、二无教养的土匪强盗之兵所能比拟的。此时虽然他们已处溃败之际，流落在荒僻之地，又突遇两个绝色女子，仍是恭敬、礼貌有加。由此，不禁使人想起了后世殷商末代皇帝帝辛，荒淫好色而造成葬送商汤江山社稷的恶劣后果。一日，纣王去向女娲娘娘进香祭拜，当看见女娲娘娘圣像国色天姿。顿时便不能自持，心猿意马，神魂飘荡起来。陡起淫心，遂无耻地在宫墙粉壁上作淫诗一首。女娲娘娘一气之下遂派千年狐狸精、九头雉鸡精、玉石琵琶精三个女妖变成美女，混入宫中。著名的妲己，阴使巧装，几历沧桑，终于断送了三十五代君王苦心经营的六百多年成汤江山。

黄帝士兵一听她们是来探访君主的，遂彬彬有礼说："在大帐中，我在前引见。"未及多时，来到黄帝身边。黄帝一见，慌忙屈身相迎。知晓来意后，激动万分，感激不尽。立即跪下，西向大拜说："感谢王母娘娘垂爱，感谢上天恩典。”随之将蚩尤如何凶残，如何妄杀生灵，自己又如何屡屡败北，一一向二神女禀告。“请帝放心，这个不难抵御。”说着，九天玄女将狐裘一袭、灵符一道递与黄帝。并嘱咐说：“这是王母娘娘特赐于汝，穿了这狐裘，刀戟大弩不能伤；佩了这灵符，风雨云雾不会迷。”黄帝听了半信半疑。素女说：“蚩尤的强项是刀戟大弩，吾亦能制造出来。蚩尤慑人的法术是变幻风雨云雾，吾亦有招数破之。请帝放心。”素女接着又说：“此次王母娘娘派遣吾二人下山助你，并专赐裘、符，这是娘娘对你的关爱。请速佩之。”

九天玄女先就天时、地利、人和等一一传授了黄帝，还有兵法战阵。随之，她又教导黄帝采矿、制造兵器。她说：“距有熊地方有一座山，那山上就出产铜。其色如火，帝可派人去凿。凿到一百米深，若没有遇到水，再凿下去。待看到有火光如星一般迸发出来，那就是铜。拿来炙火煅炼即可得到纯粹的真铜。将这铜去制造剑戟，再仿照他的大弩制法，做成一块小小的尖铜箭头，缚在小竹竿上。将这箭竿射出去，比他的大弩还要锋利得多。”

按照九天玄女吩咐，黄帝派挥、夷牟、太山稽、老龙告四个大臣分别去采矿、制造兵器。不久，对付蚩尤的狐父之戈、雍狐之戟，包括矛、铠、戟、剑、弩的“枪、刀、剑、锏、钩、矛、槊、铲、鞭”等“十八般兵器”应时应期而成。与蚩尤的最后决战，已是万事俱备，只欠东风了。

黄帝军阵严整，场面宏大，气势慑人，蔚为壮观：指南车在前，记里鼓在后。黄帝亲自坐了龙辇火轮站在中央，刀、枪、剑、戟精锐鲜明，寒光森森，映照日月。还有五种大旗，五种旌麾，飘扬披拂。五种大旗分别列竖着五方，六面大纛，排列唰唰有声，兵锋士卒如虎如罴。左右前后，又有无数小旗。旗上尽现龙、狮、虎、熊、狼、豹、豺、雕、鹰等猛鸷之形。还有那天师、歧伯所造的镯、铙、鼓、角、灵鞞、神钲等响器，配置其间。夔牛大鼓不时响声咚咚，旌旗蔽天，声鼓阵阵，其势惊天动地。

一位哲人说：“战事、世事、人事三方映照，大同小异，雷同多多。循序渐进，迂回曲折，蓄势待发，由渐变到突变，急躁、仓促难以奏效。犹如人走路。道路是漫长的，可紧要之处，却往往只有几步，遂达目的。”且说双方争战，两相比较，一强一弱，其势立见。黄帝兵因屡次受蚩尤军残杀，早一个个恨得咬牙切齿，报仇心切，恨不得将蚩尤兵生吞活剥。只听得上将风后一声令下：“开始冲击！”大将力牧、神皇直一马当先，众兵将一拥上前。未及多时，蚩尤兵被杀死无数，尸横遍野，血流成河。战后打扫战场，蚩尤八十一个兄弟中被杀死了四十五个，十分惨烈。蚩尤还剩下三十六个兄弟。黄帝说：“除恶务尽，一定全部擒获，绝不许漏网一个，以防祸患再生。追击，再行追击！”

黄帝一声令下，四方诸侯疾行追击，日夜兼程，披星戴月。眼看追到冀州地界。很快，数百万讨贼兵马严严实实，把一个冀州城围得水泄不通，似铁桶般。随即发起攻击，四面环攻，攀缘登城。几经恶战，黄帝兵马又把蚩尤兄弟杀死了二十七个，兵士死亡者不计其数。蚩尤带着残兵败将，溃退到阪泉。黄帝说："阪泉这是蚩尤最后的巢穴了。"而蚩尤仍不气馁："在阪泉要与黄帝决一死战，不成功则成仁，死也不会投降！"

最后一战，黄帝越加慎重。"蚩尤足智多谋，狡猾无比，且武功高强天下第一，世人尽知。到了这最后一战，也不可掉以轻心，防止他诱我们上当！"黄帝将四方军士分作五军，用红、黄、绿、蓝、紫五种颜色旗帜，齐齐配置五个方向。每一军又分为五队，五军二十五队四面环攻，轮番恶战，昼夜不停。果然到第三日，城池即被攻破。各路兵马蜂拥而入。谁知剩下的这九个兄弟号称"一龙八虎"，分外骁勇，异常凶悍。不仅个个力大无穷，武艺高强，且都有腾云驾雾、飞檐走壁的本领。尤其是蚩尤更是百战魁首，时人说："蚩尤是一条龙。"只见他们咆哮攻击，左冲右突，死战不退。看看黄帝战将三十六员猛将被他一阵猛冲，纷纷倒落马下。可由于黄帝兵多势众，蚩尤终不得手。打着打着，蚩尤兄弟个个尽施出那飞空走险的绝技，冲出重围，飞腾而去。众诸侯面面相觑，无计可施。众人正在惊慌之际，忽听得空中"啪啪"一阵响声。大家仰面一看，只见那条应龙奋起两翼，张牙舞爪，呼啸着径直向西南方向追去。顿时，只见西南方天空浓雾遮天，似翻腾状异常厉害。未几时，应龙已将蚩尤兄弟捉将回来。只见龙爪之下，抓着了四个，还有五个不知去向。那四兄弟在龙爪之下，兀自肱动趾摇，想来还是活的。黄帝遂叫人取过无数桎梏来，将四个蚩尤兄弟的肱趾紧紧缚住，那四个兄弟才不能反抗。众诸侯争相械击蚩尤四兄弟之时，那应龙又凌空而去。顷刻之间，西南天空云雾滚翻，轰轰隆隆，响声震耳欲聋。约半个时辰，又复转来。龙爪之下，把抓着的两个蚩尤兄弟掷于地下。众人一看，全都死了。血肉模糊，肢体已不完全，想来是与应龙剧烈搏斗所致。众人回过头来一看，应龙身上遍体鳞伤，血流汩汩。再一看，背上双翼各折断三根，伤势异常惨重。众人唏嘘不已。

原来，应龙二次追击蚩尤兄弟，蚩尤气愤异常，怒火喷涌说："你这个应龙走狗，贼首将群中特别凶恶，连连杀我兄弟，此仇不报，誓不为人。这次，我亲自会他一会。"只见蚩尤当先应战应龙，把头晃一晃，凸显两头铜额。现出四手，手挺降魔杵、钢鞭、铜锤、长刀四般兵器，咆哮般敌住应龙四爪，厮杀起来。蚩尤又是头撞，又是杵砸。钢鞭、铜锤起处，呼呼生风，火星迸发，电闪雷鸣。大刀狂舞，风驰电掣，犀利迅捷。应龙骁勇，也尽施出全部能耐。二将上下翻腾，闪转腾挪，龙抓虎跳，天昏地暗，日月无光。二将恶战，八百三十回合未果，蚩尤瞅准间隙用杵、鞭、锤三般兵器敌住。

一柄大刀猝然劈下，连连“咔嚓咔嚓”几声应龙两翼尽折三根。蚩尤本来欲再拿应龙性命，只听后面隐隐有风声响，知是黄帝助战兵马即将赶到。遂趁应龙一时疼痛难忍，稍稍懈怠之际，蚩尤呼啸一声，招呼其余四兄弟，向西南飞去。其中有两兄弟行动稍稍迟慢，突被醒悟过来的应龙两爪抓着，拿将回转。结果包括蚩尤在内，只逃走了三个兄弟，其余七十八个兄弟尽被黄帝杀戮。传说蚩尤虽然兵败带着三个兄弟呼啸般飞走，一路向西南，百折不挠，坚韧不拔，几经努力，东山再起。由汉水定居再繁衍发展到两湖湘西，又由广西、云南，再向东南走百粤、台湾。不到几年工夫，统一了西南、东南16省市南中国六百万个部落、邦国。蚩尤恤民爱民，俨然一派国泰民安的景象，一片“世外桃源”。有学者说：黄帝只是统一了华夏集团远古的部落，也即今天的中原区域，那时两湖、两广、四川、贵州、云南，也包括东南沿海部落依然是蚩尤统辖。那次战争蚩尤只是败阵，走向南方成为少数民族的伟大始祖。这偌大南方10多省市的千百万部落实际上是蚩尤统一的。至于东夷、苗蛮、华夏三大部落的最后统一，从而形成中华大民族“统一体”，那是后来又历经数百代的事，比如夏大禹、夏后启、涂山大会，斟寻“万国大会”无不是伟大的贡献。千百年来，蚩尤被共尊为苗、壮、彝、黎、百越、高山族人的始祖，崇敬、仰拜、歌颂他，代代不断。秦人有一歌唱蚩尤，韵味悠长，娓娓动听，曰：

神将对神将，尽施法术各逞强，源自人性，说人话，武功绝顶，神通大；法术强，妖魔鬼怪难比量；论人性勇，斗勇将中王，远远超过马超许仲康；说力气大，勇士强，多多在上叔梁纥楚霸王；仰慕神性，强中梁，天界可斗李哪吒，远胜七十三变杨二郎；地上将交手，存孝李元霸早早败一旁。蚩尤应龙厮杀搏斗，江河翻腾，东南西北四海掀巨浪，五千年战场武功神韵始吟响。

对蚩尤战争宣告胜利，轩辕黄帝大喜。此战下来，计算蚩尤八十一个兄弟拿获七十八个。黄帝遂将四个活着的推过来，会同各路诸侯公审一番，一一正法斩首，以谢天下百姓。在黄帝当时控制的区域，蚩尤来攻，是僭越夺位，而数千年来，蚩尤在南方、西南方、东南方的苗民部落，人们一直把他奉为他们的伟大祖先。唐人有古风长律两首单道黄帝、蚩尤两大贤：

其一道黄帝曰：

煌煌华族五千年，初祖艰辛经历难。播洒道德济苍生，又恃武功造肌能。

人类本来相安处，何要杀伐夺命赌。天赐造物诡异险，不与生机人不添。

惨惨烈烈势如磐，杀杀伐伐气质添。你争我夺惨烈见，人头滚滚沟渠边。

看似凶恶逆天边，人伦丧尽哭皇天。自然万物呈反面，无意之间撰经典。

黄帝诛戮炎帝惨，西北来居黄河边。无意杀戮天伦叛，华族人体得强健。

蚩尤问鼎取中原，凭恃兵器占天先。不吝兵械日中天，此处风水难得见。

谁人不欲高枝占，争夺势在回避难。黄帝蚩尤均先贤，拼斗厮杀为哪般？

其二道蚩尤曰：

助友刑天来征战，脑浆迸流不恤怜。谬也非也勿须喊，初衷从来很简单。

高人一看明晰见，争城夺地人口揽。夺利唯实无二般，先祖遗留绝武典。

此起彼伏几千年，后裔越效越升巅。技谋武功有秘玄，何论谁胜谁遭残。

别是情由又一揽，开疆拓土秘不悬。孰殊赢输非等闲，胜为王侯败可怜。

何说将帅贵胄连，武事彩霞魅无限。打造华史五千年，神韵高歌动地天。

谁若不谙此中贵，枉为华裔好儿男。蚩尤黄帝同等观，无愧我族先两贤。

吾辈努力彰美德，启迪焕化灵气现。感悟呼唤声声喊，复兴华族不经年。

黄帝姬轩辕在神农跟九黎两部落之东南，是当时这三个部落最为强大的，争霸战从此开始了。姬轩辕怕两面受敌，所以他采取先发制人的策略，突袭神农部落，在阪泉郊野的大战中击败了神农部落。姬轩辕乘胜挥军，一直挺进到九黎部落的根据地涿鹿，会战在涿鹿郊野，这是历史上最早和最有名的大战之一。黄帝战蚩尤 3 年交锋 72 次，历经阪泉大战、冀州之战、涿鹿之战。历史演绎，是非曲直，百姓心中自有一杆秤。

夏启讨三苗剿有扈定天下

黄帝、颛顼、帝喾、唐尧、虞舜五代之后，华夏族又出了一位伟大人物，他的名字叫禹。禹是夏朝廷的开拓者和奠基者。禹又称崇禹、戎禹、伯禹，姒姓，鲧之子。司马迁太史公《史记》中也说夏禹，名曰文命。禹之父曰鲧，鲧之父曰帝颛顼。颛顼之父曰昌意，昌意之父曰黄帝。禹者，黄帝之玄孙而帝颛顼之孙也。禹之曾祖父昌意与其父鲧皆不得帝位，为人臣。

鲧一腔热血普救众生，靠着辛勤汗水，又得息壤的奇特功能，初见成效。洪水慢慢退去，土地重新显露出来。百姓兴奋异常，奔走相告说："天降大福，这下好啦，我们有救了！"正当民众欢欣鼓舞，看见希望之光之时，突如其来，更大更凶的洪水又一次袭来。其汹涌猛烈程度，比先前有过之而无不及。洪水似咆哮般猛兽，百姓又陷入更大灾难的水淹、浸泡、寒冷、饥饿和恐惧之中。治水不成，反惹大祸，前功尽弃，功败垂成，鲧事与愿违，得不偿失，造福不成，功臣难当，已成为罪人。鲧治水，有激情不辞劳苦，但方法不当，用的是"堵"法。堵，越堵越糟糕，形成反差，劳民伤财，功亏一篑，失败被杀。

鲧在羽山被杀，可尸体三年不腐。"我人虽死了，可精魂不散，灵魂永远不死。我人不行了，我要孕育新生命，生下儿子，让他继续普救苍生，永世不绝也。"鲧是这样想的，这样说的，更是这样做的。鲧本人被剖开的尸体随之化作一道五色彩虹潜入了羽山旁的羽渊。有《绎史》卷十一引《遁甲开山图》说："古有大禹，女娲十九代孙，寿三百六十岁，入九嶷山。后三千六百岁，尧治理天下，洪水既甚，人民垫溺。""大禹食之，乃化生于石纽山泉。女狄幕汲水，得石子如珠，爱而吞之，有娠，十四月生子。及长，能知泉源，代父鲧理洪水。尧知其功，如古大禹知水源，乃赐号禹。"

天下事瞬息万变，令人防不胜防。有时候看之是堂而皇之正当运行，可突然来了一百八十度大转变，令你百思不得其解。大禹也是这种情况。他正绞尽脑汁苦苦冥想，报杀父之仇，可不知怎地他又转念一想，很快改变了情思："父仇虽大，可拯救天下苍生事更大，其他私心杂念先放放再说，不管怎么说父亲已经死了，先救活人，活的生命要紧！"禹是个知大是大非之人。主意拿定后，禹主动去向天帝请求赐给"息壤"。天帝还另外派曾经杀过蚩尤的大神应龙来帮助禹一起治理水患。

大禹长年为治水四处奔波，三十岁还未结婚，当他跋山涉水走到涂山治水时，有一只九条尾巴的白狐狸来到他的面前。当地人说："谁见到九

条尾巴的白狐狸，就可以做国王，谁娶了涂山的女儿，家道就兴旺。”不久，经人说合，两厢情愿，禹与涂山一位叫娇又叫涂山氏的女子结了婚。结婚时，娇父母说：“我老两口就这一个独生女儿，你可要好好准备，敲锣打鼓，多多待客，排排场场热闹个十天半月的，叫我们也高兴高兴。”禹恭敬有加对岳父岳母说：“二老的心意我明白，可我任务在肩，救天下苍生，驱除洪水灾难要紧，不能再耽搁，望二老谅解，予以支持。”

治水大业不能稍停片刻，舍“小家”为“大家”，结婚仅仅四天，禹便离家忙着治水去了。大禹治水“三过家门而不入”早已被传为佳话。其实禹做梦都想着她们娘俩儿，想早回家看看。可天下百姓，正在受苦啊！为了抢时间、加快速度，能多救出一条性命啊！

得道多助。天帝被禹治水的情怀、壮举所感动，派得力人物应龙全力全程相助。应龙者，黄帝时的天下第一号猛将。当年黄帝与蚩尤涿鹿大战时，他立下了盖世之功。战事关键时刻，他施展神功法力，以精湛的技能，轮番单独冲阵，一人战蚩尤八十一个猛悍兄弟。这次他来助大禹治水，其武功能耐又派上了大用场。凡应龙尾巴指引的地方，禹所开凿的河川、道路也随着他走，一直奔向东方的汪洋大海，遂成为今天的大江大河。

大禹治水感动了上苍。河伯送给大禹一张河图，又告诉他如何治水，然后退入水中。这个河伯，名叫冯夷或冰夷、无夷。有古书说他是华阳潼乡堤首人，因一次渡河而死，被天帝封为河伯。河伯出巡很是威风八面的。河伯向大禹送的“河图”即“河图洛书”，为古代流传下来的两幅神秘图案，历来被认为是河洛文化的滥觞，华夏文明的源头，有“宇宙魔方”之称。相传，上古伏羲时，洛阳东北孟津境内黄河水中浮出一龙马，背负“河图”，献给伏羲。伏羲以此而演八卦，后为《周易》来源。又传说，大禹时，洛阳境内洛河中浮出神龟，背负“洛书”献给大禹。大禹依次治水成功，遂划天下为九州。又依次定九章大法，治理社会，流传下来收入《尚书》中，名《洪范》。《易·系辞上》说：“河出图，洛出书，圣人则之。”河图上排列成数阵的黑点和白点，蕴藏着无穷的奥秘；洛书上，纵、横、斜三条线上的三个数字，其和皆等于十五，十分奇妙。此乃中华先民思想的结晶，古代文明的第一个里程碑。禹把那块石头仔细一看，上面天然长着一些弯弯曲曲的线条形的花纹。原来这是一幅治水的地图，即远古传说的“河图”。

伐三苗是禹为天下共主之后所进行的第一次声势浩大的战争。三苗战事，由来已久。早在尧、舜为部落领袖期间，就与三苗部落进行了一百多年的争夺战。三苗，又称有苗、蛮、南蛮。三苗也是女娲和伏羲夫妇的后代。伏羲和女娲二人孕育生产出了苗族，如今在广西融县罗城瑶民中，这支后裔可以说家喻户晓，妇孺皆知。

三苗也是由华夏部落分出的。华夏部落准确地说，应该是炎黄部落，它最早由炎黄部落联合而成。炎黄出于少典氏，在文化上具有相通性，如他们的氏族部落都流行鱼龙天兽的图腾崇拜，这也是两个氏族部落通过一次战争后迅速融合的原因。同时，他们所在地区自然条件的优越，决定了这个氏族部落联盟的强大。在炎黄集团部落联盟中，黄帝集团占主导地位，这与黄帝集团内部迅速发展有关。传说黄帝有 25 个儿子，14 子得姓，大概是指其内部分化出现了更多的氏族，苗民氏族无不如此。

东夷部落居住在今山东、河南东部和淮河南北一带。据资料所传的九黎应该是东夷部落的主体，此外还有太皞氏和少皞氏，他们大致与炎黄同时存在。太皞氏部落“蛇为人首”，实则指其以龙为图腾，属风姓。太皞氏属于“太皞之墟”的陈（今河南淮阳）一带。直到春秋，在今山东境内还有太皞氏后裔任、宿、须朐、颛臾等 4 个风姓部落存在。少皞氏则是以鸟为图腾的部落联盟，有风鸟氏、玄鸟氏、伯赵氏、青鸟氏、丹鸟氏、祝鸠氏等氏族部落。少皞氏的后裔重、该、脩、熙分别在金、木、水方面有专长。这说明少皞氏生产水平较高。一般认为，黄河下游的大汶口文化，青莲岗文化和友山文化为太皞、少皞集团所创。这反映出他们的文化水平比较高。自炎黄迁徙于中原，东夷很早就与之有了接触，尤其是同炎帝部落。在地域上双方更相近，长期错居杂处，有矛盾有战争，也有联合与融合。这样，东夷很早就加入了中原部落联盟。舜时，伯夷、皋陶、益和禹同在部落管理公共事务。皋陶与益都是少皞后裔，二人在联盟中有很高的威望。东夷集团加入中原部落联盟，成为诸华、诸夏的一部分。

三苗又称苗蛮，分布在今以湖南、湖北为中心的长江南北区域，左有洞庭之波,右有彭蠡(今鄱阳湖)之水。"苗""蛮"系一音之转,尧舜时称"三苗",春秋时称"蛮"。尧、舜、禹时与居于苗蛮集团的三苗发生了长期的战争。三苗进行了顽强的抵抗,但终以失败而告终。这场战争很可能是由中原部落联盟向南扩传而引起的。尧将三苗的一部分流放到西北,将三苗首领驩兜流放到崇山。以后,三苗逐渐衰落了。夏、商、周以后,便很少再看到有关三苗、有苗、苗民的族传记载了。

三苗又传说为颛顼的后代,也有说他们的祖先是帝鸿氏。帝鸿氏有一个不成器的儿子叫浑敦,浑敦就是讙兜。他曾是三苗部落中最有势力的一个酋长,在尧时被流放到崇山。据战国时军事家吴起说:"昔者三苗之居。左有洞庭之波,右有彭蠡之水。文山在其南,而衡山在其北,恃此险也。为政不善,而禹放逐之。"三苗仗恃着这样一个地利天险,经常侵扰其他氏族,有恃无恐,为所欲为。周边弱小部族十分惧怕,敬而远之。时人有诗为证:

三苗同为华后裔,祖居彭蠡水润起。
肌肤洁白似冠玉,灵气无比神采奕。
苗蛮大多东南方,台湾多多护南邦。
南北和谐统大疆,三苗功勋华史彰。

尧曾在丹山和三苗大战,结果三苗被尧打败而归顺,舜时又将其归顺的三苗中的一部分迁往北方。为防止再行反叛,实行仁德、教化,讲和谐、重包容、谦礼让、崇正义、多施惠,大禹对"三苗"依然是这样。

变习俗、重仁德、多教化、施恩惠,收到了事半功倍之效。人非草木,孰能无情。三苗也功劳多多,禹治水时,三苗踊跃参加。可治水成功,论功行赏,人人有份时,唯独弃三苗于一旁。三苗怨恨,不服反叛。禹欲伐之,舜制之。说:"吾德薄,反施武功压之,非德之行。"于是"修德三年,执干戚舞,有苗乃服。"可见压而不服,唯德服之。

三苗在舜禅位、禹做天子后,愤愤不平,遂起兵向禹发动进攻。"我多多苗民治水,曾立下汗马功劳。水患已除,别人都一个个封侯拜将,加官晋爵,唯独把我三苗束之高阁。大理不公,天道何在?我当共诛之。"三苗动员倾国之兵,气势汹汹,浩浩荡荡向禹杀来。

禹登位后,把维护天下一统放在第一要位。反叛就是目无尊长,就是以下犯上!反叛就是分裂疆土,就是乱臣贼子,这罪恶滔天,岂能容之?要倾全国之兵尽讨之,共诛之。禹为此制订了"禹刑"。"禹刑"说:"若犯'昏、墨、贼'三刑定杀不赦"。为高度树起王权威势,大禹进行长途"巡狩"。名曰慰问、犒劳东南夷,实际是显示天子威严。史载这次"巡狩",

带上了他的两个妻子娥皇和女英。神话"二妃泪洒斑竹"即是说此二人的故事。大禹"巡狩"最著名的是"涂山大会"。到了相会的时间,从四方赶来的氏族、部落酋长多达万人以上。禹会诸侯于涂山,执玉帛者万国。涂山大会奏起大夏之乐,表演了干羽之舞,又歌颂禹的治水之功。干羽之舞,显示了夏军的威武雄壮。涂山大会诸侯,是禹向天下宣告夏朝廷建立的一个标志。

涂山大会后,禹为了纪念这次历史的盛会,将万方诸侯、方伯进献的金(青铜)铸了九个青铜鼎,象征统一天下的九州万国。九鼎为夏朝廷的镇国之宝。"远方图物,贡金九牧,铸鼎象物"。禹闻三苗来攻,怒不可遏,毫不犹豫出兵迎战。在"玄宫"(即祖庙)举行了一次隆重的祭祀。先祭上天,再祭祖先,尔后举行誓师大会。应召誓师的有氏族部落酋长,也有掌管各种事务的"百官"。禹手握玄,当众宣布:

> 三苗为乱,上帝惩办。不遵教化,多次叛乱。在其辖地,妖魔乱窜。天生变异,黑白倒颠。龌龊熏天。黑夜出太阳,白天下血点。
>
> 炎热夏天,冰霜突降。大地开裂,五谷不长。祖庙现青龙,狗在市中乱窜行。人鬼哀号,惶惶不安。我受天地命,讨伐忤逆不敢怠慢。奋勇杀敌者赏,怯懦畏惧者戕。

誓师过后,大禹率领五千人马出发,南下迎头痛击三苗前锋队伍。兵马行进,沿途又相继加入了不少氏族、部落兵力,兵马迅速扩大到十多万人。三苗见禹军前来,早严阵以待,遂驱千辆兵车迎战。两军在三苗根据地江汉流域一平原开阔不远处,展开决战。排山倒海,双方声势浩大,都憋足了一股杀气。一战,非置对方于死地不可。三苗酋长说:"你大禹是非不分,压制忠良,正歪倒栽!上天不佑,你定不得好死!"禹说:"我刚刚立国,登上'九五之尊',你三苗就起来造反,乱臣贼子,定戮屠你碎尸万段!"两下开战,双方一拨紧似一拨厮杀。战马,兵车,象群,包括狼、虫、虎、豹,应有尽有,一齐咆哮般上前。天无光,月无色,大地震颤,海啸山崩。尸骨堆山,血流成河,鬼神嚎哭。

双方战斗正酣,大禹勇猛挺戈,拍马前出。只见三苗一当先酋长,身大力猛,虬髯长须,豹头环眼,声势威猛。他挥舞长槊,左冲右突,如入无人之境。未过三个时辰,力杀禹军三十多员将校落马。大禹怒不可遏,说:"这员骁将竟如此厉害,我军中竟无他的对手,不想苗人中还有如此勇猛虎士之人,这还了得!"大禹遂悄悄拔出雕翎箭。只听"嗖"的一声,三苗酋长中箭倒落马下,"树倒猢狲散"。禹军乘势杀出,追杀五十多里。

三苗大败，四方归之，群寇拜王。春秋人有一赋，单道：

三苗之战，隐情多多秘弦。小小部落，崇拜禹附拥藩。大禹治水，天大事不旁观。积极踊跃，争先恐后参战。效前拼搏，风餐露宿履险。废寝忘食，苦苦随治水十三年。大功告成，论功行赏忘完。高官厚禄，晋级封爵万千。唯独三苗，无情扔一边。何乃疏漏，禹昏庸可见一斑。无异后西楚霸王，封王不公造反，后人感叹，诉说三苗屈冤。对苗用兵，禹蛮横理屈凶悍，人同情三苗泪涟涟。

涂山大会后又数年，大禹又去了东南，开始了对东夷的巡狩。东夷又叫夷方。大禹说："东夷之性，薄礼少义，凶悍能斗，依山堑海，凭险自固，上下和睦，百姓安乐，未可图也。若上乱下瞒，则可以行间，间起则隙生，隙生则修德以来之，固甲兵而击之，其势必克也。"在禹征三苗时，东夷人未参加夏联军的征伐。虽在涂山大会时，东夷人齐来拥戴，并送上厚重贡礼。可禹仍不放心，故有了巡狩之举。地点在"越地"的"苗山"。由于禹的威望声势，各地方伯、诸侯们都纷纷来拜。一个个献上贡礼，祭告天地，奏乐庆贺。禹又一次树立了王权形象。可没想到，竟在论功封赏和庆功之后，才见一个叫防风氏的诸侯，大摇大摆，姗姗来迟。

防风氏的族居地就在离苗山不远的地方。此人原是古越人部落的一个酋长。防风氏曾表示臣服于夏。防风氏生得高大健壮，常自恃有勇力，目中无人，经常说："我武功盖世，身高丈二，为当今天下有名大力神，我还怕谁不成?"防风氏依仗骁勇，为祸百姓，天怒人怨，常有建国称王之心。可他得知三苗比他实力大得多，也被禹军打败，顿时嚣张气焰消失了几分。此时此地，此情此境，无奈之下，只得也来涂山朝拜，可心有不甘。当然，他也获得了禹的封号。可独霸一方，防风氏贼心总也不死。禹巡守到苗山时，他本当如期前去拥戴，可心有不服，故而姗姗来迟。迟来不说，又不当面认罪，态度还异常傲慢。

对防风氏的所作所为，禹早已在巡狩途中就了然于胸。无论是从性格或政令的实行来说都为禹所不能容忍。为了警告各地方伯、诸侯，杀鸡给猴看。大禹当着众方伯、诸侯的面，声色俱厉地对防风氏说："你高傲自大，目无尊长，野心滋长，在辖域部落造孽深重，罄竹难书。今天不杀你，何以谢国人?"大禹遂当着万国诸侯的面，竟毫不犹豫将防风氏杀了，并将人头悬挂高竿，暴尸三天。正是：

东南防风狂逞能，原系露珠难流通。

徒生野心性高傲，蠢蠢欲动想动刀。
狂妄不尊苗山行，招致大祸悔莫轻。
人臣忌生觊觎心，丧身败名辱祖人。

禹在苗山大会当着众诸侯的面诛杀防风氏，果然，一石激起千层浪，天下惊骇。争相传告说："这还得了，把防风氏当着大家的面说杀就杀，眼睛连眨都不眨，吓煞人。今后谁还敢不尊他权威，道个不字?"诸侯们又说：唯拥戴他才能保一生平安。有异议，若不听他的，连命也别想活成!"禹杀防风氏的消息不胫而走，很快传到全国各地。一些没有参加苗山大会的氏族、部落，纷纷向夏朝廷又一次朝贡、倾心称臣。有文献说："禹皇权势立，天下无异。"

大禹自二十岁开始治水患，费时十三年，铲除水患。受禅让为全国部落联盟领袖，"普天之下，莫非王土。""禹立国四十五年。"泱泱大国，四方宾服，国泰民安，路不拾遗，夜不闭户，百姓丰衣足食。禹八十五岁薨，"衣衿三领，薄棺三寸葬苗山。"大禹一生辉煌，政绩卓著，功比天高，德比海深，无愧于大贤人，千古圣人称号。有扈氏是位居夏氏族中心区域之西的一个大部落，其活动中心在今陕西省户县一带。该部落经上十代人的努力，经营有方，发展很快，实力愈强。兵强将勇，远近数百里之内，无有敌手。早在舜、禹时期，有扈氏就欲图向东发展，夺取更多财富，尽其能扩大疆域，既定的国策，是发展、扩张。禹此时也在向四周发展，迅猛扩张。双方交手，势不可免。计前后有过三次较大战役。"禹攻有扈、其用兵不止。"第一次，是禹治水刚刚告竣之时；第二次，乃涂山会盟前夕；第三次，为苗山大会之后。三次大战，双方均有上万兵马参战。狮吼虎啸，人喊马嘶。只杀得阴风惨惨，哀号阵阵。第三次大战有扈氏死伤七千人，溃退二百六十里。

三次大战，大禹卓有成效，遏制了有扈氏的东扩。但有扈氏实力犹在，仍不愿归顺。禹于是加大力度整军经武，准备再打大仗。与此同时，配合施以德政，着力教化宣传，欲求招安，不战屈兵。果然，有扈来归。禹于是修德一年，而有扈氏请服。髯翁有诗云：

一手软来一手硬，阴阳顿挫蕴潜能。
交替运用将才胸，浅薄小辈难晓情。
大禹腹有百万兵，有扈投归弹指中。

妇好善战灭二十六方国

妇好乃商朝廷君王武丁的妻子。妇好并不姓妇，她嫁武丁后得封“妇好”或“后好”。原来武丁有妻六十多个，而其中仅三人为“后”，妇好第一。妇好庙号为“辛”，时人尊称她为“母辛”“妣辛”或“后母辛”。《甲骨文辞》记载说：“妇好常主持商朝廷祭祀、占卜活动，祈祷天地神灵。”妇好通晓军事，深谙文韬武略，武功精湛，足智多谋，娴熟兵法战阵。她短暂的一生东讨西杀，灭土方、南夷国、南巴方、鬼方、羌方等二十六方国。后人说：妇好是中华历史上第一位有史记载的巾帼军事家、著名战神。诗曰：

巾帼战神上古现，开疆拓士独虎胆。
兵法韬略灵机现，统驭万军打敌残。
足智多谋武精湛，布阵设疑过须男。
东征西讨平多藩，商国疆域大无边。

君主武丁十分宠爱妇好，特授封邑，经常向鬼神为她祈祷。然而“天妒英才，红颜薄命”，妇好早于武丁辞世，年仅三十三岁。武丁呼天抢地，以“国葬礼”把妇好安葬在“殷墟”西北。妇好在武丁朝地位很高，除了率军作战，妇好还掌握着商朝廷的祭祀占卜之典，经常主持祭祀。妇好为名副其实神职官，最高女祭司。

妇好出生在一奴隶家庭，婴儿时皮肤白皙，羊脂雪色，人称“小玉人”。两眸大圆而亮，既神秘妩媚，又虎虎生风，勃勃气势，炯炯灼人。妇好天生好动。女儿身充满勃勃阳刚之气，似乎在她的先天细胞内，时时刻刻充满着争强好胜的气质。每每与男婴孩童玩耍争斗，向不败北，从未遇到过对手。及至五六岁时，常三五成群在村口阔地“捉老兵”。妇好纠集女童一方有八人，与男童各成一队，当面对峙，手拿大棒，俨然敌对两军兵阵打仗一般。摇旗呐喊，气势汹汹，声声叱咤，热闹非凡。他们时而唇枪舌战，你吵我论，各不相让，大打嘴仗，不可开交。时而呼啦一声散开，各寻险隘要口，施巧卖乖，捕捉对方，以捉住对方人数多少为胜负。妇好从不硬拼，部署女童说：“你在这里暗等，你在这里偷袭。”大多以捉住男童最多而胜。久而久之，妇好远近闻名遐迩，四乡八里呼唤她“小兵王”。

年及“及笄”之后。“妞儿脸，日多变。女二八，赛朵花”。沉鱼落雁，闭月羞花。妇好出落得分外妖娆，楚楚动人。妇好美名，不翼而飞，在京都殷墟也传播开来。

一次，妇好正与家人吃饭之时，又听“咔嚓咔嚓”几声在门外响起，又“嘎吱”一声停下。一看由里长领着进来四个官人。里长满脸堆笑说：“恭喜，恭喜！当今王上宣召你们女儿进宫！此一下子跳入龙门，何止一跃龙门？将来龙子龙孙多多，是五福临门啊！从此后，你家生生世世富贵无比！”妇好父母尚不知是怎么回事。一时如坠雾中，丈二和尚摸不着头脑。官人遂不由分说，妇好就被带走了，妇好大哭小叫，也无济于事。

妇好入宫，岂是一帆风顺，心想事成？三宫六院，妃嫔三千。妇好入宫，被弃之一旁，历朝历代如此。她说：“王上三宫六院，七十二妃，妃嫔多得不计其数。宠幸一部分人，冷落一部分人，古之常例，不难理解。”妇好无怨无悔，似对此不以为然。她日日二事不顾，只专心致志研读兵书，品赏古人争战杀伐秘诀，洞悉要领真谛。妇好常想：“吾汤祖何以鸣条一战，而定商鼎？除了吾商代积蓄，船坚炮利，兵强将勇之外。还有一个很要害之处，是吾汤先人普救天下苍生，顺乎民意。而夏桀暴虐，盘剥压榨百姓，正好与吾大商广施仁道南辕北辙。夏桀丧国，我商得国，昭然若揭也。”

妇好又记起汤祖视民如子的一段语言，她情不自禁说：“汤祖说‘君主如果把臣子看得如同自己的手足一样，那么臣子就会待君主如自己的心脏；君主若把臣子看得像狗和马，臣子就会待君主如同普通人一样；君主把臣子看得像泥土、小草，那么臣子就会把君主当成仇敌。’”回顾、重温商汤一组组、一段段仁道仁德经典之说，妇好如云拨雾，思路顿开。她说：“护土保疆，报族报祖，传延大商天下，得民心者得天下，失民心者失天下，正义之师所向无敌。”

妇好很欣赏刑天的坚韧性格。她说：“被砍了脑袋，用两乳来当眼睛，用肚脐做嘴巴，刑天舞干戚，砍头不要紧，挥舞永不息。这就是先人的性格，毅力，精神，气质。我要以他为楷模,激发奋取、拼搏、开拓和创新精神。”妇好很惋惜蚩尤,她从心底里佩服黄帝。她说:“蚩尤一代兵神大家,最先研制出十八般兵器,后世百代战场演用,对人类贡献功莫大焉。兵强将勇,虎士伟伟,与黄帝征战,不幸兵败,可惜可叹,事实上,蚩尤与黄帝一样,同样是先哲先贤,我上祖伟大人物。”妇好又说:“黄帝正人君子,体民情、恤民意,得道多助,此万胜之源也。”她对共工后羿也很欣赏,说:“共工后羿之战,乃兵谋战策,战场较量的经典杰作。我更要如痴如醉,废寝忘食学习他们。”对兵法战阵,妇好孜孜不倦,探究细微。妇好说:“出其不意,攻其不备,故意示弱,行诈、施诳骗、佯攻、施骗之术,魅力无穷、玄机难测也。”一次,妇好与三五十个宫女装扮嬉戏,行兵布阵。你追我打,一胜一输,正热火朝天之际,碰巧被武丁看见。“啊!后宫怎么会排开了战场?这么严整的队伍,章程有序?是谁在演播呀?”众宫女异口同声说:“妇好王后早已是我们的总指挥了。”武丁才如梦方醒。

一次下朝,武丁回宫见妇好说:“半载以来,朝政风气渐有好转,寡人今与你叙谈对外之事。聊聊天,也算让朕休息休息。”武丁说:“当今氏族、方国、诸侯间常常发生战争,我大商也并非世外桃源,此事当如何处置为好?”妇好说:“夫君日理万机,今有闲暇时间,接见臣妾,无尚感激。臣妾愿将所学些许尽尽向皇上禀报,有不当或谬误之处,万望海涵。”武丁说:“今无外人,不必拘礼,随便些,随便些!”妇好说:“自古以来,大凡引起战争的因素有五:争名、争利、有冤、有乱、遭饥荒。”说着妇好伸出一只手,竖起五指说:“战争种类也有五种:一叫义兵,二叫强兵,三叫刚兵,四叫暴兵,五叫逆兵。”妇好接着解读说:“禁暴救危叫义兵,恃强凌弱叫强兵,因仇恨兴师叫刚兵,背义贪利出兵叫暴兵,国乱民疲,兴师动众叫逆兵。”武丁说:“哦,说得不错。是这道理。那如何对付‘五兵’来犯呢?”妇好说:“以不同方法对之,义兵要用礼让来宾服,强兵要以谦让来制服,刚兵要用道理来说服,暴兵要行诡施诈来威服,逆兵则以谋略和武力来降服。”武丁又说:“行兵打仗,如何能做到守必固,战必胜?”妇好说:“把有才能的人提拔重用起来,把平庸笨劣之辈赶下台去,阵势就能稳定,民众就能安居乐业,这就叫敬爱官吏,国土便不受侵犯。凡一国百姓拥戴他的国主,反对邻国,他就能战胜敌人。由此,请陛下外治武备,内修文德,此乃治国之本、之根。”武丁说:“何为文德?”妇好说:“即道、义、谋、要四个字。”妇好接着说:“要用‘道’来探析事物本源,用‘义’来建功立业,用‘谋’来兴仁避祸,用‘要’来保业守成。如若行不合道,举不合义,而又掌握大权,地位显贵,祸患必然临头了。由此,圣人安定天下用道,治理国家用义,动用民众用礼,安抚百姓用仁。此德行,修之则兴,废之则亡。”武丁拉着妇好的手说:“寡人与王后谈兵如久旱禾苗恰逢甘露,妙似痛饮琼浆。

寡人还要再请教。”妇好说:“请王上多多赐教,臣妾洗耳恭听。”

武丁又问:“历来行兵打仗,必要先占卜后出兵,能不能不占卜而行军打仗又能取胜?”妇好说:“战争有八种情形可不占卜能出兵。第一,冬季时敌军远途行军,寒冷疲惫不堪,中途还要造筏渡河之时;第二,酷热暑天,高温行军,敌军主将不顾士卒饥渴难耐,仍命令士卒长途跋涉之时;第三,敌军长期驻守在外,粮草无继,士卒忧愤,将领难止之时;第四,军需耗尽,天降连阴雨,搜掠不来之时;第五,敌人兵马少,不服水土,人病马疲,救兵不来之时;第六,敌军长途行军,刚到驻地,又值天晚,饥饿不堪,刚解甲休息之时;第七,敌军将领无威信,军心动摇之时;第八,阵势没有摆成,行军队伍前后不照应,脱节隔离之时。凡敌方有此八种情况,当毫不犹豫前去攻击,无需占卜,定能取胜。”

武丁又说:“王后打仗,你靠什么取胜呢?妙诀何在?”妇好说:“妾靠严格治军,就能无往而不胜。要说妙诀,此就是玄机。”武丁说:“何为无往而不胜?”妇好说:“如果法令不明,要士卒驻有礼,动有感,攻不可挡,退不可追,进退有序,处处听指挥,被敌军隔断而阵势不乱,队形被冲散仍能成列,将领与士卒同生死,共忧乐。结成密不可分共同体。一死俱死,一生俱生,一荣俱荣,若以此用兵,何患不胜?”武丁兴奋不已说:“吾妻实乃兵法大家,不简单!有此国后,商之大幸,民之大幸也。”后人作歌,歌颂妇好。曰:

> 商祚奇女一裙钗兮,天赐超人大将才气;少小钟武戏阵排兮,煞有介事论胜败比。捉着老兵抡大棒哟,两厢对立士气昂扬矣;弄虚作假施偷袭兮,奇计诡谋施心机济;立志学武当名将兮,造福人类救苍生急;行兵布阵规程章兮,兵器铿锵声声犀利;惊动国主观演忙兮,目不转睛愣一旁迷;天赐吾商兵家降及兮,江山社稷固金汤无比;我幸娶妻战神不也兮,大商名扬耀武八方寰宇。

军事战场,牵动双方,欲摆战场,总有对象。西南有巴国者,凶悍勇猛,常常犯境,大商不得安宁。《山海经》中说:“西南有一个古老的巴国。巴国巴人乃太皞后裔。商代甲骨文和周代竹简多说巴人。居住在秦岭大巴山麓,东至三峡,西至嘉陵江畔。公元前221年,为秦将司马错灭巴国于剑门关。”巴国开初君主,名务相。务相祖先为巫诞,务相也是巫师。巴人最早分为五大姓,称巴氏、樊氏、瞫氏、相氏和郑氏,散居在湖北中部武鸣钟离山中。巴氏居住地称为“赤穴”,其余四姓称为“黑穴”,以开山凿穴而居。随后,五姓首领或大巫师,相约,欲推举一位总首领,五姓巫师找到一块大石头。五姓在一起相商说:“各自把所佩之剑向石头上抛刺,谁的剑若能插入石中,可为五姓总王。”结果,“黑穴”四姓均告失败。只有“赤穴”巴姓之剑稳稳插入石中。“黑穴”四姓不服气说:“偶然得中,不算真本事,应再比试一次,方可心服。”这次是五姓首领同时乘坐着由泥土制造、刻有花纹的船只。五姓首领相约说:“一起推入水中,谁的土船不沉,谁就为王。”结果还是只有务相首领土船独独漂浮在水面上。大家这才心悦诚服,共尊务相为王,号为“廪君”。

廪君当上“总王”之后,心下说:“这种离山地处偏狭,乃不毛之地,不便居住。”遂沿着夷水,即今清江西上游,欲寻一块良田沃土,风水宝地。廪君信风水,似痴入迷。他说:“不可不信,不可全信!这是平常人说的话,因他们不懂,充其量是浅懂,一知半解。我真实信,实实在在地信,龙气龙脉真有,背靠山,面朝阳,山前有水,涓涓细流,潺潺有声,你说这地方不好!说天我也不信,这就是风水,我不得不信!”廪君又说:“既然我当了这个头,就得听我的,我对全族人负责,得找个有灵气的好地方,让大家过上好日子!我就心满意足了。”

寻找风水佳地,廪君来到盐水边,盐水女神为他的美貌所迷恋。对他说:“这地方宽广,鱼虾丰美,又盛产食盐,希望你能够留下来,咱俩一起生活。”廪君说:“这地方不好,我还要继续西行。”盐水女神极不愿离开,遂晚上过来与他同宿。白天化身为飞虫,召集群虫一起在廪君头上飞舞,遮蔽日光,使他难以成行。不知不觉过了七天七夜,廪君只要一想动身,天上就是黑压压的一大片,叫你分不清东西南北。廪君心生一计,晚上对她说:“我专买了一缕青色的丝线,和你很相配,最好把它系在脖子上,以显得我与你相思相爱,同生共死。”盐水女神觉得廪君回心转意了,非常高兴,遂把青丝线系在脖颈下。“可这样一来,当她再度变作飞虫飞翔时。廪君一眼就能把她与群虫区分开来。于是张弓搭箭射去,盐水女神中箭而死,群虫飞散,天光大开,廪君这才得以再次西行。

传说廪君离开了盐水,就乘坐着那条雕刻着花纹的土船,一直来到夷城,即今天的重庆市。夷城这个地方,水流曲折,两岸岩石犬牙交错,远望好像大大小小的洞穴。廪君长叹一声说:“我刚从洞里出来,难道又要回归洞穴吗?”不想说者无意,听者有心。夷城之神也想留住廪君,只见他话音刚落,岩石突然崩塌,露出一条三丈宽的大道来。道路上还有层层阶梯,从水面一直通往远方。于是廪君弃舟登岸,很快看见一块直径过丈的平整石头,遂坐在石头上用竹片开始了复杂的计算。结果计算出:“这里的土地宽广而肥沃,乃天然定居佳地。”巴人从此迁往这里,廪君坐过的石头,遂成了一座城市,这就是巴国的首都,廪君成了巴国的第一任君王。

巴人彪悍,野性十足,嗜杀好战,在商一代气势日盛。国君对商屡有不贡，时时挑衅，渐生问鼎之心。武丁早已芒刺在背，如骨鲠在喉。一次，年末岁尾，天下方国贡物赋帛如期来朝，又是唯独巴方一国人不见。武丁大怒说：“速派使者前去，问问看他今岁是来还是不来？”不想使者有去无回。后获悉，巴方不但不贡财帛，人也被巴方杀了。武丁胸中怒火燃烧，怒发倒竖三千丈，说：“不来朝贡，还要杀我使臣，恶贼一个，难以再容。派兵征剿，灭族灭宗，杀他片甲不留！”

征巴方之战，武丁命妇好率藏蠡、浩天两大军团一万二千人马先行出征，神不知鬼不觉在大巴山险隘要害处布阵设伏。兵者诡道也，能而示之不能，攻而示之不攻，进而示之不进，设伏而公开大张旗鼓攻击。妇好说：“我率兵马早早在险要之处埋伏，皇上耀武扬威，亲率主力兵马，从阳光大道前去攻打，诱他步步就范，想定有胜算也。”

武丁自率止荡、凯俦、汪潜三员能征惯战勇将二万六千兵马与巴方正面交锋。第一日大战，双方打得山崩地裂，鬼哭狼嚎。巴方由果朵首领率八员健将齐出，一阵狂风暴雨般冲击。武丁军队渐渐抵敌不住，兵士损伤惨重。巴方追击二十里方回。第二日，双方刚一交手，未及多时，止荡拔马而回，果朵一路追来。看看追击三十里后，进入深涧狭谷。果朵抬头一看，大吃一惊。说：“不好，已误入伏圈绝地。快，快后退！”绝地乃地形之说。妇好深谙此道，说：“地形有通形、挂形、支形、隘形、险形、遁形六种。凡是我们可以去，敌人也可以来的地域，叫做通形。在通形地域上，要先抢占居高向阳的地方，保持粮草畅通，这样对敌作战有利。在隘形地域上，我军应先敌军占领，并用重兵封锁隘口，以等待敌人的到来。如果敌人用重兵抢先占领隘口，这时就不要去打；假如敌人还未用重兵抢占隘口，我军就应该全力进攻，争夺险阻之地。”妇好又说：“在险形地域上，如果我军先敌占领就必须控制开阔向阳的地点，等待敌人；如果敌军先我占领就应引兵撤退，不要去攻打他。在遁形地域上，敌我双方势均力敌不等，不宜挑战，若勉强求战，就不利。这次攻打巴国，出其不意抢占隘口，设疑造险。对他来说，已成为绝地，彼已入瓮矣。”

果朵见已中伏，大声喊退时，为之晚矣。所率兵马全进入商军的伏击圈内，后路早被阻断。只见惊天轰雷一般，商伏兵四面呐喊声声起，千万兵马齐声大喊说：“且莫放跑了果朵！”这时，妇好一手挥斧，一手挥戎，当先冲出。各路伏兵咆哮般涌来。果朵众将困兽犹斗，异常勇猛，左冲右杀，气势雄壮。怎奈寡不敌众，只见四面山上利箭骤雨般一排排射来。巴人纵然彪悍，也难逃覆灭厄运。一场恶战下来，痛歼果朵等八千六百人，尸积堆山，血流成河。巴人溃不成军。

征北方作战，武丁拜妇好统帅全军，征战四面八方。想当初结婚妇好刚进宫之时，武丁对妇好不甚了解。一年夏季，北方外敌入侵。武丁派兵征讨,连年用兵,无功。武丁临阵连换将三次,仍不能奏效。战火迁延旷日持久。耗费资财,人力物力,损耗严重,商兵马始终不能取胜。武丁心急火燎,如坐针毡。连连与众文武说:“这怎么办?这怎么办?”此时,妇好主动请缨说:“战事不利,国难当头,为主分忧,妾请缨率军前往,愿立军令状!”武丁甚为感动说:“感王后一腔报国情怀,但用兵之事,不是儿戏,非同小可,你虽有征巴人的战绩,可此战事大牵动全局,容朕再考虑一下。”武丁犹豫,紧急用人之际。实也无奈,只好以占卜观吉凶。结果大吉,遂委妇好挂帅。妇好率军出征,未及三月。只经三次大战,妇好指挥若定,调度有方。又身先士卒,很快击溃了敌人,斩七方国诸侯兵马三万三千级。原来,在战前,妇好就派人侦察了敌七方国军情。兵力多少、战斗力、率兵将帅性情、嗜好,以及兵力位置等军情,早了如指掌。伐羌北方胜利,武丁对妇好才能刮目相看。

羌方乃商西部一大强盛方国,周边有鬼方、土方、南巴方等十多个诸侯方国畏势附庸。众星捧月,威势一片,兵强将勇。羌方日日坐大,渐渐与商有分庭抗礼之意。征剿羌方,妇好率猛将五百员,兵力八万二千人,足抵商兵力半壁。武丁夸赞说:“声东击西、釜底抽薪、擒贼擒王、破长蛇阵、砸头、断腰、斩尾。吾妻把此战作为试验场,用武地。威风八面,尽领风骚。”

“射人先射马,擒贼先擒王”,乃兵法“三十六计”其中之一,“摧其坚,夺其魁,以解其体。龙战于野,其道穹也。”摧毁敌人主力,擒住他的首领,就可瓦解他的全军斗志。就好像群龙无首,离开大海到陆地作战一样势必面临绝境。此计用于军事,是指打垮敌军主力,擒拿敌军首领,使敌军彻底瓦解的谋略。“擒贼先擒王”,语出唐代诗人杜甫《前出塞九首·其六》:

挽弓当挽强,用箭当用长。
射人先射马,擒贼先擒王。
杀人亦有限,列国自有疆。
苟能制侵陵,岂在多杀伤。

不想在三千多年前,此谋略被妇好演绎得惟妙惟肖、活灵活现。战前施佯,妇好派三千兵力摇旗呐喊,暗暗迂回到弱小的鬼方大军背后。如愿以偿,果不出所料,偷袭一举成功。双方开战之初,两军在空阔处一字排开,羌方十二国联军威风八面,声势慑人。羌首领与武丁唇枪舌战,只见羌首领向背后一招,十八员羌将拍马齐出。这边厢妇好挥舞斧戎双兵器,单人独骑杀出,力敌羌方众将,异常勇猛。未及时,十八员羌将铁桶般把妇好团团围住。妇好全无惧色,斧戎上下翻飞,左右挥舞。刀锋劈处,势如千钧。未及两个时辰，羌将十二员骁将纷纷落马，其余六将落荒而逃。又只见妇好霹雳一声大叫："休叫走了羌首！"声落马到，马到枪到，斧戎一齐劈下，盟军主帅羌首领即刻身首异处，敌方兵马一窝蜂四散溃败，伐羌战争宣告胜利。时人说："妇好一生，南征北战，东讨西剿，消灭二十六国，纵横千八百里，商一代大军事家，巾帼英雄，三千年来令人钦敬。"后宋人遂作词一首，赞妇好曰：

战马汹汹势咆哮，声声咤叱，妇好挥舞斧戎双兵器。力敌十八羌将，无惧分毫。赵子龙七进七出，李存孝斗多将声高。有似吕奉先濮阳打得六将跑，又颇见楚霸王荥阳城，日战汉六十七将尽皆逃。妇好巾帼，冲阵斩将，所向披靡，登城搴旗，千古难见，巾帼猛将独一条，领尽中华战史女英雄八面风骚。

妇好伟大，伟大之处就在于她既是一位巾帼英雄，又是一位上古军事谋略家。武功谋略、兵法战阵，尽蕴于身。可以说正是由于她的楷模作用，在后世战场上，才产生出了邓蝉玉、祝融、荀娘、花木兰、冼夫人，还有樊梨花、李三娘、穆桂英、萧银宗、梁红玉、秦良玉等巾帼英雄。有道是榜样就是力量，旗帜就是形象。妇好的价值之大，就在于此。后隋代有一长律云：

战神上古第一将，巾帼英雄大气象。北伐土方多国丧，西北鬼羌交刀枪。

天生喜兵演身上，兵机将略了指掌。兵法战阵派用场，气质绝技难考量。

出其不意伐敌将，料事在先鬼神慌。鬼方恃勇傲气扬，杀鸡儆猴兵出忙。

灭鬼惊羌再动枪，妇好披挂帅印掌。超大兵团千万将，施正用奇在胸膛。

皇上诱引莫荒唐，妾后埋伏已网张。中计来攻羌凶狂，三路伏兵似潮涨。

漫山遍野潮涌忙，妇好独战十八将。斧劈之处戎下亡，勇猛冲阵过仲康。

三国聚歼大战场，经典诡道比人强。巾帼兵神著华章，后人拜仰巾帼强。

邓蝉玉威名震慑敌军

无独有偶，商代有一位巾帼战神妇好，可周代也有一位巾帼不让须眉的女英雄，她的名字叫邓蝉玉。真是江山代有才人出，各领风骚数百年，代代不缺巾帼将，一代更比一代强。商有妇好，第一巾帼军事家，享祚六百载，周出邓蝉玉，战场猛虎将，延寿八百年，女将价值昂贵魅力难测也！有诗为证：

似神非神巾帼将，周纣战场气轩昂。
女随父帅征战忙，武功超群须眉让。
五光石加绣鸾刀，敌将惊骇胆魄消。
战场骁勇势如芒，一生打败百千将。

邓蝉玉是神话小说《封神演义》中的巾帼将星，她与姜子牙一样，虽然是神话作品中人物，但实有其人，在姜太公子牙《封神榜》上所封有名。周纣双方交手，争斗杀伐两国三百五十六位猛士将才群中，她名列第十二位。她在《封神榜》绰号，应上天星宿，定位为六合星。邓蝉玉乃河北冀州人，父亲邓九公，为三山关总兵官，善于用兵，武功高强，是一位君子型帅才人物。孟子曰："君子同一般人不同的地方，就在于居心不同。君子居心于仁，居心于礼。仁者爱人，有礼者恭敬人。爱人的人，总能获得别人的爱戴，恭敬别人的人，总能获得别人的恭敬。"君子与小人是对立的，君子崇仁，小人不仁；君子讲义，小人无义；君子讲礼，小人无礼；君子有智，小人愚蠢；君子守信用，小人不守信用。《封神演义》有邓九公出马，与黄飞虎交手一战场情节。姜子牙问黄飞虎说："邓九公何许人也？"黄飞虎说：'纣王驾前柱石将帅，人格品质大丈夫，君子也，武功高强，天下无双。"有一长歌唱二人阵前厮杀：

旗分两列杀气生，战将迎头锋矛凶。
铁骑横排冲阵勇，似龙似虎人中雄。
短戟长矛次第勇，更有鞭斧耀眼明。
兵刃森森寒气生，强弓硬弩遮云层。
鞭锏锤抓迸血红，锣鼓咚咚鬼神惊。
割喉提头拿命送，二将斗杀天欲倾。

飞虎枪法赛蛟龙，九公大刀虎抖风。

一个气概慑鬼怪，一个冲阵人神懵。

邓蝉玉自幼随父亲在军中成长，习军事，练武功。邓蝉玉的丈夫是西周道术怪才土行孙。邓蝉玉手使双刀，尤有“五光石”，一种暗器飞石，绝招兵器，异常厉害。上阵打将，百发百中，她是周纣两国战场上为数不多、不让须眉的巾帼将才。邓蝉玉常使用的兵器是双刀。她说：“刀乃百兵之胆。习刀尚猛的习俗已历数千年。古时士卒短兵相接，以用刀者为多，舞起刀来，刀风呼呼，寒光逼人。只闻刀风，不见人影，勇猛威武，雄健有力。这种‘猛虎’般的风格，是由刀的构造和练法决定的。”邓蝉玉有一则说刀秘诀，颇令人惊叹。她说：“从技法上看，单刀多劈、砍、刺、格、扎、撩等动作，幅度较大。古时刀又较重，想在劈砍时刀刀见效，必须快速有力。”为了表现出刀术勇猛的特点，须熟练地掌握各种刀法和力法。邓蝉玉说：“要做到身法、步法、眼法、刀法的紧密配合。练习时应气充而力雄，身械协调，刀随身转，以身体带四肢，来助刀发力；步法迅疾轻灵，跳跃旋转，进退自如，两眼机敏，目光炯炯，挥刀快慢相间，自如进退，游刃有余。我喜欢使双刀，它灵活自如，交替使用，间歇有差。出手重、准、狠、猛。其基本刀法有缠头、挥舞、上下晃绞、裹头、舞花、劈、砍、撩、刺、截拦、搅、随、戮、抢、扎、斩、挂等应有尽有。左右逢源，游刃有余，威猛无比。”除双刀兵器外，邓蝉玉每每上阵，拿手绝招兵器是“五光石”。五光石为暗器种类。说暗器神奇诡异，《水浒传》梁山好汉浪子燕青是使暗器老手。有一词单道：

十八般兵器正宗长规，特长大，自由运用灵活性差。小小暗器诡异神秘，凶神恶煞，奇特险狠准，何止人将，鬼神惊怕；金钱镖、金镤姑，袖箭、金针、银针、匕首，飞石、没羽箭，品种多奇艳，吹风刺眼花缭乱；小巧灵活，运用自若，随机应变，偷袭暗伤，无有不着，百无虚发，拿命鬼神皆惊怕；关键时刻，要害之际，乘其不备，猝其不防，随手随发作，鬼神万难逃得脱哭爹叫娘，泪哗哗，出手快，准且狠，一箭封喉，一招毙命凶神般恶煞；张清没羽箭，金镤姑中南宫将长万，战场慑敌胆。邓蝉玉五光石，五彩电光闪闪，耀人眼，神奇威力武功弓弩箭绝技，神话般。

战场提亲，两军阵前结婚，这是古代将才在战场上，极不多见，可也并非罕见一例，这也是一大文化现象。

原来，邓蝉玉为报伤父之仇，上阵在打败黄天化、龙须虎、哪吒三员猛

将后，要杀死龙须虎时，杨戬大呼："休要伤坏吾师兄！看我来与你一论高低！"马走如飞，摇枪来刺。蝉玉只得架枪，接着再战。两马相交，战至数十合之上，蝉玉便走。杨戬随后赶来。蝉玉突发一五光石，正中杨戬，只打得他脸上火星乱冒，战马前冲甚急。蝉玉不知杨戬武功高强，有飞檐走壁、闪转腾挪变化功夫，乘着战马飞奔之势，顺手又发一石，再打中杨戬脸上。杨戬只当无事儿一般。邓蝉玉惊慌失措，杨戬祭起哮天犬"唰"的一声从天而降。"扑嗤"一声，在邓蝉玉脖颈上猛咬一口，连皮带肉咬去了一大块。蝉玉疼痛难忍，险些坠马，大败回营，叫痛之声令人心寒。

父女二人双双受伤，蝉玉悲伤心痛不已。这下邓九公纣军大营犹如瘫痪，霜打一般，惨不忍睹。周军子牙兵马日日讨战，叫骂声声不止。邓九公日夜煎熬，如坐针毡一般。一日，九公与众将正在大营商议，苦于无法，束手无策之际。突报："有督粮官土行孙等回营交令来了。"

先前，土行孙由申公豹引荐介绍，来投邓九公，协助讨伐西岐。邓九公看他个头矮小，相貌丑陋，不屑一顾。心下说："如此矮小，丑陋不堪，令人恶心，何称将才！"遂委任他个运粮官差事，草率泛泛待之。土行孙乃夹龙山飞龙洞道德高术之士惧留孙大师名下弟子。土行孙虽个头矮小,但神通广大,有绝招功夫,尤会绝技地行术,手使镔铁棍,十分厉害。

当下,土行孙进帐交令,问起军情,说:“元帅,战势如何,是胜是败?”邓九公无可奈何说:“不想被打得大败,我也受了重伤!”说着疼痛呻吟不止。土行孙忙说:“将军之伤何难,小事一桩,勿须忧虑,末将有药。可保无虞,药到病除,应验无比。”土行孙说着,忙取出葫芦里一粒金丹,用水研开,温水喝下,邓九公立时止痛,欣喜不已,连声夸赞说:“神奇,神奇!”突然土行孙又听帐后有女子娇怯哭泣之声。问起说:“是谁在啼哭?”邓九公说:“是我女儿,她随我征战,也受了重伤,请将军给她也治疗治疗。”这土行孙方才知邓蝉玉也被打伤,土行孙遂又取出一粒金丹,如前样法,让邓蝉玉用药敷上,立时止痛,神奇无比。

未多时,父女两人病痛一一治愈。邓九公那个高兴劲儿别提了,连说:“神人神医神药也莫过如此,我父女将没齿不忘。”随即吩咐说:“在帐内摆酒,款待土行孙将军,好好庆贺一番,今晚可一醉方休。”土行孙又一一问起交战详情,不无讽刺说:“当时主将肯用吾上阵时,如今平服西岐早已过多时了。”邓九公暗自思忖:“此人敢说大话,必定有些真本事。否则,申公豹也不会引荐他。用人不疑,疑人不用,也罢,不压抑他的才能,让他尽显本事。免得使他心中不高兴。干脆委他先锋官正印算啦。”次日升帐,正式任命土行孙为伐西岐先锋官,当场付予大印,说:“望将军早成大功,回师奏凯,共享皇家俸禄。”

土行孙挂印出马,果然名不虚传,他耀武扬威,杀气腾腾,杀奔西岐城下。第一次见阵遇着哪吒。哪吒者,乃乾元山金光洞太乙真人门下高徒。他是托塔天王李靖长子。李哪吒道术高深,武功高强,手提火尖枪,脚踏风火轮,异常厉害,为西岐伐纣姜子牙麾下四员先锋猛将之一。千百年来,华人无不把哪吒奉为少年娃娃的楷模。哪吒上阵杀敌,关键时刻还能显出三头八臂,使八般兵器。寻常上阵,很难遇到对手,可今天却是别样情态。只见土行孙步战,闪转腾挪,上下跳跃如飞。一经交手,未经几个回合,只杀得哪吒汗流浃背。随之趁其不防,用捆仙绳法器,把哪吒捆了个结结实实,提回营中,“唰”的一声摔在马下。土行孙的威风由此可见一斑。第二阵,黄天化看见捉了哪吒,勃然大怒,说:“昨天杀败我同伴,我西岐颜面大丢,太不像话了。”舞动双金锤,旋风般拍马杀出。

黄天化,乃青峰山紫阳洞清虚道德真君徒弟,他是黄飞虎长子,三岁时,被清虚道德真君收归山中为徒。十几年后,父亲黄飞虎反出五关,在去西岐途中遭难时,由师父派其下山来搭救。黄天化帮姜子牙伐纣,与哪吒、雷震子、杨戬合称“西岐四猛将”。黄天化手使双金锤,坐骑宝驹是玉麒麟。黄天化的像貌装束奇特:“身高九尺,面似羊脂,眼光暴露,虎臂狼腰，虎形豹走。头挽抓髻，腰束麻绦，脚登革履，白马郎君，异常伟岸，威风凛凛，法术精湛，有万夫不当之勇。”

未几个回合，如法炮制，土行孙又用师父的捆仙绳，趁黄天化猝不及防，“呼”的一声罩将过来。刹那间，将黄天化捆了个严严紧紧，一发拿回营中。这下事态极其严重，犹如震撼弹般在西岐大营上下沸腾，“两阵两捉两员猛士西岐主力悍将，对方大营肯定来了道术高人，能征贯战将才。这不得了啊！”姜子牙大帅惶惶然不可终日，惊叹之余，命二郎神杨戬出战。子牙嘱咐：“这是个奇人猛将，法术厉害，你要备加小心！交战之际，多动点脑筋摸摸敌方将才来历，弄清楚来历后，以便想法对付。”两阵对圆，一经交手，杨戬看到捆仙绳，很快得知，自言自语说：“半天是这小子！这是夹龙山飞龙洞惧留孙师叔门下的弟子，定是无疑。”遂故意卖个破绽，走了。

土行孙一经上阵，连捉两将，邓九公欣喜若狂，对土行孙的本事深信不已。庆功之际，在大军宝帐摆下酒宴。由文武众将作陪，高朋满座，行酒划令，猜枚划拳，十分热情地招待土行孙。酒喝到夜至三更，众将渐渐退去。九公独留土行孙继续喝酒，仍满心欢喜。遂言说：“土将军，你若能早破西岐，吾将弱女赘公为婿。”土行孙听得此言，满心欢喜，高兴得竟一夜睡不着觉，连连哼着小曲唱。

受主帅厚爱有加，又能得到妻子，招为东床快婿，土行孙心下说：“我决心以超常般施勇献能，大跨度，高起点，跳跃式的能耐在战场上立功，一定要以实际行动对得起邓九公，对得起未来的岳父丈人！”又一次上阵，打得西岐大军只有招架之功，而无还手之力。情急之下，杨戬请夹龙山惧留孙前来助战。惧留孙说：“勿须惊慌、害怕！杨戬贤侄，汝先回去，报与你家姜元帅知，让他尽可放心，我随后就来。”惧留孙一来，没费多大劲，惩治招降了土行孙投归西岐。土行孙随师父投归西岐，“早晨纣王将，晚霞西岐人。”土行孙突然来了个一百八十度的大转弯，经再战阵，捉了邓蝉玉，并招其投降，由姜子牙从中撮合，二人成婚。再行施计，说降邓九公投降西岐。在西岐大帐，由姜子牙撮合，遂成就了土行孙与邓蝉玉的美满婚姻。

邓蝉玉美貌，沉鱼落雁，闭月羞花，远过天仙。土行孙短矬子、丑陋，有人讥笑说：“鲜花插到粪堆上，癞哈蟆吃了天鹅肉，门不当，户不对。只是他有福气，癞蛤蟆幸吃天鹅肉。”打郑伦，邓蝉玉骁勇，谈虎色变，诸将不敢应战。邓九公父女投西岐后，纣朝廷上下大为震惊。纣王帝辛坐在朝堂，心情沮丧，动问群臣：“九公叛我，他女儿如此厉害，谁人还能抵御西岐？”飞廉上前奏：“欲伐子牙，非冀州侯苏护不可。他既是皇亲国戚，又为诸侯之长，武功精湛，足智多谋，由他率军征讨，可保万事无虞矣。”

当下，苏护奉命挂帅，十万大军开拔之日祭旗。先行官赵丙、孙子羽、陈光三员骁将独门绝技功夫，奇特罕见。大军气势威猛，骁勇无比。

再说西岐兵马早已严阵以待。双方交手，两阵对圆，黄飞虎骑五色神牛，挺枪杀出。殷纣这边第一号先锋官赵丙手持方天画戟拍马上前。两将也不答话，一来一往杀了起来。二十个回合未过，赵丙被黄飞虎生擒活捉，拿回大营。苏护闻报，见捉了赵丙，心下大惊，遂低头不语。早有郑伦大叫说："苏大帅勿犹，且莫担惊害怕。黄飞虎妄称奇能，以吾视之，蝼蚁一般。区区小人，何足道哉！待末将我明日上阵，全数剿灭，尽数人头提回，好与赵将军报一箭之仇。保证挽回大军士气，请你一百个放心。"次日，郑伦上阵，黄飞虎请令出马。

郑伦乃苏护麾下有名的"哼将"，道术精奇，武功高强。上阵冲锋，常率三千乌鸦兵作羽翼，战场厮杀，骁勇无敌，往往到关键时刻，趁敌将不防，"哼"的一声，从鼻孔内射出一道白光。敌将顿时头晕眼花，一下子被拿个正着。有他形象奇特诡异装束的描述：

面如紫枣凶恶相，金睛怪兽骑凶狂。
道术精绝别样装，降魔宝杵杀敌将。
早早练就哼道术，冲阵杀将比人强。
忠肝义胆保纣王，无奈昏君酒色伤。
委屈战场斗百将，武功绝顶难敌挡。
暴君失德枉坏将，上天不佑死战场。

见着黄飞虎，郑伦抡杵就打，黄飞虎手中枪急架相迎。"两兽"相交，枪杵相迎，两员猛将一来一往，大战三十几个回合不分胜败。战着战着，到得火口当儿。郑伦心下说："火候到了，该出手拿他啦。"遂把杵一摆。他有三千乌鸦兵跳跃而出，行如长蛇缠绕之势。与此同时，郑伦鼻窍中突发两道白光，"哼"的一声，一道白光，喷涌而出。顿时迷失大雾中，黄飞虎不省人事。乌鸦兵一拥上前，挠钩搭住，一下子拿翻，捆了个严严实实，一发难跑难逃。

黄天化见父被擒，大怒道："何方妖道，如此无礼！"抡锤劈面迎着，乒乒乓乓打了起来。仅仅十个回合未过，又见郑伦突地"哼"的一声发出光亮，一瞬间，黄天化也为乌鸦兵捉了。郑伦连捉黄飞虎、黄天化父子。子牙大惊问："谁人还敢出战？"土行孙上前说："末将投其麾下，寸功未立。今当出战，定能为黄将军父子报仇。"子牙许之，旁有邓蝉玉说："我也要随夫上阵，建功立业，报效大帅。"子牙一并允了。

夫妇俩上阵，土行孙先行与郑伦交手。只见他使开浑铁棍，施展步战，跳跃腾挪功夫，神勇无比。郑伦个头高，土行孙是车轴汉短矬子，个小灵活。郑伦坐兽上往下打，费力挥打不着。几个回合未过，已经气喘吁吁，累出一身汗来。土行孙可威风了起来，劲头十足。又一棍打来，一下子打中了金睛兽的蹄子。郑伦惊慌失措。心中焦躁，下意识间把杵一晃，乌鸦兵飞出而来。又如前法，把土行孙捉了。邓蝉玉见了大呼说："匹夫何敢逞能擒将，姑奶奶我来也！"遂舞动双刀直取郑伦。时人说："邓蝉玉上阵，是气，丈夫被捉，焉能不气！是愤，瞬息土行孙败阵，岂能不愤？气有火气、愤气和锐气，又不打一处来。"孟子说："志专一就会触动气，气专一也会触动志。现在有跌倒的人和奔跑的人，为什么会这样呢？这是由气造成的。反过来气也会触动他的心志。"邓蝉玉正是由此蓄积，而骤然迸发，形成火气、愤气、暴气，从而冲天而起。这邓蝉玉骁勇冲出，郑伦急迎上来。蝉玉乘他不备，侧马顺手，取五光石"嗖"的一声，只听郑伦："哎呀！"一声，面部受了重伤，鲜血直流，败回营去。时人有一词单道邓蝉玉勇猛，曰：

助夫上阵当先请缨。女将出手，非凡庸。兵器挥动，似泰山压顶。土行孙遭擒，气愤不平。救夫、救夫，迅疾快如风。双刀齐挥出，郑伦心颤惊，架杵来迎。杀气如虹，几经辗转，蝉玉施计能。拨马回走，郑伦心放松。乘其无备，五光石打个正中。头破血流，郑伦败回营。邓蝉玉独招功夫"五光石"奇能，战场谁不惊？

苏护率郑伦伐西岐又一次兵败后，由朝歌上大夫李定推荐，纣王命张山、钱保、李锦三员战将再次统兵伐周。纣王兵马一波又一波杀来，此又恰恰赐予了邓蝉玉用武之地。子牙问九公："主帅张山此人如何？"九公说："张山原为末将麾下先锋官，此乃一勇将耳。"话犹未了，帐外急报："有将请战。"子牙问："谁愿去走一遭？迎战敌将？"邓九公起身："末将愿往立功报效。"

邓九公纵马出阵，看见来将乃是先锋官钱宝。两个对骂一番，便交起手来。一个时辰未过，邓九公战钱保三十多个回合，钱保不是邓九公对手，被邓九公使回马枪劈于马下，枭其首级回营交令。

纣王这一方，只见败兵报与张山说："钱保被邓九公割其头回军去了。"张山闻报大怒说："叛国降贼，焉敢如此放肆？看明日，我会他一会！"次日，亲临阵前，张山点名"要邓九公出阵交手单打独斗，一决高下"。这边厢早有准备。邓九公摇枪迎面而来。张山怀愤而来，两员勇将交手，一场恶斗在所难免。有词赞为证：

这边厢咆哮般杀出，那边厢旋风般拦住。一个是气吞山河要拿将，一个是气压盖世取头项。只杀得天昏地暗无颜色，日月昏暗遮日光。昏惨惨，地茫茫，谁是将中魁元，谁是战场霸王？

邓九公与张山来来往往，战到三十回合上下。看看情势吃紧，邓九公已是气喘吁吁。邓蝉玉在后阵看见父亲刀法错乱。心下说："事不宜迟，当先发手。"当机立断，打马兜回，突发一石。只听"嗖"的一声，张山脸部陡起鸡蛋大一个疙瘩，摇摇晃晃，几乎坠马，落魂丧魄败回大营。

又是张山再次兵败。败军报入朝歌，由中谏大夫李登进说："张山奉旨出兵失利，不能就此算完，臣推荐三山关总兵洪锦，文武兼备，才术双全，将才难得，若得此臣征伐，西岐逆周，庶几大事可定无虞也。"纣王准奏，洪锦遂率十万雄师出征。气势雄壮，威不可挡。三山关乃兵马集散之地，闻战事骤起，顿时，全军上下鼓声雷动，杀声震天，一路耀武扬威，向西岐杀来。时人有诗为证：

周纣逐鹿在战场，一拨一拨厮杀忙。
你方战罢我登场，连番鏖战神鬼慌。
三十六路伐西岐，厮杀惨烈人哭泣。

周纣两军鏖战，厮杀第一阵，南宫适与正印官季康交手。南宫适大笑说："似你这等癞疥草莽之徒，西岐人已杀了成千上万，岂在乎你这一二人。识时务者，方为俊杰，还不快下马投降，免汝一死。"季康大怒说："尔等叛国逆贼，无故犯上作乱，死有余辜，快拿头来，我可手下留情。"季康说完，纵马舞刀直取南宫适，南宫适挺手中刀迎面劈来。二将战有三十回合，季康有左道旁门之术。念动咒语，顶上顿时现出一块黑云。云中现出一只犬来，"汪"的一声在南宫适背、脖子上猛咬一口，连袍带甲，扯去半边。南宫适疼痛难忍，吓得魂不附体，败下阵去。

第二阵，邓九公与柏显忠对诀。邓九公使开合扇大刀，直取柏显忠。柏显忠挺枪刺来。二将交锋，势如猛虎摇头，狮子摆尾，只杀得天崩地裂，翻江倒海。二将大战二三十个回合，邓九公展开如驰似电的大刀只"叭"的一挥，立马把柏显忠挥于马下，遂下马割了首级，返回营帐。

伐西岐第三阵，由洪锦亲自出马。且说洪锦见折了柏显忠，勃然大怒。只恨得咬牙切齿，发誓说："未曾交战，先斩了柏将军，大丧士气，这怎么行？不为柏显忠将军报仇，誓不为人。"次日，洪锦领军中人马上阵，点名要姜子牙答话。又是先行寒暄，对骂一番，然后开战。周军由文王第七十二子姬叔明挺枪杀了过来。姬叔明性刚心急，使开枪势狠如虎狼，威不可挡。洪锦咆哮般纵马舞刀敌住。二将约战三四十个回合时，洪锦有左道高深之术，趁姬叔明不曾防备，他把马一拍，跳出圈子外面，将一皂旗往下一戳，把刀往上一晃，那旗立时化作一门。洪锦连人带马径进旗门而去。姬叔明不知是计，也随之跟进旗门。此时洪锦看见姬叔明，姬叔明却看不见洪锦。只见马头方进旗门，洪锦在旗门里一刀把姬叔明挥于马下。

洪锦斩了姬叔明，子牙大惊失色，说："未曾想到，纣军有如此能人，这还得了，赶快收兵，看看情形再说。"洪锦收了旗门，依旧现身大呼说："尔等有本事的，谁还敢来再与吾叫阵？"西岐折损一将，你看看我，我看看你。一个个束手无策，惊慌失措。对方又好似催命鬼般再次挑战！谁人应付？军情士气陡然直下，势态极其严重。没有应对办法，子牙正在危难之际，不提防，邓蝉玉走马至军阵前沿。大呼："匹夫！休得逞强！吾邓蝉玉来也！"洪锦看见一员女将，金盔金甲，威风凛凛，势不可挡，飞临阵前。但见：

闭月羞花正妙龄，沉鱼落雁貌精灵。
兵败时刻缺将勇，能人出手救万兵。
蝉玉手有暗器凶，五光石出神鬼懵。

邓蝉玉一马冲到阵前，洪锦也不答话，舞刀直取，蝉玉手中双刀急架忙迎。二将一来一往杀了起来，你劈我砍，乒乒乓乓，呼呼生风，水泼不尽，针插不入。霎那之间，只听风声，不见人影。随邓蝉玉临阵有一侍女在一旁扬声作歌，助邓蝉玉厮杀。

洪锦暗思："女将忌讳恋战，速斩之为上策。"洪锦如法把皂幡如前用度，也打马走入旗门里面去了，诱引邓蝉玉赶他。殊不知邓蝉玉有智，却不来赶。暗取"五光石"反倒趁洪锦不防"嗖"的一声往旗里一石打来。只听得洪锦在旗门内"哎呀"一声。面部已被打成重伤，收了旗幡，败回营去了。有宋人感邓蝉玉战场骁勇，遂作一词。曰：

洪锦上阵猛勇，道术犹绝精。为柏直报仇，诱诈姬叔明。略战数十合，佯装一包脓。仓惶不迭，奔入门旗中。叔明不知，穷追不放松。洪锦看得清，一刀砍肋中。叔明一命送，全军上下人人惊，个个谈道术色变，无人敢上阵斗勇。子牙正危难时刻，蝉玉挺身请缨。霹雳般杀出，洪锦吃一惊。二将交手，洪锦欲逞能，暗再施道术图侥幸。不提防，能中更有能，蝉玉五光石陡发出，洪锦"哎呀"一声，面部立变扭曲形。

先是龙吉公主与洪锦刀对刀厮杀，异常激烈。几番搏杀，洪锦远远不是对手，向北海狼狈逃窜。可跑着跑着，前面一片茫茫烟雾挡住了去路。洪锦自思："幸亏我有鲸龙宝物在身，否则定寸步难行。"随之，他脚跨鲸龙，入海而去。龙吉公主赶到一见大笑说："幸我离瑶池带得此宝而来，专门为捉你而备。"忙向锦囊中取出一物，也往海里一丢。那宝贝见水，复现原形，"哗啦啦"分开水势，如泰山一般。此宝名为神鲸，原身浮于海面。公主站立于上，仗剑赶来。此神鲸善降鲸龙。开始鲸龙入海，搅得波浪滔天，惊涛拍岸，之后神鲸入海，鲸龙无势智穷力竭。龙吉公主看到赶上，祭起拥龙索，命黄巾力士上前，一发把洪锦捆了个结结实实。

捉了洪锦，将要推出斩首。忽听苍穹上空站立一人说："刀下留人。"原来是月合仙翁来到，说："因符无仙翁曾言龙吉公主与洪锦有俗世姻缘。曾有绾红之约，故贫道特来通报。成就这段姻缘，可保姜子牙兵过五关，一路东下，势如破竹，成就灭纣大业。"闻听此言，子牙慌忙稽首下拜说："上仙有命，子牙岂敢违逆天意，不折不扣照办就是。"遂派邓蝉玉说服龙吉公主，终成就二人一桩美满婚姻。全军上下，喜不自胜，敲锣打鼓，庆贺一番。龙吉公主不久作了洪锦的媳妇。

《封神演义》说："商纣时有两位大将，一个是郑伦，一个叫陈奇。郑伦是商纣王的督粮大将，曾拜昆仑山度厄真人为师。学得'窍中二气'之法。只要鼻子一哼，便能使人魂飞魄散，由此得名'哼将'。'哈将'陈奇原是商督粮官。他受人秘诀，练就体内一道黄气，张嘴一哈，黄气喷出，嗅着者当场丧命。'哼将'郑伦降周后，'哈将'与'哼将'在战场相遇，一个哼气，一个哈气。各显神威，难分上下，十分有趣，别有一大景观！"周灭商后，天下重归太平，姜子牙奉命归国封神。他敕封郑伦和陈奇镇守西释山门，宣布教化，保护法宝，为"哼哈二将"。这便是"哼哈二将"被奉为山门守护神的来龙去脉。

夫妇二人双双上阵，土行孙前行主打，邓蝉玉在后掠阵。土行孙持棍前出，见陈奇坐金睛兽，提荡魔杵，滚至阵前。大骂说："匹夫，用歪门左道，杀吾岳父，今特来擒你报仇。不要走，先吃我一棍。"陈奇大笑说："谅你这等人，如朽木一般，有何本事，看我杀你。"遂催开坐骑，举杵就打。土行孙举棍相迎，杵棍并举。未及数合，陈奇恐土行孙先占到便宜，忙把杵一摆，飞虎兵飞奔齐出。陈奇对着土行孙把嘴一张，喷出一道黄气。土行孙站立不住，一跤跌倒在地，被飞虎兵捆绑去。

土行孙被捉，正千钧一发之际。陈奇不提防邓蝉玉正站在对面。蝉玉见陈奇拿了她丈夫，以迅雷不及掩耳之势，发出一块五光石来，不偏不倚正打中陈奇嘴上。只打得唇绽齿落，"哎哟"一声，掩面而走。蝉玉又紧接再发出一石。夹后心一下，把陈奇后盔甲护心镜打得粉碎。陈奇丧魂落魄,伏鞍而逃。只见土行孙睁开眼一看,浑身上了绳子。笑说:“倒有意思!”时人说:“施暗器,发飞石,打孔宣、陈奇,邓蝉玉战场上屡屡得手,百万军中取上将首将,如探囊取物一般。”唐人曾作一赋,赞邓蝉玉骁勇,曰:

巾帼女英,寻常交手奇能。势均力敌,待火侯到。定有巧妙,有胜败见分晓。诓蒙诈骗,会偷机头一遭。袖箭弩机,大雅殿堂绝巧。何事诈人,偷打人品不肖?战场取胜,你立死我得活,标尺高高,唯独此一条。邓蝉玉招高,深谙此中玄妙,发五光石,研制独手暗器,巾帼鼻祖,武功狠毒绝招。出手必中,发石鬼哭狼嚎。

打败龙须虎,邓蝉玉武功亮点上升到了极致。龙须虎,更是一位奇特神将奇才。他投归子牙时自我介绍身世说:“上仙,吾乃龙须虎也。自少昊时生我,采天地之灵气,受阴阳精华,已成不死之身。”龙须虎又接着说:“我善能发手巨石。随手放开,便有磨盘大石头,飞蝗骤雨,打得满山灰土迷天,天昏地暗,日月无光。”邓蝉玉与他们交手是在其父邓九公被哪吒乾坤圈打成重伤之后发生的。

邓蝉玉见父受伤,心中十分不安,主动请战要为父亲报仇。邓九公嘱咐说:“吾儿须要小心。”只见蝉玉随点本部人马,至城下搦战。子牙正在帐中与众将议事。忽听报:“成汤营中有一女将讨战。”低头沉吟半响。武成王黄飞虎动问说:“如何迎敌?”子牙说:“大凡古用兵者有三忌:道人、头陀、妇女。此三等人非是左道,定有邪术,彼信邪术,恐将士不提防,误被所伤,特别厉害。”哪吒应声出班说:“弟子愿往。”子牙吩咐:“小心!”哪吒领命,上了风火轮,出得城来,果见一女将拍马而来。有词赞曰:

婀娜多姿,沉鱼落雁,频频诱异性心猿意马,巾帼钗裙美貌,桃脸粉红。娇怯怯玉肌肤晶莹,哪个后生心不沸腾?羞答答柔媚出众,不说话,诱人动情动容。红装披甲胄,女将是奇能,绣带桃宝镫冲阵,气势汹汹。气壮壮斗狠逞强好勇,难让须眉半分私情。有能耐,争先恐后,抢功立名。顺天应时,灭纣助周,战场飞石建奇功,人神鬼尽皆惊。

如前所述,邓蝉玉上阵,连续两阵,打伤了哪吒、黄天化之后,使西岐大军震撼不已。人人自畏,个个束手无策。邓蝉玉骁勇,第三日又到西岐大营挑战。探马报入大帐，子牙说："谁敢再去迎敌？"杨戬在旁，对龙须虎说："此女飞石打人，师兄前往，吾在后掠阵。"龙须虎应允，二人出城对阵。邓蝉玉见跳出来一个稀奇古怪的东西，但见龙须虎形状曲曲弯弯似条虫，忽一抖缩，立起丈八高。

邓蝉玉马上问说："来的什么东西？"龙须虎大怒："好贱人，如此小看人，两军阵前连些许礼貌都没有，何堪能称将才？吾乃姜丞相门徒龙须虎的便是。丢人现眼，有辱师门！"蝉玉又问："你来做什么？"龙须虎说："奉吾师之命，特来擒你。"话不投机，二人打了起来。只见龙须虎把手一放，照着邓蝉玉打来，有磨盘大小的石头，两只手齐放，犹如飞蝗一般。只打得遍地土灰溅起，轰轰有雷震之声。蝉玉马上自思："此石来得奇怪，若不仔细，定遭暗算。"蝉玉想到此，拨马而走。龙须虎赶来，蝉玉回头一看，见龙须虎赶来。蝉玉回手一石打来。龙须虎见石头飞来，把头往下一躲，脖子长，弯将过来。正中脖子窝儿骨，龙须虎疼得扭着脖子飞跑。蝉玉复又一石，龙须虎独足难立，一跤跌倒在地。后唐人有一排律说邓蝉玉，曰：

天生巾帼一裙钗，女儿身蕴阳刚怀。随父戎机多培栽，天生灵机战场卖。

除暴安良归周公，弃暗投明人称颂。手使日月双鸾刀，五光石打暗器来。

猝其不防敌手栽，凶猛远胜刀枪骇。杀手锏使绝门技，要害时刻出手利。

每每冲阵捉敌将，武功独到超人强。战败哪吒风雷惊，打残天化更凶猛。

孔宣洪锦双毙命，哼哈二将遭命倾。婚配短矬土行孙，地行千里是怪人。

夫唱妇随战场猛，拍马提刀并肩行。女将武功势彪悍，力技远胜万千男。

天生奇才暗袭猛，胜算巾帼大英雄。能征惯战杀法勇，至今蝉玉人传颂。

一代巾帼将星邓蝉玉的宿命之处是在今河南三门峡渑池县与张奎高兰英夫妇的一场恶战中，她被高兰英红葫芦法器中放出四十九根太阳神针射中双目后，随即被高兰英一刀斩于马下。

周公旦佐武王又平"三监"叛乱

武王灭商,扩大疆域,分封诸侯七十一国,建立大一统天下。想当年,牧野大战后,武王姬发一回到都城,就马放南山,刀枪入库,他不无感慨地说:"从此天下太平,免使生灵涂炭,再不起干戈杀戮之事。"息事宁人,武王心下稍安,思绪万千地说:"吾周族虽已夺取天下,可不服周统治者大有人在。伯夷、叔齐两兄弟发誓不食周粟,双双饿死在首阳山上,四方诸侯震动。德高望重的箕子,吾心底崇敬,委以高官,再三挽留事周,可他宁死不肯。终飘洋过海,当了高勾丽国王,永远摆脱了中原统治。这当如何是好?"武王思虑深深,忧心忡忡,积劳成疾。主位短短三年,竟然一病不起。临终时,嘱托弟公旦说:"诵儿还不满周岁,难担当社稷大任,为兄实在担忧,望吾弟以祖先创业艰辛为重,念咱是骨肉同胞,好好辅佐吾儿,咱周室社稷,不使中途夭折。兄当拜托了!"武王病卒于公元前1043年朔月。

周公自曾祖父居岐来,已历四代,上百年之久。他因功受封,他的采邑在周岐山东北,因此又称周公。他曾辅佐武王灭商纣。纣亡后,周建立,封地于曲阜即今山东曲阜,故称为鲁公。周公不去封地,留在朝廷辅佐武王。武王死,武王之子成王在襁褓之中继位,由他摄政。人们传颂不已。周公人格伟大,孔子把周公看作是最敬服的古代圣贤之一。周公曾敏锐而深刻地说:"商纣灭亡和周室兴起,其根本在于民心向背。"牧野大战中,殷人囚徒阵前倒戈,商王七十万之众在周师面前顷刻瓦解,顿作鸟兽散。周公万分感慨说:"人无于水监,当于民监。今惟殷坠厥命,我岂不大监抚于时!"周灭商后,如何处置殷商奴隶主和上层贵族?姜尚说:"此是摆在我大周面前的迫切问题,当务之急。弄不好,他们会随时进行复辟活动,应全部杀戮,免除后患,越彻底越好!"召公说:"应区别对待,有罪则杀,无罪则留之。"周公却说:"攻心为上,夺命为下。对待俘虏不能杀戮,应施仁德教化。让殷人在原地居住,耕种原来田地。把殷人中有影响有仁德的人争取过来。施明德,保民命,使其成为'新民'反对'后王杀人'方能'万年为王'!"武王大悦,说:"真仁德善良之人,甚合朕意!"时人有一词单道,曰:

灭国夺器,上层兵戈相击。民事何防,为何要杀绝光?谁当君主,百姓心中同样。丰产缴租,一粒不少皇粮。何有罪孽,非要把命来偿?暴虐君主,历来行凶疯狂,他国之民,尽戕。无情无义,杀俘虏过豺狼。历代有之,毒残狠是孽獐。周公姬旦,痛改前朝规章。新旧一样,广施惠情怀藏。殷民高兴,全国欢欣高唱。

周公旦一生经历了商亡周兴两朝廷的更替历史,辅佐武王灭商,武王死后平定"三监"叛乱,分封诸侯,制作礼乐,还政成王。他是我国历史上奴隶主阶级杰出的政治家,军事谋略家。周公旦是一位对历史发展起过促进作用,作出过巨大贡献的人。对几千年历史上许多统治阶级代表人物和中国传统文化产生过很大影响,可历史上对他的摄政颇有争议,说法不一。

周公受武王临终之托,辅佐幼子姬诵即位,代行摄政。为巩固周统治,他呕心沥血,"一沐三握发,一饭三吐哺。"有人问:"可这是真的吗?"商纣王自焚鹿台余烟还未消尽,周武王就带领大军攻进了商都,郑重其事向殷民宣告:"殷灭亡,周取而代之。"护卫在武王左右的是手持大钺和手持小钺的两位年轻将军。手持大钺的就是周公。他辅佐武王灭族商纣,为周的建国立下了汗马功劳。历史上对他是否篡位称王一直争论不休,有两种说法,各有根据。"为王"说的依据是《荀子·儒效》和《淮南子·氾论训》,周公"履天子之籍"。《尚书·大传》说:"周公身居位,听下为政。"又据近人的考证《尚书·大浩》中的王称文王为"宁考"。所谓"考"是对已故父亲的称呼。成王只是文王的孙子。能称文王为"考"的显然也只能是周公了。由此看来,周公在当时确实是称王了。

"摄政"说根据也不少。《左传·定公四年》中记载,在成王继武王大位之后,"周公帮助王室管理之下";《史记·周本记》也记载因成王年少,"周公……乃摄行政,当国"。《孟子·万章》说得更明确,"周公已有天下"。

周公为什么要称王呢?一派人说:"国家初立,成王年幼,难以应付复杂的政局。"《尚书·大浩》说:"有天艰于西土,西土人也不静。"武王之死使国家陷入恐慌。当时急需一位有能力、有威望的人出来执掌局势,这副担子自然就落在了周公的肩上。周公曾对太公望和召公说:"我之所以不回避困难形势而称王,是担心天下背叛周,否则我无颜回报太王、王季、文王。三王忧患天下已经很久了,而今才有所成就。武王又过早地离开了我们,成王又如此年幼,我是为了成就周朝廷,才这么做的。"由此可见,周公是代理成王行使王权,不想此举引起管叔、蔡叔的妒忌。他们到处散布流言说:"周公要篡夺王位。"于是勾结殷君故太子武庚发动反周叛乱。在局势异常严峻的关头,周公说服成王和大臣召公一起,毅然组织军队,进行东征。周公首先镇压了管、蔡的叛乱。管叔被迫自杀，蔡叔被流放到边疆，囚禁起来。武庚则在逃窜时被官军截获处死。周公东征获胜后，西周出现了空前统一、繁荣昌盛的局面。

周公称王七年后，成王已经长大成人，周公便把王位交给了成王，自己退居为次。由此看来，周公是一位在国家危难时刻承担责任、挺身而出，国家转危为安走上顺利发展的时候，毫不迟疑，毅然决然让出王位的君子。周公称王，握有实权是实，篡位之说难以成立。后唐人专作一词，说周公旦的人格伟大。曰：

何乃篡位野心膨胀当周王？旷古国贼，恶名昭彰。武王仅立国三年命丧。国人上下，人人心惶惶。诵王年幼，殷人不时闹灾祸萧墙。何去何从？难思量，不好决断。甘当臣子，明哲保身，好名当当响。挺身而出，支撑周室家邦。劳神费心血，伤尽元气，难避流言蜚语，恶言遭戕伤。呕心沥血，何自找委屈冤枉？无奈皇兄嘱托，犹言在耳边轰响。吾周室历代先祖先贤王，历数百上千载，饱尝艰辛，筚路蓝缕，得有周殇，我岂顾恶言恶语，中伤。弃之，躲在一旁？罢罢罢，只顾生前事，辅佐诵儿年长，一颗赤心昭彰，何虑身后遭刀砍箭伤？

原来在《尚书》中，周人自称为“小邦周”，而称商为“大邦殷”。武王伐纣是“小邦”胜“大邦”之举，来之不易。而以“小”统“大”尤难之又难，无异于“蜀道难，难似上青天”。武王审时度势，把商畿一分为三，邶、鄘、殷，封纣王子武庚于邶，使奉祀祖先，不绝殷后。再令管叔鲜治鄘、蔡叔度治殷、霍叔处治霍，遂委“三叔”为武庚傅相，监视武庚，号“三监”。“三监”共同使命，监视武庚，维护治安。武王马放华山，牛赶桃林。

又三年，武王薨，尚在襁褓之中的成王诵继位，武王之弟周公旦摄政，辅佐成王行事。武王次弟是管叔。管叔者，乃文王三子。文王长子伯邑考早死，次子武王继位。现武王薨，管叔为长子位，无人能比。他说：“吾为第三子，现晋长子位，当然是合法的摄政王位人选，你第四子姬旦趁我不在，僭位辅政，乃是大逆不道！”管叔向有野心，跃跃欲试，欲继王位。而他自恃有理，说：“我不是痴想，也非是有野心，更不是妒嫉四弟有才，父终子继，由大到小，我是在维护祖制。”管叔说得振振有词，冠冕堂皇。他见周公旦摄政，怒不可遏说：“你狡诈多疑，阴狠不露，尔摄政，将不利于诵子。”遂煽动蔡叔、霍叔公开与公旦作对，且更甚者怂恿叛乱，暗地操动武庚，东方诸侯，里应外合，想推翻新生的周政权。

管、蔡二叔之思之想所为正中武庚下怀。他得意地说：“周人灭吾国祚，刻骨仇恨，日日想，夜夜盼，恢复故国，苦无良机。今这三个兄弟白白送来机会，天掉馅饼，岂能错过。愿上天垂爱，求祖先保佑，助吾复商成功！"武庚马不停蹄，四处游说。未多时，成功策动东南夷徐、奄、熊盈氏十七国，公开扯起了叛乱大旗。一时，周上空，战云密布，黑云压城城欲摧。

周公名旦，曾参加牧野大战。相貌倜傥，性仁敦厚，风流儒雅，雄才大略，非凡人可比。公旦摄政七年，炳彪青史：一年治乱，二年克殷，三年践奄，四年建侯卫，五年营成周，六年制礼乐，七年还政成王。制礼作乐，定"周礼"。一次，周公在朝堂晓喻众卿说："商礼乐丰厚悠久，内涵丰富，吾大周也将有一套区别君臣、上下、父子、亲疏、尊卑的礼制和典章。家不像家，国不像国，家无家规，国无国法，行吗？无此万万不行，周将不日衰亡。"

周公伟大号称大贤，后世赞美他者多多。孔子把周公看作是古代圣贤之一，他说："周公之才之美，甚矣吾衰也！久矣吾不复梦见周公！"在文王时，周公和武王尽心辅佐文王成为西方共主，奠定灭商基础。文王后，周公又是武王得力助手，成功组织了武王孟津观兵。第二年后，率部在牧野集结，举行誓师伐商，誓词乃周公起草。其中"纣王罪孽罄竹难书，决东海之水难尽，拔泰山之巅难高"为有名佳句。纣王鹿台自焚后，周公又主持隆重仪式，向上天和殷民宣布纣王罪状，正式宣告殷商灭亡。周建立，武王为太子。保民敬德，治理国家。周公说："商何乃灭亡，周族何事兴起，根本一条，核心所在，是人心向背。牧野大战，商军七十万兵马阵前倒戈，商祚顷刻瓦解，民众力量威力之大，难以估量也。人无于水监，当于民监，今惟殷坠厥命，我岂可不大监抚于时！以民为镜，可鉴也。"周公制礼"定亲疏，决嫌疑，别同异，明是非。""刑"用来对付奴隶反抗，如"墨刑"即"黥刑"，砍掉脚的"刖刑"，"宫刑"即破坏生殖机能，而"大辟"即杀头等。对贵族不用，只用庶人，成为数千年封建统治信条。后唐人有一词曰：

周礼密密千百项，封建统治万宝藏，秘籍玄妙，惩下宽上。君君、臣臣、父父、子子，尊礼以下拜上。下不能犯上，条条不能违章。刑不上大夫，苦刑枷锁牢狱。尽为惩平民百姓，凶过狮虎口张；逞雄猖狂一时，终久难昌，别说万代传扬，春秋礼崩乐坏。杀君六十二，为周礼最严酷报偿。

周公制礼作乐，是划时代之举，千百年来被传为佳话。诏告天下，总提要曰：他先在朝堂召集文武众卿，自上而下，自下而上，征求文武百官意见。公旦说："此乃大事，关系我周室江山社稷兴衰成败。畅所欲言，言者无罪，言者足言，闻者足戒。”公旦又接着说：“我们要反复、多次讨论，推敲，使这‘周礼’尽善尽美，实用、可用、足用也。”为求周礼完善圆满，公旦深入下层，身体力行，到方国、州郡去广泛征求各诸侯、部落、奴隶主意见、建议、呼声和要求。周公又说：“周祚乃天子神器，普天之下，莫非王土，率土之滨，莫非王臣。都丰、镐域、由卿、大夫为王畿或京畿，天子直接掌握。”“礼”成规范，“刑”乃律具。“礼不下庶人，刑不上大夫。”礼乐上下有别，主仆分明，杜绝仇杀，避免内讧，均分宝器。宗法制以贵族血缘为根。每个大家贵族都有共同祖先、共同的宗庙、共同的墓地和互为保护义务。在宗庙使用的青铜器及乐器，则为礼乐制度的象征。

可《周礼》尚未走上正常轨道，祸事即起，此始作俑者是管叔。时人说，管叔这是犯上作乱，一个乱臣贼子。乱臣贼子，千百年来多用于军事、政治领域，有造反、动乱、叛乱，僭夺、篡位，以下犯上，犯上作乱，军事国兵，武装骚动。凡起兵造反，篡夺当代江山社稷的始作俑者，即头头，首领人，一般称之为乱臣贼子。乱臣贼子造反策动的叛乱一般是在国内。它与外族，外国人入侵有重要的区别，可也是战争、战场、战斗。一般说来，“乱臣贼子”造反，因为其不得人心，是分裂，是闹独立，有违民意，获胜者寥寥无几，百不挑一。在此西周“三叔”作乱之前，最有名的是颛顼帝时的共工氏作乱、大禹时三苗作乱，无不以失败而告终。当然，共工氏、三苗造反，也不能简单化论之。但凡他们兴兵反朝廷也不是没有心结和缘由。以“三苗”为例，大禹治水，他们身先士卒，异常卖力，拼搏苦干，风风雨雨十三年。可治水胜利，大功告成，论功行赏，坐享其成，弹冠相庆时，全天下任何人，甚至没他们出力大，无不一一受封了，不知咋回事？唯独他们被冷冷晒在一边。“三苗”气愤不已，怎么也咽不下去这口恶气，遂起兵造反，可这只是“小道理”：不能因“小”而搞“大”。性质变了，一切好心、动机统统化为乌有。这就叫固守住了“小道理”，而丢掉了“大道理”，想抹掉乱臣贼子恶名，恐怕跳到黄河也洗不清。后世人们当时时刻刻警醒。今日的“三叔”恐怕也难逃此种干系。

周公见管叔鲜首倡发难，义愤填膺，与国师亚父吕望商议说：“皇兄尸骨未寒，他就原形毕露，野心勃勃了。当初封他鄘地，委‘三监’之首，也是正宗大理，文王直系嫡孙，舍他其谁，可谓依托直至不为不重矣。今吾辅佐摄政，非己所愿，乃兄授命，此尔不是不晓。汝欲篡顾命大位，怎不察自己才薄德劣乎？仅以吾摄政之怨，而不惜造反，此造孽远甚矣。”吕望对曰：“野心发狂之人，无可量耳。名曰‘愤汝’，岂非醉翁之意也？谗汝乃假，夺位反叛方真矣。此祸首不除，国无宁日，民无宁日。事不宜迟，随机而发。除恶务尽，一鼓作气。”时人有诗为证：

周礼纲制墨未干，三监发难快闪电。
夺权夺国阴谋现，急不可耐马嘶喊。
兵来将挡有水淹，公旦痛不惜怜怜。
周礼原本严森森，难久脆弱三监侵。

朝廷中对“三监”作乱议论纷纷，众口不一。同为兄弟手足，召公对周公此举颇存疑虑。他说：“以武力讨伐，杀戮人命，是否过矣？”周公忍辱负重，耐心开导，发布文告。《大诰》曰：“周王仙去，天下不平。殷遗族人乘其内讧，企图复辟，跃跃欲试。朝廷降下滔天大祸。”周公又说：“危急时刻，占卜大龟，得上旨意：武力平叛，当务之急。凡吾周人，拥戴周室王侯，当把文王、武王创立基业延祚下去，叛乱必当以武力平定。望各路诸侯，臣属僚等，听从指挥，积极踊跃，投入东征平叛大业中来。”

“三监”勃勃而起，气势慑人。管叔鲜、蔡叔度、霍叔处聚一处一起商议。管叔说：“势如骑虎，不得不上，不得不发，二叔当协力行事，功成之后，划周为三，吾三人共为国主。我邶地出三万虎贲军主打前锋，望二叔不吝出兵。”蔡叔度说：“吾殷地虽然窄斜偏僻狭小，可有福同享，有祸同担，誓同生死，不达目的，绝不收兵。吾当出两万生力军相助。”霍叔处说：“二叔如此英勇，霍地如何肯拉人后？吾出一万八千精骑，上将百员前往助战。”

周大军东征，兵锋直指武庚，“三监”叛乱老巢，原殷商王畿重地。周公统率千军万马，沿武王当年伐纣原途冲击前进。兵马很快来到邶地城下。武庚不愧为纣王子嗣，身高伟岸，力大无穷，手使四百六十斤重降魔杵，当先杀来。周公回首说：“武庚武功不在纣王之下，非一人可敌，你等尽可齐上，围攻厮杀！”只见十二员骁将呼啸般上前，一窝蜂似车轮般把武庚团团围住。武庚毫无惧色，吼声如雷，一杆降魔杵上下猛砸，左遮右挡，不到三个时辰，九员周将纷纷落马。只听一股旋风忽的一声裹来，只见周营有八员健将又水泄不通般上来，又把武庚团团围定。有道是“一虎难敌群狼”。任你武庚如何勇猛，到此时战到三个时辰，从未间歇，早已筋疲力尽。乘其不备，只见一员周将“嗖”的一声，将其挑落马下。又一将上前，一刀割了首级。群龙无首，武庚军一轰而散，逃得干干净净。

与此同时，周军马不歇鞍，分兵三路，直捣管叔鄘地、蔡叔殷地、霍叔霍地。武庚兵败授首，一将败而全军溃。“三监”早已惊得魂飞魄散，军卒情绪低落，“三叔”原本纨绔出身，一个个绣花枕头一般。到此时，何谈对阵厮杀，些许乌合之众，已不啻以卵击石。被王师大军分别一一击破了“三监”武装，尽占了“三叔”之地，惩治了首恶管叔、霍叔，活捉了蔡叔，将其囚禁在郭凌。

公旦是文人，也是将才，“入相出将”是他本能，古兵者言：“将有八弊乃战场之大忌。一是对钱财和物质毫无止境的贪欲；二是对贤能之士的强烈嫉妒；三是轻易听信小人谗言，亲近那些谄媚轻狂之人；四是只会分析敌情却不能正确估量自身实力的鲁莽；五是遇到问题畏首畏尾的犹豫；六是沉迷于酒色无法自拔的荒淫；七是为人奸诈而又内心胆怯；八是胡搅蛮缠而又傲慢无礼。”周公讥笑管叔说：“三兄管叔你绣花枕头一个，整日只会寻欢作乐，哪懂战争为何物，兵器乃何械？狂妄无能，志大才疏，夺国夺权欲的确旺盛，无人能比。早知今日，何必当初，身为兄弟，我痛惜，可悲可叹啊！”

武庚、“三叔”作乱，淮夷遥相呼应，助纣为虐。周公愤愤然，痛入骨髓说：“寻常对我大周倒不以为然。‘三监’作乱却这么猖狂，实在是私欲膨胀，野心作怪”。淮夷、东夷位居东南，地势低洼，河流湖泊纵横，物产丰富，人民殷实。淮夷依仗地利，日渐坐大，渐渐生觊觎问鼎之心。参与“三监”作乱，实野心萌动。周公欲图淮夷，辛公早说：“大难攻，小易服，不如服众以小劫大。”周公说：“汝乃金石之言，定会事半功倍，吾当效之。”遂取首攻者淮夷九族小国。“九夷”国小微薄，兵少将寡，远非大周军对手。

可突发异情,周军猝不及防。淮夷由来已久,抗击商军,颇有战斗能力。东南地凹,河网纵横,不利陆战,更非车战。人马水土不服,疾病频频发生,周公焦虑煎熬。可周公百折不挠,意志坚强。他对将士们说:“不伐淮夷,后患无穷,尔当决心,除恶务尽。前面倒下,后面跟上,前赴后继,不平夷敌,誓不回还。”经周公一番言语,周军坚韧,决心毫不动摇,经过连续作战,终于征服了淮夷、东夷。“凡所征熊勇族十有七国,俘维九邑。”

“践奄”讨平东方最后叛乱据点,周公旦雄才大略又一次凸显。奄,又名商奄,地处今山东曲阜一带。商时,奄曾是东方一强大方国。周灭商后,奄国势力没有受到削弱,随着“三监”武夷叛乱爆发,奄也积极参与,成为东方一大劲敌。为维护周大业,奄国自然成为周公必然打击对象。灭淮夷,周军兵不血刃,占领了奄国西、南两面的邻国,势已构成对奄的包围之势。周公对将士们晓喻:“前者惩治首恶‘三监’武庚,紧随之又剿灭淮夷、东夷,对奄强大震慑之势已经形成。”公旦又说:“奄已孤立无援,吾当军事威吓与政治攻心双管齐下,不愁他不拱手来降。”果如周公所料,强大的军事压力,奄军已束手无策。又加周公招抚,网开一面,奄国终于被迫缴械投降。奄国投降,丰、蒲等北方诸多方国惶惶不可终日,也相继来投。历时三年的东征大战以胜利宣告结束,周国一下子扩展到了渤海黄海一带的广大疆土。时人说:“伐‘三监’意外收获,拓地三千里,尽饮东海水。”后三国人作颂一首,曰:

公旦儒家,先哲伟大。仁德丰厚,包容大物。
承继周族,百代少有。仁义道德,忠孝万载。
忍让厚爱,万人崇拜。华族美德,尽聚身来。
周礼铸造,传承彰昭。礼仪纲常,文化气象。
君君臣臣,父父子子。紊而不乱,等级森严。
打造周族,江山永固。各遵所规,有板有为。
上下井然,不得违犯。用心良苦,无愧建树。
摄政王兼,讨寇平乱。诛戮三监,天下方安。
维护周统,铁打钢铸。谁若闹独,誓杀不护。

周公旦是我国古代政治家、军事家,又是极其难得的一位思想家。摄王政,讨伐三监作乱,制作《周礼》是他一生的伟大功绩。后世伟大的思想家孔子十分尊崇周公,对他制《周礼》赞叹不已。后人有一长律云:

公旦儒家周先贤,摄政王开先河现。承载祖荫千百年,底蕴丰厚人惊叹。

礼义廉耻楷模显，忠义道德称圣贤。忍让厚重心胸宽，包容美德善心缘。

弃种五谷造福祉，万千生灵得万福。公刘豳地性和善，多容犬戎礼在先。

就因忍让得东迁，古公父仁看君面。祖上礼让越千年，太伯仲雍东吴迁。

宽容忠厚是本缘，包容能合天八边。人说周族无限大，皆缘包容秘笈价。

父兄相继归黄泉，幼皇成王须护先。不想三监造大乱，要夺周室锦江山。

舍得一身枪刀剐，誓打乱贼落下马。伟伟贤哲周公旦，儒家君子圣人面。

周公东征平叛，得胜还朝后。维护周室，经营成周，制礼作乐，修筑坚城，教化民众，忙得不亦乐乎。“建侯卫”封宋、封卫、封鲁、封齐、封燕，欲从根本上消除致乱内因，企求国泰民安，天下永久太平。周公本是一个仁德之人，“讨三叔，伐武庚”本为迫不得已之事。不想时隔不久，穆王姬满与羌戎又汹汹掀起了轩然大波。争战惨烈、涉境之远，比周公伐“三监”有过之而无不及。

牛贩弦高犒秦师巧救郑国

话说一个奇怪的春秋战场将才叫褒蛮子，是秦国勇将，力大无穷，有万夫不挡之勇。秦晋崤山大战中为开路先锋，他是秦穆公时的猛将虎士。而与褒蛮子相系相连的有一生意人，他虽不是将才，可是在国家危亡关键时刻，凸显出来的情感和勇气，比起名副其实的将帅来，有过之而无不及。这是一位特殊将才，超级将才，他的名字叫弦高。古兵家言，统率百万的军队，是凭借歼敌将领这样的人；将有种种，一叫天将，二叫地将，三叫人将，四叫神将。将还有小的叫法，一称作成将，二称作强将，三称作猛将，四称作良将。而秦国的褒蛮子不是良将，充其量是一个战场上的强将或猛将。他实际上是一个莽将形象。

秦穆公，嬴姓，名任好，继秦襄公、文公、德公、宣公、成公之后为秦国第六代国君。秦穆公是秦德公的幼子。秦穆公重用百里奚、蹇叔、由余等谋臣。打败犬戎，救助周王室，扶助晋惠公、晋文公回国即位。山戎，是我国古代西方、西北方乃至北方少数民族，由于所处地域不同，“戎”的叫法多多。

秦穆公曾因晋惠公以怨报德而攻打晋国。俘获了晋惠公，后又放其回国。所有这些成就了秦穆公声名显赫于一时。秦国国势强盛，使他得以成为春秋时期的“五霸”之一。秦穆公约卒于公元前621年。死时用了一百七十七人殉葬，其中有秦国杰出大夫子车氏的三个儿子，即奄息、仲行、金咸虎，令人可惜、可叹。秦穆公因此落下千古骂名，千百代以来受到人们的谴责。后北朝人有赋单道：

殉葬恶制，上古奴隶制行。凶残，吃人不吐骨头，远过妖魔张口犀利。人性撕裂，惨绝无道兽性残哉。愚昧无知，源自上尊下卑三六九等。君君臣臣，三纲五常毒凶。天子是圣人，奴隶，牲畜一般同。死殉陪葬，杀人命活生生。动辄几命，多者上百生灵。死吞活人，蛇蝎毒虫相比较软弱无用。秦穆公狠，殉百七十人命。妖魔鬼怪般残凶，大臣三子，三大才顷刻间命送。仅此一举，骂穆公百代千年连连声。

秦穆公义气深重，这里有他接人待物的一则传奇故事。他御厩内一匹日行千里宝马被盗,侍从们惊慌失措。他亲自带人四处寻找。不巧在一山坳里,见一群盗贼,杀马后煮熟,正在狼吞虎咽进食马肉,吵嚷之声不断,声声入耳。穆公随即上前说:“你们这样不行,单单吃马肉,不喝酒,难以消化,食积停滞,是要伤身体、生大病的!”说着,叫随从士卒献上几坛美酒,强盗流氓们欢喜不已。

受人滴水之恩,必当涌泉相报,这似乎是中国人的传统美德,它深深印记在每个人的头脑中。无论男女老少,君主小民,概莫如此。争相彰显、效仿,代代如此,千载传承。秦穆公又赐千里马肉,又赐佳酿美酒。他自己早已将丢马之事忘到九霄云外,未曾想在韩原大战中收到了做梦也难想到的无穷回报效应。

秦晋韩原大战发生在公元前645年。公元前650年,逃亡到梁国的公子夷吾回国即位,是为晋惠公。晋惠公能够归国为君,主要得力于秦穆公的支持。夷吾在将要即位时,其姐姐秦穆公夫人嘱咐说:“好好照料咱嫡长嫂贾君,把在外逃亡的公子兄弟们都接纳回国,以尽手足之情。父子、兄弟骨肉相残,祸起咱晋室萧墙,被天下人作为笑料!你登基后一定办好这件大事。”不想夷吾归国后,既不接纳各位公子,又与贾君私通。惠公曾答应赏赐国内大夫里克汾水以北土地百万亩,赏赐丕郑负蔡地方土地七十万亩,后来惠公食言不给。惠公在秦国时,对穆公说:“若我为君,把黄河以西、以南的五座城,还有黄河以北的解梁城尽献于您,以报答在危难之时您的搭救之恩。”后来也都背弃了诺言。公元前647年,晋国发生灾荒,请求秦国卖给粮食。秦穆公不计前嫌,说:“救人要紧,其他旧恩旧怨往后放放。人不能小肚鸡肠,办事想问题,一定要从大处着眼。”遂把大批粮食运到晋都绛城。不巧第二年,秦国也发生饥荒,而晋国收成不错。秦转向晋国求援,晋却颗粒不卖予秦。秦穆公怒不可遏说:“自食其言,忘恩负义,见死不救,缺乏起码仁义道德,何能为君?”遂不由分说,发兵攻打晋国。

秦国来攻,晋惠公率兵亲自迎战,结果屡战屡败,一直退到韩地。晋惠公问大夫庆郑说:“敌军深入,凶悍无比,对此怎么办?”庆郑说:“实在是君王使他们来攻,能够怎么样呢?”惠公骂他说:“敢责怪君主,太放肆无礼了。”惠公又命占卜兵车右卫人选,庆郑得吉卜卦。竟气愤地说:“我不愿用他!”惠公厌恶,不用庆郑,改让步卒驾战车,家仆徒为车右,并以从郑国得来的小驷马驾车。庆郑相劝,惠公根本不听。

是年九月,晋惠公准备迎战秦军,派韩简去探察情况。韩简回报说:“秦军少于我们,但请战人员却倍于我军。”惠公说:“这是什么缘故?”韩简说:“君王出亡期间是依靠秦国的资助,回国为君是有秦国的支持,晋国发生饥荒又吃的是秦国的粮食，三次给予我们的恩惠，无所报答。现在又要迎击秦军，丧失人心，天怒人怨，关键时刻我方懈怠，秦军振奋。两军交战，斗志相比，相差百倍！”惠公说：“一个普通人尚且不能轻易后悔，何况是一个国家？韩简，你快去请战。寡人不才，能集合士卒但不能让他们离散。秦军如果不回去，晋军是没有地方逃避命令的。”秦国派公孙技回话：“约定日期会战。”韩简退下去说：“我如果能被秦军囚禁就是幸运的了。”

九月十四日，秦、晋两军在韩原交战，晋惠公的小驷马陷在泥淖之中。一再棒打鞭抽，终是盘旋不出，惠公向庆郑呼喊求救。庆郑说：“不纳忠谏，违背占卜，本来就是自找失败，现在又为什么要逃走呢？这种国君，我不仅不救，也永远不跟着你干了！”于是就离开了。梁由靡驾御韩简的战车，虢石骇为兵车右卫，遇上了秦穆公，将要俘虏他。庆郑急于营救惠公，因而失掉了俘获穆公的机会，而此时秦军却俘虏了晋惠公，班师回军。而韩原大战，秦穆公势危。

秦晋大战是秦与晋争夺中原霸主而引起的。原来，晋国日日强大，郑国欲附庸于晋，而疏远秦国。秦穆公怒不可遏地说：“郑国累年受我恩惠多多，见强忘恩，见利忘义，乃无耻小人、丑陋诸侯一个。不能纵容，姑息养奸，自吞苦果。必须出兵讨伐，杀一儆百，让其知道知道我大秦国绝不是好惹的！”左右相蹇叔、百里奚急急奏说：“伐郑，不可！郑远吾附晋，只是臆想，并未见诸行动。退一步说也是刚刚开始，罪恶太过尚未昭彰，只须派一能言善辩使节前往，陈说理由，晓以利害即可，万万不可轻动干戈！”在古代，使节并不是对人的称谓，而是一种官职凭证。卿大夫聘于诸侯时，国君要授予任职凭证，这种凭证也叫使节或符节。这种使节大多用铜铸成，并根据任职地区不同，分别铸成不同的动物图像。百里奚说：“在崎岖地区任职的，授给他虎节；在平原任职的，授给他人节；在湖泽地任职的，授给他龙节。”出使凭证一般都是用竹子为柄，上面缀些牦牛尾等饰品，亦称旌节。

蹇叔说：“战争是个不吉利的东西，只有在迫不得已时才动用军队。战争关系到民族、国家的生死存亡，必须审慎对待。”紧接着，百里奚又说：“无休止的战争打起来，最终便会导致失败，到那时后悔也来不及了。”

秦穆公说：“尔等上了年纪，只知息事宁人，不知政治无情。当今天下诸侯争霸，腥风血雨，杀伐屠戮惨烈，由不得人。开拓创新，超前谋划，还尚嫌滞后。一招失算，全盘皆输，你二人之言，不足取也！”蹇叔说：“主公，伐郑之事，实在难成。就即使我等同意大王之举，也绝难以成功。郑国距我遥远，且不说远隔关山万里，就即中间相隔晋国疆土，岂能容得我过？晋朝廷上下人才济济，没有庸碌之人，不是傻子。人才济济，精明强干者多如烟海，假途灭虢之虞，前车之鉴，岂能轻易忘到九霄云外！愿吾王为国家计，无论如何，收回成命！”秦穆公一听，不悦见色，说：“左相思虑，真也太过持重，甚也。古来兴兵，欲图大举，哪能有招摇过市，敲锣打鼓，还怕别人不知道。出其不意，乘其无备，千里偷袭，如何不能成功？你老迈无用，成事不足，败事有余。朕主意已定，望二君勿再言！”蹇叔、百里奚尴尬，悻悻而退。

秦国军队在秦穆公三十二年（公元前628年）十二月动身，马摘铃，昼伏夜出。悄无声息以偷袭形式，路过周天王都城北门，再悄悄偷过晋国地界。此山乃秦岭山系，位居今河南三门峡市的灵宝，自古有秦、晋、豫“天险绝崖”之称。山高耸入云，壁立千仞，万丈深渊狭谷险涧，仰而看不见天。幽谷幽深，险象万千，飞鸟不进，猿猴难攀，历代为兵家必争之地。山之西，就是闻名中外的函谷关。一夫当关，万夫莫开，险山雄关，显得山分外神秘奇险，幽谷幽深。后有唐人七绝一首单道：

崤山天堑危又险，自古兵马难越山。
陡削壁立一线天，陷入夺命顷刻间。

秦穆公刚愎自用，一意孤行伐郑。蹇叔、百里奚百般劝阻无效，可惜可叹，悲愤万分。大军出发之日，蹇叔有《哭秦师》一则。该文写秦穆公不听忠臣劝谏，悍然发起秦晋之战的顽固之举。当时秦穆公接到杞子的密报说：“郑人使我掌其北门之管，若潜师以来。国可得也。”于是，秦穆公利令智昏，决心出兵袭郑。蹇叔清醒地说：“劳师远征，郑必知之。勤而无所，必有悖心。”秦穆公不听，发兵出征，蹇叔无奈，只好哭送出征队伍。

杞子，秦国大夫。秦穆公三十年（公元前630年）秦穆公与大夫杞子、杨孙、逢孙率军与晋国军队联合攻打郑国。郑国大夫烛之武游说秦穆公，使秦国与郑国单独讲和。秦穆公恐怕晋国灭郑国，就派杞子、杨孙、逢孙三位大夫率兵留守郑国，穆公自己带兵回国。秦穆公三十二年（公元前628年），杞子派人告诉秦穆公说，郑国人让他掌管郑国之都北门的钥匙，建议秦国乘机袭击郑国。次年春，郑穆公得知秦国要来袭击的消息，派人去馆舍看到杞子、杨孙、逢孙等人已作好战斗的准备，就派大夫皇武子对他们下逐客令，杞子逃往齐国，逢孙、杨孙逃往宋国。杞子在郑国派人到秦国密报说：“郑国北门的钥匙由我掌管，现在如能悄悄派军队来，郑国不费吹灰之力，即可以轻松拿下。”秦穆公征询蹇叔意见。蹇叔说：“让军队长途跋涉征伐远方，历代没有先例。远途跋涉，千里迢迢，人还未到我国，军队就早已累得精疲力竭，而远方的郑国兵马守株待兔，以逸待劳，严阵以待，怎么可以相战呢？如何能够取得胜利？军队的出征，郑国必定会知道。我军徒行千里，必然会萌发怨恨叛离的念头，军队士气也必将成为致命大问题；而且日行千里，轰轰烈烈，尘土飞扬，何谈秘密？谁会不晓得？”秦穆公没接受蹇叔意见。召孟明、西乞、白乙，派他们从东门外出征。

蹇叔哭着送别说：“孟明呀，我看到军队出征，可再也看不到它凯旋回朝了！”秦穆公派人指责他说：“你懂什么？如果你中寿的时候就死了，你墓上的树也该长到两手合围那么粗了。”

蹇叔的儿子也随军出征，蹇叔哭着送他说：“老夫早已料到晋国军队一定会在崤山袭击我军难躲难逃。崤山有两座山陵，它的南陵，埋有夏后氏的坟墓；它的北陵，是文王避风雨的地方。你们必定战死在那两座山陵中间。我在那里收殓你们的尸骨吧！”秦国的军队于是向东进发了。秦国上下一片凄凉氛围，令人可叹可悲。

哭秦师，蹇叔对战情述说，未卜先知，料事如神，可谓是真知灼见，入木三分。与蹇叔同时共事穆公的另一大宰相百里奚说：“用兵作战的一般规律是：如果动用战车千辆，辎重车千辆，甲卒十万，加上越境千里运送军粮，那么前方后方的费用，款待使节食客的用度，作战器材的费用，车辆兵甲的维修开支，每天耗资巨大须十万钱，然后十万大军才能够出动。战事久拖不决而对国家有利的情况，从来不曾有过。所以，不完全了解用兵之害的人，也不可能完全了解用兵之利。”人们说：“蹇叔、百里奚左右相如此精明，秦国有此两大人才，实乃三生有幸，可惜秦穆公有眼无珠弃而不用。天要你灭亡，先让你猖狂。”此话不谬也，后楚人有一词单赞：

> 急功称尊，好大喜功，秦穆公欲霸业建牢稳。无缘无故千里伐郑，声威慑群雄。穆公任好腹空，外强中干，非大才、愚庸。蹇叔、百里奚大智慧，胜败早早预见，无错判。未先知料事无误。苦口婆心，利弊洞悉入微，国君视而不见，痛煞人可叹。痛骂早不死，否则墓已长出树参天高。兵马动，大放悲声。痛哭秦师在战前，百世难闻一见。爱秦国蕴情钟。智者料事，早预测灼见。崤山孕育超级大战，山有名，秦兵死惨凶。

到了第二年即周襄王二十五年，秦穆公三十三年，晋襄公元年，郑穆公元年二月，三个月的时间秦国军队才到了郑国疆界，即今河南省的偃师县南。大军走着走着，突然之间，前边大道上有人拦住去路，秦国兵马上下，顿时为之一惊。争相说：“怎么回事？这么秘密，咋会有人知道？”不一会儿，拦道的人恭恭敬敬上前跪禀说：“郑国使臣求见！”前哨正行的士卒一听，赶快通报大帅孟明视说：“有人拦道，要见大帅。”孟明视也大吃一惊说：“我们行军这么秘密怎么郑国使臣就知道了？快叫他前来见我！”郑国使臣来到主帅孟明视面前说：“我是郑国使臣弦高，我国国君听说三位将军要到敝国来帮我们，时间紧凑，来不及，让我赶快带上几十头牛羊，先送给将军。这一点小意思说什么也不能算是犒劳，不过给将士们吃一顿罢了。我们的国君说，敝国蒙贵国派人来保护我们，实在是大恩大德，千里远来，难能可贵。我们不但非常感激，而且自个儿也更加小心谨慎，保家卫国，前前后后准备得严严实实，丝毫也不敢懈怠。将军您只管放心！到敝国来，先安顿馆舍住下，安歇安歇。我们国君说了，一定要好好款待，保管全军上下，吃香的，喝辣的，睡好，玩好！我郑国地处中原，名胜古迹多多，你们一定要在这儿多住个一年半载的，尽情尽意地玩个够！”孟明视一听吃惊，脑子马上一转说：“唉！道听途说，听风是雨，你们误解了。我们不是到贵国去的，你们何必这么破费呢？”弦高似乎对孟明视的话不大相信，十分恭敬地说：“怎么不是来敝国的？我国的贵客，贵客，千载难遇！可别往别国去！一定来我们郑国做客！”孟明视越听心里越不是滋味，马上咬着弦高的耳朵，悄悄说：“只让你一个人知道，不许给第二个人说。我们是来攻打滑国的，快告诉你们国君，放心，放心，一百个放心，

你回去吧！"弦高这才交上十六头肥牛、十八只羊谢过孟明视，慢慢悠悠回去了。

孟明视下令说："快！立马改道攻打滑国。"突如其来弄得西乙术和白乙丙两员副帅，如坠五里雾中，丈二和尚摸不着头脑，说："咋回事，突然来了个一百八十度大转弯，叫去攻打滑国？"孟明说："咱们偷着过了晋国地界，离开本国差不多有二千多里地了。如此机密，原来想突然袭击，乘人不备，才能有取胜的把握，不想现在郑国的使臣竟老远专门来犒劳。这不是明着告诉咱们，他们早就知道，并已作好了迎敌准备。人家已经知道，那情况就不一样了。咱们是远道而来，最佳战术是速战速决。可人家有了准备，你能打胜吗？咱要是真的把郑国长时间的围起来呢？人家用心把守，深沟高垒，咱干着急。人家就是不战。咱也胜不了。旷日持久，后果不堪想，这你想过吗？"孟明视又说："咱来的兵马又不多，另外又没有后援。想打胜仗，哪儿能成呢？消耗时间长了，后果是啥样？不用说，谁都知道！倒不如趁着滑国没有任何防备。突然袭击，一下子去把他灭了，多带些财物回来，也可以对主公有个圆满交代，总算咱们没白来跑一趟。"时人有诗为证：

孟明陡转打滑国，乙术乙丙不明白。
经过一番细述说，方知内情无奈何。
秘密已泄难打郑，顺手牵羊滑国征。

事出诡异，未曾想到孟明视上了弦高的大当。他这个郑国使臣原来是冒名顶替，假扮来的。弦高，原是郑国一个地地道道的牛贩子。这回赶了些牛羊，是到洛邑东都贩卖做生意的。不巧半路上碰见一个从秦国回来的老乡。俩人站在当道，随便闲聊了一会儿。那老乡说："秦国发兵，偷袭郑国。兵马正在路上行走呢。要不几天，就要过洛邑东都了。你还去东都贩牛，也赶快躲一躲好！"没想到和这老乡一分手，弦高当即沉思起来。他自言自语说："'国家兴亡，匹夫有责。'秦国偷偷来袭郑国，实属不义恶举。我身为郑人，祖籍祖坟都在这里，能袖手旁观？郑国朝廷上下，现在连一个人也不知道。他秦兵来，保管一打一个准。灭国灭族，又毁我家！此是毋庸置疑的。这还得了！我既然知道了，就不能不管，虽然咱是草木之人，平民百姓，是个做小生意的。国君安危，国家兴亡也影响到我的生存和生意，做不成生意，靠啥活命呀？古人还说'位卑未敢忘忧国'，再说身为人子，郑国人，不能不爱国，不能没有责任感。不能再迟疑犹豫徬徨了，快救国，这是头等大事！比什么都重要！任何事不顾！"弦高一面派手下的人,快些跑步行动,披星戴月,回郑国报告郑君。这边,他已胸有成竹,赶着十六头牛,十八只羊对着秦兵来路迎了上去。果然,在滑国地界碰到了孟明视的军队,遂冒充郑国使臣犒劳秦军,以一个小小商贩的机警和智慧,自导自演了先前战场上精彩的一幕,急中生智救了郑国。

商人弦高于国家危难之时显真情,所以传播久远。时人说:“弦高是商人,但弦高与一般商人不同,他是奇商。”古代有许多特色商人,有的儒雅风采,有的侠义心肠,也有的见利忘义、奸诈刻毒。所谓奇商,就是这些商人有的发家经历与众不同,有奇特的经历,有的在经营上与众相比有独特之处。“奇”商的“奇”,“奇”就“奇”在这些商人敢为一般商人不为之事,“奇”就“奇”在他们的胆识、见识,“奇”就“奇”在他们敢作敢为的精神,“奇”就“奇”在他们有伟大的爱国热情。

伐郑不成,无缘无故的滑国天降横祸,遭了大殃。滑国在郑国以西,即今河南省偃师市西北区域,为孟明视三帅偷袭郑国的必经之地。改道伐滑,此是孟明视的顺手牵羊之计。兵法云:“微隙在所必乘,微利在所必得。”“善战者,见利不失,遇时不疑。”“勿以利小而不得,勿以胜小而不取。”争者,机会极其重要:“机不可失,时不再来。”要制敌取胜,须善于“牵”着从身边一掠而过的每一只“羊”。孟明视可算是顺手牵羊的行家里手。一天夜里,滑国国君正在睡梦中,突然一声爆炸。山崩地裂,江海翻腾,千万秦兵似潮水涌入滑国。滑国本来就小,方圆不过百里,数十万秦军,人呐喊,马嘶鸣,一夜之间占了个全。小小滑国国君,哪敢迎战,率领文武百官匍匐跪迎秦兵,大肆招待,热情崇敬备至。国中金银财宝,珍珠玛瑙全部献上,尽由秦兵任意挑选。有诗为证:

伐郑不成滑国烹,替罪羊儿解心痛。
挽回些许颜面尊,孟明才智称强人。
无故用兵欺微弱,造孽忤逆天有说。
穷兵黩武枉逞能,伐郑梦幻一场空。

郑穆公兰接到商贩弦高的急报,大惊失色。郑穆公生于公元前649年,卒于公元前606年,姓姬名兰,是郑文公的儿子。原先受郑文公宠信的儿子有五人,因内讧,有的被杀,有的外逃,公子兰出晋国后,侍奉晋文公非常谨慎恭敬,博得晋文公好感。郑文公四十三年(公元前630年),晋国攻打郑国,郑国求和。经要求立公子兰为太子,郑国同意了。郑文公死后,太子兰即位,是为穆公。穆公二十一年(公元前607年),楚国、宋国攻打郑国失败,郑国活捉宋国大夫华元,后来华元又逃回国。次年,郑穆公病死,在位二十二年。郑穆公元年(公元前627年),秦国偷袭郑国,途中遇到郑国商人弦高。弦高用十六头牛、十八头羊犒劳秦军的同时,暗地里派人回国报告消息。秦军以为郑国已有了防备,于是撤回。且说郑穆公闻听消息,惊慌之余,立即派人去探望杞子、逢孙、杨孙他们的动静。原来,这三人乃秦国常驻郑国使者。郑国使臣刚刚进厅,果然看见,他们正在那儿整理兵器,收拾行李,好像要打仗出发的样儿。郑穆公派老臣烛之武去对他们说:“诸位将军在敝国劳苦功高可够累的了。孟明视的大队人马已经到了滑国,你们怎么不跟他们一块儿去呀?”杞子等三人听了,大吃一惊,知道有人走漏了消息。当时只好厚着脸皮苦笑着应对了几句:“没有这事!”匆匆忙忙趁着夜晚逃走了。

秦兵于春二月中,出其不意,灭了滑国,尽掳辎重,金银财宝,满载而归。只为袭郑不成,指望以此将功赎罪。孟明视与西乙术、白乙丙说:“亏中有补,这也算可以了吧!”西、白二人说:“托主帅洪福,想主公不会怪罪于我!”大军回归,不紧不慢,仍是小心翼翼,看看已到四月中旬,兵马行至渑池县境。白乙丙对孟明视说:“此去前边西面不远,就是天下闻名的崤山天堑。险峻之道,壁立千仞,万丈深渊,飞鸟难过。临出发时,吾父切切叮嘱‘谨慎,万万不可大意’,望主帅不可忽视。”西乙术说:“主帅虎威,远近皆知,名副其实。然不可大意,崤山若真有埋伏,猝然遇之,当如何是好?”孟明视说:“我当先行。如有伏兵,我先打退就是。”

战事诡异,说有埋伏就有埋伏,此话果然被西乙术言中。原来这崤山地方属晋国疆界,当初孟明视他们出兵,为阴谋偷袭郑国,当然不可能事先主动向晋国通报求请“借道”。更何况,千里袭郑,“项庄舞剑,意在沛公”。三百辆兵车不告而来,横冲直闯,硬过他国境界,此乃有违国与国之间惯例,犯兵家大忌之事,完完全全是强盗侵略性质。晋国岂能不知道?岂能善罢甘休?当时晋国的人才赵衰、先轸等料到秦军还要回返。守株待兔,单等鱼儿上钩。于是早已暗暗布下了天罗地网。此战非同小可,战前赵衰与先轸两人还有一段论兵对话。他们的对话与后世兵家的理论不谋而合。赵衰说:“凡为将者,要知地理地势,军队在森林中作战应注意白天以旌旗指挥战斗,夜间要用金鼓发号施令。作战时以短兵为主,巧妙地设置埋伏,既可攻击敌军的正面,也可突袭敌军的背面。”先轸说:“在草丛中作战以长剑、盾牌等为主要兵器。与敌军交锋之前,最好先调查清楚敌军的行军路线,然后在这一过程中每十里埋伏一大群哨兵实施突袭,每五里埋伏一小群哨兵接应。事先收藏好旌旗,掩盖好金鼓,不留下任何蛛丝马迹,当敌军经过时打得他措手不及。”赵衰说:“在水上作战,应充分利用船只优势战斗,训练士兵乘船作战,掌握各种水上功能,在船上插多面旗帜以迷惑敌军，让弓箭手向敌军发起猛烈的射击，让手持短兵器的士兵与敌军在近处厮杀，在水上设置坚固的栅栏，以保卫船只的安全，顺应水的流向和敌军进行打斗。”先轸说：“在夜间作战，关键是保持战斗的隐秘性，即可以秘密派遣兵马队，出其不意地偷袭敌军，可以点燃无数火把，敲响多面战鼓，以扰乱敌军的视听，进而用最快的速度袭击敌军，取得战斗的胜利。”赵衰说：“在山谷之间作战，要巧妙地设下埋伏，勇猛地主动出击，让身手矫健的士卒站在高处，让舍生忘死的士兵切断敌人的后路，让弓箭手排列整齐地向敌军射击，让手持短兵器的士兵在后面继续攻击，从而使敌军前后受敌，无暇反击。”先轸说：“这崤山天堑万丈深渊，谅他秦兵有掀天掘地本领也插翅难逃。”时人说：“英雄所见略同。”

孟明视派帐下骁将褒蛮子，担当先锋，打着孟明视帅旗大号，逢山开路，遇水造桥，临行，孟明视特嘱说：“选你为先锋，意在所托甚重，你是咱秦国第一号勇将，你要施展雄威，勇猛杀出一条血路，为大军继进。”再对众将部署说：“我为第二队，西乙术为第三队，前后照应，相距不得超过一二里路程，以免联络不上。”这褒蛮子车轴汉，短粗身材，膀大腰圆，气概压天，力气大得惊人。褒蛮子惯使一杆方天画戟重二百六十斤，在战场上，有商代“恶来”美名。褒蛮子每每上阵能把这丈八尺方天画戟舞得呼呼生风，百八十条大汉，难近其身。褒蛮子凭恃骁勇，自谓天下无敌，的确有万夫不挡之勇，乃秦军帐下第一号战场斗将。时人有诗为证：

冲阵夺关选猛将，褒蛮力大比人强。
孟明首选第一将，逢山开路先锋掌。
挥舞画戟呼呼响，百条大汉难近旁。
受任先遣越险涧，蛮子耀武江海翻。

只见褒蛮子气势雄壮，驱车当先冲过了渑池，一直往西方向冲击前进，看到行至崤山，褒蛮子想让士卒暂歇一时。还未开口传令，陡然之间，山坳里鼓声、炮声大震，惊天动地。刹那之间飞出一队兵马，兵车上威风凛凛挺立着一员大将，当先拦住去路，厉声大喝一声说：“前方之将是秦孟明视否？吾等已在此等候多时矣。”褒蛮子遂上前答话，也声色俱厉说：“何人如此无礼，动问我方元帅？来将可先通姓名。”那员将说：“吾乃晋国大将莱驹是也！”褒蛮子说：“去！叫你国勇将栾枝、魏犨二将出马，还能与我斗上几回合，你是无名小卒，远不是齐等量级，不配与我交手，还敢来阻我去路？快快走开，让我大军过去，如若迟慢半刻，让尔即刻在我画戟下丧命！”莱驹闻听，勃然大怒，话也不说，挺起长枪，劈面刺来，异常凶悍。只见褒蛮子轻轻把他的戈矛拨开，就势一戟刺来，异常沉重。莱驹急急躲闪，可那支方天画戟来势太猛，一戟砸在车横架衡柱之上。褒蛮子又把戟就势一绞一横，顿时折为两段。莱驹见其大吃一惊。说："好一个勇将，如此利害，孟明视，果然名不虚传！"褒蛮子力大戟重，一戟下去，势如千钧，砸断车柱。

褒蛮子一听，哈哈大笑，说："我不是孟明视，乃孟大帅麾下先锋猛将褒蛮子是也！我大帅统率千军万马，岂肯与你这无名小辈直接交手？你快快躲避，我元帅大兵随后就到，当杀你晋兵片甲不回！"一席话，只吓得莱驹魂不附体，暗自心想："区区一部将，竟如此英勇，不知孟明视是何等英勇样人？"遂高声说："我放你过去，不可伤害我军兵卒！"莱驹遂将车马让过一边，让褒蛮子兵马过去。褒蛮子随即差士卒报主帅孟明视说："有些小晋军埋伏，已被我杀退，可速速进兵，与我合在一处，待我攻过山，便任何事没了。"孟明视得报大喜，说："褒将军，果然虎将也！"遂催促西乙术、白乙丙两军。说："先锋褒蛮子已经得手。"快快跟进。这边莱驹回帐来报将军梁弘，说："秦将褒蛮子骁勇，凶悍无比，很难抵敌！"梁弘笑笑说："无妨，虽有猛将，定入我网，岂能让其逃生哉？先按兵不动，让其过尽，从背后猛打，后路断绝，又尽擒矣！"

孟明视、西乙术、白乙丙三帅率兵马先进了东山。约行数里，有地名"上天梯"，继续前行，又有"坠马崖""绝命岩""落魂涧""断云峪""鸟难飞"，一处处尽是陡峭险峻，绝壁万仞，鸟兽难过，车马不能行。看看前哨先锋褒蛮子，已去得远了，联络不上。孟明视说："蛮子已经去远，料无埋伏，可大着胆子行进也。"遂叫军士解了辔绳，卸了甲胄或索马而行，或拉车而过，一步一停，前边人拉后边人手，后边人扶前边人肩。

秦兵三三两两，三五成群，不成队伍，艰难极矣，走走停停，步伐很慢，有人禁不住问："我等来时，也从山中而过，不曾见许多险阻。这次返回，如何这等险难？"情况变了，就是不一样。这其中有个缘故，当日出兵之日，全是偷过，乘着一股锐气，又没晋兵拦阻。轻车辎重，快马加鞭，任意前行，不觉得艰苦。今日回返，跋涉千里，长途行军，人马疲困，又掠得许多金银财帛，行装重担，这且不说，还怕晋国伏兵。心中惊吓不宁、难安，自然之理也。孟明视等过了"上天梯"第一道隘，正行之间，隐隐闻鼓角之声。后队有人报说："晋兵从后面追来了！"孟明视说："不要惊慌，我等难行，他来追更不容易。"不久，过了"坠马崖"，快到"绝命岩"了。此等险峻地方，这乱木从何而来？莫非前面有埋伏兵马？孟明视不信，遂亲自走向前边察看，但见岩旁有一石碑，碑上刻"文王避雨处"五个大字耀人眼目，石碑旁高竖大旗一面，旗高约长三丈八尺，旗上有一"晋"字，迎风飘扬。旗帜之下横七竖八，堆满乱木柴草。孟明视说："这是疑兵之计也。事已至此，晋兵埋伏不虚也。只有勇猛前冲，方能生存。"遂传令说："先将他旗杆放倒，再搬开柴木。以便向前冲击行进。"谁知，这下可好，猝未料到，这"晋"字红旗，原是伏军记号。晋埋伏兵马都藏于岩谷僻处，望见旗倒，晓得秦兵已到，多处大声喊叫，一齐发作起来。秦军正在搬运柴木，只闻四面鼓声如雷，早已马嘶人喊，正不知有多少人马。只见山岩高阜处，站立住一位将军，威风凛凛，声势慑人。此人姓狐名射姑，字贾季。狐射姑即贾季，狐偃之子。狐射姑大叫说："孟明视，你家先锋褒蛮子，已落入陷坑，早被我擒捉在此。来将早早投降，免遭我晋兵屠戮千万生灵！"原来褒蛮子恃勇前进，不忌其他，坠于晋兵陷坑之中，被晋兵将铙钩搭起，生擒上了囚车。

白乙丙闻听褒蛮子被捉，大惊失色，慌忙派人报西乞术并呈报主帅孟明视知晓，听命下一步怎么办。孟明视看看前进道路，只有尺许宽窄，仅容一人一骑行走。一边是危峰峻岩，一边是万丈深渊，此处就是"落魂涧"了。虽有千军万马，也难有用武之地。遂心生一计，立即传令说："此处非交锋之处。后队变前队，前队变后队。大军一齐后退，退至宽阔平原处，暂与晋兵决一死战！"白乙丙奉了将令，将军马徐徐退回。一路闻金鼓之声不绝于耳。刚刚退至"坠马崖"。只见南北两路旌旗猎猎，连绵不断。一看，却是晋大将梁弘同部将莱驹，各引五千兵，从南北两个方向咆哮般杀来。前有阻兵，秦军过不得"坠马崖"，只得再向后退。此时，秦军前后左右乱窜，似在热锅上的蚂蚁，东西乱转，没有个定处。孟明视教军士左右两旁，爬山越涧，多寻出路。猝不及防，又见左边山头上金鼓齐鸣。有一支军队站着："晋大将先且居在此，孟明视你还不快快下马投降！"话声未落，右边隔溪猛的一声炮响，山谷震撼，回音之声震耳欲聋。又突见晋大将胥婴的旗号。旗下横刀勒马站着一员大将，气势雄壮。胥婴大喊一声："晋国猛将胥婴在此，孟明视，你还不下马受缚更待何时？"到得此时，孟明视早已锐气丧尽，束手无策。晋军所堆的滚木、柴火上都掺有硫黄、芒硝引火之物，被晋将韩子舆一把火放起，顿时火焰冲天，秦军惶惶不可终日。恰在此时，后面梁弘兵马又到，前后四面夹攻，任尔孟明视天兵天将也插翅难逃。几路兵马只逼得孟明视叫苦不迭。左右前后尽是晋兵，满山遍野。孟明视对白乙丙说："你父亲妙算如此之准！今日困死于此绝地，吾必死矣！你二人快快变换衣服，装扮士卒，各自逃生。万一上天有幸，有一人得回秦国，奏知我主，一定要为我兴兵报仇，我在九泉之下，亦得瞑目也！"西乞术、白乙丙嚎啕大哭说："吾仨生则同生，死则同死，纵使得脱，亦有何面目独归故国……"

话音还未稍尽，看看手下兵卒，已经四散逃尽，孟明视等三帅，看看无计可施，三人遂共坐于岩下，静等俘虏。晋兵四下齐齐围裹将来，三帅一个个束手就擒。

弦高作为一介平民百姓，区区一牛贩商人。他有思想，有情怀，有血性，更有气概。弦高爱郑国，他是一位伟大的爱国者。他说："我爱我的家，我更爱我的国家，我更爱我四邻八舍的乡亲父老。如果没有他，如果没有了他们，我就无法生存，更无法做生意。"弦高又说："一个真正的爱国者，用不着顾及自己的身份高与低，用不着等待谁给你发号施令才去行事，用不着等待思想上的准备和什么合适的机会，无意之中，不经意间，只要需要，我就毫不迟疑，义无反顾地冲上去，只要能救国，我什么也不想，非迎上去不可！"

后唐人有一长律云：

秦兵千里来袭郑，偷窃道行军天无缝。猝不及防商人现，自愿自发报国前。

文武大臣千金面，厚厚俸禄朝班站。外寇来侵缩鼠胆，个个怕死无主见？

何乃朝臣不耐看，多多君主软如绵。降生弦高一半点，郑国强盛何难见？

哭乎悲乎叹苍天，人才人才实难见。庄公九泉若灵现，弦高宰辅掌朝班。

区区弦高一商贩，何乃情怀高比天。弦高何止是郑胆，精气凝汇二千年。

岂止仅限二千年，百代传承魅无限。华人有此胸怀胆，磅礴大气五千年。

商人气息何是胆，智慧迸发捅破天。少许十八羊牛献，勇过兵将万万千。

卫青震慑匈奴晋大将军

西汉自建国后，天下很平静。安居乐业，国泰民安，地方无乱，盗寇绝迹。也可能是楚汉相争八年，英雄枯竭，豪杰丧尽，“世无英雄，竖子也难成名”。景帝时刘濞“七国之乱”，经周亚夫仅三个月剿杀，即灰飞烟灭，再无声息了。天道有言，此起彼伏，“按下葫芦起来瓢”。国内“兵甲入库，马放南山”，但不久匈奴来战，声势汹汹，兵强将勇，铁蹄踏踏，把汉朝廷蹂躏得不像样子。此时的汉朝廷刚刚建国，精力耗尽，资财枯竭，兵甲笨重，与匈奴交手，很是软弱，毫无招架之力。这在“白登之围”之战表现最为明显。此战不仅汉军痛败，还几乎把高祖刘邦活活捉住。从此后惧怕匈奴，已达“谈虎色变”程度。最为蒙羞的是，冒顿竟送国书，要与吕后一起“并肩狩猎”，这无疑是“国耻大辱”。可“弱国无外交”，只有隐忍之。之后，匈奴愈加看到汉朝廷软弱可欺，攻势猛烈。年复一年烧杀抢掠，惨不忍睹。无奈之下只能行“和亲”之策，尚顾眼前一时。汉代六十余年，送去匈奴和亲的公主、郡主一百二十人，“国耻大辱，历史难见”。积辱、积耻、积闷、积愤由来已久。西汉朝廷对匈奴怀有积怨，深仇大恨，不共戴天。到汉武帝时期来了一个总爆发。

卫青，西汉第五代（算吕雉为第六代）皇帝刘彻时的杰出军事将领，官拜大将军。卫青善骑射，才气过人，胆略兼备，有将帅才，与士卒平等相待，众乐为用。由骑奴而至大将军统帅，伐匈奴，五战五捷，以特殊功勋位至大司马，封长平侯。在我国军事史上，卫青对骑兵在沙漠作战作出了开创性的贡献。后人有诗为证：

出身微贱机遇好，志气才能独称道。
承主使命报国耻，痛打匈奴武功彪。
五战五捷常胜将，汉家雄威难估量。
国昌势盛造汉武，良将卫青青史书。

汉武帝在西汉十五位皇帝中也是数一数二的人物。汉武帝名彻，是景帝第九子，公元前156年生，前元四年（公元前153年）封胶东王。前元七年（公元前150年）四月，立为皇太子。后元三年（公元前141年）正月，即皇帝位，时年十六岁。翌年，定年号为建元，帝王年号自此始。刘彻即位后，政治上仍秉承景帝之国策，继续削弱王国势力，打击地方豪强，加强中央集权。元朔二年(公元前127年),汉武帝采纳中大夫主父偃建议,迅速在全国颁诏实行“推恩令”,始分藩国。当时民间有谚说:“推恩诸侯国干枯瘦弱,刘彻帝膘肥体壮气勃勃。”刘彻采纳董仲舒“罢黜百家,独尊儒术”的主张,设立太学,培养选拔人才。汉武帝最大的贡献是重视人才,不拘一格,他办事果断,当即在全国上下广颁《求贤诏》。以下文字为其中一段释义:

> 凡是欲建不平常功业的吾国人,就需有才华出众的人。此犹如马,有的马奔驰、腾跃踢人,却能日行千里;有的士人被世俗讥笑,议论纷纷,却能屡立功勋。力大性情彪悍的烈马,往往能使车翻颠覆;不拘小节的壮士可能不安分守己,对君主来说这只是如何驾驭使用他罢了!

《求贤诏》犹如一石激起千层浪,一发而不可收。不久,韩安国、汲黯、公孙弘、司马相如、东方朔、唐蒙、庄助、主父偃、朱买臣、卜式、桑弘羊、卫青、金日磾、董仲舒、郑当时、霍去病、张骞、苏武、司马迁等似雨后春笋般脱颖而出,争相拥来。这其中有出身寒微的朱买臣,牧羊人卜式,商人桑弘羊,降俘金日磾,奴隶出身的卫青等。

匈奴乃游牧民族,好战,常犯汉边境,烧杀掠夺,实为西汉朝廷一大祸害。想当初,高帝曾想解决,不但未能如愿,反而遭到了平城白登之辱。于是被迫采取和亲国策,长达六十多年,历惠、吕后、文、景五朝羞辱难忍。匈奴仍不断入侵,陇西、上谷、云中、辽东之地,深受其害。说到匈奴的欺汉,甚嚣尘上,何尝只是和亲,想当年冒顿曾持书邀约吕后会面,羞辱吕后寡居“邀其同狩猎一游”。这实际上是对大汉国母的侮辱。国弱将寡,无力抗敌,吕后也只能忍辱含屈,虚以委蛇,从不敢撕破脸皮。“家贫被人笑,国弱为人欺”。此时大汉心灵创伤之甚,可想而知。

刘彻即位之日,正是汉朝廷国力雄厚之时,乃奋然跃起,为雪累世国耻,重建始皇大帝国威雄图。他决心大举讨伐匈奴。后人评价,这是汉武帝刘彻的“为政治国方略”。时匈奴正值军臣单于(冒顿之孙)当权,国力强盛,其国境东达辽河,西至中亚、西亚,实为古代世界上最大的游牧帝国。汉匈相斗两强相遇,战争异常惨烈。其时间之长,规模之大,杀伐之剧烈,为中外战争史上罕见。

刘彻与匈奴的战争始于元光二年(公元前133年),时马邑(即山西朔县)土豪聂壹献计,请诱击匈奴。以三十万大军埋伏于马邑山谷中,欲诱使匈奴至而灭之。不想战前匈奴俘获了雁门尉史,严刑拷打之下而泄露军机,汉军诱击之战失败。从此,两国战事不断,连连骤起。

早在建元二年(公元前139年),汉武帝即派张骞(今陕西城固人,时官为郎)出使西域(今玉门以西广大地区,时西域有三十六国)伐交。张骞率百余人,从长安出发,出陇西(今甘肃临洮县),途中被匈奴俘获,拘禁十年。后乘机逃脱,至大月氏(今河姆渡上游地区)。大月氏不愿与匈奴为敌,张骞滞留岁余,仍返;至南山(祁连山),不巧又为匈奴所得;元朔三年(公元前126年),匈奴内乱,张骞又乘机逃归。张骞出使西域十三载,备尝艰辛,唯二人即张骞与甘父生还。元狩四年(公元前119年),刘彻令张骞再度出使西域。刘彻在军事上打击匈奴之时,还大量移民与收复土地,以固边防。元朔二年(公元前127年),筑朔方城(今内蒙古杭锦旗北),移民屯垦。元狩四年(公元前119年),移关东贫民七十二万五千人于陇西等地。

刘彻与匈奴作战四十余年,给匈奴以毁灭性打击。汉武帝在位长达五十五年,充分施展其雄才大略,将汉朝廷推向极盛的黄金阶段。大将军卫青就是他一手培养,分外重视,寄于厚望的难得将才。

汉对匈奴第一次马邑的诱击战虽然劳师无功,但却获得了不少启示。汉武帝严肃地说:"首先发现了自己步兵机动性太差,无法与强悍的匈奴骑兵相提并论,这是我们的弱项。当务之急需快快改变。使用于马邑伏击的军队,绝大多数为步兵,无法与匈奴骑兵相拼搏。设伏时行动缓慢,准备费时,又不能严格保守秘密。而当敌军退却时,因距离太远,也无法实施有效的追击,这是吾汉兵的软弱致命处。"武帝又说:"这种'守株待兔'的战法过于被动,必须主动追击,寻敌决战,才能真正解除边患,才是打胜匈奴的根本。"

年轻的汉武帝无愧于一代雄才大略国君。他在用人用将上,在擢拔将才上,敢为人先进行探索和突破,敢试、敢闯、敢干,实现了真正的扭转。他提拔一批年轻有为、英勇善战而又不受旧的战术思想束缚的将领,执行他的特殊使命。他左右的亲随人员,自然在首选之列。汉武帝喜骑射狩猎,"又好自击熊豕,驰逐野兽"。其中有从狩猎中训练骑士,选拔将才和提倡好武之风的成分。卫青、霍去病都是通过在随从狩猎的侍卫中选拔出来的。卫青,善骑射,才力过人,加上卫子夫的得宠,更是似火箭式提升。卫子夫年轻貌美,国中无二。卫青贵为外戚,又得汉武帝青睐。元光五年(公元前130年)卫青由侍中一跃而为车骑将军,而此时他才二十五六岁。

且说汉元光六年(公元前129年),汉武帝组织了一次塞前近距离的大出击之战。此战共分四个方向,由卫青等四位将军统帅,各率万骑,四将之上不设统帅。卫青想:"其他三将身经百战,资格远比我老得多,声望远比我重得多,为什么又如此的重用自己?"初战,卫青何能掉以轻心!先行派出四路侦探,全部化装成匈奴人,提前一个半月,潜行出发,尽摸匈奴兵马底细。卫青说:“你们要千方百计,想方设法侦察到敌兵位置,兵力人数,统帅将才姓名,性情。六百里驿站,日夜兼程报我,这一环节特别重要,万万不可掉以轻心。”孙子曰:“夫为将者,必有腹心、耳目、爪牙,无腹心者,如人夜行,无所措手足;无耳目者,如冥然而居,不知运动;无爪牙者,如饥人食毒物,无不死矣。故善将者,必有博闻多智者为腹心,沉审谨密者为耳目,勇悍善敌者为爪牙,无不料敌准也。”时人说:“卫青初次上阵,兵机韬略尽显也。”有资料说,“卫青用兵是闪电战术,以快制胜”。元朔元年(公元前128年)秋,匈奴又乘草肥马壮之时,大举南下。先破辽西(今辽宁省西部大凌河下游以西,至河北省东北部乐亭县以东),杀辽西太守,掳掠渔阳(今河北省东北部及天津市海河以北,北京市怀柔、通县以东)郡二千余人,很快突进雁门。卫青又奉命率骑兵迎战匈奴。作为大将,卫青总是身先士卒,冲锋在前。他来到前线,一马当先,冲杀在前,校尉、士卒见主将亲冒矢石,勇气倍增,人人拼死杀敌。此役,卫青采取闪电战术,以快制胜,打得匈奴落花流水,斩杀匈奴千余。时人有诗曰:

塞外出击第一战,委派四将各表现。
三将资深人望重,独独卫青小儿精。
小小年纪悉君意,决心战场出奇迹。

果如时人所言,此役只有卫青一路袭击了单于龙廷,歼敌七百人。其余三将,或无所得,或损失过半,或打个平手。连那位猿臂神箭手老将李广亦战败被俘,虽凭骁勇在途中夺马夺弓,驰回本军,但仍当论无功。此次塞前近距离大战,卫青脱颖而出,充分显示出了他的军事将才,使他初露锋芒,“天下由此服上之知人”,卫青受封关内侯。

其实卫青的身世寒微,非同一般。卫青,字仲卿,河东平阳人。其父郑季原为县吏,后在平阳侯曹寿家供职,与侯家奴婢卫媪私通,生下卫青。卫青的同母姐姐卫子夫为侯家歌女,被汉武帝看中召入宫中。

卫青因姐而贵,恩宠日隆,卫青遂冒姓卫氏,得更名卫青。卫青少时,其父郑季命他牧羊,因是私生子所以受到同父异母兄弟的歧视,形同奴仆。长大后被平阳公主选为骑奴,位虽低微,但锻炼了骑射,为他以后的军事生涯打下了良好的根基。其姐卫子夫入宫后,卫青仍在建章宫供职。不久,卫子夫怀孕。陈皇后无子,甚妒子夫,大长公主派人捉住卫青要杀他泄愤,被卫青的好友骑郎公孙敖中途夺去,得以不死。不想大长公主弄巧成拙,事与愿违,卫青因祸得福。汉武帝得知此事后,召见了卫青,授卫青为建章宫监、侍中。从此卫青得随侍汉武帝左右,以才力绝人,逐渐得到赏识。不久,卫子夫封为夫人,卫青亦得任太中大夫。

猛将发于卒伍，将星骤然升起。实践，战阵疆场产生，孕育将才，古之使然。公元前127年，汉武帝发动了大规模的河南战役，由卫青统一指挥。大军突出云中，至高阙，实行了进军二千余里的一次大圆转圈包围战，卫青精通兵法韬略。

他说："大凡率领大兵团作战，事先侦悉，观察判断准敌情，上上重要。此次二千余里实施包围歼灭战，丝毫不能等闲视之，掉以轻心。当穿越山地时，要依傍着溪谷行进；要在地势较高、视野开阔的地方扎营，不应去佯攻占据了高地的敌军，这是在山地处置军队行军作战的基本要领。当穿越河川地带时，必定要在距离河流较远的地方扎营；敌军渡河前来进攻，不可以在其刚进到河边时，便迎击他们，而要等到他们渡河至河心时，再行发起攻击，这样才会稳操胜券；想要出战不要选择靠近河流的地方与敌交锋，军队应驻扎在视野开阔的高地，且不能处于河的下游，以免敌军从上游投毒或放水。这是在河川地带处置军队行军作战的要诀。当穿越盐碱地和沼泽地时，应急速通过，不能停留，否则，后果将不堪设想。如果在这样的地带与敌军相遇交锋，必须抢占依傍水草，背靠树林的有利阵地。这叫抢机在先，抢占有利地形，方能占取主动，胜利就有几分把握了。当为平原地带，要选择平坦的地方扎营，但侧翼要背靠高地，以形成背靠山险、面向平地的有利态势。这也叫抢机，占住有利地势，从而战事事半功倍。以上四种地带是行军作战求取胜利的原则，望各路将领清晰之，实施，切切不可懈怠。"

此次大行军，卫青卓有成效地聚歼了河南匈奴军。经此役大战匈奴仅逃掉了白羊、楼烦二个王。用卫青自己的话说："这是一次远距离的侧敌进军，随时有受到右贤王侧击的可能，所经过的大部分区域是从未到过的沙漠、草原。要从一侧压迫河南匈奴军于河套聚而歼之，更需要组织周详，行动迅速，快如闪电的战术。"卫青说："对如何封锁消息，秘密行动，捕捉匈奴暗哨巡骑，寻找可靠的向导，了解水草位置，以及解决大军供给等问题，都须筹划得周到细微，滴水不漏，把握到万全程度，从而方能达到收复河西、聚迁白羊、楼烦王所部的战役目的。"此战卫青因功又一举晋封为长平侯。后宋人有一歌曰：

两千多里大用兵，声势浩大天地动。围歼战又包围战，志在必得庙胜算。

河川山地又盐碱，平原沼泽不尽现。如何适应快速战，为将机略首当先。

四地各有要领颁，遵循不苟必胜算。兵法指导料在先，千万兵马声势欢。

马摘铃来人衔枚，披星戴月电驰闪。神速行军似天降，匈奴做梦难料算。

四地特色尽胸展，指导准确神妙算。初次运作兵团战，卫青吴起并驾先。

且说汉元朔五年(公元前124年)春，汉武帝又发动了袭击右贤王的重大战役。此次战役，卫青受命指挥四路大军共计十余万骑。此时的卫青已俨然是大军统帅了。在卫青的卓越指挥下，汉军进行了一次非常出色的远程奔袭战。此次河南战役，有兵者说："这是卫青'出其不意，攻其不备'战略战术的巧妙运用。"元朔四年(公元前125年)，匈奴骑兵分三路进犯河南(今内蒙古黄河以南地区)，一路上代郡(今河北西北部即山西省东北部)，一路入定襄(今内蒙古自治区中部)，一路上上郡(今陕西省北部及内蒙古自治区乌审旗等境)，来势凶猛，推进快速，一路烧杀抢掠，杀掠数千汉族百姓。元朔五年(公元前124年)，卫青奉旨第四次出征，率三万骑兵迎击匈奴。卫青从高阙(今内蒙古自治区杭锦后旗东北，阴山山脉至此中断为一个缺口，望去像个门阙，因而得名)出兵。另外四将军率兵马从朔方城(今内蒙古杭锦旗北)出发，两路共计十万人马，都在卫青指挥之下，并进北上，围剿右贤王。又有两位将军率部出右北平(今河北省东北部辽宁大凌河一带)，治所在平岗(今辽宁省凌源县西北)，阻断单于主力增援右贤王。右贤王的营寨，在离朔方、高阙很远的沙漠深处，因此右贤王接到汉军出塞的报告，认为汉军根本到不了那么远的地方，因而并未备战，终日沉湎于狂歌豪饮，酩酊大醉。卫青深知右贤王傲慢轻敌，故而采取"出其不意、攻其不备"的战术，他说："这是奇袭战术，也叫兵机。"

对此次大战，卫青早已胸有成竹。他说："在作战过程中，要想及时掌握战局形势的变化，拥有必胜的把握，最好的办法就是抓住战机。抢占先机，出其不意，乘其不备，但是，对于普通人而言，又有几个能准确发现时机并且立即采取措施呢？这谈何容易，绝不是一句空话。把握时机的关键在于出其不意。凶猛的野兽一旦离开了赖以生存的山林，连孩子都敢手持长棍追赶它。然而，一只小小的蜜蜂凭借着自己的毒刺，就足以令强壮的男人大惊失色，跑都跑不脱。因此，倘若在作战时能突然给敌人施加灾祸，并令其防不胜防，就定能取得战斗的胜利。"

卫青大军到达目的地后，十分果断地下命令："迅速地展开兵力，对敌实施四面铁桶般合围。"经过六天六夜的殊死战斗，大获全胜，收获颇丰，此役大战结果，除匈奴右贤王仅率数百骑得以突围逃走外，其余右贤王的部下，包括裨王十余人，全部被歼。后有兵家说："此次战役打得干净利落，非常出色，圆满成功。可以这样说，值此，卫青的指挥艺术日臻成熟，已经掌握了在沙漠草原地带，在广大的正面纵深中，以大骑兵集团歼灭敌大骑兵集团的要领、秘诀。"汉武帝获得战报，立刻派使者至塞上大军营帐，超常规、破格授卫青以朝内最高职位的大将军，诸将皆受大将军节制。

再说汉元朔六年（公元前123年），卫青率六将军二出定襄，袭击单于本部，虽经艰苦努力，仍未捕捉住匈奴主力，仅斩获一万余人。但汉军也损失三千余人。元狩四年（公元前119年），汉武帝决心在漠北与匈奴主力进行决战。命卫青率四将军，五万余骑铁甲军，出定襄寻求左贤王所部决战。命霍去病率五万精骑，出代郡寻求单于主力决战。另有步兵十万掩护辎重在后跟进，此役在汉代，也算出动了倾国之兵。汉武帝刘彻说："倾囊出动，拿出血本，务求全歼，胜败在此一举。"时人有绝句云：

再次攻击率六将，又率四将势轩昂。
五万铁骑出定襄，君主嘱咐在耳旁。

却说卫青出塞后，从抓获俘虏中得知单于所在区域。虽然卫青的任务是寻求左贤王所部决战，但他深知汉武帝总的战略企图。卫青说："非我任务，而猝不及防出击，这叫奇战。"卫青遂当机立断，立即率精锐骑兵直奔单于所在。越过沙漠后，发现单于正在漠北陈兵以待。卫青立即命令武钢车构成环形车阵，派五千骑兵出马挑战，单于亦派万骑应战。双方只杀得天昏地暗，鬼哭狼嚎。战至黄昏，突然大风骤至，扬沙击面。单于见汉兵跃马悍勇，自率数百壮骑，趁天色昏暗，冲出包围圈向西北方向逃去。因得知单于逃走的消息较晚，所以未能追击。卫青率主力进至匈奴后勤基地的莫颜山赵信城。补充军粮后，烧毁余粮及赵信城，大军凯旋而归。此役歼敌一万九千人。这次关键性的漠北决战，卫青把沉着谨慎与大胆猛进巧妙结合起来，充分表现出了他很高的指挥艺术。

汉元朔六年（公元前123年），卫青二出定襄进攻匈奴本部时，右路将军赵信投敌，苏建孤军奋战，只身逃回。卫青问说："僚属当如何处理？"议郎周霸说："自大将出，未偿斩禆将。今苏建弃军，可斩之以明将军之威。"卫青对周霸的意见非常反感，他和掌军法的僚属看法一样，说："苏建以数千抵挡单于兵马数万，力战一日余，士尽，不敢有二心，自归。自归而斩之，是示后反不归也，不当斩。"他又批评周霸说："我以皇帝肺腑统军，不患无威。让我明威而斩战将，甚失臣意。即使苏建确实当斩，我也不敢擅自专诛于境外。还是具归天子，天子自裁之。以示人臣不敢专权也！"后汉武帝果免苏建罪，仅贬为庶人。卫青这种不为自己炫威而斩将的做法，深得士卒之心。

苏建先前曾向卫青建议，"可招募一些名流之士，以提高威望。"但卫青却说："人臣奉法遵职而已，何与招士乎？"汉公卿以下皆卑奉卫青之，唯汲黯自视高雅，长揖不拜。卫青并不以此为不满，反而更尊汲黯之贤。漠北之役，卫青与霍去病都立了大功，但汉武帝重赏了霍去病，而不赏卫青。卫青对此既无微词，更不闹情绪。从此之后"大将军日渐退，而骠骑日益贵耳"。卫青属下故人多去奉承霍去病，卫青对此亦听之任之，不争不妒。

在汉武帝一朝，卫青十分得宠，汉武帝除了封卫青为大将军外，又加封他长平侯食邑三千八百户，还封卫青的三个幼子为侯。卫青谢恩说："赖陛下神灵，连战大捷，皆诸侯校尉力战之功也，陛下幸已益封臣青。臣青子尚在襁褓之中，未有微劳，上幸列地封为三侯，非臣待罪行间所以士力战之意也，伉等三人何勋受封也！"汉武帝听了之后连忙说："我非敢忘诸校尉之功也。"立即加封了公孙傲等九人为侯。漠北之役，李广失道自刎，后其子李敢为郎中令，怨大将军。一次上朝趁大将军不备，用剑击伤大将军，大将军匿讳之。卫青不计私怨，爱护部署尽至，与士卒有恩，众乐为用。公元前106年，卫青死，后人怀念他，历代将帅爱戴他，宋代司马光评他："有将帅才，故每出辄有功。"是很恰当的。三国人单作一长律云：

卫青出身微卑贱，私生之子丑难言。人不敬重亵渎秃，遣籍牧羊苦中苦。

遭兄姊嫌斜白眼，其情伤感泪涟涟。得姐子夫携长安，恩宠日隆习武战。

精于骑射才非常，奇人奇遇登天堂。匈奴来攻多侵伤，汉武誓打怒满腔。

汉光六年塞前战，四将并列尽才现。独立作战奇功建，其余三将无功返。

不久河南又大战，主打先遣冒奇险。风驰电掣追击战，迂回围打歼灭战。

元狩汉武是四年，漠北大战帅旗展。铁甲五万势压山，审视战情有机变。

出动武钢车奇战，一战聚歼四万三。大帅卫青狮虎胆，痛打匈奴兵神见。

作为一代将帅、军事家，卫青出身低微卑贱，可因才华出众，偶得机遇，成就了一世伟名。世间人情又一次告诫我们："英雄勿论出处，乡野之间必生芳草"。为君者当善于察举，掘珍珠于污泥，乃为上上贵也。且不可眼盯权贵，唯崇豪门，视百姓如草芥。凡为君主者视野宽广、胸怀博大，能囊括四海，包容八荒，此之大大德也。阴阳万物诡异、巧合、离奇，人世人情纷繁复杂反常，虽百不难见，可又雷同，演绎重现，不仅形似而又神似，惟妙惟肖，逼真立现。本来作为其长辈的舅父（卫青）已是私生子，痛遭世俗人嫌，而紧步后尘，又与舅父一起，同为千万兵马将帅的外甥也是一位私生子。真乃千古奇事！

霍去病降敌逞虎威猛追穷打

霍去病生于公元前140年，卒于公元前117年，河东平阳人，此乃物华天宝、人杰地灵之地。三皇五帝中的尧帝生于此地，这里既有唐尧庙，又有尧帝陵。平阳，今为临汾，这是一片丰腴富饶的土地，这是一片充满生命力的沃野。这里，也是伟大黄河环抱中一颗璀璨的明珠。它位于山西省晋南地区的临汾市，古称平阳，辖尧都区、侯马、霍州两个县级市，曲沃、翼城、襄汾、洪洞、古县、安泽、浮山、吉县、乡守、大宁、隰县、永和、蒲县、汾西等14个县。滚滚的黄河水，就从其最西陲，昼夜不息，年复一年地匆匆流过。这里，气候温润，物质充裕，是巍巍黄土高原数一数二的"膏腴之地"，莽莽三晋田畴当之无愧的"棉麦之乡"。大自然特别的垂爱和慷慨的恩赐，使这里几乎具备了发展农耕经济需要的一切天时和地利。所以，悠悠千古的风云岁月，把临汾孕育成一个有着厚重历史和文化积淀的美丽乐园。西周末年，仅占今翼城、曲沃、闻喜等县"方百里"的一个殷商之侯国——唐，由于周成王"桐叶封弟"而地位骤升，受封于此地的唐叔虞成为后来盛极一时的晋国奠基者。饱受磨难最终威震天下的晋文公，也是从这里起家而成就了赫赫霸业。他和他的子孙，在这里前后演绎了长达六百余年动荡起落的宫廷宫室传奇。在这平阳，也涌现出武相"良史"董狐、"乐圣"师旷这样的杰出之士，霍去病就是其中最有代表性的一个。

汉武帝元朔六年(公元前123年)二月，卫青又一次披挂上阵，率军踏上了第五次攻击匈奴的恶战征程。与前几次不同的是，在此次出征的路途上，卫青身边多了一位娃娃少年猛将，他的外甥霍去病。时人说："他们西汉时威震天下、更震慑匈奴的盖世骁将。"霍去病，河东平阳高堆村人。公元前140年生，公元前117年卒。其父霍中孺原是平阳县的衙役，也在平阳公主府中当差。其母，就是卫青的次姊卫少儿。卫少儿的妹妹卫子夫深受武帝的宠爱，霍去病的幸运当然不能说与此无关。据时人说，"霍去病这样古怪的名字就是武帝所起祈祷他'不得病'。霍去病长大成人后，相貌俊美，聪颖机智，深得舅父卫青的喜爱。这种喜爱非同一般，卫青便着急培养他的骑射本领，教授他用兵韬略。后来，在卫子夫的举荐下霍去病进入宫廷，成为武帝侍从。为了使年轻的霍去病经受战争的锻炼，武帝就令其随同舅父大将军卫青一同出征匈奴，孰不知，偶然机遇，遂使他一举成名。"

这次出征，大将军卫青麾下有六位久经沙场的将军，这就是李广、李沮、公孙贺、公孙敖、苏建、赵信，还有十万虎贲之师。初出茅庐的霍去病，授职骠骑校尉，是一个级别不高的军官。开战初始，汉军所到之处，匈奴闻风丧胆，溃退逃窜。卫青的大军只得扎营休整，寻找战机。两个月后，挥师北进的卫青与匈奴相遇。激战中，汉军斩杀匈奴上万人。但兵力单薄的苏建、赵信二部，却在同匈奴交战后，死伤惨重，苏建只身逃回大营，赵信投降了匈奴，这是卫青征战以来的奇耻大辱。猝未想到，所幸的是，胆识过人的骠骑校尉霍去病，率八百精骑孤身突入敌后，将措手不及的匈奴一部迅速击溃，以少胜多，杀敌二千多人。此战中，还意外斩杀了单于族祖父籍若侯产，生擒单于叔父罗姑比即相国，当户等。此役，霍去病一举成名，功冠全军，第一次指挥战斗就显示了独挡一面的超人帅才，凸显出了他疾如闪电、动如脱兔的彪悍勇猛的作战风格，同时，也为舅父整个战役挽回了局势。由此，汉武帝闻讯后，大加赞赏，小小年纪就封为冠军侯，食邑一千六百户。后南朝人有一词云：

临汾古平阳，三晋大地气轩昂，物华天宝，人杰地灵，大气象。尧舜都，华夏独此唯大名，耸立参天一棵树。西周平王封桐叶叔虞，晋立国六百年，傲视天下诸侯。晋文公重耳罹难，逃国十九年，饱尝人间辛苦，气浩瀚。少年霍去病。平阳高堆五百年王者兴，天降将星大英雄，小小娃娃，十八岁率领八百众，穷追猛打，纵深二千里，匈奴兵无处逃，哭爹喊娘泪两倾。两千年来，中华战神人钦敬。

平阳尧庙气势雄伟，气象万千。庙中“广运殿”取广以配天，运以配地之意，殿前两旁悬有“民无能名”四个大字，《谥法解》：“民无能名曰神”意。北魏诏祀帝尧于平阳，以后历代“谨按祀典，诸前代帝王，三年一祭，其时以春之仲月，其地以当时所居国邑，祭祀……唐尧于平阳府。”霍去病舅父卫青的母亲卫媪，在平阳侯曹寿家做女管家，和一位在侯府服公差的河东平阳人郑季私通，而生下了卫青。卫媪的二女儿卫少儿，在平阳侯家和另一位服公差的县令霍仲孺私通而生下了霍去病，所以卫、霍二人是甥舅关系，而又同时都是私生子。“将相本无种，明年到我家”，这话在有的时候，有些人身上也真不无道理。霍去病与其舅父卫青一样，同是武帝时的大将军，同是受到汉武帝的宠信无比。可这甥舅两人又同是为私生子，这在古代将帅勇士群中还未曾见过第二例同类人物。

后南宋人有一词云：

> 卫青霍去病甥舅俩，出身多堪怜，得亏汉武帝，博大胸怀，擢才、拔才胆略气魄非一般，若非此举，匈奴欺汉，延续和亲，送公主迟延六十年。

可这甥舅二人以令人不可思议的形象登上了高位，这除了他们的特殊才能外，还有古今使然的连襟裙带关系，更不能忽视。裙带关系，比喻依靠妻妾姊妹等关系所做的官，极含讽刺意。因妻女姊妹的关系而得到官职，人们不齿。裙带关系又指被利用来相互勾结攀援的姻亲关系，这种风气很盛。裙带关系又叫连襟。霍去病是“裙带”，更是外戚。外戚、外家、戚里、贵戚、勋戚等，均是后妃之家的称谓。他们与同姓王公、异姓王公，共同构成了以皇帝为中心的封建朝廷的贵族集团。通观中国封建社会历史，无论是世家大族或寻常百姓，只要一旦成为外戚，即是说有女儿进宫当上了后妃，立即便会鸡犬升天，满门空前富贵。这是以宗法关系作为财产与权力再分配的依据所必然产生的社会现象。外戚凭恃着同皇帝的特殊关系，获得了特殊的权益，成为一种特殊的政治势力，对朝政发挥了特殊的作用，其种种活动或直接影响到朝廷的兴衰，或关系到皇室的安危。《汉书·外戚传》说：“自古受命帝王及继位守成之君，非独为德茂也，盖亦有外戚之助焉。夏之兴也赖山，而桀之放也用妹喜，殷之兴也以有女戎及有娶，而纣之灭也嬖妲己，周之兴也以姜及太任、太姒，而幽王之禽也淫褒姒。”这一段话可谓是关于外戚历史作用的真切写照。说连襟，又外戚，西晋人物单论连襟，有一词曰：

> 卫青霍去病、典型一连襟，号外戚。甥舅二人形象另当迥异；出身诡异，同侍一主。武功韬略天下无比，无人及；情钟报族报国，痛杀敌寇匈奴，洗雪大汉国耻，辱汉六十载，旷世伟功立。

霍去病太命短，他的战功像一颗明亮的彗星划空一闪而过，可留给后世的却是一个明朗灿烂的印象。霍去病只因生得太迟，没有他舅父卫青那磕磕碰碰的艰难经历。霍去病正赶上三姨母卫子夫在曹府中以美貌善歌舞而被天子看中，加以曹寿之妻阳石公主的拉纤，子夫被送进皇宫，受到武帝宠幸，怀孕后受封夫人。后再生子，被立为皇后。正是“一人得道，鸡犬升天”。卫氏一家大大小小，都因此荣贵。霍去病小小年纪就在富贵中受教养，十八岁被任为宫中侍中。说教养，有古代“四种教育”，一是语言文化教育；二是人生观、价值观教育；三是伦理道德教育；四是审美情趣教育。进行“四种教育”,是为使人具备“六种精神因素”以造福社会。一是对人生意义有较深、对自身价值有较高的认识和追求;二是能以追求和进步态度看待客观世界及其运动变化;三是对国家、民族社会有责任感和奉献精神,力求在奉献中实现自身价值;四是明是非,知进退,善于处理人际关系;五是对事物的美丑善恶有分辨力和正义感;六是不片面追求物质享受而力求全面提高个人家庭生活质量。霍去病也早早受到了良好“四种教育”,更练就了一身骑射本事。“霍去病‘十八般武艺’样样精通,马上功夫十分了得,上阵惯使长杆方天画戟,冲锋陷阵,如入无人之境。尤有软气功、硬气功、轻气功、特绝技天下无双。”特门绝技有七毒五雷、七闪电,世间绝有,七毒有浑元练一毒、浑元练二毒、浑元练三毒、浑元练四毒、浑元练五毒、浑元合毒法、五毒断魂法;五雷有摩手一声雷、摩手二声雷、摩手三声雷、摩手四声雷、摩手五声雷;七闪电有摩手一闪电、摩手二闪电、摩手三闪电、摩手四闪电、摩手五闪电、雷电交合法、五雷闪电法。霍去病少年力大无穷,一次,陪侍汉武帝去东华门街上闲游,走着走着,突然看见一匹惊马狂奔不止,眼看着街上人山人海,危及行人的安全。只见他“嗖”的一声,闪电般冲上前去,之后大喝一声,拉着飞跑马的缰绳,马被拉住了,动弹不得,由此后,“神力王”绰号不胫而走。霍去病不时有机会在武帝面前露上一手,人又长得英俊倜傥,武帝非常喜欢他。霍去病英俊貌美,早有“美如冠玉”一则与他相类相仿。时人有诗云:

得侍机遇入宫闱,良好教育质不低。
六种精神底蕴厚,报族报国情义投。
英俊美貌面如玉,白马王子武勇毅。

“美如冠玉”,出自《史记·陈丞相世家》。秦末汉初时,阳武有一个叫陈平的人,是一位足智多谋的人物。他少时家境贫困,崇拜道教里的黄老之术。陈胜起义时,陈平投靠魏王豹,为太仆。后又跟项羽入关,任都尉。他见项羽有勇无谋,成不了大事,便又投奔了刘邦。刘邦见他仪表出众,很有才华,便拜他为护军都尉。当时,周勃和灌婴等人都是跟随刘邦南征北战的战将。他们见刘邦待陈平为上宾,心里不服气。他俩遂对刘邦说:“别看陈平仪表堂堂,其实不过像缀在帽子上的玉石一样,外表好看,内里未必有真才实学。”刘邦是非常善于观察和使用人才的人物。他没有听从周勃等人的话,继续重用陈平。后来陈平献策用反间计使项羽疏远了谋士范增,并以爵位笼络大将韩信。所有这些计策都被刘邦所采纳并且取得成功。汉建立以后,陈平被封为逆侯,历任惠帝、吕后、文帝三朝丞相。人说“陈平貌美,面如冠玉。”霍去病性格诡异,汉武帝命人教他孙吴兵法,这个少年竟大胆地说:"作战要机动定策,因时因地拿主意,死记那些古兵法,不见得有多大用处。"武帝爱年轻人,竟不以为意。

霍去病不仅在汉代,而且在封建社会两千多年诸代朝廷中也是一位不多见的少年虎士、帅才人物。有兵家说:"霍去病与楚霸王相比,其力气孰大孰小,尚不敢说霍去病大于项羽。若以远征、奇袭、猛打穷追,取得辉煌战果,在青史上享千秋伟名。其浩气、胆气,霍去病比起项羽来远远有过之而无不及。霍去病还可与战国时和西汉初时所谓两位战神白起和韩信相比,前两人都只能算是在那时的国境内争夺天下,内部国与国之间的争霸夺土,充其量算自己人打自己人的内部战场英雄。而真正能够扬威域外,为大汉族开疆拓边,反击外侮,杀伐匈奴,指挥超大兵团作战,且仗仗获胜,战功赫赫,名副其实称得上御外英雄的霍去病比起前二位'战神'过之远矣,过之甚矣。而伟人不长寿,可惜霍去病只活了二十四岁,他的军事御外生涯伟绩也只有八年。汉语成语'天妒英才'就因霍去病而来。"

霍去病的才气有北宋兵法家武学博士何去非《何博士备论》中的《霍去病论》篇为证。何去非著兵法专攻古代将帅人物和历史重大事件,如《六国论》《秦论》《楚汉论》《晁错论》《汉武帝论》《李广论》《刘伯升论》《汉光武论》《魏论·(上、下)》《司马仲达论》《邓艾论》《吴论》《陆机论》《苻坚论·(上、下)》《宋武帝论》等,可对其他人都有褒有贬,或肯定、批评、指责,乃至批判、鞭挞。唯独《霍去病论》通篇是溢美褒奖,盛赞之词,这很少见,令人动情动容。对霍去病赞颂不已:

> 上天赐予而不可强求的极高天分,是才;天性带来不可学习的极其聪明,是智。因为天下没有不可强求的才气和不可学习的智慧,所以凡是才智远远超过一般人的,都是得天独厚的人。天下的事没有比用兵更神奇莫测的,天下的才能,没有比打仗更巧妙的。因为用兵是神奇莫测的,所以性情温和、恭谨、诚信、忠厚、道德高尚的君子,对此有所不能知;因为打仗是极为巧妙的,所以凶恶、诡诈、狂妄的小人,往往对它独有领悟。这样看来,凡是才智聪明,对用兵之妙能自得于心的,都是一种天分。汉武帝对匈奴用兵,当时多少世代相袭的宿将,纷纷奔赴边塞,而卫青出身于奴仆,霍去病奋起于顽童,他们转战万里,所向攻无不克,威名功勋,震动天下,即使古代的名将,也难有超过他们。这两人的才能难道是平时学来的吗?这也是上天赐予的啊!所以汉武帝想教霍去病学《孙子》和《吴子》兵法,他却说"我只想掌握其计谋、策略的大要,不想全学古代的兵法"。确实啊!用兵之

道不可以用兵法传授。过去的人都没有谈到这一点，唯独霍去病发现了这个道理，这足见他是很懂军事的。

匈奴为患由来已久，自汉高祖以来，已历惠帝、吕后、文、景五世，屡犯边境。那时楚汉相争刚刚结束，国资耗尽，大汉朝廷无抵御匈奴铁骑的能力。白登之围，那谈匈奴色变的情景，至今仍令人毛骨悚然。大汉无力对付，遂采取怀柔国策，历代公主远嫁，实施“和亲”之策，使大汉国的颜面丢尽。汉武帝刘彻自登基之始就憋足一口气狠狠地说：“讨伐匈奴，以雪五世国耻。朕作为这一代汉皇，作为刘姓子孙，作为万民之主，不报世仇国耻，我算枉来一世，就别做这个皇帝了！”少年霍去病就是在此大势下冉冉升起的一颗将星。

作为一代伟大的年轻将军，有人戏称他“小娃娃军事家”，精通兵法战策，运筹帷幄，决胜千里，有那么精锐的军事丰功伟绩，有人问：“霍去病个人武功怎么样？他是不是力大勇猛？勇士、壮士、猛将、斗将，在他身上显现怎么样？”诚然，由于资料有限，霍去病不像楚霸王项羽，也不像三国关、张、赵、马、黄五虎上将，还有许褚、典韦、薛仁贵、李存孝、李元霸等人在人们心目中那么名闻遐迩、俯拾皆是、娓娓道来。看来似是一大遗憾。近年来，有商金龙著《霍去病·大传》一书，描述他龙泉校场比武一则颇能满足人们欲望。“龙泉比武”是选拔宫廷侍卫。这一年，他才十六岁，是由舅父、大将军卫青从中介绍，有主父偃、汲黯、卫青三人为主考官，他在这次校场比武中战败五人，吓退三人，其武力精湛，非同一般，第一拨上场与他交手的是苟彘：

> 霍去病、苟彘二人来到场上，苟彘战马奔驰，颇是英武。再看霍去病车扎阵脚，更显得奇静、沉稳。两人两马打个照面，霍去病拱手请先。苟彘毫不客气，挺枪便刺，霍去病以巧力轻轻拨开，随即施展本领。校场上立刻尘土飞扬，二将杀作一团。二人战了五十个回合，霍去病拨马便走。苟彘策马急追。两人正你追我赶时，霍去病猛一勒丝缰，以“回马”转身疾刺。苟彘猝手不及，为避枪刃，坠落马下。

霍去病打赢了头阵，点将台上主父偃看得入了迷，不禁为霍去病拍手叫好。卫青听得喝彩声更是高兴，当即传第三位武生入场。谁知招呼了半晌，一个也没有人来。卫青命人再点后面几个，有三位武生依次入场，然其本领远不及苟彘，无一人在霍去病面前走上十个回合。最后一个武生退下后，只听銮铃声响，冲入一员小将，霍去病忙纵马相问：“来者何人？”此人冷笑一声。说：“我叫赵充国。”请看两人恶斗：

> 赵充国看了一眼霍去病，说：“霍去病，那些不敢出场的人，多半是畏你舅父权势。且等着，某去报见，回来便胜你！”说罢，下马直上点将台。霍去病暗想：“这人生得像我，却如此粗莽。”霍去病催马上前，抱拳说：“赵壮士请先。”赵充国又冷笑一声，遂使出一套枪法，手法较苟彘更胜一筹。霍去病并不怠慢，以绝技破解。二马盘旋，顿时打作一团。二将大战一百个回合，仍是难分高下。霍去病扔掉大方天画戟，手执玉节鞭，又战十个回合，看看已到当口，霍去病“唰”的一声，使出绝招——“回手鞭”。赵充国闪避不及，被抽下坐骑。霍去病五战五胜。赵充国从地上爬起，拱手说：“霍去病，你比我高，以后赵充国甘为侍卫。”

河西走廊南接祁连山，北濒沙漠，是陇西通往西域的战略要地。早在冒顿单于时期，匈奴就赶走月氏，占有其地，以控制西域，联络羌族，侵扰陇西。公元前121年，汉武帝在打击了右贤王和单于本部后，决心从河套方向向河西方向实施战略重点突击。二月间，年仅十九岁的霍去病为骠骑将军，率一万铁骑出击匈奴。关于此战目的，汉武帝对诸将说：“要彻底解除西域威胁，切断匈奴与羌人的联系，打通西域通道。全力洞开我丝绸之路大通道，意义重大，非同一般。”霍去病果不负众望，从正面突击河西，经过五个匈奴王国，穿梭猛追，势如破竹，摧枯拉朽，转战六日。大军似利箭般进至焉支山（今甘肃山丹东南千余里处），斩折兰王、卢侯王及相国、都尉以下二万九百余级，并俘获了休屠王的祭天金人。此战役霍去病以快速猛烈之势，给了河西匈奴以沉重的打击。

同年四月,乘焉支山余威,汉武帝命霍去病与公孙贺率数万铁骑出北地,再击河西匈奴。霍去病在公孙贺失道,未能配合的情况下,单独率军渡过黄河,越贺兰山,过千余里大沙漠,绕过居延泽,从侧背突袭河西。这叫乘其不备,实行奇袭。说奇袭,霍去病更有精髓理解。

实施奇袭、偷袭,出其不意。汉军如天兵突降,泰山压顶,势如山倾,一举击败浑邪王、休屠王所部。又利用南有祁连,北有沙漠的地障,再得甘肃张掖西北地区地势,聚歼了两王的主力,斩获三万二百级。俘五王、王母、单于阏氏、王子、相国、将军、当户、都尉等百余人。单桓王、酋涂王率相国、都尉以下二千五百人投降。河西匈奴残部所剩十之二三。从此,河西平定,西域路通,匈奴与西羌隔绝。

此次河西战役系一次不多见的特殊大战役,它消灭匈奴五国,俘虏匈奴要害人物多多,拓地开疆广阔,打通了连接欧亚大陆的千年"丝绸之路",其意义无异于再造了一个大汉新朝廷。

歌颂霍去病的中华民族精神,有言两则:

其一曰:

古今仁人君子,胸怀宽广,心存天下,忧百姓之疾苦,愁国君之安危。身处山林野居之所,而不忘学习经世纬国之才略;身居山林野居之所,而不忘天下黎民百姓的穷困艰辛。他们有心怀天下,不计身家的无私心怀,从而成为历史的脊梁,永垂史册,彪炳千古。

其二曰:

上下五千年,英雄万万千。纵横十万里,豪杰代代传。霍去病铁骑扫漠北薛仁贵三箭定天山,郑成功一举收台湾。君不见古今多少奇男子,国危之时救江山。中华之光源流长,多赖英雄豪杰挽狂澜。青山处处埋忠骨,何必马革裹尸还。战死疆场亦无悔,唯愿葬我阿里山,精卫尚有填海志,我为鬼雄亦守关,驻台湾。

有道是人逢喜事精神爽,放声高歌心欢畅。霍去病性格坚毅,内向,心机深邃,平时沉默寡言,向来不苟言笑,这次西征胜利,却一反常态情不自禁,按捺不住,连连大笑了起来,随口编了一首《庆功歌》便唱了起来。他这一唱却在左中右三军千万健儿中随声附和,也跟着唱了起来,歌声悦

耳,嘹亮动听,整个军营数十里上百里祁连山谷荡气回响,大地上空悠扬:

河西半年打匈奴,肩负天命声势骤,剑戟所指鬼神愁,万千匈兵来拜首,心悦诚服两泪流。今日得饮庆功酒,壮志未酬誓不休!君命下达天职首,矢志效命无它顾,指东打西狮虎吼,一往无前写春秋。开疆拓土融华族,丝绸之路辟新途,火红年代人潮流!天下何处不为家,五十六族不争斗,我主汉武胸广大,包容八荒来中华,若还贼寇不服就,誓杀无赦显身手,甘洒热血绘就大汉和平万年图!

庆功歌是庆祝霍去病的丰功伟绩和用兵妙处。妙处是霍去病重在实战实用,适应变化,因地制宜,因时制宜,因战情制宜。这就是作为一代军事家霍去病的超人之处。

再说"非常之功,待非常之人"。这是汉武帝的话,这话似乎是专对霍去病说的。霍去病之所以在历代将帅舞台上耀眼夺目,不仅仅只是他能冒险深入,猛打穷追,还在于他能指挥超大骑兵军团作战,长途跋涉,发动超大型战役,并能胜券在握,每战必取的宏大气势和能力。人们说霍去病"少年军事家"其美名也在于此。霍去病自己也常常说:"零敲碎打,小范围战,小规模打算不上能耐,不是大将之才。有惊天之举,振聋发聩,惊天动地之战,方才能说得上真本事。"汉元狩四年(公元前 119 年),汉武帝获悉:匈奴常以汉兵不敢纵深远征漠北而高枕无忧,洋洋得意说:"这里凶险,他们不敢来!若来了,渴也能把他们渴死,困也能把他们困死!"汉武帝遂将计就计,集中精锐骑兵十万,步兵三十多万,发动了一次规模空前浩大的远征,汉武帝说:"朕决心深入漠北,痛歼匈奴单于核心本部主力军,这是我的毕生之战。"汉武帝命大将卫青、骠骑将军霍去病各率五万铁骑,十五万步兵,分道出击。霍去病聪明绝顶,对皇上意图吃得透。此战霍去病穷尽智慧,施展才华,审时度势,随机应变,坚毅果断,且机动灵活,可以说把兵书战策,随时而拾,随拈而用。计战、谋战、间战、惑战、主战、夜战、山战、地战、挑战、火战、水战、避战、进战、围战、歼战等,因时制宜,因地制宜,他无不运用得活灵活现,惟妙惟肖。

霍去病从代郡,出塞二千余里,与左部匈奴军遭遇,勇猛恶战,奋力拼杀,一鼓作气将其击败。作为大军统帅,霍去病虽正值年少之时,每每上阵,看到部将战场厮杀,按捺不住,手也痒痒,可从不感情义气用事,随意出手,逞匹夫之勇。但有个别时候,为壮士气,也偶尔施展威风。这次出塞,纵深追击数千里,又不期而遇。为震慑敌人,壮大自己锐气。霍去病手舞二百六十八斤方天画戟当先杀出,不想匈奴十六员健将旋风般,分左右围裹般冲来。瞬息之间,把霍去病团团围住。只听霍去病一声大喊:“都不要动,我独战敌将!”只见他骑一匹千里雪白宝马,手舞画戟东冲西闯,南冲北刺。闪电般左冲右突,凡挡者无不纷纷落马。有懂武功者在一旁暗自观赏说:“霍将军他舞方天画戟,马上使的功夫是罗汉拳术。”有罗汉拳谱:

右捶打,左腿跨,合双掌,望天塔。鹞子翻身岔当跌,纳眉低头翻外身。野马上槽迎面认,敢在中间翻外身。撑腿蹲身双手扣,力臂中门分左右。挑手即取撩阴挡,招前扭身忙挡战。尖尖扣手破骨打,顺水投开声叱咤。反身起手加双捆,硬取左门右防紧。看上打下即一理,关住铁门十八揍。硬崩实砸遂手人,合法全似双钩奋。出手通背加开阔,还要前后两手合。撂手代封窝里剖,左右摔掠忙叠肘,盘户入头单起膝,回手转身缠封掌。

霍去病未经两个时辰,匈奴十二将死,其余四将见势不妙,落荒而逃。汉军兵马又连续勇猛追击到狼居胥山、姑衍(均在乌兰巴托东)。此次漠北之战,霍去病先后俘获屯头等三王及将军、相国、当户都尉八十三人,共歼敌七万四百四十三人,逃掉的也只不过十分之三。值此在大汉,论军功伟绩者,霍去病举朝上下,无出其右者。

彰显霍去病此次军事武功,有“封狼居胥”一成语典故:“封狼居胥”出自南北朝沈约《宋书·王玄漠传》。霍去病是名将,是汉武帝皇后卫子夫和汉初名将卫青的外甥。霍去病好骑射,用兵如神,善于长途奔袭。他在战争中很注重战略方法,而且勇猛果断,深受汉武帝的信任。公元前119年春,汉武帝命大将军卫青、霍去病各率五万骑兵从定襄、代郡出发,深入漠北,与匈奴左贤王部大战,歼灭敌人七万余人,并乘胜将匈奴人赶到了狼居胥山(今内蒙古自治区克付克腾旗西北至阿巴嘎旗一带),直到失去了匈奴人的踪迹。此次奇袭匈奴取得了前所未有的大胜利。经过这次战役,匈奴元气大伤,再无力与汉抗衡。霍去病因此战功而饱受嘉奖。在狼居胥山举行了祭天封礼,在姑衍山举行了祭地封礼,从此确立了他在军事上的地位。唐代大诗人李白专作《塞下曲六首》颂霍去病此战:

骏马似风飙,鸣鞭出渭桥。
弯弓辞汉月,插羽破天骄。
阵解星芒尽,营空海雾消。
功成画麟阁,独有霍嫖姚。

作为一代军事统帅的霍去病，他胸怀广大，志存高远，其人格、人品也是后人对他可佩、可亲、可敬的一大闪光之处。霍去病短短八年的军事生涯，除十八岁时，以骠骑校尉随卫青征战外，以后的河西、漠北多次大战均身为大帅独挡一面，而且又都是统帅汉军的主力精锐，先后歼灭俘虏匈奴军达十万众。汉武帝说："为西汉大破匈奴，开辟河西，打通西域，立下了不世之功。"当时霍去病的地位、尊宠均与大将军卫青相并。当时大汉朝廷中文武众百官无不折服于这位年仅二十余岁的杰出军事家，感叹说："上古至今，当罕见耳！"霍去病出生入死，终身征战，从不以家事为念。汉武帝为霍去病建了一座豪华的宅第，叫霍去病前去看看。霍去病看了以后对武帝说，"匈奴未灭，何以家为？"两千多年来，后人一直把此名句作为名将、楷模的名言而代代传颂。

"匈奴未灭，何以家为？"这既是霍去病的座右铭，豪言壮语，更是他的心结、理念、境界和觉悟。历代以来，确切说是自汉高帝六世六十多年以来，屡屡遭到匈奴袭击，又是割地，又是赔钱送物，尤其令人不能容忍的是"和亲"。综观人类文明史，还没有哪个民族能像中华民族这样五千年来，生生不息，创造了洋洋大观的不朽文明，并走出了屈辱和苦难的低谷，迈向伟大的复兴。

霍去病平时少言寡语，从不泄露军机。若一旦任务在身，却有敢于承担艰险重任，一往无前的无比胆气，这也是作为一代壮士的天赐气质，有他当机立断、单人独骑威降匈奴四万众一场面。

元狩二年（公元前121年），时值深秋。匈奴大单于对浑邪、休屠两王败残，被斩首万人，恼怒不迭，欲召来治罪，斩首不赦。二王恐惧，在一起商量，"今一败涂地，实力尽竭，被逼路绝，只有降汉无它活路可走了。"遂派使节在边关传递消息，通融拜谒。时李息正在黄河内蒙古段边筑城堞，得报后速奏武帝，等待指示衔接。武帝说："恐非真意，难免有诈，有乘机袭吾边关之嫌也。"遂命霍去病前往受降，相机行事，是否真假甄别。后休屠王果然反悔，为浑邪王杀死。霍去病到河上时，浑邪王裨将见汉军来，又反复不降，有的逃走，有的坐地静观。看事态如何进展？霍去病见事急，恐其有变，当机立断，亲率精骑驰入匈奴营中，与浑邪王相见，斡旋。两人相见亲如久别，刚来见面，欢欢喜喜，说笑不已，霍去病以坚其降志不竭，遂下令立斩想逃走的八千匈奴。霍去病威严叠加，似天降金刚震慑。一下子稳住了形势，匈奴四万众匍匐跪拜齐声说："归大汉，死心塌地，永不变节！"霍去病在此次迫降过程中，依据实情，快刀斩乱麻，瞬息间慑服了降众。于是"金城河西并南山至盐泽（新疆蒲昌渡）大片地区空无匈奴"。汉武帝遂将陇西、北地、上郡的军队减少了一半。

霍去病的战功和才华彪炳一时，可惜他只活了二十四岁，就一病而亡。武帝为之痛悼不已，特在茂陵附近，依祁连山的巨大山势，为霍去病造墓。冠军侯是霍去病的封侯爵位，冠军也由此也成为霍去病的封地地名。此封地在今河南省邓州市张村镇的冠军村。此地一马平川，土地肥沃，水源丰沛。尤为奇特的是这个村是难得的一片风水宝地，千百代以来代代人才辈出。十余年后，汉武帝曾勒兵出塞，登单于台，看那苍莽瀚海，竟不见胡骑踪迹。武帝长呼："我今日可以报书之辱（吕后时），雪平城之耻（高祖时）了。"霍去病时曾动员战马十余万匹出塞，等到入塞时所剩不满三万匹，"古来征战几人归？"士兵丧亡更无论焉。自古战争，只有名将留青史，霍去病何其幸运。后南朝人有一长律云：

一十八岁疆场战，八百纵深二千远。穷追猛打歼八万，此种战绩人惊撼。

一十九岁封胥山，捣敌老巢连窝端。二十一岁拓西域，丝绸之路东西欢。

二十三岁漠北战，骑兵步卒十万员。一战歼敌七万三，匈奴元气尽丧完。

天生奇才将星现，纵横万里乾坤转。职业武职称战神，年龄幼小微少年。

一代兵神军事家，武战生涯仅八年。天赐薄命慧星闪，岂敢长寿过百年。

寿终年龄二十四，武功谋略越千年。举手一挥威压天，兵器一举地翻转。

华夏战场五千年，优秀将神不尽见。全才通才实难现，去病一人举万年。

赵充国屯田大智定羌族

张骞之后，在汉武帝的将才高台上又登上一位韬略深邃、老成持重的“廉颇式”老将，他的名字叫赵充国。赵充国的战场与张骞、卫青、霍去病有别，他不是讨伐匈奴，而是在西域偏南，即大汉朝廷的正西或西南方向的羌族战场。当时汉朝廷民间就有谚语说：“老将赵充国出马，威力一个顶仨。”赵充国生于公元前137年，卒于公元前52年，字翁孙，祖籍陇西卦人，后移居金城令居住。赵充国是西汉名将，历经西汉武帝、昭帝、宣帝三代宿将。

赵充国少年时就读书好学，钻研兵法，善于骑射，尤其是肯读书、学习，肯下功夫，且有恒心。赵充国深知人生在世，学知识、长本领、有能耐的重要。他说：“我靠自己的努力，一定要有所作为，决不虚度一生。”人一生应当是一个不断学习、自强不息的过程。人们所说的“学习、学习、再学习；活到老，学到老。”说的就是这个道理，学习出本领尤显得重要。赵充国就是这样的一个人。传说他从六岁起就开始读书，待渐渐长大到十岁时，就一头钻进兵书宝库中，常年苦读，边读边记。赵充国尤酷爱姜子牙《六韬》，孙武《兵法》，吴起《兵法》，就《尉缭子》兵法学的时间较短较晚，也前后通读了六遍之多。读兵书，学要旨，学根本，学精神到二十岁上，已是一个远近闻名的“兵经通”了。赵充国说学兵书，最主要的是学习谋略。

赵充国细研《孙子兵法》，又十分精通《商君书》及《商鞅变法·战法·第十》。他说：“一般说来，作战的方法必须以国内政治的优势为基础，国家的政令能凌驾在民众之上，那么国内的民众就不会争斗了。民众不争斗，就不会逞个人意志。而以君主的意志为意志。所以能称王天下的国君，他的政令，使民众不敢在乡邑间私斗，而勇于对外作战。”

赵充国从军后，沉着冷静，机智勇敢，胸有谋略，且通晓我国西北部少数民族事务。对东夷、南蛮、北狄、西戎风情世故，了如指掌。如对西戎，他说：“西边少数民族的性情，勇敢强悍而喜欢利益，有的住在野外，大米粮食很少，金银财宝很多，所以人们勇于战斗，很难失败。从大沙漠以西，各种民族种类繁多，地域广阔，形势险要，风俗具有很强的特点，有些人多有背叛不臣服的心理，应当等待他们与外部发生争端，窥测他们内部发生叛乱，那时候就可以攻击或招抚他们了。”刘询主位二十五年间，对赵充国赞扬备至。他说：“为战不战，彰道德，施仁义，大包容，大和谐，唯大统。

精道武事，能张能驰，刚柔相济，恩威兼施，先礼后兵，不战屈兵。运作游刃有余，圆融圆通。我大汉国得赵充国实大幸大福也！”

汉武帝刘彻纵观其一生，讨伐匈奴，树大汉国威，一雪有汉以来六十余年国耻，矢志不渝。曾前后六次向匈奴发兵，大军深入漠北数千里，只打得匈奴远遁，国力尽倾，三十余年不敢南窥伺汉边疆半步。伐匈奴战争历经数年，武帝培养出了卫青、霍去病、张骞、贰师将军李广利等赫赫名将，赵充国即是其中之一。李广利是汉武帝时将军，他因讨要西域大宛国良马，即汗血马而闻名。

天汉四年（公元前 100 年），赵充国以代理司马身份跟随贰师将军李广利出击匈奴。两军在酒泉嘉裕关相遇，遂展开恶战。八天之内连续激战九次，大败匈奴右贤王所部，斩首四千三百级，俘获七千六百人。回军途中，因侦悉不力，汉军被匈奴主力围困。敌众我寡，难以突围，且粮草殆尽，士卒死伤严重，情势十分险恶。值此危急时刻，赵充国不顾个人安危，遂向贰师将军请缨：“将军勿忧，我当奋勇当先，先杀开一条血路，大军随跟我而出也。”李广利说：“事已至此，只好仰仗将军骁勇冲击，解救全军性命耳。”赵充国挑选武功精湛三百名勇士，每人痛饮三碗酒。

赵充国与三百勇士饮酒提气壮胆后，咆哮般冲入敌阵。赵充国一手使虎节鞭，一手使虎头钩，当先第一个与敌接触。只见他左冲右突，拼死杀敌。三百名勇士一个个也似下山猛虎，如闯羊群牛棚一般，骁勇无比。刹那间斩杀敌将三十六员，随之冲开一条宽畅通道，后续大军遂得以突围。事后贰师将军检验赵充国受伤二十几处。武帝闻讯，亲来军中，视看其伤，大加赞赏说：“你倾心为国，舍生忘死，骁勇无敌，天下无双，乃吾霸王项籍也！”遂任命他为中郎将。不久，又晋升为车骑将军长史。

昭帝时，武都氐族反叛，军情报来，朝野上下震惊。赵充国向昭帝说：“氐族反叛，波及远近，后患无穷，当务之急，事不宜迟，应及时出大军剿灭。”赵充国遂以大将军护国都尉之职，奉命率兵马前往讨伐。兵锋所指之处，叛兵尽作鸟兽散。平定叛乱后，赵充国升任中郎将兼水衙都尉，屯兵于上谷以窥伺匈奴。后又率军抗击匈奴，俘匈奴西祁王，晋升为后将军。昭帝死后，赵充国和大将军霍光拥戴宣帝，被封为营平侯。之后南征北战，马不歇鞍，率军先后驻扎于北部边疆的五原、朔方、云中、代郡、雁门、定襄、北平、上谷、渔阳等九郡。

汉宣帝元康元年（公元前 65 年），羌族叛汉。羌族是古代羌人的后裔。他们的先民又称为“姜”“羌”“氐羌”“羌戎”和“西羌”。羌人自称“日玛”“尔玛”“尔麦”，含义为“本地人”。有学者说，“羌人的族源可上溯到五帝时代。”又有人说，“‘羌’与‘姜’通，所以，羌与姜姓的炎帝有渊源关系。实际上，姜、羌人以及西戎，是中原人对西部游牧民族的泛称。”

上古，舜下令“三苗”人西迁，他们辗转至青海东南部，与当地居民融合成为羌族。夏商周三代，他们又向北、向西发展，广泛分布于青海的黄河、湟水流域以及甘肃的大夏河、洮河流域。春秋战国之际，羌族势力较大。到了秦代和西东两汉，羌族更加活跃。他们的北进和东移，以及与匈奴交通联结，对西部中国产生了重大影响。西汉霍去病的大军深入湟水流域，对羌族采取了以军事打击和政治瓦解相结合的策略。

赵充国向宣帝说：“宜早派使臣视察边防部队，当戒备在先。羌人彪悍，可讲义气，对羌族诸多部落，实施安抚乃是上策也。”宣帝即派光禄大夫义渠安国西行传示羌族部落。宣帝说：“应区别优劣，因部落制宜，招抚为主，杀戮为下，尽善处之。”可义渠安国到了那里，不依据实情，违背朝廷初衷片面说：“羌族凶恶难治，反复无常，尽是居心不良之人。”遂预谋佯为款待，召集先零羌首领三十余人，以欺诈手段趁其不备，全部杀掉。与此同时，又派兵袭击羌族各个部落，又杀死羌族部众十余人。赵充国对义渠安国杀羌族首领十分不满，“本来人家实心实意，归附了我大汉朝廷，为何要诱而杀之？杀降卒乃为历朝历代所厌恶，此乃刽子手、屠夫、强盗行径。古往今来，凡滥杀无辜，没有一个有好下场的，边境必将大乱骤起。”

果如赵充国所料，不久先零羌遂与各部落骤起侵犯汉边境。义渠安国所率三千骑兵遭到羌族围攻，寡不敌众，形势十分吃紧。宣帝立即派御史大夫丙吉，请赵充国回朝咨询兵机战策。宣帝说：“羌人群起而攻之，势态严重，谁可担任统帅耳？”年过七十的赵充国说：“军情严重，非比寻常，没有再比我更合适的人了。”宣帝又说：“需带多少兵马？”赵充国答：“百闻不如一见，军事难以事先预测。臣愿驰至金城，视虏情势再定方略。羌系小夷，逆天背叛，不久即亡，请陛下委任老臣，毋以为忧。”宣帝十分高兴，即委任赵充国为统帅，遂于神爵元年（公元前 61 年）春，率军讨羌。神爵，这是西汉宣帝刘询的第四个年号。汉宣帝刘询生于公元前 91 年，卒于公元前 49 年，西汉第七代皇帝，小名病已，字次卿。他是汉武帝的曾孙。汉宣帝统治期间，亲躬万机，励精图治，实施了整顿吏治、平理冤狱、轻徭薄赋、发展生产等一系列措施，出现了西汉的中兴局面。中兴盛世，帝国一统。宣帝在任时期，匈奴侵略乌孙，乌孙求救。公元前 72 年，汉派田广明挂帅，率五员大将二十万人马，出塞二千公里，攻打匈奴。史传“这是继汉武帝之后对匈奴采取的一次最大规模的军事行动，之后一百五十年，结束了与匈奴的战争状态。神爵元年（公元前 61 年），汉宣帝派名将赵充国率兵马平息了西羌的叛乱，并留兵屯田湟中，置金城属国管理归附羌族部落，大大强化了汉朝廷对西羌的控制。

赵充国统军到了金城，调兵万骑欲渡河西行进。因恐遭羌人袭击，便于夜间派出三支部队悄悄渡河，侦察虚实，建立阵地。避实就虚有其基本要领和方法。赵充国又说:"有四条:一是就一般军事行动来说,我军无论是出兵、进击,乃至于长途进军,都应避敌之实,就敌之虚,出敌不意,即所谓'出其所不趋,趋其所不意'。二是就攻守态势来说,应该是避实就虚,以实击虚。三是就运用兵力来说,应是以我军相对集中的优势兵力,攻击兵力相对分散之敌。四是以上这些都必须以'形人而我无形'为基本方法。"赵充国就虚实下结论说:"兵形像水。水之流,避高而就下,兵之形,避实而击虚。水无常形,兵无常势。在战场上,一切因时因地制宜,灵活运用实虚要领。要因敌而制胜,千篇一律、不准更改、一成不变的模式是没有的。"赵充国率汉兵待天明,从先行渡河的部队中得知羌人详情后,方指挥全军安全渡河,渡河不久,羌人百余骑前来挑战,诸将亦摩拳擦掌出击。赵充国说:"我军远来疲惫,不可急驰,羌骑均凶悍骁勇,不可轻视。这很可能是羌人的诱兵之计。不能再打无把握之仗,我们不能盲目贪小便宜而招致大祸。"赵充国于是命令全军:"不准贸然行动,违者严惩耳。"羌人见汉军按兵不动,无计可施,遂呼啸一声而去。赵充国派骑兵到四望城侦察。汉军确信那里无羌人守险,即令全军占领落都山。落都山地势险要,易守难攻,金城西南有三峡天险,四望城就是其中之一。赵充国行至此地,看到险象无比,叹说:"唉!可惜羌人不善用兵,如果在此处据险扼守,汉军当无立足之地也。"

汉兵马抵达西部都尉府,赵充国没有马上征伐羌人,他向部众说:"羌人素以信义为重,我大汉当施仁义以待之。对他们要动之以情,晓之以理,定会有所收获的。"汉兵没有主动进攻,而是采取重兵压境,以逸待劳,静观其变,以静制动,坚守不战。赵充国每天酒宴款待将士,养精蓄锐。每当抓到俘虏,必给予优待。赵充国说:"吾汉兵不是来打仗作恶、杀人的,而是来联系、沟通、团结,与你们建立和谐大家庭的。"二话不说当即放回俘虏。一边有重兵压境,一边施仁厚德,攻心离间,恩威并施。一手硬,一手软,硬的不动,软的尽施,羌人惊咤不已,说:"这咋和原来那个杀人魔王不一样,对我们

这么仁义?”不久,很多羌人来附。

西部羌族部落区域广阔,虽有联合,远不是铁板一块。当初先零羌策划谋反时,罕首领靡当儿曾派其弟雕库来见西部都尉,说明情况。因罕部落参与先零羌谋反者甚多,西部都尉就把雕库当作人质扣押起来。赵充国察知此情后说:“此是一个区别对待、分化瓦解的大好时机。”遂对都尉说:“雕库无罪,应立即放归。”并要雕库回去带话给各部落首领说:“汉军只杀有罪之人,你们无罪,不要与他们混在一起,自取灭亡。”

赵充国对自己兵卒恩威并重,对敌方兵丁也是如此,鼓励先进,奖赏能人,定能收事半功倍之效。重赏之下,必有勇夫。不久,羌部落分崩离析,来归者成群结队,成千上万。

此时,宣帝又派出六万兵马前来助战。酒泉太守辛武贤向宣帝说:“愿分兵联合赵充国攻击部落。”赵充国得悉后与诸将说:“此种用兵方法不妥。”遂上书宣帝。宣帝得书,与公卿大臣共议。群臣说:“先零羌兵强势盛,又恃有之助,如不先除,难以取胜先零羌。”于是宣帝任命乐成侯许延寿为强弩将军,命辛武贤为破羌将军,共伐,并责令赵充国从速进兵援应。赵充国接到诏书后,一面上书谢罪,一面坚持己见。宣帝见此奏疏,方始省悟,遂依赵充国准奏。此正是:

前沿实践是真情,朝廷指令欠周正。
表章上奏情堪动,分析不透上难灵。
充国不馁再述陈,君主恍然猛醒问。

经过养精蓄锐,汉军士气十分高昂。赵充国即率兵马向先零羌发起进攻。敌军屯兵日久,已开始松懈。当汉军突然袭来,皆惊慌失措,丢弃辎重,欲渡湟水逃走。赵充国并不急于追歼,只是率部随后缓缓地追赶。别人不解地说:“机不可失,兵贵神速,为何如此慢?”赵充国说:“无有出路之敌,不可追至太急。徐徐追赶,他们就会一个劲地前逃。相反追急了,敌人无处逃生,就会拼死硬斗,反而对吾不利。”诸将听罢,方服其言。先零羌逃军深恐汉军追上,一逃逃到湟水岸边,却竞相抢渡,溺死者几百人。此时汉军赶上与之交战又杀三百级,俘一千人,还缴获马牛羊十万余头,车四千余辆。对待先零羌俘虏,包括民众,尽心抚之,一个不杀,违者斩之。部落民众高兴地说:“汉军仁义真的不打我们了。”先零羌首领靡忘率众来降,希望重返故地。赵充国以礼相待,要他们主动赎罪,并向部落里军民传达大汉的政策。当时,诸将对此不理解,责备他擅护靡忘过去。赵充国说:“大凡军事行动,都应以消灭敌人,安定国家为要,不应计较小的得失。”不久,部落果然不战而降。

汉宣帝神爵元年(公元前61年)秋,赵充国生病,宣帝即派辛武贤为破羌将军,令其于冬季进兵征讨先零羌。此时,慑于汉军威力,先零羌军陆续前来投降的已达万余人。赵充国遂上疏,“自从率兵讨伐羌人,月余粮秣数十万斛,若征战不利,徭役不息,怕有他变。且羌人易用计取,难以强攻,故请撤回骑兵,只留步兵万余,分别屯要害地方,且耕且守,以待其自敝矣。”赵充国的奏议,遭到一些大臣的反对。宣帝又派使召问赵充国说:“即如将军之计,虏当何时伏诛,兵当何时得决耳?”赵充国即复奏说:“臣闻帝王之兵,以全取胜,以贵而贱战。战而百胜,非善之善也。故先为不可胜以待敌之可胜也。而明主罢兵屯田,威德并用,不久即可奖其全功也。”宣帝对此仍不放心,再问赵充国说:“全胜之期在何时?如果羌人得知汉罢兵,又乘虚而入,屯田之兵能否抵御乎?”赵充国再次上书说:“破敌近在今冬,远在明春。留步兵屯田,即可就地取粮,减轻国内负担,又可御敌,此事一举两得之策。如果出兵不能全歼敌人,就和不出兵一样,其结果将是既得不到利益,又使内部疲惫之。”宣帝说:“朕已明白,依将军之言行事。”遂诏令罢兵屯田。屯田制就是在作战中的前线或紧靠前线的地区找一大片可耕土地。命令部分军队将士,加上从内地移徙的大量贫民、罪人、奴婢等进行开垦。政府或驻军首长派出专职官员“田官”就屯田事务进行管理。著名政治家、经济学家桑弘羊就把他们称之为“屯田车”。此后,屯田遂成为供应边防军需粮食的一种专门制度。屯田之制,在西汉时就已收到明显的成效。西羌五万军队,被赵充国消灭了四万六千余。赵充国总结了著名的“留田便宜十二事”,即屯田边地十二好处,成为反映我国古代屯田制度的著名文献。时人有一词云:

> 赵充国老将名将,军事家,何止如此一代大政治家,后人崇拜无限价,定西羌不以战争加,兵临城下,施仁德,敬重羌人献赤心,倾真情,连而再三,人敬怕。心服口服听从归附大汉朝廷,决不分裂,再闹独企求中原疆开拓扩大。不打仗,团结羌人,和谐友爱团圆大戏一场又一场。间隙之际置屯田,拓蛮荒,闲置土地变粮仓,二千顷啊,两年日以继夜耕种忙,五谷丰登黄灿灿的粮食,何止军士,当地百姓喜洋洋。屯田多打粮,直接供军饷,意义之大,远胜过一座金银山,万宝藏,曹操论兵法,赵充国屯田兵法文献,历代兵家无不拜倒。

赵充国三次说服宣帝,诏令屯田。可破羌将军辛武贤、强弩将军许延寿一再坚持主战,宣帝担忧羌人侵扰,遂采取屯田和进击双策并用方针。可出兵的结果是,许延寿只收降了羌人四千余,辛武贤只杀羌人两千级。

在战争间歇，有效利用人力事公耕，修河堤、运桥梁、疏川流、挖沟渠，以农养战，以粮养战，振兴经济，关注民生，赵充国算得上是第一人。东汉伏波将军马援曾感叹说："充国老成宿将，屯田一举，使陇右河湟一带边防长治久安，减轻了朝廷赋资，充实了国库收入，扩大了边疆耕地面积，沟通了边疆各族文化交流，充国远非区区将帅也。"

神爵二年(公元前 60 年)五月，赵充国上奏，"先零羌兵力原有五万人，在讨伐征剿中被杀七千余人，投降三万余人，淹死在黄河湟水及饿死者约五千人。首领靡忘保证肃清其余部。"宣帝大喜，遂准其奏，赵充国遂整军班师。这年秋天，先零羌余部首领被羌人所杀，其残余部皆归降。随后，赵充国告老请退。但朝廷每每遇到大事，仍征询其计谋。宣帝甘露二年(公元前 52 年)，赵充国病故，时年八十六岁。

名将赵充国以自己的才华和情怀书写了辉煌的历史，从而令后人敬仰。

班超投笔从戎降西域五十国

班超是汉明帝时天下名将，是东汉开通西域的功臣。班超胸怀大志、投笔从戎、转战沙场、建功西域、剑斩神巫、征服身归。班超的功绩还有夜袭匈奴、慑服鄯善、征服于阗、活捉兜题、扶持疏勒、联络乌孙、智破莎车、开通西域等。有《千古名将》一书，对班超的评语说，“是出众的千古名将，他在西域31年，使西域50多国归顺汉；他因安定西域功勋卓著，被朝廷封为定远侯，从此彪炳青史。他为华夏的统一大业耗尽了毕生心血！遗憾的是，天伦之乐，安度晚年这种轻松怡然的结局终与班超无缘。”

班超，字仲升，东汉扶风郡平陵县（今陕西咸阳西北）人。他生于公元32年，卒于公元102年。班超出使西域，为统一东汉偌大疆域，作出了巨大贡献。班超出生于书香门第。父亲班彪，字叔皮，曾任徐县（今江苏泗洪县）县令。后因病致力于修史，成为当时有名的史学家，曾继司马迁之《史记》后作六十五篇。班超的哥哥班固继承父业，在继承父业的基础上，为编写历史巨著《汉书》耗尽了毕生心血，其未完成的部分由妹妹班昭最终完成。出身于这样一个史学世家，班超在对历史典籍的了解中逐步形成了自己的人生观。时人有诗云：

父子三人均著书，文学世家耀千秋。
满门尽是文学家，华夏世族不多见。
著书立说传千古，汉书魅力血泪著。

班超体魄魁伟，仪表堂堂，虽然其文不及“才高而好著作”的父亲，更不及“九岁能文诵诗赋，及长遂博通古籍，九流百家之言”的哥哥，但他胸襟宽阔，口才极好，思维敏捷，分析问题深入细致，坚毅而又勤劳。他读书从不咬文嚼字，钻牛角尖，而是博览群书，从中吸取对自己有用的东西。这种读书方式，对他日后的发展起了很大的作用。班超有读书四字歌：

专志一心，旁无它顾。贵之以恒，多类旁通。
才高八斗，独占鳌头。挟策燃荻，分坐割席。
孟母三迁，青出于蓝。如饥似渴，深造自勉。
闻鸡起舞，贵在苦读。白驹过隙，矢志所息。
书不离手，日夜苦读。七步之才，苦读得来。

负薪编蒲，带经而锄。断织下帷，五子辨析。

三上三余，书香门第。老子问师，孔子辨日。

寒窗深造，斧凿推敲。入木三分，字字千金。

冰冻三尺，非一日寒。厚积薄发，功到自成。

焚膏继晷，脍炙人口。流青书癖，马头草檄。

学海如山，贵在登攀。天道酬勤，专赐苦人。

在古代，作为一大家族，虎士猛将多多，举不胜举。如“岳家军”“杨家将”，还有李克用“十三太保，七十二家将”。而文学家、史学家、政治家和军事家，集父子父女四个，一个不差，一人不漏，这不能不说是千古之奇观。纵观二十六史，穿越上下几千年，几乎是难见。班超父亲班彪，哥哥班固，妹妹班昭，一个赛似一个，为历史上著名史学家、文学家。班超是中国历史上著名军事家、政治家。时人有谚说：“班氏一门集四家，哲人贤人尽显达，天下人拜佳！”

班彪，字叔皮，他有两子一女，即班固、班超、班昭。班彪是东汉史学家，早年曾在天水趁王莽篡汉之机，拥立当地豪强自立的隗嚣。后至西河，在那里的大军阀窦融手下任从事。班彪出自儒家，崇尚正统，为主人窦融常常建言，支持光武帝刘秀。他说：“切莫看王莽气势可人，炙手可热，古来谋逆，僭位，从无久常，没有一个好下场的。刘秀仁人君子，深得人心，众望所归，大汉社稷，不日定归他手。”窦融说：“依附正义，远离邪恶，你之所言甚有道理。”遂倾心允之。东汉初年，班彪任徐令，因病免。班彪一生致力于写史。他说：“司马太史公《史记》可惜只写到汉武太初年。吾定搜集资料，继先贤遗志，作史记《后传》。”遂著六十篇，直至临终仍未遂愿。弥留之际，特嘱长子固，说：“汝继吾事，完成后续篇，不枉吾班家为世人献份爱心。”继承父亲遗志，班固继续写了《汉书》《后传》绝大部分，班昭又续写完成了《汉书》。班固，字孟坚，班彪长子，为班超、班昭之兄，汉代著名史学家、散文家。后大将军窦宪出征匈奴，班固随行为中护军。窦宪在朝廷尔虞我诈争斗中被杀，班固也因事被牵连下狱，死狱中。班昭，一名姬，字惠班，班彪之女，东汉史学家。她自幼博览书传，有极好的文史素养，人称“天赐神女到班家”。其兄班固病逝时，所撰《汉书》八表及《天文志》遗稿均极散乱，全由她及马续奉汉和帝之命整理完成。《汉书》初出，读者多不通晓，班昭又教授马融等通读，才广为流传。汉和帝时，班昭还曾任皇后与妃嫔的教师，常出入宫廷禁苑。因其夫为曹世叔，故人又称她为“曹大家”。班昭著有《女诫》等书。班昭在文学上最大的贡献是续《汉书》、作八表。班氏家族在东汉历史上声名显赫。

受家庭的影响，班超勤奋好学，思路敏捷，胆识过人，口才超人。可他也有性格,他敢于为兄长打抱不平。三十岁,家庭突遭变故。正当哥哥班固发愤编著《汉书》时,有人向皇帝告发说:“班固胆大妄为,私修国史。”哥哥很快被捕入狱。班超挺身而出,持书见皇帝当面为哥哥辩明清白,班超说:“吾哥哥尊从皇命,继承父志,为国家为千秋万世,日以继夜,废寝忘食,编著《汉书》。完全依据史实资料,又颂扬皇上功德,毫无瑕疵、偏颇之词。皇上不明事理,误听人言,屈诬吾兄。现呈上书简原稿,愿皇上详察,以伸吾兄不白之冤。”汉明帝亲自阅读文章手稿,十分感动,“文章写得好,观点正确,并未私改国史!”不仅立即放班固出狱,很快又升班固为兰台令史。通过此次与汉明帝相见,班超不仅救了哥哥,还意外被皇帝发现了他的才能。汉明帝说:“此后生思维清晰,口若悬河,雄辩滔滔。将来定前途无量。”此正是:

良驹得力马腿快,伟男仰仗好口才。
腹内学识满五车,口不能言亦或缺。
班超为兄伸冤屈,不想意外得君喜。

有道是“才归有类,学以致用”。此话一点不假。一次,班超、班昭奉兄长之命,在室内抄写《汉书》文稿,写着写着,班超竟鼾然大睡起来。不巧,兄长看见,遂把他叫醒,批评说:“父亲遗言多么重要,莫要贪睡,时不我待。”班超一听,很不乐意,说:“男子汉大丈夫应当效霍去病、张骞,戎马倥偬,效命疆场,立功边疆,才是大气磅礴、气吞山河之举,何要抄抄写写,老死书柜之中?我当投笔从戎,乃终生志向。”哥哥一听,顿时目瞪口呆,还是妹妹班昭机灵,说:“哥哥,人各有志,不可强求,随二哥志向去吧!”

班超从军入伍,打击对象是匈奴。匈奴者,夏后后裔。夏桀败,其子熏粥妻桀之众妾。祖荫血脉,恶性传承,一发而不可收。难怪匈奴父死,儿占父亲妻,此代代相传已二千多年矣。原来是熏粥乱伦,造祸惨狠也。匈奴善骑射,好游牧。自公元前2世纪至公元前5世纪一直活跃在华夏东北到西北辽阔地域,由于其凶猛彪悍,英勇善战,对原祖中原地区构成很大威胁。惠帝、吕后、文、景四朝,因惧怕匈奴,委屈求之,实“和亲国策,汉国颜面尽矣”。匈奴几百年与中原地区或战或和,从未间歇。秦始皇曾派蒙恬北击匈奴,并修万里长城。后来,随着与汉族为主体的中原地区不断频繁交往,匈奴逐渐演化,一部分与汉族融合,一部分远走中亚、欧洲,公元前6世纪渐渐消失。时匈奴分为三大部,大单于居中,控制着蒙古高原和大草原;左贤王居东,占据中国东北部、朝鲜半岛及西伯利亚;右贤王居西,操控着新疆及西域,对汉开发丝绸之路,威胁极大。

公元73年，汉朝廷决定出击匈奴，恢复和西域间断多年的友好往来。班超得有机会任军中假司马，随大将军窦固出征匈奴。大军出酒泉要害口，又行西北至天山，大败匈奴呼衍王，并攻占了伊吾庐。此战，班超奉命率七百人，拦敌要道。班超很懂地形，他说：“在行军作战中，要克敌制胜，处于有利地形只是辅助条件，关键是为将者要会带兵，会打仗，具备应有的素质。对敌我双方的情况，对天时、地利情况都非常了解。即所谓‘知己知彼，胜乃不怠；知天地，胜乃可全’。”

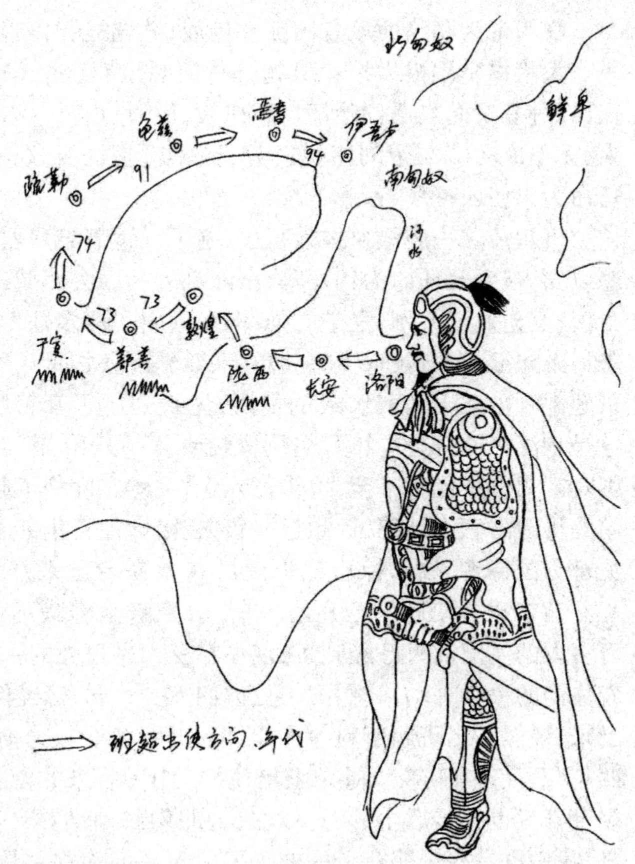

敌情已经判明，情况已经吃透，班超率军乘夜出发。他对诸将说：“趁夜黑人静，出其不意，打他个冷不防。吾等人衔枚，马摘铃，静静埋伏要隘两厢，单等敌人走过大半时出击，定能打他措手不及。”果然一点不差，一切在班超预料之中。午夜时分已过，匈奴一千八百骑兵，正耀武扬威、旁若无人般走过。看时辰已到，班超一声令下：“弓箭手，快，万箭齐发！”只见七百弓弩手箭如飞蝗般，嗖嗖嗖一齐射下，又夹杂锣鼓声、呐喊声，响成一片。只两个时辰未过，匈奴一千八百骑兵无一逃亡。班超初露锋芒，立了大功，窦固十分高兴，很快推荐给皇帝，升任班超为将军。这正是：

才堪兵事当大用，初战事半功倍成。
猛将必由卒伍出，宰相当经州郡生。
一对三人杀千八，人数何比谋精价。

汉明帝为联络西域各国孤立匈奴，欲选拔能言善辩、足智多谋人才前去。大将军窦固极力推荐班超，说："伊吾庐之战，班超才华非同一般，不仅谋深韬广，而且遇到险情反应机敏，应对自若，口齿又十分伶俐，威势慑人，无不成功。"明帝刘庄说："好，国家就是需要这样的人才！"班超遂被任命为出使西域使者。

班超怀着一腔热血报效祖国，想干一番轰轰烈烈的宏图大业，终于如愿以偿，被朝廷任命为代司马，跟随都尉窦固去西域讨乱。出手第一仗是哈密，班超血气方刚，上进心强，向窦固出了许多好主意、好办法。他的请求得到允准，亲自挑选了轻骑勇士，双料配备长短兵器，直奔目的地哈密。班超率领由三十六人组成的使团，先行到达了鄯善国（以前的楼兰国）。这是东汉出使鄯善的第一名国家使者。一开始，鄯善王对久盼而来的汉国宾客招待得无微不至，可未过几天，突然态度冷了起来。作为一代军事家的班超潜意识敏感，远超过一般人，随即他召集部下商议对策。班超召见鄯善国侍者，故作惊讶地诈说："匈奴使者已来好几天了，他们住哪儿了？"侍者以为班超早已知道内情，看隐瞒是隐瞒不住了，说："北匈奴一百多人的使团前天已经到了，现住在三十多里外的一个地方，日夜在监视着你们的一举一动，我们国王见你们人少兵弱，已经倒向北匈奴了。"匈奴已来，果然不出班超所料。他立即召开紧急会议，"你们知道汉昭帝元凤四年（公元前77年），傅介子出使楼兰国（后来的鄯善国）的故事吗？如今鄯善王也在步后尘，以此效法，与北匈奴勾结算计我汉使，看来被迫无奈，我们也只好走傅介子的老路了！"班超问大家："眼下我们该怎么办？""活，还是死？"三十六名勇士不约而同怒吼出一个声音："活，我们与司马一起活；死，也和司马一起死，一切听从司马的号令，上刀山、下火海，在所不辞！"

班超立即把鄯善国使者官员叫来，声色俱厉地问，"你们愿意和我们一起突击北匈奴吗？""愿为汉效犬马之劳，眼睛眨也不眨！""勇士们，我们远离朝廷和大营，要想不死，只有打掉北匈奴的嚣张气焰，有他无我，有我无他，只有这样才能化险为夷！勇士们，报效朝廷的时刻到了！"随后，班超一五一十说出了他的计策："不入虎穴，焉得虎子？乘夜黑用火攻匈奴使团的驻地。突然袭击，叫他摸不清底细，必然惊恐万分，乱成一团，我们就可一举成功，消灭匈奴使团成员，鄯善王心惊肉跳，胆魄俱裂，叫怎样就会怎样，定会依附于我们！"

天黑了以后，班超遂带领三十六名勇士，风驰电掣般奔向匈奴的驻地，先命十个人拿着鼓和兵器藏在屋子后面，等待火光升起后擂鼓呐喊。其余人带上刀剑弓箭，埋伏在屋前的大门边，听候命令。当晚正好刮着大风，到了时候，班超亲自顺风点火。火舌很快就向四处喷吐，浓烟熊熊腾起，噼噼啪啪，响成一片，惊天动地。北匈奴一百三十多人使团，突然惊醒，发现屋子失火，火势猛烈，刹那间又听擂鼓呐喊声，不知道发生了什么事？恐慌惊乱中，拼命冲出门外逃跑。班超带头跳起身来，一连砍到三个敌人。其余勇士一个个大显神威，敌人出来一个消灭一个，经过不长时间激战，北匈奴使团三十多具死尸横七竖八倒在门外，另一百多人全部丧身火海，班超等三十六人无人受伤。

哈密一举震动朝野。有道是机遇情钟于有准备的头脑。偶然一个现象，顿生灵感，从而成就一项长久治国的安邦大计，也无不是这样。三十六人以少胜多，一个潜意识，班超开拓了与鄯善国的外交新局面，西域初战，马到成功，使汉明帝又惊又喜。吃惊的是西域战线如此漫长，军饷给养能否源源不断供给是个大问题，若一旦出现差池，西域偌大疆土会随时落入匈奴之手，这如何是好！欣喜的是朕用非人，西域在窦固兵马的沙场拼杀、浴血奋战下，打开了局面，收复在望。可如何解决这个头痛的大问题？他不知所措，正在苦苦思索之时。太监禀报："西域战场窦大将军有奏章报来。"明帝拿起了一看，"哈哈，'想着西域，西域就到'，这不是偶然吧，真乃天助我也！"太监见明帝如此手舞足蹈，也不知是怎么回事？原来这是班超做出了一件极有长远价值的大事，叫"长治久安之策"。初次得手后，班超没有沾沾自喜，他头脑冷静。一天，战事间隙之余，班超信马由缰，骑着马带着一些随从，说"散散心去"。他们走着走着，忽然加快了脚步。突然，班超眼睛一亮，以为前方有什么情况，注目四望。忽听士兵们大声说"有人！"班超顿足一看，果然，前方不远处，有一群人正在耕作，田里种的居然是中原的小麦和大麦。正惊奇不已之际，又忽听耳边水声震天，哗哗流淌，不绝于耳。人们还正想是怎么个奇异现象时，饥渴难耐的马群已不约而同奔跑到一条河边，争相低头大喝大饮起来。班超迅速叫来一名士兵，上前问老乡这是什么河。不一会儿，士兵回禀："将军，老乡说这条河叫白杨河，长年流水不断。"班超点点头："这可真是理想之地，这一带居民不多，又能种小麦、大麦，如果驻兵也这样的话，不是很大程度上能解决给养不足的大问题吗？况且这里地理位置与西域紧邻，同敦煌、安西唇齿相依，和我大汉朝廷也沟通方便，多么一举三得之举啊！"想到此，班超猛一挥手，"走，回军营去。"到达军营后，班超兴致勃勃地立即向窦固作了汇报。窦固一听，如获至宝，感到这是一个非常有远见的大主意，情不自禁，竟高兴地拍着班超的肩膀，说："真没想到，你小子还真是个将才！你大哥班固是我大汉的大才子，你又是我们的'霍去病'啊！"奏章很快报到汉明帝手上。明帝喜不自胜，连声说："好主意，好主意，真是个上好主意，一举几得，既解决了长途运粮，又大大节省了财赋，稳定了军心，更能帮助当地百姓丰衣足食。"在朝堂上，明帝边笑边叫人拿来地图，他亲自看一看窦固和班超所说的这个白杨河的位置。当他打开地图，目光掠过敦煌时，看到了伊吾庐城，不觉自言自语，说："这明明是西域的'眼睛'嘛！好地方，得天独厚，多难得难遇，给个什么官职才能相匹配，体现出来呢？"他在宫中边跳边想，连皇后进来他都没有注意到，皇后一笑，说："皇上又在为国事操劳哇！"明帝猛抬头："原来是皇后，我正为一件事拿不定主意，你来看看。"顺手把窦固的奏章递给皇后。皇后接过来仔细一看，不觉大笑起来，"皇上，这有何难？窦固不是说得明明白白吗？宜禾，宜禾嘛？"明帝"唉呀"一声，一下子抓着皇后的手，"一语惊醒梦中人，就封为宜禾都尉，立即下诏。"土地肥沃，适宜种五谷杂粮、桑树、葡萄，这当然要归功于白杨河潺潺流水的滋润。屯田，拉甫乔克承担了这一伟大使命。当时，拉甫乔克称为伊吾庐城。放在四堡，除去白杨河丰润、土地膏腴之外，还因为四堡、五堡直接挨着敦煌，和河西走廊一脉相通，可以保持快捷、畅通的联系；伊吾庐城西面还紧连着鄯善、吐鲁番，北面由小路翻越天山直达巴里坤。四通八达，堪称咽喉战略要地，进可攻，退可守。窦固与班超说："天赐佳地，这里我们选对了。哈密，宜禾，白杨河水，伊吾庐城从此成了屯城，划时代，里程碑！"后南朝人有一词云：

> 奇才、大才、通才、全才，政治、军事经济统驭，天下东南西北、胸中尽包揽，远过宰相肚内行舟船。军事正义诡异，特神奇，诱人迸发灵感，源源不断井喷般涌出超人才干。战争战场并非是杀人如麻。洪水猛兽，虎狼般噬人残，孕才、生才、育才，造福社会，远超过神仙法术，震撼弹。本来为将，枪刀剑戟磨锐利，战场杀敌顽，功劳不日建，功成名就遂安然。啊！并非如此，将士要吃饭，粮食运输难上难，为帅者寝不安席、食不甘味，苦煎熬。散散心，舒眉展变变环境，再拼命干。猝不及防看见人，抢种稼禾欢，河水流滔滔不绝响彻天。能种庄稼又有水，得天风水占，大规模耕作，陈地消除后顾之忧、举一反三。啊！军事家、大兵家、政治又经济家，原来统一体系，饱满丰富大内涵，班超一人身上尽体现。

打通丝绸之路，班超于公元 74 年 3 月，毅然决然率领他的区区三十六名勇士，迎着乍暖还寒的春风，沿着丝绸之路南部一路西行。第一站必经之地是于阗国。这时的于阗国被匈奴牢牢控制，长年有匈奴官吏驻军守护、监管。西亚各国的商队路上有只"拦路虎"，人人谈虎色变，远远躲避还犹恐不及，可惜已经盛行一二百年的丝绸之路就此中断了几十年，商贾们敢怒而不敢言。这一天，没有想到东汉使团到了，于阗国国王广德大吃一惊,出于国与国之间礼节,不得不以笑脸相迎,隆重接待。可他左右为难,既怕得罪匈奴又怕惹怒东汉使团,进退为难,苦苦没有两全其美办法。这于阗国地处边远,文化落后,风俗陈旧,经济凋敝,上至国王下到普通百姓,只听说耕牧好而不懂,全国上下普遍信奉巫神。无奈之下,国王广德去向巫师请求神意。这巫师是个女人,与匈奴勾结,早对东汉怀有敌意,国王广德求上门来,心中大喜,表面上仍若无其事,“天神早就发怒了,斥责你怎么与东汉友好?东汉使团有一匹黄黑色的好马,你赶快去牵来杀了,祭祀神灵祈祷谢罪吧,于阗国百姓方能避免血光之灾。”于阗国国王广德信以为真,遂派大臣斯拉比前来向班超要马。

班超天生就有“遇事三思”的灵敏头脑。“两国和好,对方国王提出要马,区区小事一桩,何足挂齿,何况正好来访问,企求两国修好关系的关键时刻,不能犹豫,要马,给了不就是了!”这是寻常人的思维模式。可班超的机敏非他人可比,他似乎感受到了这个“要马”背后的险恶“玄机”,因为他早看透了国王广德“墙头草,两边倒”的心理。于是,班超不露声色,满口答应:“国王要马小事一桩,可马厩马多,不知巫师要挑哪一匹,还请巫师明日赶早过来亲自挑选,也好当面结识结识。”次日黎明,巫师不知是计,高高兴兴随斯拉比来到班超营地选马。刚进马厩,只听“咔嚓”一声,巫师的人头滚滚落地,接着斯拉比也被绑了个结结实实。班超手提巫师的人头去见于阗王。当面把人头一摔,大声怒斥道,“你与东汉使团为敌,如此不友好?”于阗国国王早就听说班超在鄯善的奇特勇敢、凛凛慑人,今他又胆大包天杀了我的巫师,提着人头前来相见,此人果然厉害,还从未见过,惊恐之中又想“若有迟疑,不诚心诚意归属东汉,性命恐怕立时不保。万事不顾,保命要紧。”遂当机立断杀掉了北匈奴派驻于阗的所有官员,表示誓与东汉和好,永不背叛。一个偌大的于阗国国王当面匍匐在地,向班超连连叩头认罪。时人说:“随意斩杀巫师轻率之举,会引发于阗王对东汉的仇恨,弄不好出使于阗国的伟大使命功败垂成,化为泡影。这又是平常人处理问题的逻辑。”时人又说:“班超又是反常、怪异。他敢在太岁头上动土,‘敲山震虎’‘杀鸡给猴看’,非常奇特地把本来极其复杂的外交事务和未来的政局走向简单化、逆向化,变复杂为简单,化危局为优势,仅仅‘就此一举’,显示了班超超乎寻常人的政治头脑和外交处置能力,杀一巫师结两国友好,重新洞开丝绸之路阳关大道,非一般人能办得了吗?”于阗归东汉后,东汉朝廷在西域又重新设置了都护府,卓有成效对西域行使统辖权,使中断了六十五年的丝绸之路畅通无阻。它的历史意义与现实意义不言自明。

胆,是胆量、勇气。胆略,是说既有胆量,又有谋略。班超有一个孤胆英雄的故事,令人十分震撼,动人心魄。疏勒国在地理位置上,系丝绸之路南北中三条路正两端的回合点上。倚葱岭（今帕米尔）西通中亚，往北可达姑莫（今阿克苏）、龟兹、焉耆等，往南可得到于阗等诸国军事和物资方面的策应。在经济上，疏勒早是大名鼎鼎的国际商埠，是塔里木第一大绿洲，驻扎军队完全可以丰衣足食；在外交上，得疏勒就可扼制大月氏贵霜朝廷对西域疆土的觊觎之心；在军事上，疏勒国拥有重兵三万，北上抗击匈奴，这是一强大兵力资源；在人心向背上，龟兹早早已是匈奴的帮凶，杀害原疏勒王占据该地，龟兹人兜题，疏勒本土人对他有血海深仇，切齿痛恨，无不想生吞活剥，推翻龟兹，杀死兜题，早已是疏勒国国民的期盼之事。洞悉国情，决心已下，班超决定去疏勒，以求结盟。率三十六人神不知鬼不觉，日夜兼程越沙漠、走戈壁，仅仅十余天，突然到达疏勒国盘橐城之下。班超派部将田虑前去融通兜题。班超说："先以好言劝他投降，得手即可，如其不肯，就地生擒活捉来献。"兜题见田虑马瘦人单，遂言词怠慢，断然拒绝。谈话间，见兜题轻敌大意，左右不备，田虑一声大喝冲了上去，手脚麻利，一下子把兜题捆在马背上，策马疾驰，回到了营地。抢抓战机，班超率三十六名勇士像三十六把利剑，飞也似直插盘橐城，兵不血刃，不费吹灰之力便占据了疏勒国。三十六人竟夺取了一个国，以少胜多，堪称古代战史上一大经典之作。夺国后，班超迅即召集疏勒国原文臣武将，历数龟兹勾结匈奴以及兜题的种种罪行。待征得各方同意后，扶立原疏勒王之子榆勒继承王位。榆勒激动不已，当众宣布改名为"忠"，以示对汉朝廷的忠心不二。欢庆之余，疏勒王忠携文武官吏请求班超将罪大恶极的兜题斩首以平民愤，可班超又是一个与众不同的人。他想"杀兜题易如反掌，是件叫人痛快酣畅的事，但会留下疏勒与龟兹的世代深仇大恨。'得饶人处且饶人'，不如放他一马，让龟兹人知道汉朝廷的威德与信义为好。"于是派人把兜题送回龟兹。仅以此举，便震撼弹般赢得了疏勒军民的钦佩。由此足见班超"杀"人不是滥杀，而是有分有寸，该杀者即杀，宜放着即放，一切从大处考虑，一切从长计议。不杀兜题，效应立现，从此之后，龟兹国、疏勒国相安无事好多年。这之后十八年间，班超以疏勒为根据地，仅以区区一支三十六人的小分队奇迹般地从塔里木盆地南缘驱除了匈奴的势力，为东汉在天山南北最终战胜匈奴奠定了稳固的基础。时人说："这真是千古军事一大奇迹。"并以此作为联络西域各国的大本营，为后世留下了许多佳话，为纪念班超这位伟大的爱国将领，一代军事家，喀什市于 1995 年 9 月，在盘橐古遗址上修建了班超纪念公园，成为向后人进行爱国主义教育的一大重要场所。后五代人有一词云：

三十六人纵深千里，长途跋涉，越沙漠，走戈壁，历尽万千险和难。为了大汉伟业使命、责任，拼搏冒险干。何等伟业、使命比高天？融通西域多国，释放大汉国恩惠、职责重于泰山。讲包容、为团结、求和谐，西域与中原，同是炎黄血脉根相连。不忍你们弱势群体，受匈奴压迫，历朝历代哭涟涟、泪不干。班超我命运紧相连，寝不安席呀，拯救你们出火坑，豁出一己性命干。仅仅三十六人，多艰难，实危险，去疏勒，犹如上刀山，虎口拔牙，尽快融入大汉国，天职责任，行正道，崇正义，捉兜题，得疏勒，如愿以偿，得益于神机妙算。

公元84年，莎车国彻底倒向了匈奴，这成为南疆一心腹大患，“毒瘤”必须尽快割除，否则，后果不堪设想。汉朝廷及时派来了和恭率领的八千汉军，协助作战。不久，班超率徐干、和恭等部，调兵于阗国二万五千兵马，决心从南北两面夹击莎车，迫使其投降。龟兹王得报后，立即召集温宿、姑墨、尉头等国五万兵马前去援助。双方大军在疏勒与莎车间的茫茫大戈壁上扎营对阵。起初是班超军与于阗军夹击莎车之势，后来竟成了被莎车与龟兹的夹击，兵力上又处于一对二的劣势。面对如此严峻形势，班超召集各路部将开会说：“我们的兵力远不及人家一半，这怎么能打仗呢？不如我们各自散伙，于阗军队向东撤退，我带领其他人向西撤退回疏勒，夜里听到鼓声大家就各自撤走，不可迟疑，怕晚了大家谁都走不了。”众将领心生纳闷：“一向骁勇无比的大司马怎么今天这等畏敌如鼠呢？”接下来，班超遂定下了声东击西之计，迷惑敌人。他派人在军中广为散布对班超不满的言论，制造打不赢龟兹及将领要撤退的假象。并且特地让莎车俘虏听得一清二楚。当天黄昏，班超命于阗大军向东撤退，自己率部向西撤退，表面上显得很慌乱，故意放俘虏趁机逃脱。俘虏回到莎车营中，急忙报告汉军慌忙撤退的消息。龟兹听到班超要回撤的情报，大喜过望，立即下令由温宿王率八千骑兵于东西地界设伏截杀于阗军，自己率一万兵马去西面阻击班超，务求天亮前获全胜。班超得知两路敌军均已开拔，即刻命令各部将率领大军快速夜袭莎车军营。还在梦乡之中的莎车兵听到遍野沙漠的喊杀声，以为还在做梦，等感到事情不对时，已为时晚矣。四散逃命，可哪里逃得走，一战下来被班超追斩射杀五千多人，缴获了大批军械和财物。莎车王惊恐万状，只好俯首投降，而此时在数十里之外设伏静等的西路敌军知道中了班超的调虎离山之计后，狼狈不堪地逃回了本国。这一仗非同小可，不仅打击了龟兹日益嚣张的气焰，而且又让他彻底领教了班超的厉害。从此，再也不敢蠢蠢欲动了。

仁者无敌的“仁”是宽厚、善良、仁慈，对人同情，饱含友爱的思想感情。凡是仁德之人，得人心，拥护者众，力量大、众志成城，所向无敌，心想事成，一帆风顺，而且还能启动连锁轰动性效应。班超是“仁者无敌”的形象和楷模。大月氏国得知班超在西域几年来的丰功伟绩，遂派遣使臣携带厚重珍宝和稀有的猛兽狮子等来到班超驻地百般讨好，并提出要娶大汉公主，以加强两国联姻。提亲之事重大，班超表示不能随随便便作主。大月氏丢了面子，对此耿耿于怀，恼怒不已，想办法要给班超一点颜色看看。果然，好心变坏事。公元 85 年，大月氏副王统率七万大军浩浩荡荡东进，穿越葱岭，直向西域营地扑来。面对如此军情，顿时将士们慌乱起来。为安定军心，班超召开了一次誓师动员大会。

大主意已定，班超接下来坚壁清野，严守阵地，故意不战。大月氏兵马一次强攻紧接一次强攻，班超根本不予理睬。果然不到一个月，粮草日日吃紧！班超料到月氏必然会向龟兹求救，这是一定的。遂派重兵在必经路上进行阻击。班超说："这叫围点打援。"果然，一战重创了龟兹来的运粮车队，并杀死了几名运粮将官，遂割下首级，把头颅送到月氏副王处。副王一见大惊失色，退路堵死，没有了救兵，山穷水尽，成了笼中困兽，连回国也无指望了，不得不向班超投降："谢罪，再谢罪！请求放一条生路！"大月氏副王声泪俱下地说。班超宽大为怀，不愿与大月氏结怨。于是网开一面，让大月氏大军顺原路回国去了。此次战役后，大月氏国上下一听说班超，人人如惊弓之鸟，同时，也被班超宽仁大度的品德所感动，自此以后，向汉贡奉不绝，再也不敢生出非分之想。

班超的仁义在汉朝廷内部又有一个故事。公元 84 年，汉章帝任命班超为将兵长史，徐干为军马去进攻龟兹。另派卫侯李邑从洛阳到达于阗国。时正逢龟兹军队攻打疏勒，听得此消息后李邑不敢前行。可他为了掩盖自己的畏敌如鼠行为，遂上奏朝廷说："平安西域非可成之事。"并极力诽谤班超："终日拥娇妻，抱爱子，安乐于西域，忘了汉朝廷……事修而谤兴，德高而毁来。"李邑的谤言毁语传遍了洛阳和西域。所幸章帝为有道明君。他严厉斥责李邑说："果如你所言，班超每日拥妻抱子，那里的一千多名将士怎么会同他齐心协力呢？你立即赴西域听候班超的调遣和发落。"班超见到李邑后并无愠怒之色，让他护送乌孙使者返回洛阳。徐干想不通，找班超发起牢骚："李邑过去那么诽谤你，有意破坏安定西域的大事业，现在有皇帝的诏书，你为什么不和他算算账，却让他又回去呢？"班超微微一笑说："只因他过去诽谤过我，我才要派他去洛阳，只要我为国为民忠心可鉴，小人谗言又岂能奈何于我！"时人说："一个面对诽谤的人有如此宽阔的胸襟，正是班超得军心得民心的高风亮节之处。有此境界，还有什么艰难不能跨越？"后南陈人有一词云：

仁义道德推崇仁，善良美德遍全身，释放正能量，招引厚德，献诚意，洒阳光。惠泽人群、你帮我，我携你，扶弱济困，人间正道越走越宽广。自顾自，偏心、自私、利欲熏心无处藏。尔虞我诈，耍阴谋搞陷害，龌龊丑陋似过街老鼠，人人喊打骂他娘。仁字人间主旋律，五千年战场秘宝藏，大显身手，用武之地在西域，班超老道创神奇，后人敬仰不已。

作为一代军事家、大兵法家，班超的用兵谋略诡异奇特，在历朝历代为之罕见，有《千古名将》一书一评语：

> 班超用兵，堪称胆大心细，足智多谋，古之一绝。经营西域三十一年，使西域五十多个国家归附东汉，这是古代一位伟大的军事家、政治家和大兵法家。

汉永元七年，班超被封为定远侯，历史上称他为“班定远”。汉和帝永元十四年，朝廷召班超回京，封为射声校尉。此时，班超已患有胸疾，身体虚弱，加上旅途劳累，到京师后就病倒了。汉和帝还经常派太监给班超送药。汉永元十四年九月，一代豪杰班超病逝，终年七十一岁。

祖逖闻鸡起舞中兴第一将

祖逖是东晋名将，汉族著名爱国将领。由他身上孕生出的“闻鸡起舞”“中流击楫”两个成语闻名于世。其中“闻鸡起舞”一佳话是这样传说的。公元289年，祖逖二十四岁时，阳平郡察举他当孝廉、司隶，进而又举荐他为秀才，他一概不应。不久，祖逖与后来抗击“五胡”的名将刘琨一起出任司州，即州治在洛阳的主簿。两人“情好绸缪，共被同寝”，关系十分融洽。时值“八王之乱”的前夜，大族擅权，国政黑暗，豪强纵横，民不聊生。表面上的繁荣已经掩盖不住日益加深的社会危机了。一天半夜，祖逖被野外传来的鸡鸣声吵醒了，便用脚踢醒刘琨说：“此非恶声也。”于是两人相邀到户外，拔剑起舞，这就是流传后世的“闻鸡起舞”一段佳话。祖逖与刘琨经常在一起议论国家大事。夜深还不能入睡。他俩拥被起坐，相互勉励“若四海鼎沸，豪杰并起，吾与足下当相避于中原。”公元291年，一场历时十六年的战乱终于爆发了，这就是历史上有名的西晋“八王之乱”。大乱骤起，祖逖和刘琨各奔东西。诗曰：

庸主短视将才勇，弱国无处不英雄。
出兵做戏叫人看，将才秉忠战绩显。
朝堂若遂豪杰志，疆域焉能不大统。
向来战场旌旗飘，战绩价响不酬劳。

祖逖闻名天下，刘琨何许人也？刘琨，字越石，中氏魏昌（今河北省无极东北）人，生于西晋泰始七年（公元271年），卒于东晋建武二年（公元318年）。刘琨既是位诗人，又是两晋时期的重要将领，因忠于晋室，长期与刘聪、石勒相对抗，颇有声望。刘琨与祖逖是同时代人，所处正是西晋“八王之乱”之际。“八王之乱”对社会是一大破坏，但刘琨本人忠于晋朝廷，长期坚守并州，招抚流散，抵御石勒，还是有积极意义的，并且在乱世中，他表现出了一定的军事才能，成为这一时期的重要将领。传说刘琨祖父年迈，有经国之才，为相国参军，散骑常侍。其父名蕃，位至光禄大夫。刘琨少时即以雄豪著名，年二十六岁时，为司隶从事。因以能文善诗，曾与贾南后父弟贾谧相与交往，号曰京师“二十四友”。晋永康元年（公元300年）赵王司马伦执政，以刘琨为记事督，复转从事中郎。暨年，司马伦废惠帝自称皇帝，立其子荟为太子，刘琨为荟詹事。刘

琨作为军事将领，一生有胜有败，其才能军功伟绩与祖逖逊色甚远。公元300年末，齐王司马冏，成都王司马颖，河间王司马颙联合起来声讨司马伦。司马伦任命刘琨为冠军将军，与孙会等率宿卫三万兵马拒敌，大战于溴水（今河南济源县西），一战刘琨大败溃输，主人司马伦兵败被杀。西晋永嘉元年（公元307年）刘琨被任命为并州刺史，加振威将军，兼任匈奴中郎将。刘琨在征战途中上表。不久，刘琨招募壮士千余人，转战至晋阳。当时晋阳已残破不堪，府寺焚毁，僵尸遍地，有其存者，饥羸天复人色。刘琨剪除荆棘，收葬枯骨，造豲策修城垣，抚恤百姓，鼓励农耕，并用离间办法收降据于离石的匈奴刘元海部民万余，晋阳稍有生气，不久，后汉主刘聪遗子刘曜等攻击刘琨于晋阳，刘琨派张乔拒敌，战张乔败死，晋阳危急，太原太守高乔和刘琨别驾郝津以晋阳降敌，刘琨父母遇害，自率左右数十骑及妻子突围，奔于赵地，与代王原鲜卑贵族猗方结为兄弟，乞师往攻刘聪。刘琨乘胜追击，但终不能克。刘琨乃移居阳邑（今太原北阳曲镇），以招集亡散，西晋建兴三年（公元315年），刘琨受命都督并、冀、幽三州诸军事，是时猗卢父子相图，卢及兄子根皆歿，部落四散，而刘琨子遵先质于卢，众皆佩服其人。所以，刘遵与箕澹率猗卢之众三万余人，马牛羊十万，悉来归根。刘琨率百骑抚纳，其势复振。这时，石勒攻乐平（今山西晋阳西南）太守魏赴据求救于刘琨，刘琨自行为士兵新合，遂乘其锐以威石勒，遂发其众，与石勒大战，结果大败。只身逃往幽州匈奴贵族段匹磾处，不久，被杀，时年四十八岁。刘琨在文学上很有成就，《中国文学史》把他列为《南渡诸家》，高度称赞他为“善为凄哭之词，自有清扰之气”的诗人，他戎马一生，作品很多，有《为并州刺史魏壶关上表》《与承相书》《扶风歌》等，其中在被段匹磾囚禁时作《答卢谌》《答卢谌书》《重赠卢谌》为他狱中绝笔。

祖逖爱国，倾其一生精力，矢志北伐。可以说，他为恢复汉家河山而兴、而荣、而死。后南宋人因他的事迹感奋，遂作《咏祖逖》一首，云：

平生祖豫州，白首写春秋。
东门长啸勇，为逖一头功。
何哉戴若愚，中道奋螳臂。
豪杰事垂成，今古剑血红。

祖逖生于公元266年，卒于公元321年，字士稚。范阳道县人，东晋名将，汉族著名爱国将领。祖逖祖上至三代担任二千石的高官。父亲祖武，曾任上谷太守。祖逖自幼丧父，兄弟六人中，兄长祖该、祖纳等都爽直而有才干。祖逖性格旷达，不受约束。到十四五岁时尚不肯学习，兄长们都为他担忧。可祖逖轻财好施，慷慨任侠，注重节俭，闻名遐迩。每到田庄上说："今天兄长让来，散发银两，接济困苦乡亲，东西不多，聊表心意，万望笑纳。"久而久之，"及时雨"美名不翼而飞。时人有诗为证：

祖逖生长在范阳，北伐东晋是名将。
少小贪玩不肯学，渐长突变有气量。
仗义疏财呼保义，美名不翼远近飞。

随着年龄渐渐增长，祖逖深知读书学习之重要，发奋苦读，涉猎古今，经史子集，兵书战策，无所不晓。对《六韬》《吴子兵法》《司马法》《孙膑兵法》，还有《尉缭子》，深析要邃，活学活用。祖逖说："兵者，诡道也。""攻其无备，出其不意。""兵以诈立，以利动，以分分为变"，乃"内修文德，外治武备，这是孙吴兵法之核心。"祖逖喜爱太公兵法，爱不释手苦读细研深究，效法太公时对周文王一一解答。他经一年学习，全部逐字逐句记心。随时背诵，只字不漏。

祖逖说："前世有缘，今生相遇，当珍惜之。"刘琨说："早闻逖君大名，今生得遇，终生之大幸也，愿你携我帮，君前我后，造福苍生耳。"从此二人日夜相伴，形影不离，常常共谈时势，切磋武艺，人称"管鲍来世，伯牙子期相结也"。

当时晋王室内部倾轧，相互争斗日甚一日，各自都在笼络人才，祖逖因其才气为诸王青睐，先后任齐王司马冏的大司马椽，长沙王司马乂的骠骑祭酒，转任主簿，后又历任太子中书舍人，豫章王从事中郎。祖逖曾随晋惠帝北伐，在汤阴战败，退还洛阳。惠帝西幸长安，关东诸侯范阳王司马虎、高密王司马略等人竞相诚邀祖逖，祖逖均未应召。东海王司马越任命祖逖为典兵参军，济阳太守，祖逖因有母丧，未能到任。时人有诗为证：

多王抢要祖逖争，争来争去成泡影。
英雄有己志向正，不为人梯龌龊生。

西晋永嘉五年（公元311年）元月，匈奴英雄刘曜掳获晋怀帝，火烧晋都洛阳，中原世家大族等纷纷逃难江东。刘曜是个孤儿，幼时习武，且箭法精准，射铁透之，当时人称"神射"。刘曜性不合群，曾隐迹管涔山，终日以琴书为友。一夜在山中，忽见有两个童子走上前来说："王命我们拜见赵国皇帝，献剑一口。"两人置剑而去，刘曜秉烛观之，但见此剑身长二尺，光泽异常。剑鞘以赤王所饰，背上有铭道："神剑御，除众毒"。这剑随一年四季的温度气候变化而改变颜色，刘曜认定是件宝物，于是就把它佩在身上。刘曜于公元318年至公元329年即位，在与后赵石勒的作战中被杀死。

后赵国主石勒乘晋朝内乱之际连连夺取了司、豫、青、徐、兖等州郡，又派兵马进军江淮，攻陷了寿夫，还派石虎率兵四万攻打刘曜，进逼蒲坂。刘曜派水陆兵马前去援助。石虎听说刘曜大军来了，顿时害怕起来，遂撤兵而去。等刘曜追到高候打了一仗，石虎惨败，伤亡大半。石虎逃回襄国，刘曜乘胜攻打金庸城。后赵守将石生拼死抵抗，刘曜攻不下来，遂将河水灌入城中，幸亏金庸城坚固如铁，始终没有坍塌。刘曜见难攻下，遂撤围攻其他地方。

此时，石勒的右长史张宾去世，石勒好像失去了左右手一般，下葬时号啕大哭。每每遇军国大事，几次建言献策与石勒意见相左，石勒气得差一点杀了他，关于援助打不打金庸城，参军徐光和石勒商量，正中下怀，于是调集兵马准备出行。在军中，石勒非常敬重一个西域龟兹（今新疆库车）人，大和尚佛图澄。攻打金庸城，这是大事，石勒请他预言吉凶，佛图澄用梵语论事，石勒听不懂，要他们用汉语说话。佛图澄说："一定能大败刘曜。"石勒将信将疑，佛图澄说："有一个办法可以看到未来。"于是石勒照办，七日后佛图澄在石勒面前施法。令侍者将麻油和胭脂掺合在一起，在掌心磨擦，一会儿才打开手掌，忽然看见里面有光。但是石勒什么也看不见，只有那个七日用斋的童子看到异象。大声说："里面有无数兵马，捉着了一个须长面白的人。"佛图澄对石勒说："这就是刘曜了。"石勒大营立即让石堪、石聪等率各路兵马前往荥阳，石勒自己也率兵四万，向襄国进发。

作为前赵皇帝，又是大军统帅，是守是攻金庸城，对手石勒又是信佛，又是算命。刘曜岂能甘居人后，能不能打胜这一仗，他也在占卜，刘曜这个人也是前后有变化的。这个时候，石勒发兵助战金庸城，到了火塌渡河，正好是寒冬腊月，北风呼号，天寒地冻，河边更冷。石勒军渡河时，天气忽然变晴转暖，风静冰厚。可安全过了河后，狂风大作，寒冷与前照旧。石勒大喜说："天神保佑，赐助我也！"参军之余交随军南行，石勒说："刘曜得知我出兵，若移兵成皋，据关拒我，是乃上策，依洛水为营，负水自固实为政策"，坐守洛阳，束手就擒，此是无策了。后一路畅通毫无阻挡，到了洛水，果然看见刘曜率大军在对岸驻扎，连营十里，足足有十万之众。石勒喜出望外，遂部署兵马，拟第二日开战。

说也奇怪，这边准备就绪，周密细致，万无一失，而刘曜一边却杂乱无章。刘曜围攻金庸城已三个多月，他见久攻不下，泄气没劲，索性不大在心了。每日只和群臣欢宴，醉生梦死。有人进言，脸一翻就杀掉了。直到石勒真的前来攻打，才临时抱佛脚，开始调兵遣将。一日抓了一个探子，问石勒那边如何？探子答："大王亲自出战，来势很猛。"刘曜听后大惊失色，立即下令撤退到洛水西岸。石勒军队进入金庸城后，刘曜却没有部署。临战早晨，已经知道石虎、石堪上阵了，却还要喝酒几斗，醉熏熏地上马打仗。马无故悲鸣，立住不动，刘曜打它几鞭，马儿竟倒下了，几乎把他掀翻，幸有人扶住。刘曜还怪酒未喝好，又喝了一斗，然后出马迎战。刘曜烂醉如泥，睡眼蒙眬。石虎、石堪已拍马杀到，一阵子迫头痛击。石勒在刘曜面前大喝一声："刘曜快来受死！"刘曜这才酒醒三分，石虎赶上，一刀劈于马下。这个醉鬼就这样死于非命，前赵就此亡国。

西晋亡，朝廷士大夫车水马龙般南下。祖逖也被迫带着宗室几百家南下走淮泗。一路上大家风餐露宿，历尽艰辛。祖逖说："车马让给老弱病残幼童，粮食衣物，药品大家共同享用。吾等要和衷共济，共克时艰，同甘共苦，渡过难关！"他的一言一行，深深感动大家，人们感激他，敬佩他，一致推举他担任队伍的"行主"。祖逖走到泗口时，坐镇建业的镇东大将军，琅琊王司马睿任命他为徐州刺史。公元313年，又征召他担任军咨祭酒，于是祖逖就在京口定居下来。

不轻易入仕，祖逖有他的个人情结，"乱世凶凶，朝政混乱，外族入侵，西晋朝廷即将灭亡，司马睿又想经营东南。如此世态，变幻难测，瞬息万变，我能不慎重吗？等等再说。"关于报族报国，施展自己的一腔情怀，祖逖想的很多，由来已久。

公元313年11月，晋愍帝即位，当时，司马睿专心致志开发江南，无暇顾及北伐。祖逖上书说："北伐乃恢复吾祖宗根本之地，收复北方半壁河山。此乃国家民族大耻大辱，愿主上不能轻视。主上若同意，臣愿请缨北征，誓打敌寇，以雪吾失土之耻。"司马睿虽一心偏安江南，可也担心落下不抵抗、丢国土之名。几经思量，司马睿迅速召见祖逖，赞赏一番说：

"好样的,朕坚决支持你!"遂任命祖逖为奋勇将军,豫州刺史。可只拨给他一千人粮饷,三千匹布帛,不发铠甲,不给兵员。司马睿还"美其名曰":"朕知你足智多谋,办法多多,朝廷刚迁东来,经济窘困,你可沿途发动民众,就地取材,自募兵员,自制刀枪。朕静候你的捷报。"

司马睿的敷衍、搪塞,丝毫没有动摇祖逖北伐收复中原的决心。他决心为国人争光,用血汗打出北伐一片天地来。

是年秋天,祖逖率领他原来的一部分宗族部众一百多家毅然决然从京口北渡长江。船到中流,祖逖望着眼前滚滚东流的滔滔江水,豪气干云,热血涌动。他情不自禁,用手敲击着船楫,发出豪言壮语说:"啊!苍天祖宗,吾天朝中原,不能丧于敌手!凡我大汉子民,血性男儿,收复国土,应赴汤蹈火,在所不辞。我祖逖此行北伐,若不能平定中原,收复失地,决不回江东。"

祖逖渡过长江后,暂驻淮阳,自己起炉冶铁、铸造兵器。不久,招募到两千多名士兵。公元316年11月,晋愍帝被南汉国俘虏,西晋灭亡。司马睿被迫约期北伐,祖逖欣然受命。当时北伐的形势极端严重。祖逖面临的对手不仅是割据冀、豫一带,拥兵十多万、祸乱天下的羯族人石勒,河南区域还盘踞着为数众多的汉族地主豪杰武装。这些豪强,即所谓的"坞主",修筑坞堡,自称刺史、太守,称霸一方,依偎于晋、赵之国,情况复杂。他们可能成为北伐军的盟友,也可能成为北伐军的敌人。这种形势决定祖逖北伐的道路是一条充满艰难险阻的道路。这正是:

北伐深渊险万丈,敌对势力加豪强。
以弱敌强渺茫茫,一棋不慎尽遭殃。
艰难万险要才将,武功智慧意志强。
祖逖胸襟包万方,团结坞堡北伐忙。

豫州(今河南)有两股强敌,虎视眈眈。羯胡族首领石勒,兵强将勇,攻城略地,发展势头慑人。汉人地方坞堡势力遍地皆是。有的投靠石勒,有的忠于晋室,有的看风使舵,首鼠两端。

祖逖实施正确的政策和策略,招抚地方坞堡强梁。建兴五年,祖逖北伐军进驻卢州,即今安徽亳州。果然,北伐军遭到多股势力的攻击(张平、樊雅是衮、豫一带的地方势力,乘乱起兵)。张平自任豫州刺史,樊雅自任谯郡太守,各据地域,拥众数千人马。张平属下还有董瞻、于武、谢浮等十多股小势力,各有数百人众。张平、樊雅名义上属朝廷司马睿,接受朝廷四品将军头衔,实际上不受约束,各自为政。为拉拢他们不与北伐军为敌,祖逖派遣参军殷义去联络张平、樊雅。殷义出身贵族,看不起张平,指着他的住房说:“这里只配作马厩。”殷义又说:“张平你保不住头颅!”张平大怒,当即杀死殷义,据兵自守。殷义死,根本的原因恐怕还是这位地方刺史不能容忍朝廷派来的“新豫州刺史”。张平这类地方势力,虽然也时常遭到敌人攻击,可当利益稍许受到损害时,很容易投到敌人一方去。所以,祖逖正确分析了形势后,实施离间计,杀了张平,一石激起了千层浪。

张平虽死,樊雅仍占据谯城。祖逖进据太丘(今河南省永城市西北)。因军中乏粮,处境十分困难。樊雅乘夜来袭,攻入营垒,拔戟大呼,直逼祖逖营帐,军中大乱。祖逖临危不乱,安排左右拒敌,督护董昭英勇杀敌,一场恶战,终于打退了樊雅的进攻。祖逖率部追讨,张平余部帮助樊雅迎击祖逖。为了尽快攻下谯城,祖逖向蓬坞堡主陈川、南中郎将王含求援。陈川派李头、王含派桓宣来援。王含也命参军桓宣率五百兵助战。经过一年多的苦战,祖逖终于攻占谯城,在豫州站稳了脚根,并打通了北伐通道。

蓬坞堡主陈川的将领李头被派来支援祖逖。李头作战有力,祖逖十分看好,优待之。正好祖逖获得樊雅一匹好马,李头意欲索求,又不好明说。祖逖获悉后遂把马给了他。李头感激祖逖恩遇,时常叹息说:“若得此人为主,虽死无恨!”陈川听后很为恼火,寻机杀死了李头。李头亲信冯宠立即率部众四百多人投降了祖逖。陈川更是怒不可遏,遂派将领魏硕在豫州郡大肆掳掠。祖逖命卫策在谷水伏击,尽获其所掠之车马男女。陈川大惊失色,说:“祖君神勇,吾非对手。况祖君志为北伐,吾再阻堵,实伤天害理!”遂率众尽数投降了石勒。

祖逖得知陈川叛晋后,遂于五月进攻蓬关。石勒派侄子石虎率领大军五万人马救援陈川,与祖逖军战于濉仪。祖逖战败,退守淮南。石虎在豫州进行了一番洗劫后,带着陈川部属返回襄国,只留下将领桃豹戍守蓬陂坞。十月,祖逖派督护陈超攻打桃豹,没有成功。

十一月,石勒号称赵天王。东晋太兴三年六月,石虎派桃豹据守浚仪,屯兵西台,从南门出入,祖逖则派韩潜据守东台,由东门出入,两军相持四十多日。祖逖决定设计智取。智取是事半功倍,举一反三,四两拨千斤。祖逖让士卒将沙土装成粮袋,假装成米。一千多人运送军粮样品,忙忙碌碌运上东台。再故意让几个人真的挑着大米,走在后面,佯装疲惫,在路上休息。等待敌人来抢米。装得越像越好。此乃施诈诓骗之举,要细致运作。

桃豹军缺粮已久,见晋军运粮,以为有机可乘,突然冲来抢粮。那几个人扔下粮袋就跑,桃豹兵抢得粮后以为祖逖士兵都能吃饱,而自己却长久挨饿,于是更加恐慌,士气尽落。此时,石勒部将刘夜堂用一千头毛驴运粮食给桃豹。祖逖侦知消息，遂派部将韩潜、冯铁等在汴水截击，一战尽获其粮食和脚力。桃豹闻讯，连夜退兵东燕城。祖逖乘胜进军。派韩潜进屯封丘，威逼桃豹。冯铁部进据二台，自己统兵镇守雍丘，并屡次派兵截击后赵军，后赵城镇纷纷叛赵归晋。七月，石勒不甘心失败，派遣一万多精锐骑兵反扑，又被严阵以待的祖逖军设下道道陷马深壕所败。此战不仅把石勒兵俘虏，又获得了大量马匹，可谓一举几得。经过一年多的拉锯战，反复争夺，祖逖取得了北伐战争以来的最重大胜利。

后来，祖逖率部讨伐陈川，占领了浚仪城，又占雍丘，几次主动出击，攻打后赵军队，石勒屯戍地域日渐缩小，一片溃败现象。祖逖常常使用攻心战术。

古兵者说："宽而有制，从容以和。"子彦曰："惟有德者，能以宽服人，其次真如猛，夫火烈，民望而畏之，故鲜死焉。"孔子曰："政宽则民慢，慢则纠之以猛，猛则民残，残则施之以宽，宽以济猛，猛以济宽，政是以和。"

军前探马常常俘获敌战区濮阳士人，祖逖总是好言相待：都是天朝子民，身居敌区，迫不得已，吾等大汉祖根，望汝勿忘列祖列宗！酒足饭饱之后，发放路费，远送他们回去。他们回去后，逢人就说："感谢祖逖恩德，他是仁义君子！"时间不长，他们自发联络了五百多家乡里邻舍前来归附。时人有诗为证：

面对敌军打心战，大汉子孙当团圆。
且勿同胞自相残，万众一心打敌顽。
酒足饭饱发盘缠，多多投来兵力添。
仁义意义大无边，道德魅力说不完。

石勒派精兵一万多，堵截乡民，再次被祖逖打败。于是，石勒部下向祖逖投降的也越来越多，祖逖照旧优待不误。当时，地方强梁越固、上官、李矩、郭默等人之间，尔虞我诈，攻杀不已。祖逖派人从中斡旋，使其言归于好。"祖大帅如此厚爱，我们一定要死心踏地接受祖逖指挥。"黄河以南原有一些坞堡归附石勒，在石勒处留有人质。他们也想归来，可有后顾之忧。祖逖说："你等难处，吾甚理解，兵荒马乱，谁人不求生存？错在朝廷，与尔无责。你等一如既往，表面上仍要归附石勒，心里有咱朝廷就行。"祖逖常常派一些小部队假装攻打，以表明他们并未归附，从而消解了石勒的疑心，以减轻坞堡的压力。各坞堡首领对祖逖感恩戴德，石勒有风吹草动，马上秘密通报祖逖。祖逖始终在战场上处于主动地位，屡战屡胜，威名远扬。

祖逖礼贤下士，体恤下情，即使关系较远，地位低下之人，也照样布施恩信,予以礼遇,将士凡有微功,赏不逾日。两兵相交,要使将士们乐于去拼命,这就要用激情去激励他们去作战,用奖赏的办法激励将士们去立功受赏,用将士中的榜样去鼓舞将士。有姜太公兵法《无韬·赏罚·第十一》:文王问太公:“奖赏是为了鼓励好人好事,惩罚是为了警戒坏人坏事。我希望通过奖赏来鼓励一百个人,通过惩罚一个人来警戒一百个人,应该怎么办好?”太公回答说:“凡是奖赏,贵在恪守信用,凡是惩罚,贵在坚决实行。如果能对你所见所闻的事都做到赏必信,罚必果,那么,你所未看到、未听到的人,自然也就在暗中渐渐被感化了。赏信罚必,乃是人君的‘诚心’。诚心这个东西,上通于天地,畅达于神明,何况对于人呢?”

祖逖身先士卒,积极劝督农桑,恢复农业生产。在军队中一直实行且战且耕,以耕养战,以战护耕,大大减轻了民众负担。区域内百姓交口称赞说:“正义之师,人民的军队。我们喜欢,我们爱戴。”祖逖严于律己,自身生活俭朴,自奉节俭,不蓄私产,其子弟与战士同样参加农耕,背柴负薪。祖逖还收葬枯骨,加以祭奠。一次,祖逖摆下酒宴,招待当地父老兄弟,不少老人流着泪说:“吾等老矣!更得父母,死将何恨!”

祖逖北伐策略得当,民众归心,不过几年,尽收黄河以南大部地区。当年好友,此时担任并州刺史的司空刘琨写给友人信件,广播祖逖业绩威德。晋元帝即时下诏,升他为镇西将军。其诏云:

祖逖情怀,乃吾大晋大德。矢志北伐,收复国土,白手起家,艰苦拓业伟大;历尽艰辛,任劳任怨,情系社稷,从不索取,是伟人。才勇兼具,足智多谋,征讨北虏,屡战屡胜人敬。战间之余,抚慰民众,播吾晋泽。深得民心,广屯田。奖励耕战,以耕养战,经营数年,收吾大片国土,壮吾大晋国威。旷世奇才,百代难来。朝廷无二,出类拔萃。业绩彪炳,光耀千秋。今特诏祖逖为镇西大将军,全晋楷模,上下效之。

无独有偶,对手石勒也非庸才。石勒慑于祖逖北伐军威力,由攻势转为守势,他效法祖逖柔化方略,下令幽州官府在祖逖原籍祖氏坟墓、成皋县祖逖母亲坟墓两处修缮。石勒这样做,是礼贤下士。古人说:“贤士与才士不同,才士负异人之能,乐于见长,常与人近;贤士抱高人之德,耻于衔玉,常与人远。”石勒并写信给祖逖,请求互通使节、互市贸易。祖逖迫于形势,没有回信,但听任双方互市,收利十倍。久而久之,两军官方和私人尽都富裕起来,兵马日益强壮。

与祖逖斗智斗勇,石勒屡屡败北。七月,石勒不甘心失败,又派数万人马反扑,可又被早有所料、严阵以待的北伐军痛败。经过近两年的反复争夺，祖逖最终取得北伐战争以来的最重大胜利。收复了大片国土，全国军民精神为之一振。完成北伐既定目标，祖逖丝毫不敢懈怠。练兵积谷，推锋越河，扫清冀朔。正当祖逖准备渡河北进，完成统一大业之时，晋元帝旧毛病复发，“他功高震主，威望日重，尾大不掉，这还得了！”遂于公元321 年 7 月，任命戴渊为都督兖豫雍冀并司六州军事，征西将军，出镇合肥，以牵制祖逖。祖逖闻悉，暗自思忖：“吾经略数年，早收复河南，而你不费吹灰之力，即来统御，坐收渔人之利，天理不公。”此时，又传来王敦跋扈不臣，朝廷争权夺利日甚。眼看内乱将起，北伐尚无望！遂心力交瘁，忧愤成疾。于是把家眷安排在汝南大木山下。

祖逖心中虽然忧愤，但仍“图进取不辍”，抱病营缮虎牢城。虎牢城北临黄河，西接成皋，乃四战之地。祖逖担心城南没有坚固壁垒，易被敌人攻破，特意派从子汝南太守祖济、汝阳太守张敞、新蔡内史周闳等率众筑垒。营垒尚未修成，祖逖病危，九月祖逖病死在雍丘，终年五十六岁。祖逖死讯传出，豫州百姓痛哭流涕，淮梁民众自发为祖逖修祠建堂，自发纪念这位热爱祖国、热爱人民、不畏强敌、百折不挠的爱国名将。东晋朝廷追赠祖逖为车骑将军。祖逖死后，其部众由弟弟祖约统领。东晋朝廷无时不想除掉祖家而后快。祖约因不满东晋朝廷，遂于公元 327 年联合历阳内史苏峻发动有名的苏峻之乱。咸和四年，苏峻之乱平定，祖家全族逃亡后赵。咸和五年，赵王石虎诛杀祖家满门男丁上百口，妻妾女儿分赐诸胡，令人既悲又叹。后有宋人作一长律怀念祖逖：

五胡侵华铁血凶，中原百姓难聊生。国祚朝廷朽透顶，文武百官各逃命。

千万民众染血红，大片国土沦落空。有一青年怒目睁，国遭大难人心痛。

区区一千兵马行，以少积多锐气涌。祖逖我要效命争，不杀敌寇万不能。

兵机将略蕴机能，以少打众屡得胜。小鸡斗败大雕鹏，石勒次次败狗熊。

经战不足两年整，大河南半入晋廷。乘胜大举再北行，朝廷金牌令回兵。

壮士雄心志难酬，积劳成疾一命送。北伐功高垂成日，至今人为祖逖鸣。

收复国土匹夫情，热血男儿当拼命。北伐百代多往事，祖逖奇篇唯本宗。

陶侃讨寇平乱保家卫国

陶侃,字士行,东晋鄱阳人也,后迁居庐江寻阳,生于魏甘露三年,即公元259年,卒于公元334年。这是曹魏第四代皇帝时期发生的事,若包括魏武帝曹操是第五代君主了。此时,曹魏江山社稷已江河日下、日薄西山、气息奄奄了。司马氏父子专权控制朝纲,炙手可热,人们敢怒而不敢言。临时君主叫曹髦,他已不是皇帝,早降为侯,叫高贵乡公了。司马懿、司马师父子已死,司马昭主政,这个司马昭的专横跋扈,有"司马昭之心,路人皆知"最有力明证,就是说他的毫无忌惮、为所欲为。陶父陶丹,为三国时吴国扬武将军,早亡。陶侃明谋善断,南征北战,屡立战功,严于律己,为吏清正,且为人谦恭谨慎,品节超群,堪为将帅楷模。诗曰:

五胡南下掀天动,西晋气数似山崩。
东晋偏安小朝廷,竟有将才多杰能。
复国收土任驰骋,所向披靡彰骁勇。
南北对峙百多载,年年月月兵戈来。

陶侃幼时就成孤儿,性格顽劣,好打架斗殴,但刻苦学习,在乡里小有名气。自古以来,凡有志上进务实者,无不把读书学习作为第一至要。须知,后天学习是根本,天才来源于勤奋。陶侃肯读书,爱学习。他常常对人说:"我家贫穷,没有好亲戚为官,父母是老实巴交农民,自己不靠学习上进,岂能有其他什么出路?我一定要像古人那样,头悬梁,锥刺骨般苦读,发奋学习。"八岁那年除夕晚上,邻家孩子欢欢喜喜过大年,燃放鞭炮后,有七八个孩子齐涌进他家,欲拉他出去玩耍,猝不及防,到家一看,他正在面壁诵《论语》呢,子曰:"学而时习之,不亦说乎?有朋自远方来,不亦乐乎?人不知而不愠,不亦君子乎?"他的津津有味,令伙伴们大吃一惊。后唐人有一词单道陶侃:

一代良将陶侃,士行良苦用心著书篇;读书可治病一奇异美谈,令人拇指翘,有情缘;以己身践之,日日不惰,率先垂范;或以自己读书经验谈,尽尽感染,广宣传;何能给人一惊,能治病特之灵验?意在设疑、悬念、吊人胃口,不忘读书,下苦功,肯钻研,代代成群栋梁材。

陶侃初长成人，首任县吏，后经鄱阳孝廉范逵推荐，被庐江太守张夔任为督邮，领枞阳令。陶侃到任后，踏实苦干，兢兢业业。不久，被任为主簿。此时恰逢州部从事来郡巡视。从事想借督察之名敲诈勒索，收受贿赂。陶侃对从事说："从事大人乘巡察指导工作，吾郡从心底欢迎。如果郡中有什么违反规定不法之处，请您当面训示。吾一人主动承担责任，接受责罚。可如果您越礼违规，吾等概不奉迎。"从事听后，面红耳赤，知趣退了下去。这正是：

承迎上司礼尊重，为官干事凭智能。
堂堂正正谋民事，决不讨好行阴情。
不卑不亢对从事，陶侃人格立见影。

陶侃对人和善、亲切、仗义、谦恭。一次，张夔的妻子患了重病，陶侃得知，亲自去几百里外请来名医。时值数九寒天，天降大雪。众人惊叹不已。他说："吾向来对待君子，像对待父亲一样，注重礼节，现君子之妻身患重病，就如同自己母亲患病一样，哪有不尽心之理呢？"又次，长沙太守万嗣路过庐江，陶侃使万太守大为惊讶，临别时说："君仁慈宽厚大气，不日将成大器。"遂令儿子当场与陶侃结拜朋友，而后离去。

尚书乐广欲在荆、扬一带招聘一批士人，武库令黄庆遂向乐广推荐陶侃，有人说："这样不妥。"黄庆说："此人人格高尚，前途无限，又有什么怀疑呢？"黄庆后来做了吏部令史，举荐陶侃为武冈令。后因和太守吕岳有隔阂，陶侃辞职而去，做了郡小中正。恰好此时刘弘任荆州刺史，遂任陶侃为南蛮长史，派他先出发去襄阳讨伐贼军张昌。陶侃一战大捷，大破敌军。刘弘到来后，极为兴奋，说："汝非凡之才，吾早已洞悉无疑。吾过去曾是头号公的参军，现在看来，汝必将继承我的功业。"不久，陶侃以军功进封为东乡侯，食邑千户。此正是：

物以类聚人群分，君子小人不相混。
三言二语尽知人，敬君厌小忠义本。
陶侃魅力不胫走，多方荐举登高楼。
为人多多积仁德，天定酬人播惠泽。

公元305年，陈敏自谓勇敢无敌，据历阳起兵叛乱，很快攻下江东三郡，一时势盛，左右皆惊。刘弘任陶侃为江夏太守，加授扬威将军。刘弘说："陈敏骤起，声势浩大，连夺我三郡，不快快剿灭，如何向朝廷交代？大祸已降，只有请将军出马，快快剿平贼寇，以对朝廷慰藉。想将军定不负所托也。”陶侃说：“请大人放心，兵来将挡，水来土囤。将军栽培多年，今天有事，为将者岂不舍生忘死耳！请大人放心，我定在不日之内痛歼叛贼，提头来献大人。”当时，陈敏派其弟陈恢进袭武昌，陶侃率兵马前出迎敌。随郡内史扈环向刘弘说：“陶侃与陈敏同乡，乡里之旧甚深。他现领大郡，统驭精兵猛将，如有异志，则荆州无东门矣！”刘弘又说：“陶侃忠义人，人品伟伟君子，谁人不晓，将才能耐超群，谁人不知。吾知之已久，此人道德高尚，世不多见。陶侃心无异志，用人不疑，疑人不用，你静待观察，无须多言。”陶侃获悉这一情况，感叹说：“自古为将者难，率兵者险，若无主帅信任，且不说建功立业，恐仕途难保，性命多舛也。”陶侃很有心计，立即遣子陶洪和侄儿陶臻，前至弘处，以为人质，示无二心，以消除他人疑虑。刘弘知其意，不仅不留人质，又进二子为参军，给资遣回。刘弘亲自接见，并对陶臻说：“你叔在前方征战，你祖母年事已高，无人照料，可返家侍奉祖母。匹夫之交，尚不负心，何况大丈夫乎？”遂又加陶侃为讨贼军前锋大督护，勉其与诸军并力讨敌。

陶侃将运输船改作战舰，开赴前线，左右说：“这是官船，无上命不可动用。”陶侃说：“用官船击官贼，有何不可？”遂奋力击进，所向皆破。陶侃复又与皮初、张光、苗光，再破钱瑞贼寇于长岐。大军告捷。凡有掳获，皆分士卒，身无积蓄，后母忧去职，回籍侍孝。正是：

遭人猜忌是大凶，壮士有力难施逞。
刘弘耳根比铁硬，不受左右吹阴风。
帅才若都似刘弘，前沿将军何不勇？

陶侃立志收复中原失地，靠日运百砖来锻炼自己的身体和意志。原来陶侃在县里当小官时，经范逵推荐，出任枞阳县令，后继为南蛮长史、江夏太守、武昌太守。在此期间，他讨平张昌、陈敏之乱，所缴获财物，尽都平分给士卒，自己一点不留。陶侃为政清廉，艰苦朴素，体恤百姓，因而威望很高，受到民众爱戴。但当时东晋朝廷初建，朝政大权由王导、王敦两人把持。他们怕陶侃在荆州对自己不利，于是便将他调至岭南为广州刺史。

陶侃虽被远调广州任职，但仍然志在恢复中原失地。每天清晨，他把一百块砖搬到平院里，晚上，又把那一百块砖搬了进来。每次都累得满头大汗，然而，谁去帮他，他都不肯。不论阴晴风雨，还是春夏秋冬，他总是按时搬运，天天如此，从不间断和懈怠。当时有人困惑不解地问他：“陶将军，你这是干啥呀？”他拍拍身上的灰土说：“你看，我们国家北方领土都已落入别人的手里，我立志要恢复中原，可是，过分的安逸生活，实会损害身体。没有健壮的身体,怎么能实现宏大的理想呢?我之所以天天搬砖,正是为了锻炼自己的身体和意志!”日出,搬砖出来一百块,日落,搬砖进房一百块。日日、月月、年年如此,日不错影、刮风下雨、雷打不动。立志锻炼,强筋健骨,这是陶侃的毅力。

陶侃生性聪敏,勤于吏职,无论遇到何等棘手之事,他都处理得滴水不漏,天衣无缝。他常与人说:“大禹是圣人,‘三过家门而不入’,十分珍惜光阴。吾等凡人,应当更加珍惜时间,哪能逸游荒醉,生无益于时,死无益于后,此乃自暴自弃,当为耻辱也。”平时如发现手下人有玩赌博游戏的,陶侃当即就把玩具扔之江中,还加以斥责乃至鞭刑。有向他赠送东西的,必要问明来源。如是用己力劳动所得,则欢喜收下,还要加倍回赠;如果是贪污官家所得,则当即退还,还要当面批评。拿得起,放得下,不贪无义之财,不取来路不明之物,这是陶侃的正直正派大君子形象。

陶侃侍母假满后,不久参赞东海王司马越军事,后为扬武将军,屯兵于夏口。晋永嘉五年,陶侃升为龙骧将军,任武昌太守。是时天下饥荒,盗贼蜂起,断江劫掠者多如牛毛。陶侃令诸将诈作商船游弋江上。果然诱获了敌人,经审询,皆是西阳王司马漾之左右。西阳王司马漾当时被拜为抚军大将军,势力很大,炙手可热。左右说:“司马漾不可冒犯,公宜慎重为上。”陶侃说:“吾为朝廷,保域护民,无私无畏,何虑其他耳?”遂遣兵马前行,逼司马漾依法交出贼人,陶侃自引军后继。司马漾理屈词穷,又畏陶侃威势,只得交出二十人。陶侃二话不说,当即斩首。于是,所辖区域盗贼肃清,水陆从此平安,当地民众,拍手叫好。后南朝陈人有一词单道:

> 只唯使命,不畏权贵,凛然正气铮,陶侃一面镜;大将魄力威猛,阴暗奸邪气一扫而净;坦然为公,倾心使命,无私无畏,君子一言一行,如璧玉,无瑕亮晶晶;古往今来正压邪,歪服正,亮斥暗,华人美德万代颂。陶侃一代将帅、楷模,万人尊敬。

公元312年,杜弢反晋,刚刚起事,就打败荆州刺史周凯。陶侃奉命率军征讨,并节制振武将军周访、广武将军赵诱,三员大将合兵会攻杜弢。此时,杜弢正进围寻水城,陶侃督军往援。令明威将军朱伺为前驱,奋勇冲击,穷追猛打。杜弢不敌,撤围退走。陶侃说:“杜弢必步军再攻武昌,乘吾不备,出其不意。吾军宜急返郡所,以应准备。”并对朱伺说:“此战仍需你再行出马,以震慑杜弢。”朱伺督率轻骑,不顾疲劳,昼夜兼行,找间道捷径偷袭。陶侃自率步兵继进,也到城下,安营扎寨,严阵以待。经日,杜弢果然率兵前来夺城。朱伺阵前大呼说:“陶公真料事如神也。"遂按辔掩驱待敌。及两阵排圆，朱伺立即纵骑迎出，劈头痛击。杜弢意外受阻，猝不及防，两下交起手来。正在酣战，不料陶侃率领大队步兵，各执短刀，从背后杀入。杜弢前后受敌，顿作鸟兽散，丢盔卸甲，逃往长沙。朱伺会同步兵，穷追猛击三十里，擒斩数千，遂收兵回城。陶侃入城后，派参军王贡，向王敦告捷。王敦欣然，说："今日若无陶侯，遂无荆州矣。"遂表奏陶侃为荆州刺史，领西阳、江夏、武昌各郡，先屯沌口，后移驻沔江。正是：

讨贼节制三路军，大将声势威凛凛。
出马一战先告捷，再察敌情先料中。
守株待兔用奇兵，众将齐夸神陶公。

是时王贡由豫章途经竟陵，欲乘机邀功，径入竟陵城，诈传陶侃之命，授杜曾为前锋大都督，命进击王冲，将其斩杀，尽数收降其众。陶侃征召杜曾不到，王贡又恐矫命获罪，一不作二不休，遂合谋率兵进袭陶侃。陶侃不知二人有谋。未有防备，猝遭进攻，大败。部将郑攀败于沌口，朱伺败于沔口，陶侃又为部将张奕所骗，引贼突入中军。陶侃身旁无人，情急之中，乘小船逃出，遇朱伺力战，侥幸得免于难。陶侃因是役大败，坐罪免官。王敦表奏陶侃以白衣领职。事后，陶侃会同周访挥师入湘，南破杜弢，屯兵于长沙城西。王敦于是再奏复陶侃官职，并令其与甘卓等专攻杜弢，前后数十战，杜弢将士多败死。

公元315年夏，杜弢卷土重来与陶侃再次交手。杜弢令部将王贡率精卒三千，出武陵江，煽动五溪夷族，以舟师断绝官运航道，进逼武昌。陶侃命郑攀及伏波将军陶延，夜袭巴陵，乘其不备，大破其城。斩首千余级，降众万口，王贡逃回长沙。陶侃乘胜追至长沙，杜弢又命王真率军出城挑战，横刀马上，甚是嚣张。陶侃亲自督阵。时人有诗为证：

杜弢再次来攻打，陶侃迎战声叱咤。
两军阵前交手战，发现王真非一般。
政治大家慧人眼，察颜观色洞悉间。

夤夜，陶侃遣密使慰谕，并截发为信，不计前怨。王真遂来投降。陶侃坦诚相待，说："我早看将军正人君子，将才难得，岂能久侍贼寇耳，只是生不逢时，由不得自己。今来朝廷效命，不为晚矣！"陶侃遂命王真为前驱，攻克长沙，获其梁堪等三员猛将，余众皆降。陶侃即破杜弢，复乘胜北还。进击杜曾，因其轻敌，反为所乘，但因侃军素有纪律，临危不敌，虽伤

之数百,仍可支持。杜曾见侃军力战不退,亦弃城他走。这正是:

临阵喊话乃技能,晓以大义动真情。
把握火候一语中,三言两语能屈兵。
陶侃无愧将魁英,将遇通才真英雄。
凡将无不人尊敬,尊重敬重价值重。

陶侃军功凸显,声誉日隆,王敦深怀忌妒。王敦,字处仲,琅琊临沂(今山东费县)人,出身于当时的名门王家,王衍、王导与他是族兄。王敦精通《左氏春秋》,秉承魏晋士人风气,喜欢清谈,口不言财色,年轻时没有什么名声,不知为什么被晋武帝司马炎看上了,还把女儿襄城公主嫁给了他,他也堂而皇之成了附马都尉。王敦从此成了当时的名臣王恺和石崇等人的座上客。王恺和石崇是名臣,不是因为他们才能过人,而是因为两人财富倾国闻名遐迩。

公元300年,皇后贾南风陷害太子,将其驱逐到许昌幽禁,并下令太子离京时东宫的官员一个人也不得送行。可这时担任太子舍人的王敦和太子洗马的江统、潘滔等人却冒险相送,于是大获舆论赞扬。公元301年"八王之乱"起,王敦劝说自己的叔父王彦起兵响应齐王司马讨伐篡位的赵王司马伦,由此立下功劳。司马衷重新登位后封王敦为散骑常侍、左卫将军、侍中,不久又被提拔为青州刺史。公元307年,王敦被征召为中书监。这时,他做出了一件奇事,把妻子襄城公主的一百多个侍婢和自己的金银财产全部分给了手下,自己千里单骑回到了洛阳。这一下他的好名声又不翼而飞,时天下大乱,王敦眼见晋的哀亡已成定局,于是在公元309年东海王司马越征召他为扬州刺史时,遂毫不犹豫就离开了洛阳。

王敦和王导同样看好

司马睿，此时他任琅琊王，司马睿征召他时，又毅然前往。公元311年，他出任扬州刺史，与历朝内史甘卓合兵，击败并斩杀受司马睿书制的江州刺史华轶。王敦据说有识人眼光，他很欣赏陶侃的才能，多次向司马睿推荐他。于是陶侃奉命镇压杜弢领导的起于荆湘的巴蜀流民起义军。王敦也因功于公元315年被封为镇东大将军，开府仪同三司，北都督江扬荆湘交广元州诸军事并州刺史，汉安侯。公元317年，王敦和王导共同奉司马睿为国主，又于公元317年拥兵司马睿正式为皇帝（东晋）。王敦因功官拜大将军旋加荆州刺史，控制长江中游军政大权，此时王敦威望、权力和地位达到顶峰，他与王导从兄弟二人，一人拥兵在外，一人执政在朝，王氏子弟也多居要职。从此，王敦日益骄横，欲专制朝政。司马睿异常恐惧和担心，即以御史中丞刘隗、尚书左仆射刁为心腹，疏远王导，扼制王氏势力，暗中作军事准备。

公元320年，王敦上疏为王导鸣冤，指责司马睿。司马睿收到奏疏后，担心王敦会乘机发难，于是命令自己的心腹将领出镇各地加以防范，戴渊为征西将军都督元州诸军事、司州刺史镇守合肥，刘隗为镇北将军，都督四州诸军事、青州刺史镇守泗口。王敦被大大激怒，于公元322年正月自武昌举兵东下，上疏列举刘隗罪状说司马睿宠信奸臣，百姓怨声载道，回京即将灭亡，自己起兵为了清君侧。沈充于吴兴起兵响应。王敦不久就到达芜湖，又上疏声讨刁协罪状。三月，王敦率军兵不血刃入建康城，朝廷官员四散逃命，司马睿狼狈不堪，身边只剩下两千侍中。王敦入城后，拥兵不朝，放纵士卒劫掠，肆意杀死了周正、戴渊、刁协等朝臣，并在朝廷地方安插党羽。起初王敦起兵时，刘隗和刁协都劝司马睿诛杀王导和王氏家族全部成员。

王敦企图进一步篡权，但被王导坚决反对，只得作罢，四月还师武昌，摇控指挥朝政。闰年十一月，司马睿忧愤而死，太子司马绍继位，为晋明帝。永昌二年（公元323年）三月，王敦谋篡帝位，大肆任命自己的亲党为朝官。太宁二年（公元324年）六月，司马绍知王敦病重，下诏讨伐。王敦以兄玉合为元帅，率水陆军五万攻建康，立足尚未稳实于七月，遭到朝廷军大炮袭击。王敦得知气急败坏地说："我的兄长真是个没用的老婢！"他的死党沈充等人继续攻击建康，但不久就被一一剿平。王敦被掘墓戮尸，首级挂在朱雀桥上示众。

不几日，陶侃返军江陵，欲向王敦处告别，部将朱伺等尽来劝谏，说："王敦见忌陶公日甚，不宜轻往，若有变故，悔之晚矣。"陶侃不以为惧，慨然而往。见敦后，果为所留。及尔，转调为广州刺史，另委从弟王，为荆州刺史。陶侃部将郑攀、苏温、马俊等一齐上疏王敦，共请留侃。王敦当然不允。郑攀等不服，率部兵数千，西迎杜曾，共袭王将其击败。王敦遂与陶侃成隙。遂披甲执矛，拟杀陶侃，可也心存疑虑，辗转数次，犹豫不决。陶侃闻其有变，昂然往见王敦，正色说："使君雄断，当裁天下，奈何迟疑不决呢？"言毕，起身如厕。王敦之谘议参军梅陶，长使陈顿，进门苦谏说："周访与侃，乃是姻亲，相依如左右手，岂有左手破断，右手不应不理乎？愿公慎重为是。"王敦听后，乃释甲投矛，命排盛宴，招待陶侃，为之饯行。陶侃走后，乘夜出发，乃至豫章，往见周访，流涕说："非卿主外，吾殆不免也！"复进至始兴。这正是：

才大功勋也负重，偏有阴沟妒忌生。
昔日擢才三上表，今天竟妒几命遭。
王敦终非仁君子，末了落个叛贼名。

公元327年，苏峻、祖约联手反于历阳和寿春，以杀庾亮"清君侧"为名，气势汹汹杀来。两路叛军攻入建康。平南将军、江州刺史温峤派使驰往广州，邀陶侃救国平难。陶侃因与庾亮有隙，加之明帝死时，陶侃不在顾命之列，心有余恨，说："吾乃疆场外将，未敢亲闻内阁事耳。"温峤前后三番，累此请助，终不见众，温峤第四次派使固请，并推为讨逆盟主。陶侃为所动，派都护龚观率众往会温峤。大军将至，陶侃复又派人追回。温峤只有兵马七千，根本不是叛军对手。无奈又派毛宝驰赴荆州，陈说利害，并以苏峻袭杀陶侃之子以激之。陶侃乃下决心，大集将士，戎服登舟。于晋咸和三年，率师东出，与温峤会合，兼道急进，不久与温峤、庾亮相会。计统兵四万，直指建业。时苏峻劫持幼主东去，乃派使联络吴郡，会稽起兵于东，形成两面夹击之势。苏峻闻西军大至，遂派兵分路拒敌。陶侃部下都欲决战，陶侃说："贼众尚盛，未可争锋，不如宽待数日，用计破之，方保万全也。"于是按兵不动，深沟高垒，避而不战。温峤主张急进，屡次出战，皆告失利。因温峤败返累次，苏峻之军耀威江岸，气势汹汹，拟欲攻打陶侃。部将监军李根说："应修筑白石垒，以蔽舟船。"陶侃依议，拨兵卒连夜赶筑，翌日而成。时人有诗为证：

苏峻祖约造叛乱，疆场呼唤将才现。
因与庾亮有意见，将军迟滞不上前。
得亏温峤巧斡旋，陶侃挥兵效军前。

不久，苏峻亲率主力往攻大业戎垒，大业岌岌可危。无奈之下，求救于陶侃。陶侃欲分兵相救，长史殷羡说："吾兵不惯步战，若往救大业，不能取胜，则反而不利于大事。今吾急攻石头城，石头城若克，苏峻必急回救，而大业之围将不救自解也。此乃‘围魏救赵之计’，愿将军纳之。”陶侃遂允，与庾亮、温峤会商，由庾亮率兵万人，登岸南进。陶侃自督水军急攻石头城，苏峻闻陶侃来攻，果然率军回援，与陶侃军展开恶战。苏峻亲自率八千人马迎战，命儿子苏硕、猛将匡孝为先锋，先对付赵胤。匡孝果然骁勇异常，一杆铁矛左右挑拨，势如猛虎般咆哮，众将皆惊。未多时，陶侃四员将校纷纷落马。战将之勇，无人能敌。时人有诗为证：

苏峻率兵攻大业，陶侃兵马来堵截。
围魏救赵施巧计，贼军闻讯来救急。
匡孝勇猛赛哪吒，刺侃四将齐落马。

赵胤士兵纷纷落马，后面军士也不敢上前，赵胤只得退回。苏峻在马上见了，就要亲自上阵，说：“匡孝如此英勇，难道吾不如他吗？好事不能让他尽占完。”于是带着几个人就去追匡孝。正巧温峤率兵来到，与赵胤并力杀退了匡孝。匡孝已经退走，苏峻却冒冒失失冲了过来。谁知温峤早已布好阵，苏峻见打不过就逃，结果马失前蹄，扑倒在地。陶侃部将彭世和李千立即上来砍了头颅。匡孝也被陶侃部猛将彭世擒斩于阵中，贼众大溃。苏峻弟苏逸死守石头城。经战月余，终于攻克，平定叛乱，陶侃迎成帝进入京师。这正是：

讨寇平乱大事成，朝堂品酒论英雄。
卫国杀贼第一功，诏封太尉长沙公。
战场征战数年整，陶侃名望天下名。

讨平苏峻之乱后，朝廷论功行赏，进陶侃为侍中太尉。封长沙公，兼都督交六宁七州诸军事。陶侃因荆州偏远，遂移驻江陵，诏命依允，侃乃辞归。是时后将军郭默矫诏击杀江州刺史刘胤，自领江州刺史。王导思忖京师初定，无力御制，只好承认既定事实。武昌太守邓岳，驰告陶侃。陶侃主张挥师征讨。朱佑谏阻说：“若进军，直待诏令，方为妥当。”陶侃遂上表讨默，且致书王导说：“郭默为害广州，望用为江州，倘再害宰相，莫非便使为宰相公耳？”王导回书说：“遵养时晦，留待足下，亦糊涂矣！”陶侃见书后，乃驱兵登舟，直逼武昌，四面环攻。郭默部将宗侯等惧陶侃之威，绑缚郭默父子五人，出城投降。陶侃斩了郭默，悉奏京师。诏令陶侃兼都江州，领江州刺史，任命为大将军，剑履上殿，入朝不趋，赞拜不名。陶侃乃移镇武昌。陶侃镇守武昌，威名大振，连后赵石勒也谈他英武色变，不敢南侵。这正是：

连连平乱讨逆贼，兵锋所指无不溃。
杀贼坚决头脑清，才气远胜王导能。
神勇昭彰响四方，石勒畏惧不南望。

后赵石勒不识字，但又喜欢听谋士们谈经论古。静坐听他们演读，时不时插话，品说前朝人物，议论因果得失，往往一语中的。文武无不佩服，五体投地。石勒说："当今大人物都不可取，只有晋豫州刺史祖逖，荆州刺史陶侃才是将才，我心底甚为服气的真人物。"陶侃听说襄阳陷落非常吃惊，又听说苏峻旧将冯铁暗杀了自己的儿子，投奔石勒，成为守将，非常生气，遂写了一封信派使给石勒。

石勒阅毕，汗颜耳赤说："吾无面见陶君耳。"遂当着陶侃使节之面，将冯铁斩首。陶使才告谢南归。陶侃获悉，又派王敷送来了江南无数珍宝，表达谢意，与石勒修好。石勒当即收下，厚待王敷。其实，陶侃是为收复襄阳，设计使石勒麻痹，放松警惕，好趁机收复襄阳。待到时机成熟，遂命令儿子陶斌率先头部队，会同南中郎将桓宣进攻樊城。后赵将郭敬果然疏于防范。桓宣偷偷入城，将所有兵民尽数俘获。陶侃又想郭敬必来援救，遂让陶斌留守樊城。自己在涅水埋伏，截断敌军来路。郭敬得到警报，果然来攻。至涅水，伏兵忽然出现，痛杀一阵，郭敬溃不成军，向北逃去，襄阳城唾手可得。陶侃重新入城，赵兵一再来攻，均不能克。石勒才知中了陶侃之计，每日叹息不已。后人有诗为证：

离间攻心巧点津，借刀杀人不见吟。
佯赠珍宝永和好，意在复城是门道。
待到彼时机缘呈，举手赏在股掌中。
石勒此时方猛醒，大呼上当叹有声。

陶侃生活检点，行为有度。当时，武昌以多有士人而出名，殷浩、庾翼等都是佐吏。陶侃每次饮酒者有定限，常常限量已到时酒兴未尽。殷浩等便劝说他再少喝一点儿，陶侃坚决不从，人们一再请他喝，他思量后才说："我年轻时曾因为喝酒过量而做错了事，所以再也不敢多喝。"时人有诗为证：

生活有度是功夫，饮酒自控人难有。
美味欲穷多多有，酗酒醉汉人丑陋。
陶侃行事君子度，分寸有节能出收。

尚书谢梅有一次给亲人曹识的信中说:“陶公神机明鉴似魏武,忠顺勤劳似孔明,陆抗等人是无法和他相比的。”谢安每当想起陶侃就说:“陶公虽用法,而恒得法外意。”陶侃到了晚年,不想再参与朝事,请求逊位。后来他病重,想回长沙,军资器杖牛马舟船皆有定簿,封印仓库,亲自掌握钥匙,直到亲手把这些交给继任者王愆期,才登船出发。朝野众人无不引为美谈。在即将离开府门的时候,他回过头来对王愆期说:“我们已经老了,你们年轻人正是干事业的时候,不要辜负朝廷的重望啊!”时人有诗为证:

来去清白堂堂正,不亚关公辞曹营。
亲自查库封财帛,一手交匙一边说。
为将能达此境点,千古廉洁第一男。

陶侃乘车到临津坐船,第二天,便在樊溪病逝,时年七十六岁。晋成帝闻知陶侃病逝的消息,十分悲痛,下诏追赠他为大司马,双赐谥曰“桓”,下令“祠以太牢”。陶侃生前嘱托后人把他安葬于都城南二十里处,故吏刻石立碑画像于武昌西。后南朝人有一长律云:

西晋衰亡东旭光,慌慌张张渡大江。苟延残喘保汉疆,寄托名将撑家邦。

武功战场兵戈响,杀杀砍砍拼刀枪。水火无情人遭殃,屠戮生灵祸天降。

乱世耀武呼勇将,将才入仕奔波忙。曲曲折折磨合将,无有历练何称将。

日日进出百块砖,强筋健骨大任当。东征西讨平寇乱,南征北战平强梁。

忠义道德蕴身上,礼仪纲常人品响。清正廉明一代将,人气人脉难估量。

兵机将略谁不赏,敌手石勒敬高堂。后人评价比魏武,人品人格过操强。

东晋有此仁义将,价比连城美名扬。为将当效这偶像,武事神韵谱华章。

荀灌娘搬救兵击退贼寇

两晋战场此起彼伏，前赴后继，日不间断。“江山代有才人出，各领风骚数百年。”此正是：

非是须眉霸将台，巾帼猛将更出色。

荀灌娘是东晋女孩将才，小小年纪在贼寇犯境，内无猛将，外无救兵，城池将破，父帅束手无策，岌岌可危之时，慷慨请缨，骁勇冲城，搬来了救兵。荀灌娘是一个小小女孩儿，在困难面前保父保民，报国情怀之大，无人能比，其思想境界极具震撼力和感召力。三千年战史一曲神韵绝唱，诗曰：

巾帼小将年十三，稚嫩肌肤孩童脸。
国难当头非等闲，骁勇冲城战抢先。
阵斩敌将狮虎胆，搬来救兵打敌残。
小女幼童情感天，成年将帅愧多般。

荀灌娘是宛郡守将荀崧的小女，志大勇猛，武力绝伦。颍川荀氏为一世家大族。荀崧祖父荀淑，曾任朗陵令，在汉顺帝、桓帝时，乃有名吏仕。父荀绲，任济南相，叔父荀爽，官至司空。荀绲、荀爽共兄弟八人，皆为名士，号为“八龙”，荀绲、荀爽最贤。公元189年，荀彧二十七岁时举孝廉。董卓入京，洛都大乱，荀彧请外出补吏，做了亢父县令，荀彧并未到任。回家乡对父老说：“颍川乃四战之地，快离开此地，天下将要大乱。”人们质疑。有道是“亲情好散，血泊难舍”。依旧怀恋故土，死缠硬磨不肯离去。无奈，荀彧携全家出走，投奔冀州牧韩馥。时人有诗为证：

文若智谋超常人，祖上三人大名扬。
兄弟八人号八龙，才华出众人敬重。
位居曹操第一士，绝计妙计人才奇。

荀彧之后，荀勖、荀蒲三传荀崧。荀崧是荀灌娘的父亲，荀崧任宛城太守，号平南将军。他的军事生涯、征战业绩与陶侃紧紧相联。永嘉七年

(公元313年)正月,丁丑朔,汉主刘聪宴群臣于光极殿,使怀帝著青衣行酒。庾珉、王儁等不胜悲痛,因号哭,刘聪恶之。有人告庾珉等谋以平阳应刘琨者,二月丁未,聪杀珉、儁等故晋臣十余人,怀帝亦遇害。大赦,复以会稽刘夫人为贵人。荀崧说:"怀帝天姿清劭,少著英猷,若遇承平,足为守文佳主。而继惠帝扰乱之后,东海专政,故天幽,历之衅而有流亡之祸矣!"

此时晋境内盗贼蜂起,叛军四起,江淮之地尤甚,以杜弢最强,次为胡亢、杜曾。故新野王歆牙门将胡亢聚众于竟陵,自号楚公寇掠荆土,以王歆为南蛮司马,杜曾为竟陵太守。杜曾武功精湛,勇冠三军,能披甲游于水中。胡亢性猜忌多疑,随意杀了自己的骁勇部将多人。

杜曾乘陶侃之威,率军从石城出发,未及三日,即把宛城团团围住。宛城乃南阳,古为宛,又叫宛城,具有两千七百多年的历史。南阳位于豫西南,是豫、鄂、陕三省接合部,东、北、西三面群山拱卫,中间为南阳盆地,地势险要,是东西南北交通要冲,特产丰富,人口众多,向为军事重地。历代封建朝廷各种政治势力、军事集团在这里激烈争夺,许多重要战事发生在这里。

晋建兴三年(公元315年)竟陵太守杜鲁造反晋怀帝,马炽命荀崧为平南将军都督镇守宛城。杜鲁至顺阳(今淅川境内)遣使假意降崧。不久,杜曾真相毕露率二千余人围攻宛城。荀崧兵寡粮尽,欲求救于故友襄城太守石览。城池万分危急时刻,荀崧十三岁小女荀灌娘亲率勇士数十人,乘夜越墙突围,且战且走,至襄城晋见太守石览,石览遂遣使,南中郎将周访。周访即遣幼子周抚率三千兵马会同石览前往宛城救崧,杜曾闻之败走,南阳之围遂解。从此,宛城与荀灌娘小巾帼英雄名字不翼而飞。宛城即南阳,不仅是古往今来,兵家必争之地,而且又是名人荟萃胜地,三国大政治家、军事家、外交家诸葛亮隐居这里十年,这里有个卧龙岗,卧龙岗有武侯祠,就是为纪念诸葛亮而建。祠中有介绍武侯祠来历的文字。

据《明嘉靖·南阳府志校注》记载,南阳武侯祠始建于魏晋时期即公元235年,距今已有一千七百多年的历史,兴盛于唐代,而且在文人雅士作品中频频出现。如唐代诗人刘禹锡在《陋室铭》中赞道:"南阳诸葛庐,西蜀子云亭……孔子云:'何陋之有'?"南宋名将岳飞在北战途中,途经南阳,夜宿武侯祠,拜谒诸葛亮并手书了诸葛亮《出师表》于武侯祠壁间。

晋平南将军荀崧万没想到杜弢会来攻打宛城,又似天降,如此之快。因未准备,顿时慌了手脚。转念一想:"兵来将挡。先给个下马威,挫挫贼军锐气,再思良策。"随之派南门守将樊五率三千兵马即行杀出。不想杜弢骁勇,只三个回合未过,一刀砍樊五落马身死。第二天,第三天,荀崧又连连派两拨人马出城厮杀。因贼兵势众,均败阵回城。三天连败三阵,这下荀崧才真的惊慌了起来。心下说:“不曾想到杜弢如此勇猛,败陶侃果不言虚。另无他途,只得暂闭城,死守待援。”时人有诗为证:

强寇杜弢势如虹,风驰电掣围宛城。
荀崧出城战三天,死伤惨重人惊撼。
看看孤城如累卵,无有能将宛城残。

看看相持月余,旷日持久,城中“力弱食尽”,人心更加惶惶不安。上下议论纷纷,说:“打又打不过,死死被人家围了一个多月,粮食吃尽,马的草料也已用完,这咋办?”

粮食短缺,战事紧张。荀崧急得如热锅上蚂蚁,坐卧不安。说:“眼看城破,就要束手待毙。唯一出路,派将出城向襄阳吾好友石览处搬取救兵。可派谁去呢?”荀崧当即派徐青、程烈、高浩三员猛将先后突城,可均被杜弢斩于马下。突围难以成功,四周贼军,日日围城铁桶般。荀崧说:“这可怎么办?再无骁勇虎士猛将了。”荀崧已无计可施,急得团团乱转,毫无办法。正值荀崧焦虑万分之际,猛听得一声:“女儿我愿冲城搬兵,为父分忧!”荀崧回头一看,原来是十三岁的小女荀灌娘,不禁大吃一惊。时人说:十三岁小孩是童心,她的乳名叫妞妞。童稚,天真无邪,生性爱蹦跳,无忧无虑,活泼可爱,幼稚单纯,想到哪儿,问到哪儿,猎奇离谱、悬乎,海阔天空,气象万千。有张骁词曲,张骁演唱《妞妞》一词:

一双美丽的大眼睛,花朵般的笑脸,我的小妹叫妞妞,不知道什么是忧愁。小小年纪,蹦蹦跳跳,翘着那漂亮的小鬏鬏,甜甜的小嘴总是爱笑,就是愿意和我撒娇。你什么时候才长高,你什么时候才能停止玩闹,你长大以后就会知道,这人们变化可实在太妙。妞妞,我的好妹妹,总是站在屋檐下等我归,妞妞,我的好妹妹,离不开爸爸妈妈的小妹妹。

荀崧膝下有二子一女。长子“有仪操风望”,次子“清和有雅”,均以文才风采见长。唯小女荀灌娘顽皮好动,偏偏不习针线女红,酷爱舞刀弄棒。荀崧只此一女,平日视为掌上明珠,管教了几次,杯水车薪。女儿又哭又闹,加上夫人呵护,也就不忍严加管束,索性聘请武师,任她习武练功,权当闲耍。

荀灌娘兴趣最浓的是学习打仗,兵器都是同伴们因陋就简,临时凑和,用木片、竹子、棍子仿照自制,不花一文钱,自得其乐。他们用自制的刀、枪、剑、戟、鞭、锏、棍、叉，自发武装起来，成群结队，各带兵器。他们分成敌我双方，各方均有一名“将军”统领。往往是一方严阵以待，寸土不让。另一方是剑拔弩张，主动攻击。有时双方兵戎相见，杀声震天；有时则佯装身负重伤，战死沙场。直到败阵一方举双手投降，把战争演绎得惟妙惟肖。

荀灌娘从五岁开始学艺，年仅一十三岁，早练就了十八般过人武艺。随便比划起来，二三十条大汉难近得她身。荀崧自思：“此次宛城被围，荀灌娘几次请战，都未获准。我虽知女儿身手不凡，但两军对阵，真刀真枪，绝非儿戏。”荀崧又想：“何况十三岁一个女孩子，去和凶悍无比的杜弢较量，岂非以卵击石？向虎口填食？可此时情势吃紧，帐下又实在挑不出能战可用之将，与其坐以待毙，不如让我小女冒险一试，若天公保佑，或许还有一线希望。”时人有诗为证：

小小女娃武功高，多条大汉皆打倒。
父亲既喜又担忧，怎奈战势逼人愁。
女儿冲城冒风险，晋诈有望一线天。

荀崧说：“贼寇围城日日吃紧，朝不保夕，为了解救全城百姓，小女愿意出力？”妞妞对父亲荀崧说：“吾不是经常听您和妈妈说，身为人子、人臣，要爱父母、爱家庭、爱国家，这是第一位，首要的最大的道是最崇高的德。凡人立世，修身正己，持家报国，平天下，其核心就在于此。现国难当头，贼寇围城池日紧，父亲帐下又无良将，正在用人之际，女儿我岂不挺身而出？”荀灌娘又说：“女儿常年受父亲教诲，授予武功，日积月累，女儿有智慧、武功，不输常人，此次出城搬兵，虽有危险，可也不一定完不成任务，若真有不测，女儿为国捐驱，想也重于泰山，况且也未必如此，时间紧迫，当务之急，请父亲不要再犹豫了。”听她说后，荀崧不禁松了一口气，也痛下决心，孤注一掷，遂同意小女荀灌娘冲城突围。时人有诗为证：

子女乃身掉骨肉，爱女胜己胖与瘦。
贼攻城池日吃紧，无奈之举用女身。
小女到底强与弱，只有战场检验说。

荀崧主意已定，遂转向荀灌娘说：“为父虽同意你去，但弱女子一个，你如何突围？说说看，让为父听听。”荀灌娘说：“守卫城池，保护百姓安危是国家大事，岂是你我父女小事，国难当头，何分亲生骨肉，老弱病残？舍命报国，乃拳拳赤子之心，凡血性男儿，华夏子女，岂能袖手旁观！若能真的突出重围，搬来援兵，那城池可保，生命和家庭解除危险，而国家又能

保全,两全其美,岂不更好?万一不幸,不过一死罢了。同是一死,还不如冒险一行。”荀灌娘说到此,竟两道柳眉倒竖,表情异常刚毅。两旁文武都暗暗喝彩,自愧弗如。荀灌娘遂向外召集军士,慨然说:“吾父被困,大家同样被困,决不能没有骨气,不能坐以待毙。吾一个弱小女子决不愿意这样等死,奋勇冲击,杀出一条生存血路,才是血性男儿、巾帼女儿一大本色,决不当脓包。我今自请冲城搬兵,今夜就突城出发。若有血性之士,与吾同去。等贼人退后,吾父当有重赏。”荀灌娘还没说完,就有数十名壮士齐刷刷地站了出来。

荀灌娘这一番语言是英雄的语言,是勇士的声音,听后令人震撼,令人激奋。爱国主义是五千年来国家赖以建立、生存和长治久安的强大动力,是我中华民族有史以来生生不息,具有强大生命力不竭的源泉。作为中华民族精神的核心,爱国主义同促进历史发展密切联系在一起,同抵御外侮、讨寇平乱,维护国家主权与统一,捍卫民族利益紧密地联系在一起。爱国主义同爱亲人,爱家乡一样,凡是中华儿女,无论老幼、男女,天生一种自然而朴素的情感和血性。这种情感和血性,在国家最需要的时候,就自然而然升华成为对祖国的忠诚、爱戴和捍卫。千百年来,这种忠诚、爱戴和捍卫,已经演化为强大的同心力、凝聚力和推动力,在无形之中,激励着世世代代热血儿女和无数英雄豪杰,在国家最需要的时候挺身而出,杀向战场,前赴后继,奋斗不息。今天,十三岁的妞妞荀灌娘此举令人动情动容。小妞妞只有一十三岁,但她的行为令人动容,她无愧于中华民族五千年的巾帼英雄。

荀灌娘对文武幕僚说:“吾冒死求援,往返可能需要时日,守城重责,除吾父之外,还要仰仗诸君,望诸君齐心协力,同仇敌忾,胜利一定是属于我们的!”众人听了,无不感动,齐声说:“请姑娘放心,我等誓与城池共存亡。”这真是:

贼兵围城日吃紧，粮尽兵钝乱方寸。
为父愁恐汗湿襟，女儿请缨立帐厅。
慷慨陈辞惊雷动，巾帼少年将英雄。

是夜，荀灌娘束冠藏发，扎紧腰束，穿上猊铠甲和虎皮战靴，佩上三尺青虹宝剑，挂上雕翎箭袋，背插两把八尺开外绣鸾宝刀，骑上日行千里红色骏马，威风凛凛，告别父亲。荀崧看到女儿好一个女将模样，全无一点女孩娇揉做态，又惊又喜。荀崧同众文武百官多人，护送女儿至城池南门，庄重且严肃地说："女儿、壮士们保重，我等静候佳音。"待荀崧一一敬过三杯壮行酒后，几十名壮士已整装待发，趁夜打开城门，只听荀灌娘一声号令"出城"！几十名勇士闪电般飞驰而去。前有贼将三十多人仓促迎击，只见荀灌娘双刀左右齐出，不上一刻功夫，十多名贼将纷纷落马倒毙。荀灌娘心中有事，岂肯恋战，遂呼啸一声，无影无踪。等到杜弢得知，派将前来增援时，荀灌娘几十人早驰出三十多里之外了。这正是：

呼啸一声冲出城，贼兵慌张乱队形。
三十多将来阻行，倒地一片命丧倾。
一十三岁巾帼将，保城救国立奇功。

荀灌娘到了襄城，见到伯父石览，呈上父亲书函。石览见一小小女孩竟能突出重围前来搬兵，惊叹之余，自是关爱有加，另眼相看。荀灌娘向石伯父禀报军情，有问有答，口齿伶俐，见解独到。石览备受感动，当即满口答应，立即出兵救援。荀灌娘考虑石览兵力不足，遂代父起草书函，再请南中郎将周访鼎力相助。不久，宛城便远远看见救兵浩浩荡荡前来。城中顿时欢声雀跃，掌声雷动，鞭炮齐鸣。

年已五十八岁的荀崧只感动得老泪纵横，泣不成声说："未曾想到，做梦也难想得到，我小女不辱使命啊！"有诗歌赞荀灌娘：

在即将沦陷南阳古宛城，
在颤抖的硝烟云雾中，
你竟义无反顾冲上去了，
可你只一十三岁，
还是小小的妞妞，
像猛虎，又像蛟龙，
这缘之你对宛城的忠诚，
不，这是你对晋国家的大爱。

在奉命职守的宛城之城头，
你痛恨厌恶乱臣贼子，
你维护国家的统一，你为了天下万民的长治久安，
毫不犹豫，你冲上去了。
你挥洒了热血，点燃了生命。
融入了大地，化作了一座万米山峰。
你，不辱使命，你只是一个小妞妞。
不，你是五千年真正的巾帼大英雄。

荀崧率军出迎。石览、荀崧前后夹击，一战便将杜弢击退。这时，刺斜里又冲来一位英姿勃发的美少年，带了三千人马赶来救援荀崧。杜曾见救兵源源不断赶来，料想宛城不容易拿下，只好悻悻撤退。那个赶来驰援的小将，即是周访年仅一十三岁的儿子周抚。他和荀灌娘好似一对肩并肩上阵厮杀的金童玉女，争先恐后斩将立功，远胜多少峨冠博带的文臣武将，一时传为美谈！

荀灌娘的传说故事历朝历代不断。时东晋人有排律一首：

叛贼围城凶又残，家国临难当前站。何论幼小难征战，哪顾女钗羞现颜。

三通鼓罢城门闪，荀娘率将冲阵欢。背插飞刀十三把，挽弓挂箭狼牙寒。

縋城冲阵势如磐，敌将围裹一大片。所向披靡敌将残，纷纷落马尸堆山。

须臾杀开血一路，快如飓风无影间。未经几日杀声喊，千军万马剿敌顽。

不日宛城晴如天，荀娘搬兵天震颤。一十三岁巾帼胆，抢眼战场千百年。

国家兴亡匹夫责，保家卫国气冲天。女儿些小顽童般，崇高情怀超须男。

华夏儿女精神气，磅礴气质翻巅天。阳刚脊梁女儿胆，东方屹立地球翻。

谢玄妙计打败苻坚

谢玄是东晋名将、著名军事家,是东晋陈郡阳夏(今河南省太康县)人,谢氏家族一代佼佼者。在东晋与前秦淝水大战中,为东晋军主帅,一举打败苻坚百万大军,使他在中华军事史上一举成名。谢玄作为一代名将,由于他的韬略、武功,使谢氏家族达到了黄金鼎盛期。有道是"家有金钱上千万,敌不过一个人才现"。

在中国漫长的历史上,曾产生过许许多多的名门望族、显著世家。这其中有名扬古今的儒学世家,有累世显示的官宦世家,有承父传子的将门世家,还有唱和诗文的文学世家,有左右朝政的外戚世家,有治病救人的医药世家,有封疆捍土的藩镇世家等。而集官宦、文学、将帅于一体的,又绵延数百年、且如日中天之家族尚不多见,这就是谢玄所在的东晋谢家。时人有诗为证:

煊赫家族是文化,历朝历代蓬勃发。
助推华史映彩霞,赤橙黄绿尽奇葩。
个将报国声叱咤,族人群体神威大。

陈郡阳夏位居神州中原,为天下东西南北中的"中",自古有"得中原者得天下,失中原者失天下"之说。这是说地理位置先天优越,上天专赐,无人能比。陈郡谢氏世居的阳夏更是得天独厚,全县一马平川,土地肥沃,水资源丰富。占卜者说:"地平见肥,由水滋润,乃产'将相佳地'。"阳夏为陈郡所辖,陈郡乃古陈国故都。"陈完走国齐,夺齐国社稷"广播天下,闻名遐迩。时人有诗为证:

陈郡阳夏位中原,地灵人杰出将男。
谢氏家族灵气现,多多豪杰将魁元。
谢安符号价千万,光耀华史过千年。

作为一个家族,其人才之众,而在晋、宋、齐、梁、陈五代中多有记载并立传实属罕见。何止是这五季断代,就是后来的《资治通鉴》《世说新语》《元和郡县图志》《北堂书钞》等众多文献也有记载。这更为百代之不多见。除上述"四书",还有《晋书》《宋书》《南齐书》《梁书》《陈书》《南史》

记载，谢氏家族历代人物计有五十五位。在南朝、五代，谢氏家族为鼎盛世家，一门曾经出现过五位公(爵)，十多位文学家，更产生了名传后世的大家谢灵运、谢朓、谢庄。综观晋、南北朝、宋、齐、梁、陈三百多年间，这个家族以东晋太傅谢安为代表，其著名人物有谢衡、谢鲲、谢尚等。而谢石和谢玄是这个家族数百年来最为著名的将帅人物。

谢玄，生于公元 343 年，卒于公元 388 年，字幼度，陈郡阳夏人。出身于东晋的名门望族，谢玄自小聪颖敏捷，成年后博学多才，有“经国才略”。东晋朝廷多次征召谢玄为官，他都未去。公元 363 年，谢玄被位高权重的大司马桓温辟为椽，桓温很赏识他的才华说：“年四十必拥‘旄杖节’。”谢玄的叔父谢安乃东晋贤臣，谢玄曾以“芝兰玉树自喻”。《晋书·谢安传》曰：“兰者，兰草，也即香草也。玉树，乃槐树别名，一说用玉制成的树。(谢玄)少颖悟，与从兄朗俱为叔父安所契堂。”

谢安尝戒约子侄：“子弟亦何晓人事，而正欲使其佳?”玄答曰：“譬如芝兰玉树，欲使其生于庭阶耳。”柳亚子《誓墓行》曰：“痛哭深山誓墓来，芝兰玉树钟灵秀。”明张岱《义方颂》曰：“玉树芝兰，森森阶。”又有玉树盈阶，比喻子弟既好且多。明张岱《孙忠烈去世乘序》说：“五世后且玉树盈阶，方兴未艾。”

东晋建立经历五世，一直偏安江南，曾有祖逖、桓温几次北伐，因朝廷不予支持，均以失败告终。时人言：“君主偏安，将才无颜。”与此形成反差，氐族前秦，经略西北，日渐强大。三代主苻坚更得“卧龙”王猛襄助，十几年征战，尽统一北方。兵锋所向，陡转江南，朝廷形势日日吃紧，遍搜柱国之才，呼唤良将当务之急。时人有诗为证：

东晋偏安居一隅，饱食终日图安逸。
不思进取视近利，将才空怀报国志。
氐族西北勃勃起，虎视眈眈窥东夷。

此时，大司马桓温已病死，由尚书仆谢安主持朝政。谢安生于公元 320 年，卒于公元 385 年，字安石。谢安自幼聪慧，沉着冷静，举止大方，思辨敏捷。四岁时，谯郡名士桓彝见到他，大加赞赏，说：“此儿风神秀彻，后当不减王东海。”谢安是“魏晋风度”的代表人物之一。

谢安是名士，有风度，且不说淝水之战，临乱而不惊的几次大将风度，就仅仅是在这之前，多次因气度而威慑权臣桓温，遂令朝野上下为之惊叹不已。桓温是当时东晋大司马，兼领荆州刺史、节制长江中游六郡兵马，大权在握，炙手可热。东晋第一代主司马睿，第二代主司马绍无不畏惧他三分，有芒刺在背成语就是由他而来。孝武帝继位第一年，一天，接到消

息,大司马桓温正从姑孰赶来,众文武猜测不已,争相说:"桓温突然入朝,不是来废除幼主,就是来诛杀王、谢的。"这时朝中比较有威望的要算谢安和王坦之了。谢安此时已经是吏部尚书,而王坦之仍是侍中,让谢安和王坦之去新亭迎接桓温。王坦之接到诏命,吓得面如土色而谢安却谈笑自若,面不改色,并若无其事地对同僚们说:"晋室是存是亡,就要看这次了。"遂自自然然去新亭迎接桓温,文武百官跟随者众多。等到见了面,桓温的帐后安插了许多士兵侍卫,朝中官员生怕得罪桓温,招来杀身之祸,个个一言不发,胆战心惊地立在那里,只有谢安从容应对。桓温见他态度与别人迥然不同,遂有三分敬意,便起身请谢安落座。谢安眼光犀利,早就看出其中的诈。当即对桓温说:"我听说诸侯们都有他们的规矩,守卫一般立于两面,您不需要在帐后安排兵士吧?"桓温笑着回答说:"担心有出乎意料的事情发生,不得不如此啊!"一边说,一边命令左右撤去帐后士兵。谢安与桓温一起谈笑了很长时间,才请桓温一起进入京都。桓温觐见孝武帝,只是谈了一些小事,并没有什么大的举动,朝臣们这才稍微安心一些。桓温在京都的几天里,谢安和王坦之常常前往他的下榻处商量政事。有一次正在谈话,一阵风吹入室中,帐幕调开,帐内有一榻,榻身躺着一人。谢安晃眼一看,遂看出是中书侍郎郗超,当即开玩笑说:"你郗先生可以称得上是'入幕之宾'。"原来郗超是桓温秘密安排在帐后窃听他们谈话的,不料却被谢安识破机关。等到谢安他们离开以后,桓温私下也觉得谢安很难对付,但畏惧他声望太高,只好暂且忍耐,有机会再下手尚不为迟。可不久,桓温就病死。

谢安沉稳老练,豁达洒脱,不轻于仕就,常隐居东山,不愿出山,时士大夫都对他寄予厚望。谢安名声愈来愈大,甚至有人说:"安石不肯出,将如苍生何?"公元360年,年已四十的谢安作了司马。成语"东山再起”即出于此。消息传出，朝野轰动，在谢安动身前往江陵时，许多朝臣为其送行。中丞高崧不无挖苦说：“卿屡次违背朝廷旨意，隐居东山不出，人们时常语，‘安石不肯出，将如苍生何？’如今苍生又将如卿何！”谢安毫不介意，一笑了之。谢安，仙姿绰约，乃“魏晋风度”的代表人物。他临危不惧，遇大事而不惊。运筹帷幄淝水大战，苻坚率水陆九十七万兵马浩浩荡荡杀来，谢玄恐寡不敌众，遂向宰相征讨大都督谢安问计。谢安却只字不提军情，只邀请谢玄同游山水，对坐弈棋。谢玄无可奈何。第二天，桓冲又派来三千精锐水师援助京师。谢安说：“朝廷已有安排，不劳桓公费心，曲藩那边重要，千万不可疏忽。”桓冲对左右说：“大兵压境，谢丞相不谙世事，如少年孩童一般，只知游乐，悬也！”后淝水大败秦军，前方捷报传来，大都督谢安仍在与谢玄弈棋，只草草看过捷报，遂扔在一旁说：“下棋，下棋！”客人说：“什么事？”谢安说：“小儿们已经把贼破了！”

谢安推荐谢玄为将，中书郎郗超素与谢玄不和，不禁感叹说：“丞相力排众议，举贤不避亲！玄必不负众望，唯才是举也！”郗超又说：“国难擢拢良将，安石为国魄力大矣，我虽与玄有隙，当以大局为重，我心服。”

谢玄赴任，面对军情，认真分析形势。招募勇士，强化训练，组建一支强健劲旅为当务之急。北方逃难过来的农民多多，他们背井离乡，历尽磨难，思返故乡。北上抗敌决心饱满，若加薪添火，必会熊熊燃烧。此是上好人选也。不久，招募了许多彪悍敢死之士，开始编组整训，谢玄自任教练，亲自执鞭。经过一段时间严格训练，终于造就了一支战无不胜、攻无不克的“北府兵”。据说这“北府兵”都是超常超强度训练，每天早晨听鸡叫起开始训练。每人小腿各绑三十斤重沙袋，走路三十里后，再进入其他科目检训。其主力骨干勇士为刘牢之、何谦、诸葛侃、高衡、刘轨、田洛、孙元终等七员盖世勇将，后成为刘宋开国君主，绰号“寄奴儿”的刘裕，也为“北府兵”骁勇之士，号称“北府八虎将”。还有后来的檀道济、刘毅等，又称“北府十条龙”。

公元378年2月，秦王苻坚派兵大举入侵晋地。一路由征南大将军苻丕为统帅，会同武卫将军苟苌等率七万兵马，向襄阳进发；一路由杨安率一万人马，从鲁阳关出征；一路由京兆尹慕容垂，扬武将军姚苌率五万兵马从南乡出发；一路由苟池、毛当、王显率四万人马从武当出兵。苻坚诏令云：

> 四路十六万人马，由苻丕统一节制。争先恐后，齐集襄阳城下，务求相互配合，同心协力，限十日内克城，奋勇冲击者赏，畏懦胆怯者斩，赏首先登城者千金。

晋襄阳守将朱序乃时之名将，获悉四路秦军来攻并不担心：“吾有滔滔汉水，天堑奇险，秦兵插翅难渡。”况又据谍报：“秦军无有准备船只。”朱序更是高枕无忧。谁料想到，秦将石越竟以五千骑兵武装泅渡，且很快成功，直逼襄阳城下。朱序这才手忙脚乱，赶紧调兵守城。城中虽已布置停当，外城还未来得及严防，不久就被石越攻破了。石越还夺去战船一百多艘，开向汉水对岸，将其余兵士接了过来。不久，四路秦军大半渡过汉水，会攻襄阳城。此正是：

排山倒海四路兵，襄阳城头血染红。
守将朱序恃汉水，未料侥幸谋落空。
为将瞻前不顾后，自找烦恼招祸成。

朱序年迈的母亲韩氏熟通兵法，七十多岁高龄亲自带领仆人登城视察防御工事。行到外城西北角时说：“此处很不坚固，怎能守得住呢？”说着和家丁仆人一起，动手在内加修一道斜城工事。身边人手不够，另找城中很多妇女前来帮助。韩氏老母还拿出自己储藏一辈子的布帛、饰玩、珍宝，尽数献出，作为工程犒赏。只用了一天一夜，就将工事修好。刚刚竣工，西北角果然被秦兵攻开，秦兵一拥而进，幸亏城内还有一道斜城，才将秦兵挡住。襄阳城中民众此时才明白朱序母亲的远见卓识，遂把新城叫“夫人城”，以纪念这位立了大功的老夫人。后唐人有一词曰：

城池遭围，岌岌可危旦夕中，一日数惊，难得安生；七十多岁母，情怀似井水喷涌；国难当头，走上城四周环绕，细细观察地形；这里不行，需快快加固，分秒必争，这段有壑口，快堵快堵，严严实实才行；这一段墙基低，不顶用，日夜不停，快砌垒成；资金奇缺，咱能行，把积攒一辈子的金银首饰，尽尽献出，当费用，保城，保人民命，七十不老，献上一份情。

可前秦军始终不肯退兵，襄阳城池已十分危急。晋荆州都督桓冲，此时驻军在上庸，有七万多兵马，可他害怕秦兵势大，不敢来救。不久，秦将慕容垂攻克南阳，很快赶到襄阳会师。又五天，秦又派彭超率兵东征，七万人马直指彭城。晋右将军毛虎生率五万人马，镇守姑孰。双方就这样呈相持状态。转眼已是冬末，苻丕接到苻坚“即破襄阳”的死命令，可对方固守的是名将朱序，难以破城。又过了几天，秦兵仍然蜂拥攻城，朱序已处在危急关头。不料，突然传来北门被人打开的消息。原来是有内奸通敌，将秦军放了进来。措手不及，朱序只好率兵拼命死战，可终究难敌百倍于己的敌军。不久，朱序被捉，押送长安，襄阳城即破。这正是：

国难当头示情怀，年迈老母上城来。
巡视察缺补斜城，一举阻堵百万兵。
至今人念夫人城，帅母忧国万代颂。
虽然襄阳城告破，至今人怀思母名。

晋国的彭城也被秦军围困了很长时间，谢玄带领一万多兵马前来援救。行至泗口，不明前军底细，不敢贸然轻进。此时秦兵攻打彭城，并很快拿下。接着秦将毛当、王显与彭超两路兵马进攻三阿。三阿距广陵只有百里之遥。晋廷万分震恐，遂一面沿江布防，一面派谢石率兵抗敌。谢玄从广陵急救三阿，在白马塘一战打败秦将都颜。在三阿城下与彭超、俱难展开激战。谢玄挥师杀去，如猛虎下山，锐不可挡。彭超、俱难虽身经百战，但从未见过这么厉害的军队，如此骁勇的战将，狼狈逃窜到盱眙。谢玄进入三阿城后，遂与刺史田洛召集了五万士兵继续攻打盱眙，再次打败彭超和俱难，两人率残兵逃往淮阴方向。谢玄派何谦从水路进发，攻打淮阴，杀死留守邵保。彭超和俱难本想上前救援，但见淮阴城火光冲天，不由心存忌惮，遂又往淮北逃去。谢玄与何谦一路追杀，大败彭超和俱难的军队。秦王苻坚听到败报，非常震怒，说："军令如山，严惩不贷。"彭超自杀，俱难被贬为庶民。

秦兵虽遭挫折，可国主苻坚灭亡东晋，一统天下的雄心丝毫未动。苻坚是前秦开国皇帝苻健的弟弟苻雄的儿子。他自幼聪慧伶俐，举止不循常规，祖父苻洪十分喜爱这个小孙子。

苻坚天性好武，雄才大略，早早梦想大中国一统，自为上将军，为普天下共主。重用大人才，擢拔王景略，成就了他一世英名。可对这个王景略，王猛不赞成他好大喜功，太过张扬，不自量力。王猛弥留之际，告诫说："东晋，陛下千万不可轻易图谋，鲜卑西羌倒是我们的主要敌人，应该养精蓄锐，逐步铲除他们，以利于国家。"可惜苻坚没有放在心上。王猛死后，他一意孤行，终于策划了讨伐东晋的战争。应该说苻坚一生对王猛基本上是言听计从的。可王猛临终遗言，他竟鬼使神差般抛弃了。

苻坚决定大举伐晋，朝臣多有反对，唯秘书监朱彤、将军慕容垂力主攻晋。尤其是这位慕容垂乃前燕国皇族，因家族内讧逃命过来。此人雄才大略，精于军事，为当时天下著名军事家、政治家。苻坚对他非常信任。慕容垂说："东晋国小势弱，吾兵强将勇，船坚炮利，攻取东晋，实现主上统一大业宏伟蓝图，此正其时也。愿吾主无疑，定会马到成功！"苻坚说："卿言正合朕意。你要多多为我献良策！"就这样，君臣二人一拍即合。

晋太元八年(公元383年)五月,东晋都督江、荆等七州诸军事桓冲率十万兵马攻打襄阳,另派兵击沔北诸城及武当,又遣将攻蜀,拔五城进攻涪城。六月,桓冲别将攻克万岁、筑阳。

苻坚获悉此事不利,勃然大怒:"汝等腐儒再三劝吾勿对东晋用兵,看不清人家就主动打上门来!这等人,真是成事不足,败事有余。"即另派将御敌,七月下诏大举攻晋,征发各州郡公、私人马匹,平民十丁抽一。高门富豪子弟、精通武艺的都授羽林郎,共得三万多人。苻坚又任命秦州主簿赵盛之为建威将军,少年都统。对晋孝武帝司马昌明、谢安和桓冲等君主重臣,亦先行封官职。八月,苻坚派阳平公苻融统率骠骑将军张蚝、抚军将军荷方、卫军将军梁成、平南将军慕容垂等五员骁将,二十五万人马为前驱先锋,兖州刺史姚苌为龙骧将军,都督兖、梁二州诸军事。气势汹汹,浩浩荡荡向东晋杀来。

八月,苻坚御驾亲征,统率步兵六十万,骑兵二十七万,羽林郎禁卫勇士十万,计九十七万大军,从长安东下。同时,又命梓潼太守裴元略率水师七万兵马从巴蜀顺流而下,向建康进军。九十七万行军队伍"前后千里,旗鼓相望;东西万里,水陆并进"。苻坚狂傲地说:"以我百万大军,即使将马鞭扔到长江中,也足以让长江水为之不流!"

面对强敌压境,东晋朝廷已到生死存亡的危急关头,丞相谢安临危镇静,决心奋起抵御。经谢安荐举,晋孝武帝下诏:

> 奉天承运,皇帝诏曰,前秦百万贼寇来侵,国难当头,万族危急,万民百姓危急。特任命谢石为征讨大都督,节制诸路兵马;任命谢玄为总先锋官,率经七载训练,猛勇强悍"北府兵"八万,号先遣军团。沿淮河西上,迎击秦兵主力战团;任命胡彬率水师五千健卒增援战略要地寿阳;任命桓冲为江州刺史,率十万兵马控扼长江中游,阻截巴蜀秦军顺流而下。各路兵马由谢都督统一节制,谢石一应军令由京都大本营,谢丞相下达。上下沟通,讯息、战况、敌情,一日内互通反馈两次,六百里快马,日夜兼行,不得有丝毫差迟。
>
> 八月二十日

十月十八日,苻坚之弟苻融率秦前锋部队攻占了寿阳,俘虏了晋军守将徐元善。与此同时,秦军慕容垂部攻占了郧城。奉命率水军驰援寿阳的胡彬在半路上获悉寿阳已被苻融破,便退守硖石等待与谢石、谢玄的大军会合。苻融又率军攻打硖石。苻融部将梁成率兵五万进攻洛涧,截断淮河交通,阻断了胡彬的退路。胡彬困守硖石,粮草用尽,难以支撑,写信向谢石告急，但送信人为秦兵所获。此信落入苻融手里。苻融立刻向苻坚报告说："晋军兵少，粮草缺乏，宜迅速进兵，防止晋军逃遁。"苻坚得报，遂把大军留在项城，亲率八千精骑疾趋寿阳。

苻坚一到寿阳，立即对原晋襄阳守将朱序说："你应前去劝降传扬吾大秦仁慈，不忍看到生灵涂炭，百姓遭殃。朕先已在长安封了晋帝谢安官职，只要放下武器，定保他们君臣富贵终生，颐养天年。你原是晋人，可从中斡旋，不失大功一件。"朱序到晋营后，不但没有劝降，反而向谢石提供了秦兵军情。他说："秦军虽有百万之众，但多数还在行进途中。倘若集中起来，晋军难以抵御。现情况不同，应趁秦军没有全部抵达，迅速发起攻击，只要能击败其前锋部队，挫其锐气，就能打败秦百万大军。"谢石说："当初以为秦兵强大，打算坚守不战，待其疲惫再行攻击，现君说得有理，吾当采纳。"遂决定转守为攻，主动出击。

十一月，谢玄派勇将刘牢之率精骑锐士五千，奔袭洛涧。刘牢之身高八尺，豹头环眼，腰阔十围，手使七十六斤重丈八蛇矛枪，有万夫不挡之勇，为晋军第一号猛将，人送绰号"赛张飞"。他上阵打仗，每次都冲在前锋，所向披靡，战将之勇，天下共知。刘牢之率领的兵马是"北府兵"主力。兵至洛涧，秦将梁成手执长枪，咆哮般迎着刘牢之杀了上来。刘牢之横刀跃马，直刺梁成腰部，梁成躲还不及，中矛立即倒下。秦弋阳太守王咏，也是一员猛将，看到梁成身死，急忙上前相救，五个回合未过，又被刘牢之杀死。秦兵吓得四处逃散，加上谢玄和谢琰又来夹攻，大杀一阵，秦兵死亡多人。此战兵败，秦兵弃甲丢戈，东奔西窜，溺死者多达三千多人。经刘牢之洛涧一战，秦兵死伤人数多达一万五千多人，所有器械军辎尽被晋军截走。谢石遂放大胆子，水陆并进，勇猛冲击。

洛涧兵败，梁成、王咏二将被杀，王显等四员大将随之被擒。心有余悸的苻坚和苻融登上寿阳城头，向东望去。只见晋军已在淝水东岸扎营布阵。马行阵中不惊，人行阵中不乱，队伍整齐，衣甲鲜明。不大工夫，遂在淝水东岸摆开了十几里长的威武阵势。就连八公山上，也有许多旌旗，随风猎猎飘扬，大树后似乎有数不清的人马在奔跑。而那并肩耸立的八座山，如同八位将军，正指挥着强师劲旅，向寿阳猛扑过来。苻坚心生怯意，揉着眼睛说："这是强敌，如此众多，怎么说兵少粮尽呢？"

八公山北临淮河，西向淝水与寿阳城仅隔四里，山上有八座连绵起伏的峰峦，地势险要。谢石把大本营扎在山下，背山面水，指挥战事，此乃一绝佳好地。不想因恐惧而出错觉，苻坚竟把八公山上的草木当作晋军。"草木皆兵"成语由此而来。苻坚闻风丧胆。

此时的苻坚不敢再轻视晋军，不同意苻融立即渡水攻击，以期增强秦军士气。他严令说："各路秦军严守淝水西岸，不准盲动，快征调项城更多兵力，然后伺机发动攻势。”苻坚进屯寿阳，列阵临淝水。谢玄不得渡过。谢玄意识到了危险。他说：“对峙越久，对晋越不利，潜在危机，不能等待，诱敌出兵。要想冷招，出奇法，诱敌出战，决战愈早愈好。”遂派专使向苻融送达一书。其书云：

玄使书拜苻融公启君远涉吾境，而临水为阵，是不欲速战。诸君稍却，令将士得周旋，仆与诸君缓辔而观之，不亦乐乎！坚众皆曰：“宜阳淝水，莫令得上。我众彼寡，势必万全。”坚曰：“但却军令得过，而我以铁骑数十万向水，逼而杀之。”融亦以为然，遂麾使却阵，众因而不能止。

正如苻坚接谢玄书所言，苻坚说：“让他一箭之地，使双方有个交兵战场。秦师后退，让晋军渡淝水一半时，用数十万铁骑突然出击，迅雷不及掩耳，无不胜算也！”苻融兴奋起来，连说：“妙计，一战决胜！痛歼敌寇！”遂答复来使，说：“来日交战！”

世事奇特，国兵诡异，孰不知谢玄送书一求，苻坚一让一席之地，竟出现意想不到的战场现象。时人说：“这是苻坚自满骄傲，把战争当作儿戏，造成恶果，一发而不可收。”而谢玄头脑清醒，精于谋略，吃透苻坚骄横心理，玩他痴傻于股掌之上，令人不可思议。苻坚却也看不起东晋，傲横无比。他与众将说：“我排山倒海泰山压顶百万人马，且不说真刀真枪打仗，就是把马鞭子投入长江，滔滔江水也为之断流。百万大军吐口唾液，也能把你东晋区区八万乌合之众淹死！”苻坚又说：“怕啥哩？我还有什么担忧呢？后退一步，让他一箭之地，没有什么妨碍的。”孙子曰：“战争是国家的大事，它关系着人民的生死，国家的存亡，不可不慎重思考。”苻坚骄横，把一场严肃凶险的战争当作儿戏，这是他盲目自满、自高自大的结果，有诸葛亮《将苑·将骄吝篇·骄傲是魔鬼》曰：

身为将领，骄傲是不可取的，如果骄傲自大，待人接物就会有失礼之处。一旦失去礼仪，就会人心离散，连士兵们都会背叛你。身为将领，也不能小气吝啬，倘若吝啬，必定不愿奖赏部下，士兵们得不到应有的奖赏，自然不会在战场上拼死作战。一旦士兵们不肯效命，就很难打出好的战绩，国家的实力，也会因此大大削弱。本国的国力虚弱，就意味着敌人相对强大。因此，孔子说：“一个人就算像周公那样才德兼备，但倘若他骄傲吝啬，哪怕能为国家作出一定的贡献，人们也不会对他心生敬意。”

而谢玄却不是这样，他精神压力很大，几乎是寝不安席，食不甘味。他说："叔叔委托我，主挂帅印，但只有区区八万兵马，而面对的苻坚前秦的九十七万大军。这不仅仅是劣势，以寡敌众是一对十，十比一呀！如果不动脑子盲目如莽汉般乱撞，国家灭亡是一定的。如此悬殊兵力，只有靠智取，统谋略取胜。苻坚这个人好大喜功，刚愎自用，满脑子天下皇帝梦，统帅九十多万兵马，不费吹灰之力，就将我东晋捏死。若把透脉搏对症下药，弄不好还能产生奇效呢。他退一步，让出一箭之地，这就是有可能的。"

乙亥日，淝水决战时刻到了，晋军擂响战鼓，苻坚传命后撤。听到命令，秦军混乱起来，前面的人则向后移动，后面的人马以为前面败了阵，顿时你拥我挤，争着向后溃退，慌乱不堪。见到如此境况，苻坚大吃一惊，突感后悔，"太幼稚、天真，欠考虑，怎么能轻易答应退兵'一箭之地'？白白上了谢玄的当，看这咋收拾？"

苻坚也算反应灵敏、迅速，赶紧下令说："勿动！停止后撤！"可为时已晚，大军一动，岂有停止之说。你推我挤，你进我退，很快成了一锅粥。要想不叫退，秦兵哪里肯听。几个想站着的又挡住了后退的人马，乱得更厉害了。这真是乱七八糟，拥挤不堪，挤死、踩死者无数。

秦军一乱，晋军第二通战鼓又擂响。谢玄、谢琰、桓伊、刘牢之四员战将舞刀跃马，奋勇冲杀过来。八万骑兵如猛虎下山，扑向秦军。秦兵原无斗志，又处混乱之中，哪里还有抵抗力，顿时一批批倒下。苻融见如此败如决堤，挥舞着长戈，叱斥说："顶住，后退者斩！"可他单人匹马，哪能挡得住溃退的几十万人流。这时，朱序在队伍里不断高喊："秦兵败啦！快逃命呀！"这是朱序在造谣言，故弄玄虚、制造假象，唯恐苻坚军队不乱。朱序忠于晋，假装投降前秦，他是制造假象的行家里手。

朱序大声喊叫"秦兵败了"连续几次，吓得魂飞魄散的秦兵也随声附和说："秦兵败啦，保命要紧！"随着喊声，秦兵队伍顿时土崩瓦解，跌跌撞撞，相互践踏着，拼命逃窜。后宋人有一词单道：

> 兵退是一箭地远，似儿童玩耍嬉戏般，天真幼稚，闹着玩；秦皇帝苻坚一声令喊，退，只一箭，不要乱，让他三分，施仁义，彰情怀，吾不欺小大义现；军令一出即慌乱，人群拥挤混乱不堪，难成算；朱序大喊，秦兵败啦，败啦，快快逃难，谁逃的慢，命将完，家中老婆孩子没人管；惶惶然，秦百万大军顿作鸟兽散，淝水之战古经典，千古喜剧、闹剧，苻坚笑料说不尽，道不完。

苻融舞动长戈，仍想稳住阵脚，但乱军冲军，竟把他从马上撞下来，遍体鳞伤,死于乱军之中。苻坚听说张蚝兵败,眼瞅着苻融丧命乱军之中,吓得面如土色。一边派兵护送张夫人后撤,一边扬鞭随着乱军逃奔。苻坚逃着逃着,后面晋军一箭射来,正中在他的左肩,顿时血流如注。由羽林军护卫,伏身马鞍,踏着将士尸骨,渡过淮水,向北逃窜。

苻坚为避开晋军追击,沿杂草丛生、荒无人烟的旷野林间奔跑。听到呼啸的风声和空中鹤群的鸣叫声,都以为是晋军追来,吓得不敢停下来觅食。由此,出现了“风声鹤唳”这个成语。唐房玄龄《晋书·谢安传》说:“坚从奔溃,自相蹈投水,死者不可胜计,淝水为之不流。余众弃甲逃遁,闻风声鹤唳,皆以为王师已至,草行露宿,重以饥冻,死者十有七八。苻坚乘舆云母车、仪服、器械、军资、珍宝、牛马驴骡骆驼十万余。”

淝水决战捷报传来,建康一片沸腾,爆竹声、庆贺声、锣鼓声,交错会集。京都人士,奔走相告,不约而同地涌向谢府,把谢府装扮得如同琼楼玉宇一般。

晋太元九年(公元384年)八月,谢安认为应趁苻坚惨败,北上开拓中原。于是以谢玄为先锋,率将军桓石虔讨伐前秦。谢玄占领袁城后,紧接着派兵攻打鄄城。自此以后,河南城堡尽来归附。谢玄又攻打秦青州刺史苻朗,苻朗战败投降。兖、青、司、豫平定后,谢玄加领都督徐、兖、青、司、冀、幽、并七州诸军事,封康乐县令。谢玄驻在彭城,北固河上,西援洛理。太元十三年(公元388年)正月,谢玄去世,时年四十六岁。后唐人有一排律为证:

家出陈郡阳夏县,世世代代效国战。芝兰玉树多奇男,光宗耀祖人喜欢。

谢氏人才代代多,文人才俊诱人眼。家有资产财万贯,难比大才一人见。

人才为宝价万贯,撑天托地延万年。历代军事战场观,将帅光耀站天巅。

国难当头才气展,北府练将仰目瞻。区区弱兵仅八万,小鸡敢逗大鹏玩。

谁说用兵越多好,兵不精猛徒枉然。苻坚汹汹号百万,一遇伟才粪土般。

先锋晓知前军情,随机应变灵智生。求让一箭交战地,冠冕堂皇尽敌毙。

熟谙兵机深蕴秘,此许一招晋祚立,谢玄堪称大兵家,淝水经典代代夸。

冼夫人一腔热血维护统一

冼夫人生于公元522年，卒于公元601年，广东电白人，俚族。她是南北朝时南梁南陈至隋三代时期的一位女英雄。纵观中华五千年，二十六史战场上的多名将帅，虽然他们操控兵事，用正义战争消灭邪恶战争，最终达到先战而后不战，战为不战，体现了团结，营造了和谐，用战争维护了统一，铸造了华夏伟大的历史，但要数五代十国时期的吴越钱缪和这位冼氏夫人最为抢眼了。若再抛开男性，单论女性巾帼将帅，有此觉悟，甘愿倾注一腔热血为了中华大统，不允许侵犯分毫的，唯有冼氏夫人千古第一人也！有诗曰：

头插双蟠云鬓长，身穿避火水袍黄。
丝绦紧束观光亮，鹤鬃青发容貌扬。
南疆巾帼女中杰，情怀宽阔容潮决。
手持镔铁双刀芒，百越大地驭万将。

冼夫人建功立业，武功超群，足智多谋，眼光深远，胸怀大局，为人敦厚，在历代为数极少的巾帼将才中出类拔萃。在历史上，她是岭南少数民族的赫赫首领。冼夫人姓冼，无名，因历封大人，故有此称。其姓为娘家之姓，而非夫家姓氏，这在高度盛行男尊女卑的古代社会，尚不多见。

冼夫人祖上三代为南越首领，拥有部落十多万家。史载她五岁进塾，八岁能诗吟文，远近无不呼之“神童”。有她作《童年夏天》一篇：

五月人倍忙，小麦伏陇黄，麦穗沉甸甸，大人喜洋洋；夏天火热又奔放，美丽诱人，我妞儿做梦都在想；我故乡有山，有峦又有岗，山下溪水鱼儿游弋忙。四月八儿，仰八叉儿。五月有雷响，电闪一明亮，时儿猛雨瓢泼降，乌云接太阳，半夜闪雷响，“咔”一声我心慌。想下雨，求下雨，盼下雨。云彩往南，下满堰潭；云彩往北，干研墨；云彩往东，一场风；云彩往西，老爷骑马披蓑衣。天上谁在打雷响？老天你好，倒水为啥这么忙？我思我想不得当！我看我喜一大场！

冼夫人还是姑娘时，就以办法多为人看重。邻里老人说：“阿妹心底

和善，处事公道，长大能当官爷。”她与同龄孩童常常以行军布阵为乐，谁胜谁败，有条不紊，有板有眼。一次，邻居两家为宅基地纠纷结仇三代，一墙之隔，老死不相往来。冼姑娘多次登门，先是分别问清楚纠纷缘由，然后，诚心把双方请到自己宅舍。冼氏姑娘一席话使双方顿开茅塞，两家感动得热泪盈眶，消除隔阂，言归于好。从此，冼姑娘明达事理，化解冤仇，信义至上之名，远近名扬。

南梁之际，罗州刺史冯融，乃北燕开国君主冯跋后裔。冯跋是北燕国皇帝，他是从慕容氏宝养子高云手中取得政权，于公元407年建国，公元436年灭亡，传二帝，享国祚三十年。冯跋的谥号是文成皇帝，他弟弟冯弘的谥号为昭成皇帝。北燕灭亡后，冼夫人夫君的曾祖父冯业在国亡后率众三百人长途跋涉，携全家大小，渡海来到岭南。刘宋朝委任他为地方长官，到冯融时已传三代，世居刺史、太守之位历三代。可毕竟因外乡“他族”缘故，一直不为当地人欢迎，疑神疑鬼，离心离德，以致衙门人丁凋零，形同虚设，政令不通。

冯融束手无策。他偶闻冼氏家族显赫，此女更美名远扬，与夫人说：“天赐良机，此女有德行，儿即能得贤妇，与大族联姻，刺史之位不虞也，况又能获礼贤下士名矣。”夫人喜允之。冯融遂向冼族人诚下厚重聘礼，欲娶为儿子高凉太守冯宝之妻。官宦聘娶，门不当，户不对，如此礼遇，虽非千载难遇，实也机会难得，有何不允之理！两家一拍即合，冼家更是受宠若惊。不久，佳期莅临，锣鼓喧天，迎亲队伍绵延数十里。

庆贺冯宝、冼氏新婚，太守府地大街小巷鞭炮齐鸣，杂耍、弹唱、戏班、武术、秧歌、舞蹈，一街两行，热热闹闹，欢乐喜庆了三天三夜，冼氏正式成为太守府世子夫人。

冼夫人说：“无论是谁，哪怕是亲戚，是朋友，包括你母亲、父亲，只要以身试法，决不宽恕。”从此，政令有序，人莫敢违，理事清明，市情井然。实际上，鼓励支持丈夫当清官，做好官，为萧梁朝廷忠心效命，此乃冼氏的志向、情怀。

冼夫人遇事沉着冷静，善于分析，能洞悉隐情。梁武帝萧衍遭侯景之乱，广州都督萧勃征募军队，前往京都勤王。高州刺史李迁仕响应萧勃，召下属冯宝前去商议。冼夫人当面拦阻丈夫，说："刺史无故不得招太守，这是规矩，恐有诈。"冯宝说："何以见之?"冼夫人说："李刺史接都督之命，不立即率兵前往护驾，而托病拖延。暗中整兵经武，现又突来唤君，不言自明，阴谋显而易见。今若前往，必被留下作为人质，而胁迫君交出兵权。愿君勿动，静观其变。"冯宝遂允。未过几日，李迁仕果然打出了造反旗帜。与梁主力兵马交战，两军厮杀正呈胶着状态时，冼夫人亲率一千士兵，暗藏兵器，以挑酒犒军为名前往。李迁仕见了，毫不防备，眉开眼笑，感动备至。李迁仕说："是自己人，真是雪中送炭啊!"可未曾想到，冼夫人一行走近突然拔出兵器，打得李迁仕措手不及，大败而逃。

在讨伐李迁仕之后，周文育引冼夫人晋见梁征虏将军陈霸先。两位英雄相见，只恨认识太晚。从此，两人私交甚笃，视为知己。霸先喜她平叛有功，厚赏金帛，她拒而不受，说："身为人臣，当为国家出力，何讨赏赐?"陈霸先深受感动，说："夫人高风亮节，虽女儿之身，可凛凛然有君子之气。能结识你，霸先三生有幸!"回太宁府，冼夫人对冯宝说："陈霸先一定能成大事，你应多多资助，图保终身。"

陈霸先，公元503年生，字兴国，小名法生。父陈文赞，无业游民。母董氏，祖籍颍川。陈霸先世祖陈达在两晋永嘉年间南迁，为长城令，故为长城人。陈霸先身长七尺五寸，少有大志，卓异不凡，长于谋略，意气雄杰，不事生产。陈霸先及长，涉猎史籍，好读兵书，多武艺，明达果断，为时人佩服。陈霸先身寒名微，初为乡里司，后迁建康任油库吏。梁大同初年，为吴兴太守萧映赏识。及萧映为广州刺史，霸先即为中直兵参军。公元542年，因镇压农民军起义有功，为梁武帝萧衍称赞，授直阁将军，封新安县子，还遣画工，图其相而观之。后为交州司马始兴太守。

梁太清二年(公元548年)八月，河南王侯景反于寿阳。次年十二月，陈霸先厚结郡中豪杰同谋讨景。又遣使江陵，受湘东王萧绎调度。梁大宝元年(公元550年)正月，萧绎授其明威将军，交州刺史。承圣元年(公元552年)二月，霸先率士卒二万，舟船二千，自南江出湓口，会征东将军王僧辩于白茅湾，筑坛歃血，共读盟文，流涕慷慨。

承圣元年(公元552年)三月，陈霸先兵马攻入建康。因平讨侯景之功，晋为征虏将军，开府仪同三司。三年即承圣三年(公元554年)三月，为司空。十二月，与王僧辩，共尊江州刺史晋安王萧方智为太守。次年三月，王僧辩屈服于北齐大兵压境，同意贞阳侯萧渊明回建康。陈霸先多次遣使苦劝。陈霸先说："我俩是患难之交，能有今天，完全是靠我们自己努力干出来的。不靠他人，不求他人。咱俩之间无话不谈，你同意萧渊明回来，实在是下下之策，到头来必搬起石头砸自己的脚。"王僧辩执意不听。

九月,霸先召诸将谋诛王僧辩。钱塘人杜陵持异议,霸先恐其泄露,乃以巾绞之,闷绝于地,葬于别室。旋以御齐为幌子,进袭石头,杀王僧辩。十月,拥萧方智为帝,改封渊明为建安公,自为尚书令,都督中外诸军事。

王僧辩被杀后,吴兴太守杜龛(僧辩婿),义兴太守韦载,吴郡太守王僧智(僧辩弟)据城拒守。陈霸先起兵讨伐。是时谯、秦二州刺史徐嗣徽密结南豫州刺史任约,趁陈霸先东讨之机,将兵五千突袭建康,北齐以五千人渡河以策应。陈霸先在韦载投降后,即席卷兵马疾回建康,断了北齐粮道,烧船只千余艘,结果双方言和罢兵。

太平元年(公元556年)三月,徐嗣徽与北齐合兵十万犯梁。六月,陈霸先又攻击北齐粮道,尽获其粮米,是时连日大雨,平地水深丈余,北齐军昼夜坐立于泥水之中,足指皆烂,陈霸先趁机大举反击,俘其将帅四十六人,生擒徐嗣徽。北齐军主,争先渡水,淹死者不可胜计,尸流至京口,江上浮尸成片。

陈霸先威望日长。九月,为丞相录尚书事、镇卫大将军、扬州牧、义兴公。次年九月,进位为相国,封陈公。十月,进封陈王。同月,迫梁敬帝禅位,即皇帝位于南郊,降封梁敬帝为江阴王,后被害。

天启二年(公元559年)六月,陈霸先病死于健康璇玑殿。在位三年,死时五十七岁,谥曰武皇帝,庙号高祖。八月葬于万安陵。开皇九年(公元589年)正月,王僧辩之子王颁,发其陵,焚骨取灰投水。

冯宝死后,冼夫人主政岭南,时值梁、陈换代之间。陈霸先“和平”禅位,天下一片莺歌燕舞。冼夫人大喜过望。说:“陈主经天纬地之才,梁退陈立,天下一统,此众望所归,吾当拥戴之。”遂投桃报李。陈立国、陈霸先当即拜她九岁儿子冯仆为阳寿郡太守。冼夫人感激涕零,对冯仆说:“附从陈,就是维护天朝统一,这是岭南人意愿。忠贞不二,吾等誓死效忠陈。”广州刺史欧阳纥诱冯仆前去,逼他一同造反。冯仆尚小,派人返告母亲。冼夫人说:“吾忠贞贯经梁、陈二代,不能为保全儿子,而有负国家!”遂一面发兵攻打欧阳纥叛军,一面领南越众酋长迎接新广州刺史章昭达。战场交手,只打得欧阳纥落荒而逃。为嘉奖冼夫人,陈不仅加封幸免于难的冯仆为信都侯,加平越中郎将,迁升石龙太守,又派出专使,赍册封冼夫人为中郎将,石龙太夫人,并赐刺史仪仗。这正是:

侍梁侍陈一以诚,人品立世魅无穷。
斥叛唯正捍大统,关键时刻头脑清。
报国讨寇立奇功,子母二人同受封。
只要反叛维大统,万民无不声声颂。

冼夫人命运多舛，先是丈夫冯宝病逝。投归陈后，继父为太守的儿子冯仆又突然去世，冼夫人痛哭失声说："吾一生尊天敬地，仁义仁德，宽容忍让为上，分毫不曾造孽，先夺我夫，再夺我子！上天啊！如何对我这等不公？"接踵而至，陈灭亡，岭南再次陷入了大乱之中。冼夫人镇定自若，临危不惊，登高振臂。冼夫人向众酋长说："京都距粤地关山万里，朝廷覆灭，道听途说，是真是假，尚难断论。吾等按部就班，坐等实情，使域内平安当为要务！"一席话，使人心安定。德高望重的冼夫人，再次为民众拥戴，主持政局，齐呼她为"贤德圣母"。

陈几代君主荒淫，后主陈叔宝更是肆无忌惮，军事废弛，无力御敌。隋军势如破竹，一路无阻。奉命招抚岭南的军事总管韦统兵前来。大军停驻边境，畏惧冼夫人威名，不敢前进一步。看到韦统兵胆怯、犹豫、彷徨，冼夫人说："陈是生是灭，尚在两可，兵临城下，吾岭南军民也非好惹，软弱之辈，岂有不奉陪之理？先交手一决高下。"

大战在即，火药味浓烈。危急关头，隋军统帅杨广足智多谋，说："我晓知，冼氏女将军维护海疆统一，情怀宽广，博大无边，由来已久。在梁陈两代从不闹独立，想对我大隋绝不会存二心。陈是否已亡，恐她尚不清楚。叔宝公请你致书冼夫人，尽快告知实情，看她意下如何，再作决断，尚为不迟！"杨广遂命叔宝致书曰："吾陈已降，请冼夫人归诚。"使者持书并附冼夫人当年送陈信物犀杖及互赠兵符为证，日夜兼程前来。冼夫人见书并信物，方信为真。当即大吃一惊，汗流浃背。随即召聚数千酋长跪祭陈，大哭整日。祭罢，当众宣布："岭南人信义唯上，我等无愧于自己，无愧于陈。今隋得天下，此乃天意，非人力可为，拥护中华大统高于一切。识时务者为俊杰，吾当顺应时代潮流，甘为隋子民。"遂派孙子冯魂领众迎接韦洸进入广州。冼夫人归隋，杨坚大喜，当即拜冯魂为仪同三司，册封冼夫人为宋康郡夫人。后人有诗赞冼夫人，曰：

尊梁尊陈迎隋军，巾帼女魁大伟人。
虽则三代先后民，并非朝秦暮楚奔。
审时度势岭南魂，明晓大义千功臣。

冼夫人归隋，当地酋长不甘心臣服，秘密酝酿说："吾岭南地大物博，物华天宝，人杰地灵，何为隋奴？自主自治。吾等定能创造一片天下。"番禺太守王仲宣首倡发难，磨刀霍霍，兵戈即起。召集十万人马，很快将广州城团团围住。不久，又进兵衡岭，大有乌云压城城欲摧之势。

王仲宣扯旗闹独，情势危急，何去何从？冼夫人此时心中七上八下，心潮浪翻："是继续拥护隋中央政府，还是与王仲宣联成一气，再立邦国？

立邦建国,毫无疑问,吾为首相,坐九五之尊之位非我莫属,谁敢不尊?”

冼夫人又想:“立邦建国,我为首相,光宗耀祖,荣华富贵可能用之不完,享之不尽。可拥护中央,俯首称臣乃吾一贯奉行政策。身为华夏子民,维护大统,乃传统美德。闹独立、搞分裂必败,定为千古罪人。王仲宣可能会被奉为首领,成为偏安一隅领袖,但祸及子孙,落骂千古,遗臭万年。”想到此,冼夫人毅然决然,派孙子冯暄领兵前去救援韦洸。然而冯暄与造反首领陈伟智私交甚深,有意拖延,缓军不发。冼夫人探明原因,抓着冯暄投进大牢。与此同时,又速派另一孙子冯盎讨伐陈伟智,一战大获全胜,阵斩了陈伟智。随即挥军南海,会同其他联军,彻底击溃了王仲宣。时人有诗为证:

头脑冷静不慌乱,权衡利弊抛私念。
个人得失些小看,肢解国统罪滔天。
情系民族是本愿,谁若闹独必打残。

讨寇平乱,生死攸关之际,冼夫人并未稳坐大帐,静候捷报。只见她飒爽英姿,乘马披甲,上张锦伞,身前身后簇拥劲骑,威风八面,气势慑人。两军阵上,她大声向造反将士说:“将士们,同胞们,站过来,投归隋中央政府是福,从叛逆王仲宣是祸!同胞们,回来呀!我欢迎你们!”敌方阵上纷纷倒戈。有词单道冼夫人战场形象:

头上青丝,八尺云鬓绕,身穿披风,红蟒绣罗袍。丝绦紧束,光华现,镶金嵌玉,铠甲细柳腰。两道弯眉含羞笑,双眸水灵灵凝盈俏。背插雕弓箭翎八飞刀,腰挂青铜剑入鞘,双手挥舞日月镔骞刀,南粤女魁主,巾帼勇士猛将一条。

冼夫人德高望重,声威四方。苍梧陈坦、同州冯岑翁、梁化邓马头、藤州李光略、罗州庞靖等部落酋长,纷纷前来参谒冼夫人。他们说:“愿随夫人,拥护隋中央政府。”冼夫人欣喜。

护大统,冼夫人有大功于隋,隋文帝诏令:“冯盎任高州刺史,赦免冯暄,拜罗州刺史,追赠冯宝为广州总管,谯国公;册冼夫人为谯国夫人。可开谯国夫人幕府,内置官吏、印章,调度部落六州兵马,遇急,不奏,可便宜行事。行律令,判罪囚,赋生杀大权。”文帝又特下诏表彰,四海八方仿效,独孤皇后又特赐以首饰、宴服。

眼光开阔,境界高远,胸怀博大的冼夫人自登上仕途,先奉侍梁,又服务陈,更维护大隋统一天下,对华夏民族贡献巨大。南宋时人专作词一首赞冼夫人。

南粤裙钗一女流，夫早逝，心悲泣，难业就；千万生灵挂心头，恤生存，小康有，促长寿；执着率众向前走，讨寇乱，重行赏，耕作酬；尊三朝，唯归统，反闹独；胸怀博大容宇宙，斥偏邪，反分裂，戮寇首；巾帼一帜独风流，先圣先贤耀千秋。

晚年，番州总管赵讷贪婪暴虐，敲诈勒索，逼得辖区民众或叛或亡。冼夫人说："此等贪官污吏不除，国无宁日，不杀不足以平民愤。"遂上疏朝廷，得允，将其绳之以法。岭南一片颂扬之声。不久，冼夫人又接受文帝之托，任招慰亡叛使者。她不顾年高老迈，亲自跋山涉水十多州，招抚安慰，成功再建岭南国泰民安新秩序。冼夫人每逢年关部落大会，总将梁、陈、隋三代所赐厚物，陈列廷堂，训示子孙说："汝当尽赤心忠于天子，吾侍三代主，唯献一颗心。今赐物全在此，乃忠孝之报，愿你们常思念！信之、效之，当好中华好儿女！"后元代人有古风一首，单颂冼夫人维护华夏大统一博大情怀、高尚美德：

身居南国偏一隅，情怀境界比天齐。先仕南梁奔统忙，打造南粤根基夯。

维护陈廷附霸先，忠贞不二议拓疆。不意陈祚国沦丧，哭罢霸先请归疆。

历仕三主不走样，冼氏人格更昭彰。几次惩治南孽障，包括亲子也照戕。

倘若闹独裂土疆，立杀不赦怒满腔。区区偏族一女郎，如此美德照天堂。

杨坚见之欣喜狂，举国上下颂鼓响。独孤皇后特造府，冼氏夫人入皇榜。

大统美德代代传，华族焉能不安康。前有冼氏垂千古，钱镠不朽步后邦。

人人若效冼前瞻，闹独焉能人前站。凝聚和融大团圆，华夏复兴强万年。

冼夫人维护梁、陈、隋三代大统，矢志报主卫族，维护大华夏一统，不愧为千古巾帼伟人。大隋天下定是四方一统，国泰民安，百姓欢欣，永不言战，和谐相处。

李靖平乱伐突厥所向披靡

李靖，本名药师，雍州三原人，生于公元571年，卒于公元649年。唐初大将，为中华战史公认的文武双全、出将入相的大军事家，唐高宗凌烟阁画二十四功臣像之一。李靖出身颇为神秘，《唐传奇》一书对他的事迹传播久远。当时民间也有不少李靖的传闻，红拂女慧眼识英雄，颇为奇特。隋炀帝初年南巡江都，命司空杨素守西京。一天，李靖昂然进谒，交谈时势，英气逼人。适值杨素一美妓执着红拂在侧，屡以目顾盼李靖。李靖晚宿旅舍，夜半忽闻叩门声，进来一位美丽少女，视之乃白天杨素家执红拂的那个美妓。她对李靖说："妾在风尘中阅人多矣，今得见公，仪表绝伦，才华过人，愿以丝萝托乔木，是以来奔。相邀俱坐，续谈衷由。"当晚结为伉俪。后恐杨素追查，双双投奔太原，中途遇上一虬髯客，路途全力相助，最后又馈赠宅及财物，飘然而去。这即是后人传为美谈的"风尘三侠"的故事。

李靖出生于南北朝后期，北朝有北齐、北周两大势力集团。公元581年二月，杨坚借'受禅'为名，废周静帝而自立，即国号为隋。隋朝廷建立后，南灭陈国，北降突厥，很快结束了南北朝几百年的分裂局面。杨坚称帝后，接受前朝灭亡教训，在政治、经济、文化等方面实行改革，使社会生产力得以大大发展。公元605年，李靖三十五岁，隋文帝杨坚逝世，隋炀帝杨广继位。

公元616年，即李靖四十六岁那年，隋炀帝任李渊为太原留守，李渊是陇西李氏大贵族后裔。其祖父李虎曾帮助北周宇文泰建立关中政权，是西魏、北周的八柱国之一，死后追封为唐国公。李渊极富政治经验，颇具雄心壮志。他早有乘时利势，夺取天下之心。身逢乱世的李靖，也非等闲之辈。其祖父李崇义，是魏殷州刺史，被封为永唐公。他的父亲李诠，是隋代赵郡郡守。李靖文韬武略，二十岁时就常与舅父隋初名将韩擒虎谈论兵法，舅父每次都对他赞不绝口，总是拍着他的肩膀说："可以和我谈论孙吴兵法的，只有你了。"后李靖进入仕途，为长安县功曹。三十岁左右，升为兵部外郎，地位不高。但在朝廷中，却以超群的才智，深得吏部尚书牛弘和宰相杨素的赏识。牛弘曾经赞叹说："李靖，王佐之才也！"杨素有一次拍着自己的座位，对李靖说："卿终当坐此高位。"

隋炀帝大业末年（公元617年），李靖出任马邑郡丞。丞乃郡中地位较高，仅次于太守之职。当时天下起义烽火连绵，各地称王称霸，此起彼伏。

这时，太原留守李渊与其子李世民已密谋起兵，并以防御突厥为名，大肆招兵买马。李靖察觉李渊父子有不臣之心。便想上书困居于江都的隋炀帝，告发李渊，又怕被李渊查获。于是就叫手下人用囚车把自己押起来，送往江都，以便亲自前往向隋炀帝告密。不料走到长安，道路阻塞不通，只好留下。李渊父子很快在太原起兵反隋。他们父子乘瓦岗农民起义军与镇守洛阳的隋将王世充正争夺河南，关中空虚之机，迅速抢渡黄河攻占了长安。李渊在长安俘虏了李靖这个假囚犯，十分恼火，决定把他处死。临行时，李靖大声呼喊："你李渊起兵，本为天下除暴乱，以成大业，为何以私人恩怨杀壮士呢？"李渊一听，"此人出言不逊，非同一般。"知道李靖不是等闲之辈，加上李世民又站出来说情，遂免他一死。不久，李靖被李世民召入幕府，实现了他多年梦寐以求的"遇主逢时"的愿望。李靖军事生涯的第一次尝试是征剿萧铣。

萧铣，南朝梁萧宝卷的后裔。隋末，割据江南，拥兵四十万，自称梁帝，都江陵为京。时人说："萧铣兵强将勇，威震一方，不可一世。"李靖自随唐太宗李世民讨平王世充后，即受命至荆州，安抚萧铣。这实际上是打入萧铣内部，名曰"招抚"，实是伺机阴图。李靖深入了解萧铣情况，于公元621年向高祖李渊呈献"图铣十策"，为李渊欣然采纳，命李孝恭为夔州总管，大造战船，编练水军准备伐梁。太宗又派李靖为行军总管并任李孝恭为行军长史，又以孝恭作战经验不多，一切军务责成李靖负责。武德四年八月，唐军集结完毕，李靖兵分三路，向江陵进军。

第一路：即庐江李瑗为荆郢道行军总管，出襄州道，为北路军。率十五万兵马、战舰二千艘沿江东下，向江陵攻击；

第二路：命黔州刺史田世康率六万兵马出辰州（今湖南沅陵），经武陵（今洞庭湖西侧），向江陵进攻；

第三路：命黄州总管周法明率七万兵马从黄州（今湖北黄冈），经夏口为东路军，经湖北武汉向江陵进攻。

以上三路中，沿江而下的水陆军为主力，由李孝恭、李靖直接掌控。三路人马会师江陵，共议出兵伐萧。时至秋汛，江水猛涨，三峡路险。萧铣说："水涨浪险，唐军必不能进。"遂高枕无忧，不以为备。正"罢兵营农"，毫不防备。九月，李孝恭、李靖率军东进，将过三峡，所属将领共同请命，"水势汹汹，险情严重，暂停东进，以待水退。"李靖说："兵贵神速，机不可失。现吾军刚刚集中，萧铣还未可知。如能乘江水大涨之势，突袭兵临城下，以迅雷不及掩耳之势，实乃兵家上策。即使他已知我军东进，仓猝征兵，也难以抵御，此去必能获胜。"李孝恭遂采纳。与李靖率战舰二千余艘，急速东下。首战攻战荆门、宜都，进逼夷陵。萧铣属下将领文士宏率精兵数万急来救援，驻屯清江，严阵以待。李孝恭想进击士宏。李靖说："士宏是萧铣的勇将，士卒骁勇。今新失荆门，倾巢出动，必然拼个你死我活，此乃'救败之师'，难以硬打硬拼。应先避其锋为上。过些时候，士气渐弱，必定会分兵几处，主力疲惫，到那时再乘其懈怠而击之，必能一举获胜。"可李孝恭求战心切，不听，亲率主力与士宏战于清江口，留李靖在江南守营，结果大败。士宏舟师弃舟上岸抢掠，每人背着抢来的财物，负担很重。李靖遂乘机派兵出击，大败士宏，俘获船舰四百余艘，斩杀万人，追至百里州。士宏收集残部再战，又被打败。李靖率轻骑兵五千为先锋，直逼江陵，孝恭率大军跟进。

萧铣正"罢兵营农"，江陵只有宿卫数千人，闻士宏败，唐军至，大惧。仓促在江南征兵，但因路途遥远，又为田世康所牵制，不能很快集中。唐军到江陵后，迅速攻入外城，布长围围之。又攻破水城，俘获大批船舰，按李靖命令，都弃于江中，随水漂流东下。萧铣从长江下游征调来的援兵，见舟船随水而下，以为江陵已破，迟疑不敢西进。萧铣日夜盼望的援军不到，只得开城投降。李靖严格约束军队，唐军入城，秋毫无犯，南方州县，闻风而降。接着，李靖又受命安抚岭南。武德五年，岭南诸军，都归降于唐。

武德六年（公元 623 年）八月，辅公在丹阳举兵反唐。唐高祖李渊以李孝恭为帅，李靖为副，率七总管，从大江南北围攻。辅公主力以总管冯慧亮、陈当世率舟师三万驻屯博望山，用铁链截断长江。在东岸筑"却月阵"，长十余里，在西岸筑堡垒群；另以陈政通、徐绍宗率步骑三万，驻屯青林山与慧亮相互答应，自己率军守丹阳城。

武德七年春，江南唐军李孝恭、李靖两路分别攻克鹊头镇宣州，向当涂州会师，江北李世勤、任瑰分别攻占芜湖、江都。与辅公展开了当涂会战。会战前，李孝恭召集诸将讨论进军事宜。多数人说:“慧亮、政通皆拥强兵,据水陆之险,为不战之计。不如直攻丹阳巢穴,丹阳已溃,慧亮等自溃矣。”李孝恭欲采纳此议。李靖说:“辅公精锐,虽水陆二军不多,然其自统之兵亦皆劲勇。慧亮等城栅尚不可攻,公已保石头城岂能易拔?若我师至丹阳,留停旬月,进则公未平,退则慧亮为患。腹背受敌,此危道,不可取也。慧亮、政通,皆百战余贼,必不惮于野战,只为公主计,使其持重,欲不战以老我师。我出其不意而攻其城,必破。”孝恭采纳,先攻慧亮,派兵断其粮道,又设下诱敌之计。以老弱攻城,精锐列阵于其后,诱敌出击,然后以主力袭击之。一战大破其军。政通弃青林山而走,与慧亮共守博望山。孝恭乘胜攻之,破其别镇。政通、慧亮则率部乘夜退走,孝恭穷追不舍,转战百余里,斩获很多。慧亮、政通仅率十余骑逃回丹阳。李靖率轻骑首先追至丹阳,公惶恐,率军弃城东走,唐军继续追击,辅军溃败。辅公逃至武康为“野人”所获,执送唐军。至此,江南全部归唐,李靖因功任江南行台兵部尚书。

东突厥颉利可汗,自恃兵强马壮,多次侵犯唐境。唐太宗即位之初,颉利可汗兵临渭水,逼得太宗束手无策。困窘之时,李靖说:“请倾府库赂以求和。”“渭水之耻”使李世民耿耿于怀,日思报仇雪恨。蓄积锐势,励精图治,以求富强。对突厥,讲究策略,不轻于启战,必待其分裂势孤,然后用兵。贞观三年(公元629年)十一月,颉利可汗入侵河西各州,被唐军击退。李世民部署五路大军追击。李靖受命为定襄道行军总管,出定襄。五路共十余万兵马,都受李靖统一节制,旨在肃清阴山山脉的突厥势力。贞观四年(公元630年)一月,李靖率骁骑三千兵马从马邑出其不意地进军至恶阳岭。颉利可汗大惧,以为唐军倾国而来,一日数惊。李靖派人离间其心腹,其亲信康苏密求降。接着又夜袭大利城,破城后,俘获其原隋代王子杨正道和炀帝的萧后,送回长安。颉利可汗退保铁山,派报矢恩力入见太宗谢罪,请举国归附,先自入朝。唐太宗派鸿胪卿唐俭等前往招抚,并诏李靖请迎接颉利可汗。李靖军至白道与李世勣会师,共同商议,趁此时机,选精骑一万前往奔袭颉利。定计后,李靖乘夜急进,李世勣在后跟进。二月初八日,李靖军进至阴山,遇突厥千余帐,急袭之,将其俘获,随军前进。这时颉利可汗已见唐使者唐俭,放下心来未作戒备。李靖命苏定方率二百骑兵为先锋,乘夜雾而进,至颉利可汗牙帐附近时,颉利可汗才发觉。苏定方急驰袭击,李靖大军接着到达,突厥溃散,唐俭逃回。李靖斩首万余,俘获十余万口。颉利可汗率余众从万余奔苏尼失小可汗。苏尼失小可汗遂降唐,将颉利可汗执送唐军。至此,漠南全部平定。唐太宗嘉慰李靖说:“卿以三千精骑深入虏廷,克复定襄,威震北狄,古今所未有。足报渭水之耻矣。”之后李靖被封为代国公。这正是:

三千骑兵征大漠，以少胜众奇计多。

远出万里伐突厥，从此雪耻大唐血。

威震北狄古未有，李靖无愧兵都督。

吐谷浑族，活动于吉尔孝海区域，以游牧为主，其都城在伏俟城，性好战，彪悍勇猛，经常侵扰唐陇西区域。公元643年3月，吐谷浑可汗伏允侵扰边境，唐派殷志玄、樊兴率军沿黄河两岸进击，一战击破吐谷浑，追击八百里。但唐军刚一回师，吐谷浑又接踵而至。贞观九年初，太宗又派李靖为西海道行军大总管，统率五路大军沿黄河两岸，向伏俟城进攻。在库山大破吐谷浑军，伏允向西溃逃。当时，诸将都说："春草未生，马已羸瘦，不可深入。"而李靖说："机不可失，乘其溃逃，穷追猛打，务求全歼，时不我待。"遂兵分两路，李靖亲率主力由北道追击，以侯君集与李道宗由南路追击。在曼头山、赤水源等地连破敌军。追至伏俟城时，伏允又弃城西走。李靖与侯君集在大非川会师后，再次击破吐谷浑防御。伏允率千余骑逃入柴达木盆地河漠中，李靖派契芯何力率骁骑千余人，进入沙漠追击，袭破伏允帐，斩杀数千人，俘获伏允的妻子。伏允只身西逃为其左右所杀。此一战遂平定了吐谷浑。

平萧铣，讨辅公，伐突厥，征剿吐谷浑。南征北战，东征西讨，可谓纵横天下，势如破竹，开疆拓土，成功打造伟大唐朝廷，李靖军事战绩在当时天下无出其右者。一代大军事家李靖为众多争雄者望尘莫及。后宋人专作一颂云：

兵事大家，世难容大。天赐灵机，大脑发达。情钟军事，精准争杀。

喜爱战场，妙计奇打。鞭辟入里，演绎上佳。揣摩剔透，洞若观察。

智囊妙计，眉煞迸炸。算计准确，伸手即抓。料敌如神，胜算操稳。

萧铣何虑，水战遭毙。士宏骁勇，顷刻命送。突厥来攻，痛败连声。

吐谷浑征，连败献城。东西万里，任意驰骋。指东打西，势如蜂拥。

指挥战事，轻车熟径。天赐机能，战神有名。少小天资，熟读兵经。

领略妙典，钻研天成。与舅论兵，精透升腾。杨素折服，寄语情重。

李靖对兵法很有研究。一次,唐太宗让李靖教侯君集论兵法。侯君集对太宗说:"李靖想要谋反。"太宗说:"证据何在?"侯君集说:"李靖只教我兵法的粗略部分,而不教精华秘笈部分,显然是想要谋反。"太宗问李靖。李靖说:"这是侯君集想要谋反。现在天下形势已经安定,我教侯君集那些兵法,足以够制服四方之用。他却坚持要我把全部兵法教给他,这不是要谋反又是为了什么呢?"侯君集后来果真与废太子李承乾一道谋反。

公元646年,唐太宗在亲征高丽失败后,弄不明白失败原因,遂求教于李靖。李靖答复:"江夏王李道宗可以解释明白。"太宗问李道宗。道宗说:"陛下征高丽时,臣首先提出乘虚攻取平壤的策略,可惜陛下未予采纳。"此时,李靖已七十六岁高龄,又未参与高丽战事,但对太宗出征的过程及作战指挥利弊了如指掌。太宗无比感叹说:"知己知彼,真不愧是军事大家。"

李靖的军事著作,据《新(旧)唐书·艺文志》著录有《六军镜》三卷。《宋史·艺文志》也有同样著录。此外,《宋史·艺文志》还著录有《卫国公手记》一卷,《李靖韬钤秘术》一卷,都已失传,只《通典》引文中保存了部分内容。清代学者江宗所据《通典》引文,参照杜牧《孙子注》引文筹辑成《卫公兵法辑本》一册。虽属"语录"式的断简残篇,也可略窥李靖兵法的概貌。全书分为上、中、下三卷,上卷为将务兵谋,中卷为部伍营阵,下卷为攻守战具。李靖的用兵思想是"出其不意,快速奔袭,穷追猛打"。李渊称赞说:"李靖使萧铣、辅公灭亡,古之名将,韩、白、卫、霍,岂能及也?"

李靖兵法传播久远的是《李卫公问对》。《李卫公问对》又称《唐太宗李卫公问对》,简称《唐李问对》,系唐太宗李世民与卫国公李靖多次谈兵的言论辑录,涉及的内容较为广泛,包括军制、阵法、训练、边防诸多内容,但主要是讨论作战指挥。

《李卫公问对》全书分上、中、下三卷,上卷四十问,主要讨论兵法中的奇正问题。李靖详细分析了奇正的辩证关系,"真正相变,循环无穷"。归结到一点,孙武所谓"形人而我无形""此事奇正之极致"。虽然用兵在于出其不意,但在预备阶段却应该"教正不教奇"。可见李靖对于兵法之变,谙熟于胸。

《李卫公问对》中卷三十三问,涉及了许多问题,有虚实、主客、阵法等。虚实、主客归根结底都是奇正问题,千彰万句,不出"致人而不被致人"而已。在讨论阵法中,分析了军制。李靖又详解诸葛孔明八阵法,并解释了自己根据八阵法所创制的"六花阵"。阵法在于制定以正御奇,以有备应无备。在分析"五行阵"时,点明了阵法的本质。兵,诡道也,故强中五行焉，文之以术数相生相克之义。其实兵形象水，因地制宜，此其旨也。

《李卫公问对》下卷二十五问，内容比较庞杂，除了辨析兵法理论外，还涉及人事等内容。既有讨论古人得失之事，也有评论今人高下之分。前者论及汉高祖善于“将将”之说，李靖提出了自己的独特见解。他说：“刘邦跟项羽一样，都不善于‘将将’，刘邦之所以能胜，在于‘张良借箸之谋，萧何漕挽之功’。”

李靖功多自谦，德高望重，为一代楷模。李靖因足疾请求告退时，唐太宗当面说：“自古以来，身居富贵而能知足的人很少。不论聪明的或是愚笨的，多数都缺乏自知之明，尽管才能不行，还要争着当官，虽有疾病也要勉强任职。你能识大体，顾大局，实在令人钦佩。朕答应你退休，不但要成全你的高风亮节，更重要的是要让你为一代人树立楷模啊！”后明人有一长律云：

实战战场威气加，一战萧梁被惨打。水战滔滔人惊怕，临乱不惊判无差。

清江生擒土良将，萧铣智良献城邦。对乱痛打辅公祏，江南大片疆域收。

突厥可汗来犯境，主挂帅印西域征。会师李勣天山下，一年经战敌酋怕。

臣附唐廷甘附庸，多多年岁来进贡。贞观九年伐谷浑，五路大军势如摧。

正兵公开交手战，奇兵奇袭打敌残。纵横驰骋不经年，兵法战阵过白韩。

鸿篇巨著有问对，剖析战争特精邃。穷追猛打狠如蝎，才兼文武功难灭。

太宗堪称大兵家，此去价值比君大。中古一代军事家，佐唐朝廷摄天下。

南霁云枪挑四叛将救睢阳

安禄山叛乱，波及面广，战争绵延时间长。这期间中原是首当其冲受害之地。讨寇平乱，中原人民同仇敌忾，万众一心，众志成城，他们的事迹可歌可泣。

南霁云，魏州顿立（今河南浚县）西人，幼小贫穷，操舟为业。安史之乱中，尚衡出兵击汴州叛军李庭望，以南霁云为先锋，后奉命至睢阳与张巡联络抗击叛军，对张巡极为敬佩，说："张公开心待人，真吾师也。"遂留任张巡处为部将。南霁云是一员战将，同时又是一位极其难得的神箭将星。他少年伟岸，形象俊美，颇似三国的"飞将军"吕布、马超、赵子龙，又酷似唐代的白袍将军罗成、薛仁贵。南霁云是唐代"安史之乱"中涌现出来的一位英雄。正是：

霁云出身贫微贱，晓知轻重巅登攀。
矢志锻造武功胆，无愧勇将耀山巅。
安史之乱骁勇战，誓杀叛贼安禄山。

在唐代抗击安禄山的叛乱的正义战争可谓排山倒海，惊天动地，前前后后经历了八年。而张巡的睢阳保卫战尤为惨烈，震烁千古，旷古难见。睢阳保卫战，在张巡麾下有两员猛将最为耀眼夺目，一个是雷万春，另一个是南霁云。雷万春之抢眼，在中华五千年战争史上实属罕见。雷万春的神威、气概在历朝历代将才中百不挑一。睢阳一争一夺，保卫战打得十分惨烈之时，雷万春在城头上与叛将对话，猝不及防城下敌人竟用冷箭射他。一连射了六箭，全射到他的身上。可他为了稳定军心，竟似铁人般纹丝不动，硬是动也不动，站了两个时辰。城下敌将大吃一惊，惊呼他是："草人雕塑！不是真人！"时人有诗为证：

万春城头敌对话，猝料不防箭镞扎。
面颊全身中六箭，动也不动似铁塔。
神勇气概无限大，不逊关公疗毒差。

张巡麾下另一员骁将，又称"百战虎将"的是南霁云。南霁云虽也神威，可凸显的亮点与雷万春略有不同。南霁云武功突出的特色是疆场争斗、厮杀战将，登城搴旗的虎将，神箭将星。在大帅张巡的睢阳保卫战中，南霁云的武功镜头最多，急如星火，援救睢阳。张巡派他主打先锋，率先遣兵团，颇似后世的北宋杨七郎那样，“闯幽州，力杀四门”。而他在阵前斩杀四员叛军猛将，气概无比，无人敢挡。“打敌先打强，擒贼先擒王。”他在睢阳保卫战中演绎得惟妙惟肖，活灵活现。当他在城头发现贼帅尹子奇时，远在数百步之上，竟一箭射中了叛首左眼，仅此一箭，叛军全线溃退三十里。

天宝十四年(公元755年)十一月，安禄山发兵十五万，号称二十万，在范阳发动叛乱，以“奉密结盟讨杨国忠”为名，挥军南下。步兵骑兵在广阔的河北平原上，展开了队形，尘盔蔽天，鼓噪震地。一路上没有人敢抵抗，用“摧枯拉朽，秋风扫落叶”来形容，也并不为过。次年一月，叛军已在灵昌(今河南滑县)西南渡过了黄河。时人有诗为证：

天宝年间安史乱，叛军兵马十五万。
直捣两京夺江山，野心勃勃安禄山。
唐廷昏庸不备战，叛军一路无阻拦。

天宝十五年(公元756年)一月，唐军被迫退出洛阳。六月，哥舒翰出关，与叛军会战，在灵宝大败。叛将火拔归仁等活捉了哥舒翰。不久，哥舒翰变节，向叛军投降。那天晚上，长安城看不到烟火，人心惊慌，一片混乱。过了几天，唐玄宗悄悄地带着贵妃姐妹、皇子皇孙和杨国忠等，由将军陈玄礼领兵护卫，逃往蜀中。刚走到马嵬驿(今陕西兴平西)，将士鼓噪，要消灭祸国殃民的杨氏豪门。士兵突然出击，杀了杨国忠，还要威逼唐玄宗，玄宗无奈，使人缢杀了杨贵妃，其余的杨氏姐妹和亲族也都一一被杀。

安禄山的处境开始变坏了。常山(今河北正定)太守颜杲卿和弟弟大书法家平原(今山东平原东北)太守颜真卿起兵，联络河北十七郡，一下子切断了叛军前线和范阳老巢之间的交通线。公元756年正月，安禄山在洛阳自称“大燕皇帝”。他所占的地方，在河北只有六个郡，在河南也只有潼关以东的一片地区。叛将史思明随即攻陷常山，俘虏颜杲卿，把他送到洛阳杀害。然而，朔方军大将郭子仪、李光弼率军出太行山，收复常山，屡次打败史思明。河北民间自发结集的武装，群起响应。河南的南阳太守鲁炅、睢阳太守许远、真源令张巡等，也起兵抗敌，一下子扼住了叛军南下的道路。安禄山进退两难，气得大骂谋士严庄，当初不该劝他造反。时人有诗为证：

两颜兄弟气浩瀚，誓死抗叛性命残。
朔方李郭起兵战，河南张巡又许远。
全国抗叛似烈火，烧尽安史无处躲。

南霁云的供事主将是张巡，这个人讲义气，人缘好。张巡为人讲"义气"，这是他的一种君子美德，受人敬仰。南霁云主要活动之地是豫州东部的睢阳。睢阳是一座英雄的城市。睢阳又称归德，今为商丘，乃春秋宋国故都，物华天宝，人杰地灵，四通八达，军事重镇，位汴梁、彭城东西要冲之地，南蔽江南，西达西北通道，历来为兵家必争之地。

睢阳保卫战比雍丘更加惨烈，可歌可泣。张巡、许远两人精诚团结、患难与共，领导全城军民同仇敌忾。在血与火的十六天里，大战六次，小战十四次，擒得叛将六十多人，杀叛军二万多人，伤叛军四万多人。叛将尹子奇惨遭失败，下令撤军。不久又卷土重来。

在睢阳保卫战的危急时刻，南霁云出城搬兵，悲壮卓绝。睢阳攻坚战，势态严重，吃紧，万分危急。张巡与霁云计议："无良策，怎么办?"霁云说："不如去搬兵，或许有希望。"张巡说："持吾书就近临淮走一趟，或许有望，你率兵二百名，趁夜东行，一路上小心。"霁云说："城上本来兵寡，无须二百名，只带三十骑，凭云能耐，不会有损伤。"半夜吊桥放下，三十骑齐声呐喊，风驰电掣东走。叛军堵截，喊声四起。南霁云骁勇，左右驰射，杀开血路，瞬间冲出，到临淮，贺兰进明热情接待。南霁云苦苦劝说，贺兰进明不买账，说："敌已发兵！恐怕城已破，远水不解近渴，无益，为时已晚！"南霁云说："大帅，城中月余无食粮，军民度日如年，依然士气昂扬，愿明大帅大发慈悲，救睢阳，无愧大唐忠臣。""不行，我这里也需重兵保边疆！你勇猛，我崇尚，留临淮，一定前途无量。"南霁云说："大敌当前，你身为大帅，竟视死不救，何能显贵无比，龌龊小人，还欲为虎作伥。悲呼苍天，可怜兮大唐，有此等奸佞恶帅，实为悲伤！剁下一指，留汝这里，算做信物，吾当回报主将！吾睢阳即使战至只剩一兵一卒，也决不背叛唐。贺兰进明，你定遭天遣，决无好下场。"时人有诗为证：

霁云临淮搬救兵，三十余骑冲出城。
不想进明是奸佞，执意坐视不发兵。
霁云泪洒削一指，以为信物报贼知。
将军悲壮情怀重，为保唐室血气涌。

擒贼先擒王，射瞎尹子奇左眼，南霁云一箭振军威。公元757年，在睢阳保卫战中，南霁云屡立战功。是年五月，叛军在城外安营扎寨，张巡在夜里鸣鼓准备出击，叛军遂匆忙整队备战。但等了半夜却不见来犯，遂解甲睡下。待到后半夜，南霁云奉命悄悄出城，突袭敌营，叛军大乱。南霁云一马当先，拔下叛兵军旗，使叛军败退数十里。守城将士民众遂乘机收麦，补充城中粮草。叛军主将尹子奇大呼："上当受骗，吃了亏。"遂又加紧攻城。

连日来，胡兵攻城受挫，尹子奇一筹莫展。他为了鼓舞士气，命令七个士兵打扮成自己模样，每人身后都竖起一面帅旗"尹"字，在各城门同时发起强攻。唐兵将士见到自己这里攻城的胡兵正是尹子奇亲自督战，军心浮动，纷纷向许远告急。姚訚有点沉不住气。许远征询张巡的意见。张巡说："尹子奇用兵狡猾，我们不妨将计就计，请许大人命令城上士兵以篙草为箭矢，一起向城外射去。"许远心中会意，急命按计而行。顿时各城飞出一排一排的篙草。胡兵感到莫名其妙，手拿篙杆箭争相向帅旗下的"尹子奇"禀报。那些假尹子奇也弄不清楚是怎么回事，又派人去向真尹子奇报告。张巡在城上看得真切，对一旁的南霁云说："快射，他就是尹子奇！"南霁云早已持弓在手，"嗖"的一声，三百步开外，一箭射去，正中尹子奇的一只眼睛。这一箭不止射瞎了尹子奇的一只眼，而且大大挫伤了胡兵的锐气。尹子奇迫不得已将兵马急退五十里外的宁陵一线，暂且养伤。睢阳城出现了短时的平静。

睢阳保卫战打叛军，维护大唐社稷统一意义重大。南霁云一箭射伤敌首，使城内军民士气大振。后宋人专作一颂曰：

弓箭尺长，飞芒天上。远距杀伤，神奇难量。凶悍无比，封喉命毙。

尖端利器，百兵难比。冷箭神箭，暗箭极残。要敌性命，箭到血腥。

毒箭凶险，沾着命残。云长刮骨，皆是此镞。神鬼惊喊，远远躲闪。

由箭演绎，威力无比。矢弩暗器，疾残犀利。金镖仆姑，缥缈命殂。

箭镞悠久，三万年秋。百戈之王，战场鹰扬。最具盛名，天山三箭。

繇基一箭，后羿独胆。孙丁保主，律光射天。奉先射戟，容翰穿环。

尺寸虽小，情系高天。维护大统，民得康安。霁云一箭，神威无限。

南霁云向众人施礼毕，然后说："今日胡兵受挫，只怕夜间偷袭，张将军正在调度人马修筑西北两城交界处的残墙，以防万一。"张将军说："城中粮食不多，就免了这次接见酒席。睢阳大战吃紧，请许大人鉴谅。"许远听了深为感动，"南将军所言极是，我已将太守东厅腾出，请转告张将军，携眷来此歇宿。"南霁云说："张将军平日与士兵同甘共苦，张夫人已送来府上。"这时，亲兵带进一个年轻女子，雍容端庄，神情自若。她就是唐琦，见过面后，许远命姚金音陪同她去后院房中休息。

南霁云走后，田秀荣冷冷地说："胡兵刚来，立脚未稳，日间受挫，他们今晚不敢攻城。"可他话未说完，许星慌慌张张进来禀报说："北城外突然出现几万胡兵，似有攻城之势！"许远已察觉到田秀荣的不满情绪。许远本想告诫他几句，怎奈军情紧急，当即命令众将速回原地，他自己急忙带着许星、冯颜赶到北城。西北城交界处的残墙已经加固，引火什物已堆在两旁，严阵以待。许远正想说话，突然，震天撼地的喊杀声，打破了睢阳古城黑夜的宁静，一场恶战序幕已经拉开。

救睢阳为开路先锋，顷刻之间，南霁云立斩胡兵四叛将。时人说："一打多，斩四将，骁勇无比，南霁云不亚于三国的'锦马超'，又颇似长坂坡大战的赵子龙。"这之前，还有一段插曲。在张巡来到睢阳城之前，这里形势已十分危急。睢阳守将许远麾下有个姚訚，原为城父县令。赵连城、冯颜、石承平、马日升等都是其麾下战将，兵多将广，声势显赫。今日来睢阳助战，可谓人才济济。姚金音即姚訚之妹，姚金音为田秀荣未婚妻，还有许远儿子许星等一班能人，把守城池，也算人才济济，齐心协力。此时他们已与叛军有接触，时打时停，打了几仗，各有胜负。不巧，一天有人来报："城外来了五六十个百姓，要求入城。"许远先是担心胡兵有诈，可他素来爱护百姓，还是命令放下吊桥，让他们进来。同时也嘱咐田秀荣要将士们做好应变准备，不想祸根就埋在这里。

此次与百姓一起进城来的一个叫李滔的就是尹子奇派进来的奸细，后来他与嫉妒心极强的田秀荣联手出卖了许远。田秀荣，武功高强，对许远忠心耿耿，可嫉妒心严重，小肚鸡肠，他容不得比他强的人。田秀荣最恨南霁云比他武功高，比他人品相貌好。这种人你再对他好，你再有德有恩于他，他也毫不领情，更不会感恩戴德。忘恩负义，恩将仇报，是这种忌妒小人的表现。南霁云奉张巡之命，主打先锋入睢阳。就是在田秀荣将要丢掉性命，十分危急的时刻，力杀四贼将，搭救他的。时人有诗为证：

嫉妒小人田秀荣，唯恐别人比己行。
霁云助战来睢阳，田不容物多暗伤。
妒忌恶性大膨胀，演变奸佞当叛将。

许远日夜守城，行走不停。临走时，嘱咐田秀荣，因他分工把守西城。许远说："你要小心守城，不可轻敌。如胡虏攻城，只能坚守，待张巡援兵到后，再行计议。"许远缓辔徐行，转过几条街，来到南门，守将姚金音前来迎接。姚金音二十出头，长得十分秀丽，虽是戎马装束，仍不失为风姿绰约的绝色佳人。许远说："冯颜将军搬兵数日，来回守卫南城重任全赖将军。"话未说完，忽见一个探子急驰而来，说："南城外出现敌情。"许远调转马头，驰回西城，赵连城迎上来，说："小的劝拦不住，田将军已率三百人马出城迎敌。"许远登上前楼，只见城外尘土飞扬，杀声震天，田秀荣已被四员将团团围住，尽管他手执长枪，左冲右突，还是没法冲出重围。正在危急之际，忽见胡军阵内大乱，在一旁的许星高喊："救兵到了！援兵到了！"许远放眼眺望，只见一白袍将军，手执方天画戟，跨骑银白雪花驹，率一支人马杀入重围。这时，田秀荣又突然马失前蹄，掉下马来，一员胡将正欲砍去，说时迟，那时快，白袍将军的丈八方天画戟一闪，已将那员胡将挑下了马来。其他三员胡将见了，便恶狠狠一齐扑向白袍将军。可白袍将军不慌不忙，只三四个回合，又一员胡将在戟下丧命。第三员胡将又被白袍将军擒过来，剩下一员胡将见势不妙慌忙拨马逃跑。白袍将军从背上取下弓来。大喝一声说："哪里逃？"一箭射去，正中后背，胡将应声落马，当时毙命。胡兵见四将一一阵亡，各自逃命。城内的守兵也乘机杀出，夺下许多马匹兵车。许远大喜，亲自走下箭楼迎接那位白袍将军。许远拱手说："张将军在危急时刻救了田将军，又一连斩杀了四员胡将，真是英勇无比，武艺超群！"那白袍将军连忙说："张将军尚在后边，末将是张将军麾下先锋南霁云。"许远听了，更加惊喜，说："原来是南霁云将军，睢阳得到张将军和南将军，共同御敌，实是城中百姓之大幸。"救田秀荣，不到两个时辰，南霁云力杀四员叛将，武功精湛，功夫绝顶。有他战场功夫口诀曰：

逢手遇绷莫入盘，粘黏不离得首难。
闭绷要上采拿法，二把得实声叱咤。
按定奇正四方变，触手即占抢机先。
总挤二法趁机战，肘靠攻在脚跟前。
遇机得势进退步，三前七星间顾盼。
周身实力意中定，听探顺化神气见。
见实不上得攻手，何日功夫是自有。
操练苦按秘中用，修到终期艺自成。
遇敌推扑双手合，垂肘松肩往下挫。
蹲腿含胸能蓄势，牮尔一提奇建功。
下势先从左手绷，右掌直插敌胸中。
待他左手提防慢，左搬右提分外残。
提手原为上下身，全凭起伏见奇精。
劲发足根气到腕，管叫叛敌残满天。

后睢阳城破，南霁云与张巡等全城军民不屈而死，悲壮卓绝，大义感天，一代勇士令后人钦敬。有明人作一律云：

霁云武功高天巅，报国情怀堪比天。形象装束是岳云，骁勇冲阵吕奉先。

死打硬拼赛典韦，单打独斗过许褚。杀进杀出比赵云，取将首级关圣君。

神箭圣手养繇基，威猛不亚定天山。生逢乱世效主战，志在报国大唐安。

驰保睢阳先遣战，立斩叛将贼四员。危急时刻箭擒王，力挽狂澜是虎胆。

冲城搬兵大义展，痛斥进明气浩瀚。品评故主忠义现，人格魅力人惊撼。

自剁一指作信物，誓保睢阳浩气存。是大是小胸中鉴，大骂不救罪滔天。

古来勇将战场见，何有霁云义包天。百代名将一楷模，身躯价值说不完。

华人有将雄杰现，气势磅礴神万千。伟伟华族精灵多，万紫千红唱高歌。

张巡打叛贼死保城池

讨伐“安史之乱”八年，波澜壮阔，浩气冲天，呼唤起了万千英雄豪杰，投入到了抗击叛乱的洪流中来，这其中有一位叫张巡。若论起他的职位，只是区区一个县令。张巡可是一个文职小官，绝非职业军人。千百年来，睢阳人民引以为荣，感到无比的骄傲和自豪。

张巡是个文人，他在进士考中名列前茅，并和其兄都有文名。入仕后，也是做的文官，当了一名县令。然而却无文人的酸态、迂态、忸态，为人极其豪爽，重气节，讲义气，能倾财接济窘困者。

若无安史之乱，张巡只能永远站在文官行列中，老死也不会有战场扬名。可唐朝廷的社会大乱，奇迹般地改变了他的人生命运。安禄山发动叛乱之初，在做真源县（今河南鹿邑县）县令的张巡是第一批站出来抗击叛乱的忠臣。吴王李祗奉诏到河南组织抗击力量，正在大修城池的张巡，立即响应。凭着自己平时的人际关系，招募了一批豪杰投身军中，这是时代给他的机遇。当然，同时遇到这种机遇的人很多，可为什么唯独他大名显赫？古人说：“个人因素使然。”

张巡在睢阳保卫战中的最佳搭档是许远。实际上，许远是当初睢阳的太守。安禄山叛军攻打睢阳危急，是由许远请求张巡来援助的。

许远，睢阳太守。此人也是一地地道道的文官，为人正直、高尚，且足智多谋，识人、用人虚怀若谷。时年四十开外，瘦高个头，风度翩翩，与三国时东吴国的陆逊不仅形似，而且神似。安庆绪杀死父亲安禄山自立为帝后，由于无法战胜关中唐军，遂派尹子奇率十三万精兵，调转马头，另辟战场，直扑睢阳城，许远与张巡死保城池，创下了千古伟绩。

张巡大谋思虑远，许远温柔能斡旋。
一文一武佳配伴，主内主外莫等闲。
精诚团结与贼战，死保城池共患难。

关于许远的人品、气度，有司马光《资治通鉴》中记述说：“张巡从宁陵发兵，援救睢阳。进城后，两人握手，患难与共，倍感亲切。”许远说：“远性怯懦，又不熟谙军事，先生智勇兼长。远请求替将军居守，请将军替远作战。”从此之后，许远只不过调运军粮，修理作战器具，在城中接应而已。战斗和谋划，选将派兵，全由张巡决定。张巡对许远很尊重，他说：

"许远将军博今通古，学富五车，才华横溢，我与之搭档，三生有幸。"许远的确是一位难得之才，他驻守睢阳六年，深得民心。时人有诗为证：

许远文才多超群，勤政发奋有精论。
易经解读人感奋，结缘报国一颗心。
良臣古来情义真，忠心赤胆不由人。

许远对张巡推崇备至。夜幕降临，许远回到府中，夫人关切地说："闻胡兵即至，城里只有四千将士，这将如何是好？"许远安慰她说："我已命冯颜将军去宁陵，诚请张巡将军来此协助，同守睢阳。张将军足智多谋，为当今军事大家。他若来此，量睢阳定固若金汤，高枕无忧矣。"

雍丘(今河南杞县)令狐潮欲举城投降叛军，可雍丘城军民拒不答应。趁他出城之后，关闭了城门。不久，邀请张巡。张巡杀了令狐潮全家，以示与令狐潮势不两立。令狐潮率领叛军来攻，张巡展现了出色的将才功能，将雍丘守御得固若金汤，铁打铜铸一般。令狐潮与张巡并不陌生，过去有过交往。一日，两人在城上，一个在战下，像故旧一样，拉起了家常。令狐潮说："天下大势已去，足下坚守危城，是为了谁？"张巡反问说："足下平日以忠义自许，今日之举，忠义何在？"令狐潮顿时语塞，无地自容，满面羞惭而走。

令狐潮虽很羞惭，但没有撤兵，彼此相持了四十多天。其间，唐玄宗已西逃巴蜀，令狐潮派人送来一封劝降信。雍丘城内有六大将得信，争相劝谏张巡说："唐朝廷已经势危，恐难复，识时务者为俊杰。愿大帅早作定夺。"张巡不动声色，佯设酒宴，请六将前来计议。部署甲兵，乘酒酣耳热之际，毫不手软，声色俱厉斥责一番，斩杀了六员叛将。此一举大大鼓舞了军民士气。为打破僵局，张巡以攻为守，主动出击，以疑兵、奇兵累次偷袭敌营，一次次成功地击退了令狐潮的攻击。

令狐潮是奉了叛军命令来夺雍丘的，其间又夹杂进了个人的私欲等许多心理因素，恨张巡极了，把我全家上百口杀了个一干二净，此仇不报，枉来世一回。这次誓死夺城，志在必得。令狐潮率领五万兵马，在雍丘城北建造了另一座雍丘城。凭高而望，尽观城中虚实，以彻底断绝雍丘外援。而张巡手下只有区区千余人马，且粮草已经告罄。此时，叛军杨朝宗部又直奔竟陵而来，以切断张巡与外联系的最后一条通道。审时度势，在此情况下，张巡果断地放弃了雍丘，会合睢阳许远兵马迂回到宁陵。

此时，中原战场，河洛地区，仅剩下睢阳一座孤城。实际上不到两月之间，河北、河南大片区域尽丧敌手。河南全省只剩豫东这弹丸之地。叛将尹子奇率十三万兵马来攻,这无异于雪上加霜,形势极端严峻。情势危急,许远遂向张巡告急。许远派使者向张巡请求救兵,在信中说:"睢阳只区区四千人马,我打仗又极其外行,现军民情绪极为恐慌,朝不保夕,请将军火速来救。若迟延一步,不仅城陷,咱俩将永不得见面!"张巡看罢信件,深受感动,声泪俱下说:"许远将军言词凿凿,字里行间充满着泪和血。为朋友计,为大唐江山社稷计,我们不能再犹豫了。救兵如救火,日夜兼程。霁云将军,你率兵三千,主打先锋,今夜就行,不得迟误,我随后就到。"张巡率部进入睢阳,与许远并肩展开了轰轰烈烈、如火如荼的睢阳保卫战。张巡主武,许远主文,两人配合默契。时人有诗为证:

子奇率兵十三万,攻打睢阳咆哮喊。
区区四千势累卵,许远请巡来助战。
言词切切泪涟涟,张巡受感来参战。

找空隙,钻夹缝,打击叛军,因时制宜,因敌制宜,不分白天与黑夜。张巡有时瞧准叛军松懈之际,突然出兵袭击;有时夜深人静,正在熟睡,趁其不备,偷袭敌营。如此坚守六十多天,经大小三百余战,成功将叛军击退,并乘势追击,歼灭敌兵二千余人,几乎活捉令狐潮。五月中旬,令狐潮再次领兵围攻雍丘。

张巡多计,足智多谋,堪称一代军事大家,为当时世人不争,举目共睹的。他们无不争相传告说:"奇计、妙计、冷计、绝计、怪计、反常计、反纲常计在睢阳保卫战中无不尽现,大放异彩。"

安禄山叛乱被剿平后,唐肃宗继位,国泰民安,天下太平,全唐各州郡守,率领不少文人官吏,争相拥来睢阳,凭吊讨寇保卫战先贤英烈伟绩。当他们看到当地州府自撰画刻三万多死难烈士自愿充为"军食",尤其是张巡妾唐琦的画像时,跪地一片,哭泣声、感叹声、惋惜声,三日不绝。

说起唐琦画像,情况是这样的:张巡抗击叛军已七个多月,内无粮草,外无援军,无奈杀马充饥、网雀鸟、刮树皮、挖草根又已尽。唐琦看到张巡三天没进食,有时用热水泡皮带(把皮带切成小方块)充饥,她非常难受,心想自己不会打仗,但可以献上血肉之躯,让将士们饱餐一顿,有力气打叛贼。于是含泪写了一封遗书,便自刎在内宅。张巡饿得一摇三晃回到家,看到此景便昏过去。

第二天中午,热气腾腾的人肉汤摆在将士们面前。张巡含泪命令"每人都喝，喝完上城头打豺狼。谁不喝军法处置。”顿时哭声一片。突然有消息说，许远夫人王媛在家自尽身亡，并留一纸条：“妻身已无用，效唐琦我去也。”一波未平，一波又起。整个睢阳城老弱病残三万八千人全部自刎。这时张巡惊呆了。后经察看，见一纸条：“遵巷里长命，两夫人外地人，为保城池自刎充军粮，我们睢阳人汗颜。”就这样，大家响应巷里长的号召，自觉以身充“军粮”。司马光在《资治通鉴》中披露：“自刎死三万多人，无一叛降者。”之后，睢阳人自发凑齐银两，请画工画了两位夫人的画像，以拜仰和纪念。

在这种情况下，有人开始议论弃城突围而走，但张巡、许远却坚持说：“睢阳，江、淮之保障，若弃之去，贼必乘胜长驱，是无江、淮也。且我众饥羸，走必不达。古者战国诸侯，尚相救恤，况密迩群帅乎！不如坚守以待之。”于是坚守待援。大义凛然，威武不屈，三十六将群体就义，悲壮卓绝，气壮山河。至德二年(公元757年)十一月，叛军再次攻城，守军将士都已无力作战，睢阳城终于被叛军攻破。城破之时，张巡向西遥拜说：“臣智勇俱竭，气力已尽终，不能遏止强寇，保守孤城。臣虽为厉鬼，誓与贼力厉，嘶咬俱尽，以报答明主恩一二耳。”

城陷后，张巡、许远被俘。部下见到张巡，无不恸哭，张巡安慰大家说：“死乃命也，我们应站着死，决不跪着生！”众人皆不能仰视。尹子奇见到张巡后问说：“闻公督战，大呼辄眦裂血面，嚼齿皆碎，何至是也？”张巡答说：“吾欲气吞逆贼，乃力屈耳天意哉！”尹子奇大怒，用刀将张巡的嘴划开，只见里面的牙齿只剩下三四颗。张巡怒骂说：“我为君父死，尔乃叛贼，乃犬彘也，安得久长乎！”尹子奇佩服张巡的气节，有意将他释放。这时有人说：“彼守义者，誓死效唐，岂肯为我用？且得众心，不可留也。”于是想用武力逼张巡投降，但张巡大义凛然，宁死不屈。于是叛军又劝南霁云投降，但南霁云沉默。张巡以为南霁云意志动摇，大呼一声说：“南霁云！男子汉大丈夫，死即死尔，不可为不义屈鬼！”南霁云笑笑说：“欲将有为也，公知我者，岂是软弱汉？敢不死乎！”遂不肯投降。同日，张巡与南霁云、姚訚、雷万春等三十六位将领被杀。许远被执送洛阳，于途中被杀。是年，张巡四十九岁。正是：

三十六将群体死，大义凛然威不屈。
张巡许远皆就义，子奇颤栗不仰视。
划开巡口三颗牙，嚼齿崩响皆粉碎。
霁云张巡并肩死，慷慨凛然华人气。

睢阳之战，张巡临敌应变，出奇制胜，面对强敌，坚守长达十个月之久，历大小四百余战，斩将三百，歼灭叛军十二万人。外加此前雍丘之战，共计二十一个月之久，使唐财赋供应基地江淮地区得以保全，并为唐军组织反攻赢得了宝贵时间。在此之前，唐宰相兼河南节度使张镐闻知睢阳危急，昼夜兼程，前来助战，并命浙东李希言、浙西司空袭礼、淮南高适、青州邓景山四节度使及谯郡太守闾丘晓等火速出兵救援。闾丘晓距离最近，竟不遵命。等张镐赶到睢阳时，城破已三日了。张镐一怒之下，召闾丘晓至，将其毙于杖下。十天后，唐军组织战略反攻，一举收复长安。史称：“以寡敌众，以饥御饱，食尽救不至，终以身殉国。战斗之苦恶，临难之壮烈，无过于睢阳战张巡者。”后人有诗为证：

睢阳大战十月久，斩将三百四百斗。
七千歼灭十三万，为唐赢得大空间。
坚守雍丘一年半，战斗残恶史难见。

张巡死后，皇帝下诏，赠张巡为扬州大都督，荆州大都督；南霁云为开府仪同三司，再赠扬州大都督；并宠其子孙，张巡子张亚夫拜金吾大将军；同时还免除了睢阳、雍丘的三年徭税。唐肃宗还诏封张巡为邓国公，史称张中丞。公元785年至公元805年，追赠张巡妾唐琦为申国夫人，赐帛百匹。公元847年至公元859年，还将张巡、许远、南霁云三人的画像置于凌烟阁。张巡的事迹一直为后人颂扬。为纪念张巡，后人在睢阳、杞县、南阳、邓州等地为他建立祠庙，并把他与张衡、张仲景誉为“南阳三张”。后宋人作《睢阳颂》古风一首，单道张巡及他妾唐琦的伟大。

豫东商丘古睢阳，宋国孔丘原祖乡。归德南京坐宋王，赵构在此坐安邦。

天宝年间国富强，玄宗头脑昏发胀。贵妃国忠误导向，胡人终于造孽障。

十万铁骑骤南下，秋风扫叶势难挡。河北河南又洛阳，顷刻之间陷贼将。

金斗关前死叔翰，玄宗驾逃蜀道难。雍丘首当排战场，睢阳血战为中央。

七千对敌十三万，十月百战太悲壮。张巡文官韬略强，四百大战敢担当。

坚守孤城固金汤，鼠雀树皮尽吃光。夫人唐琦情怀彰，献身打贼当军粮。

感染三万老叟忙，尽尽献身饱将囊。古今痛打贼叛将，难比张巡意志强。

郭子仪不战屈兵回纥畏惧

讨伐安禄山的叛乱如火如荼，此起彼伏，前赴后继。天倒悬，月不明，惨象不堪入目。几乎是与南霁云、张巡同时，在另一战场，即西北区域，抗击叛乱的战况更为激烈。此正是：

西北战场险卓绝，惨不忍睹种欲灭。
中原战场绝人寰，人头滚滚堆如山。
浪潮将帅多奇幻，南北相忘保江山。

郭子仪在历史上是一位老将形象。老将在中华五千年战争史上不算多，有夏、商、周三代时的闻仲，战国时的王翦、廉颇，两汉时的马援，三国时的蜀汉黄忠。唐代中期的这位郭子仪，以及后世的沙陀国李克用，宋初杨家将一门忠烈的"老令公"杨继业，还有元末太师又宰相的元脱脱等。历代老将军的一个共同形象是武功精湛，经验丰富，战功卓著，声望大，威望重，震慑三军。在他们身上，还有一个共同点是报族报国，老骥伏枥，志在千里。有诗曰：

历仕七朝老将胆，伟伟声望慑禄山。
中兴大唐擎天柱，将军豪勇功比天。
戎马疆场六十年，唐室依托得安然。
年迈凭望伐西藩，九纥人见跪马前。

郭子仪是李隆基时的股肱柱国大将军。李隆基为唐第七代皇帝，说到这个人物，可真是又奇又特别的一个君主。

手握重兵的安禄山，很能讨唐玄宗的欢心，由此成了天下第一宠臣。杨国忠为和安禄山争宠，双方闹到水火不容的地步。杨国忠屡屡进言："安禄山要反，只是时间问题，不得不防。"安禄山被逼得走投无路，又见唐朝廷兵备空虚，从而扯起了反旗。他的兵马所向披靡，接连拿下洛阳、长安。久荒废武备的唐朝廷突遇大敌，惶惶如丧家之犬，忙忙如漏网之鱼。后人有词说玄宗：

中唐是玄宗，开元清明，诛杀韦氏有功名。取得皇位继大统，铁血手腕冷无情，翦除太平公主，血腥凶，宫廷斗争有奇能。尚节俭戒奢侈，励精图治是大英雄。图革新，开拓勇，开元之治远过唐太宗。由明变暗不善终，变态腐化，贪淫好色，纳儿媳，丑残且凶，虎头蛇尾，有始无终，侏儒一个可怜虫，臭名昭著，至今骂声不间断。

眼看大唐天下病入膏肓，已不可救药。然而，此时出现了一代大武臣，这就是历史上有名的汾阳王郭子仪。郭子仪生于公元697年，卒于公元781年，华州（今陕西华县）人，父郭敬之，历任五州刺史。郭子仪一生经历了武则天、唐中宗、唐睿宗、唐玄宗、唐肃宗、唐代宗、唐德宗七位君主，名副其实为"七朝元老"。他历任朔方节度使、天下兵马副元帅、太尉、中书令等职。郭子仪参与指挥了多次重大的平叛战争，具有杰出的军事才能。郭子仪身长六尺有余，体貌英俊。少年时即因武举成绩优异补左卫长史。正是：

七朝元老郭子仪，擎天一柱保唐稷。
多次平叛威名显，傲然屹立在朝班。
用兵持重且大胆，声高望重遍中天。

善抓战机，敌疲我打。天宝十四年（公元755年）十一月，范阳节度使安禄山叛乱，他凸显出了大将之才。安禄山，营州（今辽宁省朝阳市龙城）人，杂胡，初姓康名阿荦。因母改嫁突厥头目安延偃，遂改姓安，名禄山。后部落离散，逃至幽州，初为区市牙郎，旋即投于幽州节度使张守部下。与同里人史思明起兵反唐。史思明，勇敢善战，后因恃勇轻进而失败，被械送京师处死。隆基见其状貌魁梧，不听劝告，下诏特赦，出任平卢兵马使。安禄山善猜人意，巧于事人，凡朝廷使者至平卢，皆厚赂之，人多夸之。

安禄山起兵反唐的次年正月，在洛阳称大燕皇帝。

值此危亡之际，唐玄宗李隆基任命郭子仪为朔方（今宁夏灵武西南）节度使，率兵东讨叛军。讨伐安禄山叛乱，大多是朔方节度使郭子仪的功劳。由此玄宗李隆基和继位的肃宗李亨深深感到作为地方封疆大吏，拥有军权的重要性。次年四月，郭子仪收复云中（今山西大同）、马邑（今山西朔县东北）两郡后，兵出井陉，会合河东节度使李光弼兵马，一举攻占了史思明坚守四十多天的九门（今河北藁城县西北）、藁城两县。至此，常山郡九县全为唐军收复。安、史叛军的后路受到威胁，叛军形势江河日下。

郭子仪、李光弼两军攻占九门、藁城后率兵退往常山(今正定县)。史思明立即收缩整合人马,跟踪而进。郭子仪见史思明"我行亦行,我止彼亦止"。于是将计就计"你来十五,我给初一,以其人之道,还治其人之身!"郭子仪遂派出五百精骑,牵着史思明疾速北进。史思明不知是计,一连追了三天三夜,追至唐县(今河北省中部)时,已经人困马乏了。当他发现只有五百骑兵时,才知上了当,悔愧不已。大呼说:"郭子仪老儿,阴毒太狠,我被他耍了!"于是退到沙河(今河北行唐和新乐两县之间)休整。郭子仪乘其疲惫之机发起进攻,大获全胜。安禄山见史思明兵败,遂派蔡希德从洛阳率步、骑两万北上,令牛廷从范阳率一万兵马南下助战。这时在河北对阵的兵马增加到五万多人。正是:

子仪光弼退常山,思明兵马追击战。
将计就计诱顽敌,一诱诱之上千里。
待其疲惫实奇袭,一战取得大胜利。

郭子仪所率兵马虽仍多于叛军,但他仍不急于与敌交战,继续实行疲敌计策。他率唐军从沙河、行唐继续北走,引诱叛军追击。史思明因兵力大增,不再顾忌,对部下说:"这次我兵精将猛,可不怕你了,非追上报一箭之仇不可!"遂大胆追击。郭子仪到达恒曲(今河北曲阳)后,加固城池,对诸将说:"仍然不战,继续拖他,贼来则守,贼去则追,避而不战。"遂使四五万叛军欲战不可,欲退不得,欲歇不能。六月底,郭子仪见史思明的几万人马已被拖得疲惫不堪,就说:"大举进攻时机到了!"他联合李光弼部共十余万人马,在嘉山(今河北定西)与五万叛军展开了一场大战,结果杀死叛军四万多人,俘虏一千多人。叛军首领史思明急率残部退守博陵(今河北定州),郭子仪、李光弼乘胜进围博陵。正是:

兵多故佯再示弱,诱敌追击仍奔波。
欲战欲退均不可,牵鼻急走又慢拖。
拖得叛军疲不堪,一战杀死四万三。

嘉山一战,唐军声威大震,河北十多个郡纷纷杀死叛军守将,归降大唐。安禄山的后路被彻底切断,致使军心动摇。安禄山因当年犯法,当时的宰相张九龄为了严肃军纪,要将安禄山处以死刑。唐玄宗听说安禄山能干,下令将其释放。张九龄对唐玄宗说:"违反军令,按军法不能不杀,据我观察,此人不是善良之辈。"张九龄又说:"如果对安禄山不判罪,恐怕后患无穷。"唐玄宗不听,凭己之愿,还是赦免了安禄山。后来,张九龄被撤了职,安禄山却靠他奉承拍马的手段步步升官。

曾几何时,唐玄宗开元时期经济繁荣,瞬息之间,“渔阳鼙鼓动地来,惊破《霓裳羽衣曲》”,爆发了长达八年的“安史之乱”,唐朝廷由此一蹶不振。安史之乱是唐朝廷由盛而衰,由统一转为分裂的转折点。这次叛乱的罪魁祸首是安禄山。唐诗圣杜甫《忆昔》有诗曰:

忆昔开元全盛日,小邑犹藏万家室。
稻米流脂粟米白,公私仓廪俱丰实。
九州道路无豺虎,远行不劳吉日出。
齐纨鲁缟车班班,男耕女桑不相失。
……

天宝十三年(公元754年)初,安禄山来朝。李亨知其必反,请以罪诛之,玄宗不听。次年十一月,安禄山果叛。天宝十五年(公元756年)六月,玄宗偕亨等逃出西京,至马嵬驿,士兵哗变,杀杨国忠。众请留李亨以讨叛军,玄宗许之,又欲传位,李亨辞止。七月,至灵武,李亨即皇帝位于城南楼。群臣舞蹈,亨亦流涕欷歔。时塞上唯有老弱守边,文武官员不满三十。当朔方节度使郭子仪等率兵五万至灵武时,军威大盛。此时才能出众,大隐者李泌即李亨布衣之交,为杨国忠所忌,亦来灵武,人皆谓有复兴之望。可以后的实践证明李亨是一位庸主。

江河日下,形势严峻,于是叛军商议放弃洛阳,兵退范阳。天宝十五年(公元756年)七月,太子李亨在灵武登基为肃宗,年号至德。郭子仪奉命率朔方五万兵马,前往护驾。后一年,唐军在朔方的军队有所扩充。叛军方面,出现了分裂,很快内讧。安禄山被儿子安庆绪杀死,史思明驻军范阳后,不听安庆绪调遣。面对新的形势,唐肃宗决定实施战略大反攻,首先收复西京。至德二年(公元757年)四月,唐肃宗任命自己的儿子李保为天下兵马大元帅,郭子仪为副帅。李保无才,实际指挥权全在郭子仪身上。临行,肃宗深情地说:"请将军理解,只是让他历练历练,别无他意。军中一切由将军作主,不可有丝毫懈怠。"

第一战因郭子仪轻敌,遭到惨败,经过三四个月的准备,李保、郭子仪又率十五万大军再次反攻长安。二十七日,唐军在长安城西面与叛将安守忠、李归仁和张通儒率安守禄,李归仁和张通儒率领的十万叛军对阵。郭子仪接受了上次失败的教训,做了精心部署。交战开始,叛军李归仁部首先向唐军发起攻击。唐将李嗣业出兵迎击,将李归仁部击退。但叛军迅速调整部署,集中兵力迎战李嗣业,也很快击溃了唐军。李嗣业调整队形,再次发起猛攻,战场形势很快好转。叛军又出骑兵向唐军阵迂回,企图袭击唐军右侧。郭子仪发现这一情况,立即令出身于回纥铁勒部落的将领仆固怀恩率四千回纥骑兵迎击。这支回纥骑兵是郭子仪为了对付叛军骑兵特地建议唐肃宗向回纥怀仁可汗借来的。人数虽然不多,但战斗力很强,一下将叛军骑兵消灭了一大半。然后郭子仪又命令他们迂回到叛军阵后发动袭击,同时指挥前军和中军发动猛攻,经过激战,唐军歼敌六万余人,叛军残部逃往长安城内。

十月十五日,郭子仪在新店(今河南陕县)西与叛军主力遭遇。郭子仪首先从正面进攻,并令回纥骑兵从侧后袭击。当正面进攻失利之际,仆固怀恩率领的回纥骑兵赶到南山(今新店之南),对叛军侧翼发起了猛烈的冲击。叛军畏惧回纥"白鹤军"骑兵。郭子仪乘机指挥大军发起猛攻,形成两面夹攻,又大败了叛军。严庄等叛军将领率残部东逃。十月十六日夜晚,安庆绪仅率三百骑兵和一千多步兵从洛阳逃往邺城即今河南安阳。十八日,唐军胜利收复了东京洛阳。郭子仪因收复两京的大功,晋封为代国公。唐肃宗也发出了由衷赞叹:"我的国家能有今天,全仗你的力量啊。能有一员猛将得国,我信矣!"

公元763年,吐蕃起兵二十万攻入长安,唐代宗东逃陕州,郭子仪被再次起用,任关内副元帅。他指挥刚收拢的四千多散兵游勇,用疑兵之计,虚张声势,吓退了吐蕃,一举收复了长安。正是:

兵机韬略灵验奇,出手能把泰山移。

吐蕃雄兵打长安，代宗惊骇逃陕边。
子仪四千散兵勇，虚张声势退强猛。

公元764年，仆固怀恩率领朔方军在河东与唐朝廷分庭抗礼。年近七旬的郭子仪以朔方节度使奉诏出征。朔方原都是郭子仪的老部下，听说郭子仪来了，自动离开仆固怀恩，欢迎郭子仪。仆固怀恩率三百名亲信逃到灵武，招引了回纥、吐蕃两部共十万人马。绕过汾州（今山西汾阳），进逼奉天即今陕西乾县。唐代宗派郭子仪率兵抵御，回纥、吐蕃因畏惧郭子仪，不战自退。正是：

为将声望特优势，何止朔都自离敌。
回纥十万尤畏惧，不战自退特灵异。
威望名气胜兵痞，劝将努力塑自己。

永泰元年（公元765年）九月，仆固怀恩又引回纥、吐蕃、吐谷浑、党项等族共计三十多万人马攻唐。郭子仪立即建议唐代宗调兵遣将，扼守要冲。自己则率兵一万人，坚守泾阳，保卫长安。十月，郭子仪刚到泾阳，就被吐蕃、回纥联军先遣兵团的十万人马团团围住，形势十分危急。面对十倍于己的强敌，郭子仪深知死战硬拼，无异于以卵击石。他想争取回纥军反戈一击。因此，先行派李光瓒出阵会见药葛罗，转达子仪问候。说："不要与唐作对，两国情深，两国由来已久，郭帅一再嘱托，理应如此。"满腹狐疑的药葛罗一再问，说："郭令公确实在军中吗？仆同怀恩早对我说，郭令公已死了。如确实，你请他当面与我来说。"李光瓒回城向郭子仪禀说，郭子仪说："我速去见药葛罗。"诸将说："不能去，危险多。若必去，应至少带五百精骑以壮声威！"子仪说："不必，人多了反使对方惊愕。"于是，子仪只带三名随从，轻松出城郭。出西门，放慢速度。"郭令公来了。"药葛罗闻听，不知真假，生怕有诈。遂排好阵势，弯弓搭箭举兵戈，严阵以待。子仪见此，坦然摘下头盔，脱去铠甲，放下刀枪，策马提缰，悠闲缓缓一步一挪来见。药葛罗及诸多酋长见此，如释重负。经辨认，果是郭子仪时，大喜过望，相互述说。当郭子仪来到阵前，回纥的小酋长们在药葛罗的率领下，齐齐跪下，迎接长者，顶礼膜拜，十分尊敬。郭子仪下马，扶起药葛罗，紧紧握住他的手说："两国早有约好，不该违约，不该再起兵，双方搞内耗，敌人渔利多。"药葛罗说："悔不该如此，惭愧，对不起大帅，永不再反唐。"郭子仪趁机说："咱们合击吐蕃，对他动兵戈。"药葛罗说："回纥赞成大帅一切安排！"

后人有一排律云：

老将声望千古传，唐代七主喜开颜。中流砥柱讨禄山，韬略武功造新天。

人格施展情怀现，感动光弼是伟男。收复两京挂帅印，势如破竹雄威现。

战败通儒又归仁，伤残六万捉两万。邺郡陈留连打援，痛杀贼首河阳残。

摧枯拉朽敌哀叹，子仪从此声压天。回纥造反老将战，匍匐在地永不反。

敌见尊面誓罢战，不战屈兵创经典。谁说老将不能战，古今楷模万古传。

李光弼攻心战收降二猛将

李光弼，生于公元708年，卒于公元764年，营州柳城人。契丹族，祖父、父亲均为契丹酋长。初以左卫亲府左郎将从军，后升任为左清道率兼安北都护府，朔方都虞侯。不久，李光弼又奉调河西节度使王忠嗣府兵马使，充赤水军使，甚受王忠嗣宠遇。他是唐中期名将，在讨伐安禄山叛乱中功勋卓著，与郭子仪齐名，而军功尤甚，被称为“中兴将军”。李光弼是唐肃宗时与郭子仪齐名的讨伐安禄山叛乱的一代名将。有诗曰：

刀兵恶战将交加，尸横遍地如乱麻。
只为唐廷保社稷，淋漓鲜血何所虑。
两将交锋在战场，四肢膀臂厮杀忙。
妄图大业逞英豪，扰乱中原闹几遭。

少年时代，李光弼勤于习武，精于骑射。他性格内向，为人持重刚毅，办事执着，矢志不渝。时人说：“这就是他的内向性格。”时人有诗为证：

内向性格人有志，矢志不渝达目的。
前途路上再凶险，坚韧不拔向前冲。
朝廷委任战禄山，不提条件保江山。

李光弼从不嬉笑言欢，让人一见肃然。李光弼父李楷洛死后，光弼袭父封爵，在河西节度使王忠嗣手下任府兵马使，任赤水军使。王忠嗣慧眼识人，十分器重李光弼。在沙漠经战，打击吐蕃、吐谷浑战斗中，屡立战功，朝廷进封李光弼为云麾将军，此时的朔方节度使安思顺推荐李光弼为副使，知留后事。李光弼相貌堂堂，一表人才，为人磊落，安思顺欲把女儿嫁给他。光弼委婉推辞说：“吾体内有隐疾，不宜结婚。”此时李光弼心思：“思顺这等权臣，争权夺利，尔虞我诈，关系复杂。他断难成就大事。自己刚入仕，不能陷入歧途。儿女之事，小事一桩，只要有志向，何患无妻子？”后安禄山兵变之时，哥舒翰翘起大拇指说：“不为利诱，志向高远，弼深谋大略，乃真大丈夫也！”此正是：

幼小深沉有心机，不为利诱拒快婿。

正直秉忠效前程，磊落挺拔有心性。
何必论功看伟绩，些小平常见真谛。

安禄山起兵造反，哥舒翰兵出潼关抵敌，唐玄宗心中七上八下，即时拜郭子仪为朔方节度使，出兵河西，以讨寇乱。临行前玄宗说："平乱之事大，非有众多能征惯战之将不可，你还有无良将向朕推荐？"郭子仪说："现唐朝廷之下，时任李光弼为云中太守，兼御史大夫，充任河东节度副使再恰当不过。"玄宗帝大喜说："听说你与李光弼合不来，恩怨深重，为何还要推荐他？"郭子仪说："主上，大敌当前，国家事第一，何谈私怨？皇上要我荐举能征惯战将才，非是问我与谁有私怨！"玄宗喜不自胜："我唐大幸，胸怀宽广，你是伟伟君子一个！"时人有诗为证：

大敌当前大才举，子仪胸怀人拜极。
当仁不让举光弼，全为大唐保社稷。
由此观察弼才气，天下万将数第一。

天宝十五年三月，李光弼以五千兵马与郭子仪合军联手，一战收复常山郡。史思明叛军来援。他和李光弼大战，互有胜败。然在郭子仪增援李光弼后，他遭到了惨败。后趁郭子仪、李光弼用兵他地，趁机调兵直扑太原，再次与李光弼鏖战。在安禄山被杀后，史思明受安庆绪之命，回到了范阳。时人有诗为证：

史明禄山同乡亲，扯旗造反勾搭紧。
骁勇善战有恶绩，禄山南下主北局。
常与光弼交手战，互有胜负有才干。

李光弼数出奇兵，史思明难以招架，连连败北，唐军趁机攻拔赵郡。四月，唐朝廷又拜李光弼兼范阳长史、河北节度使。七月，李光弼又率军在常山的嘉山一带大破安禄山属下史思明、蔡希德、尹子奇三员叛将，声势大振。常山一战大胜，斩首万余，生俘四千。史思明胆魄俱裂，露发徙跣，只身一人逃往博陵。至此，河北半部郡县重为唐军所有。正是：

国难时刻得荐举，上阵果不负君期。
东下河北收诸郡，唐军士气骤然起。
杀叛蔡奇三员将，斩首生俘一万四。

首战告捷，李光弼没有志得意满，他清醒地看到不利形势，说："范阳乃安禄山贼酋老巢，应该先行攻克，绝其根本，叛贼必将精神崩溃，收事半功倍之效。"还未来得及实施，哥舒翰潼关兵败身死消息传来，唐玄宗逃往蜀地。更是接二连三军报如雪片般传来，一时间军心大骇。不久，唐肃宗即位，马上派使臣授李光弼为户部尚书，同中书门下平章事。李光弼临危受命，立即提五千兵马赶赴太原。时人有诗为证：

临危受命升尚书，败军形势残重凶。
舒翰潼关兵败残，皇帝逃蜀人心乱。
提兵五千赴太原，务求战场危局扳。

此时，节度使王承业忙于军政，侍御史崔众在太原主持军事。此人骄横无比，目中无人。平时根本不拿王承业当回事。参见上司时，也时常披甲提枪，随便闯入，没有一点上下尊卑规矩，盛气凌人，不可一世。李光弼说："此乃狂徒，目无尊长，天王老子，唯他第一，此等人何能为将？危急时刻，弄不好，还要闹出大乱子！"朝廷命令下来，依理崔众应把所部兵马全部交予李光弼掌管。可赴营参见时，崔众依旧根本不行参见礼仪，大大咧咧地安坐马上。李光弼大怒，喝令说："左右还不把崔众拿下！快绑缚关押。"刚把崔众推走，朝廷使节赶到说："有任命崔众为御史中丞的诏书，现崔众在哪里？要他跪地听封。"李光弼说："崔众有罪，已关起来了！"中使连忙拿出朝廷诏书给李光弼看。李光弼说："现在要处斩的只是侍御史崔众。如果你宣读诏命封他为中丞，我就斩中丞崔众。如果朝廷有旨拜他为宰相，我就斩宰相崔众！"朝廷使臣顿时吓得胆颤心惊，汗流浃背。这正是：

军中最忌下傲上，目无尊长难打仗。
崔众莽夫太狂妄，伸张兵威当该戕。
光弼杀崔敢犯上，名将魄力威气张。

公元757年，史思明等人率十多万叛军向驻扎在太原的李光弼发起攻击。此时，唐军的精锐健卒都被征调到朔方保卫唐肃宗。光弼手下士卒满打满算连一万人马也不到。面对十倍于己、来势汹汹的劲敌，众将都说："修城凭固，坚守以待外援，不可盲目出战。否则以卵击石，后果不堪设想。"唯独李光弼有自己的独到见解，他说："环城四周有四十里，现在派兵民大修城池，显然已来不及。敌人马上就能杀到城外，若如此，到时候大家精疲力尽，连御敌的力量也没有。何再能打仗？那才叫危险呢！

断不能这样行事。”于是，李光弼亲率士卒百姓在城外掘壕沟为守。又下令挖堑沟数万条，诸多将士虽心中纳闷但只能依命而行。时人有诗为证：

不修城池挖堑沟，随干兵卒如坠雾。
只干不问随帅走，单等上司出冷手。
兵机玄妙秘难测，不到火候不泄露。

史思明攻打太原城，以为胜算在握，信心百倍。他对诸贼将说：“李光弼弱兵不过区区五千，不日，拿下太原城池易如反掌，屈指可取。取太原后，可乘势而西，直捣河陇，朔方两军，再无后顾之忧！”可没想到，刚要攻城，李光弼先以二百人才能撬动的巨型抛石车猛砸大石，一顿乱轰，叛军两万多人霎时间被砸成肉饼。

始出手交战，吃了大亏，死伤甚多，史思明气得暴跳如雷。大骂李光弼，说：“攻不下城池，决不收兵！”他指挥军士搭建飞楼，用木幔围着，在中间堆土成山，想凭借土山临城进攻，一举拿下太原。李光弼兵从下面把土挖空，土山轰然倒塌。史思明又败，狼狈不堪。如此数十个回合，史思明才知道李光弼厉害，这次确实遇到了强敌，思忖：“真没想到，这真是块难啃的硬骨头！”从此，在军中再也不敢提速战速决的事了。这正是：

打仗战场有实情，绝非拍脑就决胜。
莫仗兵马数倍勇，欲得城池须真功。
思明幼稚妄冲动，突遇光弼黔驴穷。

史思明在城外张灯结彩，大宴兵士，又让戏子在台上装扮成逃跑的玄宗，出尽了唐朝廷的洋相。他得意洋洋对诸将说：“我这样做，一来刺激固守城内的唐兵，让他丢丑丢人，士气丧尽。二来给我军大鼓士气。想攻破太原城，指日可待，想不费时日也！”可未想到，戏演到一半，哗啦一声，台上的几个戏子忽然不见了。原来李光弼派人从先前挖的堑沟壕洞里一直钻到戏台子上，地层掏空，戏子们自然就摔了下去。没多久，几个戏子就被推到城头斩首，涂满化妆油彩的脑袋又被扔了上来。众人毛骨悚然，史思明大惊失色，赶紧把自己的统军大帐迁到距城很远的地方。叛军临走时，一个个眼睛紧盯着脚下，唯恐一不小心自己也掉到下面的窟窿里去，脑袋搬家。正是：

演戏污辱讽唐军，得意洋洋招儿新。
不料演员陡不见，未几掉头城门悬。

地道战打奇又鲜，思明狼狈速逃窜。

两军相持之中，李光弼实施地道战术，派人挖到城外地下，只不过唐兵不是躲在里面放冷枪，而是把叛军营地的地下全部挖空。一见时机成熟，李光弼假装城内粮尽，派人向史思明“约降”：“我们已山穷水尽，愿意投降！”史思明兴奋过望：“我早就看出你们支持不住了，欢迎来降！”眼见在约定的时间有唐军将领手执白旗出城来降，忙下令军士准备迎接投降。可胜利者脸上的笑容还没消失，史思明身后军营忽然发出声响，随即声声惨叫。军士集结后，地面再也承受不住重量，似强烈地震，轰轰隆隆塌了方，数千叛军糊里糊涂全被活埋。再一转头，城上城下唐兵鼓噪大喊，精骑突出，一下杀掉近万名叛军。时人有诗为证：

地道战术极诡秘，挖到火候佯降即。
思明兴奋喜洋洋，欢迎欢迎来拜降。
轰隆一声凄厉叫，几千叛军坑中亡。
早有千年地道战，光弼智略世惊叹。

几经地道大战，史思明吓破了胆，转身就逃。唐军乘胜追击，一战下来，斩首级七万余，缴获了叛军所有的军资器械。自叛军围城之日起到打退叛军，历时五十多天，李光弼一直住在城东南前线指挥部，多次经过家门都没有回去看一眼。此次大捷，收回清夷、横野两地，并且擒获了叛将李弘义。肃宗为解除太原之围的胜利，特下诏嘉奖李光弼。肃宗急派六百里快马，三天三夜到达太原前线，宣读嘉奖诏书。其诏曰：

奉天承运，皇帝诏曰，喜闻光弼将军暨前线将士，巧施地道战术，屡次三番，打残叛军史思明，历时近两月，斩首七万级，获辎重器资不计其数，贼士气尽夺，丧魂落魄，一蹶不振。朕喜甚，特诏喜奖。授光弼将军司空并晋兵部尚书，封爵魏国公，食邑八百户。凡参战将士，人人晋爵一等，赏银三千两。望尔体恤朕恩，再鼓士气，英勇杀敌！

公元758年，唐肃宗又晋封李光弼为郑国公。这正是：

军事战史第一功，地道之战首倡勇。
风姿多彩难捉弄，眼花缭乱入瓮中。
五千兵马对十万，杀俘超过七万三。

乾元二年七月，肃宗皇帝晋升李光弼为高级将领，再次发布嘉奖令任李光弼为全国兵马副元帅。八月，又兼幽州大都督府长史，河北节度经略使。当九方节度使联合起来进攻安庆绪时，史思明从范阳率兵五万来援救安庆绪。

号称六十万大军的官兵引兵撤退，溃散的士卒趁乱抢掠民众。唯有李光弼身先士卒，苦战敌军，而且始终纪律严明。此后，史思明杀死安庆绪，自称大燕皇帝，改范阳为燕京。九月，率领十几万人马分四路从燕京南下，兵锋直指洛阳。叛乱兵情紧急，肃宗再次给李光弼加官晋爵，升为太尉兼中书令，并代郭子仪为朔方节度使。李光弼受命之后，即率五百骑兵奔赴东都洛阳，于深夜进城直入军营，接收了郭子仪的兵权，以他一贯的严谨治军作风，重新发布了号令。其令云：

叛军来势凶猛，鲸吞洛阳，主上寝食难安，吾大军受命征讨，凡吾兵丁上下人等，从即日起，进入临战状态，轮流值守，日夜不得就寝。从班、队、伍到营，直至主帅，各级官长，各司其责，各尽其职，丝毫不得违误。大军前后左右统一号令，改番旌旗，锣鼓更新，挥之即进、招之即回，凡有功者赏，违者过者斩。号令既出，军法无情，望尔等相互监督，自觉行之。

唐乾元三年十月

史思明派梁浦、刘从谏、田神功等将领带兵南下江淮，而他自己则乘胜进攻洛阳。面对兵锋甚锐的叛军，李光弼制订了一个出奇制胜的险招。他说："移军于河阳，再以北面的泽潞、三城两地为依托。抗拒叛军，胜能擒获敌将，败能闭关自守，又能牵制敌军，使其不敢向长安进击。"随即发布公告："官吏民众人等一齐尽出城躲避，坚壁清野，留给叛军一座空城，将他们困死、饿死。"时人有诗为证：

思明声壮攻洛阳，光弼移师驻河阳。
背靠潞州泽两城，进退自若稳妥当。
坚壁清野打叛将，兵家筹谋超人强。

当他们把所有的军需物资转移到河阳，率军民撤出洛阳时，叛军已逼近了洛阳城下。官军的殿后兵马出城时夜幕已经降临，他们点起火炬徐徐离去。叛军尾随进城，始终不敢追杀。李光弼率部进入河阳等三城后，日夜不停地修筑防御设施，严格防守律令。又与士卒同甘共苦，于是官兵一致，誓师与叛军抗战到底。

史思明进入洛阳后，一无所获，恐怕李光弼卷土重来，遂驻屯于东野白马寺，并在河阳城外挖掘了许多月牙形的攻防结合式工事。十月间，正式开始向河阳发动一次进攻，但被李光弼兵马很快击退。双方计参战兵马十万之众。你围城夺城，我御城守城，前前后后打八天八夜。由于布置严密，铜墙铁壁般坚固。史思明叛军虽然骁勇，可始终未能越雷池一步。真可谓任尔风吹浪打，我自岿然不动。光弼麾下有一员猛将白孝德，曾在一次夜间乘叛军松懈之际，左手执枪，右手舞动虎节钢鞭，仅带三百敢死队，出其不意冲城，斩杀叛将三十二员，杀死杀伤敌兵五百余人。

此时，史思明蓄养了一千多匹好马，饲养人员每天都要把这群马匹赶到城外河中洗刷。几次大战过后，遂引起了李光弼的注意，想来一个好主意，说："同性相斥，异性相吸，此阴阳天理，何不就此做做文章，定有一场好戏看。"当天下午便命令集中军中的母马，计有五百多匹。第二天，当史思明的好马又到河边洗刷时，李光弼下令："快将五百匹母马赶出城外，而把马驹留在城里。"结果母马与马驹交相嘶鸣，对岸史思明的马群遂被引动，急急不安，不顾一切地跃入河中游水过河，官兵及时打开城门，母马回城时遂带回了那一千多匹好马。毫不费力，意外收来这么多战马。史思明气得大发雷霆，可事已无法挽回。时人有诗为证：

雌雄诱引是阴阳，巧用天性奇妙想。
马驹母马两分开，声声嘶鸣招异来。
无费吹灰丝毫力，一千多匹马收齐。
只气思明吹瞪眼，无奈望洋腔满填。

一千多匹战马白白丢失，拱手送敌，只把这个史思明气得大骂说：“这是怎么搞的？白白让我损失这一千多匹战马。李光弼，你太狠毒，我誓与你不共戴天！”因此次丢马，史思明气得卧床三天，茶饭不进，得了一场大病。此后，李光弼展开对敌人的正面进攻，在邺漳城西又成功组织了一次反击，一战，打败了五千敌军，斩首一千多级，生擒五百，溃逃的也有半数落水而死。

李光弼与史思明对峙期间，尽管官军取得了一些小胜利，可随着时间的延长，河阳城中粮输即将告罄。为此，光弼亲自去征集并组织运输粮草。临走时放心不下防御事宜，对李抱玉说：“你要坚守南城两天。”李抱玉答应了。李光弼带兵士到河、清一带征收粮食，为了预防史思明切断粮道，特意驻军于河清北面的野水渡口。一天过后，李光弼留下部将雍希颢率一千人驻守野水渡。可他却忽然返回河阳，临走时吩咐雍希颢说：“史思明部下的李日越、高庭晖、喻文景均为不可多得的猛将，今晚必有一人前来偷袭。你们只可防守，不可出战。如果他愿意投降，则带他到河阳来。”雍希颢听了不禁暗自好笑。可等他守到半夜时，果然叛军前来夜袭。雍希颢令将士故意高声问答，表示戒备森严。雍希颢笑着说：“果然不出我们李将军所料，我正在这儿等你们呢！”李日越问：“司空李光弼在这儿吗？”雍希颢说：“入夜便走了。”李日越沉默了一阵后便表示愿意投降。这正是：

故走河阳留机囊，要将以待敌来降。
希颢暗笑太荒唐，哪有好事从天降。
果如其料不走样，光弼咋能测算强。

李日越降后说：“我急去见李将军！”雍希颢说：“应该派一名将军护送你前去。”光弼见到李日越后，亲自下阶相迎，握手言欢，问寒问暖，设宴款待，赐礼甚厚。李日越大受感动，主动说：“我要写信，让好友高庭晖也来归降。”李光弼说：“不用写了，他会来投降的。”不几天，高庭晖果然率部来降。众将领见李光弼如此料敌如神，向他请教原因。李光弼说：“此乃常理常情，顺理成章之事。史思明常说我只会守战，不能夜战，现在我驻野水渡，他必然派人来偷袭。史思明向来治军严酷，来将抓不住我，必定不敢回去，只好投降。”大家听了无不佩服。说：“大帅心理战术十分了得，无人可及。”李抱玉答应李光弼守城两天，李光弼离去的当天便受到叛将周挚的猛烈攻击。李抱玉苦苦支撑，终于打退了周挚的进攻，稳住了南城。后来在李光弼的指挥下，周挚最终大败。这正是：

喜纳降将李日越，再料有将步后接。
前后两将来投附，似梦似幻人难解。
光弼胸藏魔天术，料敌情势从不误。

李光弼知人、识人，心机深邃，料敌如神。乾元二年（公元759年）七月，李光弼任天下兵马副元帅，兼朔方节度使。九月，史思明率叛军分四路南下，抢渡黄河会攻汴州开封。叛将许叔冀等乘胜西攻新郑。李光弼当时正巡行河上，闻警即返洛阳。光弼对留守韦陟说：“贼乘势而来，我宜按兵，不利速战，洛城不可守，公有何妙计？”韦陟回应说：“留守一部在陕州，主力退据潼关据险以挫其锐。”李光弼说：“两敌相当，贵进忌退，今天故弃五百里地，则贼益张矣。”李光弼又说：“不若移军河阳，北连泽潞二州，利则进取，不利则退守，表里相应，使贼不敢西侵，此猿臂之势也。”又有将说：“不守洛阳，却是为何？”李光弼说：“守洛阳则我附近要地多之，则势必要分兵，兵分则力散，乃致败之道。”李光弼遂乘夜率军二万，进入河阳，史思明到洛阳，入空城无所得。遂攻河阳。李光弼命勇将白孝德先斩杀叛军先锋刘龙仙，以壮锐气。一战敌尽丧士气，而我锐气大振。时人有诗为证：

战势紧急再爵升，思明四路又来攻。
光弼闻警返洛都，挫其锋锐御敌攻。
集中优势打敌弱，呼唤勇将耀兵戈。

白孝德系李光弼麾下勇将，时人称“赛马超”。公元759年，史思明杀死安庆绪，自称大燕皇帝。是年九月，史思明攻占洛阳，屯兵白马寺南。李光弼退过北岸之河阳。就是在这一战中，白孝德突出战阵，斩杀了史思明麾下猛将刘龙仙，为世人称道。此后十余年，白孝德在平定安史之乱中屡立战功。公元765年，吐蕃、回纥合兵进围泾阳（即今陕西泾阳县）。郭子仪亲自去见回纥兵主帅，劝其与唐和好，共击吐蕃兵。吐蕃闻讯而退。白孝德率兵追击，斩获甚众。后来白孝德被封为昌化郡王，历任太子少傅，卒于公元780年。

乾元二年（公元759年）十月，史思明攻打河阳，派骁将刘龙仙以骑五十挑战，刘龙仙高声辱骂李光弼。李光弼率众将登城观看，对众将说：“孰能取是贼？”众将一致推举白孝德，说：“百万军中取上将首级，非白将军莫属，由他出马，定手到擒来。”白孝德亦不推辞，率五十骑出战。他手持双矛，各重六十二斤，策马跃河，狂奔刘龙仙。刘龙仙见其来，并不慌张，白孝德见状亦勒马停步，佯对刘龙仙说：“侍中光弼使致辞，无他意。”随后便与刘龙仙闲扯。正闲扯时，白孝德突然瞋目说：“贼识我白孝德否？”刘龙仙气得一边大骂，一边跃马来战。正在这时，河阳城上突然战鼓齐鸣，兵士亦齐声呐喊，此乃白孝德出战前与李光弼事先约定好的计策。果然，刘龙仙大为吃惊，遂无心恋战而环堤奔逃。白孝德乘势追击，双矛齐下，斩其首乃还。时人有诗为证：

孝德战场遇龙仙，强与强手对决战。
孝德佯为扯闲谈，突然一声炸雷喊。
龙仙策马环堤转，孝德追击斩首还。

刘龙仙被杀，叛军顿挫锐气。李光弼守中城，城外置栅，栅外筑壕，深广二丈。叛军填壕破寨，李军按兵不动。叛军因填壕、破寨体力耗尽后，突然攻击，一战击败了叛军。叛将周挚和安太清见南、中城部难以攻下，乃合力攻北城。李光弼迅速率众入北城，部署各将分守各隅，并严申军令说：“见令旗摇动缓慢，诸将可见机行事，如见旗急剧三次点地，则必须奋力冲杀，不能后退一步，否则斩之。”光弼遂以短刀置于靴中。又对诸将说：“战，危乃吾国之三公，不可死贼手，万一战不利，诸君前死于敌，我自刎于此，不令诸君独死也。”战斗开始后仆固怀恩军略有后退。李光弼令人去执行军法，怀恩见使者提刀驰杀，返身奋战。李光弼连点其令旗至地，诸将都奋力击敌，呼声动地。几拨下来斩叛军千余人，俘五百人，叛军溺死者千余人。安太清仅以数骑败走怀州，史思明、周挚也退走。河阳激战，唐军以全胜告终。

宝应元年（公元762年）三月，史朝义率部进扰江淮，肃宗复以李光弼为河南副元帅、太尉兼侍中，都统河南淮南东西、山东、荆南、江南西、浙江东、西八道行营节度使，出镇临淮。李光弼先派兵收复许州，又击败史朝义派来援军。史朝义围攻宋州已数月，城中粮尽，甚危急。唐军将领说：“叛军势强，应弃宋州而去保扬州。”李光弼说：“朝廷寄安危于我，今贼虽强，未测吾众胜，若出其不意，当自退矣。”遂径至徐州，使田神功进南击史朝义，大败之。遂解宋州之围。公元763年，吐蕃攻长安，代宗奔陕州，令李光弼出兵勤王。当时朝中宦官鱼朝恩、程元振专政。李光弼担心被害，借故拖延，没有出军。部将对此颇有微词，李光弼内心忧闷，发病而死，时年五十六岁。

后宋人有一排律云：

唐代有乱安禄山，天下苦甚民倒悬。十万铁骑蹂躏残，冀豫秦省祸连天。

国主狼狈逃蜀地，马嵬驿站兵哗变。国难贵妃被逼死，国忠大佞被刀剜。

叛军凶恶取两京，百姓死伤天神怒。大祸当头干城现，光弼救国手擎天。

思明首遇交手战，厮杀连连尸堆山。太原地道战术欢，又是约降又打援。

轮番斗法猫鼠战，地道陷敌整七万。河阳之战惨又险，孝德斩杀猛龙仙。

兵家有谋收三将，心理揣摩精又尖。战场运筹如棋盘，有走有停任逢源。

为国为民苦征战，千古沙场泪流干。豪气悲壮冲斗牛，迸涌气节报君仇。

杨业镇雁门威慑契丹军

在历史上杨业名气很大，千百代来无人不知，无人不晓。杨业作为一代将才，他既是一位足智多谋、兵法韬略精深的帅才，又是一个武功高强、冲锋陷阵的猛将。杨业绰号“杨无敌”，又名“杨令公”“金刀令公”，乃北宋抗辽名将，他是“一门忠烈”杨家将的首创者，为杨家的领军人物。后人有诗为证：

一门归宋族豪雄，披坚执锐造苍穹。
未入中朝先建绩，父子声望如惊雷。
忠勤王事奔征程，可叹英雄不遇明。
武勇不遂平生志，痛致伟躯乱箭中。

作为一个家族将才群体忠心不二，连续几代报族报国，功勋卓著、业绩突出，精神感人，这在中华五千年战史上屈指可数。上古神话时代有黄飞虎黄氏家族，春秋时有栾盈栾氏家族，三国时有东吴国孙坚孙氏家族，五代时有沙陀李克用的李氏沙陀家族，还有呼延瓒的呼延氏家族。历代家族情系国家，精忠报国，护疆保土，保家卫国，彰显家族效应，立下了卓越功勋，为后人钦敬。可真正与杨令公这杨氏家族比起来，无论是在史书上的地位，还是千百年来在民间的影响，都为之逊色。杨氏家族将才，叫“杨家将”，何以在古代战场上声势显赫？何以在民间影响之大？几乎是妇孺皆知，皆缘于这个家族保卫朝廷时间长，历经三四代，实际上是五六代，包括南宋时的杨再兴。“杨家将”将才数量之多，“七郎八虎”“八姐九妹”，满门将名闻天下，保家卫国，抵御强寇入侵功劳之大，他姓家族望尘莫及。“杨令公慑契丹雁门七八年”“七郎八虎闯幽州”“杨六郎镇守三关”“穆桂英挂帅”令人震撼。更有为国捐躯、沙场效命、死而无憾，心甘情愿。虽多遭奸臣诬陷，死于非命，仍矢志不渝，忠心报主。再冤再屈，无怨无悔，报国之心，丝毫不减，令人动情动容。时人有诗为证：

一门忠烈万代颂，忠心报国人钦敬。
杨家满门是楷模，家族群体历代说。
华人报国情义真，杨门精神感后人。

杨业生于公元932年，原名杨重贵。他起初是北汉将领，英勇无敌，被时人称为“杨无敌”。杨业的故乡在岚山的火山，岚山（今山西省的西北部）俗称“山后”。火山是杨家的祖居地名，应当是今天的麟州。契丹主耶律德光，即契丹国第二代国主，袭击后晋嗣皇帝石重贵后，杨业随父亲杨信西渡黄河攻克麟州。

杨信时主政麟州，并与雍州的折从阮折德扆父子结为同盟，抗击契丹军。杨业十八九岁时，与折德扆之女结婚，他生于以战射为习俗的地方，“自幼就崇尚任侠，以力雄踞一方”。“五代十国”动乱，崇尚武人，时势造英雄。杨业在幼时，就以“善骑射、好打猎、勇猛彪悍”的性格闻名。杨业满二十岁，即入事北汉皇帝刘崇。因其忠勇，刘崇很敬重他，赐姓刘，改名继业。开始，他任刘崇的保卫指挥使，不久后又任为建雄军节府使。刘崇又名刘旻，北汉世祖，后汉高祖刘知远堂弟。后汉灭，他自立为帝，为北汉创立者。他在位四年，忧愤而死，终年六十岁，葬于交城（今山西省交城县）境内。

杨业与折德扆女儿结婚，这位小女就是后世传播久远的佘氏太君。此女不仅貌美性贤淑，且武功高强，为百世难见的巾帼英雄。她与杨业夫妇多子多福，膝下有“七郎八虎”，又有“八姐九妹”，气势磅礴。尤其是在杨业和“七郎八虎”早早为国战死在沙场之后，她主动承担起杨家忠心报国的抗辽大业，气势雄壮，建功立业，绵延四五代人。

杨业经常目睹这一带契丹人烧杀抢掠、无恶不作的罪恶行径，愤怒异常，“强盗民族，嗜血成性，惨绝人寰，血债必要血来还。”杨业指挥兵马使抗击契丹军达二十余年。公元969年，赵匡胤进攻北汉时，杨业劝说傀儡皇帝刘继元把河东土地献给宋。杨业怀着极深厚的感情对刘继元说：“契丹人是外族，靠不住，依赖不得。我们与宋同是中华一宗，是本是根。把土地献给宋，不失尊严，不丢气节，都是一家人。而献土地予契丹，无异于卖国贼勾当，与后晋石敬瑭没有区别。若如此，千古罪人，遗臭万年，令人不齿，祸害子孙。”刘继元不仅听不进去，更对他忌恨不已。十年后，太平兴国四年（公元979年）五月，赵光义率大军攻打北汉都城太原，刘继元走投无路降宋。刘继元，是北汉最后一位皇帝，年号英武帝，很快被北宋军击败。不久，城中兵寡粮缺，原枢密副使马峰抱病力劝刘继元投降。刘继元便于五月五日率领群臣出城到宋营投降。宋太祖在城北筑起高台受降，降他为彭城公、检校大帅、右卫上将军。北汉亡。从此，杨业恢复了原姓。正是：

功勋卓著赐姓刘，忠心保国抗北虏。
厌恶契丹烧杀抢，劝说上司莫屈仰。

苦谏反遭君主忌，北汉一灭归祖籍。

杨业效命北汉刘崇即刘旻，忠心耿耿，疆场效命，战功卓著，令人赞叹不已。当年宋太祖赵匡胤与北汉在潞州府泽州大战，宋将呼延赞、高怀德连败赵遂，北汉军不敌。看情势危急，刘崇得丁贵举荐，调时镇山后府州的杨业前往助战。丁贵说："这杨业武功高强，且七个儿子号称'七郎八虎'，一个个狮虎一般，速调他来，抵御宋兵，保您万无一失。"刘崇当即应允。杨业得命，即率七子延平、延定、延光、延辉、延德、延昭、延嗣兄弟七人日夜兼程增援泽州。南北双方见阵，南军萧龙打头阵，赵凝打二阵，高怀亭打三阵。部署好之后，严阵以待，静待杨业兵马来到。这次北伐北汉，太祖赵匡胤御驾亲征，主挂帅印，就是在这两军阵前认识杨业，并看出杨业的精湛武功和伟伟君子形象而被感动的。

第二天早晨，萧龙引兵前进，正遇"杨家将"兵马。萧龙高声大叫说："杨家将何足道哉，赶快投降，等我踏平河东，后悔就迟了！"杨业大怒，说："何方狂徒，敢口出狂言，看我刀法，让你尝尝厉害！"遂提刀催马，前来迎战。只见杨业挥舞大刀直取萧龙，萧龙举枪还击，两下交锋十余个回合。杨业大吼一声，一刀将萧龙斩于马下。守将赵凝见杨业斩了萧龙，挥动双板斧来战杨业。两人又大战二十余回合，杨业瞅准间隙，手起刀落，将赵凝连人带马砍成四截。主将被杀，守军抵敌不住，纷纷败退。杨业由此声名鹊起。可不久，杨业归顺了宋。此正是：

效忠北汉助战忙，出阵连杀敌二将。
武功骁勇人莫挡，未归大宋耀战场。
正直报国情堪伤，归宋战功比汉强。
可惜一门尽勇将，满门忠烈保家邦。

杨业归宋也有一段故事。原来次年北宋又来攻打，这时太祖已死，是其弟赵光义即宋太宗统兵来征。据说，太祖临死对光义说："杨业忠义，将才难得，务必收归，为我大宋所用。"这次宋兵来势凶猛，似泰山压顶。杨业说："先避其锋锐，待疲惫之时出击，可保胜算。"不想这种正确战法被人告状到刘继业处，说他"避而不战，有意降宋"。不久，朝廷内外谣言四起："杨业已在阵前与宋有约。"可此时，反击战机已经来到，杨业催促朝廷快助粮草。可半月之久，朝廷不发一枪一弹，军情十分危急。而恰在此时，北汉朝廷又催促他回朝述职。妻太君说："事情已到白热化之时，万万不可回朝，若回去，则凶多吉少。"真是无巧不成书，正处危急时刻，宋军呼延赞、杨光美前来招降。原来这一切的一切，都是宋军事先预谋而成的，意在招他归宋。当即封他为边镇团练使，七子都一一得封要职。到了这个时候，他左右为难，杨业长叹一声，遂投归了宋。

由于杨业是北汉降将，赵光义并不十分明智，只给了他一个虚衔散职领卫大将军。赵光义在灭北汉的同时，又在山西盂县东部二十里处的白马岐击败了契丹大将耶律沙的数万大军。乘此余威，于是赵光义决定乘胜进攻契丹的南京幽州，史称“第一次幽州之战”。太平兴国四年五月底，赵光义组成进攻幽州指挥军团“幽州都”，由潘仁美主其事。六月，赵光义自率主力，从太原出发，直指幽州。次年元月十九日，宋军前锋进入契丹境内，渡过易水，占领金台，即燕昭王黄金台。

黄金台者，乃春秋战国时燕国君燕昭王所建。燕昭王看到燕国国弱势孤，软弱无能，屡屡受诸侯侵伐，割地献城日复一日，无止无休受欺凌屈辱。经过反思，他说：“燕国弱，弱在人才缺乏上，屈辱遭欺，也在人才的凋零上。”痛定思痛之后，燕昭王决心把渴求人才，提拔人才，重用人才放在复兴燕国的头号位置上。燕昭王不仅派重臣郭槐去全国各地遍访人才，而更重要的是不惜花重金在燕都西郊建起了一座黄金台。有名的历史典故“五百金买千里马骨”就发生在黄金台上。郭槐说：“相伯乐需千金，我买一千里马死骨回来，意在吾主求千里马若渴，不惜购死马骨，想不久人才定会蜂拥而至！”果然，天下各国人才争相来投。最有名的是赵人乐毅，乐毅这个人绝非泛泛之辈。由他率五国兵马，不仅取得了济西大胜，又连取齐七十城。燕国由此名声大振，威慑列国诸侯。后三国人过黄金台有感。遂作词一首，曰：

> 燕人郭槐奇异，访求人才如疯着迷。相千里马，何费五百金购千里马骨？徒劳，子虚乌有！此虚幻唐突似荒谬，马骨狂风。列国风驰电掣骤，不翼而飞，争相传播，街谈巷议不及。死马骨这么昂贵，何患人才不起？天下人才争先恐后，奔来燕国急！燕地国小，豪杰拥挤不了。黄金台，招引人才尽尽来。光彩闪耀千秋高台！

二十日，契丹北郡大王耶律奚达迎战宋军于沙河，一战兵败。二十三日，宋军与契丹西院大王耶律斜轸战于得胜口。耶律斜轸兵败，退屯清沙河。契丹朝廷闻悉，遂准备放弃幽州，退守松亭关，古北口。而萧太后不同意，遂尽发五院之兵，越燕山、军都山，南下驰援幽州。气势雄壮，排山倒海。萧太后名绰，字燕燕，北府宰相萧恩温之女。萧太后在北院枢密使耶律斜轸等人帮助下，立更休法，劝农桑，西讨党项，东征高丽和女真，北伐阻卜即鞑靼之叛。数年间，一一平之，又纳结好于西夏之李继捧，全力防宋。时人有诗为证：

辽国有一萧太后，巾帼英雄是女流。
雄才大略过须眉，东征西讨如风雷。
能征惯战兵大家，南伐中原声叱咤。

不久，萧太后御驾亲征，由辽国第一号勇将，有战神之称的耶律休哥挂帅，与宋军战于高梁河、清沙河一带，即传说中的宋辽双方大战的“沙滩会”，一战宋军被打败。七月二十八日，赵光义自定州退师南还。此战有资料说：“杨大郎杀死了辽国天庆王，‘七郎八虎’有三个丧命，四郎、八郎丢失在北国。杨家将损失惨重。”

此次幽州即高梁河会战，杨业原不在军内，刚刚投宋后奉命镇守霸州。潘仁美为主帅，护驾太宗赵光义前往幽州。为应付此次大战，辽国元帅韩昌与萧太后商议：“设诱敌之计，先放弃幽州，给他个空城，再瓮中捉鳖。”不料潘仁美大意轻敌，根本不察辽国阴谋，洋洋自得，遂率领宋军，包括大宋天子赵光义，一下子误入幽州城内。进城不到三天，一天夜里，猝不及防，辽国引兵把整个幽州城团团围住，针插不进，水泼不入。君臣上下大惊失色，可已经晚了，于是一个个如坐针毡，束手无策。看情势危急，双金鞭呼延赞与八贤王赵德芳商议说：“现已无能将可敌，只有去霸州请杨业父子速速前来救驾，方可解燃眉之急，别无他途！越快越好，若再迟延，君臣将死无葬身之地。”呼延赞者，河东人，原为后周猛将。随赵匡胤起事，开拓大宋，成为柱国级将才。呼延氏家族也与杨家将一样，一门忠烈，传承五六代，人才济济。有名的呼延丕显，后梁山泊马军五虎将双鞭呼延灼，也是这一家族的后人。呼延赞不仅武功高强，且为人正直，多次在君主面前，包括在朝廷上下说杨家将好话，处处保护杨令公。呼延赞是一位正直的忠臣良将。这时呼延赞献策，赵德芳遂允。呼延赞舞双鞭，冒死杀出，去霸州搬取救兵。杨业接旨，速命大力神七郎延嗣率五千人马日夜兼程，火速北上救驾。杨业随后率“七郎八虎”全数兵马，紧紧跟行。

十万火急，杨七郎率五千人马日夜兼程，风驰电掣般杀到幽州城下。兵马行进数百里，早已饥肠辘辘。可在见主被困危难之际，潘仁美暗施阴计，欲置七郎于死地。原来他与杨七郎有深仇私怨。此前，在京都打擂，杨七郎打死了潘仁美之子潘豹。潘仁美怀恨在心，伺机报仇。今天公报私仇，他可遇到千载良机。但兵马行进数百里，饥饿难耐的杨七郎要求进城饭后再战，潘仁美要求他“拿下四城门再说”。潘仁美公报私仇，不想

反促成了杨七郎闯幽州南、西、北、东四门,一口气斩杀辽国六十八员猛将落马,震烁千古的武功战绩。此正是:

双龙大会闯幽州,七郎八虎狮虎吼。
潘美使绊挟报复,延嗣骁勇夺龙头。
至今骂贼仍不休,颂扬忠烈两泪流。

杨业后率“七郎八虎”兵到,担负着“双龙会”主战大任,大郎杨延平假扮宋王与辽主天庆王会面,以暗弩袖箭射死天庆王后,替宋主身死。二郎延定、三郎延光均在混战中身亡。四郎延辉和八郎延顺被北国俘虏,双双隐名改姓招了附马,投顺了辽邦。五郎延德幽州大战后,看破红尘,去五台山出家当了和尚。“七郎八虎”单单只剩下了六郎延昭和七郎延嗣,父子三人继续为宋朝廷效命。第一次幽州之战,虽然宋军大败,得力于杨家“七郎八虎”成功保护了太宗赵光义,由此他倍感杨业忠心为国,将才难得。

吃了败仗,赵光义才任杨业为防御史镇守代州,兼领三郡驻防兵马都,与潘仁美一起戍守山西并州。所辖区域包括繁峙、原平、代县、宁武等县,其北部乃是长达几百里的雁门山。身为保卫山西边陲主将的杨业,并无重兵在握,他手中只有区区几千兵丁。

宋军自幽州退兵后,契丹军尾随而来,经常在山西一带侵扰。少则万人,数万人,多则十万人。杨业以区区几千兵马,抗击着备有强弩快马的契丹大军。但杨业以其高昂的爱国热忱,超人的指挥才能,外加熟悉敌情和边关山川地利的优势,率军屡次打败契丹军,战绩卓著。杨业到代州不满三个月,契丹皇帝耶律贤亲率骑兵十万侵夺雁门。警报传至代州,杨业自忖死打硬拼必然不利,时人有诗为证:

杨业得封是虚职，几千兵马守边急。
契丹十万来攻打，寡不抵众何谋划？
避免硬碰巧制胜，杨业兵机尽迸涌。

杨业指挥兵马避开敌人正面，命部将董恩愿等据守雁门关峡谷南口，自率数百骑自西径两旁峡谷绕道雁门峡谷北口，迂回敌背，然后，向南猛攻契丹军。杨业出其不意，乘其不备，巧打、偷打，突然袭击。契丹军大摇大摆，正洋洋得意之际，猝不及防，忽听得背后杀声大作，不知敌兵从何而来，顿时惊慌失措，结果一战被杀得大败。厮杀时，杨业的轻骑斩了契丹驸马侍中萧咄李，活捉契丹马步军都指挥使李金海，并缴获许多铠甲和马匹。从此，契丹畏杨业如虎，一望见杨业旌旗就落荒而逃。此次雁门大战的胜利消息传到汴京开封时，太宗十分高兴："大振军威，杨业，将才难得也！"遂擢升杨业为云州观察使，知代州、制郑州。此正是：

累败契丹豪气壮，尊严国格扬战场。
耗财耗力丢土地，何时能有名将起。
报国保国待杨家，七郎八虎声叱咤。
几千打败十万兵，杨业将才辽邦惊。

中和二年（公元882年）四月，契丹分三路大军再次伐宋。杨业早获取信息，运筹帷幄，胸有成竹，正"守株待兔"，严阵以待。杨业选准弱势一路，务求一战痛歼，其余必将迎刃而解！果如杨业所料，选取东边一路，在一两山峡谷处，早预伏兵。结果在雁门关下这一战就斩杀契丹人三千。紧随之马不停蹄，穷追不舍，深入到朔州、燕州等地。前后八天，九战九捷。连破营垒三十六座，俘敌一万多人，缴获牲畜五万余头，连续纵深追击六百余里，契丹六万大军狼狈逃窜，一闻杨业丧魂落魄，再不敢来。时人有诗为证：

契丹报复又来战，三路大军势凶悍。
将军胸中已有算，找准软肋狠打残。
秘密设伏谷两边，九战九捷俘几万。
兵机韬略尽施展，名将杨业天下喊。

杨业为宋朝廷把守雁门关一线长达七年，固若金汤，铜墙铁壁一般，使契丹军从此不敢再越南地雷池一步。几百年来，饱受契丹铁蹄蹂躏之苦的山西百姓，获得了从未有过的安宁。他们对杨业万分崇敬，四处传颂他的功绩。有民谣曰：

百年朝廷无力战，契丹天天来摧残。侵夺蹂躏千般苦，掠口杀戮又强奸。渴求救星天天盼，杨业来了笑开颜。但愿英雄永镇边，百姓睡觉心坦然。

乾亨四年（公元982年）九月，辽景宗耶律贤死，太子耶律隆绪继位。此时，耶律隆绪才十二岁，其母，即大名鼎鼎的萧绰萧太后掌国。公元983年，辽国改国号为契丹，改元为统和。太宗赵光义为收夏燕云十六州，统一天下，遂乘此有利时机，于雍熙三年（公元986年）正月，发起了第二次幽州之战。

宋军的兵力部署是：分东、中、西三路攻击前进。东路为主力，由曹彬、米信为正副主将，先锋由米信担任。出雄州以十万兵马向幽州方向进发，声言打幽州，以吸引契丹军主力。中路由田重进为主将，出定州，直指飞狐口，再下蔚州。西路由潘仁美为主将，杨业为副将，出雁门，指向云、朔、寰、应诸州。

西路的杨业战绩尤为突出。杨业西路军出了雁门关，首先在雁门谷口击敌守军，战胜得手后追至寰州，兵不血刃，寰州守将举城投降。杨业六子杨延昭即杨六郎，进围朔州。朔州守将，顺义节度使赵希赞拒战败北。接着杨业军转攻应州。应州守将彰使军节度使艾正早畏杨业威名，不战而尽献城池，再克浑源，与中路田重进会师于恒山下。军威盛势骇人，大名神威不翼而飞。杨业不是北宋权贵，其战绩亦未被传记载于史册。如杨业父子累战应州、朔州，《宋史》只写下"杨业进攻朔，延昭为其军先锋，战朔州城下，流矢中臂，斗益急"。寥寥数笔。可就是这寥寥数笔，尽可使人们想到杨家将两代英雄，在伐北战场上驰骋于敌群之间，面对强悍的契丹骑兵，越战越勇。杨延昭在刀林箭雨中东拼西杀，飞箭贯穿了臂膀也全然不顾。与敌厮杀得更加激烈，直杀得敌人丢盔弃甲，溃不成军。

伐北百姓听说宋军连连取胜，把契丹军追杀殆尽，皆笑逐颜开，父老们挥泪向杨业倾诉，快乐之情溢于言表。有的令其子弟走在前充当向导，或供军资，或持兵械随军攻战。杨业征虏壮勇，府募者"百千成群，不计万数"。此正是：

军民原本鱼水情，使命利益系一绳。
只有兵痞有悖情，民众往往愤恨涌。
杨业边关行兵机，得人得心是仁师。

就在杨业兵马连战连捷之时，东路军曹彬在涿州被契丹勇将耶律休哥夜间偷袭，切断了宋军后方粮道。太宗闻讯，遂派使严令曹彬说："引师缘白沟河与米信军接，按兵蓄锐以张两军之势。待潘仁美等尽略山后之地，再会田重进东下幽州会合。"曹彬见中、西两路都打了胜仗，颜面难搁，求功心切，说："不立功，吾有何面回见圣上。"遂不执行太宗命令，再行攻击前进。五月三日，曹彬军与契丹大战于岐沟关。这一战，又遭惨败，残部退至高处，赵光义得到消息，速令中西路军说："田重进追击定州，潘仁美、杨业退驻代州，维护大局，缓缓东进，至飞狐、雁门关，以策应曹彬，不得有误。"这正是：

三路大军初战猛，似乎一战定太平。
杨业重进各建功，东路一支运气零。
太宗恼怒下军令，曹彬逞能又遭轰。

是年七月，耶律斜轸率兵十万在安定，经西歼灭宋军数万兵马后，又接连占领了浑源、蔚、应、寰诸州郡，攻势猛烈，势不可挡。潘仁美急躁，刚愎自用，不顾敌我兵力悬殊，立命杨业出代州攻击朔州。杨业判断军情，对仁美说："当用计攻为上策。"潘仁美不悦，再三逼迫杨业出阵。无奈，杨业只好同意出阵。潘仁美又借口保护粮草，保护大营，把杨业从雄关带来的大部分人马留下，只给他老弱残兵三千人。

杨业忍气吞声，悲愤万分，负气出征。第二天清晨，带了六郎、七郎前去迎敌，与敌苦战数日。父子三人，区区三千人马抵敌辽兵十多万大军，人们可想而知是何等结果？也正是在此情况下，七郎延嗣又凸显了战场勇猛，虎将之威。只见七郎咆哮般杀出，东冲西闯，如入无人之境。未及两个时辰，连杀辽国四十八员猛将，纷纷落马。看寡不敌众，父子三人临时商定："由六郎保护父亲杨业，由七郎去潘仁美处搬兵。"不想七郎为潘仁美报复，用毒酒灌醉绑在芭蕉树上，用乱箭射死。杨六郎与父亲左等右等，等不来七郎救兵，只好分兵抵御，杨业战至筋疲力尽，头碰李陵碑身死，死前，悲惨连叫几声："皇上，臣杨业对大宋忠心无二，天日可表，日月可鉴。今不能杀敌尽忠，只好舍生取义，永别了！"遂壮烈殉国。时人有诗为证：

潘美死逼登征程，杨业负气率子征。
区区三千何敌万，父子三人陷绝境。
七郎被射芭蕉树，令公李碑一命送。

史书另有记载：杨业父子三人与敌苦战，已到黄昏时分，杨业多么希望潘仁美有援兵杀来，可是愿望落空。这里连一个人影也没有。原来潘仁美、王侁等人也曾按杨业所约，陈兵陈家谷口。他们从一大早等到上午半晌十分，还没得到杨业消息。遂派人登上高台，瞭望敌人。所望之处，只见烟尘滚滚，以为契丹兵败。王侁想争功，即率兵离开谷口，潘仁美阻挡不住，也向西南移去。后杨业过来见谷口空无一人，大恸说："天啊！我忠贞无二，赤心报国，他们却专与我作对？究竟是为什么？"痛哭经久之后再率将士力战。在厮杀中，杨延玉壮烈牺牲，杨业身上也伤数十处。此时杨业视死如归，带着满身伤痕，一口气杀伤敌军数十人，最后被契丹将领耶律奚用箭射中，坠马被俘。杨业被俘后，耶律斜轸意欲招降。杨业坚贞不屈，大义凛然，绝食三日而死。

有关"杨家将"的事迹，后世流传很多，要旨为"一门忠烈，保族报国，征战沙场，矢志无二。遭怨受屈，无怨无悔，大义慷慨，悲壮卓绝"。可能是感叹、惋惜、怀念之缘故，人们从另一个角度厌恶、批判、痛斥宋代奸佞，也包括庸主皇上，对杨家将的歧视和不公，当然更包括陷害和打击。后人专作一长排律，颇令人遐思不已。曰：

战争实乃耀武场，一胜一败机运张。兵败劝降多如芒，纳才即是收降将。

汉升张辽是榜样，国主从来不异样。内讧来降多多将，因故逃国非鲜响。

子胥伯各抢相，下场迥异夺眼眶。降将文化多呈祥，各色人等难测量。

魏延反骨当面呛，马超郁闷命早丧。杨业家族叹悲伤，屡屡压抑不得赏。

披坚履险派当央，打了胜仗尽压藏。常遭白眼视异样，忍辱负重效宋邦。

明知此仗不可打，欲置死命逼战场。兵败故不来接仗，欲置死命难逃将。

悲呼悲呼杨家将，赤心报国反遭害。百代万人叹悲伤，降将如此视孽障。

杨七郎单枪匹马杀破城四门

杨家将一门忠烈，是冷兵器时代华夏族不可多得的，也可说是独一无二的血缘直系家族虎将群体。有兵者说："综观历代门客家将成相对独立体系的为数不少。如春秋时晋国栾盈栾氏家族的猛将虎士有二十余人，著名的大力士双戟壮士督戎就是其中最耀眼的一位。战国'四公子'都蓄养门客家将数千人之多，毛遂、朱亥、侯生、李园就是孟尝君田文、平原君赵胜、信陵君魏无忌、春申君黄歇四家族猛将侠士义士中最为有名的代表。著《吕氏春秋》的谋略家吕不韦也蓄有家将三千人。三国东吴奠基者孙坚有闻名遐迩的四家将程普、黄盖、韩当和祖茂。隋唐时天下第八条好汉，手使双兵器囚龙棒，'一字靠山王'杨林的麾下也有十三太保，还有五代后唐李克用的'十三太保'。而真正同姓同宗同血统是将才，成为群体、形成气候的也只有'杨家将'最为著名了。"正是：

家族将群多如麻，大多义子认私家。
唯宗唯祖纯血统，杨家之外不多名。
杨衮杨业传八代，七郎八虎豪气概。
凭借家族是优势，血脉流尽壮国基。

杨七郎是杨家将一门忠烈的骨干将才，若单以武功而论，实实在在为家族中冠军。后人有诗说杨七郎，曰：

万斤之力杨七郎，勇猛赛过楚霸王。
黑盔黑甲黑煞刚，眉似剑尖直竖上。
力杀四门救宋主，枪重挑处万将俎。
若品骁勇历代榜，武功远在冉闵上。

杨七郎，名延嗣，为金刀令公杨业的第七子。他无论是气质、身躯，还是武功，在杨家将"七郎八虎"中为冠军。先看他的装束：头戴紫金冠，一身黑盔黑甲，身高九尺三寸。腰大十围，两臂有万斤之力。虎臂狼腰，雄壮威猛，声势慑人。两道成撮眉毛似利剑般直竖向上，两大环眼如灯盏般闪亮。再看他手使长杆大枪，史书说三百六十斤，异常沉重有力。一般庸庸之将，经不起他一枪之砸。胯下一匹追风乌骓马，上阵冲锋，快似飓风，勇猛赛过楚霸王。正是：

延嗣排行是七郎，两撮剑眉竖向上。
身高九尺万斤力，腰阔十围盔甲黑。
形象装束是霸王，上阵冲锋翼德张。

杨家将的第一代开拓者是杨业，其父为"火山王"杨信。杨业亲生有七个儿子，收有一个义子，计兄弟八人，也即民间传颂的"七郎八虎"。八兄弟依次是大哥延平、老二延定、老三延光、老四延辉、老五延德、六郎延昭、七郎延嗣、八郎延顺。八兄弟不仅个个英俊倜傥，人才出众。且"一郎赛似一郎"，武功绝顶，骁勇非常。"猛将之家，虎士一族"古之罕见。八兄弟中尤其这个小杨七郎出类拔萃，最为勇猛。有文献资料说："无论是人才或是武功能耐都特别出众，超过七兄弟，鹤立鸡群。以他的形象、装束看，有人把他比之三国的张飞、许褚，还有隋唐时期的尉迟恭。时人有诗为证：

七郎八虎有形象，一郎赛似一郎强。
人才出众武非常，猛将之家人敬仰。
七郎最小勇第一，张飞许褚可拼比。

从杨七郎的年龄看，有人又把他比作吕布、孙策、罗成和李哪吒。从他的武艺看，还有人说他胜过楚项羽，赛过李存孝。当然，还有人认为杨七郎纯属一介武夫，有勇无谋，乃是他性格一大弱点。杨七郎的性格是勇和猛。成也性格，败也性格。后人有词一首云：

五代宋初杨家将，虎士一族傲气鹰扬。忠君报国气节张。家族将，扛撑军国大梁。七郎八虎，天下无敌挡。八兄弟人人皆倜傥，人才形象一郎赛过一郎强。武功绝顶勇非常。七郎延嗣最形象，装束翼德又似许仲康。勇猛堪比李存孝，声声叱咤超过西楚勇霸王。

杨七郎亮相的第一场是射伤宋三军统帅潘仁美，此人是太祖赵匡胤的元老。潘仁美文韬武略，也非凡夫之才。可就是心胸狭窄，忌才、妒才之心太重。潘仁美性格还有一大恶劣品质，公报私仇，残忍无比。他与杨家结成死对头，就在一次比武争帅印的擂台上，杨七郎为打抱不平，打死了他的儿子潘豹,而遭他挟恨终生。最终在芭蕉树上,他用乱箭射死了杨七郎。

杨七郎如何打擂?又偏偏打死了潘豹,这其中有一段传奇故事。原来是辽国天庆王萧天庆,早有吞并中原之心,他见宋潘仁美等奸臣当道,与众文武说:"此天赐良机,千载难遇,机不可失,时不再来。快快发兵中原,攻下汴梁,夺取宋室江山。"遂很快派使者去宋发下战表。宋朝廷接表后,为选拔元帅,在朝堂上展开了一场激烈争论。因潘仁美女儿是西宫娘娘,争论结果是潘仁美占了上风。由他三儿子潘豹在天齐庙摆擂台,招各路英雄前来打擂比武,唯武功高强者为帅。不想在潘豹去天齐庙路上碰到六郎之妻,有名的柴郡主带领丫鬟们去南清宫向八贤王赵德芳问安。忠臣奸臣无共同语言,三下五去二,两人吵了起来。潘豹蛮横,竟动手打了柴郡主,头破血流。这下才引起了杨七郎要为嫂嫂报仇,瞒着父母偷偷跑到了天齐庙前。这时,杨七郎又看到一幕,潘豹在擂台上使暗器,违规打死了一名打擂人,其妻正在大哭喊冤,凄惨之极。看到不平事,本来就火爆脾气的杨七郎分外眼红,怒不可遏,腾身一跃,飞上了擂台。有词说他二人交手:

跨马跳涧不用忙,二郎担山赶太阳。
潘豹喜鹊登枝沿边走,七郎斜身绕步逞刚强。
这个打个葵花式,那个踢倒跑马桩。
地动山摇千钧力,童子拜佛一炷香。
进步—哪吒闹东海,退步—张生靠花墙。
鸳鸯掌八仙庆寿,金鸡独立站中央。
这一个死锤贯耳,那一个叶落花藏。
三国舅恶虎扑食,少令公顺手牵羊。

只见杨七郎一把抓着潘豹的手腕,大喝一声:"恶徒,你给我趴下!"随着话音,潘豹"扑通"一声趴在台板上,观擂众人齐声喝彩。七郎一个箭步上去,踩着潘豹的左腿,双手抓着右腿,喊道:"潘豹,你施毒招害人一命,给你来个分家另过吧!"只听"咔嚓"一声,潘豹尸分两段。时人有绝句云:

七郎愤恨上擂台,三拳两拳潘豹栽。
打抱不平惩恶徒,得罪仁美恨入骨。

先前杨家将还没投宋,是北汉刘钧麾下的将领。公元954年,刘旻乘北周周太祖郭威病死,乞求辽国发兵,一起进攻北周,结果被周世宗大败于高平。溃不成军之际，杨业接旨，日夜兼程，火速前来助战。第一战，杨业提刀直取宋将萧龙，两人交手未过十余个回合。杨业大吼一声，一刀将萧龙斩于马下。接着又将赵凝连人带马砍为四段。潘仁美看抵挡不住，大败溃逃。杨业指挥兵马猛追，杨七郎眼明手快，搭起弓一箭射中了潘仁美。这虽展现了杨七郎的骁勇，却也为此与潘仁美结下了深仇大怨。正是：

杨业侍主汉刘钧，匡胤抢先发制人。
首战刘钧弃甲逃，危急时刻杨家到。
杨业斩将断四截，七郎一箭射潘跌。

杨业归宋后镇守雄关。辽国侵宋接连不断，太宗帝义愤填膺决定御驾亲征，命潘仁美为元帅，呼延赞、高怀德为正副先锋，率兵十万进兵到边界。哪知辽国施诱敌之计，一经交锋，节节败退。潘仁美自恃才高，刚愎自用。面对此情，他恰恰以为辽兵害怕，非追不可。一追再追，一直追到了幽州城下。到城下，只见城门大开，率兵进了城内。尽管八贤王再三劝解（八贤王即赵德芳，是太祖赵匡胤的小儿子），潘仁美却一意孤行，要进入幽州城，八贤王竭力相劝也无济于事。这一下可算钻入了辽国预先设好的圈套之中。

辽国兵马从四面八方涌来，把一个幽州城团团围住。宋君臣上下这才如梦方醒，但为时晚矣。副先锋高怀德出城冲锋，被辽国勇将乌铁背锤震马下身死。儿子高君宝痛哭一阵后，含泪跃马杀出，直向乌铁背扑来。两人又大战了三十几个回合，高君宝也渐渐支持不住。金鞭呼延赞抡动双板斧上前助战，二人双战乌铁背。两人还是抵敌不过，八贤王忙命鸣金收兵，才保住了二将性命。

连败二阵，宋军已无计可施，八贤王这才向宋主建言速去调镇守雄关的杨家父子前来解救幽州。十万火急，刻不容缓！赵光义立命呼延赞巧施诈谋出城去诏调杨业。救兵如救火，杨业父子接诏，当即命杨七郎率领五千人马先行。这实际是命他日夜兼程，让他打先锋，由六郎紧随其后接应。受父命后，杨七郎披星戴月，日夜兼程。杨七郎兵过卢沟桥后，交手辽国的第一员大将是乌铁头。他的兵器一丈八尺长点钢矛非常沉重。两人只打了几十个回合，乌铁头就招架不住，向后退却。七郎随即追过了卢沟桥。正是：

宋军兵马危难奈，八王建议搬将才。
延赞诈谋冲出城，雄关杨业奉命征。

七郎先遣打前锋，打败铁头枪沉重。

七郎紧追不舍，快要攻打到幽州西门时，忽然一声炮响，从辽营中冲出一员大将，手拿两柄铁，气势汹汹，直奔七郎而来。原来这人就是打死高怀德，又杀败呼延赞、高君宝二将的乌铁背。这乌铁背虽然勇猛，可与杨七郎一过招，用锤一挡，顿觉两臂酸麻。乌铁背使的两柄锤各重一百二十斤，计二百四十斤。而杨七郎的丈八长枪是三百六十斤重，相差悬殊，无怪乎他两臂酸麻，架不起来。七郎"唰唰唰"连续几枪，他就招架不住，回马便走。七郎马快，用力一枪，将乌铁背挑落马下。随即杨七郎杀到了幽州西门。谁想潘仁美只见杨七郎一人到来，心中马上想到儿子潘豹的事来。公报私仇的时机到了！要用借刀杀人之计，为儿子报仇。他遂笑着对七郎说："贤侄你来得正是时候，南门外辽将耶律奇天天骂阵，凶狂得很。你去把他打退了，从南门进城吧！"

杨七郎力杀四门，绝世武功旷古奇有。同时，这也更加暴露出大奸臣潘仁美挟私报复杨七郎，必欲置之死地，而一步步设下陷阱的丑恶嘴脸。可事与愿违，反衬出杨七郎的神力武功。请看冲城第二遭，杨七郎力杀南门。

杨七郎没有想到潘仁美要公报私仇，快马加鞭，杀气腾腾，咆哮般向南门冲来。辽国耶律奇是与乌铁背齐名的一员猛将，他手使双虎头钩，计重二百二十斤，骁勇无敌，在北国人称"双钩将"。他听说一个南国黑大汉已先打败乌铁头，又枪挑乌铁背，遂率领四员健将飓风般冲来。耶律奇舞动双钩，左右盘旋，上下翻飞，寒风嗖嗖，杨七郎丈八点钢矛如舞梨花，嗖、嗖、嗖，霎时间十多个枪头顿时使耶律奇眼花缭乱，手足无措。杨七郎乘其不备，一矛扎下去，洞穿胸膛，落马而死。那四员健将见了异常恼恨，一下子把杨七郎团团围住。七郎毫无惧色，点钢矛如游龙出海，闪转腾挪，狂风般迅猛。未及一个时辰，一将胸被刺个窟隆，一将咽喉中枪，一将左肋洞穿，只剩一将，落荒而逃。有杨七郎矛法出奇一歌：

虚点一枪不用忙，二郎担山上天堂。
左求凤凰单展翅，右刺野马还故乡。
前三枪金龙自护口，后三枪洞穿敌胸膛。
铁扫帚打扫战场将，金毛狮子啸山岗。
好厉害的点钢枪，谁不惊骇杨七郎。

耶律奇这员敌将逃跑，七郎进城心切，也不追他。转过身来，叫守城士兵说："开门！我饥饿了。"士兵答："元帅有令，他在东门等你，叫你杀退东门辽兵，方可进城把饭吃。”七郎只好去厮杀。快到东门，迎面一对人马拦住，为首一员大将威风凛凛，杀气腾腾，直奔七郎。此乃元帅韩昌之弟韩广。两将交手，只打了不过十几个回合，韩广力弱，闪电般退却。被七郎赶上，一枪刺个透心凉，落马身死。余卒一窝蜂般四散而去。此正是：

韩广催马把枪端，双眉倒立眼瞪圆。
七郎蛇矛分心刺，如同猛虎下高山。
两匹战马赛闪电，八只马蹄似托盘。
延嗣一枪一枪快，韩广用力劈泰山。
两将交手有强弱，辽将送命倾刻间。

潘仁美公报私仇，陷害七郎，却也油嘴滑舌，施诈诓骗得严严密密，天衣无缝。七郎很快到达东门，只见潘仁美站在城楼上高叫：“贤侄，你已力杀三门，绝世武功，天下难找。谁也比不上你，如今还有北门，乃元帅韩昌亲自把守，你要是再把他杀退，幽州城尽可迎刃而解，武功盖世，不仅在大宋朝廷，就是全天下也无人能比，快快，你再坚持一下，杀退韩昌。”说完，看着杨七郎嗤嗤发笑。七郎已知潘仁美有意刁难，心中十分恼怒，连催他说：“让我进城休息片刻，把饭吃饱，再与韩昌交战。”潘仁美左推右托，说什么也不开启城门。七郎此时已战了半日，腹中饥饿，无可奈何，只好答应说：“好，我再去打韩昌，但给一点东西吃饱好战。”潘仁美见七郎求他，暗暗高兴，心想：“这可替我儿潘豹报仇了！纵不被辽兵杀死，也要把你饿死。”心里这样想，脸上喜洋洋，笑迎搪塞杨七郎说：“城里被围好多天，哪里还有饭和粮？贤侄，别啰嗦了，快去战吧！”

潘仁美继续哄劝杨七郎说：“贤侄这是你力杀四门，名扬天下的好机会，不要错过，快去吧！北门见！”说罢转身而去。七郎只气得咬牙切齿，连骂老贼：“可恨，可恶！”他进不了城，只好去北门。只听一声炮响，辽营涌出大队人马。一看是辽元帅韩昌，手持大刀，一马当先。韩昌是汉人，有资料说：“他就是韩德让。早年投降契丹，足智多谋，武功超人。千百年来，民间戏剧舞台常常有他的元帅身影。统帅北国千百万兵马，与宋决战。他是‘杨家将’的劲敌，此人效命北国朝廷女主萧燕燕，即戏剧舞台上的萧太后。”时人有诗说韩昌：

兵机将略胸中藏，武功绝顶赛云长。
统驭万军千员将，抵御宋邦旗手当。
军事生涯战绩响，幽州设谋捉宋王。

韩昌来战,七郎高叫:“我乃杨令公之子杨延嗣。”说着举枪便刺。韩昌用刀来迎,两人交战起来。一来一往,打了一百多个回合,不分胜负。韩昌暗暗佩服七郎的武艺高强。韩昌暗想:“假如将七郎活捉,劝杨家父子投降,大宋江山不愁夺不过来。”他遂暗暗传令:“不准放冷箭伤害七郎!”韩昌一心要活捉七郎,打了一阵,回马就走。七郎不知是计,心想:“如果捉住韩昌,幽州就可解围。”便紧紧追赶。韩昌跑了两里多路,用手一招。只听一声炮响,两旁伏兵齐出,把七郎紧紧包围。七郎又累又饿,左冲右突,冲不出去。正在危急之中,忽见西南角辽兵大乱,直往后退。原来是六郎杨延昭领着一队人马杀来,才解救了七郎。

后来,辽邦设下双龙大会,杨大郎假扮宋王,杨二郎假扮八贤王前去会面,由杨七郎担负护驾贴身侍卫。在酒席宴上他舞剑,击辽将耶律奚宝剑落地。后谈判破裂,他在宴前手刃辽国八位大臣人头落地。成功保护兄弟们突出重围,在突围中他又连杀了辽将耶律奚底、张广、乌铁头三将于马下。值此,杨七郎单枪匹马耀武幽州城,一人一马一条枪,横闯四门。

在杨七郎身上,也有神话色彩,主要是被绑芭蕉树被潘仁美乱箭射死一节。却说瓜州大营遭射,万箭不及其身。似人似神,杨七郎的武功神勇,诡异神秘,世间无有第二。公元 986 年,宋太宗赵光义欲实现收复燕云十六州的愿望,派潘仁美、田重进、曹彬分西、中、东三路大军伐辽。杨业父子只剩三人。此时“双龙会”“金沙滩”会战已过去多时,其他六个儿子死的死,丢的丢,单单只剩下了六郎、七郎二人,随潘仁美为西路大军副元帅。三路大军中唯西路兵马进展顺利,连下云、应、朔、寰四州,捷报频传。没想到正值旗开得胜时刻,曹彬的东路兵马受挫,严重影响了整个三路军的大局。朝廷命令西、中、东三路兵马全部撤回。就是在这个当口出了问题。事前按计划约好,潘仁美监军王侁在陈家谷口按时接应,并预先设下伏兵,由杨业父子先行阵前冲击。可到约定时刻杨业父子诱敌到达陈家谷口,也即小说中的"两狼山"时,潘仁美、王侁不告而早早率军撤走。这一下把杨业父子置于死地。辽兵势大,父子三人曾在一日之内轮番冲击二十多次。史料说:"杨七郎一人独杀辽国猛将三十多员,落马身死。"他因杀得性起,竟连亲哥哥六郎也不认得。六哥来唤他,他竟一枪刺去,要不是令公喝住,险些六郎就丧了命。七郎虽然英勇,但辽兵仍越杀越多。无奈之下,父子三人分工,由六郎护父在阵前厮杀,由七郎延嗣到大本营瓜州营元帅潘仁美处搬兵。这算是小羔羊一下子误入了狼群虎口。尽管走时老父、六哥千叮咛万嘱咐,无奈七郎年幼无知终于赔上了性命。从天意上说,潘仁美费尽心机,了却心愿,为儿子报了大仇,可屈杀了宋一代猛将。他算把大宋江山置于了水深火热之中。

这一场面,残忍无比。潘仁美乘着七郎如饥如渴的难耐之机,暗下毒酒先把七郎毒倒,然后绑缚在芭蕉树上,乱箭穿胸,可刽子手数百人乱箭齐发,箭怎么也射不到七郎身上。不仅众兵卒,就连潘仁美也大惊失色说:"真乃奇异!难道他不是真人?为何众人所射,皆不能中?"看来七郎也是一位神人。值此时,延嗣自思难免一死,遂对射箭兵卒说:"大丈夫临死,有何惧哉?只虑父兄存亡未卜。"再对校射者说:"可将吾双目蔽障,射方能中。"众军依言,割其眉肉,以蔽其眼,然后射之。可怜杨七郎万箭着身,体无完肤,见者无不哀叹。后有明人单作一赋,曰:

两狼山困,寡不敌众危难。父子三人,从辰至午,轮番多次恶战。三人三面杀敌死尸一片片。七郎前战,天降金刚一般。骁勇搏杀,敌将见吓破胆,枪重手沉,凡遇者尽打翻。马黑人猛,战场黑煞神勇。指北打南,东闯来又西战。凡有挡者,无不头身分半。刹那之间,辽百员将命完。无可奈何,人少兵少,父子三人艰难。情急之下,父三人分工撑艰。六哥保父,七郎求救兵搬。父兄嘱咐,遇事小心莫玩。见潘大帅,应仔细多思算。七郎幼小,头脑特简单。

难经诱惑,须臾为潘骗卖。大报私仇,绑七郎芭蕉树残。万箭齐发,射你娃子命完。两眼不眨,箭难中七郎颊。嗖嗖落下,潘美惊煞声炸。神人神威,杨七郎世难及。

穆桂英招郎君大破天门阵

杨家将忠君报国，业绩鼎盛之人乃杨业。杨家到杨业时已迁往太原。杨业原名重贵，原为北汉将领，勇敢善战，所向披靡，人称“杨无敌”，又名“金刀令公”。北汉主刘钧嘉其绩，为其赐名刘继业。杨业的妻子折氏，将门女英，才能超群。她出自云州大族。她的祖父折从阮，后唐时任府州防务。父亲折德扆，兄弟折御勋、折御卿，在后周、北宋初年，先后镇守府州，长年与契丹交战，护卫边防门户。今山西保德南折窝村还尚存杨业妻子折太君之墓。元曲传统剧目《闯幽州》《杨门女将》《穆桂英挂帅》《百岁挂帅》等剧目中的佘太君，乃“折”谐音所致。折太君善骑射，精武功，曾帮助丈夫屡建奇功。公元968年，宋、辽第二次幽州之战，陈家谷口，因主帅潘仁美不告而别，提早撤兵，致使杨业中伏，不屈战死，由折太君向宋朝廷提出控诉。面对正义的呼声，宋太宗只得把潘仁美降级，把王侁和刘文裕革职，并给杨业六个儿子皆封官职。后人有诗为证：

折佘谐音同一人，循环赞美巾帼真。
光芒四射一门尊，何止夫君独一人。
伟伟一代佘太君，街谈巷议保国人。

江山代有才人出，各领风骚数百年。穆桂英乃杨宗保之妻，为杨家孙媳妇，因南北交兵，破北国天门阵，诱发二人的一段战场美满姻缘，为世人津津乐道。穆桂英是穆柯寨穆羽的女儿，小名金花，别名桂英，有勇力，武功高强，箭艺极精，曾遇神人传授三口飞刀，百发百中，因破辽邦天门七十二阵而名贯古今。穆桂英大破天门，非同一般。

穆桂英为“杨家将”中后期核心人物。民间戏剧《穆桂英挂帅》《战洪州》《征辽东》《百岁挂帅》《杨门女将》大都宣扬的是她的功绩。

“杨家将”的第一位主人公名叫杨信，乃五代抗辽著名将领，杨信的江湖绰号是：“火山王杨衮”，又称“金刀杨衮”。公元944年至公元946年，辽主耶律德光曾一度占领后晋都城东京（今开封），激起北方中原人的激烈反抗。杨信当时在火山抗辽，现河曲、保德一带有“杨家寨”的地名，乃杨信当年活动地。杨信抗辽英勇坚强，业绩卓著。刘知远说：“杨信骁勇，吾中原铁血男儿，民族英雄。”后汉立国，晋封杨信为麟州镇守史，保卫边防，现山西省神木县有杨家城遗址。后人有诗为证：

火山杨衮乃先人，抗辽世代功勋闻。
祖有伟伟惊天绩，后人承传倾尽心。
一门忠烈刻青史，百代争慕杨家人。

杨业是杨信的儿子，他有七个儿子，长子延郎，后改名延昭，其余六个儿子除延玉阵亡外，还有延浦、延训、延环、延贵、延彬、延嗣。七个儿子的名讳由于文学作品多阴差阳错，不一类同，如"守雁门杨无敌慑契丹八年"中的八个郎名讳依次是延平、延定、延光、延辉、延德、延昭、延嗣、延顺等。有的文学作品中记载的是八个儿子、两个女儿。七个儿子为亲生，最小儿子杨八郎延顺乃螟蛉之子。两个女儿，即杨八姐和杨九妹。八姐、九妹在后期伐辽、征东、征西、战洪州等诸多战役中武功出众。杨业的"七郎八虎"在宋、辽第二次幽州之战、高梁河之战中分外抢人眼球。时人有诗为证：

杨业儿女满庭堂，七郎八虎大名响。
八姐九妹巾帼将，桂英武功最高强。
隔代金花又文广，再兴当是六代将。

原来萧天佐自上次兵败之后，萧太后日夜担忧宋军再来征伐。一日与群臣计议："宋廷常虎视眈眈，欲夺燕云。今'杨家将'兵强将勇，随时随地可来伐吾大辽，卿等有何妙计御敌？可知无不言，尽说无妨。"言未了，韩延寿说："有备无患，居安思危。今吾大辽宿将老帅多已年迈，人才短缺，青黄不接，望陛下选贤任能，招聘人才乃当务之急，此为上上策。"后即允奏，着书记官速撰榜文张榜。萧太后下诏书募选招贤，何止是人间，未料引起了一连串神话故事，无不与人才紧紧相连。

宋真宗赵恒在位期间，成功地与辽契丹订立了"澶渊之盟"。宋真宗赵恒在位二十五年。时人有诗为证：

赵恒命运颇诡异，看相不在正熟睡。
僧人偏偏相离奇，认准他有君子气。
一番巧说有道理，太宗高兴封太子。

一日，赵恒召集群臣计议。八王德芳说："吾朝天下统一尚正盛世，北辽一隅之地，何足挂齿。若还大军一动，耗资巨重，当等待时机，从容应之。方举一反三，收效巨矣。"帝还未言，忽一人出班，说："不抢此时起兵，更待何时？"众视之，乃光州刺史王全节。他说："臣有一计，可使萧太后拱手来降。"帝说:"卿有何计?"全节说:"若起南方之兵,路途遥远,费时耗资耗力,得不偿失。乞陛下就近发澶州、雄州、山后之兵,此三路乃幽州咽喉,易为粮饷,臣再提一旅之师,计四路兵马并进,乃泰山压顶,辽邦纵有战将如云,何能当之?"帝欣喜,当即准奏。以王全节为南北招讨使,李明为副,率兵五万为前部先锋,浩浩荡荡往幽州进发。这正是:

初春天气兵马动,风和日暖欲建功。
两旁野花无意采,林中杜鹃却动情。
饿虎扑食下山猛,吞噬女主咽肚中。

消息六百里快马报入萧后王廷。太后大惊说:"宋四路兵马来之甚速,当如何迎敌?"椿岩应声而说:"愿太后勿惊,臣保一人可退宋兵。"太后问:"卿荐举何人?快快来见。"椿岩应声而说:"臣之师父,姓吕名客,早已候宫门之外。"萧太后即宣吕客于阶下,视之,仙风道骨,鹤发童颜,飘飘然似神人下到凡间,太后自思:"如此形象、装束,非是凡人,必是道深莫测之才。"乃问:"卿来相助,当以何教朕?朕当洗耳恭听!"吕客(后称军师)说:"臣闻陛下将与宋开战,特来献奇计,取得天下。"太后说:"卿需多少人马?"吕客说:"南人彪悍,死打硬拼者优,强项无人能比。避实击虚,吾当以法术阵图斗之。以臣看来,幽州兵马不足以调用,须借五国雄兵,当成大事。"太后问:"五国是谁?"吕客说:"多多备下礼物,金银财宝为我使用。辽西鲜卑国,可送金帛;借国王耶律庆精兵五万;借森蜀国之王孟天能精兵五万;借黑水国精兵五万;借西夏国之王黄柯环精兵五万;借长沙国王萧霍王精兵五万。想他们必定应邀而来。"吕客又说:"以陛下名义,厚送礼物,借得五国二十五万精兵,臣仗平生之学,施展兵法韬略。排下南天七十二阵,定使宋君臣心惊胆颤,俯首听命,匍匐来降。"萧太后听后大喜,说:"先生前来助吾,真乃子房现世,伯温降临也。"即日封吕客为辅国首席将军,统领全国上下诸路军马。时人有诗为证:

宋兵来攻报王庭,太后闻听大吃惊。
椿岩应声跪拜禀,当请恩师能退兵。
吕客上殿妙计呈,请搬五国来雄兵。

萧太后大喜,遂遣五路使臣,赍书携辎分头而行。果然有钱能使鬼推磨,礼到兵来。不久,鲜卑国国王差黑鞑令公马荣为帅,森蜀国国王差亢金龙太子为帅,黑水国国王差铁头黑太岁为帅,西夏国国王差公主黄琼女为帅,长沙国国王差驸马苏何庆与公主萧霸贞为帅。各率精兵五万,前前后后，相继到来。吕客又奏说："请陛下再召耶律休哥、萧达懒等能征惯战之将，起倾国之兵，与臣调用。"萧太后一一允准，并派鞠鞑令公韩延寿为监军，都部署土金秀以下并听调遣，休哥，达懒统率二十五万精兵，合五国共计五十万大兵，浩浩荡荡，望南而进。

北国兵来到九龙谷，于平川安营扎寨，对面便是宋营兵马。次日，吕军师召集诸将，吩咐说："三月后申支干相克之日，吾将排阵，各人须要听令，不得有误。如有胆怯后退者，定斩不赦。"随即吕军师说："鲜卑国黑鞠令公马荣听令，命你率所部兵马，列在九龙正南，摆成铁门金锁阵。分一万军，各执长枪，按为铁门，把守将台七座；再分一万军，各执铁箭，按为铁闩，把守将台七座；另再分一万军，各执长剑，按为金锁，又把守将台七座，不得有误。有绝句一首单道铁门金锁阵厉害：

> 箭镞烈烈阵势排，铁箍也似机难测。
> 南军敌将若来破，枉抛头颅滚渊岸。

吕军师又说："黑水国铁头太岁听令，命你率所部兵马，靠九龙谷左排作青龙阵。分一万军，手执黑旗，按为龙须，把守将台七座，再分军一万，分四队，各执宝剑，按为四个龙爪，把守将台七座。又军一万，各执金枪，按为龙鳞之状，把守将台七座。"铁头太岁说："得令"。

"森蜀国金龙太子听令。命你率所部军扼守将台中座，按作玉皇大帝坐镇凌霄殿。由董夫人装作梨山老母，再绕中台分军一万，各穿青、黄、赤、白、黑服色，按为四斗星君。另军二十八名，披头散发，绕中台前后，按为二十八宿，又令土金牛装为玄帝，土金秀手执黑旗，排成龟蛇之状，把守二门之北。"金龙太子等各得令去了。

吕军师又令西夏国黄琼女："以你所领之兵，手执宝剑，按为太阴星，萧达懒率所部，各穿红袍，按为太阴星，仍令黄琼女赤身裸体，立于旗下，手执骷髅骨。遇敌军大哭悲声，按为月孛星之状，耶律沙率所部巡祖四方，按东西南北斗，结为长蛇之势。"黄琼女得令分布。

单阳公主："率兵五千各穿五色袈裟，按为迷魂阵。内杂番僧五百，为迷魂长老。密取七个孕妇妇人，倒埋旗下，遇交锋之际，吸报敌将精神。"单阳公主得令去了。

耶律呐："命你选五千健僧，手执弥陀珠，按为西天雷音寺诸佛。另以五百和尚分列左右，按为铁罗汉，总居七十二天门之首，以吞敌人威势。"耶律呐领令而行。

吕军师排成阵势，着椿岩、韩延寿督战。每战中以观红旗为号，指挥迎敌。果然威风八面，玄机难测。七十二阵，变化诡异。昼则凄风冷雨，夜则昏昏皆迷。阴风森森，鬼神皆惊，南北两军见者，无一人能视。王全节、李明遂速速画成阵图，遣骑兵报至朝廷，真宗大惊，遍示文武，竟无一人能识者。寇准奏说："若视阵图，非召三关杨六郎延昭不可。"真宗皇帝允准，遂派使召延昭。杨六郎接旨，晓行夜宿，不数日赶至九龙谷，可依然不识。

杨六郎也不视此阵，急报真宗皇帝。待真宗帝与群臣计议后说："只有御驾亲征，别无他计。"遂委八贤王德芳为监军，金鞭呼延赞保驾，着沿途沿边将帅随征听调，不日来到九龙谷。阵上相见，一如旧规，全然不视。杨六郎奏说："臣父在日，尝言：'三卷六甲兵书，唯下卷晓，乃阳文妖道之术。'想此阵必出下卷。臣母或闻其详，乞陛下召来问之。"帝大悦，即宣旨曰：

> 朕曰北来观阵，适番兵排下一阵，诡异离奇，深邃莫测。几天来，无人视者，胡人斜吾，口出不逊，吾天朝丢尽颜面。朕决意攻破此阵。惟太君久历战阵，更得先令公之训示，当明就星。特书宣如，闻命之日，即随使至，以慰朕怀。

太君到来，仍不视此阵。只见太君进言说："此阵莫道我等不晓，就即是亡夫在日，亦未见也。"真宗一听，无可奈何。这真是：

> 刀兵隐隐杀气生，烈焰腾腾变无穷。
> 天门阵秘机森森，屡难南国将才人。

宗保听说祖母前来观阵，飞也似去中途迎接，不想阴差阳错走错了路径。只见他来到荒野处，全无人烟，宗保大惊！待欲要再走，夜深月黑，难辨路径。正慌忙间，忽见山谷中透出一丝灯光。宗保到光影近前，见一所大房，似庙宇之状，遂拴了马，叩门数声，有人开门，引宗保进入。见一妇人，坐于殿上，两边侍从，极是雄伟。杨宗保拜于阶下。妇人问："你是何人？夜深至此？"宗保说出始末。妇人笑说："你祖母赴军中观阵，如何视得？"遂令左右赐饮食，款待宗保。宗保亦不辞，开怀食之。却是红桃七枚，肉馒头五包。食毕，妇人取过兵书一本，付与宗保说："吾居此间，近四百年矣，未尝有人至此，今君到此，乃夙缘也。你将此书下卷熟读，内有破阵之法，可去辅佐宗主，降伏此番，作将门万代公侯，不失为杨家之子孙矣。"说罢，妇人倏然不见。天明，宗保出得深山，问当地居民。说："此处有一座大山，乃红累山，山有擎天圣母庙，多年荒废，基址尚在。"宗保默然说："凡是不偶，此乃奇偶也。"后人有诗为证：

英雄何幸有奇逢，一本兵书诀窍通。
领会真道保宗主，大将原来凭崆峒。

宗保由神授视阵，又察天门七十二阵，阵阵尚有不全欠缺之隙。不想真宗驾下王钦，私以阵图不全的消息，遣人密透于番营知晓。吕军师自思："彼军中竟有识此阵者，料也无大碍。"即下到场中，下令于玉皇阵上添起红灯；青龙阵上开起黄河；白虎阵内左右建起二面黄旗，当中设立金锣二面；玄武阵上竖起日月旗。杨延昭分遣诸将，并依宗保节制。择定时日，奏帝出师。一日，宗保复引岳胜等登将台观望。见天门阵突布周全，无孔可入。遂叫一声："苦也。"跌落台下。岳胜大惊，连忙扶入帐中，报知延昭。急令人救醒，问起缘故，宗保说："不知谁人知道，泄露了天机，此事如何是好？"延昭听罢，昏然闷绝，不省人事。太君、宗保大哭不已，使人速报天子。宋真宗说："若使延昭不起，朕之江山将不保？"八王说："须出榜文，招募名医，先救延昭，然后出兵。"帝允奏，即出榜文，挂于辕门外。时人有绝句云：

宗保观阵泄秘密，王钦通辽透消息。
吕客及时补整齐，延昭阵见气昏迷。

次日，军校引一揭榜老翁来报，帝宣进见。"卿何处人士？"老翁说："臣居蓬莱，姓钟名汉，人称钟道士，近闻杨将军为阵图得病，臣特来救之，又解破阵之法。"原来钟离自洞宾下界北国后气愤不已，说："未曾想到你吕洞宾还与师父我耍小性子、牛脾气。我说不管凡间事，是因为世道诡异，尔虞我诈，恩恩怨怨难结难了，麻烦多，你阅历尚浅，不解其意，执拗独自下界。这还了得？宋朝廷哪有招架之力？我须下界相助，以求得阴阳相合，强弱搭配，以求平衡！"遂化作凡人来至宋王廷。帝见钟道士仪表非俗，自思："此人必有才学。"乃令钟道士往视延昭病症。钟道士回奏说："臣观其症，阴气伤重，只须用二味药品。"帝说："卿试言之。"道士说："须要龙母头上发，龙公项下须，得此二味来，可疗其病。"帝说："何处寻之？"道士说："龙须不必远取，只在陛下可办。龙母头上发，须问北番萧太后求讨。"

钟道士派孟良去北国潜见四郎木易，成功盗取萧太后龙发，塞了九眼琉璃井中一眼。又顺手牵羊，盗走萧后坐骑白御马回营，很快治愈了延昭病症。钟道士因功被帝权授辅国扶运正军师，除御营以下将帅，并依调遣，不必奏用。随后宗保拜钟道士为师。钟道士说："速往太行山调金头马氏，无佞府八娘、九妹，汾州口外洪都庄老将王贵、五台山召杨五郎前来议事。”神人钟道士俨然大帅，调凡人女将穆桂英。神人结合，何患事不成？不日，五路人马先后前来，杨五郎说：“九番有二逆龙，昔在澶州降伏其一，尚留萧天佐在，除是穆柯寨后门有降龙木二根。得左一根，可伏其人。汝若能求得此木，与我作斧柄，则可成事。否则去亦无益。”这正是：

穆柯寨生降龙木，囚北两龙乃克星。
非是龙木长此处，焉能孕出女精英。
妇孺皆颂穆桂英，杨家骤增一巾雄。

延昭听罢五郎延德此言，即派孟良径往穆柯寨来。恰遇桂英正与部下出猎，射中一鸟，落于孟良面前，良拾而藏之。不想被桂英侍从看见，遂引起一场争吵。话不投机，桂英与孟良交起手来。四十回合未过，桂英只伸手一抓，孟良即被生擒活捉。孟良服输，脱下金盔典当，始得放回。孟良取降龙木不得，又败回营，宗保闻听大怒。说：“何方妖女，如此厉害，看我拿她，让她晓知厉害。”遂引军两千，前往穆柯寨挑战，战至三十个回合。穆桂英卖个破绽，诱宗保放马过来，穆桂英只略略一闪，用绣鸾刀背只一砍，即把杨宗保撸下马来。遂一声响，众家将一拥而上，把宗保捉了。桂英此时方看宗保年轻清秀，英俊倜傥，当面向宗保求婚。两小无猜，天生一对，遂成一段美满婚姻。时人有一词单道：

战场婚姻，历代非孤陋寡闻。樊梨花、杨凡、薛丁山，人人议论，成姻缘。刘金定、郑子恩，南唐战场人兴奋，穆桂英杨宗保，声势排场，过前三人。《辕门斩子》戏剧代代翻新。妇孺皆知，传延古今。刀枪为媒，两马亲吻，武事武功，千姿百态，五彩缤纷。

钟道士破天门分派已定，只见宗保来问：“攻战何者为先？”钟道士说：“铁门金锁阵乃咽喉要阵，正宜先破，非雄猛之将难以胜利。”宗保说：“可差谁往？”钟道士说：“此阵必用穆桂英，方能取胜。”先说穆桂英带领三万人马，吩咐将一万名提火炮火箭之类，交锋之际，炮箭齐发，二万从九龙谷正北打入，绕出青龙阵后，接应佘太君之兵。众人依计而行。穆桂英大声呐喊，分左右攻入铁门金锁阵。恰遇番帅马英，离将台气势汹汹来攻众，如天崩地裂。桂英虚退阵营一箭之地，赚敌将近，两马相交，兵器并举。二人战至数十回合，不分胜负。桂英部下，各望甬道齐进。铁须爪一时迸作，宋兵放起火箭。霎时间，火势冲天，通天彻地红遍。番兵尽皆射死。铁闪、铁门一十四精兵来攻，宋兵绕围而进，北军队伍乱窜。只见桂英骁勇绝伦，大喝一声，刀刃以下，马荣人头落地。宋兵乘势攻入，杀死番众不计其数，遂破铁门金锁阵。有诗为证：

麾旗鼓众响咚咚，金锁陷阵血染红。
从来正兵多神助，致使佳人逞猛勇。

穆桂英再率兵马来助柴郡主破青龙阵。只见柴郡主吩咐孟良说："依钟道士足智多谋，准确无误。可按吩咐，依计而行，汝引劲卒一万，先夺黄河九曲水，从龙腹杀出，吾引众兵马打入龙头，绕出阵后，与穆桂英会合。"孟良领计先行，郡主分拨已定，喊声震天，攻进左阵。守将铁头太岁引所部离将台。厉声叫说："破阵宋将要来送死耶？"柴郡主纵骑杀进，两马相交，斗经二十余回合。不觉日色将晚，郡主因有孕在身，斗力已乏，冲动胎孕，在马上大叫一声："疼煞吾也。"刹那间，婴儿呱呱落地，遂昏倒马下。铁头太岁回马来捉，忽阵侧一彪军马，如雷电般杀到，乃穆桂英也。见郡主危急，奋力来救。交马三合，似龙抓虎拿骁勇，铁头太岁不敌，化作一道金光而去，被血气冲破。桂英祭起飞刀，"嗖"的一声，斩于阵中。遂破青龙阵。后人有七绝为证：

战场厮杀郡主危，桂英杀出显神威。
抛手飞刀斩太岁，救婆儿媳得胜归。

穆桂英与杨宗保成婚，大破天门阵后，还有后来她随佘太君征西番国的一次大战。

穆桂英何止是年轻时骁勇，天下无敌，到五十三岁时还有她挂帅出征的一次耀武形象。

杨延昭全身贯带，率骑兵二万，杀奔北营，攻入白虎阵内，番兵喊声大震，势如潮涌。番将苏何庆跃马出阵，恰遇杨延昭耀武扬威而行。两马相交，兵器并举。二人战至三十回合不分胜负，不到十回合，何庆佯输，勒马便走。宋兵乘势杀进。忽将台金锣响处，黄旗闪开，陡然变成八卦阵，霸贞公主引精兵围合而来，如泰山压顶。延昭神经错乱，进退难。苏何庆又翻身杀回，延昭被困阵中，左冲右突，终不能出，性命难保，十分危急。宗保一见，大惊失色，急唤穆桂英说："你速率劲骑一万，当中杀入，以救吾父。"桂英慨然应允。桂英闪电般杀入白虎阵角，不期而遇苏何庆，苏何庆猛勇，穆桂英愤恨。二人也不答话，当即交锋，战至十合，苏何庆力怯，绕阵而走。桂英张弓搭箭，一矢正中其项下，苏何庆坠马而死。霸贞公主见夫有失，急待来救，不提防桂英出手飞出一刀，刺伤左臂，单马走归本国而去。杨延昭闻外面金鼓之声，料是救兵，从内杀出，里应外合，内外夹攻，须臾间破了白虎阵。有七绝为证：

凛凛险阵虎生威，谁想将才兵器挥。
桂英刺斜救父尊，从此文武仰女人。

佘太君引领杨家将部众，杀奔玉皇殿。椿岩即下号令，摇动红旗。梨山老母乃董夫人，拍马来迎。两骑相交，兵器并举。二人斗上数回合，董夫人勒骑而走。八姐、九妹两翼绕进。忽然阵内金鼓齐鸣，番兵合围而进，将太君困于阵内，久突不出。军卒报知宗保，宗保大惊说："祖母千钧之重，失之系吾杨门全家。桂英，命你率兵五千，前去救回祖母，不得有误。"桂英说："包妻身上，管祖母无虞。"遂领兵而去。只见穆桂英杀入此阵，望见内中杀气冲天，纵骑突进，正遇董夫人力战八姐。董夫人骁勇，八姐渐渐力怯。桂英不慌不忙，架箭暗发一矢，"嗖"的一声射中其目，董夫人翻身落马。桂英乘势杀散围兵，救出太君、八姐、九妹，合力合势杀出。遂夺了玉皇殿。后人有诗为证：

离家穆寨三年整，戎马倥偬战英雄。
连番叠次救危主，大破天门立伟功。
至今人羡穆桂英，历代巾帼奉神灵。

穆桂英是杨门女将，更是中华战争史上的巾帼英难。她大破天门七十二阵的绝世武功为后人留下了深刻印象。宋人有长律，单道穆桂英，曰：

谁说巾帼不俊杰，武功骁勇须眉怯。山东穆寨一民女，大名赫赫耀日月。

天佐设下天门阵，七十二门神惊魂。神人谋画钟道士，特聘巾帼女杰人。

休再轻女傲气张，天门大战谁不赏。何止破阵震八荒，再救太君战八场。

屡屡危急似天降，救人救命势如芒。先救婆公杨六郎，再救婆母冲阵将。

救祖太君逞豪强，八姐九妹保回帐。从此桂英立朝堂，南征北战帅印掌。

光宗耀祖杨家将，女中魁元比七郎。后继名片女一张，千百年来桂英响。

主宰杨家报宋王，一门忠烈武功昶。穆氏桂英敌千将，巾帼将星闪金光。

狄青勇夺敌帐二千三百座

狄青,山西汾州人,出身将门,可家道中落,寒酸至极。他幼年丧父,九岁又因发大水与母亲离散,幸得峨眉山道人鬼谷子相救,并传授武艺。十六岁时,狄青辞别师父下山,只身往东京寻亲。因他为人正直,好打抱不平,无意中得罪了权奸,因此屡遭暗算,几乎丧命,幸有包公等忠臣暗中相救,几次化险为夷。后狄青因偶然机会进入潞花王府,与潞花王之母狄太后相叙,方知狄太后为自己的亲姑母。狄青谢绝了狄太后要皇帝封自己为王的好意,坚持校场比武,因武功高强,被封为一品提督。不久,狄青奉旨押解寒衣去边关,奸臣又设计沿途刺杀,历经艰险完成了任务。在南北战场上,狄青是与杨家将齐名的一员猛将,功勋卓著,为世代人敬仰。诗曰:

狄青家居在汾阳,几代务农土埂旁。
土乃万物基础壤,蓄势累积突发胀。
蓬勃骤起著华章,护疆卫土大名扬。
国弱反有猛虎将,大宋阳刚气脊梁。

狄青自幼习武,得师于峨眉山鬼谷子亲传,练就一身骑射绝技。成年之后他到处流浪,最后来到汴梁,投身行伍,成为宋朝廷的一名官吏卫兵。宋代时,凡是以普通士兵身份投军的人都要脸上刺字,就好像流放的囚徒一样,防止士兵开小差逃跑。狄青的脸上当然也少不了那个人人引以为耻的记号。狄青是北宋仁宗时的布衣名将。

在战场上,他冲阵斩将总是披散着满头长发,戴上青铜面具,只露出一对炯炯有神的眼睛,似山神下山一般。狄青曾祖父名叫狄泰,祖居山西,五代时为唐明宗翰林院职官。祖父狄元于太宗时职居两粤总制,威震边夷,名声远播,中年归天,狄青父亲名叫狄广,为当朝武官。狄青母亲孟氏,娴淑大方。狄青还有一姑姑叫狄金鸾,又名银鸾,年方一十六岁时,生得闭月羞花,沉鱼落雁,不独精于女红,而且长于翰墨。后朝廷选美,被纳入宫中,后立为皇后。

狄青的出身诡异,颇与岳飞雷同。一天中午,人们正在吃饭,毫无思想准备,突然,炸雷一声,乌云滚滚,顷刻间倾盆大雨从天而降。此前父亲狄广已死,刹那之间,沟满河平,母子二人冲得五零四散。狄青时年九岁,一见此景，吓得哇哇大哭，往后什么也不知道了。可不久醒来一看，竟到了峨眉山上，原来是鬼谷子搭救了他。光阴似箭，不知不觉，又过了七年，此时狄青已年满一十六岁。随着年龄的增长，武功学成在身。这一天，尊师之命，下山求仕，遂开始了他轰轰烈烈的建功立业生涯。大力神形象也是在下山不久树立的。时人有诗为证：

狄青出身将门家，历仕四代声叱咤。
姑姑金鸾是皇后，家道高贵鲜难有。
天灾造祸急转下，家破人亡师仙家。

狄青天生将才，力大无穷，远近有"大力神"称号。这是在他辞别师父鬼谷子下山与张忠、李义金兰结拜之后，在关帝庙举石狮时开始有名的。只说这一天，三人玩要来到关公庙宇，其殿内两旁有石狮一对，高约三尺，长约四尺。狄青说："二位贤弟，当日项霸王举鼎千钧，慑服八千子弟英雄。今这石狮尔等能举否?"张忠说："看来这两物有一千六百斤，只多不少，试试吧。"当下张忠将袍袖一卷，身向下一低，双手抓起狮腿一提，举得半人之高，只走了六七步，顿感支撑不住，赶忙放下，说声："不行了!"李义说："我也来试一下。"又低下身子，双手一提，举起半身来高，亦在殿内走得半圈，放下来，一看气喘吁吁。连忙说："我也不行，大哥，你也来试一试，让我等饱饱眼福。"当下狄青微笑着走上前，身子一低，马步分开，伸出猿臂，一手插入狮腿，"呼"的一声，早已高高举起。快走，足足在殿内走了三四圈，面不改色，气不略喘。又站在当央一上一下，一高一低，举了七八次，方才轻轻放到原处。张忠、李义二人只看得目瞪口呆，当即跪下，大声说："兄长哪里是凡人，分明是天神下界来了，我等愿赴汤蹈火，誓死相随!"时人有诗为证：

三人结义关庙玩，两尊石狮特抢眼。
猎奇好玩试试看，张李勉强劲使完。
狄青儿戏随手掂，举上举下转八圈。
远过霸王虎丘见，可比元霸肩并肩。

作为一代战将，每每上阵，狄青猛虎般骁勇非凡，咆哮般震撼敌将，似狂风暴雨般从天而降。他又戴铜盔面具，见手见身见枪不见人，异常惊骇，犹如洪水猛兽，令敌将魂飞魄散。被西夏国主李元昊称为"狄天使"。谈狄青色变，一见他，就对部下说："快躲开他，我们不是他的对手!"正是：

狄青原本一士兵，面有刺字印痕重。
将才因功步步升，凭恃武功成英雄。
布衣天使将才勇，每每上阵面具凶。

狄青出身贫寒，他性格开朗，有气度、豁达。狄青人格高尚，不邀功、不贪功，非同一般。公元1052年，狄青奉命南征，打败侬智高后，宋军进入邕州（今南宁市）。此时，侬智高已经逃窜。但在打扫清理邕州城时，却发现一具穿着龙衣的尸体。当时许多人都说这是侬智高的尸体，应呈报朝廷，说贼首已死。狄青却不同意。他说："这具尸体已面目全非，怎么能知道不是敌人诈谋呢？我宁可丢掉杀死侬智高之功，也决不能为贪功而欺骗朝廷啊！"这正是：

战场征战谁不功，伟功当有实绩证。
莫说冒名故邀功，稍掺水分也不行。
狄青骁勇人钦敬，硬打死拼得尊名。
君子行事方端正，龌龊不明坏品名。

在讨伐岭南侬智高战役中，军中孙沔，本在狄青之前任安抚，全权负责讨侬战争，却久战无功。狄青出师岭南后，谋划决断均为狄青一人，孙沔未予参加。可平贼后，邕州清理及善后之事，狄青全部委派孙沔去做，自己却退在一边，好像一点也不关心这些事儿一般。至报功时，狄青却把孙沔之功一一俱报，无一疏漏。孙沔起初只佩服他的英勇，到这时，又五体投地佩服他的为人。时宋人有一词，曰：

兵事汹汹，披坚历险出征，要命提头，随时随地扔。谁人不想立功，青史留名。可邀功、冒功、充功，乃至争功，历朝历代，有棱有形。董卓冒功，杀千民众，冒黄巾贼寇请爵封。隋伐陈，大功大事一宗，贺若弼、韩擒虎朝堂争功，面红耳赤欲刀兵，弄得文帝杨坚无奈行。狄天使，大英雄狄青有意让功，孙沔得封官职有名。凡有人格，忠正，伟伟仁人君子，斥邀、冒、充和争，统统尽皆空。

宋仁宗时期，李元昊的西夏国在西北屡屡犯境，而北宋的国策又重文轻武。

北宋历代重文轻武，削弱军事，军队与将士的地位十分低下，从而大大影响了国防建设。由于朝廷军政腐败，边关连吃败仗，不得不大量增兵支援边防。一部分禁军,也被派往陕西对西夏国作战。狄青就是在这时被派到延州(今陕西省延安市)担任指挥使的,指挥一支大约五百人的部队。有资料说:“他在延州四年,每战必胜,所向披靡,并由此扬名,成为一代伟伟战将的。”这正是:

重文轻武失国策,宋朝边关屡遭败。
无奈禁军补上来,狄青得率兵五百。
延州戍边四年整,兵机将略耀彪炳。

范仲淹识才,大胆破格提拔人才,是狄青快速成长的一个难得的人缘机遇。据说最先发现狄青的是原在延州的经略判官尹洙,他主动向范仲淹推荐了狄青。尹洙说:“狄青这个年轻人钟情武事,有思想,有主见。点子多又灵活,遇险情肯动脑筋。胆大心细,武功精湛,又胆气超人。我暗暗观察这个小后生几年,是一块上好料,望大帅青睐他。”范仲淹见狄青“身高体壮,肩宽膀粗,又双目炯炯有神”,十分欣喜,夸赞说:“果如尹洙大人所言,此良将才也!”狄青被选征战疆场,还有他校场比武连败两将,斩杀一将的耀武场面。第一个是总兵徐銮上场与狄青交手。这个徐銮年未满三十,生来一副紫脸膛,颏下短髭,七尺身材,顶盔贯甲,气势雄壮,威风凛凛。当下徐銮领旨下殿,骑上花骏驹,雄赳赳,手持丈二蛇矛,两旁战鼓咚咚,震天价响。四周肃静。狄青金盔金甲,持执金刀,有万夫不挡之勇。徐銮在马上,拱手呼唤狄青,说:“王亲小将,徐銮奉旨与你比较武艺。”原来,狄青早在朝廷认了姑母为亲,故此徐銮呼他“王亲小将”。狄青也横刀拱手说:“请总兵大人指教。”二人言毕,放开架势。狄青飞动金刀,徐銮纵马持枪,急架相迎。徐总兵虽然武艺不弱,怎挡得狄青刀重力狠。徐銮一连三挡五架,枪如秤钩,手疼臂麻,忙勒马说:“难以对敌也!”遂退下场去。时人有诗为证:

选将唯能上疆场,朝堂比武论高强。
第一回合徐銮上,未经几拨败当央。
剩下有谁再逞强,两旁文武尽端详。

忽然二品武班中闪出一位带刀指挥,姓高名艾。这高艾年方五十上下,身长八尺有余,脸如洗烟,浓眉环目阔颔,颏下半截短包髭。黑甲乌盔,手提大斧,拍动乌骓马。二人拱毕,动起手来。只见高艾恶狠狠挥动大斧,当头砍劈,狄青金刀相迎。二马相交十余合,高艾已气喘吁吁,招架不住。高艾败阵还未下去,忽武班中又跑出一员猛将,声若巨雷,此人乃九门提督王天化是也。生来青蓝面，头大腰宽，獠牙露齿，身长九尺，宛如瓦岗寨英雄单雄信再生。这王天化来与狄青比武可非同一般，他要先立生死文书，方可比武。因他已见狄青比过两人，只见他当着潞花王等官员说："威严战场比武，非同儿戏，选将大事，不可不严肃慎重。生死有命，此人看起来来者不善，我须认真对付，比武嘛，向来就不是一厢情愿，不幸死了，也当无怨无悔，岂能惧怕文书！"果然，由潞花王主持两个人很快立下了生死文书。时人有诗为证：

高艾败阵退下场，天化飞速来战忙。
口口声声立文书，生死无怨两命赌。
狄青高兴心拥护，文书高悬在案头。

狄青、王天化生死文书已立，二人各自提刀上马。狄青九环大刀一起，王天化青铜大刀急架相迎，火光迸出，闪烁交加。二马飞腾，一来一往，已过三十回合，未见高低。若论王天化，也有千斤狠力。当日只见立了生死文书，要取狄青首级，故舞动大刀，左右上下砍削，尽使平生技能。狄青说："方才让你三分，如今玩真的了，让你不得，取你脑袋来！"即将九环金刀紧紧挥逼，杀得王天化只有招架之力，并无还手之功，战着战着，越觉两臂酸麻，双手震痛。正思量败走，却被狄青持刀背砍去，王天化慌忙架大刀相迎，即要还手。早被狄青顺转刀口落下，喝声："去也！"向着王天化太阳穴半面劈下。"唰"的一声，王天化身体一分两片，血溅三尺，跌于马下。

范仲淹获悉狄青来历后，十分喜悦，当即命其在身边辅佐统兵，并上报朝廷任为副将。狄青爽直地说："愿为主公效力，可我出身低微，不敢担此重任。"范仲淹也说："现在正是要你出力之时，何忌出身贵贱，望你不必推辞！"西夏军闻狄青得到提拔，再也不敢轻易侵犯庆州地区了。这正是：

唯才是举不拘格，仲淹慧眼把将擢。
何论出身低微贱，纨绔之贵我厌看。
休得自卑不大胆，提拔要你打江山。

范仲淹了解到狄青文化素质不高，当即赠他《左氏春秋》《汉书》等书。勉励他说："将不知古今，匹夫之勇，不足尚也。"狄青很受感动。从此便利用练武作战的空余时间，如饥似渴地阅读古代兵书战策，把秦汉以来所有的将帅兵法都悉心研究，记得滚瓜烂熟，并注意在作战治军实战中运用，历练多年，终于成为一代名将。这正是：

谨记恩师谆教导，间缝读书学兵道。
将帅兵法悉研究，滚瓜烂熟生机巧。
学以致用在战场，终于成为一代将。

狄青在担任经原路副都总管，经略招讨副使时，有一次西夏兵大举来犯。狄青迎战的兵马数量较少，很显然处于劣势。但是狄青并没有畏惧，他冷静地分析了敌众我寡的客观形势。他别出心裁，反前人之法，下令全宋将士尽弃弓箭，全部带上短兵器，并且密令改变原来听征鼓的信号。他规定："听征鼓一鸣就停止前进，再鸣就严阵以待，然后又佯装退却。征鼓一停，则立即大声呼喊着杀向敌军。"当两军接触时，西夏兵见到宋军不像以前那样闻征鼓向前冲杀，而是闻征鼓时退却，以为是狄青胆怯了，都放声大笑，从而完全放松了戒备。他们没有想到当宋军在征鼓之声骤停后，突然杀声震天，勇猛向前杀来时，西夏兵则一时慌了手脚，阵势顿时大乱。西夏兵自相践踏，死伤不计其数。狄青则乘机指挥宋军杀入敌阵，以奇制胜取得了以少胜多的辉煌战果。此正是：

反人常态出奇兵，征鼓一停杀敌勇。
敌军以为青胆怯，随即完全放了松。
鼓停突然杀震天，夏兵陡然心慌乱。
自相践踏死伤多，以少胜多创战果。

连番造势，三次麻痹敌军，飞度昆仑关。狄青兵法韬略，慑破敌胆。公元1052年，广源州(今广西与越南交界处)蛮人侬智高作乱，大举攻击两广地区。原宋廷边防守将刚一交手，被连连击败，形势十分危急。此时狄青任枢密副使，刚回京不久。时人有诗为证：

枢密副使副宰相，军政要务手中掌。
历朝任职多名将，阳修天祥大名响。
狄青得晋枢副使，功劳能力人莫及。

狄青获悉岭南败事，遂上奏请缨南征。很快朝廷答应了狄青的请求。调兵遣将，战事谋划，一应事宜任他安排，并委他为宣微南院使宣抚荆湖北路。一切安排妥当，狄青遂披挂上马，率宋军出发。狄青出发后，不急于速至岭南。采取有驿站必停，遇州郡便息的进军方法，不准兵士高声喧哗，骚扰百姓。所以万人行军，行军万里，悄无声息。

岭南镇将陈曙对狄青如此行军极为反感，对部将说："慢慢腾腾，劳民伤财，枉费时日，我不能再等他了，当先出兵，立下头功，看我有没有能耐！"于是带八千人马与侬智高决战，结果一战，陈曙大败而归。殿真官袁用也因兵败逃遁。狄青勃然大怒说："尔当猖狂，无视我军军纪，目无尊长，徒劳冒功，功败垂成。且不说兵败损失惨重，就即使胜利，也定严惩不贷！似这种庸将愚人，不杀何以伸张军威？何以严明纪律！"当即下令决斩陈曙等人，杀一儆百，一下子严肃了军纪，使宋军各路人马无人再敢掉以轻心，私自为战，从而保证了宋军内部的统一。这正是：

主动请缨征岭南，兵马行进不急战。
陈曙袁用独抢功，申明军纪杀不容。
杀将震慑三军情，严明纪律壮军勇。

整肃后，狄青没有马上与敌交战，而是传令全军休息十日，并故意放出消息："我朝廷兵马之所以不能急行军，是因后方不济，粮草有缺，以筹备军粮。至于何时筹齐，很难预料。有道是'兵马未动，粮草先行'。作为一军大帅，我总不能让兵士饿着肚子去上阵打仗吧！"而此时侬智高早已派人来探听宋军动向。听说宋军因粮草未到，休息十日，侬智高大喜过望："好！不要慌张，他们休息十日，我也放你们十日假。"遂放松了戒备。

昆仑关乃昆仑山的一个隘口，昆仑山是大明山的南支，大明山长约六十公里，绵亘于上林和武鸣、马山三县交界处。山岩峻岭，谷深渊险，古道狭窄，又是横亘在南宁北面的一座天然屏障。宾邕公路即由古栈道扩建而成的，古道曲折盘旋，穿行于悬崖险峰间。而昆仑关则是宾阳通往南宁的隘口，人称邕宾咽喉，历来为兵家必争之地。昆仑关有一夫当关，万夫莫开之势。若正面进攻，宋军很难取胜，弄不好会重蹈覆辙，前功尽弃。狄青早已把这一情况调查得清清楚楚。他宣布再休兵时日假传乏粮，再一次制造假象。正是：

昆仑关来昆仑险，万山之神一雄关。
边关三县交界处，一夫当关万夫难。
狄青又放乏粮息，佯作示弱再造势。

不过数日，已是上元节，狄青令守军各营张灯结彩，宴饮狂欢。恰巧侬智高又派人探信息。知此消息，遂放心安居邕州过年。第二天，狄青仍令官军各营张筵宴欢。饮到了二鼓时分，狄青离座入后帐，安顿诸将明日进军，众官又宴多时，方才席散。待翌日清晨，诸将皆至帅帐听令，却不见狄青出来。传令官告知诸将说："昨夜二更鼓后，狄帅已引前锋突袭昆仑关，请诸将即刻前往，不得有误。"众将这才如梦方醒。狄青二鼓离席后，等待着他的先锋官孙节率先锋军早已在帐外听命。狄青换上戎装，亲率先锋连夜疾行。天未明时，宋先锋已夺下了昆仑关，越过天险。黎明，后军陆续赶来。全军越昆仑关，直向侬智高的巢穴邕州杀去。此正是：

上元节日大宴欢，全天喝至二更前。
狄青感到身不健，离席入帐歇安然。
孰未料到去征战，将到拂晓已夺关。

此时，侬智高还陶醉在节日的气氛之中，忽听宋军已过昆仑关，自邕州杀来，慌忙派兵迎战。双方在邕州的归仁铺相遇。狄青早已列好阵势。侬智高因失昆仑关，知道形势不妙。倾巢而出，以拒宋军。两军激战，宋先锋孙节战死山下，贼气益盛。狄青先让步兵迎战。不久，便挥动白旗，令伏藏于阵中的骑兵分两翼冲向敌军。侬智高军猝不及防，宋骑兵左右冲击敌阵，敌军大乱。步兵又奋勇前进，贼兵不能抵挡，遂大败而去。贼首黄师密等军官死者五十七人，被宋军生擒者五百多人。侬智高放火烧城，趁机逃走，逃往云南大理。不久，被当地土司人杀死。至此，岭南侬寇作乱得以平息。狄青退师，宋仁宗嘉奖其功，拜晋枢密使，赐宅第于敦教坊。时邕州士人有词感狄青出奇兵，曰：

邕州侬智高，起兵作乱，边关守军，连连败。困难当头，狄青日夜熬煎，不能犹豫，我当请缨，征讨岭南。仁宗心喜欢，委以南院大员。大军行将近岭南，不欲急战，有意施诓骗。将近昆仑关，仍避而不战，粮草缺乏，无暇顾及战。放假尽情玩。侬智高侦得明白，欣喜一番。上元节日来，全军上下欢。饮酒，庆贺过年。不要再想战。侬智高哈哈一笑，他过年，我也要过年，邕州放他假十天。喝呀！猜呀！一醉方休，过好年，喝它个底朝天。二更鼓过，狄青身不适，回帐歇一番。孙节先锋早在营中等待，不闲。狄青骑上马，铜面具头上戴，只露出两眼，呼啸一声直奔昆仑关。侬智高义军如在睡梦中，猝不及防，一举被夺关，一夜之间，岭南寇乱皆平完，全军上下庆贺鞭炮火连天。

"狄天使"勇猛，安远杀将慑元昊。狄青复与夏兵交战，他为前敌总先锋，每次临敌，都披发，戴着铜面具，如山神金刚般。狄青率先冲入敌阵，左右冲杀，所向披靡。夏兵对他十分畏惧，呼之为“狄天使”。狄青在延州捍边御敌四年，共参加大小二十五战，率宋军破西夏的金汤城，攻略过西夏的宥州地境，又率兵烧毁西夏兵各种积聚之物数万之多，累计多次夺西夏兵兵帐二千三百多座、获西夏的马羊等牲口五万七千六百余匹（只）。同时，为抵御西夏兵的侵犯，在边境要塞修筑起了桥子谷城，还修筑了一些城堡，如招安堡、林堡、新骞堡、大朗堡等。而他在延边四年历经了二十五战，因冲锋陷阵在前，其中被敌矢中八次，可谓遍体鳞伤。这正是：

> 天使金刚驰射飞，登城骞旗所向披靡。
> 面具一戴震慑敌，足轻戎马长剑戟。
> 戍边大小二十五大战，夺帐二千三百座。

狄青的“天使”“山神”形象，在宋夏好水川之战中充分体现。此战中，范仲淹部不是主力参战兵马，但也凸显了他精于军事部署的才干，李元昊无计可施，无奈转向韩琦一方，寻求决战。与李元昊主战的是韩琦一路，宋军大败，西夏军大胜。

李元昊率西夏兵马进攻保安，至安远寨附近见宋兵。李元昊以为宋兵才几千人，毫不在意。不料，两军刚一对阵，宋军中突然出来一位披发

仗剑、面如淡金的大将。西夏兵不知这员宋将是人是鬼,立刻纷纷倒退。宋兵掩杀过来,李元昊领兵逃走。这员大将就是巡检指挥使狄青。有资料说,在安远一战中,两军从辰时战到寅时,历时八个时辰。只杀得天昏地暗,尸堆成山。狄青“所向披靡,凡挡者死,左冲右突,如入无人之境”。此战他一人斩杀西夏将野山荣等猛将二十八员。一天之内,夺得堡寨七十二座。

宋嘉祐年间,京师暴雨,积水成灾。狄青因避水灾迁至相国寺中居住。于是有人诬告他“行止可疑”。又有人说:“狄青家的狗长有角,乃不祥之兆。”如此莫须有的奇谈怪论终于使宋仁宗对狄青产生怀疑。于是罢狄青枢密使职,出任陈州。到陈州后,宰相文彦博还派人每日“抚问”两次。名为抚问,实乃监视。狄青就是在这种被怀疑、被监视的情况下生活了半年。终因忧愤成疾,疽病突发而死。宋神宗继位后,考察评价近世将帅:“狄青以行伍出身,名震夷夏,深沉而有智略。”为了追念他的功绩,下令将狄青的画像挂在宫中,并亲手御制祭文予以悼念,派使臣带猪羊祭品至狄青家中祭祀。后明人有一长律云:

九岁入山得师授,鬼谷门下业成就。天生力大声叱咤,双举石狮赛元霸。

北伐西夏校场杀,连败三将榜首拿。得遇恩师范仲淹,智慧谋略高精尖。

北国征战屡战功,枢密高职人钦敬。岭南智高造暴乱,主动请缨效前战。

平乱南国师凯旋,北起狼烟再征战。登城擎旗似狮欢,头戴面具慑人胆。

安寨恶战大气现,阵斩敌将三十员。北方历胜数十战,虎将战神狄青面。

南征北战数十年,侬高元昊闻丧胆。英雄出身本行伍,天使山神大勇名。

情怀报国卫疆统,面具一戴鬼神惊。功大难逃君主猜,神宗平反画像拜。

宗泽满腔热血誓死抗金

宗泽生活于民族矛盾极其尖锐的北宋、南宋之交，是在抗金斗争中涌现出来的一位杰出的政治家、文学家、军事家。时人有诗曰：

金兵南来夺山河，宋廷胆怯一再躲。
百姓奋起保家园，有志之士齐参战。
将军矢志报国祚，苦谏宋主抗北倭。
一支孤军直出河，金军畏惧绕道过。

宗泽生于公元1060年，卒于公元1128年，字汝霖，婺州义乌人。他出生于义乌石坂塘一个贫寒的耕读之家，在家乡度过了童年。宗泽一家人丁兴旺，有四兄弟一姐妹，家里人口多，加上当时义乌一带连年灾荒，生活极端困难。宗泽排行老二，自幼随兄长宗沃参加劳动，干各种家务和农活，历尽艰辛，两个弟弟皆年少夭亡。宗泽父亲和祖父并不因家境贫苦而放弃耕读的家风，农闲仍教读儿孙。宗泽天资聪慧，读书过目不忘，又勤奋好学。父亲和祖父都对他寄予厚望，刻意培育。一次，宗泽之父与好友丁天说："我遍观当今人世间，有三耗实在可惜，可叹。一是行贿受贿，二是铺张浪费，三是无所事事。"宗泽把父亲的话默默记着。在这样的家庭环境中生活和成长的宗泽，从小就养成了勤劳俭朴、好学上进、正直刚毅的品格。刚刚到十岁，宗泽就把《四书》《五经》《孟子》《荀子》《韩非子》读了一遍。对于《老子》《论语》，他更是情有独钟。"道生一，一生二，二生三，三生万物。"这似乎已成了他的口头禅。"修身、正己、持家、报国、平天下。"这早早成了宗泽的座右铭。

宗泽对荀子的战争观情有独钟。国家的安定与否是国家强弱的根本。好士者强，不好士者弱；爱民者强，不爱民者弱；政令信者强，故政令不信者弱；民齐者强，民不齐者弱；赏重者强，赏轻者弱；刑威者强，刑侮者弱；械国兵革便利者强，械国兵革不便利者弱；重兵者强，轻兵者弱；权出一者强，权出二者弱；是强弱之常也。

宗家为了开拓新出路，在宗泽十几岁时，举家迁居廿三里。廿三里交通方便，商贸、文化比较发达，乃义乌的一个重要集镇，到廿三里后，宗泽的父亲宗舜卿与当地名士陈克昌、陈裕等结成了莫逆之交。

宗泽父亲还与陈允昌义结金兰，并在友人的举荐下，一度去金陵充当幕僚。由于父亲的关系,宗泽的社会交往扩大了。宗家与两个陈家交好。陈允昌视宗泽如己子,悉心扶植。陈袷十分赏识宗泽的人品和才华,把幼女许配宗泽为妻。其次子陈锡"处太学,以文驰名,及进士第",次孙陈宗扬"以武举进士第"。两个陈家都是书香门第,宗泽同他们的儿孙朝夕相处,增长了学识。一次,几个人在一起评论古今兴亡之道和治国之策。陈锡说:"经济富民,首其要也!"陈昂说:"用人恤民,当其重也!"宗泽哈哈大笑说:"汝二人说的都对。有道是:'现实就是政治需要,就是当务之急。'如我朝现实来说,抗辽、抗金、抵御外侮,当是第一要务。国土都没了,你再去办学、培养人才能行得通吗?"一席话使陈锡、陈昂佩服得五体投地。这正是:

家境贫寒得磨炼,农活得手啥都干。
迁家得遇两大贤,耳濡目染受匪浅。
三家结好义金兰,又赐女儿许宗男。

是时,宋朝廷任用王安石实行变法,王安石在教育上推行"教之、养之、取之、任之四位一体"方针。此时,辽国、西夏入侵战事屡屡发生,宋国北方危机越来越严重。宗泽自忖:"不知兵,不习武,难以实现自己保国安民的理想和报负。"因此,又深读细究兵书战策,苦练十八般武艺。义乌乃传统武术之乡,习武之风甚盛。陈宗扬又是武进士,宗泽常向其学习武艺,一同切磋兵法。传说宗泽曾跟武林高手"十八罗汉"习武。数年功成,精通兵法阵图,上马骑射,身手不凡。宗泽曾赞扬学友陈七四"勤学苦练、武功第一",誉他"渥洼生骏驹,丹山生凤雏",实则是宗泽自己的写照。这正是:

求学颠沛经处多,博取广纳壮筋络。
演文习武精韬略,蕴聚蓄势耀兵戈。
写诗赞友凤骏驹,实已豪气出凤窝。

胸怀大志的宗泽,自我感悟说:"要实现自己的理想和抱负,必须走科举仕途道路,别无其他路可走。"公元 1091 年,朝廷开科取士。宗泽千里迢迢前往京城开封应试。之后,参加殿试。高太后传旨:"殿试对策限以字数。"宗泽却不顾朝廷规定,洋洋洒洒写了万余言,力陈时弊,指责朝廷轻信吴处厚的诬陷而放逐蔡确,其中一节说:

皇上总揽朝纲,万民之主,百官之系,当耳聪目明,察晰忠奸,洞若君子,小人之别。国将勃焉。若不辨真伪,偏听轻信,喜爱奉迎,热衷阿谀吹捧,势必危矣。现蔡确忠贞直言敢谏,所陈所言,无不为大宋社稷牢久安固。出于公心,痛刺时弊,剜骨剔筋,真知灼见。无非是忠言逆耳,有碍颜面。吴处厚小人趁机投其所好,诬陷君子,君主却宠信无异,屈惩蔡确,流放远地,由是言路堵塞,万马齐喑,自此朋党蔓延,小人奸佞迭起,大宋危矣。

宗泽所写文章语言犀利,毫无遮掩,慷慨陈辞,主考官"以其言直,恐忤旨",将宗泽置于"末科",抑为"同进士出身"。虽未能名登榜首,但毕竟通过了科举考试,宗泽由此步入仕途。宗泽参加科举考试后,与友人同游华山,遂写了《谒华岳》诗一首,其中结尾写道:

发我文物秘,象渠青泽倾。
太华屹不摇,我山身载行。

宗泽立誓"决心以华山屹立不摇般的毅力,肩负起时代的使命"。步入仕途,宗泽被任为大名府馆陶县县尉,兼摄县令职事。馆陶县积案如山,县吏见宗泽一介书生,又初次为官,说:"此小后生,乳臭未干,未必处理得了。"可宗泽一声不响,深入下去,把诸多积案的来龙去脉、是非曲直了解得一清二楚,不到一个月,所有积压案件,一一梳理完毕,民间诉讼尽为结清。百姓传颂说:"来了一位'大青天',我们不会冤屈了。"时人有诗为证:

痛斥奸佞敢上书,得罪权官名留后。
无怨无悔当小官,馆陶任事抢眼看。
一日判清积山案,百姓呼威大青天。

绍圣二年冬,大名知府吕惠卿令宗泽前往巡视御河修建工程。适逢宗泽长子夭折,有人劝他告假说:"天下乃莫有伤子之痛!"可他以国事为重,强忍悲痛,奉命即行。吕惠卿闻知此事,深为感动,赞叹说:"可谓忧国忘家者也。"时人说:"宗泽忠而忘私,人臣之表也。"

此时,正值隆冬季节,朝廷征发大批民工开河,监官不管民工死活,强令施工。宗泽发现不少民工"僵卧于道,十分艰苦"。他十分同情,为民工请命,遂上书帅司说:"时方凝寒,锄镐一举,冰冻已合,徒苦民而功未易集,应推迟至次年春暖解冻时再动工。届时,我当身任其责,保证按时完成。"帅司以宗泽之议上奏,遂为朝廷采纳。次年春,御河如期修成,使民工们少受了许多痛苦，减少了死亡。宗泽离任时，黎民百姓噙泪遮道为他送行。此正是：

初任县令理案情，未经一月全判明。
儿死照样不误公，依然率民开河工。
恤民上书延工程，百姓感恩来送行。

元符元年，宗泽升任于州龙游县令。龙游乃偏僻小县，经济、文化十分落后。纨绔子弟、地痞流氓到处滋事，伤害人命，屡屡发生，严重干扰社会秩序。前任县令虽采取了一些措施，可收效甚微，屡禁不止。宗泽经过调查研究，采取标本兼治的办法，申报州知府，雷厉风行地将他们拘捕归案。在说教感化的同时，将首恶者进行惩处，杀一儆百，很快刹住了这股歪风。宗泽身体力行，一面大力兴办学校，创立县学，聘请教授，为诸生"讲论经术"；一面又动员世家大族出资兴办"义学"，又撰写了《龙游县义学记》。从此，龙游学风日盛，读书士子、应试者车水马龙，络绎不绝。时人有诗为证：

调任龙游新县令，刚柔相济凸奇能。
杀一儆百民欢悦，重在教化由本治。
讲经论术办义学，龙游学盛才子多。

金灭辽后，以宋违约为借口，大举南下，兵锋直逼开封京都，朝廷下诏各路勤王兵马速来汴梁，在御史大夫陈过庭的举荐下，朝廷召宗泽进京出任台谏。九月初，宗泽以朝奉郎、直秘阁、知磁州三大要职，带了几十名老弱士卒匆匆北上。南逃的人们见了都十分惊奇。宗泽在途中所作的《早发》一诗，尽情地展示出他对抗金早已胸有成竹：

缴幄垂垂马踏沙，水长山远路多花。
眼中形势胸中策，缓步徐行静不哗。

磁州经过上次金兵南侵的破坏，已满目疮夷，几难再守。然而宗泽充满信心，发动群众修缮城墙，疏理护城河，招募士卒，组织义兵，实行兵民合一，边耕边战，很快"应者云集"。宗泽又尽府库所有，还拿出自己的俸银，高价购买粮食数万斤，备足军粮。在宗泽的感召下，百姓纷纷"争献金谷"，支持抗金斗争。不到一个月，磁州防务重新建立，组织起了一支上万人的兵马。宗泽想："仅靠一州力量，孤军奋战，是难以与金兵抗衡的。"

于是上疏朝廷，建议说：“刑、洛、磁、赵、相五州各养精兵二万，敌攻一郡，四郡皆援，当胜算无异也。”钦宗口头上很赞赏，可他无心抗金，此事遂不了了之。

真定频频告急，朝廷却置之不理。宗泽极为愤慨和不安，上了《条画边防要策与勤工之议》，请求朝廷立即派兵增援。朝廷却把责任推给宗泽，只授予他一个“河北义兵都总管”的空头衔，命他率部支援真定。宗泽立即奋勇攻击。由于敌我力量悬殊，未能打破金兵的重重包围。真定陷落后，宗泽只得退回磁州。真定是宋朝廷北部重要门户，金兵攻破真定后迅速向黄河推进，金帅斡离不料宗泽驻守的磁州难以攻破，遂绕道东行，欲从李固渡渡过黄河。当时河南有宋将折彦质部十二万人马驻守。可他们一闻金兵的鼓声就不战而逃。金兵顺利渡过黄河，直扑开封。斡离不为了防范宗泽从背后袭击，分遣数千骑兵进攻磁州。宗泽披甲登城，指挥战斗，一战粉碎金兵的攻势后，乘胜打开城门纵兵追击，杀敌数百，“所得牛马金帛尽赏军士”。这是宋军首次击败金兵，极大地鼓舞了河朔军民的抗金斗志。时人有诗为证：

决战金兵磁州战，身先士卒打敌顽。
披甲登城效前冲，千古士卒杀敌凶。
首战粉碎金兵攻，宗泽大名远近敬。

钦宗这时下诏令九弟康王赵构由王云陪同出使金国乞和。康王赵构路过磁州，宗泽迎至城中帅府，劝说莫要上金人的当：“闻金人由大名渡河矣……以泽观敌情，岂有肯和之理？特设诡词欲挽致大王耳！”赵构犹豫不决。宗泽又说：“何不妨去嘉应侯祠占卜以决去留？”祠前民众闻讯纷纷前来。王云往返金营议和时，曾大肆吹嘘金兵的强大，百姓对他恨之入骨。当赵构从嘉应祠出来时，人们看到王云齐声怒斥道：“清野之人真奸贼也！”遂一拥而上，将王云乱刀砍死。赵构命人检查王云的行囊，从行囊中所藏的信件和实物证明，王云果真是金国的奸细。赵构决定停止北上，可不相信宗泽能固守磁州，第二天便逃往相州。

阴历正月，宗泽带兵至开德府，遇金兵阻遏，宗泽率将士与金兵先后十三战，皆胜。宗泽去书信给康王赵构，劝其说：“请下令诸路兵马会集京城，再移书，其他地方将领来援。”但均未获响应。于是，宗泽竟以孤军奋进，沿途屡败金兵。后来，宗泽又出其不意，带兵渡过黄河，袭击金军，金军又一次败退。这时，康王赵构只授宗泽为徽猷阁待制之职。原来，在宗泽率军南下屡战金兵之时，开封已经陷落，只是消息未到，众军不知而已，宗泽获知金人逼迫徽宗、钦宗父子北行，打算率兵渡河，在金人归路上击杀金军，夺还二帝，但未能实现。其时，其他勤王之师竟无一人至。时人有诗为证：

一路北攻屡屡胜，士气大振宋兵勇。
宗泽深晓戎兵机，孤军奋进所披靡。
不料汴京早陷落，俘虏二帝国难活。

宋二帝被俘北去，宗泽上书赵构即帝位，以抚国事、安民心。靖康二年（公元1127年）五月，康王赵构在南京（今河南商丘）即帝位，是为高宗，改年号为建炎。宗泽去南京谒见高宗赵构，陈述兴国大计。赵构本打算留宗泽在身边任职，不料奸相黄潜善从中作梗，于是便任命宗泽为龙图阁大学士，出知襄阳。后又调往前线，改知青州，适逢开封府尹缺。李纲说："修治旧都非宗泽不可。"于是宗泽又被调至开封，治管旧都。到开封后，宗泽首先捕诛危害百姓的盗贼数人。又下令说："凡为盗者，赃无轻重，并从军法。"河东巨寇王善拥众七十万，车万辆，欲攻战开封。宗泽单人独骑至其营，流着泪劝王善说："眼下是国难当头，假如有你这样的一两位人物，哪里还会有什么敌患呢？今天是你为国立功的好时机，不要失掉这个机会啊！"王善被宗泽感动，遂解甲而降。于是贼盗悉平，开封居民始安。此正是：

劝进赵构为高宗，得赐龙图阁侯宠。
受命汴京治太平，单骑独马说降兵。
宗泽气盖冲天勇，赛似云长慑曹兵。

真定、怀州和卫州之间，金兵驻屯盛众，暗地里修治战具，为攻城之计。而南宋朝廷竟不为备。宗泽忧虑于此，于是北渡黄河与诸将计议，做修治武备的准备。宗泽选城郊险要之处，建立了二十四座坚固的壁垒，派兵数万驻防，沿黄河修筑纵横相连的"连珠寨"，分兵把守。同时把开封府濒河七十二里平摊给府属十六县负责守卫，令挖掘深阔各丈余的壕沟，沟南密置鹿寨等，以防金国骑兵的冲击。这样，从开封城至黄河南岸建起了纵深的防御体系。与此同时，宗泽还吸取他人经验，制造出了"决胜车"一千二百辆。每辆战车就是一个独立的战斗单位。"每辆战车用五十五人，一卒使车，八人推车，二人扶轮，六人执牌辅车，二十人执长枪，随牌辅车，十有八人执神臂弓，随枪射远。"每十辆战车为一队，共一百二十队，宗泽派两位将军担任指挥和操练，每日操演"回旋曲折之阵"，协同步兵作战。

北宋灭亡，徽、钦二帝被俘，根在宋军军力弱。因此，自上任以来，宗泽便四处派人联络各地民兵力量，广招四方忠义之士，不断发展和壮大抗金力量，重用知名的人才，岳飞就是宗泽最早发现的。宗泽知道岳飞其人，是在任副帅期间。当时岳飞是宗泽属下刘浩部的一名小军官。在归德一带战斗中，岳飞机智英勇，屡建奇功。战后，宗泽亲自召见岳飞，亲切地对他说："你智能才艺，古良将不能过，然若野战，非万全之计。"随手送给岳飞一张图。岳飞回答："古今异宜，夷险异地，岂可按一定之图？"宗泽反问说："如你所言，阵法不足用耶？"岳飞回答："阵而后战，兵法之常，然势有不可拘者，且运用之妙，存乎于心。"宗泽沉思了一下说："你说得对。"宗泽的谆谆教导和虚怀若谷，令岳飞既感激又钦佩。时人有诗为证：

悲愤宋朝太孱弱，千方百计人才揽。
卒伍发现岳飞才，亲自召见喜自来。
当面教授阵战法，倾心敬佩后生佳。

宗泽真心诚意对待义兵，各地义兵纷纷来投。不久，王再兴率众二万，李贵率众二万，杨进率众三万，纷纷投奔宗泽，并把各地的队伍拉到开封，协同守卫开封。马皋是义兵首领丁进的副手，每次与金兵作战，都身先士卒，冲锋在前。一次，马皋在战斗中负伤归来，宗泽得讯后，亲往慰问，并奖励其功。恰巧这时前线又送来急报，宗泽问马皋："派谁去合适？"马皋慨然说："非皋不可。"遂裹伤出战，大败金兵，并擒获一金将回来。很快，宗泽招揽了上百万人马。此正是：

人品魅力比天重，人心都由肉长成。
晓以大义抗金兵，热血男儿热血涌。
马皋裹伤再出战，宗泽情怀底蕴撑。

宗泽"抚"字为先，联络了众多的人马，为宋收复中原作了强有力的准备。但这些抗金、收复中原的壮举却受到了奸相汪伯彦、黄潜善之流的恶意攻击。他们下令让宗泽停止这些行动，并仍称其所招抚的各路义兵为盗贼、流寇。不以"勤王"厚待，名义上仍骂为啸居山林，强盗贼寇，故不能任用。宗泽十分气愤，上疏辩白，亦不被采纳。宗泽任开封府尹留守东京时，高宗赵构虽已登位，但尚在江北的扬州，还未南迁到临安。所以广大将士急切盼望赵构能重返汴京，临视中原，收复旧疆。宗泽以满腔的忠君爱国抗敌之心，前后给赵构写了二十余道奏疏，介绍汴京的防备情况，恳请其还驾汴京。赵构览其奏后，评说："择日还京。"但这不过是一句空话，之后赵构不仅没有还京，反而向南迁逃。不久宗泽忧愤而疽发于背。诸将问疾，他不谈自己病况，只是说：“吾以二帝蒙尘，积愤至此。汝等能歼敌，则我死无恨！”诸将皆流泪说：“安敢不尽力！”待诸将出，宗泽长叹一声，自语道：“出师未捷身先死，长使英雄泪满襟！”第二天，风雨大作，白日昏暗，宗泽病躺在床上，只连呼三声：“过河！过河！过河！”随之去世，终年七十岁，赠观文殿大学士，谥“忠简”。后明人有一长律云：

宋金两方争国疆，激烈争斗凄惨狂。一弱一强宋堪伤，万千百姓命遭殃。

金人崛起东北荒，兵强马壮势轩昂。能征贯战狠如狼，宋朝孱弱似羔羊。

屡战屡败丢国土，山河破碎几灭亡。汴京被围难回天，二帝遭掳天掀翻。

困难之时凸良将，区区数人讨北忙。势弱气壮有力量，磅礴气神慑八荒。

磁州胜仗士气涨，欲图大举书朝纲。可叹庸主婿外相，屈煞英雄护国忙。

力挽宋室逞英豪，呕心沥血建勋劳。日月可鉴秉赤胆，上天赐忠有情缘。

南宋江山尽掏空，非天人事自毁城。过河过河仰天嚎，英雄饮恨冥冥烧。

岳飞精忠报国还我河山

与历史上其他豪杰人物一样，岳飞的出生极富神话传奇色彩。

话说大鹏鸟飞临人间，在路过九曲黄河时，又生事惹祸，由蛟精修行得道后成为“铁背虬王”的老龙和“鲤鱼精”正在河滩上懒洋洋地晒太阳，大鹏鸟看着觉得不雅，很不顺眼，气不打一处来，便一个个啄死。不料这两位又到人间降生为秦桧和万俟卨，以“莫须有”的罪名诬陷抗金名将岳飞。因此，他们在中国历史上留下了千古骂名。后人为了纪念和传颂抗金英雄岳飞，同时也表达了对秦桧的泄愤，在杭州的西湖边修造了岳坟、岳庙，并铸秦桧夫妇铁像跪于岳飞墓前，以示惩罚。大鹏鸟啄死“铁背虬王”“鲤鱼精”后，飞到河南相州府汤阳县岳家庄岳和家投胎，起名岳飞，字鹏举。这是一则神话传说。

传说岳飞降生时十分诡异。岳飞降生三天，岳家庄发了特大洪水。情急之下，父亲岳和把他和其母亲装在水缸内，顺水冲走才得以生还。这一冲便到了内黄县，离城三十里的麒麟村。不想绝处逢生，在这里遇到了一个好心富户王明员外，即王贵的父亲，他出手相救并将其收留。光阴荏苒，时间一晃，岳飞已长到了七岁，王贵已是六岁了。王明员外请了个启蒙先生到家，教导王贵、岳飞读书识字，同村的汤员外、张员外也各有一子，即汤怀、张显也被送来读书。这四个孩子是朋友，长大后一个个成为“岳家军”的将帅。正是：

降生三天遭大水，父死全村无生机。
随母水缸漂泊避，得以生还坎坷泣。
偶遇王明收留起，得拜王汤四兄弟。

汤怀、王贵、张显、岳飞四人进学堂念书，唯独岳飞肯下苦功学习研读，其余三人均顽皮不肯学习，老师无奈，辞教回家。年仅七岁的岳飞便开始了边拾柴、边自学的生活。岳母看见小小年纪的儿子劳作负重，又不能入学读书，常常私下哀叹掉泪，但也无可奈何。后在王员外家借书，教岳飞学习。哪知岳飞天资聪颖，一教便懂，一读便熟，一熟即通，确实与众不同。因无钱购买笔墨，岳飞遂用杨柳枝作笔，练就了独特笔法。“自古贫贱多伟男”，这话在岳飞身上实实在在有应验。就是凭着这杨柳枝作笔，岳飞的书法刚劲有力，龙飞凤舞，古往今来，在祖国书法艺术上独树一帜。至今河南省南阳的诸葛武侯祠内还有他亲书的诸葛亮矢志北伐的出师二表，书法俊奇，刚劲有力，千百年来为人们津津乐道。正是：

家境贫寒学业断，无奈自学苦登攀。
柳杨枝条作笔墨，彻夜苦读不减退。
天才来自多勤奋，自古卑贱下苦力。

只说那老先生走后，汤怀、王贵、张显依然浪荡无羁，经常东闯西窜，打架斗殴，惹是生非。三位员外为此苦恼不已。一天，王明的老朋友，陕西著名的武师周侗到来。王明大喜过望，说："这下好了，孩子们有望了，孩子们有老师了。"遂与汤、张两位员外商定聘请周侗为师，再行教习三位公子读书习武。这周侗是当时宋朝廷有名的武术家、学问家，四面八方闻名的人物。梁山水浒山寨第二把手的河北"玉麒麟"卢俊义、东京八十万禁军教头的"豹子头"林冲，还有《水浒传》中的行者武松都先后拜他为师，而且都武功了得，这几位出师后都成为了历史上赫赫有名的人物。由于周侗大名，学习的第一天就把王贵痛打了一顿。王贵、汤怀、张显从此畏惧三分，学习也算用功，可依然没什么长进。岳飞照常拾柴，只是隔三差五，时不时隔窗户来看三人学习，心中暗暗惭愧自己不能来此读书。正是：

请师周侗有大名，王张三人怕挨惩。
畏师学习不敢动，岳飞漂学窗外听。
家穷无力供读书，自学不怠肯用功。

这一日趁老师不在，岳飞又来看王贵、汤怀、张显三人。他们喜出望外说："快来，岳大哥，你几天没来，想死我们了！"三个人欢天喜地把岳飞拉进屋内，让岳飞替他们答题。王贵说："大哥，先给我作。"张显说："先给我答题。"汤怀说："我布袋内有糖，先给我作。"碍于情面，岳飞一一将他们三人的作业答完，遂对自己不能入学感慨万千。情不自禁在粉壁上题诗一首：

投笔由来羡虎头，说教谈笑觅封侯。
胸中浩气凌霄汉，腰下青萍射斗牛。
英雄自合调羹鼎，云龙风虎自相投。
功名未遂男儿志，缘在时人笑敝裘。

不料老师回来，一见三人全都作完，大吃一惊，可仔细一看，文章非三人所作，文笔流畅，非同一般。又见墙壁一篇诗文采飞扬，大气磅礴，不禁失声说："这是谁所作？"遂叫来王贵、汤怀、张显一一盘问，才晓知为拾柴的穷孩子岳飞所作，忙叫王贵唤来岳飞查问身世。一见岳飞到来，经过一番述说，周侗深受感动，亲自造访，专程到家见岳母，真心实意收岳飞为螟蛉之子，即日到私塾学习，费用一应等物全由周侗老师承担。只这一次拜师，使岳飞迈上了仕途之路。时间瞬息而逝，岳飞到了一十三岁，兄弟四人跟着老师在书房朝夕读书。周侗教法精妙，人人俱能文能武，尤其是这岳飞更胜出三人许多。几位兄弟又随老师去沥泉山访问寺中长老，岳飞又意外得到了"沥泉神矛"。何止如此，这次在寺中又得志明长老兵书一部，内有传枪之法，及行兵布阵之要，从而使岳飞的文韬武略如鱼得水，大进一步。汤怀见岳飞使枪，也紧随效法用枪。张显别出心裁，造出了"钩连枪"作兵器。王贵又改行另样，用了大刀兵器。四人喜爱武术，日日演练，累年不息。

岳飞作为一代抗金名将，他的沥泉神矛枪来历非凡。原来周侗老师教岳飞、王贵、汤怀、张显演习武艺日久。正值三月天气，春暖花开。周侗领着四人去沥泉山拜会老友志明长老。到那里，志明长老分外高兴，对这四个弟子一一见过。唯见岳飞骨格清奇，知非凡品，大为赞赏。师徒五人在山上欢欢喜喜，住了一夜，都很得意。第二天，周侗闻听此山有一沥泉烹茶甚佳，欲去观赏。但长老志明告诉说："此山后有一洞，名为沥泉洞，洞中有股泉水本是奇品，泉水不仅味美异常，且取来洗目，能使昏眼复明。本寺僧众常取烹茶待客。不想近日出一怪事，那洞中时常喷出一股烟雾，人若接触，便昏迷不醒，因此不能取来向老友奉敬，甚为遗憾。"周侗听后叹息不已。

周侗年迈，巴不得将终生所学一十八般武艺，如竹筒倒豆子般传授给螟蛉之子岳飞。人说："岳飞文武双全，比卢俊义、林冲、武松三人还要高出许多。"史学记载他："出身农家，少年有气节，沉默寡言，虽家贫，犹勤奋学习，好读《左传》《孙武兵法》，生而有力，年未弱冠，挽三百石弓，八石弩。后学射于周侗，尽得周侗射法，能左右开弓，力大无穷。岳飞于公元1122年投军，身经百战，功勋卓著，成为宋朝廷抗战派代表人物。"这正是：

少有气节默寡言，家穷犹勤不偷闲。
精读左传孙吴法，矢志要当大兵家。
力大挽臂三石弓，左右校射勇无穷。

岳飞不但是深怀韬略的名将，而且是武艺超群的英雄。他善于单骑突敌，尤能以少胜多。在平定“剧贼”陶俊、贾进和之役中，他单骑迎敌，斩杀敌将，使敌军大败。跟随王彦渡河抗击金兵，他又单骑执丈八蛇枪，擒获金将拓跋耶乌，敌兵闻风丧胆，一战“剧贼”大败，溃不成军。又次，岳飞刺杀金将黑风大王，未经三个回合，把黑风大王刺落马下。其骁勇，世人皆知，谈虎色变。建炎三年(公元1129年)，他以八百之众与王善、孔彦舟等五十万大军交锋，他左挟弓、右使矛，率先横冲敌阵，如入无人之境，一战敌军大败。绍兴元年(公元1131年)，他单骑攻入常州盗贼郭吉的军营，一阵冲击，杀死了拒不投降的敌将张威武。

这一年内黄县试，多达五六百人。达官贵人子弟穿红戴绿，高抬大轿入场，耀武扬威前来应试。县令李春命令比箭，只把距离摆到六十步，可一点验，原来是箭箭不中，所以没有鼓掌声。不久，点卯挨到麒麟村，待到岳飞的三位学友出场后与众不同。司仪官大叫“岳飞，岳飞!”叫了数声，无应。又叫“汤怀”，汤怀应诺，又叫“王贵”“张显”两个人均应。三个人一齐上前，县令把箭垛摆上六十步。王贵说:“不行，太近。”又摆上八十步，张显说:“不行，还近，还近。”摆上一百步，汤怀说:“还是太近，还太近。”摆上一百二十步，三人这才满意。汤怀立了头把，张显立了二把，王贵立的是第三把。三人依次开弓发箭。果然奇妙，与前人迥然相反，箭箭上垛，毫无虚发。但闻擂鼓声不断，听不见弓箭声。很快射完，县令大喜。当下询问:“你三人从师何人?”三人异口同声说:“吾师陕西周侗。”李春一听:“啊！原来是吾老友！现在何处?”王贵滑稽地说:“远在天边，近在眼前！你想见吗？得请教于我!”县令遂叫人请来周侗，故友重逢，分外亲热。两人问长问短，一霎间说到岳飞。周侗遂把收岳飞为义子、教他学武的来龙去脉一一说明。县令大喜过望，当即要看岳飞的武艺。

岳飞上场比箭，请求说:“把箭垛摆到二百四十步，开弓弩三百石。”司仪官一一应允，两旁观看者无不吃惊。只见岳飞连发出九支，那打鼓的从第一支射箭算起，直数到第九支，方才住手，县衙众人等一个个惊得目瞪口呆，齐声叫好，就是三个员外之子，汤怀、张显、王贵也拍手称妙。正是:

垛摆二百四十步，三百石重挺弓弩。
拈定弓矢搭上弦，嗖嗖连声九支箭。
鼓声不停响连番，岳飞神箭天外天。

一场县试下来，紧接着到省府应试。这期间，周侗不幸病故，岳飞先办了师父周侗的丧事，后得县令李春推荐，到省城先找老友徐仁从中斡旋,熟人好办事。原来岳飞在县试中被李春看中,遂招为东床快婿。不想在省城遇到一个愣头青洪先。这洪先是督察院一个尉宴,是个怪癖性格。岳飞见他先碰个钉子,很难堪。这个洪先不近人情,不仅不吃岳飞这一套,还强行要与岳飞比试。岳飞无奈,只得应试。

后经比试,岳飞又一连发了九支箭,箭箭中钱眼,毫无虚发,令人惊叹。宗泽见岳飞开得三百石硬弓,射得二百四十步,一连九支,又是箭箭红心,大喜过望。宗泽,北宋抗金主战派人物,主战方面军大帅。宗泽力主抗金,可有奸臣当道,他郁郁不得志,最后忧闷而死。宗泽是岳飞进入仕途的一位领路人。见到岳飞,宗泽大喜,向他说:"惯使什么兵器?"岳飞说:"十八般兵器俱都知晓,用惯的是枪。"说着,岳飞遂风驰电掣一般,来来回回舞了一个时辰,只见他提錾金枪,横行直步,里挑外刺,闪转腾挪,使出三十六番身七十二变化。宗泽不觉连声叫好,随即吩咐:"掩门,贤侄随我来。"待帐中坐定,宗泽问:"贤侄武艺超群,堪为大将,但那行兵布阵之法,温习得怎么样?"岳飞说:"按图布阵,乃是固执之法,亦不必深究。"宗泽听了似有不悦,说:"照你这等说来,古人兵书阵法似不必用了。"岳飞说:"排了阵,然后交战,此乃兵家常事,但不可执死不变。古时与今不同,战场有广、狭、险、易之分,岂可用一定的阵图?夫用兵大要,须要出奇,使那敌人不能揣度我之虚实,方可取胜。倘若贼人突然来,或四面围困,那时若费工夫排布阵势,还有时间与敌厮杀吗?用兵之妙,以权济变,全在一心也。"宗泽听后,由不悦到狂喜,连连说:"此乃国家栋梁,刘节度可谓识人才也。"正是:

> 武功精湛为泽青,两人相见先论兵。
> 些轻看待古阵法,宗君偶显似不假。
> 广狭险易有不同,适时应变全在情。
> 宗泽不悦到欣喜,国有大幸得才济。

参加殿试,岳飞枪挑小梁王,在京都汴梁威名大震。原来这小梁王姓柴名桂,是五代后周君主柴世宗之后裔,为赵匡胤封为滇南南宋州"南宁王",代代世袭。此人好大喜功,久有复国之志,又有一身好武艺,气势雄壮,早怀有不臣之心。这柴桂欲参加此次殿试而取得名位,好日后东山再起。殿试前,他已上下打点,尤其是疏通了张邦昌监考官环节,欲夺武状元。

只见梁王大怒,提起金背刀,照岳飞顶上就是一刀。岳飞把沥泉枪一架,那梁王被震得两臂酸麻,不由心慌意乱起来。再一刀砍来,岳飞又把枪轻轻一举,将梁王的刀拨到一边。梁王见岳飞仍不还手,就放开胆子,使开金背刀，上三下四，左五右六，望岳飞颈、膊上只顾砍来，刀狠手重。不一会儿，只砍得岳飞性起，心下想："我给他人情，他不要，竟向我下起狠手来了！"大喊一声："不要走，吃我一枪。"岳飞举起枪一架一刺，他身子一偏，正中肋缝，又把枪一架，"咔嚓"一声，把这梁王头朝下挑于马下，复一枪，又结果了性命。只听得校场内千百名举子与那些看比武的人齐齐欢声喝彩。顿时吓坏了左右巡场官，那些护卫兵丁军班等，都吓得面面相觑，但见：

汴京殿试遇梁王，比武争夺互不让。一个挥动金背刀，一个挺起沥泉枪。一个志在必得夺状元，一个是十年寒窗效国邦。使刀的上三下四有五六，用枪的左挑右刺有分项。丈八沥泉枪舞得呼呼如风响，金背刀上下翻飞唰唰有节档。沥泉枪咔嚓一架，梁王两臂陡酸麻，心慌意乱无拿把，岳飞复一枪，小梁王脚朝上立栽马上！

岳飞枪挑小梁王，校场内顿时一片大哗。有人说："小梁王柴桂阴图复国，来夺状元，其心不良，不得好报。自不量力，死有余辜。"有人说："岳飞箭术高超，武功精湛，大宋朝无出其右者。"时人有诗为证：

先定九江江陵线，再复襄阳六郡还。
少年岳飞虎彪悍，一枪刺下金将残。
迅速创造好局面，岳飞破格晋高官。

岳飞是宋"中兴四大将"之一。"中兴四大将"是指徽、钦二帝被掳，北宋灭亡，朝臣南渡诸将中刘光世、张俊、韩世忠、岳飞四人。四人在南宋初年，都手握兵权，节制一方，对南宋政权的建立和巩固起过重大作用。南宋画家刘松年所绘《中兴四将图》即是对四人功勋的称颂。有史料说："四大将中岳飞的年纪最轻，资历最浅，在德才方面却最为优秀。他生活俭朴，爱护士卒，军纪严明，善于用兵。他坚决抗金，忠君爱国，却遭遇了千古奇冤。韩世忠也是坚决抗金的将领，但在军事方面远逊于岳飞。张俊与刘光世更次于岳飞。他们立有战功，但并不是真心抗金，这一点倒正合了宋高宗的心意。投其所好，正中下怀，视为心腹知己。张俊协助秦桧推行妥协国策，又与秦桧合谋制造岳飞谋反的冤狱。刘光世畏惧金军，经常临阵退避，又贪图享乐，治军不严，终于导致了震惊朝野的淮西兵变。这是南宋的历史耻辱。时人有诗为证：

中兴四将不同面，两人正直两人奸。
四人都有功劳建，韩岳君子高泰山。
光世畏敌造祸患，张俊奸佞丑难看。

岳飞在北上九龙山收降杨再兴一战中，骁勇绝伦，为世人刮目。杨再兴，是北宋开国名将，金刀令公杨业的后人，占据九龙山为王。

岳飞兴兵进讨全国各地义军，在朝堂，赵构就问他："元帅此行先平何方草寇？"岳飞说："先平了九龙山杨再兴，后平太湖贼寇杨幺。"兵发之日，派牛皋率三千人马先行。

第二日，岳飞大兵来到，牛皋出营迎接元帅。岳飞问道："牛皋，你曾会战吗？"牛皋禀说："有一个贼将，白马银枪，战有十二三个回合，我就败了。他也不来追赶，此不曾再战。"牛皋在宋乃是一个福将，性格暴躁威猛，可也幽默滑稽。这牛皋有时候故意说虚话、假话、大话，甚至出点馊主意、歪点子，还拨弄点是非，以给人做笑料，这是性格所致。众将听了牛皋的话都微微发笑。岳飞说："如此说来，牛兄弟，仗你是打败了！"岳飞又说："你随我出兵多年，还是这等冒失，两人交手连姓名也不问，就与他动手。倘若立了功，那功劳簿上我怎么给你个写法？下次交战，必须要问了姓名，然后再战。可认得当年你在汴京小校场中见的杨再兴吗？你前日会战的，可是他吗？"牛皋连连点头说："小弟一时忘了，正是此人。"岳飞笑笑说："既然如此，你哪里是他的对手，待我明日亲自上马，劝他归顺，岂不是更好？"

俗话说，不打不成交！岳飞当然理解，他扪心自忖："和杨再兴这等君子交手，实乃求之不得。想让他投归朝廷，必须施之以礼，动之以情，晓之以理，以义感人，非礼、非义之事一点儿也别做。"他首先对自己"约法三章"，心下说："我若胜了，不要任何人上前；我若败了，更不允许任何人上前助战，有违令者，定斩不饶。"由此尽可看出，岳飞绝非以力斗勇的莽将之才，一副儒将形象跃然纸上。且别说与名将之后见面、交手，就是和敌将决斗，也必须是战前彬彬有礼。正义之师，君子之战，礼义之兵，古今中外，莫不如此。正是：

岳飞蓄势要晓情，以情以义施将能。
约法三章先自定，施展魅力胜刀兵。
礼义兵戈并使用，收效巨丰彰人情。

礼是将礼。兵家者言："将有将礼，将有九种能力。不能有邪恶心态；要勤修苦练，充分释放度量与气质；要广泛涉猎，博学多才，多才多艺；要上知天文，下知地理；要洞悉世事、人情，晓知各行各业人们心理要旨，明白事物现在、过去和未来的变化；能够辨别自然界人情冷暖与得失；有观察事物的高超眼力和鉴别力；能洞悉事物的来龙去脉，方能立于不败之地。”岳飞说：“将才眼中无小事，即使再细微末节琐事，决不疏忽。任何时候，任何情况下，决不做没有意义、没有效果的事。”正是：

将礼九层底蕴丰，储存包容将真经。
任取其中一二件，战无不胜尽收功。
古代兵家才华涌，九款将礼百宝井。

杨再兴、岳飞两人阵前照面，别一番相互道好，彼此尊重，礼貌对话。岳飞首先上前答话说：“杨将军别来无恙？”杨再兴听了，也说：“岳飞，休得扯谎！我和你何曾会过面，今日在此说这毫无边际鬼话？徒劳无益，毫无用处。”杨再兴看似无礼，也不难理解，朝廷大兵压境啊！不得不防！可岳飞不气不恼。他又说：“将军难道忘了吗？曾在汴京小校场中，与将军会过一次？”杨再兴想了一想说：“哦！你可就是那枪挑小梁王的岳飞？”岳飞又说：“然也！正是在下，我有一言相告，将军乃将门之后，武功超群，为何失身于绿林？岂不有辱祖宗？况将军负此文武全才，学富五车，才高八斗，何不归顺朝廷，为国出力，扫平金虏，迎回二圣？届时玉座竹帛，建功立业，光宗耀祖，名垂青史，岂不美哉？”这正是：

上阵礼仪先答话，将军别来无恙差。
身为贵胄名将后，何能失身绿林羞？
劝君适时归朝廷，名刻竹帛美名留。

岳飞一番话尊重人、理解人，入情入理。对杨再兴目前所作所为、所处环境甚为惋惜，示之以非常关心之意，这是他的情怀。杨再兴也非是无情无义之人。他说：“我杨再兴不是不知书达理之人，当日宣和皇帝赵佶任用蔡京、童贯等一班奸臣。梁师成督造宗庙，大兴工役，朱采办花石纲，竭民膏。又任其奸臣与金人约会攻辽，以致金人入寇，位传靖康。赵钦懦弱无能，俱一一被掳。若果有中兴之主，纳贤除奸，奋志恢复，何不报仇雪恨，安抚百姓？无奈当今皇帝，只图偏安于一隅，全无大志。不听忠言，信任奸邪，将一座锦绣江山弄得支离破碎，岂是有为之君所为？你不若同我在山东起义，占山为王，先取了宗室，再复中原，共享富贵，何苦辅此昏君？你若不听我言，得不偿失，到头来是功败垂成，遗憾无穷。只怕将来死无葬身之地，悔之晚矣！”正是：

岳飞本欲以情动，反被再兴训一通。
入情入理一番情，道出宋廷病顽症。
不仅不纳岳飞情，反说岳飞落草径。

岳飞的结局，不想被杨再兴透析，言个正中。可此时岳飞是一心一意为朝廷出力卖命。任何良言相劝，也毫不为之所动。只见他向杨再兴说：“将军差矣！为臣尽忠，为子尽孝。生于大宋，死为宋臣。况且你杨将军世代忠良，岂可甘为叛逆，玷辱祖名？若不听我良言，只得与你决一胜负。”话不投机，杨再兴也恼上来了。说：“岳飞，我是好言相劝，既然不听，不必多言，请放马过来吧！”岳飞在这个时候仍显出君子风度：“我和你各把兵退后，只我一个，对你一个，各显手段，光明磊落，堂堂正正，显个输赢，岂不更好？”杨再兴道：“如此甚好！”岳飞传令众将退后，不许上前。二人两马催开，两枪并举。两个照顶来砍，当心来刺，战作一对，杀作一团。刺、扎、劈、闪、展、挡，一来一往，二人大战三百回合，不分胜负。看天色已晚，各自收兵回营，约定明日再战。

也许是岳飞、杨再兴的武功特别超群绝伦，也许是文人们对岳飞、杨再兴这两个人物特别情有独钟：“一口气一对一战三百个回合。”三百个回合是什么概念？是多长时间？不言而喻，谁都明白。这在历代猛将耀武台上都未曾见过。仅就张飞葭萌关夜战马超，在戏剧舞台上有战七百回合之说，但那毕竟是戏剧术语，不足深信。而真正在正史上还闻所未闻，见所未见。这两员猛将此次交手，一打三百回合又未间歇一刻，即使许褚、马超、张飞，包括关公、黄忠再勇猛，最多在百个回合之上，可他俩竟一打就是三百个回合。正是：

间无休歇三百合，历代将才未见过。
人人都说许马勇，间隔未过二百整。
杨岳竟能如此战，无愧旷古难得见。

岳飞与杨再兴的打斗出现了戏剧性的一幕。第二天，正在交手时，岳云从外地回来，不知好歹，杀上前去为父助威。杨再兴一看，二话没说，头也不扭，打马上山，不再战了。愤愤说："还是你岳飞先行约法三章，到头来却由你违犯规矩上来帮手。岳飞，你原来不算君子，不与你玩了！"这下子，让岳飞尴尬、狼狈，可他也丈二和尚摸不着头脑，原来岳云刚从外地回来，来阵上观看，本不知就里。又有牛皋从中挑唆，这才引起了岳云的犯规。岳飞大丢了面子，哪能容他？大怒说："无故违我军规，没有任何话说，快快绑出去斩了！"众将扑通一声齐跪下，苦苦相劝。这时牛皋看事闹大了，主动坦白说："大哥，这事全都怨我，不关侄儿任何事，要杀杀我，死而无怨！"牛皋主动承担了责任，但死罪虽免，活罪难饶，遂打了四十军棍，由张保背上九龙山寨，向杨再兴当面请罪，以求宽恕。杨再兴方才尽释前嫌。正是：

再兴岳飞正斗酣，不防岳云来助战。
再兴恼怒不再战，岳飞顿然丑汗颜。
又打岳云又惩皋，牛皋坦胸求岳饶。

岳飞、杨再兴先大战三百回合，不分输赢，后来又战几十个回合，要不是突然来个岳云把水搅浑，两人仍是平手。杨再兴果然名不虚传，岳飞对此事绞尽脑汁，怎么也想不出个合适办法！不想做梦，是神人托梦，竟从梦中找到了灵丹妙药。时人有一绝句云：

再兴岳飞厮杀凶，两人越战越骁勇。
轮番大战难见赢，苦思冥想夜成梦。

岳飞自打了岳云后，独自一人坐在那里，心头纳闷，就靠在桌子上睡去。忽见小校来报说："杨老爷来拜！"岳飞想："什么杨老爷？"正待要问，只见外面走进一位将官来，头戴金盔，身穿金甲，面方耳大，五绺髭须，威风凛凛，雄气昂昂。岳飞即忙起身迎接，两宾主坐定。那人便说："我乃杨延景是也！因我玄孙再兴在此落草，特来奉托元帅，恳求收在部下立功，得以光宗耀祖，不胜感激！"岳飞说："小将久有此心，奈他本事高强，战了几日胜他不得，难以收服。"杨延景说："这个是'杨家枪'，只有'杀手锏'

才可破得。待我传你，包管降他就是了。”杨延景说罢，起身抡枪在手，岳飞也把枪拿在手中。二人大战数合，那杨延景拢步败走，岳飞在后赶上来。那杨延景左手持枪，回转身分心便刺。岳飞把枪招架。杨延景右手举锏，叫一声：“牢牢记住此法！”把锏在岳飞背上一捺，岳飞一跤跌倒，猛然醒来，却是南柯一梦。岳飞暗暗称奇，私下把枪锏法反复演熟。后人有诗为证：

战场拼搏难斗过，心境又欲将附我。
无奈苦思又冥想，依凭延景梦中讲。
杨家枪附杀手锏，牢记此法定灵验。

如法炮制，岳飞再一次上阵，果然用“杀手锏”降服了杨再兴。杨再兴也是堂堂正人君子，当初有约在先，又看到岳飞的气度、为人，反复礼让，尊重自己，大受感动。遂一股脑儿，从心底佩服，五体投地，当即下马叩拜，说：“元帅，小将已知元帅本领，甘心服输，情愿归降。”岳飞慌忙扶起，说：“将军若肯同扶宋室江山，愿与将军结为兄弟！”两人就在地下，对拜了八拜，从此成为金兰之好。后人有长歌律一首，单道岳飞、杨再兴九龙山对垒：

旌旗拥出山峰中，闪闪金光映碧空。马似怒涛冲绝壁，人如烈焰烧天涌。

鼓声阵阵杀气声，炮力掀翻未央宫。对对兵戈间翠敲，奔腾战马鸣呼啸。

日烘斧钺青龙见，风摆旌旗剑戟残。双方兵马皆勇猛，两员虎将显豪雄。

惊似轰雷山石裂，绿林深处戈矛来。素袍兵出银河汹，玄甲军兵势如熊。

两股兵器风雷响，一对矛枪鬼神藏。不事怀柔服强暴，只驱良善敌刀枪。

头上金盔耀日光，身披铠甲赛冰霜。坐骑千里龙驹马，手执虎头丈八枪。

岳飞再兴交手忙，凌云壮气震天响。势猛凌厉如刀割，厮杀恶战三百合。

反对议和，岳飞屡屡上书，次次遭到拒绝，愤而辞去一切职务，与奸相秦桧深深结怨。

公元1135年夏，岳飞率军镇压洞庭湖地区的杨幺起义，因功被朝廷封为开国公。"岳家军"由于收编起义军人数使部队实力猛增。次年，"岳家军"第二次北上出击、收复洛阳西南险要之地，夺取并烧毁伪齐粮秣。大军势如破竹，逼近到黄河。次后两年，金国下令取消节节败退的伪齐政权，以归还河南、陕西为条件，其目的是"诱使南宋议和称臣纳贡"。绍兴九年(公元1139年)元旦，秦桧代高宗向金使跪拜称臣，接受金皇帝诏书，从而达成和议。岳飞坚决反对，上表称"不可和议"，并四次奏辞因议和而赏封给他的官衔，遭秦桧嫉恨。时人说："天赐机会，这个大汉奸可明目张胆，名正言顺，堂而皇之，与金商讨灭南宋事！"

金军于绍兴十年(公元1140年)五月撕毁和约，四路大军同时伐宋。宋高宗大惊失色，不得不下令各军分别抵抗。岳飞第三次出击，令所部一支分路进攻河南，一支重返河北，自己则率主力从正面向汴京推进。四十多天后，先后收复陈州(今河南淮阳)等重镇，从三面形成了对汴京的重重包围。七月初，岳飞以少数轻骑驻守郾城，每天派小股人马向金军挑战，兀术由小路进军至城北二十里处与"岳家军"相遇，大战一触即发。时人有诗为证：

撕毁和约金来攻，战情陡然似压顶。
赵构惧怕忙派兵，岳飞得遇显才能。
三次出击凸勇猛，连战皆捷战旗红。

岳飞命岳云当先冲击敌阵，岳云拍马舞动双锤。与敌主将大战六十多个回合，越杀越勇。金军看抵敌不住，兀术遂以有"常胜军"之称的"铁塔兵""拐子马"突然袭来。"铁塔兵"乃金兀术侍卫的亲甲坚兵，是由三千余人戴双层铁盔、身披重重铠甲的骑兵组成。有资料说："这'铁塔兵'异常凶悍，战术奇特。"每推进一段，后面便置障碍，只能前进不能后退。正面冲锋时，犹如一道铁墙。左右两翼配备骑兵一万五千，常常在战斗最激烈的时刻突然出击。这"铁塔兵""拐子马"异常厉害，岳家军手中也有"绝招兵器"，早也严阵以待。待敌军临近，岳飞指挥经过专门训练的步兵手持"麻扎刀"和大斧专砍马腿，使敌军人仰马翻不得前进一步。此战从午后直战到天黑，金军大败。

朱仙镇大战不仅杀死了金军副帅，岳家军还响亮提出"尽收河北一切失地，直捣黄龙府"的口号。岳飞"战神"形象达到了出神入化的程度。有后人吟七绝句一首，诗曰：

春温杯底不伤寒，佳酿真如化鹤丹。

我欲长吟霄汉外，纷纷妙句韵人寰。

朱仙镇大战把金兀术杀得大败。金兀术也算是我国历史上有名的军事家，据史书说："伐宋取中原，在金国金兀术是第一号柱国大将，自始至终担负着金国主力大军的征战大任。所向披靡，每战必克。"可遇到了岳飞，他的神机妙算，足智多谋，便"黔驴技穷""江郎才尽"了。怎么绞尽脑汁、机关算尽，无不一次次尽入岳飞的彀中。《说岳全传》上说："他当着大小三军放声大哭说，'自我起兵以来，从没有像今天这样失败过！'"说着说着就要拔刀自刎，被军师哈迷蚩紧紧抱住。千劝万说，同意"暂且班师回国，待机报仇。以图东山再起，卷土重来。"无巧不成书，"山穷水尽疑无路"，突又出现了"柳暗花明又一村"。正值兀术无奈、大哭，正欲退兵之时，却发生一幕诡异、神秘情节。

正说间，只见对面林子中走出一人来，书生打扮，飘飘然有神仙气，上前来见兀术说："你也是统军大帅，岂不闻自古以来，权臣在内，大将岂能立功于外乎？不久岳元帅自不免也。"兀术听了，恍然大悟，遂作揖谢来者说："承蒙教谕！顿开茅塞，请问先生尊姓大名？"那人道："何必留名哉？"遂辞别而去。

岳飞决心乘胜渡河收复河北，他激励兵将们说："直捣黄龙府，与诸君痛饮耳！"然而，宋高宗慑于岳飞的震主之威，听信秦桧谗言："令岳飞暂且班师。"下令各路大军一律撤回原驻地。岳飞执意北伐，上奏说："豪杰向风，士卒用命，机不可失，时不再来。"高宗借口"孤军不可轻留"，一天催发十二道金牌，日行六百里，送达军中，岳飞涕泪交流，痛心疾首，大放悲声"十年之功，废于一旦！"被迫撤军。金牌者，也叫金字牌。早在宋夏战争期间，宋为了使皇帝的命令能及时下达到前线，于公元1083年创立了金字牌制度。金字牌是木制朱漆牌子，长一尺有余，上刻"御前文字，不得入铺"八个大字。朝廷下达的公文，如果附有金字牌，就有十万火急的含义，递铺要以最快的速度传递。携此公文的铺兵腰系铜铃，不分昼夜奔跑传递。前面的递铺远远听到铃声，就派铺兵在路口等候。公文一到马上交接，继续传递，一昼夜可行六百里。无故延期者判重刑，按期抵达者有赏。岳飞在此战中接到的全是严令和急命。若不听从，视为公开抗命，杀无赦。

权臣、敌国内外联手，残害忠良，一代将才死于非命。此后，金兀术提出以"必杀飞，始可和"为条件要挟逼迫宋朝廷，更暗中向秦桧下旨令"务必杀飞！"高宗于公元1141年一举剥夺了韩世忠、张俊、岳飞的兵权，解散其军队。诏岳飞赴临安（今浙江杭州）任枢密使。不久秦桧又唆使右谏议大夫万俟以"居功颓惰"为由弹劾岳飞，使罢官出朝。再诬陷岳飞与岳云及部将张宪谋反，随后将岳飞逮捕入狱，由高宗亲自审理此案。审讯中，御史中丞何铸被岳飞背上由老母亲刺上的“精忠报国”四个大字深深感动，转而为岳飞鸣冤。无奈，朝廷又改由万俟卨接任审理。十二月三十日即大年除夕夜，岳飞在风波亭被屈杀身死。同年底，宋金议和规定：“宋金以东起淮水，西至大散关（今陕西宝鸡西南）为界；南宋每年向金纳贡绢银各二十五万匹、两；南宋称臣，且‘世世子孙谨守臣节’。”绍兴十二年（公元 1142 年）一月，岳飞被以“莫须有”（或许有）罪赐死，岳飞手书“天日昭昭”后，将毒酒一饮而进，时年三十九岁。岳飞在风波亭遭赵构、秦桧谋害。

岳飞死后，全家被抄，五个儿子中除岳霖被人收养，余皆或充军岭南，或逃往湖广，甚至下属也被株连罢免或处死。直至高宗退位，孝宗为鼓士气，平民愤，才追复岳飞官职，将其遗骸依礼迁葬于西湖栖霞岭下。宁宗时，追封岳飞为“鄂王”，立岳庙。岳飞虽然被害死，然而他的精神、人格至今成为中华民族的精气神、阳刚气，气盖云天，震烁千古，灵气不灭。

杨再兴朱仙镇杀金四先锋

北宋末南宋初抗金名将杨再兴，是岳飞“岳家军”中的五员猛将之一。“岳家军”五员猛将分别是岳飞、陆文龙、高宠、岳云、杨再兴。岳飞是抗击金国兀术大军的统军大帅，又是沙场少有的战将。岳飞能开八石之弓，箭射二百四十步。在九龙山，他曾与杨再兴大战三百回合，不分胜负。杨再兴是“杨家将”的后代，此人武功精湛，非同一般。杨再兴又是中华五千年战史“十大猛将”之一。这“十大猛将”依次是项羽、英布、霍去病、吕布、马超、冉闵、斛律光、史万岁、杨再兴、李文忠。时人有诗曰：

再兴杨家后世将，神勇武功比七郎。
得进华史十猛将，气势勃勃名昭扬。
大战岳飞三百合，太湖独打雷六将。
百战大家人气响，杨家精神将脊梁。

杨再兴是“岳家军”中的主力战将。他是“杨家将”的后人，按辈分论，当是六郎杨延昭的重孙辈。“杨家将”又称“一门忠烈”，为古代社会几千年来，以家庭英雄出现，世世代代为朝廷效命，矢志无二的家族式精英。“杨家将”鞠躬尽瘁，死而后已。其人物之多，英才之众，活动时间之长，业绩之卓著，贡献之巨大，影响之深远，不仅为稍后的“岳家军”难以比肩，就是春秋晋国的栾盈栾氏家族，三国东吴的孙坚孙氏家族也难以并驾齐驱。正是：

一门忠烈杨家将，华夏家族大榜样。
史籍有查八代将，一以贯之效宋邦。
何止武功耀天响，受屈受辱无怨怅。
保族保主英气扬，情怀高尚难估量。

杨再兴是金刀令公杨业的后人，异常彪悍。野史中说杨再兴占据九龙山为王，岳飞率军前来征讨，与之大战三百回合，不分胜负，直至岳飞在睡梦中学得杨六郎教授的“杨家将”的“杀手锏”后，才把他降服，当即被委以先锋统制衔。从杨再兴的出身看，在九龙山能与岳飞独战三百回合，足以说明他是当时天下顶尖的勇士。正是：

再兴武功是峰巅，二十六史有名片。
历代筛选十猛将，英气勃勃名金榜。
能与霸王并肩响，无愧令公孕土壤。

杨再兴勇士风采的展现是在金兀术第二次伐中原的战场上。金兀术终其一生，有三次对中原用兵。第一次是取潞安、下两狼、攻河间。这次南侵较为顺利，在两国交战中，他对宋的忠臣十分佩服，对宋的奸臣极为憎恶。后来，他竟将叛宋助金的大奸臣张邦昌斩首祭旗。第三次是在岳飞被害后，又起兵侵犯中原。在朱仙镇与岳雷几经恶战，被打得大败。杨再兴的武功凸显是在他第二次兵犯中原之时。他趁岳飞洞庭湖攻打杨幺之机，发兵十六万再打中原，取下金陵，将高宗君臣围困在牛头山。他虽兵多将勇，无奈岳飞手下强将如云，杨再兴就是其中的一个。正是：

兀术三次伐中原，有生有败各参半。
兀术佩服宋忠臣，厌佞杀昌慰忠魂。
二次南下取金陵，碰到强手杨再兴。

杨再兴的登台亮相是在岳飞枪挑“小梁王”柴桂的先前。来看杨再兴在九龙山与岳飞大战三百回合的一场厮杀：

岳爷爷枪舞梨花，当心便刺；杨再兴矛分八叉，照顶来挑。这个枪来，犹如丹桂簇；那个矛去，好似雪花飘。真个是战作一团，不分胜负，杀作一处，难定输赢。

杨再兴归顺岳飞后，随岳飞率兵马，一路来到太湖瓜州路口，讨战水寨义军。韩世忠元帅接战。还未歇息到三日，有探子来报：“水寇戚方率兵马来攻甚急。”岳飞急忙传令：“屯兵港口，命杨再兴当先迎敌。”

再兴率兵出营，风驰电掣般疾进，不期而遇戚方兵马。杨再兴不等他人马屯住，遂咆哮般冲出。戚方拍马挺枪迎住，大喝一声，“何乃无礼，来将何人？”再兴说：“强盗，要知我的姓名、武艺吗？我乃岳元帅麾下大将杨再兴是也。贼将快报姓名，免污我杀无名之将！”戚方说：“俺乃太湖水寨‘赛霸王’戚方是也。我望你不要为腐败朝廷出力，咱们合伙反了吧！”再兴大喝一声：“贼将休得胡言！看你爷爷的枪！”一枪刺来，戚方忙接着厮杀，双枪并举，两马齐登，一来一往战了二十多个回合，再兴揽着枪，扯出锏来。一锏打去，戚方闪得快，但马头被打得粉碎。戚方慌了手脚，早被再兴擒过马来，摔在地下，命军士们绑了。紧随着，杨再兴连杀两将。

对阵罗纲见再兴擒了戚方，怒不可遏，拍马上前，也不答话，举刀便砍。再兴拦开罗纲的刀，轻舒猿臂，便擒了过来，叫军士们绑了，解往元帅大营。郝先在后压阵，听得戚、罗二人被擒，飞马冲来。见了杨再兴，不分青红皂白，抡刀就砍。再兴架开刀，一连几枪，杀得郝先浑身是汗，招架不住，被再兴伸过手来，夹腰一把抓过马去，叫军士绑了。众喽啰被杀得死的死，逃的逃，一哄而散，再兴方始收兵。后明人有一颂曰：

九里山前，杨岳彪悍。对决打拼，看谁胜算。一拨一拨，战三百合。

延昭梦中，刻意指点。得收猛将，效命朝班。随主攻略，太湖征战。

一路疾进，瓜州口岸。戚方来攻，凶悍勇猛。霸王虬髯，身大伟岸。

点钢枪尖，寒光亮闪。来者不善，擒将回还。再兴势壮，浩气冲天。

交手犀利，凶凶残残。一来一往，天昏地暗。二十合过，生擒马鞍。

罗纲见状，气愤填膺，举刀便砍，再兴躲闪。陡转马返，活捉马前。

郝先来战，十合未过。浑身是汗，弱势立现。瞅准时机，再捉捆拴。

未及时辰，三将尽残。快似飓风，雷鸣电闪。再兴武功，关张赵般勇。

他在征太湖杨幺一役中，有杀雷家五将场面。

雷家五将，又称“雷家五虎”，是杨幺麾下元帅雷亨的五个儿子，分别叫雷仁、雷义、雷礼、雷智、雷信，称为“雷家五虎”，武功高强，一个赛一个，人人都有万夫不挡之勇。

这一天，“雷家五虎”分左右两路杀来，岳元帅正欲亲自上阵厮杀，忽听得呐喊声骤起，杨再兴一马冲来。雷仁当先敌住，还未来得及交手，杨再兴马快，手起一枪，把雷仁挑下马来。雷义一见，勃然大怒，举起铁锤打来。杨再兴架开锤，回手一枪。正中雷义心窝，翻身落马。恰好此时岳云赶到，保护岳元帅先行回营，杨再兴在后压阵，那雷家三兄弟心中愤怒，使刀的使刀，举叉的举叉，带领兵卒追了上来。杨再兴大怒，滚银枪，左飞右舞，将三将一个不剩挑死。时人有诗为证：

再伐太湖贼杨幺，雷家五凶悍暴。
元帅当先上阵冲，被围岌岌危机中。
再兴及时来救应，连杀五虎全送命。

生擒活捉戚方、罗纲、郝先，又连连杀死“雷家五虎”是杨再兴武功超人的话，那么，两军阵上杀金兀术百万大军四位前部先锋，这绝对是杨再兴顶尖杰作了。这是在小商桥之战。只见那昌平王兀术率领六国三川人马，分为十二队，每队人马五万，计有六十万人马，诈称二百万，气压云天，向小商桥扑来，大有一口吞掉宋兵之势。

第一队的先锋雪里花南走马上来，正遇着杨再兴一马当先，拿枪只一挑，将雪里花南挑下马来。番兵不能抵挡，呐喊一声，两边散开。杨再兴拍马赶上。第二队先锋雪里花北便来援战，早被杨再兴一枪刺死于马下。只见那番兵回身一转，杨再兴拍马又上前来，撞见三队先锋雪里花东，早已知道前边之事，催马摇刀上来，正遇杨再兴。他的刀尚未举起，又早被杨再兴一枪，将颈下挑了一个窟窿，翻身落马。杀得那些番兵东倒西歪，抱头鼠窜，只恨爹娘少生了两只脚，没命地逃走。那四队先锋雪里花西闻报，飞马上来接战，撞着杨再兴，被杨再兴挑于马下。时人有诗为证：

朱仙镇前战旗红，兀术冲来四先锋。
再兴迎战凸骁勇，东西南北命尽倾。
雷鸣闪电杀四勇，北国谈兴色变惊。

四先锋被杀，杨再兴一路追击，不想马陷小商河淤泥之中，不能自拔。金兵气愤，乱箭将杨再兴射成个“刺猬”，奋战而亡。后元人有一长律云：

廷得祖厚荫将一门，杨家武功妙绝伦。得延传承衍八代，效命宋廷有史载。

报国疆场正义呈，一门忠烈人钦敬。以武奉国价连城，传延后世宝秘经。

文武治国半壁镜，缺一不可无途通。家族孕育百将能，血缘贵胄是杨姓。

武事底厚群将生，七郎八虎盖世勇。巾帼价值奇鲜正，太君桂英杨排风。

些小家族凸全能，百岁挂帅情怀涌。忠臣侍国有冤情，李陵碑前叹令公。

遭陷遭诬无怨逞，前赴后继效主公。朝廷负我我忠诚，民族忠贞杨家生。

忠义繁衍武作经，八代实则三百整。越传灵气越喷涌，精气有神杨再兴。

岳云牛头山剑杀金弹子

金弹子是金国赫赫将才,大太子粘罕之子,号称二殿下,他手使两柄铁锤,重一百零八斤,他上阵杀将,如入无人之境。在宋金两军阵前,曾杀败牛皋、余化龙、何元庆、张宪、岳云五员宋猛将。一战下来,迫使宋"岳家军"元帅岳飞高高挂起了"免战牌"。在宋金战场上,震慑宋军挂免战牌的只有三个人,一是双枪将陆文龙,一个是湖南义军猛将伍尚志,再一个就是这位金弹子。诗曰:

牛头山下厮杀忙,弹子北国逞豪强。
一闻父帅遭重伤,手提双锤要杀将。
牛皋不知将分量,一锤打得头晕胀。
张宪成方轮番上,顷刻之间败四将。

血脉传衍,将门底蕴。金弹子父亲粘罕是一位了不起的人物,他本名斡鲁补,又作斡离不,即完颜宗翰,是完颜阿骨打的次子,又有名字黏没喝。生于公元 1080 年,卒于公元 1137 年。完颜宗翰驰骋疆场,身经百战,在灭辽、伐宋的战役中,举足轻重,战功赫赫,为大金朝廷的扩展和巩固做出了巨大贡献。死后追赠太师,封宋王,谥号"桓忠",完颜宗翰最有名的战绩是轻骑奔袭,追击辽主。时人有诗为证:

弹子父亲黏没喝,骨打太子享国祚。
子承父亲大伟名,手使两槌盖世勇。
金国少年一猛将,战场武功杀气昂。

金弹子的骁勇就是从小耳濡目染,效法其父遗风的尚武好勇精神,从而练就了一身超人武功,成为战场猛将的。

金弹子上阵使用的兵器是一双铁锤,属于敲击类兵器。金弹子的登台亮相,战场威风是在金宋牛头山之战时展示的。牛头山,在今湖北省西北部荆州、襄樊一带,此是"靖康之难"后几年的事。牛头山之战是宋金双方争夺史上带有关键性意义的一战。双方动员参战兵马都在数十万以上。初战,金军帅级人物粘罕即金弹子的父亲,手提生铜棍,腰系流星锤,当先冲来。手使双银锤的南军岳飞的大儿子,有名的战将岳云拍马上前敌住。两员将交马只未过三五个照面，岳云右手一锤，正中粘罕左臂，翻身落马，几乎丢掉了性命。正是：

荆襄有座牛头山，宋金争战天地翻。
双方兵马过百万，战将交手有千员。
岳云粘罕单挑战，一锤砸罕离雕鞍。

粘罕在帐中养伤，金弹子从本国来到营中，拜见过大帅兀术，听说父帅受了重伤，恶狠狠地说："南蛮何方草寇，竟伤我父帅如此之重？我要他拿生命来还！"即时讨令上阵为父报仇。兀术大喜："你来上阵，定能挽回我大军尊严，鼓舞士气，胜利指日可待。"金弹子只三四锤，打得牛皋两臂酸麻，抵挡不住，飞马跑上山去。

金弹子战败牛皋，岳飞获得情报大惊说："猝不及防，金国又来了如此一员猛将？这当如何是好？"遂率一班众将走下来。

果然猛将上阵，与众不同，金弹子十分厉害。

那金弹子在山下，手抡双锤，大声喊叫："南蛮贼，伤吾父帅的，是哪一个蟊贼，快来送死！爷爷今天要你性命！"岳飞说："哪位将军出马，迎敌这员番将？"只见余化龙道："待末将前去拿他，立割他头项献来。"岳飞说："并非这般容易，须要小心谨慎！"余化龙一马冲下山来，士气雄壮。金弹子道："来的是南蛮哪员将？报上姓名来，爷爷我从来不杀无名之将！"余化龙说："岳元帅麾下，先锋余化龙是我的大名。"金弹子说："不要走，吃我一锤，叫你看看爷爷的厉害！"举锤便打。两马相交，一来一往。十数个回合未过，余化龙力怯，气喘吁吁，拔回马败回山上。当时恼了董先，大怒说："我去战他一场！让他看看我的本事！"拍马举铲，飞马跑下山岗。与金弹子对阵，各通姓名，杀气昂扬，锤铲相交，比力量，斗技艺。七八个回合未过，招架不住，董先着了忙，将铲虚摆一摆，飞奔逃走山岗上。旁边又恼坏了何元庆，大怒咆哮，嘴一张："待末将来会会这番将！"催开战马，提着斗大双锤，一马冲下山来。金弹子看见，大喊说："来将通名，我好与你明明白白战一场。"何元庆说："我乃何元庆，宋虎威上将，特来拿你这小贼将。"金弹子说："你这个南蛮，也是用锤的，与我一般样，来吧！看咱俩谁更强？"举锤相迎，锤来锤架，锤打锤叮当，呼呼声响。

战鼓齐鸣，三军声气壮，两马如游龙戏水，四锤似霹雳轰山。金弹子拼命冲锋图社稷；何元庆抖擞精神壮南邦。宋将士咯吱吱咬碎口中牙，金国兵将忽闪闪睁圆眉下眼。两员虎将交手，单挑独斗，扬尘播土风云变。这一对英雄，搅海翻江华岳忙。将遇良才无胜败，棋逢对手难论强，武功双双震华邦。二人大战二十余回合，何元庆气喘力怯，抵挡不住，惊慌失措败走。

金弹子连败余化龙、董先、何元庆三员猛将，金兀术大喜过望。乘着余威，第三日，金弹子又至山前搦战。岳飞命义子张宪出战。金弹子叫说："来将通名！"张宪说："我乃先锋张宪，今特来拿你，不要走！吃我一枪！"把手中枪一举，往其心窝里刺来。金弹子举锤相迎，心中想：怪不得四王叔说这些南蛮一个个了得，我须要用心与他恶战！把锤打来，张宪挺枪来迎。一个枪刺去如大蟒翻江，一个锤打来如猛虎下山。那张宪的枪法十分厉害，二殿下锤砸无双。二人又大战四十余回合，张宪看抵敌不住，返回山岗。岳飞见状，无奈，令快挂"免战牌"。兀术闻报，鸣金要殿下回营。时人有诗为证：

战败五将士气壮，余董何牛难比量。
张宪不服抢上场，四十合后仍难挡。
岳飞见状惊慌忙，免战牌挂免人伤。

岳云当差从金门镇回营，看到"免战牌"大怒，说："是何人如此厉害？让我父挂了'免战牌'。我去杀他贼寇，报这一箭之仇！"岳云毫不迟疑。立马出阵，先一拨与金弹子大战四十多个回合，不分胜负。又第二局打了八十多个回合，渐渐招架不住。牛皋见了，心中着急，唯恐岳云有失。大叫一声："加把劲儿，侄儿不要放走他！"这一声来得突然，金弹子误以为是后边兀术叫他，下意识扭回头观看，岳云乘机一锤打中肩膀，翻身落马，岳云速速拔剑取了金弹子首级。后明人有一长律云：

牛头山战残烈凶，战将耀武人神惊。金宋争战夺疆土，夺城夺位是本宗。

南宋虽弱不甘倾，能征惯战有将勇。八大锤猛千将征，又有新归陆文龙。

华史有将杨再兴，高宠力神第一凶。关铃张宪岳云将，化龙成方狄雷强。

兀术统兵来势强，围困牛山捉宋王。岳飞运筹机谋精，怎奈兀术将中能。

麾下二殿金弹子，双锤彪悍无人敌。牛皋成方轮番上，化龙张宪战当央。

兵强马壮围裹强，欲吞弹子一命亡。双锤贯顶霹雳响，谁说弹子不霸王。

殿下大战败五强，南国敌手人惊慌。智劣力竭徒感伤，免战牌挂耻辱降。

辛弃疾志难酬悲愤辞世

有道是奸臣当道，正义不灭。岳飞遭诬陷死了，可南宋军民抗金的怒火越烧越旺，在全国已势不可挡。这时在朝廷内部主战派中又站出来一位豪杰人物。他义无反顾，舍家弃子毅然走上战场，屡败金兵，为国人争得了尊严，他就是辛弃疾。

辛弃疾生于公元1140年，卒于公元1207年，原字坦夫，后改字幼安，号“稼轩居士”，山东历城人，是南宋时文武兼具的爱国将领。辛弃疾既是我国历史上杰出的词人，也是一位誓死抗金的英雄。辛弃疾一生对南宋国家的前途、民族命运的关心和在文学创作上的杰出贡献，八百多年来，一直受到人们的赞颂。有他呕心沥血、忧民忧国、渴望国家统一，而自己难以施展抱负的两首豪放词，震烁千古。其一《水龙吟》曰：

> 楚天千里清秋，水随天去秋无际。遥岑远目，献愁供恨，玉簪螺髻。落日楼头，断鸿声里，江南游子。把吴钩看了，阑干拍遍，无人会，登临意。
>
> 休说鲈鱼堪脍，尽西风，季鹰归未？求田问舍，怕应羞见，刘郎才气。可惜流年，忧愁风雨，树犹如此。倩何人，唤取红巾翠袖，揾英雄泪！

对辛弃疾的精神气质，一腔热血，报国情怀，后人感慨不已。有元人作诗曰：

> 位卑从未忘忧国，忧虑北虏南攻来。
> 心力交瘁由来久，哪堪谗口多诛锄？
> 欲为壮士倾尽才，保主何如中原得？
> 万千兵马千猛勇，直向北地捣黄龙。

辛弃疾父亲辛文郁早逝，他由祖父辛赞抚养，长大成人。辛赞本乃宋官员，济南沦陷时，丧失民族立场，做了金的县令、知府一类的地方官。当辛赞在亳州的谯县做金的县令时，辛弃疾也跟到谯县。那时亳州有一个叫刘瞻的读书人，因善作田园诗而闻名一方。辛赞便叫辛弃疾去拜他为师。在刘瞻的学生里，当时只有辛弃疾和党怀英最为优秀，亳州人遂把他俩称为“辛”“党”。

党怀英后来在金做了显贵大官，而辛弃疾却走上了与党怀英完全相反的道路。时人说："本乃同窗，人格迥异，南辕北辙，背道而驰，看官场如看戏。"

辛弃疾常随祖父登山临水，观赏祖国的山山水水，对祖国的美好河山，他如痴如醉，流连忘返。

辛弃疾常常暗自思忖："如此雄伟壮丽的山河，却被女真强盗无端无礼霸占着，我汉人无能无力，太愧对祖先，耻辱啊！"想着想着，在幼小心灵中打下了烙印，情不自禁立下了矢志恢复中原的宏愿。公元1154年，济南府保荐他到燕京参加进士考试。趁此机会，他深入河朔一带窥察金军的兵力部署和民众反抗力量。辛弃疾深感"沦陷区虽被金兵残酷镇压，可我大宋百姓，无论是老叟孩童，无一日不思回归故国，我等热血男儿，责任重大啊！"公元1157年，辛弃疾第二次参加进士考试，这使他对金人虚实有了更深入的了解。此正是：

深感祖父养成人，早早入学拜师尊。
勤奋苦学誉"辛""党"，锻造本事卫家邦。
人各有志各选向，知己反而成仇党。

公元1158年，完颜亮又命令张浩负责修建汴京，准备将都城再次南迁，以便于进攻南京。公元1161年夏秋间，金主完颜亮率领六十万人马大举南侵，激起了中原民众反金的武装反抗，全国各处烽烟四起，战争此起彼伏，连绵不断。许多大臣反对，说："宋人无罪，师出无名"，连徒单太后也极力劝阻。完颜亮却一意孤行，甚至处死了徒单太后，禁绝异议，迁都汴京，积极准备南侵。

中原天下反金烽烟起，大名王友直聚众十多万人，海州魏胜也起兵十多万人，纷纷起事。在义军如火如荼蓬勃发展时，济南农民耿京、李铁枪六七人，共同起事。聚集众人后，迅速占领了莱芜和泰安两个县城，后蔡州人贾瑞也带数十人来归附耿京。不久，队伍壮大到二十五万人。

此时，辛弃疾二十二岁，看到群起反金，似熊熊大火，越烧越旺。情绪激奋，遂毅然决然投身到火热的农民起义战斗中去。不久，他在历城以南的山区，组织了两千多人的队伍，高高举起了义旗。很快部众归属了耿京，以加强抗金的力量。耿京欣喜不已，说："早已知道你的大名，热烈地欢迎你！"遂委任他担任掌书记职务。

随后，辛弃疾又说服一个叫义端的和尚，率众一千人来归属耿京。不料义端没过多久便阴谋叛变，偷了耿京的天平军印信逃跑。辛弃疾估计义端是逃向金营前去献功，马上去追赶，果然当场追上，一举拿获，立即斩首，提着人头回报耿京。此一举动，使耿京从此更加器重辛弃疾。此正是：

民众起义受感染，自组队伍历城南。
壮大实力归耿京，又携义端来助战。
嫉恶如仇杀叛变，弃疾形象跃天巅。

宋绍兴三十一年(公元 1161 年)，完颜亮率军攻打瓜州渡(今江苏扬州市)，横渡长江时，部下得知完颜雍已在辽阳称帝，并废完颜亮为庶人。完颜雍继完颜亮后自立为金主，是为金世宗，不久与宋讲和，劝诱起义汉人投降。下大赦令说："在山者为盗贼，下山者为良民。"企图以此分化瓦解忠义军。另一方面，他又调集大军，继续镇压各地义军。面对军情变化，辛弃疾对耿京说："恐怕下一个攻击目标当是我们，不得不防，应快做好准备。"头领们在一起商议，决计南归。绍兴三十二年(公元 1162 年)正月中旬，耿京派贾瑞、辛弃疾等人，经楚州到达建康，会见南宋的将相朝臣，为出巡的赵构召见。一切所须接洽事宜，均顺利完成。赵构封耿京以"检校少保"官衔，并正式任命他为天平军节度使。对贾瑞、辛弃疾诸人分别给予不同官衔，让其回去向耿京传达朝廷旨意。时人有诗为证：

金兵侵略犯众恶，兵民百姓齐行动。
弃疾自身投耿京，得主派遣进朝廷。
国主赵构喜召见，封爵破格非一般。

不料，此时山东义军里出了个叛徒张国安。这张国安贪图金人重赏，勾结耿京部下叛徒邵进，乘其不备杀了耿京，投降了金人。事变突发，辛弃疾和贾瑞等人从建康北归到海州，听到消息，马上约集当地统制王世隆和忠义军人马金福等，只带五十骑兵，直趋山东金营。这时，张国安正在那里与金将酣饮作乐。得意忘形、弹冠相庆之际，辛弃疾等以迅雷不及掩耳之势在五万大军的金营里擒得这个叛徒张国安，绑缚在马上，接连不停地跑了几个昼夜，把这个叛徒押到建康，献给赵构后杀了。这一年，辛弃疾才二十三岁。釜底抽薪，擒贼擒王，这一英勇行动不仅打击了金人，更鼓舞了中原人民抗金的信心和决心。后人洪迈用"壮声英概，儒士为之兴起"的话赞扬辛弃疾。这正是：

壮士英勇冲金营，出其不意捉叛贼。
绑缚上马气势虹，呼唤万兵归宋廷。
百万军中取首级，无过弃疾战将勇。

南宋朝廷有主战与主和两派，而由于皇帝骨子里软弱，主和一方常常占据上风，操控中央统治权。

太子赵昚即位之初,很想做一番恢复失地、统一中国的大事业,任用主战派张俊北伐。如前所述,辛弃疾等对张俊守淮保江战备极表赞同。可因李显忠、邵宏渊两将不睦,北伐军大败于符离。主和派汤恩退等人就借此排斥张俊。不久,汤恩退尽撤两淮战备,亦于公元1164年和金签订了屈辱投降的"隆兴和议"。辛弃疾满腔悲愤,把当时宋金对立的形势和前途,详尽做了分析,写成了十篇论文,名为《御戎十论》,又名《美芹十论》,于公元1165年奏表孝宗。"十论"名目为:

(一)审势;(二)察情;(三)观衅;(四)自治;(五)守淮;(六)屯田;(七)致勇;(八)防微;(九)久任;(十)详战。

《十论》前三篇主要内容,分析"女真人虚弱不足畏":

"(一)金人占据的土地虽广阔,但一旦有战事,很容易土崩瓦解,如完颜亮南侵,起义军四方蜂起,他土崩瓦解的现象,便顿然发生。(二)金人财政并不富裕,一旦有战事,搜刮民财,势必导致民怨沸腾。(三)金人士兵,是难调易溃的,部下'大汉军'都怀有父兄被杀害或田园被掠夺的仇恨,与他们不是一条心。若从万里之外,调兵遣将,则后方接济,困难重重。(四)金人内部有契丹、中原和江南人,上下猜防,明争暗斗。(五)北方汉族人民,在女真贵族压迫下,壮丁被抽调,土地被掠夺,创巨痛深,如果听到王师北伐,必闻风兴起,争为内应,成为金人的心腹大患。以上情况,都是有利于我,不利于金,此优劣之势,昭然若揭。"

时人有诗为证:

御戎十论又美芹,芹菜好吃献主闻。
别人不喜当另论,赤以美字献真心。
十论尽折敌方情,良苦用心向主禀。

《御戎十论》分《前十论》和《后十论》。《后十论》有三篇主要内容:

"(一)反对南北定势论。有人认为南北有定势,吴、楚之脆弱不足以争衡中原。辛弃疾说:'谬也!战争胜败在于顺逆。金人侵略是逆行,大宋收复乃顺势,古今常理,南北决无定势。'(二)主战则生,议和则亡。先攻取山东,次取河北,终必收复中原。(三)自起、自立、自奋、自强,矢志北伐,收复疆土。”

时人有诗为证:

后十有论三要点,驳斥定势论调残。
主战则生议和亡,金人逆行不得昌。
自起自立须奋强,矢志北伐气高扬。

公元1170年,孝宗在延和殿召见了辛弃疾。据《宋史》记载,“他这时因论南北形势及三国、晋、汉人才,持论劲直,不为迎合。召对后,赵昚召见后,比较满意。调他任朝廷做司公寺主簿。”此时,虞允文任朝廷宰相。虞允文曾于公元1161年,在采石打败了完颜亮的军队。辛弃疾即时把自己的收复大计又写成九篇论文,名为《九议》,送给虞允文。

《九议》原文没有标题,内容大意是:

(一)论用人;(二)论长期作战;(三)论敌我长短;(四)论攻守;(五)论阴谋;(六)论虚张声势;(七)论富国强兵;(八)论迁都;(九)论团结。

辛弃疾满怀热情期盼着虞允文的回复,日日盼,夜夜盼,望眼欲穿。可石沉大海,杳无音信。《十论》《九议》是辛弃疾爱国思想和战斗精神的集中表现,可得不到支持,他无限感慨,在《鹧鸪天》词里写道:

壮岁旌旗拥万夫,锦襜突骑渡江初。燕兵夜娖银胡簶,汉箭朝飞金仆姑。追往事,叹今吾,春风不染白髭须。却将万字平戎策,换得东家种树书。

公元1172年春天,辛弃疾由司公寺主簿被调任淮南的滁州做知州。滁州在两淮之间,为南北必争军事要冲。辛弃疾在公元1163年张俊北伐时,曾向赵昚进《论阻江为守须藉两淮疏》及《议练兵守淮疏》,以后进《美芹十论》,也有《守淮》一篇,对滁州地理形势有精到研究。滁州在此时由于金兵屡来攻打,为一缺乏安全之地。辛弃疾被调滁州,多数人以为是受了委屈,而他自己却说:“虽然官小,地窄且险,却是我施展抱负的一次好机会,不图当官大小,只求为民办事,我愿足矣。”

滁州屡遭战乱,自然灾害频仍,人烟冷落,城郭萧条。居民只能在瓦砾场上搭盖草棚栖身;每每刮风下雨,无不提心吊胆。百姓贫困到连鸡鸭猪都喂养不起,十有六七人外出逃荒。辛弃疾到任,第一件事就是下乡巡察。当他看到田野荒凉，百里无人烟时，悲伤得泪眼模糊。民生连着国运，连着大宋朝廷的兴衰存亡。民生问题是我大宋朝廷能否稳固的主要标志。

辛弃疾到任采取了一系列措施招抚、安置流民，恢复生产。很快，他向朝廷上表请求将赋税一次性全数豁免，共计钱五千八百贯。为鼓励辖区经济活跃，奖励耕战，尽快繁荣，实行营业税额减免；凡逃荒在外的，尽快回乡，政府可借钱安顿，为其修建房屋。凡外逃来者，愿意在滁州住下来的，分给土地、农具、牲畜、粮种，鼓励他们在滁州安家落户。

辛弃疾大力实行休养生息政策。很快，滁州人口增加，生产恢复，官府税额随着增加。辛弃疾拿这笔钱恢复建设，建商铺、客店、酒馆，便利行旅，恢复市场。时值这年夏麦大熟，丰收满仓，百姓喜气洋洋。在短短半年之内，遂使滁州荒陋的面貌大为改观，一派繁荣昌盛气象。此正是：

不唯官职高与低，只为情深系民饥。
免税免赋多惠及，休养生息渡危机。
繁雄奠枕两楼起，滁州半年业伟立。

"隆兴和议"后，宋金双方四十年中没有战事。南宋统治者已经满足于半壁河山局面，早把沦陷区百姓的苦难抛在脑后。小朝廷偏安于东南，失掉淮河以北广大土地，税赋减少，而国家大笔开支就只有加重到南方百姓头上。加倍敲诈，残酷剥削，国内阶级矛盾日益加深。乾道元年（公元1165年）以来，各地区就曾爆发过好几次农民武装暴动，而最使这个小朝廷惊慌失措的，就是淳熙二年（公元1175年）起义于湖北的"茶商军"。

茶叶捐税事关当时朝廷收入的大宗税赋，茶民和茶商因不堪重税群起而反抗。这一支以赖文政为首的武装起义军，虽然只有四百多人，但从荆南向江南进发，沿途曾经打败了官军好几次。"茶商军"的起义，是反对南宋朝廷过重的茶税，得到广大民众积极支持，队伍壮大很快。南宋坚决要镇压"茶商军"。淳熙二年（公元1175年）六月，朝廷任命辛弃疾为江南西路提刑典狱公事，叫他"节制诸军，讨捕茶寇"。辛弃疾接受任命，到江西赴任。经过几次战斗，"茶商军"很快陷入困境。辛弃疾派人去"茶商军"营中劝诱赖文政接受招安，赖文政来到军前投降，不料被辛弃疾押解到江州杀了，"茶商军"残部遂被改编或遣散。"辛弃疾捕寇"有方，遂加"秘阁修撰"职务。

公元1179年，辛弃疾受任湖南转运使，知潭州，兼湖南安抚使时，又向皇帝赵昚进《论盗贼札子》书。在书中，他陈述"官逼民反"的事实：民者国之根本，而贪浊之吏迫使为盗，今年剿除，明年扫荡，譬之木焉，日刻月削，不损则折。臣不胜忧国之心……欲望陛下深思致盗之由，讲究弭盗之术，无恃其有平盗之兵也。为巩固在湘"治安"，整顿地主武装，做"乡社”工作。次年，辛弃疾又向朝廷上表编练一支二千步兵和五百骑兵的“飞虎军”。得允后，遂筹建营房，招募步兵、骑兵，规模巨大。当建筑营栅正酣时，正值秋雨连绵，所需二十万片瓦无法造。遂决定：“今长沙城内外居民，每家供送瓦片二十片，付给瓦价一百文。”两天之内，即凑足数目。建筑费用以巨万计，也立即筹好。枢密院大臣闻风说：“辛弃疾劾奏聚敛民财。”赵昚怕惹起民众反抗，降御前金字牌，勒令停工。辛弃疾置之不理，反把建营工程加速完成，绘图缴奏。赵昚看到“飞虎军”建议，有利于江南偏安局面，也就不再说什么了。“飞虎军”到底如何？卫泾说：“湖南飞虎军……自辛弃疾奏请建制垂四十年，北虏颇知畏惮，号‘虎儿军’。”直到公元1206年，韩侂胄伐金，也曾调用这支军队，建立飞虎军，雄镇一方，为江山诸军之冠。不久，他又被调知隆兴府兼江西安抚使。是年底，有人弹劾他在湖南建军用钱太多，因此而被罢职，在江西上饶过着退居生活。此正是：

勇于任事耿耿心，敢说敢做办飞军。
矢志抗金不移身，和平之时思危深。
骁勇一支飞虎军，撼敌北虏四十春。

公元1192年，辛弃疾复被起用为福建提点刑狱。到了冬天，又任代理安抚使。不久又加集英殿修撰，知福州兼领福州安抚使。在任一年多，他在政权、军备、司法、教育等方面做出了很多政绩，然由于佞臣的弹劾，又被罢职。直到公元1202年，即宋嘉泰二年，辛弃疾被起用为知绍兴府兼浙东安抚使，公元1204年，改知镇江府，积极备战。他向当时主政的韩侂胄说：“加强两淮驼屯军，强化谍报和联络，在充分准备的基础上进行北伐。”韩侂胄虽然主张北伐，但庸碌无能，且急于求胜，听不进切实可行的意见。辛弃疾

看出韩侂胄不足成事。第二年复辞归江西铅山。公元1207年,病卒,享年六十八岁。时人有诗为证:

屡任地方多职务,政绩卓著史有述。
矢志抗金有气度,不复国土决不休。
男儿忧天多壮志,为国为民拼博奋。

辛弃疾在战场上多有胜绩,在军旅闲暇之余,写出了不少军事论文,表达了他的远见卓识,但在南宋的腐朽统治下,他的抗战主张和军事设想都没有得到实现。在极度忧愤中,他写出了数百首脍炙人口的爱国词章,成为永远鼓舞人民爱国、战斗的宝贵精神食粮。所以,辛弃疾既是我国历史上重要的军事家、政治家,又是我国文学史上伟大的文学家,著名的豪放派诗人代表。最能反映他军事题材,骁勇搏杀,气吞山河之勇的有三首:《破阵子·为陈同甫赋壮词以寄之》以浪漫的笔调,描写了将军形象:

醉里挑灯看剑,梦回吹角连营。八百里分麾下炙,五十弦翻塞外声,沙场秋点兵。

马作的卢飞快,弓如霹雳弦惊。了却君王天下事,赢得生前身后名,可怜白发生!

《永遇乐·京口北固亭怀古》对祖国大好河山被金兵蹂躏,触景生情,以"怀古"为题,气势恢宏:

千古江山,英雄无觅,孙仲谋处。舞榭歌台,风流总被雨打风吹去。

斜阳草树,寻常巷陌,人道寄奴曾住。想当年,金戈铁马,气吞万里如虎。

元嘉草草,封狼居胥,赢得仓皇北顾。四十三年,望中犹记,烽火扬州路。可堪回首,佛狸祠下,一片神鸦社鼓。凭谁问,廉颇老矣,尚能饭否?

到镇江北固亭怀想三国孙权、曹操的往事,曾写《南乡子·登京口北固亭有怀》,更是气壮山河:

何处望神州?满眼风光北固楼。千古兴亡多少事?悠悠。不尽长江滚滚流。

年少万兜鍪，坐断东南战未休。天下英雄谁敌手？曹刘。生子当如孙仲谋。

辛弃疾既是诗人、词人，更是一位抗金名将，政治家、军事家。千百年来，人们怀念他，赞颂他。后明人有一长律云：

青山匹马万人呼，幕府当年急兵符。愧我明珠成薏以，负君赤手缚於兔。

观书到老眼如镜，论事惊人胆满腹。万里云山送君去，不妨风雨破的庐。

莫邪三尺照人寒，试与挑灯仔细看。且挂空斋作琴弦，未须携去斩楼兰。

三峰一一青如削，卓立千寻势可遏。正直相扶无倚榜，撑持天地助苍桑。

尝笑韩非死说难，先生事业最相关。能令父子君臣际，常在干戈揖逊间。

几悉讨虏杀气勇，尽显赤心效赵宋。矢志复土赎前科，战场捐躯心也甘。

宋就沉沦君苦弑，祖宗造孽子孙罪。可惜国祚气数尽，欲展良图抛旧愤。

文天祥誓死不降正气浩然

文天祥是中华民族的伟大英雄。在国家、民族危亡时刻,他坚决抗元,誓死不降,威武不屈,一身正气,大义凛然。磅礴气,精气神,脊梁骨,是文天祥的光辉形象,名副其实,当之无愧。时人有诗为证:

历代兴亡多变迁,多半人事多半天。
说瑞应谶预连连,谁识奥秘在事先。
宋代亡国喜弹冠,独有良臣高节见。
大义疾风知劲草,浩然正气有遗篇。

文天祥生于公元1236年,卒于公元1283年,字宋瑞,又字履善,号文山。古庐州庐陵人,南宋末任宰相。文天祥历任签书宁海军节度判官厅公事、刑部郎官、江西提刑、尚书左司郎官、湖南提刑、知赣州等职,有《文山先生全集》传世。

文天祥于宝祐年间得中状元,宝祐是南宋第五代皇帝理宗赵昀的第六个年号。小时候,父亲教文天祥,"你要好好读书,自古以来,凡立志欲建功立业成为一代将相者,无不自小从勤奋好学做起;你要早早立志,掌握本领,长大了为国效命。"文天祥此时虽然只有五岁,可他聪明伶俐,忽闪忽闪着大眼睛,对父亲点了点头,表示记下了父亲的话。从此以后,他学习更加刻苦用功了。文天祥刚到十二岁,就已通读了四书五经,对古典文学尤为钟情。

文天祥很崇拜孔子。孔子思想的核心是"仁""礼"二字。"仁"的基本含义是"爱人"。因此,在人与人的关系上,他主张"己所不欲,勿施于人",统治者要"节用而爱人,使民以时"。文天祥在县城里看到许多名人的遗像。这些画像的人物都是家乡的人,他们生前做了许多利国利民的好事情,死后受到人们的尊敬。文天祥看着这些画像,缅怀着他们的事迹,心里暗暗下定决心:"将来,我也要和他们一样,为国家做事,当一个顶天立地的大丈夫,在后世为家乡留点痕迹,也不枉来到人世一回。"时人说:"这是文天祥的高尚道德。"

文天祥生活的时代,正是南宋封建统治极端腐朽、广大人民生活极为困苦、蒙古贵族处心积虑侵宋,咄咄逼人,夺占中原的时代。正是这危机四伏、凶骇无比的社会大环境,孕育了文天祥献身救国的抱负和胸怀。青年时的文天祥，曾参观过庐陵学宫，受欧阳修的锐意改革和见义勇为的言行所影响，还受到杨邦义、胡铨等宁死不屈精神的激励。杨邦义被金兵俘虏后，咬破手指血书“宁作赵氏鬼，不为他邦臣”，并以头撞柱，至死不屈。后遭剖腹挖心，大义凛然，震烁千古。胡铨因为力主抗金，被秦桧罗织“狂妄凶悖，鼓众劫持”罪名，置于死地，为后世人们无比怀念。文天祥发誓说：“我将来死后，如不能和他们一样受人们纪念，便算不得好男儿、大丈夫。”

二十岁的文天祥在科举考试中，以全国第一名的佳绩中了状元。可惜懦弱无能的宋理宗，对文天祥的奏章置之不理。文天祥失望之余，请求辞官。

不久，文天祥又被起用赣州知府，当他听到京城危急的消息时，急得掉下了眼泪，“现在是我替国家效命的时候了。”可他是文官，手中无一兵一卒。于是，他果断地卖掉了家产，把换来的钱作为军费，去招兵买马，组织队伍。一次次举动，当地百姓无不为之感动，纷纷为国参战，几天工夫，就来了一万多人。接着就开始练兵。

舍家为国，训练兵马。当时有人劝他说：“眼下元军来势凶猛，你带这些兵不是赶着羊群喂老虎，白白送死吗？”文天祥叹着气说：“你说得不错，也许是这样，靠我们这点儿人马要打败元军，希望不大。可这也是没有办法的办法，这至少是一种精神，激励人们吧！现冒死为国尽力，就是希望天下人都能这样。要是大家都起来抵抗，那不就能打败元兵，国家不就有希望了？”不久，粮食准备好了，文天祥就带着军队，连夜出发赶往京城。这正是：

国遭大难两泪倾，倾家积财自募兵。
好友诚心来劝诫，杯水车薪实无奈。
召感义兵一万多，势弱也要挥兵戈。

公元1273年，蒙古铁骑分三路大军肆意掠宋，襄阳、樊城相继失守。次年，又在贾似道不抵抗的国策下，元军先势如破竹般攻下建康，直趋临安。文天祥主动出击，以所募区区三万之兵，决心保卫临安。他早胸有主张，说：“临安城内外二十万军民由抗元大将张世杰率领，完全有力量与元军决一死战。”不久，元军沿长江长驱直入。贾似道迫于形势，带领十三万精兵到达芜湖迎战元军。一群乌合之众，岂能抵挡虎狼之兵！结果一战宋军大败，芜湖沦陷。贾似道抱头鼠窜，最先逃到扬州。他上疏朝廷，请求迁都，说：“快迁都，已无其他任何办法！”谁知太皇太后不允。

很快，元军一步步逼近临安，各地义军要求早日入京守卫。朝廷上下一片混乱，众说纷纭，各持己见，吵吵闹闹，大臣意见不一。文天祥上疏申辩，据理力争：“人连见都未见，凭什么说是乌合之众，强盗贼寇？好端端的有兵不用,安的是什么心?”在太学生、朝中正直人士和舆论的支持下,南宋朝廷作出了让步,命文天祥火速进京。一个多月后,勤王兵马经过千辛万苦,到达临安。此真是:

似道国君连败北,各地勤王战鼓擂。
奸臣当道骂儿戏,天祥申辩说正理。
得凭军情日日急,勤王兵马入京畿。

文天祥到达临安后,虽被任命为浙西、浙东制置使兼知平江府事,却一直没有接到战斗命令。原来,宰相陈宜中、留梦炎等打算与元军议和。文天祥闻讯非常愤怒,又一次上书:“这是姑息养奸,为虎作伥,养虎遗患。”这时常州告急,无奈之下,朝廷勉强派了一个怕死又没有作战经验的张全领兵两千前去救援,命文天祥率部赶往平江。文天祥到达后,想常州战局关系重大,便派勤王军将领尹玉、朱华、麻士龙等前往助战。张全胆小怕死,勤王兵马孤军奋战,麻士龙、尹玉壮烈牺牲,张全乘夜逃跑,常州不幸失守。时人有诗为证:

朝廷有人又谋和,文祥上疏再陈说。
战况日复一日急,被迫朝廷开杀机。
天祥受命赶平江,麻尹两将阵上亡。

元军攻陷常州后兵分几路,加紧进攻。溆浦、华亭失守,嘉兴受到严重危胁。伯颜打算攻打余杭县西北的独松关,这一路宋军防御空虚,且又是到达宋都临安的捷径。陈宜中赶紧命令文天祥放弃平江,到余杭坚守独松关。平江是个军事重镇,元军经平江进入运河,就能到达临安。因此,文天祥不愿放弃平江。在朝廷一再催促下,文天祥只得率领义军向余杭进发。可文天祥还未到达,独松关已经陷落,同时平江也被敌人占领。随即,临安又被团团包围。文天祥与张世杰向朝廷建议:“淮东一带、福建、广东都还在我南宋手中,可以一边在临安阻击敌人,一边命令淮东的军队攻击元军的后方,或许能挽救大局。”然而朝廷中议和派这时占了上风。太皇太后拒绝文天祥、张世杰的主张。文天祥又提出请求:“请太皇太后和皇帝离开临安南下,由我率兵抵抗元军。”朝廷仍然不许。此正是:

坎坷艰难得主允,文祥助战历征尘。
援助张全死两将,守卫平江似茫茫。
宜中勒令瞎指挥,两地皆失天祥悲。

朝廷派人到伯颜营中请降,伯颜不允。伯颜大怒说:“宋不得保存名号,此次谈判非宰相亲来,别人无有资格,不得代行。”景炎元年(公元1276年)农历正月十八日,元军抵达离临安仅三十里的皋亭山,朝廷派遣贾余庆等献上传国玉玺和皇帝的降表。伯颜这才接受了南宋的投降,并要陈宜中来元营亲自谈判。陈宜中吓得早逃走了,朝臣们慌得六神无主,束手无策,你看看我,我看看你,谁也没有办法。不想正值此时,文天祥挺身而出。对此行,文天祥也有两种准备。他说:“可能被扣,不会回来了;也可能安然回来,无论哪种结果,我都得去。国家将亡,为人臣者,哪还能顾及身家性命?就是死也是昂起头,挺起胸。身为大宋人,站着是棵松,坐下是座钟。士可杀,而决不可辱。国格、尊严高于一切,男子汉大丈夫,脊梁骨比什么都重要!”文天祥决心以丞相身份赴敌营谈判。他要据理力争,决心为保家卫国而战。

这一天,文天祥带了几个随从来到了元营。伯颜威风十足地坐在上面,左右的人大声对文天祥叫着:“见我国相,还不快跪下!”文天祥冷笑一声,笔直地站着,镇静地说:“投降的事,是前任丞相的事,我不知道。我现在作为宋皇帝的使臣,是来谈判的,不是来投降的。不能下跪,我也决不会下跪!”伯颜见文天祥一身正气,就软了下来说:“说得是,可以商量。文丞相,请,快坐下,上茶。”文天祥说:“好,我问你,你们是想把宋灭了呢,还是把它当成一个邻国?”伯颜假意说:“这……不灭宋,也不杀百姓。”文天祥说:“哼!你们从不守信用,现在你们必须撤军,等撤军后两国再坐下来谈判。如果你们想灭掉宋,那么除了京城,我们还有大片国土,打起来谁胜谁负,还不一定呢?”伯颜发火了:“胡说,你现在是在我的手里,还不怕死吗?”文天祥“呼”的一声站了起来,把胸脯挺了挺说:“我想的就是以死报国,你就是把刀放在我的脖子上,把油锅摆在我的面前,也吓不倒我。”伯颜听了,气得半天说不出话来。站在旁边的元军将领见文天祥这么强硬,都佩服他的胆量。有几个私下小声说:“大宋的将领见得多了,唯独这一个,倒还像样,文天祥才是真正的男子汉、大丈夫!”伯颜说不过文天祥,便把他扣留在元营。这正是:

大义凛然据理争,凸现尊严不辱名。
慷慨陈词慑敌帅,伯颜词穷无威能。
弱国谈判难威猛,天祥气势第一名。

不久,元军攻入临安城,宋君臣文武百官投降。文天祥仍囚在元营之中,宋降将吕文焕前来劝降。文天祥一见,破口大骂说:“你贪生怕死,既辜负了国家,又辱了祖宗,更败坏了一世名声。民族败类,遗臭万年。快滚出去！”只骂得吕文焕满面羞惭，无言以对。文天祥又怒不可遏，痛骂卖国贼吕师孟说：“你叔侄降北，不曾杀你，漏网两个禽兽，是本朝廷不幸。你们竟还有脸活在世上，在大宋做官！我恨不能杀你叔侄。现在你叔侄能杀我，正是成全我做大宋忠臣，我一无所惧。哈哈，你们来吧，我早就想死了！”吕师孟羞愧不已，无地自容，狼狈而去。伯颜见文天祥毫无降意，遂把他解往大都。后人有诗证：

文焕叔侄来劝降，遭到痛骂脸无光。
天祥无情斥小人，无国无家无人相。
吕氏两人羞难当，狼狈夹尾滚出堂。

公元1276年，文天祥被武力解押上船，当初本想以死报国，可转念一想：“南宋大片国土尚存，人民仍在浴血奋战，南逃至闽、广，二王还能东山再起，复兴疆土仍有一线希望，生存下来继续斗争。还有回旋余地，不，不能死，至少暂时不能死。”当他被押解到京口，船工帮他逃出虎口。不久，文天祥至福州重整抗元力量，接连打了不少胜仗，后因众寡悬殊不敌，败退广东。文天祥又驻广东潮阳一带继续战斗。后遭张弘范元军包围。不幸失败，在海丰附近的五坡岭再次被俘。时人有诗为证：

天祥被押向北遣，本欲一死命了然。
转念一想仍有望，不死继续上战场。
逃离虎口重立帝，潮州之战又败泣。

公元1279年初，元军押着文天祥，再次来到了崖山，准备攻打宋军中的最后一片阵地。元军要他劝张世杰投降。文天祥气愤地说：“住口，救国如同救父母一样。我救父母，没能救成，哪能变节来帮你？难道还能让别人背叛自己的父母吗？你们白日做梦，痴心妄想，这不是我文天祥的性格！”这一天，船队经过珠江口的零丁洋。文天祥站在船头，望着波涛汹涌的大海，回想起自己的抗元经历。心中悲愤极了，遂提笔写下了著名的《过零丁洋》一诗：

辛苦遭逢起一经，干戈寥落四周星。
山河破碎风飘絮，身世浮沉雨打萍。
惶恐滩头说惶恐，零丁洋里叹零丁。
人生自古谁无死？留取丹心照汗青。

《过零丁洋》一诗豪迈、悲壮，显示了他崇高的民族气节。千百年来，为后代感悟、启迪、激奋，至今被中华儿女奉为不畏强暴、捍卫尊严的磅礴气、精气神。文天祥在《正气歌》中，尽情讴歌了齐国冒死写史的太史官四兄弟，晋国不畏强暴秉笔直书的董狐，博浪沙伏击秦王嬴政的张良，汉代被囚十九年仍不失气节的苏武，誓不任伪职而避乱辽东三十年的管宁，三国时"宁可断头、决不投降的严颜"及为蜀汉鞠躬尽瘁、死而后已的诸葛孔明，晋代血溅帝衣的嵇绍及"中流击楫"誓死北伐的祖逖，唐代咬碎牙齿坚持督战，及被叛军钩断舌头仍大骂不止的颜杲卿，还有以笏相搏痛斥叛贼的段秀实等十二位气节盈身的人物，并作为自己的人生楷模。此正是：

抗元不幸再遭捕，决心以死报国忧。
崇敬先贤作楷模，身践行之不退缩。
大义凛然正气歌，天祥气节敌难挫。

南宋灭亡后的公元1279年，文天祥被押往大都，关进了监牢。元朝廷千方百计对他威逼利诱，软硬兼施，要他投降。他坚决拒绝，毫不动摇。有一天，元丞相索罗审问他。文天祥见了索罗，作了一个揖，就挺胸直立着。索罗命令左右人说："让他给我跪下！"几个元兵上来，硬要把他按倒在地。文天祥气愤地坐在地上，怒视着元兵们一言不发。索罗问："事到如今，你还有什么话要说？"文天祥坦然地回答："现在我落到你们的手里，就早早把我杀了吧！我是宋人。宋亡了，我也应当为国而死。还有什么可说的？"索罗冷笑着说："哼！你说你是宋的忠臣。可没有挽救宋，你对它有什么功劳？"文天祥义正词严地说："国家存在一日，为臣子的就要尽力，何须还计较什么功劳不功劳的！"索罗被驳得哑口无言，停了好久才说："你想要快死，我偏不让你快死，要把你关起来，让你受够了罪！""哈哈哈！"文天祥大笑起来又说："我死都不怕，还怕受罪，怕被你关押？"就这样，文天祥在元监狱里度过了四个年头，受尽了苦难。

丞相索罗劝降不成，元朝廷仍不死心，又派人轮番软缠硬磨。先是降元前宋状元宰相留梦炎前来劝降。文天祥一见，怒火冲天，一顿痛骂之后，留梦炎抱头鼠窜。接着，又叫南宋亡国皇帝赵㬎再来劝降。岂知文天祥所忠的是其民族、国家，不仅仅是忠于皇帝个人。当他见到降君，连声说："圣驾请回，无须多言。"赵㬎无言以对，硬是被挡了回去。元中书省平章政事阿合马，是元上下有名的"拍子"，口若悬河，雄辩滔滔，其口才在元朝廷上下无人能及。他自报奋勇说："我出马，定能马到成功，管叫他倾刻来降！"众人簇拥阿合马到会馆坐下，令"带文天祥！"文天祥昂然进堂。盛气凌人的阿合马问："你知道我是谁？"文天祥轻蔑回答："适才听说是宰相来到了。”阿合马说：“既然知道我是丞相，为何不跪？”文天祥说：“南廷宰相见北廷宰相，凭啥要跪？我为什么要跪？”阿合马愤然挖苦说：“那你怎么会来到此地呢？”文天祥厉声说：“南宋如果早用我做宰相，北人就到不了南方，南人也不会来北方了。”阿合马恼羞成怒地吼叫说：“凡人生死由我，叫他早上人头落地，决不等到傍晚，快什么也别说了。”文天祥浩然正气：“要杀便杀，我早已把生死置之度外，说什么由你不由你。”元朝廷见办法用尽，好话说尽千言万语，仍不奏效，遂改用暴力相逼，折磨肉体，文天祥泰然处之，毫不畏惧。后元朝廷又使天祥之弟文壁再来劝降，“示以骨肉之情”，想此招灵验，不想又事与愿违。天祥以“弟兄一囚一乘马，同父同母不同天”来回敬弟弟，文壁羞惭满面而回。

在所有招数用完情况下，最后元世祖忽必烈面见文天祥。忽必烈亲切地说：“我知道你是个人才，不忍心杀你，只要求你如果能像对待宋那样对待我，我立即任你为宰相。”文天祥说：“宋灭亡了，我应当速死。”忽必烈又说：“你不肯当宰相，当枢密行不行？”文天祥斩钉截铁说：“我是宋人，宋灭亡了，就应该为国尽忠。降顺别国，不是我的心愿。除一死之外，天祥没有什么再可做的，请你们不要再枉费心机！”元世祖沉默了一会儿，无不感叹说：“唉！没有办法了，只好下令杀他吧！”此正是：

先生价值贯国城，前后劝降八人懵。
两君三相又亲情，不厌其烦四年整。
历代敌方喜爱疯，难有天祥第一名。

至元十九年（公元1282年）十二月，文天祥被押上刑场。临刑前，他问身边的人：“哪一边是南方？”原来天祥长达数年，白天夜晚被囚狱中，早已不辨东西南北了。可南方是宋的土地，是文天祥的故国，难割难舍的乡梓之地。文天祥满怀深情，眼含热泪，且又严肃地转身向南抬头向天，凝望了一会儿，又点点头稽首拜了三拜。然后整了整衣服，一直从未向敌人跪过的双腿齐齐地跪在地下，恭恭敬敬地又向空中拜了几拜，向大宋和臣民作最后的告别："大宋历代先祖先宗，您的臣子文天祥鞠躬尽瘁，心无愧矣！吾事已毕，心已安矣！"说完转过身来，对刽子手说："快动手吧！"遂从容就义，时年四十七岁。

文天祥在牢狱中时，曾给舅父曾槃写信表达了自己归葬故里的意愿："天祥自国难以来，间关兵革，鞠躬尽瘁，百折不悔，以致家国俱毙……区区贱骨，已分沟壑，当个衣冠，藏于文山之阳，畴昔舅所指之处也。"

当年文天祥被押解北上，途经庐陵时，庐陵义士张宏毅跟踪而行。张宏毅向家人告别时说："我庐陵脊梁骨气，仅此一人矣。国难当头，天祥能仗义凛然如此，我庐陵骄傲自豪也！我不能让他一人北上凄凉、孤单，要北上陪他始终，你们好自为之吧！"妻儿们送他十里长亭，洒泪而别。张宏毅一直到大都，就住在燕京牢狱附近，如影随形，步步不离，陪伴文天祥。文天祥不食元官饭，茶水不进，张宏毅每日侍候饮食，整整三年，天天不怠。全部饮用永新家乡水，包括米面、菜蔬，这些全由张宏毅托人由永新源源不断送来。文天祥授首次日，文夫人收殓遗体，张宏毅等江南义士冒生命危险来为文天祥办理丧事。有史料说："百多人，跋山涉水，千里万里迢迢，自发自愿矣！"

无独有偶，文天祥是江西永新人，永新的忠非同一般。在南宋末年，元军铁骑杀来，见人就杀，无恶不作。在逃难的百姓中，有一家四口人，公公、婆婆都被杀害了，抱着婴儿的媳妇清媛因为长得十分美貌，被为首的元将看上，示意手下将其带走，欲行奸淫，清媛以死抗争。一边大骂说："你们这些禽兽不如的侵略者，我誓不相从。"兽性大发的元将命令元兵将孩子抢过去，恶狠狠地刺穿了孩子的小胸膛，可怜不满周岁的婴儿惨叫一声就死去了。清媛见状，大叫一声，拼出全身力气挣脱了撕扯她的三四个元兵，猛地扑向刚刺死婴儿的元兵的刺刀刃上，血溅了众元兵一身。这位忠烈的清媛立时倒在地下，气绝身亡。元军将士俱被震慑得面如土色，一边骂骂咧咧地给自己壮着胆，一边灰溜溜地撤走了。这时躲在房梁上的乡亲们看到这忠烈的一幕，赶紧下来为清媛和婴儿收尸。此时，清媛的鲜血已经染红了她身下的八块地砖。后来，过了好久好久，那八块砖仍然鲜红如初，不管怎么清洗擦拭，都不褪色。时人有诗为证：

永新人杰地灵地，何止天祥孤立寂。
宏毅跟踪大都行，护佑天祥勿受穷。
清媛护儿饮刀枪，气概磅礴人敬仰。

忠心报国、忠心报族。永新人有忠，何止是文天祥一人？永新的忠是一群，是一批，是一代，是数代。永新是一座忠义城。文天祥出使元大营被无礼扣押，解往大都。文天祥的次妹婿彭震龙带领几位永新籍人，回到永新老家，重新组织抗元义军。在打了几个小胜仗后，一举收复了县城。可在强大的元军和南宋无耻降将刘槃的左右夹击下，县城很快沦陷，彭将军等几个首领被残酷腰斩。元军屠城三日，尸积堆山，血流成渠。义军剩下的三千多名将士且战且走，最后被元军围困在“幡竿岭”一带的峡谷中，可他们仍在浴血奋战。义军坚守在峡谷中与元军对抗，刀砍卷了刃，箭用光，就用石头砸敌人。残酷的战斗一直持续到夕阳西下。元军死伤无数，义军也面临弹尽粮绝的最后关头。可就在此时，三千多名义兵没有一个动摇，没有一个投降，更没有一个怕死。最终他们作出了一个决定：节约粮食，节约精壮之士。先选出一批身体还算强壮的年轻战士继续抵抗元军，其余的人则一个个抱起大块石头，一步步走到山崖边，纵身一跃，跳入万丈深潭。时人说：“三千多人啊，集体沉潭，在华夏民族史上，用‘忠勇’二字刻写出了一块血染的大山之碑。让青天稽首，让大地让路，让白云仰望，让松涛吟唱，让大海呜咽，让千千万万世世代代的后世子孙们，永永远远地崇敬、怀念、缅怀、顶礼膜拜。永新，英雄忠义之城。”后明人有一词单道：

永新是华夏忠义城，光耀神州映彩虹。人钦敬，自古反侵略，打强盗，维统，永新豪气虹，灵气生，才气井喷涌；为人有血性，捍国威，崇尊严，保我疆土，必争；寸土不让，寸土必争。人若犯我，我必犯人，战至最后一人，不孬种，是人精英。三千健儿就义，感天动；清媛巾帼魂，忠烈凛然，悲壮卓绝，人尊敬；不受辱、不受欺，叱咤一声，饮刀洞穿胸，鲜血红；江西永新忠，永新刚烈，文天祥符号、元素、名片，千古华夏耀史炳，人类统，山河和谐，一片红。

至今，在江西吉安，文天祥墓园巨大石坊上有书“仁至义尽”字样，此四个大字出自文天祥的《衣带赞》。文天祥就义的第二天，文夫人和江南义士在他遗体的衣带里发现有一纸遗墨：

吾位居将相，不能救社稷，正天下，军败国辱，为囚虏，其当死久矣。顷被执以来，欲引决而无间。今天与之机，谨南向百拜以死。其赞曰：孔曰成仁，孟曰取义，唯其义尽，所以仁至。读圣贤书，所学何事？而今而后，庶几无愧！

宋丞相文天祥绝笔

文天祥的浩然正气已化作中华魂升腾在华夏大地上，激励着后来人在外敌入侵、民族危亡之际挺身而出，为捍卫中华民族而前赴后继，继往开来。明末吉水人李邦华，效文天祥忠节，至死不事二姓，于甲申三月自缢于北京文丞相祠中。明末清初袁州人袁继成抗清被俘囚入舟中，效文天祥绝食八日。后明人有诗云：

天枢绝，坤维裂，潮无信，海水竭；御舟覆，崖山蹶……迭山之外谁见节！

后有人作排律一首，单道：

南宋国祚乱如麻，蒙古铁骑似山踏。江河日下无回日，偏有豪杰映彩霞。

君臣软弱豆腐渣，天祥只手撑大厦。虽无雄兵势百万，慷慨气节慑敌胆。

大义凛然壮国威，誓死不降豪气催。大宰北去不回头，拼死身躯岂骨休。

天子穷途犹可怜，方知忠士卫朝班。多有权奸内操控，焉有英雄承国柄。

忠义华族大脊梁，无力回天苍茫茫。伤心世事铁血淌，半壁江山瞬即亡。

忠义威力难估量，远过千钧浩天荡。气节喷涌似翻江，淹没妖孽躲难藏。

宋代出一浩然将，虽是亡国也名扬。华人精气蕴身上，江西永新文天祥。

于谦土木变捍卫北京城

文天祥大义凛然、浩然正气是华人的精气神、磅礴气、脊梁骨，他的视死如归、威武不屈，意味着两宋即北宋、南宋三百多年赵氏天下的结束。但文天祥的光辉事迹一直激励着千百万的后人。于谦对文天祥是崇敬有加的。于谦生于公元 1398 年，字廷益，钱塘人，卒于公元 1457 年，明中期名将，明英宗、代宗时任兵部侍郎。永乐年间中进士，历任监察御史、兵部右侍郎兼都御史、兵部左侍郎、兵部尚书等职。他一生清正廉洁，高风亮节，在国难当头之际，安邦定国，立下了丰功伟绩，逝世后谥号"忠肃"。

诗曰：

胸怀昭昭如日月，浩气凛然傲霜雪。
哪知他日兴与亡，忠肝义胆非寻常。
豪杰胸藏安邦策，厉兵秣马战争待。
于谦气概鬼神惊，京畿大战建奇功。

于谦供事的皇帝朱祁镇是明第六代皇帝，谥号英宗，生于公元 1427 年，卒于公元 1464 年。可他年幼贪玩，宠信侍读太监王振。王振由此擅权跋扈，大臣下狱者不绝，朝政开始腐败，土地兼并日益严重，激起了叶宗留、邓茂等人起义。公元 1449 年，北瓦剌也先南下骚扰边境。王振就怂恿朱祁镇亲征。王振并不懂军事，却统帅着五十万大军，指挥十分混乱，使明军疲于奔命。七月，明军在土木堡（今河北怀来县以东二十里处）大败，朱祁镇被围，将士力战而无法突围。护卫将军樊忠愤怒地责骂王振："皇上遭此危难，将士伤亡，生灵涂炭，都是你一人所致，我今天为天下杀了你这贼子！"说完，他一锤将王振砸死。然后请朱祁镇上马，由他率领着骑兵冒死开路。但瓦剌兵层层叠叠，无法冲破。樊忠阵亡，朱祁镇被俘。这就是历史上著名的"土木堡之变"。"土木堡之变"引出了于谦的故事。

事变发生后，奉命留守的朱祁钰即位，是为代宗。朱祁镇于公元 1450 年被瓦剌释放回京，朱祁钰尊他为太上皇，闲居于南宫。天顺元年（公元 1457 年）正月，朱祁钰卧病在床。大将石亨、御史徐有贞和宦官曹吉祥等乘机发动政变，在一天深夜带着党徒攻入南宫，拥朱祁镇直入奉天殿，命鸣钟擂鼓，召见百官，宣布复位，改年号为"天顺"。这就是历史上著名的"夺门之变"，也称"南宫之变"。朱祁镇复辟后，以谋逆罪冤杀了功臣于谦、大学士王文等，为王振立"旌忠祠"，赐祭祀，又重用石亨、曹吉祥，致使石亨跋扈，曹吉祥谋反，造成内乱。天顺八年(公元1464年)正月，朱祁镇得病，至庚午日，朱祁镇病危。他立下遗诏命太子即位，禁止嫔妃殉葬。明朝廷帝王以活人殉葬的残酷习俗至此结束。同日，朱祁镇病死于北京宫中的文华殿。后人有诗为证：

遣俘释放又夺国，重用奸佞朝败坏。
旌忠祠建复王振，夺门之变丑气闻。
终生唯一有优点，废除活人殉葬见。

于谦的祖父在洪武初年做过兵部主事。传说于谦七岁时，有个和尚看了他的相貌，惊奇地说："这孩子长相异常，这是将来救世的宰相啊！"于谦八岁被人称为"神童"，十五岁考取钱塘县儒学生员。他自幼敬慕苏武、文天祥等民族英雄，尤其对文天祥崇敬有加。他在书房里醒目的位置挂着他祖父精心保留的文天祥的画像，常常对画像自勉，引为榜样，并写下"千古英雄共一心，丹心报国是男儿"的誓言，作为座右铭。他还在《文信公图像赞》中写下"殉国忘身，舍生取义""宁正而毙，弗苟而全"的赞词。此正是：

长相奇特非一般，和尚看貌顿惊叹。
彼时救国乃大相，八岁神童名声扬。
男儿报国是右铭，舍生取义效文山。

于谦崇拜的文天祥是宋代历史上的民族英雄，也是南宋时期杰出的爱国诗人。文天祥，号文山，宋理宗宝祐四年，即公元1256年进士，历任校书、刑部郎官、右丞相等职。文天祥生活的年代正是民族矛盾日益尖锐的时期。北方的蒙古族被称为"马背上的民族"，他们骁勇善战，征服欲望强烈。大举南侵，南宋偏安一隅，无力抵抗，中原的大好河山沦陷在元兵的铁蹄之下。文天祥始终坚持保国抗敌，所率军队所向披靡，元军节节败退，闻风而逃。为了遏制文天祥强大的攻势，元世祖忽必烈采取了一系列措施迫使南宋投降。孤军作战的文天祥由于得不到充足的给养和援助，于祥兴元年(公元1278年)十二月，兵败被俘。至元十九年(公元1282年)十二月，文天祥死于元军的屠刀之下，终年四十七岁。时人有诗为证：

零丁洋诗气如虹，尊严气节傲苍穹。

变节小人看见懵，尽慑妖孽似刀丛。
李恒见诗无言对，夹紧尾巴急逃命。

于谦从小聪明好学，很有文采，出口成章，“神童”之名在杭州一带不翼而飞。时任太子，后为第五代皇帝的朱瞻基十分爱惜人才，他四处查访，寻找英杰才俊。一次朱瞻基出宫巡游，路过杭州。听说有一“神童”名叫于谦的已做了官，便亲自登门造访，由于朱瞻基乃微服私访，所以已做了小官的于谦没有认出来，朱瞻基一看于谦的书房上挂着两幅字画，一幅是岳飞的《满江红》，一幅是文天祥的《过零丁洋》。朱瞻基说：“我爱好词诗书画，早闻汝很有文采，特意前来拜访。”于谦也没多想，因平时前来的文人墨客多了。于是随便说：“我佩服的人就是岳飞和文天祥，岳飞忠心耿耿，精忠报国；文天祥‘零丁洋里叹零丁’，誓死不降。我觉得作为臣子，就应该有这种品质，我写了一首诗，请先生指教。”朱瞻基接过来一看，是一首七言绝句《石灰吟》：

千锤万凿出深山，烈火焚烧若等闲。
粉身碎骨全不怕，要留清白在人间。

朱瞻基看后，连声说：“惊叹，佩服，诗句澎湃激昂，如滔滔黄水，气势磅礴，傲视人间。先生人格、大才，旷古少有，乃我大明之幸、百姓之幸。”于谦忙说：“不敢当，不敢当！”

朱瞻基回朝后，很快禀明了父皇朱高炽。朱高炽也是一代明君，礼贤下士，爱惜人才。他很高兴朱瞻基访求人才的智举，很快派人前去考察于谦。考察情况确如儿子所说那样，“文韬武略，人才难得”，遂破格提拔于谦做了御史。此时，于谦方认出了当朝太子朱瞻基，连忙谢罪。从此，二人的关系更为密切。后人有诗为证：

声名远播得效应，太子慕名来验证。
一首石灰吟自诗，顿使瞻基热血涌。
立马回禀父皇晓，提升御史火箭高。

朱瞻基继承王位后，果然像他的父亲那样，礼贤下士，重用人才，不拘一格。对于谦更是器重有加，很快升于谦为侍郎。“君以国士待臣，臣必以国士报君。”于谦为皇帝出谋划策，呕心沥血，在所不辞。朱瞻基看到朝中风气奢侈、怠惰，便和于谦商议如何清除这种腐败恶习。于谦说：“灵丹妙方很多。建议皇上利用清明扫墓之机，率领文武百官去农田里走一走，看一看，百姓何样，与之倾心交谈，问寒问暖。若有兴致，帮帮农夫，翻土耕耘。治理腐败，此即药方。”

朱瞻基很高兴，利用清明扫墓当天，与文武百官一起，下京郊农村，与农夫劳动了整整一天，饱尝了百姓的辛苦与艰难。回到宫中，朱瞻基累得腰酸背痛。这时，内监给朱瞻基送来了晚餐，饭菜十分丰盛，朱瞻基只吃了一点点，剩下许多。朱瞻基刚吃完一会儿，于谦便来求见皇上。于谦对朱瞻基说："陛下，您和文武百官都已体会到了农夫的艰辛，您不如明日盛情宴请满朝文武。我已经调查好了，不仅宫中如此浪费，就是那些大臣每顿饭也都是好几道菜，甚至有十几道菜的。明日您给每人十道菜，让他们都吃掉，并规定，吃完者得奖，吃不完者受罚”。朱瞻基连声说："好主意，好主意！"时人有诗为证：

良苦用心忠良臣，惩治浪费奇法陈。
文武百官去京郊，与民劳动体验到。
回宫酬劳十道菜，吃完赏赐上高台。

第二天，朱瞻基宴请百官。每人面前放了十道菜，还有一碗面。这十道菜都很名贵，有燕窝、银耳、鹿肉、雁肉等。朱瞻基说："昨天，我们一起到田间去劳动，想必各位都很劳累吧。农夫成年在地里劳作，他们也一定很累。可他们根本吃不到这样好的东西。我们应当对得起他们，不能浪费。来，我们一起吃，开餐吧，我命令大家把这十道菜都吃完。"突如其来的一席话，满朝文武你看看我，我看看你，都没人敢动筷。朱瞻基带头先吃，之后又说："农夫们日复一日地劳作，多么辛苦。可我们如此铺张浪费，对得起我们的百姓吗？我下令：今后大臣一日三餐，不得超过五道菜，一天之中五道菜可以自己调配，如有谁敢违犯，一定严惩不贷！"一石激起千层浪，吃喝浪费之风一下子刹住了。从此，他更加信任于谦了。此正是：

赤心侍主进机巧，痛刹歪风有绝招。
严令百官与农交，回朝款待十道肴。
人人虎咽吃不了，受教猛省陋习消。

下田劳动，体验生活，与百姓交往，沟通感情。要求每人十道菜，必须吃完，看似儿戏，实则非小事。后人遂作赋一首，曰：

建言皇上，惩治奢侈风气。灵丹妙方，多多难用其详。办法简单，好记顺畅。田间耕耘，与民劳动一场。交心攀谈，知民辛苦感伤。什么恶习:怠惰、腐败、浪荡,尽扫而光。民之父母,君轻民贵常想。江山社稷,万载万世闪光。于谦伟男,金玉良言献皇。

朱瞻基在位仅十年,于公元1436年驾薨,其子即明朝廷第六帝英宗朱祁镇即位。因英宗荒淫无能,政治腐败,朝纲不振,大权旁落在宦官王振手中。此时,蒙古族的瓦剌部落首领宁顺王也先早早欲谋,企图恢复元朝的统治,孤注一掷,下决心进犯明朝廷。他先派出两千余名先遣人员,以"贡马"为名,借削马价引起纠纷。后于当年七月四日,分兵四路,发起进攻。

明久无战事,军事松懈,一时措手不及,猫儿庄、阳和等地相继失守。军情十分紧急。朱祁镇六神无主,只好问计于众臣,王振专横跋扈,抢先说:"只要皇上御驾亲征,小小瓦剌一南可退。届时,必奏大功。"朱祁镇一向对王振言听计从,不顾众大臣反对,于七月十六日,留下皇弟朱祁钰镇守北京,随王振等带领五十万兵马,匆匆赶赴大同。也先得知明军由朱祁镇御驾亲征,大喜过望:"正中下怀,我还当他们不来也! 煌煌明朝廷,何谓兵强将勇,人才济济? 完全是蠢狗一群,天掉陷饼,专赐于我。机会难得,求之不得呀! 布下鱼网,定叫他有来无回!"遂设下诱敌之计,立即传令部队撤出塞外,引明军出塞外后,再一举歼灭之。

英宗和王振根本不懂军事,怎知是计。当明军到达大同时,才知瓦剌兵马北撤是阴谋,决定班师回朝。可此时,已经来不及了。八月十二日,当朱祁镇君臣回到宣化府以南(即宣化府往大同驿站,名土木堡)时,被瓦剌军四面团团包围,铁桶似也,并切断水源。可怜数十万人马,两天两夜滴水不得入。人人渴得口干舌燥,苦不堪言。狡猾的瓦剌军也先用欲擒故纵之计,故意放一生路,引诱明军就范。昏庸的皇帝和草包太监自以为"皇帝天威",天无绝人之路,而自欺欺人,聊以自慰,传令"立即移营"。正在此时,瓦剌军队从四面八方冲杀过来,明军被杀得丢盔弃甲,狼狈而逃。护卫将军樊忠,平时早已恨透了为虎作伥的宦官,故乘机杀死王振,自己也以身殉国。明朝廷五十万兵马,全军覆没,朱祁镇也被俘。这就是历史上著名的"土木堡之变"的全过程。有五言绝句为证:

宦官祸无穷,王振显威风。
昏主不懂兵,遭俘成笑柄。

英宗被俘的消息,传入北京,朝廷上下乱作一团,一个个吓得似落汤之鸡。礼部尚书胡瑛竟毫无主张。众人你一言,我一语,吵吵嚷嚷,毫无结果。“时危见臣节,世乱识忠良。”正在关键时刻,兵部侍郎于谦挺身而出。他说:“京都是国之根本,一动百忧,大势去矣！西晋南迁,五胡之乱。赵构南迁,国将不国。前朝恶例大祸犹在眼前。再有言南迁者,即行诛杀,以谢国人。”于谦铿锵有力的言辞,得到诸多大臣的赞同。皇太后和郕王朱祁钰眼看国将危亡,势如累卵,现挺身站出来一位力挽狂澜于既倒的忠臣于谦,当然是喜不自胜,满心欢喜,遂委他兵部尚书重任。

于谦得到太后和郕王朱祁钰的支持,一面把京城中老弱病残兵马加以整顿,部署守城;一面火速调遣山东、河南兵马日夜兼程,披星戴月来京勤王。不久,京中人心安定。

国不可一日无君,一日朱祁钰临朝理事,众臣早已厌恨王振党羽,无不异口同声说:“国家到此地步,完全是阉党乱政所致。现今危急,不杀阉宦,不足以平民愤。”可郕王朱祁钰还未开言,王振死党马顺不识时务,气势汹汹地斥责众人,众臣们一气之下,当场把马顺打死在朝堂之上。于谦当即站出来上奏说:“马顺等人助纣为虐,罪该当死。不杀不足以平民愤,更不能谢国人,望殿下以国家社稷为重,下令惩办王振死党,局面就会好转。”郕王朱祁钰见于谦说得有道理,不仅采纳,而且立即当众向大臣们宣布:“王振一伙罪恶滔天,马顺等人死有余辜。锦衣卫王心(王振侄儿)也应凌迟,死者皆陈尸东门外示众。除恶务尽,王振余党要继续查办!”顿时朝堂上欢声雷动,鼓掌之声经久不息。京都群情振奋,很快人心稳定。危急时刻,朝中意见不一。事实上已分成主战与主和两派,兼之英宗皇帝一时尚不能回朝,长此下去,不是办法。于谦等人为了拯救国家存亡,当机立断,向皇太后请求,立郕王朱祁钰为皇帝。太后考虑再三,赞成此议。九月,朱祁钰即位,号代宗皇帝,年号为景泰。公元1450年,尊英宗为“太上皇”。

景泰元年(公元1450年)九月,代宗即位不久,瓦剌军风驰电掣般逼至宣府城下。于谦面对敌我兵力悬殊巨大的态势,一手抓防卫,一手抓备战,大力征募新兵,筹调粮草,赶制兵器。不到一个月,征集二十万人马,胸有成竹,做好了一切迎敌的准备。十月,也先带着被俘皇帝朱祁镇攻破紫荆关,兵逼北京城。于谦说:“迎头痛击,无情搏杀,先打掉也先的嚣张气焰,以鼓舞士气。”立即调二十万兵马,严阵以待,其兵力部署如下:

命都督王敌、都御史杨善督率所部四万兵马守城,兵分九个城门之外,列阵待敌;

总兵石亨率二万兵马等列阵德胜门外,挡住也先来路;

陶瑾率二万兵马驻守安定门;

刘安率二万兵马驻守东华门;

朱瑛率二万兵马驻守朝阳门;

刘聚率二万兵马驻守西直门；
顾兴祖率二万兵马驻守阜城门；
李端率二万兵马驻守正阳门；
刘德新率二万兵马驻守崇文门；
汤芦率二万兵马驻守宣武门。

九门九路兵马统一受石亨调遣。于谦对石亨说:“石将军,二十万兵马,系我大明全部家当,命你主挂帅印,统一调度尽数人马,干系之重,京城军民,不,大明江山社稷全拜托你了!”石亨热泪横流,泣不成声,且又铿锵有力地说:“有我在,京畿在,大明朝廷在!”于谦调遣吩咐完毕,当众宣布严格的行兵纪律:“临阵将领不顾部队,先退却者,斩其将;部队不顾将领,先退却者,后队斩其前队。此军法如山,铁血无情,晓喻全军,人人知晓。”时人有诗为证:

九路兵马势如虹,十万兵众山压顶。
众志成城护北京,同仇敌忾打敌凶。
谁说于谦文官形,运筹帷幄吴起生。

于谦身穿铠甲,驻军德胜门外,迎击瓦剌军主力。十月十一日,副总兵高礼等,在彰义门外首战告捷。歼敌数百,夺回民众千人。狡猾的也先眼看明军有于谦等将领强有力的指挥,阵容强大,气势雄壮,硬攻猛打不能取胜。遂故意变换手法,以送朱祁镇为名,诱杀于谦等主战派。于谦早已识破也先的诡计,严词拒绝,也先难堪不已。也先见此计不成,遂采取强攻。十三日,瓦剌军向德胜门攻击。于谦不正面与敌人拼杀,以其人之道还治其人之身,也采取诱兵之计:派骑兵佯攻,引诱敌军进入伏击圈内,而明军早已在民房内埋伏好火炮,伺机歼敌。此计甚妙,事半功倍。一战瓦剌军伤亡惨重,也先之弟勃罗也在炮火中丧生。时人有诗为证:

同仇敌忾战瓦剌,首战告捷士气佳。
狡猾也先看难胜,变换手法献祁镇。
遭到拒绝狼狈相,再战痛败弟丧亡。

副总兵高礼率领三千人马驻守彰仪门。士气饱满,战果极其辉煌。高礼时年三十二岁,虬髯长须,豹头环眼,身高八尺二寸,腰阔十围,使两把虎头双钩。一身装束黑盔黑甲,一匹千里乌骓马,咆哮嘶鸣,异常雄壮。高礼正值壮年,武功高强,力大勇猛,声势慑人,时人称他“赛张飞,过敬德”。彰仪门乃也先攻击要冲,要害地带,于谦命他在此防守,可谓倚之甚重。只见高礼对将士们说:“北国鞑子,胆大妄为,囚了英宗,又来夺我京都,简直是藐视我中原无人,无法无天。将士们,儿郎们,随我来,跟他们拼了!”高礼狂风暴雨般,仅率三百精骑,冲出彰仪门外,霎时间也先三千余人围裹而来,当先八员健将一拥上前截住,很快把高礼及三百铁骑团团围住。只见高礼大声说:“尔等站着,不要动,看我的!”说着舞动双虎头钩箭一般冲出,势如狂风,排山倒海,东冲西闯,所向披靡,十个回合未过,八员健将纷纷落马,无一人生还。可也先将校甚多,须臾间,又十六员猛将一齐冲出,把高礼围得如铁桶般。高礼毫不在意,丝毫不怕,双虎头钩只舞得呼呼风响,天崩地裂。也先那十六员勇士,犹如“群羊遇雄狮”“蚍蜉撼大树”,未及两个时辰,哭爹叫娘,又无一人逃脱。乘此声威,那三百铁骑自发分成六组,分头迂回包抄把也先三千人马全歼。

高礼彰仪门阵斩胡兵二十四将,打败也先三千兵马,声势大振,捷报似插上翅膀,很快传遍北京城大街小巷,人们欢声雷动,大大振奋了全北京城士气,无论是将校还是市井百姓,一个个义愤填膺,“誓死保卫大明。头可断,血可流,命可丢,大明江山不能丢,大明‘神器’决不拱手向人送!”城内十岁上下孩童,也踊跃参战,组成“童子军”。妇女也争先恐后上战场,也先兵马已陷入了人民战争的汪洋大海之中。

彰仪门告捷第二天,西直门又歼敌五千,大明一方也死伤上千,可没有一个士卒胆怯,战斗激烈且鼓舞人心。不一时,东华门刘安有捷报传来说:“他们竟在二万兵马中挑选出健卒八百,趁着夜深人静之时,偷偷缒下城,‘人衔枚,马摘铃’。神不知,鬼不觉,摸进敌方主帅朵骨克大营。乘敌熟睡之机,不仅痛杀帐内将校兵卒千二百人,又一刀杀死朵骨克及小妾。八百壮士不折一人一骑,安然又回到城中。”时人说:“三国有甘宁百骑劫魏营,刘安今日杀鞑子更威风!”刘安东华门战报还未向主帅石亨报告完毕,汤节宣武门又有惊喜来:“这里战法奇特,白天军队出城歼敌,夜晚市民自愿结合,三人为组,五人为伍,每组活动两个时辰,轮番换防。四面八方,专拣敌兵驻扎处,敲锣打鼓,又是放鞭炮,又是埋地雷。当敌兵惊醒披衣起床,拿兵器来攻时,早已不见了人影,气得他们哇哇乱叫。这样连续闹腾了十天十夜,把敌兵累得一点精神也没有。看火候已到,昨天夜里乘着敌疲,汤节竟突然冲出,如摧枯拉朽般一战歼敌六千二百人。”未及片刻,朝阳门守将朱瑛又有捷报传来:“昨日晚,有三个市民事先与兵卒将校约好,趁夜出城,突然在敌兵驻军不远处,燃放起十六处熊熊大火,顿时通天火红,敌兵所有大营惊愕失色,人喊马叫,鬼哭狼嚎。全数动员,前去救火。待敌人仓惶救火、无暇他顾时,城中明朝兵马突然杀出,歼灭一万二千名敌兵。”石亨一听,竟惊喜得跳了起来,军民结合好,人民战争有奇效！快快报，让于大帅早知道！北京保卫战震烁千古，传颂至今。

也先在德胜门受挫，转攻西直门又不能得逞，只好退回原地。瓦剌军先头部队又遭到总兵武兴等兵马挫败。士气低落，军威一蹶不振。瓦剌军围攻京都，屡遭挫败，再调方向，进攻居庸关，又遭到守将罗通的英勇抵抗。时间旷日持久，也先惧怕归路被明军切断，故忙带着朱祁镇向良乡后撤。于谦见机，即令神机营炮击也先，一战打死打伤瓦剌军一万多人。敌兵溃不成军，狼狈逃窜。明军乘胜追击，大获全胜。

北京兵败，也先万万没有想到明朝又有新的皇帝，这个英宗无一点价值，他气急败坏说："极为不易，煞费苦心培养这个傀儡，到头来却形同粪土，丝毫作用没有，要这个累赘还有什么用？"他想杀了英宗，但被手下的大臣劝阻。他们说："朱祁镇现在可能毫无用处，可杀了他没有意义，倒不如放了他。天无二日，一国哪容二主？留住也必然会生祸患，大臣们各有所向，内讧在所难免，吾趁机渔利。"也先非常高兴，说："看我，一时气恼，险些又误入歧途！"也先写信派人通报朱祁钰，然后放朱祁镇回明朝廷。

朱祁钰看完书后，竟呆呆地愣住了。他左右为难，自言自语说："如果把哥哥接回来，是让他做皇帝呢？还是不让呢？如果让他重新做皇帝，自己的脸面何处放？身又何处存？而且'九五之尊'一去不复返了。如果不让哥哥做皇帝，也没正当理由可说。"朱祁玉为难至极，皇太后看出了他的心思。皇太后说："皇儿，你们毕竟是亲兄弟，应以国事为重，不能让外人看笑话，还是把你兄长接回来再说。"无可奈何之下，朱祁钰点头答应了。

朱祁钰派人去迎接哥哥回宫，可他早已有了自己的打算。朱祁镇被送归国，正想着思着，不知不觉来到了紫禁城的东门。朱祁钰亲自迎接哥哥，二人互跪行礼。朱祁钰早已吩咐好了，安排轿夫把轿子抬到南宫。朱祁镇一愣说："我在外已一年多，想去见一见母后。"朱祁钰说："兄长远道而回，还是先到南宫去安歇，待养足精神后，再去拜望母后不迟。"说完，向轿夫一挥手，就把朱祁镇抬进了南宫。

朱祁钰为了防止兄长夺去自己的皇位，遂派心腹大臣去把守南宫，不让任何人接近朱祁镇，并下令："有无故擅入者，杀勿赦！"朱祁钰对待哥哥似有些残酷，但是他做皇帝可比朱祁镇要强得多。他把朝中奸臣一一除掉，重用有才能的忠臣。人才庸才，果然不能等同而论。在他统治的几年里，国势开始有所回升，朝政风气立见好转。人才多难，天不赐寿。朱祁钰身体不好，经常有病，且日复一日严重。景泰七年，朱祁钰病情又有所加重，一连好几日卧床不起。朝中大臣议论纷纷。有的说："朱祁钰没有儿子，应该立太上皇之子朱建深为皇帝。"有的说："太上皇朱祁镇回宫以后，朱祁钰就应该让位，如果朱祁钰一死，理应让太上皇重新做皇帝。"时人有诗为证：

安置祁镇似精明，罢黜奸佞人尊敬。
祁钰身体多虚弱，病魔常常侵袭作。
朝堂谣言时时起，祁镇回朝不安逸。

武清侯石亨心里早有打算，石亨乃一投机分子，他想借此机会捞到好处。石亨想："现在皇帝病得厉害，如果把太上皇从南宫请出来当皇帝，我不就是有功之臣？"石亨知道单靠一人之力不行。于是请来了两个密友都督张軏和监军太监曹吉祥。石亨说："二位贤弟，如今皇上卧床不起，想他阳寿恐没有几天了，我们何不趁此机会把太上皇请出呢？皇上即使知道了，也没有办法，不知二位意下如何？"张軏、曹吉祥也是投机钻营老手，二人眼珠滴溜溜一转，门道就来了。张軏说："虽有一定风险，可成功把握极大，试试看，一跃跳龙门，飞黄腾达。想好事，不冒点险，行吗？"张軏又说："我俩愿意跟着你一起干！"曹吉祥说："人手不够，恐势单力薄，我再拉上一个人，此人足智多谋，如拉他进来，将如虎添翼也，他就是徐有贞。"三个人商议后，便让曹吉祥去找徐有贞。徐有贞一听说："天上掉馅饼，千载难逢。如此这等美事，岂能错过，何乐而不为？"立即答应了下来。

被软禁七年的朱祁镇度日如年，望眼欲穿。朱祁钰又病重，很少有人再过问此事，对朱祁镇的看管早也不那么严格了。曹吉祥一边掏钱，一边向南宫走去。有钱能使鬼推磨。何患什么事办不成？曹吉祥没有遇到麻烦，就见到了朱祁镇，把事情缘由一五一十对太上皇讲了一遍。朱祁镇一听,高兴极了,毫不犹豫答应了下来。到了夜里,曹吉祥、石亨、张軏、徐有贞四人带着亲兵,抬着轿子又来到南宫。此时南宫的看守士兵已经睡着了。石亨一把抓住那个守门的士兵,把刀压在脖子上说:“快把门打开,否则要你的脑袋。”这个士兵从梦中惊醒,一看这么多人,吓了一跳,二话没说,立刻把门打开了。朱祁镇坐上轿子,飞也似向皇宫奔去。到了东华门,守卫的禁卫军大喝一声:“站住,半夜三更的,干什么去?”朱祁镇把轿帘打开,说:“大胆的奴才,连我太上皇也敢阻拦不成?”那个士兵一看,吓得连忙说:“不敢,不敢!”立即放行。朱祁镇夜里到了皇宫,又坐上了久别多年的宝座。他思绪万千,不知是高兴,还是庆幸,竟大声哭了起来。石亨等人费了好多时,才把他劝止。历史上把英宗复辟这件事称为“夺门之变”。后人有诗为证:

南宫软禁看保险,不意患病惹祸端。
久病不愈遭抢眼,投机小人掀波澜。
究其祁钰妇人仁,于谦此时何方玩?

朱祁钰病重,了解这个情况后,自知斗不过哥哥了。没过多久,朱祁钰病逝,这下于谦可倒霉了。英宗被瓦剌人俘虏,就是于谦悲剧的根源。英宗被俘,他主张立英宗之弟祁钰为帝,可英宗被瓦剌人放回,又被软禁七年,现复辟登位。他早对于谦恨之入骨,一心要除掉于谦。这个昏君复位后,竟以“意欲迎外藩入继大统”的谋逆之罪将于谦下狱。当时,吏民上书请留谦者,以千数计。英宗虽然也认为于谦“实在有功”,还是下令于公元1457年杀害了他,时年于谦五十九岁。时人有诗为证:

英宗复辟残无情,于谦遭诛预料中。
立君拒君何其重,三岁孩婴也看清。
宫廷政变难预料,朝廷万难掌把控
一朝天子一朝臣,古往今来何须论?

于谦遇害那天“阴霾翳天,京师妇孺无不泪泣”说:“行路嗟叹,天下冤之”,有数千人自发地到他遇害的地方哭祭。于谦遇害后,朝廷派人抄没他的家产时,发现做了几十年大官的于谦,竟“家无余货,萧然仅书籍耳”。于谦一生为国忘我,克勤克俭,视荣华富贵如浮云,只把清白留在了人间。指挥同知陈逵感念于谦的忠义之举,收殓了他的遗骸。公元1459年,于谦的女婿朱骥把他的灵柩送回故乡。后人怀念他,把他与岳飞相提并论。北京城流传开来:

京都老米贵，哪里得饭广？
鹭鸶水上走，何处觅鱼？

这首民谣是对于谦深切无比的怀念。公元1466年，于谦的儿子于冕被赦，上书为父诉冤，明宪宗才为于谦一案平反昭雪。宪宗特诏祭之曰：

为国家之多难，保社稷之无虞。
唯公道之独特，为权臣所并嫉。
先帝已知其枉，朕心实怜其忠。

公元1468年，于谦又被赐光禄大夫、柱国、太傅，谥肃愍。万历帝时，改谥忠肃，并恩准修建墓阙。公元1494年，又在其墓前建祠一座，供人瞻仰、凭吊。有清人孟良揆作《于忠肃墓》诗一首：

曾从青史吊孤忠，今见荒丘岳墓东。
冤血九原应化碧，阴燐千载自沉红。
有君已定还銮策，不杀难邀复辟功。
意欲岂殊三字狱，英雄遗恨总相同。

英宗朱祁镇"夺门之变"，诛杀忠良，于谦蒙冤惨死，制造天大冤案，为后人感叹，反过来人们又无比痛恨奸佞。明人一长律云：

明季延祚数十年，国泰乐业民也安。猝不及防瓦剌战，久不经战朝堂难。

可恨太监王振奸，专横跋扈手遮天。不懂军事性凶悍，原为招摇过家园。

猖狂凶焰挟天子，盲目出战打北蛮。挟持天子御驾征，五十万众八面风。

乌合之众焉能征，也先轻松围歼猛。土木堡事生巨变，英宗被掳惊破天。

紧随也先追打残，京都危急累如卵。国难当头豪杰现，于谦请缨保卫战。

同仇敌忾抗北顽，全民皆兵保家园。军民联手力无限，也先痛败残又残。

英雄豪气人惊叹，民族气节大凛然。明廷出一将于谦，华人骄傲上千年。

戚继光剿倭寇东瀛胆寒

戚继光是我国古代杰出的军事将领、打倭名将、民族英雄。在大明二百六十年中，能征惯战的猛将如云，在东南沿海，包括山东、烟台、威海等地传播久远，被称之为民族英雄的莫过于戚继光了。戚继光的名声显赫，价值之大，在于捍卫国土，打击日本倭寇的雄才伟略。后人对他平倭寇的历史丰功伟绩评价甚高，是“二百年来终结倭寇的第一人”。时人有诗曰：

评价英雄有尺杆，贡献过天人称羡。
国内杀伐驰骋威，萧墙争斗寸尺间。
能御外寇卫国颜，方真豪杰是伟男。
继光大绩高过天，终结倭寇二百年。

将门虎子，立志平倭。戚继光生于公元 1528 年，卒于公元 1588 年。他的建功立业在明嘉靖时期。戚继光，字元敬，号南塘，晚年号孟诸，原籍山东蓬莱，其上六祖戚祥于元末居安徽定远，随郭子兴反元，戚祥任朱元璋部将。后在征云南时战死，明朝廷以开国功勋授其子戚斌为“明戚将军”，世袭登州卫（蓬莱）指挥佥事。全家遂又迁回蓬莱。戚继光的父亲叫戚景通，文武全才，曾任江南运粮把总、大宁都指挥使及神机营副将。当其任把总，在山东济宁任职时生戚继光。戚景通逝世时，年仅十七岁的戚继光承袭父职，任登州卫指挥佥事。时人有诗为证：

继光元敬又南塘，出身将门数代昌。
上祖戚祥元璋将，文武袭将大名响。
父亲景通文武才，父死继职承开来。

戚继光自幼刻苦读书，尤好深究兵书战策。积极向上，立志报国，有文献说：“三韬五略，兵书战策，无不精通。且因时制宜，活学活用，毫不呆板。”戚继光是一位兵法家，所著《练兵纪实》与《纪效新书》为历代为将者崇拜。少年时代的戚继光，就极富开拓、进取精神。他来到登州任上后，听到老百姓诉说倭寇不断侵扰山东沿海地区，烧杀抢掠，给人民的生活带来了深重灾难，心中常常焦虑不安。遂在所著一书的开头写下“封侯非我意，但愿海波平”的有名诗句，既明确表达出了他立志保卫祖国海疆的冲天抱负，也尽情抒发了他一心保国安民的壮志豪情。正是：

出身将门本世家，父亲景通名气大。
自幼刻苦演兵书，立志报国胸怀大。
封侯享禄非我意，但愿海疆永世平。

平倭寇，强筋健骨，打造“戚家军”。日本从十四世纪开始，进入南北朝的分裂时期，在内战中失败的溃兵败将、散兵游勇和由一部分封建武士、失意政客、浪人、海盗勾结中国沿海的凶徒、逸囚、罢吏、黠僧以及不得志的书生等组成的非法武装集团，在日本西南部一些封建诸侯、大寺园主和商人的资助下，经常驾驶海盗船，对中国沿海大肆抢掠、烧杀、奸淫，无恶不作，历史上称其为“倭寇”。“倭寇”其患由来已久，早在元末明初，就开始对中国沿海进行烧杀掠夺。但在洪武、永乐时期，明朝廷政治清明，国力强盛，重视海防，多次重挫来犯之倭，倭寇之乱一直未造成大患。后在明武宗、世宗时期，胡宗宪为浙江巡抚，虽也打败过不少倭寇头目，但督军务的赵文华（为当朝首辅巨奸严嵩的干儿子）专横跋扈、欺上瞒下，文武将吏争相贿赂，颠倒功罪，纪律败坏，使倭寇之害愈演愈烈，一发而不可收拾。就在国家和民族屡遭倭祸的危难关头，天降福星——戚继光走上了历史的大舞台。时人有诗为证：

倭寇之患史悠久，源自日本浪人丑。
侵袭明廷二百年，全是奸倭造祸患。
本事些小事一般，小灾闹大人堪怜。

由于平倭明军的纪律太坏，在战场上曾发生一事件令戚继光惊骇不已。公元1556年，二十九岁的戚继光被任为参将，由山东调任浙江负责宁波、绍兴、台州三府的军务。戚继光上任不久，就传来了倭寇入侵龙山所（即今浙江省龙山）的警报。他立即率兵迎敌，同总兵俞大猷、知府谭纶联合作战，龙山一战，把倭寇打得大败。戚继光从此崭露头角。在这之后的岑港和台州大战中又连连获胜。正值一帆风顺，戚继光高兴之际，不料，有一次战斗刚刚结束，一个士兵拎着一颗血淋淋的人头来向戚继光报功。还没等戚继光问清缘由，另一个士兵气喘吁吁地跑来哭着说：“这是我的弟弟，战斗中负了伤，还没断气，就被他割了头拿来报功。”戚继光生气极了，声色俱厉地惩治了这个士兵。但是类似的事在明军中屡见不鲜，戚继光痛苦极了，他说："这成何体统？胡闹，杀自己人报功请赏，这与三国时董卓杀民众邀功有何区别？古今战场上罕见！"如何收拾？戚继光决心从头从零做起，要打造出拿得出、上得去、打得胜且纪律严明的一支新军。正是：

倭寇渊源由来久，为患缘自佞臣勾。
国势颓废人堪愁，杀卒邀功多多有。
戚光痛心又疾首，决心整治零开头。

早在1553年，为都指挥佥事，管理山东三营二十五个卫所时，戚继光就深知"军队没有纪律，就没有战斗力"。所以，他首先整顿纪律。不久，戚继光开始整顿卫所，修葺海防工事，裁减残卒，训练士兵。不久，军队过去那种闲散、懒惰的习气一扫而空。有史料说，戚继光在练兵中，"带头示范，亲身实践，摸爬滚打，抡刀比剑，习演战术，拼比套路，一丝不苟，日日不怠。过硬的功夫，外加严明的纪律，战斗力的大大加强，军队面貌焕然一新。当时的兵部主事计士元称赞戚大帅说："留心韬略，奋迹武闱。管屯而俗弊悉除，奉职而操持不苟，才猷武变，当收儒将之功；意气鹰扬，可望干城之寄。"时人有诗为证：

整顿纪律建新军，身先士卒从零训。
带头示范重实践，摸爬滚打亲自干。
日日不怠习演战，一支铁军不日现。

在兵源、品质的选取上，戚继光标新立异，独出心裁，棋高一招。他善于从别人想也想不到，看也看不见的"空白处"入手。戚继光要求："以具有朴实、勇敢的农民为兵源。"这在当时来说，是极有独到见解的。在从严和实战上，非严不可。若认真到底，久亦自服。

戚继光精通兵法，他依据兵家鼻祖姜子牙兵书要求，把士兵分门别类编组。把有锐气、豪气、壮勇、凶猛、凶暴之兵一一编排，分门别类为"陷阵之士""勇力之士""冠兵之士""敢死之士"和"待命之士"，强调把胆气、纪律和"四力"即心力、手力、足力、身力并在一起，组合训练，而后再进行营练、步练等一整套循序渐进的步骤。

戚继光强调对部队军事训练的效果要用实战来检验。公元1567年，戚继光奉命由东南沿海调任镇守蓟州、昌平、保定任职。他到职后，随即从浙兵中调三千名士兵（即以后"戚家军"的骨干）作示范，用以教练北方边军。经过几年训练后，于公元1572年在蓟州地区举行了一次为期四十天的实战训练，这是一次集结十六万车、步、骑兵的超大军事演习。有人说："这已成为中国古代练兵史上的一大壮举。如此兵员之多，兵种之全，规模之大，有史以来，绝无仅有。可以说，戚继光填补了中国军事史上如此大规模演习的空白，开辟了一条先河。"

能从微小偶然事件中发现先机。有道是："内行看门道，外行看热闹。"这是戚继光的过人之处。说到选取兵员，也颇具传奇色彩。这是戚继光刚到浙江，路过金华、义乌时，发现当地正发生一场大规模的械斗事件，死伤了很多人。经调查，此纯属鸡毛小事，族群纠纷，但也从中了解到这里"民风强悍，可又很敦厚、义气"的习俗。戚继光灵机一动，说："这不正是组建'新军'的理想兵源吗?"不久，戚继光亲自到义乌、金华地区招兵，经过严格挑选，编成队伍，填造名册，发放武器，很快就建立起一支三千多人的新军队。这支军队主要由农民和矿工组成，组织严密，纪律性强，又有适于战斗的阵法，很快严格训练成为一支劲旅，以后在战场上势如破竹、所向披靡，人们称之为"戚家军"。时人有诗为证：

路途发现群斗殴，鸡毛小事多命休。
民风虽野性敦厚，募选新军灵机透。
很快募选三千兵，戚家军勇此特征。

保卫山东敌俺答，经御北方的成功，戚继光威名远播。倭寇不仅侵扰东南沿海，连山东渤海沿线也不放过。早在嘉靖二十三年，戚继光继任登州卫指挥佥事时，倭寇对山东沿海地区就屡屡侵犯，年纪轻轻的戚继光，毫不犹豫率众抗倭。六年后即嘉靖二十九年秋，戚继光入京参加武举会试，正值"庚戌事变"之时。"庚戌事变"乃一历史事件，嘉靖二十九年(公元1550年)，蒙古鞑靼部首领俺答率军进犯大周。明朝廷总兵仇鸾以重金贿赂俺答，请他"移师别处"。于是俺答东犯蓟州，很快攻到北京城下。明世宗急忙下诏调兵保卫京师。仇鸾上奏骗取了世宗的信任，被封为平虏大将军，各路明军均由他调遣。他虽握有重兵，却不敢对敌作战。俺答大军掳掠无数牲畜、人口、财物后，向西撤退，只留下小部分军队迷惑敌人，而仇鸾十万大军居然不敢发一箭。最后，俺答大军安然出塞。这次事件史称"庚戌事变"。戚继光入试武举，遂被选为守城。戚继光当即率众参加了京师保卫战，并条陈御敌方略，受到兵部重视。于是以"国士"奏闻皇帝，备受青睐。此后数年间，戚继光率领军民驻守蓟门，驰骋于山东半岛沿海和蓟州边塞之间，保卫着祖国的长城要塞和山东海防，立下了赫赫战功。嘉靖三十二年，戚继光以军功升任都指挥佥事，统管三营二十五卫十五万兵马，统驭防御山东沿海的倭寇大任。他整顿海防，出海备倭，

严阵以待,倭寇不敢来犯。此正是:

招募农民建新军,强悍敦厚义气奋。
严格训练成劲旅,所向披靡戚家军。
报国保冈血性迸,厮杀倭寇不留愤。

征战浙江,马到成功。东南沿海,尤其是浙江沿海被倭寇肆虐,为害最烈,由来已久。由于严嵩的干儿子赵文华把持着这里的军政大权,他与倭寇暗中勾结,狼狈为奸,海防守御,名存实亡。待倭寇来侵扰,不堪一击,后果难以收拾时,朝廷才征调在山东负有盛名的戚继光临危受命。嘉靖三十五年七月,戚继光升任参将,镇守宁波、绍兴、台州三府。戚继光到任的第二个月,一股八百多人的倭寇流窜到慈溪一带,进掠龙山所。龙山所地势险要,为通往省城杭州的门户,四通八达,历来为兵家必争之地,戚继光率军正面迎敌。数支明军虽有万人之众,但由于平时缺乏训练,纪律松弛,战斗力很差,一经接触,遂被倭寇冲得阵脚大乱,争相溃逃。戚继光不仅是智慧谋略大家,作为武将,他的武功也是上乘,独树一帜。在慈溪这场战斗中,懒惰、懈怠,平时毫无训练的明军被打得大败,也正是在这绝境时刻,戚继光一支神箭解了大厄。只见他腾地一跃,似猿猴般跳上一丈多高的巨石上,呼啸般弯弓连射三箭,三名倭首应声倒毙。众倭卒见头目丧命,哭爹叫娘,仓皇逃命。时人有言:"戚大帅弓矢立夺命,一箭胜万兵!"时人有诗为证:

倭寇来攻声势汹,临危受命三府行。
八百敌寇打慈溪,经战明军皆败北。
千钧一发仅三箭,力挽狂澜变局面。

临阵稳如泰山,声慑倭寇。是年九月,又有一股倭寇进犯龙山所,戚继光和俞大猷联手出征。俞大猷,生于公元1503年,卒于公元1579年,字志辅,号虚江,晋江(即今福建泉州)人,历任都指挥佥事、参将、总兵等职,死后追赠左都督,谥号"武襄"。俞大猷著有《正气堂集》《剑经》两书。他是明代著名的抗倭名将,与戚继光、刘显齐名,为扫除倭寇之患,在中国历史上做出了重要贡献。二人率军追击,三战三胜。明军乘胜追击至雁门岭,不慎误入倭寇埋伏,突遭敌人前后夹击。明军各部均遭损失,纷纷败退。待到倭寇攻击戚继光,一听他的大名,惊骇不已,立即退军。戚继光、谭纶部队阵脚不乱,稳如泰山。稍作整顿后再行冲击,终于把这股倭寇赶下海去。后人有诗为证:

奉命南下御浙江，沿海倭寇肆虐狂。
明军万人被打败，危急时刻箭解厄。
雁门误入倭寇伏，独有继光声慑寇。

创新阵法，研制新战术，有效打击敌人。时人说："这是戚大帅的开拓创新和创造。"浙江沿海大都为丘陵地带，多山多水，道路曲折，不便于列阵作战。倭寇善于设伏，擅长用短兵器近战肉搏。戚继光练兵十分强调从实战出发，根据地形和敌人的特点，创造了多种战法。其中最著名的是便是士兵互相配合、组织简单而严密、变化迅速的鸳鸯阵。这种鸳鸯阵以十二人为一队，用狼筅和盾掩护士兵，阻隔敌人兵刃，用长短兵器配合杀敌，机动灵活，卓有成效地发挥了近战威力。时人有诗为证：

适阵适宜创阵法，有的放矢真兵家。
丘岭多水道曲折，便于作战乃时下。
鸳鸯阵演是奇法，实用起来敌惊怕。

战役越打越大，战况愈演愈烈，这似乎是上天赐给戚继光的"大用武之地"。公元1561年，戚继光率领他的"戚家军"，在台州附近的花街、上峰岭等地与倭寇轮番作战，史称"花街、上峰岭之战"。花街、上峰岭大战后，他又招募义务兵三千人，使"戚家军"一下扩充到六千兵马。当时，倭寇两万兵马气势汹汹，大举进犯浙江，气吞山河，欲报龙山所大败的"一箭之仇"。倭寇从奉化到太平（即今浙江温岭）两路杀来。沿海各县和卫所大为惊慌，警报似雪片般飞来。戚继光沉着、冷静，亲率"戚家军"主力直抵倭寇主力侵扰的宁海城。进犯宁海的倭寇一见"戚家军"来了，纷纷逃窜。而另一股倭寇却乘机冲到台州城下的花街。戚继光获悉这一情报，指挥军队疾驰，在花街与倭寇遭遇。戚家军勇气倍增，在战鼓声中英勇杀敌，几战下来，把数百名倭寇全部歼灭在台州城下。紧接着，戚家军又连续多次打败倭寇，在一个多月的连续战斗中，歼敌一千四百多人。"戚家军"中"冒刃之士""陷阵之士""勇力之士""敢死之士"轮番上阵，咆哮声吼，雷霆万钧，无不以一当十，以一当百，冒矢石，突箭雨，骁勇冲击，一往无前，九战九捷，倭寇血流成渠，尸堆如山。经六天六夜大战，戚继光与总兵卢镗、参将牛天等一举消灭了浙东倭寇。因功劳大，戚继光升都指挥使。

嘉靖四十年夏，成千上万的倭寇窜扰宁波、台州、温州、奉化、宁海一带。戚继光领兵阻击，大小十余战，连战皆捷，生擒倭首七人，斩杀倭寇一千多人，败残之敌大多葬身海底。第二年又有倭寇千余人袭击温州等地，戚继光率军在石桥、坎门樵等地水陆七战，皆获全胜，斩杀倭寇一百七十多人，其余的倭寇跳入海中，大多溺死。此战，虽与花街、上峰岭之战同年发生，作战地点有异，但作战效果、杀敌人数似无大的出入。此正是：

十二一队鸳鸯阵，事半功倍打敌人。
花街峰岭轮番战，连败倭寇勇倍添。
经战嘉靖四十年，浙江倭寇尽扫完。

戚继光征战浙江，战事顺利，旗开得胜，威名远扬，军民欢笑，士气高昂。时人遂作赋一首，曰：

北疆经略，大帅战果多多。倭寇丧胆逃藏。山东全省，一片欢畅安祥。浙江事起，奉命南征涉洋。临危受命，无敢稍懈彷徨。南军松弛，军纪荒唐不像样。打铁身先硬，训卒选取儿郎勇。忠实肯干，吃苦耐劳对象。训出锐卒，敢死成批成行。以宜制敌，创造新阵鸳鸯。蓄势待发，何愁上阵不强。身先士卒，三箭三敌命丧。首打花街，千四百敌死光。宁海台州，温岭浙东鹰扬。石桥坎门，上峰岭虎口张。陆战水战，无不皆胜大欢。六年平浙，倭寇批批死伤。枕尸遍野，血汩汩流淌。军民欢呼，戚大帅形象高。韬略玄机，凡人难估量。

临危再受命，保卫福建。戚继光身上担子越来越重。国难思良将，临危选派能人担大任，这在戚继光身上尽显无遗。先是承袭父职，在山东任上战果辉煌，又被朝廷委以大任，远调到南方浙江抵御倭寇。在浙江六年，只打得倭寇溃不成军，几乎丧失殆尽。“按下葫芦起来瓢”，浙江战事刚刚熄灭，福建省的倭寇又成了大明朝廷的心腹之患。抢劫财物，杀人放火，无恶不作，其程度比起当初的浙江省，远远有过之而无不及。不早不晚，恰在此时，戚继光又接到了朝廷新任命的诏书。原来在浙江为患的倭寇连番遭到戚继光的打击，溃败后夹着尾巴，纷纷逃窜到福建，集中在宁德的横屿、福清的牛田和兴化的林墩等地，与原先在那里的倭寇联手，势力壮大，大肆烧杀、掳掠，异常凶悍。福建北自福宁，南到漳泉，沿海千里一时都成了倭寇的为患肆虐之地，形势非常严峻，福建万千百姓有倒悬之危。嘉靖四十一年七月，戚继光率七千六百兵马征讨福建倭寇。时人有诗为证：

浙江战火刚熄灭，福建征战又残烈。
倭寇为患非一隅，骚扰东来又侵西。

受任率兵讨闽患，英雄保民不下鞍。

戚继光入闽，福建的横屿是一座岛，是与陆地相隔数十里的一大浅滩。潮来可以通船，潮退一片泥滩，易守难攻，形势严峻。戚继光详细勘察地形，及时掌握水情，预先作了周密部署。一天晚上，他看到落潮时机已来，立即命令士兵列成鸳鸯阵，冲向浅滩。每人随身背干草一捆，铺在泥滩上，很快铺出了一条路来。士兵们艰难地越过浅滩，抵达对岸，岛上倭寇列阵应战。"戚家军"背水一战，"置之死地而后生"。士兵士气顿时高涨十倍，无不以一当十，奋力杀敌，一阵冲杀，倭寇不敌，大败溃逃，"戚家军"穷追猛打，一战下来，斩杀倭寇二千六百多人。仅一个上午，就收复了被倭寇盘踞的号称"固若金汤"的横屿岛，"戚家军"士气大振，大名远扬。正是：

临危受命征福建，横屿要隘是浅滩。
尽铺干草开新路，鸳鸯阵法敌败残。
独门绝技杀敌器，倭寇丧胆杀手锏。
初打福建第一战，斩杀倭寇二千三。

声东击西，出其不意，突袭牛田，又歼敌一千多。收复横屿后，戚继光马不停蹄地率兵抵达福清，事先了解了牛田的地形敌情后，从速布置作战方案。在林木岭设下伏兵，防止倭寇抄袭，又屯兵渔溪等地，以断倭寇退路，然后率兵由锦屏山进攻牛田。出城时，为了麻痹敌人，戚继光故意放风说："我军远道而来，人马疲劳，需要休整，反正平倭非一朝一夕之事。何必太急，从从容容为好！"倭寇获此信息，窃喜不已，果然放松戒备。当夜二更，"戚家军"乘夜出击，倭寇正在蒙头大睡。猝不及防，被"戚家军"打得措手不及，四处奔逃，大部分逃到兴化府城即今莆田县南二十里的林墩。"戚家军"乘胜又穷追猛打，于天亮前追到林墩。双方战斗打得异常激烈，短兵相接，白刃格斗，直杀得天昏地暗，难解难分，惨烈无比。"戚家军"的"独门绝技"派上了大用场，人人都使双料兵器，又挽弓挂箭，暗弩袖镖随身携带，一应俱全，威不可挡。此战歼牛田敌兵六百余，收降胁从三千多。当月的中旬，再歼林墩倭寇四千多，福建倭寇遂平。不久，戚继光回师浙江补充休整。福建大战，戚继光因功晋都督佥事，升任分守台、福(州)、兴(化)、福宁中路处副总兵官。后人有诗为证：

示弱奇袭打牛田，夜追倭寇林墩战。
所向披靡入无境，浪人尸体山堆升。

林墩再战歼四千，冒刃之士杀三千。

福建驰骋不两年，倭寇遂平百姓欢。

二度返闽，痛歼倭寇，再立大功。真似戚继光"放风"时所说，"平倭非一朝一日之事"。倭寇在福建经营日久，波及区域广大，兵员雄厚，却也是此起彼伏，连连不断。"野火烧不尽，春风吹又生。"戚继光返浙后，福建倭寇又沉渣泛起，曾一度攻陷兴化，又在平海卫即今莆田东南作乱，气焰极为嚣张。戚继光说："不是坏事，既来之，则安之，有来无往非礼也！"嘉靖四十二年(公元 1563 年)初，戚继光再度奉命征闽。五月初，他率领"戚家军"万余兵马到达福建，在福建巡抚谭纶的统一指挥下。与广东总兵刘显、福建总兵俞大猷，分三路攻打平海卫，戚继光主动承担中路主攻任务。当时倭寇主力集结于平海卫西北的许厝村，一部在更北的五夷山附近。戚继光乘夜出奇兵攻击。拂晓时攻破五党山敌营，然后直逼许厝村倭寇老巢。此时，刘显、俞大猷左右两路亦先后到达，以火攻烧毁敌栅，三路兵马联手同仇敌忾、所向披靡，势如破竹、摧枯拉朽般突破敌营，一战全歼倭寇二千四百多人，解救被掳民众三千多人。此战后，戚继光晋职都督同知，升任总兵官，镇守福建全省及浙江金华、温州二府，都督水、陆军务。此时的戚继光俨然是节制一方的统帅，手握重兵，声势显赫，威风八面，声震全明朝廷。嘉靖四十三年(公元 1564 年)十一月初，倭寇一万多人包围了仙游城。十二月下旬，戚继光以各个击破的战术大败敌军，顿解了仙游之围。并于次年二月，又先后在王仓坪即今同安境、蔡坡岭即今漳浦境两地打败敌人，福建已无大股倭寇为乱。

戚继光先后两次赴闽作战势如破竹，所向披靡，倭寇在闽绝迹。时任广东总兵，也是当年戚继光默契搭档的刘显，对戚继光用兵感慨万千，遂作曲子二首。

其一：

水仙子　首韵

倭患为害二百年，浙闽民众惨又惨。奸佞当道无力战，万千百姓悲涟涟。苍天不佑世暗淡，水深火热苦无边。盼不来兵朝廷管，梦不见安康世乐园。

何日，海上神仙？

其二：

水仙子　次韵

戚帅救星百年见，剿杀敌顽狠且残。浙闽两省一并战，何分你早我晚？羊羔美酒献君前，你欢，我更欢。苍天睁开双眼，倭寇痛歼完。煌煌乎，结束祸乱二百年，大兵家戚帅，千古难见，功德大上天巅。

嘉靖四十四年（公元1565年）十月，戚继光与俞大猷会攻与倭寇勾结的山贼吴平于南澳岛。几战下来，歼其大部近万人。吴平率残部八百余人逃至雷、廉等地即今广东海康、合浦地区。亦于次年被俞、戚二军追歼。值此，东南沿海的倭患，经过"戚家军"及沿海军民的艰苦奋战，基本上得到平息。当时的军界要员谭纶说："戚继光以寡击众，一呼而辄解重围；以正为奇，三战而悉收全捷……自东南用兵以来，军威未有如此之震，军功未有若此之奇者。"时人有诗为证：

将军征战些许年，倭寇惨败尽杀完。
两省军民喜相庆，感恩戴德天睁眼。
为民创造乐业安，继光功勋高天巅。

修边墙（长城）筑工事、北御鞑靼是戚继光的另一丰功伟绩。鞑靼者，为蒙古族中的一支。鞑靼这支部族随着元的覆灭北归后，强大起来。明朝廷中后期政治混乱，国力渐弱，相反鞑靼愈发强盛，不间断地在明朝廷的北方侵扰。这一时期的鞑靼首领叫俺答，此人好战，为一雄才大略人物。他曾侵犯大同，东攻蓟州，著名的"庚戌事变"就是由他挑起的。

隆庆元年，戚继光调京城任神机营副将。次年五月，被任命总理蓟州、昌平、保定三镇练兵事务，驻蓟州。不久又提升为右都督，节制蓟州防务诸路兵马。在此期间戚继光主要办了两件在历史上有意义的大事：一是修筑长城、建立敌台，设立兵车营，此为公元1567年事。嘉靖以来，明廷曾对北部边墙进行过整修。宣化、大同方面较好，而蓟镇方面很差。墙低而薄，不少砖石小，又彼此不相联系，互相不能救援，因墙低而把军士暴露出来，既无法遮避风雨，又无处存放火器，一旦敌人登上边墙，守军难以抵抗。

戚继光针对这一弊端,决定从修边墙和建敌楼两个方面强化防御工事。加厚加高边墙,城上内外增设女墙垛口,并在主要方向、要害处修建重墙。修筑空心敌台,跨墙而立,台高三四丈,周围十二至十七丈不等,突出边墙外约一丈五尺,突出边墙内约五尺。又根据敌军人马接近的难易,决定台的位置及台与台之间的间隔:重要地段,每百步或数十步即建一台;次要地段,每二百步建一台。台为三层,四面开有箭窗,上层有垛口。每台驻兵约三五十人,设总指挥一人。台内储有粮食、火器,长期驻守,形成边墙上的环形据点式的防御体系,既利于守,又利于在敌楼上实施反击。从山海关至昌平东的长城线上,共建立了一千零一十七座敌台,大大加强了蓟镇方向上的防御力量。时人有诗为证:

南方战息返京都,又受蓟州三镇务。
修筑边墙多多处,昌平沿线似城都。
平时建隘备为战,将帅境界高比天。

二是将火器与车辆结合,组建战车营。早在戚继光之前,不少明智的将才就对火器的发展提出了不少见解,朱冕曾提出了"火车备战"的建议,即将火器与车辆结合,以对付鞑靼骑兵。大同总兵郭登曾组建车营,俞大猷曾使用车营大败十万鞑靼军于安银堡。公元1564年,明军在京营置车四千,正式成为新的兵种。戚继光不仅根据战术需要,设计制造了战车和活动"拒马",而且又组建了由车、步、骑、辎重四个兵种合成的七个战车营,分驻遵化、密云、昌平等地。《明史·戚继光传》载:"车一辆用四人推挽。战时则结方阵,而马、步军处其中,又制拒马器,体轻便利。遏敌骑冲突,敌至,火器先发,稍近则步军持拒马器排列而前,间以长枪、狼筅。敌逃,则骑军逐北。又置辎重营随其后。"可见这是将火力、机动、防护与障碍等密切结合,并使步、骑、车协同作战,以抗击敌骑兵集团冲击的一种战法。戚继光已较他的前人有较大的发展。时人有诗为证:

兵家何止战略远,战术演绎高精尖。
战具火器多多现,拒马创制非一般。
步骑车配协同战,长枪狼筅敌胆寒。

车营每营战车一百零八辆,每车装佛朗机炮两尊,另有鸟铳、火箭等轻型火器,配属步兵共二十人。戚继光解释车营的优点时说:"敌军来攻时,往往用大骑兵集团进行冲击,其势凶猛难挡,我军往往尚未站稳脚跟,队形即被冲破。敌乘势追击,以至我军被歼。不仅如此,敌军利用其骑兵的高度机动性，常常掌握住作战的主动权。敌欲战，我军不得不战。敌不欲战，我军只能看其撤走，这就是我军先前屡败的原因。我军创立车营后，情况大为改观，车营既可作为营垒构成环形防御，又可约束军队，不使混乱，还可代替甲胄，防护自己。可以说是一座能够移动的城堡，敌人大骑兵集团，对此束手无策。但车营主要靠火器威力，如无火器的火力，只靠车辆的障碍作用，是难以抵御敌人的。”后人有诗为证：

战时打仗神气现，平时修武莫等闲。
边墙修筑御鞑靼，后世威海古籍展。
长城加固更全面，装备功能慑敌胆。
尽是兵家超前贤，继光战神谁不羡。

戚继光在蓟镇十六年，数十年无战事。他以守边功，先晋职左都督，后又加太子太保及少保衔。从他在蓟镇的作为来看，戚继光不仅是一位卓越的军事家，还是一位优秀的军事工程家。戚继光精以练兵，尤重实战，有史料说，公元1572年冬，他在张居正、谭纶等的支持下，在汤泉即今河北遵化北又进行过一次明朝廷开国以来规模最大的边防作战实兵演习，使用兵力超过十万，时间长达二十多天。朝廷兵部高级官员、总督、诸王侯、封疆大吏都参加了检阅。后人有诗为证：

才能人事两牵连，如此人才也遭弹。
知遇谁不过门槛，以人划线太刁蛮。
何止军事是伟男，工程历代更难见。
继光华人大名片，铲除倭寇功千年。

万历十年（公元1582年）对戚继光不断提携、大力支持，且有知遇之恩的内阁首辅张居正病故。张居正逝世，戚继光顿失支撑梁柱。一些对张居正和戚继光不满的权贵们，乘机排挤，戚继光于次年春被调去镇守广东。万历十三年（公元1585年），戚继光以老病请求退休，遂被罢官，还家后不久，即于万历十五年（公元1587年）病逝。他生前除著有《止止堂集》诗文集外，还著有《纪效新书》和《练兵纪实》两部军事专著，很有历史价值。戚继光是我国古代的民族英雄、兵法家、军事理论家。

袁崇焕尽全力镇守边疆

时空轮回,历史的星空即将告别大明,已现出了清的新时代曙光。也就是在新旧交替、承前启后的十字路口,华夏大地上又骤然升腾起一颗耀眼新星。这个人物不简单:"他是打破旧世界,开拓新天地的一大豪杰。"他的名字叫袁崇焕。此正是:

除旧布新是胆略,万象更新气勃勃。

袁崇焕生于公元 1584 年,卒于公元 1630 年。字元素,今广东东莞人,也有说是广西藤县人。进士出身,官至兵部尚书。他是一位书生大将,文人军事家。曾在宁远打败清军,却被阉党的残余势力凌迟处死。

袁崇焕的死是继战国时赵将李牧、南北朝时的北齐名将斛律光、宋代岳飞之后我国历史上的第四例千古奇冤大案。

崇祯皇帝朱由检继位后,杀魏忠贤,罢黜阉党,大有励精图治的一番气象。当时外有后金连连攻逼,日甚一日;内有农民起义的烽火,愈燃愈炽。而朝臣中门户之争不绝,疆场上则将骄兵惰。他又增加赋税,增设重兵全力镇压农民军,还信任另一批宦官把持朝政,残害忠良,滥杀无辜,使朝廷上下乌烟瘴气。他终于无法挽救明朝廷于危亡之中。明末虽为乱世,朝中忠贞、能征惯战之将却多如繁星。有熊廷弼、左良玉、卢象升、史可法、郑成功等,尤其是袁崇焕,更是这其中最为出类拔萃的一位。

一介儒士,临危报国,毛遂自荐,主动请缨。私入边关勘察敌我态势,早了然于胸,为百多朝臣所不及。时人说,"这是袁崇焕的独特风采"。

后金大汗努尔哈赤不断来攻,朝廷上下惶惶不可终日。努尔哈赤即清朝廷第一代皇帝,是清的创业开拓者。此人雄才大略,文治武功了得,他不断在辽东进攻明军。萨尔浒大战,被袁崇焕打得大败,萨尔浒大战之后,明朝廷委派一位老将熊廷弼出关,指挥辽东军事很有气势。熊廷弼(公元 1569—公元 1625 年)是明代末期著名边将,字飞白,号完冈。江夏即今湖北武昌人。进士出身,后为辽东经略,并晋兵部尚书,兼右副都御史,驻山海关。他有勇有谋,指挥有方,最后被魏忠贤害死。时人有诗为证:

忠贤号称九千岁,人在生祠多林立。

把持朝政害忠良，廷弼被杀人感伤。
大明朝廷早灭亡，忠贤祸首难躲藏。

熊廷弼被杀，边关军情紧急，委派何人出关抵抗后金军呢？这已成了明朝廷的头疼之事，兵部衙门大员们都如坐针毡，谁也没有应急办法。恰恰在这个时候，主事官袁崇焕忽然失踪了。衙门派人四处寻找，均不见踪影。可未过十天，袁崇焕突然回来了。

原来袁崇焕见国事危急，不告而别，独自一个人骑马到山海关外视察敌情去了。袁崇焕向兵部尚书孙承宗说："关外敌我军情，吾已了然在胸，只要给人马军饷，吾定能守住辽东边疆。保管打他后金兵片甲不留。"明朝王公大臣几年来被后金攻势早已吓破了胆。今见袁崇焕自告奋勇，都赞成让他去，说："看他已胸有成竹，士气可嘉，可先去试一试。"熹宗帝也很高兴，当即批准给袁崇焕二十万两饷银，委他督率关外各路明军。时人有诗为证：

兵败国危情怀现，失踪东去巡边关。
名将廷弼遭冤死，军情紧急无将战。
文人书生请出边，熹宗试试准允看。

袁崇焕临危受命，矢志杀敌，遭忌掣肘，仍意志坚强。经过几年的战争，山海关外一片荒凉，遍地皆是死亡兵士的尸骨，加上冰天雪地，野兽横行，环境十分恶劣。袁崇焕出关后，带着几个随从兵士，连夜在荒野上骑马疾驰。天没亮就到了宁远（今辽宁兴城的前屯）。在宁远，袁崇焕顾不得劳顿，马上收容难民，抢时机修筑工事。没过几天，将士们对袁崇焕的勇气、毅力和精神，看在眼里，感动在心里，没有一个不钦佩的。"这么多年了，哪见过朝廷有这样的将军，能和我们士卒一起，实实在在地干。这多么难得啊！真是少见，太少见了！"时人有诗为证：

带领随从先察看，大片废墟人堪怜。
扑下身子从零干，抢修工事日夜间。
捍国保疆任在肩，何怕艰辛汗洒脸。
同吃同住一同干，士卒风气顿改观。
村看村来户看户，向来士兵看帅主。

经过一番实地考察，袁崇焕向兵部报告道："宁远当是要冲之地，吾军在此驻守当为上策。"孙承宗立刻批准，坚决支持。

袁崇焕在宁远筑起三丈二尺高、二丈宽的城墙，装备了各种火器、大炮。孙承宗说："由袁大帅主持边防军事，全身心支持，我大明有望了！我还等待何时？"遂派了几支人马分驻在宁远附近的锦山、松山等地，以声援宁远。袁崇焕号令严明，受到广大军民的爱戴。关外各地商人大贾听说宁远防守坚固，都从四面八方拥到宁远来。辽东危急局面很快扭转过来。

正当孙承宗、袁崇焕守卫辽东出现起色的时候，却遭到魏忠贤的猜忌。魏忠贤唆使阉党说："孙承宗老朽无用，用兵消极等待，大多滞后，这几年在边关成事不足，败事有余，白白耗费了国家大量资财，当杀以谢国人。"孙承宗被迫离职。排挤走孙承宗后，魏忠贤派他的同党高第指挥辽东军事。高第是个庸碌无能的家伙，他一到山海关，就招集诸路将领会议，说："后金军实在厉害，吾等非是对手，关外无法防守，保存实力，各路兵马尽数撤进山海关内。"袁崇焕极力反对说："土地乃吾大明土地，天下乃吾大明天下，吾等好不容易在关外站稳脚根，哪能轻易放弃？"高第严厉呵斥说："我是你的领导还是你是我的领导？军令如山，你还敢不听？"高第硬要袁崇焕放弃宁远。袁崇焕愤然说："吾等职守是防守宁远，要死也死在这里，决不后撤！"时人有诗为证：

战事刚刚有起色，奸佞就来搞破坏。
阴告承宗小报告，不久换将高第闹。
改弦更张大退兵，崇焕与其奋力争。

高第劝不了袁崇焕，只好答应带领一部分明军留守宁远，却蛮横武断地说："关外其他各路明军，限期十天撤退到关内，不得有误。"由于命令来得突然，各路守军毫无准备，匆匆忙忙退兵，把储存在关外的十几万担粮食丢得精光。

区区一万人马，独自拒守，打败后金十三万大军，阵杀敌帅，初战袁崇焕创造了"宁远大捷"。人们说："这主要得力于袁崇焕有特别高超的指挥艺术。"

努尔哈赤洞悉明军撤退的狼狈状。公元1626年，由他亲率十三万大军，渡过辽河，进攻宁远。那时，由于其他几路明军早已撤走，崇焕只有一万多兵马，宁远实乃一座孤城，处境十分危险。但袁崇焕并不气馁，他咬破指头，写了一份誓死抗金的血书，递给将士们传看，道：

保吾疆土，保吾国家；国难当头、血性男儿；
守土有责，头可断，血可流，宁远城不能丢！

铿锵的誓言，饱含深情的话语，将士们看了、听了热血沸腾，纷纷表示说："人非草木，孰能无情？天下兴亡，匹夫有责！我们一定跟着袁将军死守宁远，与城共存亡！"袁崇焕命令说："城外百姓全部带着粮食、用具撤进城里，把城外民房尽数烧掉，让后金兵没有粮食和掩体，让他们饿死、冻死。"他向官员们分派任务说："有的管粮食供应，有的清查内奸，各负其责，各尽其守，同仇敌忾，众志成城。"他又向山海关守将说："若发现逃回关内官兵，可就地处斩，不得延误。"几道命令一下，宁远军情顿时肃然。时人有诗为证：

哈赤来兵十三万，旨在鲸吞小宁远。
崇焕破指写誓言，千万健儿传递看。
血性被激似井翻，万众一心迎敌战。

未过二十天，军情突变，后金军由努尔哈赤率兵气势汹汹来到宁远，对外扬言说："不拿下宁远城，誓不回还。"大批后金士卒头顶盾牌，手拿刀枪弓箭，冒着明军的箭石、炮火，排成一队一队，一批一批，轮番递次，猛烈攻城，杀声连天，惨烈无比。明军虽然英勇抵抗，但后金兵倒下一片，又冲上来一批，气势更加凶悍。在此危急关头，袁崇焕适时下令说："动用大炮向后金军猛轰，不停轰，轮番轰，给我狠狠轰！"炮声响处，只见团团火焰，在后金兵阵营中燃烧。顿时后金兵卒被轰得血肉横飞，连尸体都看不见，哭爹叫娘，狼狈而逃。时人有诗为证：

十三万兵似压山，哈赤放话慑人胆。
轮番进攻杀连天，前死后上不间断。
明军火炮威力显，后金士卒尸堆山。

第二天，努尔哈赤异常恼怒，说："小小的宁远城池，为何这般凶顽？我就不相信有多么厉害？"他亲自督战，集中大股兵力攻城，一番又一番，攻势猛烈，杀声连天。袁崇焕登上城楼瞭望台，冷静、沉着地监视着后金军行动。直到后金军逼近射程内，他果断命令炮手瞄准敌人密集处发炮。这一顿炮轰，后金军倒霉透了。何止是死伤一大片？正在后面督战的主帅努尔哈赤也没逃脱厄运，受了重伤一下子栽倒在马前，不得不下令撤退。袁崇焕看到敌人溃退，乘胜杀出城去，一口气追了三十里。

努尔哈赤受了重伤，回到沈阳，对部下说："我从二十五岁起兵以来，战无不胜，攻无不克，没想到小小的宁远城竟攻不下来。惜矣，可恨，可叹，我死不瞑目，恨你崇焕！"他的第八个儿子皇太极接替他做了后金的大汗。努尔哈赤死后，袁崇焕为探听后金动静，特派使者到沈阳去吊丧。皇太极对袁崇焕窝了一肚子气，恼恨万分。但因后金刚刚打完败仗，需要休整，再说也想趁此机会试探一下明军的态度。所以不但接待了使者，还派使者到宁远城来表示答谢，双方遂在表面上缓和下来，背地里都在紧张准备着下一步更加残酷的战斗。袁崇焕打了这么一个特大胜仗，朝廷应该嘉奖。可是魏忠贤阉党却把功劳全记在自己的名下，反而责怪袁崇焕没有亲自救锦州是失职。袁崇焕晓知魏忠贤有意为难，只好请辞。

公元1628年，昏庸的明熹宗朱由校死去，其弟朱由检即位。崇祯帝早就了解魏忠贤作恶多端，国怒民怨。他一即位，就公布了魏忠贤的罪状，把魏忠贤充军到凤阳。魏忠贤料到活不成，走到半路上自杀而死。崇祯帝惩办了阉党，又给杨涟、左光斗等人平反了冤狱。崇祯帝剿灭阉党，大快人心。袁崇焕跃跃欲试，很想振作一番。朝中大臣纷纷上奏说："袁崇焕难得将才，有大功而遭诬陷，实乃阉党所为。拒后金，经辽东非崇焕将才莫属。"崇祯帝欣然接受，很快擢拔袁崇焕为兵部尚书，全权节制河北、辽东军事。崇祯帝还亲自召见，问："抗拒后金军，当用何策？"袁崇焕说："机谋因时制宜，只要委我指挥权，朝廷各部一致配合，同心协力，不出五年，臣尽可以恢复辽东。"崇祯帝兴奋不已，特御赐尚方宝剑，准许"先斩后奏"。正是：

崇祯登基泄民怨，诛除大奸魏忠贤。
东林六君得平反，崇焕得荐升高官。
全权节制辽东事，由检信任专接见。

袁崇焕重新回任宁远，选拔将才，整顿队伍，军纪严明，士气振奋。有个大将毛文龙作战不力，虚报军功，不服从指挥，袁崇焕用尚方宝剑斩杀，毫不手软，顿时全军上下为之愕然。

皇太极既丧父亲，又连吃败仗，焉能对袁崇焕善罢甘休？他与诸将说："此仇不报，誓不为人。宁远、锦州防守严密，要改变攻击方向，打他个'出其不意'。"正面屡战屡败，只得改道变途。崇祯二年（公元1629年）十月，皇太极亲率几十万后金大军浩浩荡荡直扑明朝京都北京。这一出乎意外的一招，使袁崇焕大吃一惊说："皇太极此计毒甚，火速发兵，当在半途拦之。"哪知已经来不及了。后金军乘虚而入，前锋很快达京城外。袁崇焕获悉情报，心急火燎般带着明军兼行两天两夜，到达北京。没顾上休息，马不解鞍，就和后金军展开了殊死恶战。随着，其他各路勤王明军，也陆续赶到，投入战斗。时人有诗为证：

太极父死心不甘，欲出奇计报仇冤。
正面难敌崇焕战，改道西线奇袭战。
猝不及防京畿险，风驰电掣援京战。

中反间计，一代英才下狱被杀。崇祯帝自毁长城，加速明朝廷灭亡。后金军突攻北京，引起朝野上下震动，崇祯帝更是急得心慌意乱，束手无策。后听说袁崇焕率兵赶到，心情才稍稍安定。他亲自召见袁崇焕，慰劳一番。但是一些魏忠贤余党却四处散布谣言说："后金兵绕道直攻北京，完全是袁崇焕招引进来的，说不定里面还有更大阴谋！"崇祯帝本是个猜忌心极重之人，听到这些谣言，遂疑心起来。无独有偶，正在此时，有一个被后金兵俘虏去的太监从后金军营逃了回来，向崇祯帝密告说："皇上，袁崇焕和皇太极已经定下密约，要出卖北京了！"消息犹如晴天霹雳，顿时把崇祯帝吓呆了。原来，明廷有两个太监被后金军俘虏以后，被关在军营里。有天晚上，一个姓杨的太监半夜醒来，听见两个看守的金兵正在外面轻声谈话。一个说："今天咱们临阵退兵，完全是皇上（皇太极）的意思，你可知道？"另一个说："你是如何知道的？"一个又说："刚才我就看到皇上一个人骑着马朝明军营走去，明营里也有两个骑马的过来，跟皇上谈了好半天话才回去。听说那两个人就是袁将军派来的，他已经跟皇上有密约，眼看大事就要成功啦……"这位姓杨的太监偷听了这番话，大吃一惊后如获之宝。趁看守他的金兵不注意，偷偷逃了出来，赶快跑回皇宫，气喘吁吁地向崇祯帝密告。崇祯帝听后信以为真。他哪里知道这完全是个假情报。两个金兵的谈话全是皇太极精心设计的"反间计"，正是：

太极难敌袁崇焕，无奈阴招施一番。
设计编撰抢眼看，不容不信逼真见。
战场反间例常见，就看识间不识间。

崇祯帝命令袁崇焕马上进宫。袁崇焕接到命令，也不知道发生了什么大事，匆匆忙忙进了宫。崇祯帝拉长了脸，声色俱厉责问说："袁崇焕，你为何要擅自杀死大将毛文龙？金兵到了北京，你的援兵迟迟不来？是什么原因？你给我说清楚！"袁崇焕不禁怔了一下："这些话是从哪儿说起呢？"他正想分辩，崇祯帝已经喝令锦衣卫把袁崇焕捆绑起来，押进大牢。有个大臣深知袁崇焕平日忠心为国，觉得事有蹊跷，劝崇祯帝说："崇焕将才，请陛下慎重考虑！"崇祯帝说："何为慎重不慎重？慎重慎重只会误事。到时候，恐怕朕连项上人头也没有了！"

刚愎自用的崇祯帝拒绝诸大臣忠告，一些魏忠贤余党又趁机添油加醋诬告。到了第二年，崇祯帝下令把袁崇焕杀了。

据说，袁崇焕受的是磔刑，磔刑即凌迟处斩，剐三千六百刀，是行刑刽子手专用钩状小刀具，一刀一刀把人的肌肉勾剐光净，最后只剩下一个骨架，残忍之极。传说，袁崇焕行刑是在北京菜市口，有成千上万人观看，因他们受到迷惑，还不住口大骂袁宗焕“卖国贼”“内奸”“死有余辜”！后人对袁崇焕遭屈冤杀的千古奇案，哀叹、同情，为之惋惜。也对崇祯这个刚愎自用、一意孤行、诛杀忠良的皇帝刽子手无比痛恨，从而对他的亡国，最后自缢而死，毫不同情，无比愤慨地说“咎由自取，罪有应得”。

郑成功收台湾万世敬仰

郑成功在他的一生军事生涯中，致力于反清复明，在台湾沦陷三十八年之后，成功地从荷兰人手中收回，使台湾回到祖国的怀抱，护疆保土，维护国家统一，这是旷古功劳。古人言，能护土保疆者乃伟人，郑成功当此殊荣名副其实。数百年来，他受到全国人民的无比崇敬，就在于此。郑成功作为中华民族的伟大英雄，几百年来，一直为后人敬仰。后人有诗曰：

以少胜多三大战，清廷诸帅惊破胆。
北伐武功伟绩现，收复台湾功比天。
人仰大贤五百年，代代歌颂收台湾。

郑成功生于公元1624年，卒于公元1662年，原名森，字大木，福建南安（今福建泉州市南安平镇）人。公元1624年，郑成功出生在日本平户千里滨，七岁时从日本回国。他的父亲郑芝龙是海商出身，母亲是日本人。郑成功聪慧机敏，有远大志向，坚持抗清，大义凛然与父决裂。时人说："这是他的伟大气节。"郑成功的母亲叫田川氏，为日本平户（今属长崎县）人，是其父做海商到达日本与之相遇结婚的。天启四年其母生郑成功时，为他起小名福松。他七岁时，被接回国，开始接受儒家教育。

郑成功十五岁中秀才。他二十一岁时明被李自成大顺军推翻，南明弘光政权在南京成立。郑成功入南京大学读书，拜钱谦益为师。"大木"即钱谦益为郑成功所改之字，意在鼓励他成为支撑南明大厦的"大木"。

郑成功自幼喜听英雄故事，爱吟文天祥的《正气歌》和岳飞的《满江红》中的诗句。

当时国家正处于后金女真政权与明廷争夺辽东的战争年代。郑成功在读书之余，还刻苦学习骑射、航海等军事技术，并积极钻研军事理论。他曾在《孙子兵法》一书中题写："挥尘谈兵效古之英豪，究心天下封侯非所愿"的豪言壮语。公元1644至1646年，郑成功进入南京国子监，成为太学生，备受名家器重。正是：

成功名森字大木，自幼崇拜岳武穆。
挥尘谈兵赏英豪，立志报效建勋劳。
究心天下唯天道，华夏疆统使命高。

不久,吴三桂引清兵入关,占领了北京。吴三桂引清兵入关的消息传到南京,南京群臣拥立福王朱由崧为帝,改元弘光。次年,清军又攻入南京,弘光政权覆亡。这年,郑芝龙等在福州拥立唐王朱聿键为帝,建元隆武。八月郑成功随父朝见唐王,唐王见他少年英俊,十分器重,当即封他为忠孝伯,赐姓朱,改名成功,所以郑成功又号为"国姓爷"。

公元1646年,清军一路南下,势如破竹,冲破"一夫当关,万夫莫开"的福建险隘仙霞关。千万兵马长驱直入,逼近福州城下。郑芝龙青年时随舅父从事海上贸易。不久,他又依附武装海商头目李旦,十八岁时随其至日本平户做生意,乃与成功母田川氏结婚。郑芝龙少小时气壮如牛,可之后没有气节,见风使舵,极端势利,早有降清企图。清军入关,他满怀升官发财梦想,投降了清军。而他儿子郑成功却大相径庭。时人说:"龙生龙,凤生凤,遗传基因在这里被郑成功撞击得粉碎。郑成功之所以伟大,受人敬仰,其意义就在这里。"郑成功鄙视其父的丑恶行径,带领一支队伍,退守金门,此后又夺取厦门,和清兵进行了一次又一次交锋。时人有诗为证:

芝龙少小气勃勃,成人之后势利多。
唯利是图无远见,自抒历史叛贼脸。
成功与父成反间,忠义气节人敬盼。
鄙夷父亲丑行径,南辕北辙相径庭。

清政府因一时没有能力消灭郑成功这一支抗清队伍,硬的打不过,就来软的一手,想实施招抚花招,让郑芝龙劝郑成功投降。哪知郑成功毫不理睬,令清政府大失所望。据说,郑芝龙见到郑成功,被骂得狗血喷头,抱头鼠窜。据说郑芝龙是哭着走的!郑成功大义断亲,令人动情动容。事隔半年,清廷又派两位使臣持招降书来见郑成功,并且还带来了他的弟弟郑渡、郑荫,企图通过手足之情再一次来打动郑成功的心。然而事与愿违,又一次碰得头破血流。伟伟君子,一身大丈夫气的郑成功岂是他们能撼动的?胸怀报国之志,国家的危亡,民族的苦难,父亲的背叛,慈母的惨死,像一把利刃猛刺向他年轻的心灵。与此同时,复仇的火焰更加激起他的爱国豪情。他严肃地对弟弟们说:"你们年轻,还不知道人情世故,父亲已误在前,我怎能再执迷不悟、重蹈覆辙呢?你们不要再说,我意已决!"正是:

朝廷灭亡坎坷情,改名成功得国姓。
父亲芝龙降清廷,誓死决裂断父情。

两弟来劝血缘逞，大义面前不为动。

说郑成功是兵事谋略大家，乃当之无愧，以一隅之地，以零星一支薄兵，敢与朝廷抗衡，无异于以卵击石。郑成功精于军事，他不仅有战略思想，还有一系列战略措施。实施三大战役，战战获胜，郑成功"战神"雄名大振。史传，郑成功与清军交手，在前期的七年中，共计进行了大小战役四十二次。最著名、也是规模最大的，有三大决定性战役。一是清顺治九年，江东桥伏击战这是第一次大战。审视军情，正确判断，科学指挥。依托城防工事，成功实施海澄防守战，这为第二次战役。顺治十年(公元1653年)五月间，清军开始进攻。经过清军连续三昼夜的轰击，郑成功把握火候，判断时机发起总攻。看火候已到，遂召集诸将会战。黎明时清军后续部队已渡过护城河，进至雷区。郑成功下令："点火!"只听"轰隆"一声，天崩地裂般爆炸，紧接着一片哭爹叫娘声。凡过河的清军尽数被消灭，而后郑成功重新开始反击，一战清军精锐尽失，大败逃走。此战后，郑成功以战功被封为延平王。时人有诗为证：

连番部署天无缝，前后配合攻击猛。
严格统一有号令，瞅准时机猛力攻。
先行进行肉搏战，火攻威力天炸翻。
一战清兵锐尽失，海澄胜仗大气息。

泉州港海战，是郑成功与清军的第三次战役。海澄清军的大败，使清朝廷对郑成功已由刮目相看到畏惧三分。公元1655年，双方谈判破裂，清廷派定远大将军济度率军入闽，企图以武力消灭郑军或迫其投降。

台湾自古就是我华夏族领土，毋庸置疑。台湾不幸落于荷兰人之手，是在公元1624年。这时明朝廷朝政腐败，奸宦当道，国势衰弱。荷兰殖民主义者，依靠坚船利炮，趁机称霸海上。荷兰人早在公元1604年就开始不断骚扰我国东南沿海，由于明朝廷的无力抵抗，随之又明目张胆地侵占了台湾达三十八年之久。正是：

台湾自古我华疆，三国隋代大名扬。
不幸明廷国力弱，荷兰恃强抢掠夺。
国人上下愤勃勃，呼唤英雄壮国祚。

厦门大捷，乘胜改变方针，进攻台湾。郑成功对诸将说："台湾自古就是我华夏领土，荷兰人恃强凌弱乘明朝廷腐败之际，先暗夺，后明抢，霸占了台湾,此等强盗行径,何能容忍?已长达三十八年,这是我华夏的奇耻大辱,不痛打荷寇,不收复我国宝岛台湾,我郑成功誓不为人!"时人有诗为证:

荷兰占台数十年,华族国人无面颜。
成功早早心不甘,蓄谋已久收台湾。
欲打荷兰除内患,消除后忧再外战。

郑成功由北伐退守厦门后,清廷安南将军达素率军紧跟入闽。郑成功成竹在胸,沉着迎战。五月十日黎明,清军开始总攻,激战终日,清军大败,被歼一万多人。同安方面的清军,曾一度登陆厦门,被守岛郑军全歼。厦门保卫战大获全胜,郑成功迅速变换战略,东进收复台湾。时人有诗为证:

达素率军攻厦门,声势浩大欲鲸吞。
三路齐攻围歼战,成功了然在胸间。
两路阻击迎海澄,痛败清兵万人众。
厦门大胜战旗红,收复台湾不日中。

关于郑成功收复台湾的真实意图,有史书说,"是扩大和建立一个可靠的根据地,真实目的还是为了抗清复明的大业。"殊不知,客观上它的价值远远大得无法估量。否则,荷兰人将永久占领台湾,要再收复,恐就难上加难了。这犹如古兵者说:"武事魅力奥妙无穷,由战达统,由战卫国,由战复土,内涵丰富,耐人寻味。"

台湾距厦门约三百公里,当时属福建泉州,归澎湖巡检司管辖。郑芝龙以该岛为海上贸易基地时,曾建立过军事性质的政权机构,并从福建大陆移民数万,发给生产、生活资料,进行垦荒。自荷兰人侵占后,郑成功就对此恨之入骨。他在《复台》一诗中,有"开辟荆榛逐荷夷,十年始克复先基"两句令人震撼。可先时,他因主要精力抗清,一时无暇顾及。而此时,郑成功看到:清军入关控制全国势成定局,以沿海沿岸之地抗清,决难成就大事。况且,还有清廷与荷兰人联手,腹背受敌的可能。当断不断,反受其乱,不能犹豫,收复台湾,乃当务之急。一万年太久,只争朝夕。猝未想到恰在此时,雪中送炭之人从天而降。原郑芝龙旧部,现为荷兰人通事的何斌,从台湾来归,报告了荷军的兵力和部署情况,何斌还向郑成功献上了一幅绘有台湾海运航道、海湾及沿岸地形地貌的全貌地图。这对郑成功来说,无异于雪中送炭、如获至宝。

事出意料，正当郑成功加紧进军准备时，达素率军已到达泉州，兵临城下。大战在即，只得暂缓东进，全力迎击清军。运筹帷幄，精心部署，郑成功又一次把达素打得狼狈不堪。十月，达素沮丧溃退，“回京，各水师尽调，具搁在岸”。郑成功遂实施东进，一面派军外出征集军粮，一面送信给荷兰总督揆一，故意示“无图之心”以麻痹敌人，此乃郑成功兵不厌诈之计。时人有诗为证：

台湾历属古泉州，早为军事建机构。
荷兰无端强侵入，成功恼羞恨入骨。
欲图收复由日久，故示无图诈敌酋。

泰山压顶，务求旗开得胜。顺治十八年(公元1661年)正月，郑成功开始向台湾进击，战前他正确分析了敌对双方的利弊，进行了深入人心的誓师动员，部队上下同仇敌忾。他部署澎湖游击洪暄率向导及一部分兵力前卫，自率精锐十二镇两万五千人为第一梯队，黄安等率六镇一万二千人马为第二梯队。留世子郑经守厦门，户官郑泰守金门，洪天右等泊南日、围头，防止清军突袭。郑成功用于攻台的兵力多达四万。三月二十三日由料罗湾出发，二十四日到达澎湖。遂派舢板船两艘去台湾侦察，并与当地居民联系。

郑成功具体掌握了荷兰兵力二千人及部点的情报后，很快拟订了避实就虚的作战计划。战前郑成功逐一具体解读、分析部署说：“不在鲲身岛登陆，不攻敌主力防守的热兰遮城，并避开敌炮火控制的大港航道。先以一部兵力乘小船登陆北线尾，监视荷军和掩护大部队行动。舰队主力乘潮涨时机，出其不意由鹿耳门港进入台江，迅速切断热兰遮城与普罗文查城的联系。同时以主力在敌人未设防的禾寮港直接登陆本岛，进围兵力薄弱的普罗文查城，而后再各个击破两城荷军。”各路各舰将士心领神会，无不照办执行。时人有诗为证：

兵马行进两路兵，左右配合势勇猛。
侦察敌情两千兵，四万压顶似山倾。
精心部署奇精妙，兵家无愧韬略高。

鹿耳门大战，郑成功马到成功。四月初二上午，郑军舰队进抵鹿耳门港外。郑成功亲自换乘小船，率一部兵力登陆鹿耳屿，勘察地形、敌情。中午潮涨，按预定计划行动，全部舰队很快进入台江。在当地民众接应下，主力在禾寮港顺利登陆。登陆后，郑成功指挥军队抢占赤街粮库，并包围了普罗文查城。荷军对郑成功的突然出现，并顺利登陆获胜大惊失色，一筹莫展。待反应过来后，命四艘战舰向已控制台江的郑军进攻，派阿尔多普上尉率二百人渡台江增援，派汤姆斯·贝德乐上尉率二百六十人向占领北线尾的郑军进攻，可为时晚矣。四月初三荷军出动，有史料说："三天之内，两军轮番大战，如拉锯般，一进一退，一冲一击，只杀得天昏地暗，日夜无光。双方死伤兵员尸积堆山，血流成渠，海上浮尸一片。"几经大战，荷军大败溃逃，最大的战舰赫克托号被炸沉，斯·格拉弗兰号和白鹭号败逃日本。快艇玛利亚号不顾冒逆风危险逃回巴达维亚。阿尔多普部在截击下，仅六十人进入普罗文查城，其余全部被迫撤回。贝德尔部在郑成功千钧之力突击下遭到歼灭性打击，贝德乐以下阵亡将士一百八十人，淹死不计其数，仅约八十人生还。荷军三路出击，全部失败。热兰遮和普罗文查二城被郑军分割团团包围。时人有诗为证，正是：

顺治十八年四月，统帅雄兵达四万。
避实就虚躲港湾，出其不意歼灭战。
鹿耳门港一场战，荷兰痛败少生还。

攻破热兰遮城，荷兰军正式投降。四月初六，普罗文查荷军先行投降。随之，白旗飘扬，城下跪倒俘虏一片，全岛鞭炮、锣鼓声响彻云天。中国军队扬眉吐气，氛围之热烈，空前绝有。郑成功对热兰遮城开始强攻，连续五天未能攻下，伤亡很大。面对新的战情，郑成功迅疾采用"围困待其降"的新战法。从五月初五开始，将所有通向城堡的街道牢牢筑起防栅，并且挖了一条很宽的壕沟，以一部分军队进行围困，主要兵力分赴各地建立政权。时人有诗为证：

鹿门大战攻势猛，荷兰被迫降旗送。

鞭炮庆贺响连天，扬眉吐气空前欢。

再战热兰激烈残，围困待降壕沟战。

热兰遮城危在旦夕，该城荷兰军火速向统帅部巴达维亚处报告，荷兰统帅部又派考乌率战舰十艘、士兵七百来台参战。七月末，新来荷兰兵驶入台江与热兰遮城守军会合。八月初五，荷军发起总反击。由于郑成功事先准备充分，战斗开始后仅一小时，就以十分密集的火船烧毁了荷兰舰克登霍夫号。几乎是在同时，又以猛烈的炮火击沉了科克伦号，还俘获了搁浅的两艘荷舰和三艘小艇，歼敌近三百人。由城内出击的荷兰军，也被围困的郑军击退。在反击失败、外援断绝的情况下，荷军伤亡严重，士气顿然消沉。郑成功于十二月初六攻下了热兰遮城外围据点乌特支堡，一战控制了该处所有高地。三天之内，轮番恶战，一进一退，一冲一击，天昏地暗。荷军血流成渠，浮尸一片。贝德乐大帅部下仅八十人生还。晋罗文查城收复，中国军队庆贺。紧接着，郑成功再攻热兰遮城。十二月初六，成功军尽扫了城外所有堡点。穷途末路，十三日荷兰挂起白旗，正式投降，此战尽获城堡、武器、物资无法计算。签订投降条约后，荷兰总督揆一，灰溜溜地退出了台湾。荷兰统治三十八年后，台湾由郑成功收复回归祖国。时人有一长律云：

忠义感天郑成功，收复台湾大英雄。华人精神脊梁颂，大气磅礴势如虹。

忠孝若有两相碰，舍小护大包大容。斥父悖父唯忠义，忠字天高成功名。

维护南明历年征，文韬武略天下惊。三大战役连连胜，白起韩信可齐名。

反清复明是一型，收复台湾最难秤。国内争雄非豪杰，收疆复土真英雄。

史可法保扬州壮烈殉国

史可法殉难三百多年来，后来人对他赤心报国、正义凛然、忠贞不渝、视死如归的铮铮形象，无不扼腕长叹，潸然泪下。至今前往江苏扬州梅花岭史可法墓地凭吊者，仍络绎不绝。有撰联对他的怀念，颇抢人眼帘：

数点梅花亡国泪，二分明月故臣心。

何处吊忠魂？看十里平山，空余蔓草；到来怜我晚，只二分明月，曾照梅花。

心痛鼎湖龙，一寸江山双血泪；魂归华表鹤，二分明月万梅花。

殉社稷，只江北孤臣，剩水残山，尚留得风中劲草；葬衣冠，有淮南杯土，冰心铁骨，好伴取岭上梅花。

全祖望的《梅花岭》令人遐思不已：

呜乎，神仙诡诞之说，谓颜太师以兵解，文少保亦以悟大光明法蝉脱，实未尝死；不知忠义者，圣贤家法，其气浩然，长留天地之间。何必出世入世之面目，……

多铎在扬州与史可法角力，实际上是多尔衮、多铎兄弟俩与史可法交手的。一边是夺城开拓大清国，一边是守城保卫明朝廷。各为其主，理念不一，志向有异。各献情怀，各逞武功，攻守扬州，杀得惊天地，泣鬼神。有诗一首，单道史可法的骁勇：

狼烟戈甲耀眼明，血战全身漂杵红。
狮虎咆哮士气猛，残破山河难填平。
力撑社稷节亮高，元戎谁与争功劳。
流水淮江雄心壮，捐躯千代大名扬。

史可法，字宪之，号道邻，顺天大兴籍，河南祥符人。父史从质，进士出身，历任西安府推官、右佥都御史、南京兵部尚书等。南明弘光政权中，任礼部尚书兼东图阁大学士等职，史称“史阁部”。史可法治军严明，指挥有方，为抵御清军鞠躬尽瘁，死而后已，以身殉国，史籍有名。

当时,南方形势已十分紧张。农民义军攻进北京,崇祯皇帝吊死煤山的消息传到南方,引起全国巨大震动。不少军民痛惜明亡,嚎哭连天。传说,江淮沿海,无论城市农村,街道乡野,上至老叟,下到儿童,皆披麻戴孝,举行遥祭,恸哭之声一片,声震云天。原明陪都南京,自然成了政治中心。文武官员们不约而同,拥坐在一起,商议立新皇帝之事。不久,他们宣布由明神宗万历皇帝的孙子福王朱由崧即位做皇帝。此正是:

国亡尚存南半壁,仓仓促促再拥立。
竖杆大旗招势力,欲图北伐重崛起。
历代亡国旧章律,苟延残喘无意义。

南明小朝廷还拥有淮河下游及江南广大区域。手中握有五十万大军,实力不可小觑。可这个福王是一个地地道道的纨绔子弟。他强征民女入宫,将大权委于马士英、阮大铖等佞臣,排斥史可法、高弘图等抗清主战派, 以致内部党争激烈,对外又不做防御清军的准备。

镇守江南武昌的总兵官左良玉痛恨马士英的贪赃枉法,遂率兵沿长江东下讨伐马士英。左良玉提出“除国贼”“清君侧”的口号。此时,南明朝廷形势越发吃紧,衰败日甚一日,清大将多铎已经率兵逼近扬州了。

史可法从小就闻名乡里,他自幼饱读诗书,很有文采。四岁即读书入迷,喜爱过度。史可法学习成绩好,十岁时被推荐到省城去学习。一年后,省学府中的藏书被他读完了,他便抽时间到书市上去读书。街道上人来人往,熙熙攘攘,而史可法像没听见一样,只顾专心致志地读书。史可法的记忆力很强,往往看过一遍就能记住不忘。卖书的老人知道史可法的情况后,被他的精神所感动,同情地说:“你以后尽管来这里读书好了,随便读多久都行。”

崇祯元年(公元 1628 年),史可法进京考试,中了进士,被授为西安府推官。不久,升为户部主事,又历任官员外郎、郎中。崇祯八年,史可法被升为右参议,分工驻守池州、太平。这年秋天,总理侍郎卢象升大举进讨盗贼,任史可法为副使,分道巡视安庆、池州,监督江北各军。崇祯九年到十一年,史可法一直受命围剿农民义军,但当时农民起义声势大盛,李自成占领庆阳、凤翔,张献忠等东趋蕲州、黄州。史可法在围剿中不力,受朝廷斥责,命他戴罪立功。

史可法身躯短小精悍,面色黝黑,目光炯炯有神。他廉洁诚实,能与部下一起吃苦耐劳,部队行军,士兵不饱,他从不先用餐。士兵未发冬衣,他从不先穿衣御寒。史可法镇守扬州,政绩突出,职务年年提升,一直到方镇大帅。他的家里有很多财产,又加上他先后几十年的为官俸禄,日子过得非常富裕。然而,他常常把多余的钱财用来救济比较贫困的亲戚朋友。后来,家里的钱财被耗尽了,只好粗茶淡饭了。从年轻到壮年、盛年,史可法一言一行都没有涉及过私利。虽然后来家里一无所有,但他仍然怡然自得。史可法常常对人说:“别人都因为有俸禄而富裕,我宁愿因为当官而贫穷。我留给子孙的,只有‘清白’二字!”时人有诗为证:

忠正廉洁为朝官,不拿国家一针线。
爱民如子重效率,政绩突出美名呼。
他人为禄而致富,我留子孙清白数。

史可法驻防在六安时,这里连年灾荒,人民生活极端困苦。他曾上疏奏请皇帝免除当地百姓田租,其书曰:

六安先为闯贼往来,窜扰之地。百姓受尽蹂躏苦甚,家有十五岁以上男丁,要么戮杀,要么掳走,几乎殆尽。无丁耕禾,民众叫苦连天。近二三年,水旱蝗灾,轮番颇颇袭来,家乡无炊烟,村村无鸡鸣,百姓欲哭无泪,欲投无门。臣自驻安,看在眼里,痛在心中。今特上呈,请皇上恤民疾苦,免除三年租税,以示大明皇恩浩荡,六安百姓无不幸甚,感恩戴德。

不久,朝廷下召,允准免除六安租赋,同时又下了一诏,免除六安年岁为官府养马二十六匹的徭役,改由官府雇人来养。六安百姓无不拍手叫好。史可法恤百姓爱民如子,可对不法官吏却毫不留情,凡有以身试法者必严加惩处。

崇祯十七年四月初,史可法听说起义军进犯北京。这时,他正在南京兵部尚书任上。闻报立即发动将士,北上勤王。

此时南京的大臣们正在商讨重立君主之事。张慎言、吕大器、姜日光三人联名向史可法发了一道文书,史可法说:“‘七不可’,总归其一,福王乃纨绔膏粱子弟,花花公子一个。大明将危,无一精明事理、励精图治、报国情怀之人,绝不堪胜任。还是另选高明为上策。”遂不同意这一议案。

福王立国后,马士英期盼入朝为相,待任命下达后,勃然大怒,他见到皇上,当面将史可法的“七不可”交给福王,恶狠狠地说:“给,你看,这就是他反对你的东西,白纸黑字。你登基如此迟慢,全是史可法从中作梗!”福王不解。

马士英拥兵入朝,上奏章请福王即帝位。史可法为了避祸,请求督率兵马,出外镇守淮、扬二州。十五日,福王即帝位。史可法第二天向弘光帝去辞别,走时被授予太子太保衔,改任兵部尚书、武英殿大学士。马士英也在这一天就丞相职。时人说:“豺狼当道,史可法不得不走。”

临走,史可法上疏说:“愿您早朝晚歇,要牢记先帝的克俭克勤,创业艰难。为何会断送了祖宗大业?盖由奢侈也……如心安理得而处于东南一隅,不思远略,贤奸不辨,威断不灵,那江山毁败,将不日也。若如此,老实的人也会丢下簪子弃官而去,英雄豪杰怨恨必裹足不前,这样祖宗怨恨,连东南一隅也无力保矣。陛下谨之慎之。”福王表示赞许。史可法到达扬州后,奉命调和了江北四镇守将之间的矛盾,然后在扬州开建府署。

六月,清兵击败了李自成。史可法请求颁布监国、即位二诏,以告慰山东、河北军民。开设礼贤馆,招徕四方才智兼备的人才,由监记推官应廷吉负责此事。八月,史可法出巡淮安,视察了刘泽清的兵马。回到扬州,他向朝廷请求粮饷作为军队进发的经费。马士英就是舍不得发,史可发上疏催促他。清军攻下邳州、宿迁后,史可法飞快上章奏报。马士英对人说:“他只不过想给防河的将士记功罢了,任他轮番奏报,就是不理他!”此情此景,宦官嘴脸暴露无疑。而且各镇守将又迟疑没有进军的意思,还多次相互攻击,内讧不断。史可法极力调停,安抚各镇守将。公元1645年正月,南明粮饷缺乏,各路兵马都忍受饥饿。时人有诗为证:

将相不和国败兆,士英掣肘扣粮草。
国难当头闹内讧,奸臣当权国必薨。
摇摇欲坠小南明,可法忠贞难奏功。

这时清兵已取下山东,沿黄河南北,正向淮南进逼。四月初,史可法抽调军队进驻泗州,守护皇家祖陵。临行时,左良玉举兵进犯南京,朝廷召史可法南下救援。史可法渡长江抵达燕子矶,黄德功已打败了左良玉,史可法便去了天长,传檄召唤众将援助盱眙,但盱眙镇守使早已降了清廷。史可法于是连夜赶回扬州。扬州谣传:“李定国兵马将来,要杀尽高杰余部。”城中人闻讯斩杀了守关人出城,舟桨被抢掠一空。史可法传檄召呼各镇援兵,竟没有一个人赶来。二十日,清兵大批赶到,总兵李栖凤、监军副使高岐同拔营出降,城中力量更加单薄。各文武官员分别据守在城墙上。旧城西门最为险要,史可法亲自据守。危难悲壮时刻,他给妻子写信,作最后诀别。其信曰:

夫人万安,北兵(指清兵)于十八日围扬城,至今尚未攻打。然人心已去,士气尽丧,收拾不来,无力回天,法早晚必死,不知夫人肯随我去否。如此,世间生亦无益,不如早早决断也!

史可法自决心抗清后,益发整顿军务,气势极盛。甲申年冬,清发兵南下，传示江南百姓。多尔衮早闻其名，心里佩服史可法，但各为其主，只得仍旧进兵。多尔衮致书史可法，对多尔衮的来书，史可法不卑不亢，义正辞严，不屈不挠，回答说：

我大行皇帝敬天法祖，勤政爱民，特为庸臣所误，致有闯贼之变，法待罪南枢，救援不及，即肆法市朝，以为泄泄之戒，岂足谢先帝哉？闻变之日，留都臣子，欲悉车南之甲，立殄凶仇，而二三老臣，谓国破君亡，社稷为重，相与迎立今上。今上非他，神宗之孙，光宗之侄，大明皇帝之兄也。即位之日，即令法视师江北；始知我大将军借兵破贼，扫清宫禁。贵国入都，即为先皇帝发丧成礼，普天之下，孰不感激？谨于今八月薄具筐篚，遣使犒师；请命鸿裁，连兵西讨，是以王师既发，复次江淮，乃辱明谕，引春秋之义，来相诘责。夫春秋所言，特为列国君薨，世子应立，有贼不讨，不忍死其君父者立说耳！若赤县共主，身殉社稷，青宫皇子，害罹惨变而犹拘牵不即位之说，昧大一统之义，何以维系人心？号召忠义？本朝正统相承，使世十六，存亡继绝，仁恩遐被，贵国不忘旧好，驱除逆乱，兵以义动，万世瞻仰，若乘我内难，窥我幅员，是以义始而行终也。语云："树德务滋，除恶务尽。"今逆贼尚稽天诛，正图报复；伏乞树同仇之义，全始之德，会师追讨共枭逆贼之头，以泄神人之愤。则贵国义声照耀千古矣！本朝报德，惟力是视。至法身陷大难，所以不及从先帝者，实难社稷之故。传曰："竭股肱之力，继以忠贞。"日处今日，惟有鞠躬致命，克尽臣节，不知其他，惟贵国实昭鉴之。

多尔衮接书愤恨，感叹不已。公元1645年，清军多铎率数十万兵马围困扬州。大战之前，史可法在梅花岭召开誓师大会，率领三军将士泣血盟誓，其誓词曰：

上阵不利，守城；守城不利，巷战；巷战不利，房顶上战；房顶上战不利，短接；短接不利，自尽！

史可法决心背水一战，效忠大明朝廷。清摄政王多尔衮派明降将李雯携书劝降，先以清"投鞭断流"的军事压力相威胁，又以"恩礼有加"的高官厚禄来利诱。史可法以"法处今日，鞠躬致命，克尽臣节，以死相报也"相回敬，大义凛然，丝毫不为其动。此后，清军主帅多铎又派乡约捧书到城壕边招降。史可法怒不可遏，命士兵把乡约和劝降书一同投到河里。

多铎又连发五书，均被史可法付之一炬。多铎看劝降不成，恼羞成怒，遂下令攻城。史可法拜过天地后，率部队以炮还击，清兵死伤无数，浴血奋战十日，终因寡不敌众，孤立无援。扬州城于二十五日被攻破。史可法自杀未死，被部属从城西拥至小东门，与攻入城内的清兵遭遇。史可法大呼：“吾史阁部也！”遂被清兵所俘。多铎当面劝降，史可法昂首答道：“吾为天朝重臣，岂可苟且偷生，做万世罪人！吾头可断，血可流，身不可屈，愿速死！”“城亡吾亡，我意已决，即劈尸万段，甘之如饴。但扬州城百万生灵，不可杀戮。”终于慷慨就义，以身殉国，时年四十五岁。史可法据守扬州最后一隅，抗击清兵，震烁千古，悲壮卓绝。

当时，史可法在扬州东、北、西、南四门，各部署三千人马，自带八千人马为前后呼应，又动员全体百姓：“凡十五岁以上，至四十五岁以下男女，皆上城头坚守。”史可法说：“有人出人，有力出力，有钱出钱，有物出物！”扬州军民掌声雷动，欢声雀跃，纷纷表示：“杀鞑子，打倭寇，誓与扬州共存亡。城在人在，城破人亡！”在那十天日日夜夜里，史可法与全城军民同甘苦，共患难。男女老幼一齐上城，仅一天一夜，十里周长城头，滚木、礌石堆积如山，似城墙般厚。曾一日之内，打死打伤清兵攻城士卒八千六百人众。一日，趁夜间清兵不备，史可法率三百敢死队缒下城头，偷袭敌营一十三座，杀敌众一千八百人。扬州守城战十天十夜，历史上号称“扬州十日”，计大小巷战、房顶战、街道战八十三次，击伤击毙清兵三万三千八百兵卒。十日后终因寡不敌众，城破人亡，竟无一人降者。

清乾隆帝时，有一人单作一长律云：

明代气数已丧亡，满人入关舞刀枪。攻略城池似虎狼，南征北讨士沦丧。

自成献忠早败亡，西南江北尽霸抢。江南一隅势慌慌，可法声壮气节强。

英雄忠义人敬仰，反清复明胸中装。理念滋生矢志狂，痛打故虏血溅墙。

苟延残喘保福王，艰难经营人堪伤。奸佞当道国将亡，庸主荒淫人骂娘。

内忧外患苦支撑，无力回天硬逞强。扶保扬州弹丸地，忠义昭彰接地气。

护城保国使命在，何须君王诏命来。为国效命现已为，天绝天惊凝怨魂。

身先士卒修高墙，房顶地道尽战场。大兵压境与城亡，誓死不降华脊梁。

临难告母信一张，悲壮卓绝泪两行。扬州十日抗敌将，可法气节天高扬。

秦良玉保疆土获封侯

明神宗万历二年(公元1574年)四川忠州贡生秦葵家里,一个女婴坠地,这就是后来叱咤风云、纵横驰骋战场、战功卓著的一名巾帼大英雄秦良玉。

秦良玉,字贞素,苗族,也有说土家族,四川忠州(今忠县)人。自幼从父习文练武,通诗文,有智谋。秦良玉的父亲秦葵的祖上几代本是佃农,由石柱土司招来忠州垦荒,历经几代人的辛勤耕作,秦家已成了忠州的一个有名大户。他家祖上传下规矩:

家境再穷,子孙耕作之余,必须练武习文增长见识,练武保家卫国。

秦葵从小入学,十年寒窗苦读成了贡生。秦良玉的母亲姓覃,温柔娴淑,和蔼大方,乐善好施,无人不知,无人不晓。秦良玉姊妹兄弟四人,她上有一个哥哥,下有两个弟弟。秦葵是一个有远见的读书人,他不认为女子无才便是德,无才不是无德,更不是无能,到头来害的是女人自己。实际上男女都一样,不学习都成不了才,如果下苦功,女子照样不输男子半分半毫。良玉天生聪明绝顶,每每读书,过目不忘,由此,为她从小打下了很扎实的书史基础,经史子集,诸子百家,全让良玉读。秦葵又看到万历朝政治已经腐败,不可救药,必有不堪收拾的一天。因此,他总是教儿女们习演兵法,苦练武艺,对他们进行严格训练。于是,秦良玉下苦功夫和兄弟们学习骑马、射箭、格斗、厮杀,不到三年,十八般武艺样样精通。秦良玉虽是女子,可不管是武艺,还是文韬武略,无不比兄弟们精通许多。她最喜欢《孙膑兵法》,尤其是对孙膑教田忌与齐威王赛马的一段话尤为钟情。女儿学习兵法韬略一天天长进,日渐成熟,身为父亲的秦葵喜不自胜。他叹息着说:"唉,可惜你不是男子,你的兄弟哥哥都比不上你啊!"

有道是男大当婚,女大嫁人。秦良玉的夫君叫马千乘。那是在万历二十年,刚满二十岁的秦良玉嫁给了石柱宣抚使马千乘为妻。石柱地属忠州,离秦良玉家不远,是一个以苗族人为主的少数民族郡县,朝廷设置宣抚使统辖这些归顺了大明朝廷的苗人。马千乘是历代官宦之家,他不是苗人,祖籍陕西扶风,远祖为三国时有"锦马超"之美誉的马孟起,再向东汉追溯,为开国名将伏波将军马援,再向上探寻,春秋战国时的赵国名将马服君赵奢是他的始远祖。马千乘因祖建有战功,被封为石柱宣抚使,官职也世代沿袭,这时传到了马千乘的身上,马千乘父早死,母亲覃氏智勇双全,是一位女土司官。马千乘后继承了宣抚使的职位。"土司"是古代四川西南地区少数民族的一个特殊术语,也叫政治制度,是元、明、清时朝廷在部分民族地区授予当地统治者世袭官职，以统治当地人民的制度。

石柱这个地方地处偏远，民风彪悍，维护地方治安乃是第一要务，所以宣抚使重要的责任就是强郡强军、训练兵马，打造一支能征善战的军队至关重要。马千乘作为宣抚使职任，武功精湛，当然是分内应具备之事。未想到，秦良玉自小练功，武术武功了得，据说两人结缘是经过一番校场比武之后而定下亲事的。有现场观看者说："马千乘白马银枪，气宇轩昂，秦良玉手提丈八大刀，威风凛凛，一双杏眼妩媚诱人。两人一来一往，大战一百二十个回合，难分高低。"正当此时，秦葵鸣金一声，两人停住手中兵器，只听秦葵高声说："好啊！天赐姻缘，此东床佳婿老夫选定了。"由此，二人喜结良缘，第二天，正好是良辰吉日，二人便举行了婚礼。

秦良玉嫁到马家，天赐机缘，可谓是英雄找到了用武之地，她一身经天纬地，文韬武略，预示着将派上大用场。时势造英雄，英雄又助时势。时人说："这就是时代，人才、英雄、社会飞速发展，合理的逻辑关系。"

婚后不久，秦良玉对丈夫说："现在天下不宁，内忧外患，朝廷不安、民族危亡，日甚一日，吾等身为朝廷命官，使命责任所系，切不可掉以轻心。咱这石柱处在楚、滇、黔交界，四战之地，历来为兵家必争之地，我们切不可懈怠。身为地方官员，维护一方平安、建不世不朽功勋是份内事，怎能饱食终日，明哲保身？"一席话令通情达理的马千乘动情。作为丈夫，他很佩服妻子的远见卓识，从此夫妻注意发展生产，广积粮草，召集青壮年男子进行训练。没有武器自己造，就地取材，砍下较粗的树枝制成白杆，杆头安上矛头或箭镞，不久就成功训练了一支"拉得出、上得去、打得胜"、能征善战、强悍无比的"白杆军"，又叫"白杆兵"。"白杆兵"就是以持白杆长矛为主的军队，这种白杆长矛是秦良玉根据当地的地势特点而创制的武器。它用结实的白杆做成长杆，上配刃的钩，下配硬的铁环。作战时钩可砍拉，环则可做锤击武器，必要时，数十杆长矛钩环相接，便可作为越山攀墙的工具，悬崖峭壁瞬间攀，非常适宜在山间作战。马千乘就靠着这支数千人马的白杆兵，威震四方，使石柱一带常年太平无事。

秦良玉第一次上战场就凸显了战将之勇，令人神往、赞叹不已。万历二十七年（公元 1599 年）冬，播州宣抚使杨应龙因对朝廷久有不满，遂勾结当地九个生苗部落揭竿举旗造反。他们突然发难，四处攻击，烧杀抢掠，无恶不作，残暴至极。播州处于贵州遵义一带，地势险峻，山高水险，易守难攻。叛军依仗着天然屏障，有恃无恐猖獗一时。朝廷派遣李化龙总督四川、贵州、湖广各路地方兵马，合力征剿叛匪，马千乘所辖石柱宣抚区域正好在统驭之内，他与秦良玉率领三千白杆兵随军征讨。由于白杆兵特殊的装备和长期严格的山地训练，被屡任开路先锋。他们在此次征战中所向披靡，得心应手，屡立战功，经常给予叛军出其不意的打击。无论怎样的高山峻岭,白杆兵都能出奇而至,就如神兵从天而降,令叛匪闻风丧胆。

最为激烈的一场血战是叛军孤注一掷、困兽犹斗的最后一搏。他们固守在播州城里,城外则设下五道关卡,分别是邓坎、桑木、乌江、河渡和娄山关。这五道关卡,每道关卡上都有精兵猛将防守。叛首杨应龙妄图以此为自己的护身符,他扬言说,五道关口守卫播州中军帐固若金汤,飞鸟插翅难入,我定高枕无忧矣。攻打邓坎,是由秦良玉率领的五百白杆兵主战。叛军邓坎守将杨朝栋见对方朝廷军区区五百人,兵力单薄,准备一举歼灭,于是把他麾下五千兵全部拉到阵地上。面对十倍于己的敌军,秦良玉毫不畏惧,骑马握枪威风凛凛地杀入敌阵。只见她在桃花马上左杀右刺如入无人之境,所过之处敌尸一片一片倒下。一杆丈八长矛只抡得像飞蝶翻飞,敌人一边渐次向敌主将杨朝栋靠拢,纵马腾空,待敌人还未看清是怎么回事,她已经牢牢地把杨朝栋抓在了自己的马背上。只见她右手挥舞着长矛,左手死死卡着敌将。敌兵见主将被擒,顿时慌了手脚,秦良玉的白杆兵乘胜追杀,五千人马溃散无遗。

攻下邓坎后,朝廷剿匪大军马不停蹄,又顺利拿下了桑木、乌江、河渡三关,直达播州外的娄山关。

娄山关是播州城外的一道天然屏障,仅一条小路通过关口,可谓一夫当关,万夫莫开之险。娄山关一称娄关、太平关。在贵州遵义县大娄山中,是由川入黔的交通大道。此处万峰顶天,中通一线,地势极为险要,为历代兵家必争之地。明万历二十八年(公元1600年)的平播战役,清咸丰、同治年间的黔北农民起义,无不以占领此关者为胜利。

由于道路狭窄,攻打娄山关无法通过大批兵马。秦良玉便帮丈夫早早定下了一个巧取作战方案。凌晨,秦良玉与丈夫马千乘沿正路攻向关口,叛匪果然冲出并迎上去,霎时间,双方展开了激烈战斗。只见两杆长矛上下翻飞,挡关的敌人一一倒下,而后的援兵也一拥而上,双方大战很快进入胶着状态,而敌兵越聚越多,当秦良玉夫妇正并肩血战之时,几千名白杆兵由天而降,从关口两侧包抄过来,敌兵防不胜防,落荒而逃。

原来趁秦良玉夫妇正面进攻,吸引了敌军注意力的时机,其他白杆兵将士从关卡两侧悬崖处,凭借白杆长矛攀越上关,出其不意给了敌军一个意外的致命打击,一举攻下了娄山关。攻下娄山关后,叛军彻底丧失了元气,山穷水尽,剿匪大军一鼓作气,很快攻陷了叛军的最后据点播州城,杨应龙全家自焚而死。播州之乱,彻底平息。战争结束,论功行赏,石柱白杆兵战功卓著,被列为川南路第一有功之军,秦良玉初次参加大战,牛刀小试,一杆银枪无敌应对,立下了汗马功劳,除受到重奖外,女将军的英名远播四方。

原来播州讨寇，因石柱兵纪律严明，打了几个胜仗，可总的看双方还有胜负，距离大战彻底解决问题，相差尚远。可就是在这样的情况下，总督李化龙仍改不了奢侈恶习，在军中照常如故，频频举行宴会尽情欢乐。到战争第三年八月的一个晚上，杨云龙趁李化龙正举行夜宴，毫无准备之机前来偷袭。作为一代将材的秦良玉，这一敌情被她事先侦察个透彻清楚，而预先设下埋伏，一举击敌杨云龙部并乘胜穷追猛打，直捣敌方老巢，连破播州金筑等七大营寨，在酉阳土司等几路兵马有力配合下，一举歼灭了杨云龙。总督李化龙嫉贤妒能，拒不上报秦良玉的卓越战功。秦良玉泰然处之，白杆兵的威名从此名扬天下。

经过这次战争，秦良玉夫妇深感筹措军费的重要性。兵马未动，粮草先行，这句古兵家的话说得多好。他们大力发展采矿业，开创了在明代轻徭薄赋的一条先河。一石难激千层浪，由于宫廷奢侈，外加连年战争，到明神宗时，矿税日复一日严重。太监掌管矿业，任意勒索，使得采矿业的开发越来越加艰难。为此，身为宣抚使的马千乘屡屡上书，述陈现行矿业税制的弊病，可此举得罪了太监邱乘云。他竟然恶意报复，找借口逮捕了马千乘，把他关进云阳（古县名，在四川东部，毗邻湖北）监狱，致使马千乘冤死在狱中。

马千乘死后，朝廷觉得他并无大罪，所以仍保留了他石柱宣抚使的世袭职位。而这时马家的继承人马祥麟年龄尚幼，朝廷鉴于秦良玉作战屡屡有功，文武兼长，所以授命她继任了丈夫的官职。秦良玉是个坚强的女性，她眼泪纵横地对左右说，丈夫实实在在是被奸臣太监邱乘云无缘无故害死的，杀夫之仇，不共戴天，此仇不报，誓不为人。可话又说回来，眼下内部张献忠、李自成贼寇闹得朝廷惶惶不可终日，外敌后金兵临奉天（今沈阳市）城下，内忧外患，我如果在此时举兵清君侧，无异于给他们帮了大忙，做了亲者痛、仇者快的大逆不道之事。秦良玉忍着丧夫的天大悲痛，毅然决然接过丈夫遗留下来的千斤重担，担当宣抚使要职，报效国家毫不犹豫。时人有一绝句云：

夫君冤死天大仇，痛杀贼凶誓不休。
国难当头大义酬，效命国家家事留。

秦良玉一上任，立即剪去长发，撤去钗珥，除去佩环，穿上男装并且挑选健壮的青年女子五百人，组建娘子军。

明光宗泰昌元年（公元1620年），后金（后来建国号为清）入侵朝廷，召石柱兵马援辽。秦良玉派兄邦屏，弟民屏率数千人马先行赴辽。朝廷赐秦良玉三品官服，任命邦屏为都司佥书，任命民屏为守备。

天启元年(公元1621年),秦邦屏率兵赴敌,刚刚渡过浑河,恰遇后金兵马铺天盖地而来,只得背水一战。秦邦屏也是一代战将,身先士卒,当先冲杀,白杆兵无不以一当十,奋勇杀敌,一场血战,敌兵死伤甚多,无奈后金人马越来越多,终因寡不敌众,邦屏战死,民屏率兵突围而出。不久,秦良玉亲率三千精兵赴辽。因兄长战死,残兵待抚。秦良玉上表请求抚恤殉国者,并派使者至京取衣一千五百套。由于战事紧急,自己来不及亲自慰问,就亲自督率精兵,一场大战在即,白杆兵人人义愤,誓与后金兵战场一搏。

秦良玉遂与西阳土司商议,敌人因我们远来疲劳,一定会偷袭。当夜三更,后金兵马果然偷袭石柱,可等他们发现原来是一座空寨时,为时已晚。忽听得一声高呼:"为石柱兄弟报仇。"只看见身高伟岸的一员大将,坐在千里追风桃花马上,威风凛凛,手舞三尖两刃刀,当先从营门外似狂风一般杀了过来,杏山大营四周突然冒出无数人马,一下子把兵营围得水泄不通,营内敌兵顿时乱作一团。石柱兄弟同仇敌忾,逢人就杀,见马砍头,与西阳土司的兄弟们配合一个晚上,这一仗着实打出了中国女子的威风,凸显出了石柱白杆兵的力量。

一战大胜后金兵,白杆兵胜利的消息传到后方,朝廷上下精神为之一振。可谓有喜有忧,喜的是白杆兵能征善战,今后大有希望,可后金又大量增兵,形势严峻。奉命后秦良玉与弟民屏日夜兼程驰还石柱,准备快速募兵再赴北方关外河场。可刚到家,永宁土司奢崇明反叛朝廷的消息传来。朝廷下旨巡抚朱燮元前往镇压,朱燮元命石柱兵出兵助战征剿崇明。这次是秦良玉意外讨寇平乱,又立下了盖世之功。

原来永宁土司也应诏援辽,先由属将攀龙统兵赴重庆,巡抚徐可永发现有残兵,想要裁员。攀龙不服,瞅准机会,杀了徐可永和道府总兵官二十多人,一不作,二不休,乘机占了重庆,并通报奢崇明父子援助。奢崇明父子大喜过望,遂又纠集杨应龙余党,连永宁人马共计数万人,攻破泸州、遵义,正式建起政权,国号大梁,随之又气势汹汹兵围成都。

可他们一闻白杆兵就谈虎色变,因畏惧其威,遂派使者备上厚礼请秦良玉出兵援助。秦良玉本来就痛恨叛乱贼子,加上之前所来使者出言不逊,秦良玉随手一剑便把使者斩为两段,随即出兵率领自己的子弟兵及白杆兵沿江西而上,驻兵重庆南坪关,一下子阻断了永守叛军的归路。第二天,一战,秦良玉布下伏兵,歼敌一部二千人,又驻守忠州。由于秦良玉计划周密,永守叛军无路可逃,遂孤注一掷,冒险出战,又被打得痛败。这时成都危急,朱燮元急命秦良玉进军成都。秦良玉奉命披星戴月,长驱直入抵近成都。奢崇明向来怕白杆兵,如老鼠见猫。今见白杆兵果然前来,遂不战而逃,一个晚上溃退六十里。朱燮元乘胜追击,很快收复了遵义,奢崇明父子似长了飞毛腿，一下子逃得无影无踪。永守叛乱遂平。时人有诗云：

原本回川募新兵，永宁动乱血火红。
眼前兵火燃着急，岂能不顾白歇息？
奋不顾身上战场，痛杀敌寇疯且狂。

秦良玉率白杆兵彻底摧毁了叛军，朝廷闻报后任秦良玉为都督佥事，拜为石柱总兵官。当解除了成都之围，秦良玉率领白杆军骑马进城时，成都的市民纷纷涌上街头，扶老携幼，争相目睹女将军的风采。这时秦良玉已是五十开外，几十年的戎马生涯，不但没催她衰老，反而把她历练得愈加英姿飒爽。只见她端坐骑在桃花马上，两颊红润饱满，两眼炯炯有神，身姿挺拔，气宇轩昂，一派大将风范，却又不失成熟女性的醇美。成都居民视她为“神明”，约定在她路过的路上焚香跪拜。

这期间，还发生了一个戏剧性的故事，令人啼笑皆非。巡抚设宴为秦良玉及其部队庆功，秦良玉海量，与当地高官同坐一桌，开怀畅饮。酒酣耳热之时，一位临坐的巡抚署官员，也许是被秦良玉酒酣面红的神态迷住了，竟忘乎所以地从桌下伸过一只手来，拉住她的衣角抚弄不放，秦良玉很觉烦心，悄悄抽出佩刀猛地割下被牵的衣角。在座的人大惊失色，秦良玉却丝毫不动声色，依旧举起酒杯，谈笑风生，倒是那位失态的官员羞愧地离席。

此时，后金兵屡屡进犯，内外夹击，腹背受敌，内忧外患接踵而来，明朝廷无力顾及。趁着兵力空虚，水西土司安邦彦也起兵响应奢崇明，贵州的兵力调去攻打安邦彦，遵义又空虚，奢崇明又乘机占领了遵义，两土司互相配合，气焰更加嚣张，这场战争变成了旷古持久的内战。

征讨奢崇明的战争打得异常艰苦，和胆小如鼠的朝廷命官一同作战，对秦良玉来说，这无异于一场自杀。那些怕死的将军，未见敌人时，叫喊得比谁都震天响，可一旦对垒刀枪，无不是闻风而逃。一次战斗中，总兵李维新的兵马一触即溃。待秦良玉得胜归来，想和他商讨对策，李维新竟然紧闭城门，不敢和秦良玉相见。这令秦良玉痛苦不已。

秦良玉长子马祥麟的妻子张凤仪也是个铁娘子，武功了得，须眉难比。她帮婆母秦良玉在河南剿匪，可是两个月后战死。当时她陷入重围、斩杀八十六个匪徒后，被乱箭射死。一次，秦良玉长子在关外带兵巡关时被敌军的流矢身中一目，忍痛拔出箭镞，随手搭箭向远处的敌人射去，连发三箭，射死三个敌将，后金军尤为震惧，从此，不敢轻易在东山海关挑衅了。

崇祯三年，后金再一次大举进犯，由于明朝廷举措失当，蓟州、三河、顺义等地相继失守，后金兵逼北京，形势异常严峻，秦良玉和侄子秦翼明又奉命北上勤王。由于连年战乱，致使石柱的经济连连遭受巨大的破坏，由于无法筹粮筹款，无奈之下，秦良玉散尽家财以充军费，散家为国，值得！

不久，秦良玉的白杆兵与后金兵在京师外围不期而遇，仓促之间，还未来得及安营扎寨，就开始了全线进攻。此时，年已五十五岁的秦良玉手持白杆长矛，锋刃所指之处，后金兵不是人头落地就是手脚分家。所有白杆兵将士无不以一当十，如虎添翼，打得后金兵落荒而逃。很快秦良玉接连收复了炼州永平，解了京城之围。明思宗听到捷报后，大喜过望，特派使臣携带大批赏赐来前线犒军，并在平台召见了秦良玉，感慨万千，当场写下了四首诗，夸赞她的丰功伟绩。

崇祯帝召见秦良玉，当场封秦良玉为二品诰命夫人，朝野上下无不为她感到光荣。京都的人听说白杆兵到了，家家里弄锁门闭户，争相跑去围观，万人空巷，人马不能行进，白杆兵军容严整，京都人民深感敬佩，把石柱军驻地称作“四川营”，这个誉称至今广为流传。此次勤王，袁崇焕采用扼险固守的战术，后金兵远来，不可持久，大肆抢掠一通后，退到关外，朝廷令秦翼明驻守京畿，良玉回四川。

此时西北连年荒旱，加上贪官污吏腐败，人民无法生存，纷纷举起义旗。李自成、张献忠攻下薛州，进逼太平，秦良玉兵到，张献忠撤走。崇祯十三年，罗汝才部西进，秦良玉挡住巫山，阻断去路，罗汝才能攻夔州，秦良玉援救，罗汝才撤走。秦良玉料敌如神，在马家寨挡住去路，杀敌六百，追至留马垭，斩其大将“东山虎”，再配合友军大败罗汝才于谭家坪之北山，继又败之于仙寺岭，夺取罗汝才军中大旗三面，擒获其大将“轰塌天”，罗汝才军渐衰。

当时，献忠部已占领湖北，朝廷派杨嗣昌前往征讨。杨嗣昌把张献忠赶往四川，他以为张献忠惧怕石柱白杆兵，不敢西进，遂故意解除了秦良玉的军职。不出所料，张献忠果然西进四川。但秦良玉认为，保卫四川是自己义不容辞的责任，也还是带着石柱子弟兵保卫四川。

秦良玉就四川形势向巡抚陈士奇献计，清增兵挡住四川十三个关隘，陈士奇不用其计。她又向巡抚刘之勃献此计，刘之勃同意，但他手上无兵。崇祯十七年（公元1644年）春，张献忠长驱直入到夔州，秦良玉驰援，但寡不敌众，一战兵败。

四川巡抚邵捷春只有两万驻军守卫重庆，所依赖的只有秦良玉和张令两支人马。邵捷春胆小且不懂军事，他命秦良玉军留在离重庆三十里处，以保证自己的安全。秦良玉担忧张献忠击败张令后会移师攻击石柱兵，到时候不仅不能救重庆，还更有损白杆兵自身，遂屡次进言，捷春不听。果然这一年的十月，张献忠接连在观音岩、三黄岭进攻官军。秦良玉和张令急忙赴竹国坪拦截，张令、陈士、良玉援救无效，再战再败，三万人马几乎伤之殆尽。秦良玉见邵捷春，请示他说，四川很危急，把我们的土司人马全部召来，已有二万人。我们自备一半军粮，还可以同张献忠决一死战。张献忠很快占领了四川全境，秦良玉只得退兵保石柱。她召集石柱弟子说："有投降张献忠者，我们族中决不宽恕他。"于是分兵把守石柱四境，张献忠竟不敢犯兵石柱。公元1640年，秦良玉在四川败给了张献忠，但是保住了家乡石柱。南明桂王封她为贞侯，而且将她发布的《固守石柱檄文》刻在她的墓碑上。《固守石柱檄文》是由秦良玉主持所撰，是为保卫石柱而作，实则一篇爱国报族、保家卫国、护疆保土的宣言书。

后金军日日逼紧，这时京城已被李自成率领的义军攻破，大明朝廷在风雨飘摇中终于彻底倒塌。李自成入主京城，张献忠则想牢牢控制住巴蜀，以作为自己的战略据点，他东征西战，几乎囊括了巴蜀区域，却对石柱这一弹丸之地无可奈何。已六十八岁高龄的秦良玉，带着她手下历经百战的白杆兵，不畏强暴，誓死抗拒，一直到张献忠败亡，起义军始终没能踏入石柱半步。

秦良玉与当年的诸葛孔明一样，死前也留下了一条锦囊妙计。临终前，她告诫孙子马万年："现在石柱得以保全，是因为我还活在世上啊！我死了，贼寇一定会来犯。石柱东有座万寿山，我已经预备了军粮在那里。一有警报，你赶快率领人马去守住。"两年以后，谭宏果然率大队人马进犯石柱，马万年遵照祖母遗命，事先率军民守住万寿山。后方粮草充足，谭部人马屡攻不克。

处于多事之秋，风雨飘摇的明朝廷已经走在行将灭亡的路上，东北崛起的女真族（后来的清）实力日益强盛，首领努尔哈赤统一各部，成为明朝廷统治的致命威胁。面对虎视眈眈的虎狼后金兵，秦良玉据险固守大本营——石柱，即便在后金兵入主中原后的最艰难时刻也没有屈服于后金朝廷的压力，很多老百姓逃离战火纷飞的家园，来秦良玉的石柱寻求一丝庇护。

秦良玉的一生叱咤风云，四十九年戎马生涯，足迹遍及长城内外、大江南北，为明朝廷立下了赫赫战功。丈夫死后继任其职，她曾派出族人救援沈阳明军抗击后金兵马，更曾亲率三千精兵长途北上，镇守山海关。作为一代女将军，秦良玉武功精湛、文韬武略超群，抗外敌、讨寇乱，屡战屡胜，无人能比，不愧是少数民族苗族的一代军事家，又是百不多见的一位巾帼英雄。顺治五年（公元1648年），秦良玉寿终而死，享年七十五岁。

施琅捍主权收回台湾

在台湾近五百年来历史上出现了一前一后两位伟人,值得国人骄傲和自豪。前者是郑成功,他从荷兰人手中一举收回了宝岛台湾,为国家、为民族立下了丰功伟绩。后者就是施琅,他的伟大在于坚决不使郑成功后人反清闹独,分裂国家,以大无畏的气魄和胆略收复台湾,开创性地正式完成了祖国领土、领海的完整统一。施琅与郑成功一样,是中华民族的伟大英雄。施琅原为郑芝龙部将,后投奔郑成功。台湾一战而定战局,完成了台湾与大陆的重新统一。施琅渡海一战收复台湾后,力排众议,驻军台湾,保卫海疆。他有血性、气节,是历史上卓越的政治家、军事家。

台湾土著民族为高山族,是祖国民族大家庭中的重要成员之一,历来与大陆保持着密切联系。台湾人民与大陆人民心心相印,同是炎黄子孙。台湾自古就是中国领土的一部分。有夏云川著《隋唐人物》一书中的这样一段话:

> 我国东南部沿海上有一个美丽的岛屿,三国时称“夷州”。东吴黄龙二年(公元230年),吴主孙权曾派卫温、诸葛直率领一万人的船队,到边夷州,而且带回数千人,大陆与台湾的接触已大规模开始。到了隋代,台湾称为“流求”,与大陆的接触往来更密切了。大业三年(公元607年)杨广派羽骑尉朱宽和海师何蛮到流求“求访异俗”。因为语言不通,只带了一个流求人回来。第二年,朱宽远到流求进行抚慰。大业六年(公元610年),隋炀帝又派出贲部陈陵等率兵一万余人,从义安(今广东潮州)出发向东,航海到台湾。台湾人看到航船,以为是来做生意的,都到军队中来做买卖,这就说明台湾与大陆早就有贸易往来。三次派人去台湾,对台湾的风土人情、政治和经济情况做了详细的调查了解。大陆人民对台湾的了解越来越清楚,台湾与大陆的联系进一步密切,大陆移居到台湾的人也日益增多。

施琅,字尊侯,号琢公,福建晋江人,公元1621年生,卒于公元1696年。施琅出身平民家庭,幼年学业未成而学武,据说他是“习战阵,击刺诸技,于兵法无不兼精”。青年时施琅应募从军,因力能举鼎,被用为低级武弁。有他对《诸葛亮兵法》《将苑·兵势》精辟解读:"兵势"有三,"一曰天,二曰地,三曰人"。施琅又通过其叔父施天福的推荐到郑芝龙部任职。施琅能干,因镇压地方反明武装有功,升为游击将军,任参将。明王朝廷被李自成农民起义军推翻之后,随着郑芝龙官爵的升迁,施琅的官职也不断提高。南明弘光政权建立后,他升任副总兵,隆武政权建立时,他又升都督佥事,任左冲锋。清军进入福建,郑芝龙降清,被挟持入京。施琅率所部转移到广东潮惠地区,被清军李成栋部包围于镜平(今广东镜平北),苦守日余。

施琅被清军李成栋包围并打散后,沿途又收集流散民军八百多人,于清顺治四年(公元1647年)与其弟施显投奔郑成功(因此时郑芝龙降清,早已被裹胁,进入北京,施琅无所依靠)。因施琅曾任郑芝龙部高级将领,又有实际统兵作战的经验,所以郑成功任命施琅为左部先锋,建功立业,冲锋陷阵,他往往冲在前面。时人说施琅将才难得。

郑成功是郑芝龙的长子,虽是郑芝龙的长子,但郑成功与父亲郑芝龙性格、为人、品质大相径庭,南辕北辙。郑成功是有血性,有民族气节的,他大义凛然,是一个顶天立地的人。郑成功曾与父亲有一番对话,又见他一意孤行投降清兵,只气得昏迷过去。不经过血与火的洗礼,自取灭亡是一定的。于是,郑成功强打起精神,召集兵将,他站在点将台上,现身说法,论说大义,说到痛心处,他声泪俱下,泣不成声。兵将们无不是中华热血男儿,谁不动情动容,个个誓死效忠,但听郑成功一声号令,随即脱下儒冠儒服,一股脑儿拿到孔庙烧掉,跪拜孔子道:

> 先师以孝教人也,我今为大势所迫,忠孝难两全,特拿儒服还归先师,忠国是天道。从此督率将士力图恢复华夏河山,保族保国,决心流尽最后一滴血,不成功则成仁。

郑成功军队的编制是以镇为战略单位的,作为每临战阵的先锋,虽然也统领一镇,但职位高于一般镇将。因为先锋任务重、风险大,提着头颅打仗,这是当时人对先锋的评价。郑成功起兵初期,左右先锋是郑成功总麾下的最高将领,当时施琅于成功诸将中年龄最小。

在郑成功麾下,身为前驱,施琅与清军及地方武装作战,屡立战功。如顺治六年(公元1649年)十月攻打云霄时,曾率部攻打清兵,部将张国柱为攻克该城立下第一功;清顺治七年(公元1650年)掠取广东潮州地区时,独立攻占溪头寨,有力配合驻力对和平寨的进攻;在与潮州郝尚久六部作战时,大战敌军,并指挥亲随,强攻敌重兵的浮桥,并将其焚毁。

当时清军海上力量各自为政，一盘散沙，没有统一领导，郑成功兵力不过万人，仅以鼓浪屿小岛为根据地，虽然南征北战，频频出击，但只能以游击袭扰各处，尚无力量与清军主力进行大的战役。郑芝龙旧部中兵力最大、装备最好的为占据厦门的郑彩、郑联两部。郑成功在潮州受挫撤退至澎湖阳时，深感兵力不足。当时正值郑彩率军南下广东，郑成功欲取厦门为根据地，兼并郑联所部，以扩大实力。施琅却另有真知灼见：单纯靠武力攻取，难有把握，当设计图之，然后相机而动。

郑成功因施琅计于八月间，杀郑联、收芝龙，郑彩部主动退隐，将兵权悉数交给郑成功。郑成功的军事实力，由此开始有了长足的发展壮大。施琅步步迁升，其弟施显已升为援剿左镇之将，兄弟具握兵权。久而久之，施琅与郑成功产生了矛盾，又无人从中协调，渐而发展到战略大谋的分歧。顺治八年（公元1651年）正月，郑成功率军去广东勤王，施琅反对主力南下，郑成功当即令施琅的副将苏茂代理左先锋职务，命施琅随郑鸿逵在厦门休假。

郑成功主力南下后，清福建泉中路克兵马德功，趁厦门空虚之机，渡海袭击厦门，当将郑其鹏怯战逃走，厦门被清军占领。施琅随郑鸿逵反击，率亲随百余人突击马德功指挥部，仅此一举大败清军，几乎将其俘灭。时人说：施琅出奇兵，旗开得胜。马德功在郑鸿逵庇护下逃回大陆，郑成功返厦门后，仅因功赏施琅二百两白银，并未恢复其兵权，施琅拒不接受，二人之间的矛盾日趋尖锐。这一年的四月间，施琅亲兵曾德犯法，郑成功意欲袒护，施琅却将其杀死。仅因此，郑成功竟下令逮捕施琅及其弟显、父大宣和其家属。施琅被捕后逃走，郑成功竟然又下令杀死其父、弟及家属。施琅与郑成功在政治上彻底决裂。

在古代战场上，投城、降敌比比皆是，屡见不鲜，不足为奇。身为主帅，自己的国家已经灭亡，无家可归，无依无靠，走投无路，为一己生存，由此走上了投诚路。时人说：施琅当属于这一种类型。可他前后反复易主多次，这是人格品质上有问题。在投降问题上，施琅处于马鞍形状态，先投降郑芝龙麾下为将，因郑芝龙降清，此也是他第一次降了清，后来他似断了线的风筝，死心塌地投降了郑成功。郑成功虽与郑芝龙为父子关系，可父子二人在降清问题上彻底闹翻，形同仇敌，施琅来投郑成功，但他有反复无常的性格。施琅后与郑成功因性格不合，反目成仇，郑成功杀了他父兄及家人，被逼反叛，重新又归降了清。人说施琅先后反复虽有主客观原因，但作为元戎，一代军事家，风范、气度在他身上，毋庸置疑是个大问题。施琅以中国人正义道德的核心价值而论，有瑕疵，人们对他颇有微词。

郑军大舰无法阻止，曾有一路兵力登陆厦门，眼看胜利在即，不想在郑成功水陆联军的顽强抗击下,最终仍以失败告终。通过这两次海上作战,虽然两次失败,可是清朝廷发现了施琅将才难得。施琅不仅熟悉郑成功军中情况,更精通海上作战。康熙元年(公元1662年)施琅升为福建水师提督,成为福建水军最高军事长官。施琅要用其智慧建功立业,要献出其心,为清朝廷出力卖命。

郑成功逝世后,他的统治集团内部发生了权位之争。而洪旭等在厦门拥立郑成功长子郑经继位,率五千人马赴台。在争位战斗中,郑经继承王位后仍回厦门。但经过这次内讧,郑军内部人心解体。施琅认为千载难逢,时机到了。于康熙二年(公元1663年)五月正式上疏:

> 郑军情形,今非昔比,郑成功已死,而郑经(锦)乃一顽童,乳臭未干,难以成事,伪军营上下分崩离析,各怀二心,大好时机,千载难逢,不可失也。自臣抵海澄之后,已整饬各地兵备,隘卡星罗棋布,并昼夜袭扰贼巢,致使奸贼力竭穷蹙,每闻风声,慌乱不堪,惊魂不定,时机紧迫,不可错过。若不趁此良机而取之,必将贻误战机。

对于政治家来说,复兴需要是第一位的,眼前的现实高于一切。施琅熟悉地理,了解水情,多多献策,每计必中,官职一升再升。时人说:施琅如鱼得水。

顺治十三年(公元1656年),清定远大将军济度入闽时,因施琅熟悉海上情况命为前部,攻击厦门,没有得手,虽然被郑成功击败,但施琅被闽浙总督李本泰所赏。

很快李本泰任命施琅为国安副将。施琅就是在一次次战役中,私下派出心腹潜到郑成功营中施展旧日影响,不到十天功夫,策反招降郑军万余人马。李本泰大喜过望说:战役失败,投诚这边收容万余人马实则大胜。不久,又升施琅为国安总兵。

顺治十七年(公元1660年),郑成功由南京归朝,清安南将军边素再次组织厦门战役,施琅率水军主力随边素由同安港攻击前进。由于他了解厦门岛国水情地理状况,多用船只,机动灵活地选择浅水处为登陆点,并与郑军右虎卫镇将陈鹏联系,令其在岛上策应。康熙帝会同满朝文武在金殿商战军情,遂决定同意施琅建策,旨令福建清军,做应战准备,以期相机进剿。当年九月间,荷兰远征舰队司令波特率战舰十三艘,士兵二千六百余人侵入泉州港。清南平王、耿继茂等竟同意荷兰殖民军插手作战,十月间兵分三路攻击厦门。施琅率水军出海澄激战数日,郑军船只多被击毁,郑经退守铜山(今福建东山岛),施琅进驻厦门。由于大批将领率军投清,郑军精锐,损失殆尽。郑经被迫于次年三月,再弃铜山及沿海诸岛,率残部撤至台湾。

有人说,人的仕途从来不是直线上升,一帆风顺的,再有出众才华,再有上好机遇,莫不如此螺旋式、迂回曲折,这乃实际生活写照。施琅也无不是这样。清军占领沿海岛屿后,施琅以功升为右都督,挂神海将军印,统领原郑军投诚的各路将领,向台湾进攻。清康熙三年(公元1664年)十一月,还有康熙四年(公元1665年)的三月和五月施琅三次进军,皆因途遇飓风而退回厦门,可就是因此引起了麻烦。清朝廷怀疑施琅与郑经集团有勾结,唯恐双方联合起来危害东南沿海的统治。有人说,自古降将乃生二心,这种人对谁都是三心二意,不得不防,弄得不好,鸡飞蛋打,若真有那么一天,悔之晚矣。

另一方面,清朝廷又考虑不杀施琅及原来郑军将领,因缺乏有海战经验的能征善战之将,以"难以制胜"为理由,决定暂时放弃对台湾的军事进攻,撤福建水军,于康熙七年(公元1668年)调施琅入京改为内援大臣。时人说:施琅官阶虽高,但实无兵权。可他一腔报国之心没有丝毫减退。身居北京,对东南沿海情况仍日久挂心,几达寝不安席、食不甘味程度。他用心研究"风潮信候,生涯新港"等地理学知识。他早做准备,将来一旦朝廷起用,能迅速掌握情况,指挥作战,免得措手不及、贻误战机。

康熙十二年(公元1673年)末爆发的"三藩之乱"即吴三桂、耿精忠、尚可喜等屡屡动乱,趁火打劫,郑经为扩大实力乘机率军进占厦门,并随之占领了东西沿海岛屿,气焰顿时嚣张起来。随着三藩的灭亡,郑经在沿海的兵马,也在康熙十九年(公元1680年)初先后被打,郑经仅率残部四百余人返回台湾。山穷水尽,到了此时,郑经早已灰心丧气,丧失了父亲郑成功统一全国的雄心壮志,自暴自弃,毫无进取之心。台湾已成了个封建割据的弹丸之地。时人说:施琅大有建树的时刻到了。

康熙二十年(公元1681年)正月,郑经病死,郑氏集团再一次发生内讧,十二岁的次子克塽继位,康熙帝重新起用施琅,任他为福建水师提督,命他与将军总督等统舟师进取澎湖、台湾。施琅一向主张要消灭郑氏割据政权,这次康熙帝能力排众议,迅速定下平台决心,与施琅不无关系,可这时仍有不少因循守旧的大臣异议。康熙帝召见施琅听取他的意见,施琅力荐以军事手段为主平定台湾,并根据海上作战经验,及长期掌握的情况和知识,明确提出了自己的作战方案,使康熙帝进一步坚定了平台的决心。

圣旨已下,大策已定。施琅于十月到职,造船、制造器械,进行战前一系列准备。次年(公元1682年)三月,他上疏康熙帝报告自己的作战方案及攻击时间。恰在这时,福建总督姚启圣也上疏报告了自己的作战方案,请缨率军出征。五月间,清军集结铜山,由于各路兵马权力不集中,在作战会议上,以及在发起攻击的时间上,各路将帅发生了意见分歧。

姚启圣等二人上疏康熙帝说施琅主张立即进军,原非有机可乘,果有可破可剿者,恳请推迟到十月进军,施琅也于七月间上疏康熙帝详细汇报了从旧部中所得郑军情报。从兵力对比、士气人心等各方面分析,确有"可破可剿之机",并要求"独任臣以讨贼,令督抚二臣催粮饷接应,俾臣整搠官兵,时常在海操纵,勿限时日,风利可行,臣即督发进攻……事若不效,治臣之罪"。康熙帝看过施琅奏疏后,认为郑经已死,余党彼此猜疑,各不相下,众皆离心,乘此扑灭甚易,进剿机会不可失,又征求不少王政大臣等的意见,考虑若一人领兵进剿,可得行其志,两人同往,则未免彼此罅时,不便行事,于是同意施琅的请求,命他独率水军进攻,西岭总督、巡抚同心协力储备粮食,不得有误。

对台郑军态势施琅经侦察,早已了如指掌。郑军总兵力约两万人马,半数屯垦,缺乏训练。精锐兵马,尽为刘国轩统领防守澎湖,当时清军有精兵两万余人,绝大部分又是投诚的战区郑军官兵,既有丰富的海战经验,又有熟悉郑军的惯用战法。新选战舰,与郑舰比较来看,坚固且轻硬,所以施琅说,此次攻台,在兵力对比上,不论质量、还是数量上,清军都处于压倒性的优势。

作为熟悉海战的老牌名将,施琅老道成熟,思考周全又严密,港口在炮火控制之下,易守难攻;而澎湖为台湾门户,岛多分散,海岸坡度较小,地形低平,易攻难守。分析后,施琅有了主意,先攻硬的,如能将刘国轩部歼灭于澎湖地区,则台湾必成惊弓之鸟,兵不血刃,不战而胜是一定的。所以,首先集中兵力消灭刘国轩,务必一举占领澎湖,然后再以大舰由正面牵制台湾郑军,而以小船迂回高雄港和蛟港(台南县西)登陆,由陆上攻击郑军侧背,以期全歼郑军于承灭(台南)地区。

施琅十分熟悉海洋情况。十月以后的季节风,起风后短期内不停,如万一不能一战而胜,则易被大风吹散。海上行动,全靠风信,船只一旦吹散,很难迅速集中,必将处于不利地位;五月开始的南季节风,风轻浪平,特别是夏至前后二十多日,风力微扬,可在海面集中停泊,寻找敌人弱点进攻,因而,他决定在六月间发动进攻是经过深思熟虑的。

施琅头脑活跃,善于开拓,具有创新意识,过去由大陆去澎湖均由厦门出发最为便捷。施琅说,为利用南季风,以便在海战时占据有利地位(上风上游处)。他又说,我要改一改老习惯,出其不意,改由铜山出发,待进至八罩岛后，再转而北进，攻击澎湖，兵法上，这叫乘人不备。

康熙二十二年(公元1683年)六月十四日，施琅率舰队由铜山开舰，临出发前召集各路将领，用沙盘(沙盘是象征性的军事地图)显示地形，进行部署。

施琅指示诸将说如此入港，如此停泊，如此进战等规定。十五日到达八罩水道停泊，十六日进攻受挫，又经数日整顿，二十二日再度发起攻击，激战数日，郑军全军覆没，清军完全占领了澎湖三十六岛。这一战，把刘国轩所率精锐歼灭后，台湾郑氏集团惶恐不安。

施琅没有乘势进军消灭郑氏集团，而采取强有力的心理战法，对投诚人员，以礼相待，发给钱粮，伤员予以治疗，愿归家者派小船送回台湾。这一政治措施，使早已失去斗志的郑军更不愿再战。郑克塽、刘国轩等核心决策人物看到台湾与大陆统一已成必然趋势，无法逆转，遂派人与施琅联系，决定投诚。自郑成功从荷兰人手中收复台湾数十年后，宝岛台湾终于在施琅手里重新与大陆统一。

路遥知马力，日久见真情。当初三次攻台遇飓风，无功而返，朝廷有人对施琅质疑，说降将不可靠。由此，攻台大举搁置了几年，这次施琅正式收归台湾后，又有一些无知且鼠目寸光的大臣，认为台湾地狭人少、财赋无多，又孤悬大海，派兵驻守不仅糜费战粮，且常鞭长莫及，竟恬不知耻提出“直迁其人，弃其地”。施琅力争上疏康熙帝从四个方面说出自己的真知灼见。

康熙帝虽为“九五之尊”“真龙天子”，可他也是性情中人，看罢施琅四大点疏条陈，感动得热泪盈眶。施琅大义、大气、大节、大才，能出这样一位人物实为大清之大幸，中华民族之大幸。于是，康熙皇帝很快下圣旨，完全按施琅奏陈办理，在台湾设一府三县(台湾府，台湾、风山、诸罗三县)隶属福建，并设总兵一员，副将二员，驻兵八千；在澎湖设副将一员，驻兵三千。

康熙三十五年(公元1696年)三月，施琅病死官署，享年七十六岁。康熙帝加封其为太子少保，谥襄壮。施琅出征台湾及其善后处理的奏疏，在他生前就已汇集刊印为《太平奏议》。他死后，其后人又整理编辑为《旗海记事》。该书如实地记录了施琅攻台的战略思想、战术运作，以及澎湖登陆战斗经过，还有平定台湾后对郑氏政权是否设防，对投诚人员安置等问题的整改和意见。从中还可看出康熙帝在台湾问题上的方针和政策，对清军事史的研究，有着较高的史料价值。

有人说，施琅一生在军事上的最大成就，也就是他对历史、对国家最大的贡献，就是在他手里胜利完成了康熙帝赋予他的特殊任务，消灭郑氏割据小朝廷，平定台湾，实现了祖国的疆土统一。施琅对国家、民族具有深刻且久远的影响。十六世纪，正是西班牙、葡萄牙、荷兰、英国等一些早期的殖民主义国家，相继向东西亚扩张的时代。郑成功击败荷军、收复台湾，曾给予这些殖民者以沉重的打击，因此郑成功的伟大，也就在于此。时人说，尽管是这样，郑成功并未完全解除他们的侵略威胁，台湾孤悬海外，势单力薄，假如不与祖国大陆联成一体，很难单独抵御外国殖民势力的侵略。施琅一战定大局，使台湾与祖国大陆形成了一个完整的整体，既保障了台湾自身的安全与发展，又捍卫了祖国的东西海疆。从郑氏割据政权消灭到鸦片战争的一百多年中，我国东西沿海地区再没有受到外国殖民势力的大规模入侵，就军事方面而言，主要原因是台湾与祖国大陆的统一，这是最根本的。施琅之所以是一位民族英雄，其意义就在于此。时人有一长律：

痛打倭寇率兵舰，摧枯拉朽扫敌营。
台湾归土志不移，万民欢庆不夜天。
一举完成国统一，施琅英名比天齐。

左宗棠年迈挥雄师保新疆

清光绪二年(公元1876年)的春天,在中华大地上,一支七万人的队伍正激奋满怀、浩浩荡荡地向西进发。队伍的中间有一面大旗,旗上写着一个巨大的红色“左”字。一位六十多岁的白发将军精神抖擞地骑马上阵。这位威风凛凛的老将军就是陕西总督左宗棠。他年纪这么大了还要率兵打仗,是要收复被侵占的我国新疆。左宗棠是我国近代史上著名的政治家、军事家,又是思想开放、积极从事创办海军学堂、制造兵船的洋务派领袖。左宗棠坚决主张塞防与海防并重,陆地、边疆海河同等重要,不能厚此薄彼,一日不可荒废。

左宗棠有血性,民族气节高于一切,捍卫国家主权,他看重其超过自己的生命。在新疆即将沦陷,民族危亡的时刻,他置风烛残年于不顾,力排众议,毅然决然率七万兵马远征新疆。一百多年来,人们歌颂、敬仰他。若不是左宗棠,新疆一百多万平方公里的疆土早已成为帝国主义列强的盘中餐了。

左宗棠生于公元1812年,卒于公元1885年,字季高,清代晚期湖南柳庄人。左宗棠自幼聪慧过人,十五岁应童子试,次年参加院试,荣获第二名,可还没有来得及参加学政“院试”,母亲就去世了,三年以后父亲又去世。按当时社会习俗,子女在父母丧后的“丁忧期”二十七个月以内不得参加应试。因此,左宗棠根本无法取得县生员的资格。一直到他二十一岁,丁忧期满,才捐了监生(取得考评人的资格)考中了举人。左宗棠连续三次进京参加会试,每次都名落孙山。考官们不是嫌他的八股文章差,就是认定他的小楷字写得不像样子。他讨厌八股文章,但也并非没有功名心。

左宗棠渐渐长大,苦心研读了很多书籍,如顾祖禹的《读史方舆纪要》、顾炎武的《天下郡国利病书》和齐召南的《水道提纲》。清道光十一年(公元1831年),左宗棠受贺长龄所荐,进入长沙城南书院读书,继续丰富他的经世致国知识。

道光二十年至二十七年(公元1840—1847年),左宗棠在湖南安化两江总督陶澍家任家庭教师。在将近八年的时间里,他得以机会饱览中国历史兵籍。他将《古今图书集成》中所载的清代康熙、乾隆时全国地图与他所绘的地图相互校正。左宗棠还专门绘制过地图,改正了许多旧地图中互相不准确的地方,又从各通志和西域国志中,分别摘抄出有关山川、城地方面的内容,加以汇总、整理成几十大本。左宗棠对地学的潜心研究,为他日后的军旅生涯打下了很扎实的基础。

左宗棠十分喜爱兵书,《吴起兵法》和《诸葛亮兵法》他无不反复阅读,核心之处铭记在心。据说在一次京试场合,他一口气背了三十六计的六套名称,在座之人皆大吃一惊。

所有这些对左宗棠的影响都很大,具有战略眼光的林则徐很器重他,称赞他是奇才。鸦片战争爆发后,左宗棠对清朝廷排斥抵抗派,力主屈辱求和很不满意,曾写过《料敌》《专集》等文。

公元1842年,清朝廷在南京与英国签订了丧权辱国的《江宁条约》(即《南京条约》)以后,左宗棠悲愤交加!左宗棠才气超人,在已故两江总督陶澍家当塾师时,遍读群书,钻研军事,令陶澍佩服得五体投地,将年仅五岁的独子许配给他为婿。林则徐任云贵总督时曾请他前去辅佐,他因舍不得离家而未去,他常常自比诸葛亮。而陶澍的女婿胡林翼则推崇他。

左宗棠在襄助曾国藩时功业突出,在此期间,左宗棠曾率湘军与太平军交手取得了乐平大战的胜利,时人说:辉煌的军事生涯才开始,牛刀小试。

同治元年(公元1862年),经曾国藩保荐,左宗棠任浙江巡抚,督办浙江军政事务。在对太平军作战不断取得胜利的情况下,次年任闽浙总督兼署浙江巡抚,节制两省军队,四月七日进驻杭州,加太子少保衔,赏穿黄马褂。不久,平定浙江全省,晋封赐爵。同治五年(公元1866年),他肃清福建境内太平军并将其消灭于广东。左宗棠身经大小百战,为平太平军立下了汗马功劳,充分显示了他作为军事统帅的才能。时人说,初任巡抚和总督,他提升了这个爵衔的威名。

"机遇专赐于那些有准备的头脑。"左宗棠与林则徐亦师亦友。时人说,这俩人诡异神秘,犹如是冥冥之中早已注定的,前赴后继,老带新,传帮带,巧中不巧的是这竟与爱国保国紧紧联系在一起,此就匪夷所思了。夜话湘舟是林则徐会见左宗棠的一个故事。

清道光二十九年(公元1849年),左宗棠来到省城长沙开馆授徒,就在此年发生了令左宗棠一生称之为第一荣幸事的会见。原来,这年的十一月,林则徐因病途经贵州、湖南,回福建原籍养病。

林则徐的官船经洞庭湖沿湘江上行,于十一月二十一日到达长沙,停靠在湘江岸边。湖南的文武官员知道后,都站立起来拜会这位名满天下的大臣。可这时,林则徐想起了一位从未见过一面,可知他大名的左宗棠,立即派人去湖阳县柳庄请来一见。

左宗棠接到邀请,兴奋不已。林则徐是他心中早就钦佩的伟人,能得到他的邀请,机会难得,的确是一件十分荣幸的事。早在青少年时,左宗棠就听闻林则徐是一位学识渊博、能力超群、清廉、勤政治国的好官员。

鸦片战争中，林则徐非凡的爱国精神和伟大人格，使左宗棠为之佩服得五体投地，崇敬和向往之情达到了顶点、极致。林则徐对左宗棠也不陌生。就在一年前，胡林翼任贵州安顺知府时，一再向林则徐推荐，说“湘阴左君有异才，品学为湘中士类第一”。

左宗棠随来人马不停蹄赶到长沙。林则徐家人递上一张大红拜帖，湖南举人左宗棠赶忙请，同时吩咐对其他来客一概不见，当即与左宗棠畅谈起来。天色近晚，林则徐下令将官船乘着湘江水流驶到岳麓山下一个僻静处停靠。摆上酒，二人一边喝酒，一边坐论天下古今大事。林则徐的两个儿子随侍在旁。

两人从天下大势谈到东西沿海边防，从舆地兵法谈到办理洋务，从新疆水利谈到镇中战乱，无不各抒己见。两人，一个是年逾花甲、名震中外的封疆大吏，一个是年方三十八的书生，却毫无隔阂，侃侃而谈，直到第二天清晨。

会见中，林则徐将自己在新疆整理的宝贵资料，全部交给左宗棠，并语重心长地说：“吾老矣，空有御俄之志。数年来留心人才，欲将重任托付。”他还说，“将来东南洋夷能御之者或有人，西定新疆，舍君莫属，以吾数年心血献给足下，或许将来治疆用得上。”左宗棠热泪盈眶，双手颤抖着，恭恭敬敬地从林则徐手中接过这泰山之重的书札，林则徐还写了一副对联赠给左宗棠。

这次左宗棠与林则徐的会见，是两人神往已久的第一次，也是最后的一次。这次会见给了左宗棠以重大影响。二十多年后，左宗棠收复新疆，建置行省，屯田垦荒，兴修水利，在东南沿海编练渔团，创办船政，强化海防，抗击外侵，无不受林则徐的重大影响。

一年后，左宗棠在长沙听到林则徐逝世的噩耗，相对失声，哀恸之余，他写了一封情意深重的信函给林公子镜帆。林则徐去世以后，左宗棠一直怀念着他，以他为自己人生的崇高典范，并以林则徐的继承者而自居。三十多年后，左宗棠任两江总督，特地在南京建立徐公祠。

左宗棠办起了中国第一个新式造船厂，成绩辉煌。马尾造船厂是工厂，工厂是生产工业产品的场合，工厂雇人叫员工，又叫工人，有设备即生产产品的生产资料，又称机器，机器有各种各样，有车床、刨床、蒸汽机、发动机等。工业又产生了工业革命。工业革命，又称产品革命，有人说是资本主义生产方式从工场手工业过渡到使用机器生产的工人阶级制度的变革过程。这个过程是以圈地运动、掠夺殖民地、奴隶贸易等所谓资本原始积累的残酷掠夺为前提的。十八世纪六十年代，英国首先发生产业革命，至十九世纪完成，法、德、美等国也相继于十九世纪完成。产业革命使社会生产力迅速增长，同时也形成了资本主义社会的两个基本阶级——工业无产阶级和工业资产阶级,加剧了他们之间的对立和斗争。伴随着大机器生产而形成的近代工业无产阶级成了资本主义制度的掘墓人。而左宗棠创办的马尾造船厂是洋务运动的产物。

两次鸦片战争失败后,在掌握实权的官僚中产生了主张学习西方科技、引进机器的洋务派,由此兴起了在中国历史上极具影响的洋务运动。洋务派在当时是一个相当庞杂的集团,在清朝廷上的主要代表人物是恭亲王奕訢、大学士兼军机大臣桂良、军机大臣兼办部左侍郎文祥等满族要员,在地方政府机关中代表人物主要有曾国藩、李鸿章、左宗棠、张之洞等。这些人大多数是在镇压太平天国起义的战争中,认识到西方枪炮的先进,从而主张学习、仿造,形成洋务派的。洋务运动包括内容十分广泛:从开设现代工厂、修筑铁路、设立邮政电报,到训练军队、开办学堂、派留学生出国等,凡是与外国发生关系的事情都可以作为洋务运动的内容。初期的洋务运动,将重点放在军事工业方面,他们在"求强"的口号下,先后开办了江南制造总局、金陵机器局、福建船政局、天津机器局等一批军事工业机构。这些军事工业机构都有自己一段艰难而可歌可泣的发展史。

闽浙总督左宗棠最早着手实行他的"经世致国"的宏图大略。他正式上奏朝廷,提出了他自主建造轮船的主张,并得到了朝廷的批准。左宗棠选定马尾镇为厂址,聘请法人日意格、德克碑为船厂的正副监督。他要求日意格等服从清政府船政大臣的领导,保证在五年内教会中国人自己造船。他坚定地说,可以高薪聘用外国人,引进他们的先进技术,而决不受外国人的控制。为此,他与朝廷还有一番激烈的争论。左宗棠的理念是"师夷长技以制夷"。1866 年春,左宗棠由粤返闽。恰逢清朝廷为加强海防正在考虑购雇轮船或设厂自造,各抒己见,双方争论激烈。左宗棠坚决主张设厂自造,并致函总理衙门,要对机器和船体进行检修,不修就不能用,而要修就得请外国工匠来修,这肯定是授人以柄的坏主意。左宗棠在奏折中明确提出:雇募和买船只能解决一时所需,而自造实则无穷之利。否则,兵不能强,民不能富。马尾造船厂就是在他与朝廷的反复争论、斗争后才产生的。正当左宗棠雄心勃勃运作马尾造船厂之时,突然接到朝廷的谕旨:"调任陕甘总督,即刻赴任。"这不禁使他对船厂的命运担心起来。但左宗棠的脑子里已经有了主意,他看中了曾任江西巡抚的沈葆祯,此人了解西方的情况,尤其重视引进近代科学技术。左宗棠迅速上奏朝廷,任命沈葆祯为总理船政大臣。

清朝廷似乎也很理解左宗棠的心情,允许他继续过问马尾造船厂的事情。果然功夫不负有心人。同治七年(公元 1868 年)八月,船厂落成。以后几经扩建,规模不断扩大,成为中国第一个新式造船厂,是中国第一个，也是当时远东最大的造船厂之一。

公元1869年6月10日，福建船政局制造的第一艘轮船——“万年青”号下水。与此同时，左宗棠创办了求是学堂，这是我国近代第一所培养海军军官、造船专家和技术工人的摇篮。何止如此，任陕甘总督后，左宗棠把他的洋务思想也带了过来。在兰州，他创办了兰州制造局，主要仿造了一些铁枪铁炮、后膛枪炮等。同时又创建兰州织呢局，引进机器论证，这无不使甘肃这个偏远的地区较早地发展起来了一些近代工业。

能打仗、打胜仗、打大仗、打恶仗，作为一代杰出的军事家，左宗棠自有比诸葛孔明更胜一筹的独特亮点。公元1851年1月，洪秀全在广西桂平县金田村揭竿起义。太平军自广西平南官村大后方挥师北上，势如破竹，攻下数座城他，由桂入湘，以泰山压顶之势，锐不可挡。清朝廷和广西邻省地方官员，惶惶不可终日，湖南全省立刻戒严。左宗棠历来视农民起义军为“乱臣贼子”。这时，他虽避居青山梓木洞，可旗帜鲜明地与太平军为敌，积极为镇压太平军向胡林翼献计献策：

> 视当务之急对策，一方面大力使用保甲团练，另一方面早早在险要之地设置碉堡，使贼为营而我为主，而后以步步为营之法，渐次合围贼寇。

胡林翼欣喜采纳，很快在黎平推行保甲团练，办起团练一千五百余个，设碉堡四百五十余座以对抗太平军。公元1852年9月上旬，太平天国以西王萧朝贵为先锋，率太平军兵临长沙城下。左宗棠再也按捺不住出山的欲望，从梓木洞进入长沙，正式投入了镇压太平军的行列。

公元1859年下半年，发生了闻名当时的“樊燮”事件，左宗棠受陷。后经肃顺、胡林翼、曾国藩等人在咸丰帝前斡旋，左宗棠因祸得福。1860年1月中旬，时年已四十九岁的左宗棠终于获得军队指挥权，奉诏以四品京堂补随同曾国藩襄办军务。同年秋天，他招募五千余人自树一帜，开始从幕后走到台前绞杀农民起义军。左宗棠在与太平军的作战中，既彪悍残暴，又通晓兵略，用兵诡诈。正如曾国藩所言，左宗棠平日用兵，取势甚远，审机甚微。

1860年夏，太平军再次击破江南大营，连克常州、苏州。此时左宗棠分析：制此贼，必取它势，而不能图速。苏州既失，为公计者宜发以偏师，保越为力之计，庶将来出内山外两路进兵，可免旁趋歧出之虑。否则，贼势蔓延于越而贼巢踞金陵，大军直指苏台，如击长蛇之腰，防其首尾俱应。

统辖苏、浙、皖、赣四省军事的曾国藩，整体上采取首尾俱应的方略，以此加强对太平军的攻击，以左宗棠部在浙江，李鸿章部在江苏省，曾国藩部在金陵，遥相呼应、分进合来，终于攻陷天京。太平天国运动失败后，捻军和西北回民起义就成了清朝廷的心腹之患，左宗棠奉命移师北上镇压农民军，公元1873年，左宗棠督军攻陷肃州。

左宗棠是名将、军事家，他保家卫国、维护国泰民安，捍卫国家主权和尊严，一句话，他为护疆保土的最伟大战将。

新疆在晚清时期，即公元1876年出现了动乱，左宗棠率七万人马出兵新疆，平息了动乱，成功保住了新疆。原来，在新疆西边有个叫浩罕汗的小国。因领土问题引起了浩罕汗国首脑阿古柏的不满。于是，俄国人鼓励阿古柏向东占领我国新疆，以此来补偿失去的领土。果然，阿古柏在俄国支持下，以突然袭击的手段占领了新疆的南部。他们贪得无厌，不久，又向北疆侵略，占领了乌鲁木齐，并随之在新疆成立了一个哲得沙尔国，由他当国王。俄国也趁火打劫，随之出兵，占领了我国新疆西部的伊犁地区。

浩罕汗国阿古柏和俄国同时出手，侵略我国新疆，如此大事件，在清朝廷上下了似炸开了锅，各方意见不一，引起了一场广泛且十分激烈的争论。首席大员曾国藩、李鸿章二人说，中国领土这么大，现在国家又这么乱，干脆把新疆扔掉。要是真的动起手来，俄国人不好惹，我们也未必能打得过，慈禧太后也不把新疆问题放在心上。阿古柏占领了我国新疆，时任陕甘总督正在兰州的左宗棠心急如焚。后来，他又听说朝廷有人主张放弃，而"老佛爷"置若罔闻，气得火冒三丈，他立刻决定上奏折批驳李鸿章等人，驳斥放弃新疆的论调，力主收复失地。在奏折里，他表明若再言弃新疆者，杀！自己愿意率兵出征，自己去就有新疆在，不收回新疆，誓不回还！

左宗棠的奏折写得义愤而不可侵犯，朝廷中文武官员们佩服得五体投地。文武官员们纷纷向慈禧保举左宗棠率兵出征，早日收复新疆。这时慈禧太后也觉得丢失领土于她脸上也无光彩，既然有人愿意出征，那就何乐而不为呢？于是，公元1875年，左宗棠被任命为钦差大臣，全权督办新疆军务，率兵远征新疆。

新疆远离内地，人烟稀少，产粮不多。左宗棠特别重视远征军的粮辎等后勤保障，亲自部署粮饷的筹集、采办和运输，以确保西征军计划的顺利实施。兵马未动、粮草先行，左宗棠说这是第一要务，重中之重，丝毫不得懈怠，若有违者，军法处置。左宗棠率领七万兵马离开兰州，经过河西走廊，来到肃州（今甘肃酒泉），集中各路将领召开战前会议，制定作战战略。审时度势，新疆地多人少，中间天山为天然屏障，把新疆分为南北两疆。北疆地势平坦，交通方便。南疆山高陡峭，地形复杂。依据地势，我们就先攻打北疆，一经得手，站稳脚跟后，再进军南疆，收复全部领土。

各路将领听后无不点头称赞，争相说作战方案符合实际，可行性强，唯大中之命是从。左宗棠遂下达作战任务。刘锦棠和金顺两位将军率领主力攻打乌鲁木齐，徐占彪和张瞰把守哈密，其余兵马驻敦煌、安门和适门等地，防止敌人入侵内地。

正当各路将领准备分头行动时，左宗棠又特别嘱咐大家，新疆民族很多，都是姐妹兄弟，大家要尊重他们，善待他们，绝不允许杀人放火，违令者严惩不贷。

八月十七日，清军借助开花大炮的威力，轰开古牧地城墙，全歼守敌六千人，于次日一举夺占乌鲁木齐。

左宗棠大军，正义之师，势如破竹，而阿古柏所率部队全是不经打的乌合之众。十一月上旬，清军攻克玛纳斯南城，全面平定了整个北疆地区，时临冬季，大雪封山，清军就地休整筹粮，以待再战。公元1877年4月，左宗棠指挥清军兵分三路，进军南疆，刘锦棠部由乌鲁木齐南攻达坂，张曜部由哈密西进，提督徐占彪部由巴里坤进至盐池，与张曜部会师后，合攻辟展和吐鲁番。至月底，清军先后攻克达坂、托克逊、吐鲁番等地，扼南疆门户，从而为争夺战争全胜创造了有利条件。

此战役在《中华百将谱》中有记载，南疆战役记录更为具体。十月，刘锦棠部征战一千余公里，以破竹之势收复南疆东西四喀喇沙尔、库东、阿克苏和乌什。南疆西回城叶尔羌、和阗和嗒什葛尔之敌分崩离析，有的主动投降清军。12月中旬至公元1878年1月初，清军又相继收复南疆西回城。整个新疆除沙城以及被侵占的伊犁地区外，全部回归祖国的怀抱。

而《中国历代军事通览》中《清收复新疆之战：缓进急战先北后南》的描述更为精彩。

其一：

公元1876年4月26日，刘锦棠带军出关平叛新疆时，左宗棠制定了“缓进急战”的方针。它是左宗棠根据实际情况制定的先北路后南路战略。出关后，第一个战役是攻占北疆，收复乌鲁木齐至玛纳斯一带扼全疆总要之处，为下一步南进准备后方基地。左宗棠这一战略是正确的。

其二：

公元1876年8月，左宗棠指挥清军发起了北疆战役。清军主将刘锦棠按照“缓进急战”的方针，率清军乘夜间敌人睡觉的机会急速发起猛攻，很快占领了古牧地。乌鲁木齐敌军率先逃跑，其余敌军见主将临阵逃脱，也跟着败下来。清军仅花了十天的时间就收复了乌鲁木齐，并飞速收回了除伊犁以外的北疆地区。

其三：

公元1877年4月中旬，左宗棠适时地发起了天山战役。刘锦棠一部攻达坂城，仅用四天时间就全歼敌方，无一漏网。接着分兵一部攻克吐鲁番城，前后不到半个月就顺利结束，总计歼敌两万余人。至此，清军完全打开了进军南疆的门户。公元1877年9月下旬，刘锦棠受命又攻打了南疆的门户，发起了南疆战役，他亲率精锐步骑，一个月驰驱三千里，一举收复了东回城，12月又收复了西回城，阿古柏部属除一小撮投奔沙俄外，余部全被歼灭。

公元1884年，清政府在新疆设行省，以加强对西北边陲的管理。

在这之前，也即战争刚刚开始时，刘锦棠率主力兵马离开酒泉后，直向乌鲁木齐杀去，驻守乌鲁木齐的是阿古柏的大将白彦虎（白彦虎是中国人）。他听说左宗棠大将军杀来了，怕得要死，一面给阿古柏送信，一面派大兵死死守住城外的古牧场。刘锦堂一到乌鲁木齐就下令向古牧场发起攻击。阿古柏的兵马拼命抵抗了一整天。其实，清军并没有真正地猛烈进攻，刘锦棠只是让兵马远远地开枪放炮，士兵大声叫喊但并不往前冲，天黑以后，清军就收兵了。

打了一天，白彦虎累得浑身没劲，他只觉得清军白天已经发动进攻了，晚上就可以安心睡大觉了。可就在睡得正香的时候，外面的枪声把他惊醒了。清军突然的进攻使阿古柏的士兵来不及准备就被消灭了。白彦虎拼命逃回乌鲁木齐城里后，带着家人连夜逃脱了。刘锦棠率兵攻下古牧场，又毫不费力地占领了乌鲁木齐。

第二天，阿古柏派来的援军赶到了。刘锦棠早就在城外设下了一个包围圈。敌人刚一进到里面，埋伏在四周的清兵枪炮齐发，在雨点般的子弹和炮火中，阿古柏的兵马死的死，伤的伤，如惊弓之鸟。

阿古柏本来以为有俄国人的支持，中国人不敢派兵打他，现在左宗棠的军队接连胜利，他就有些手忙脚乱了，但这个家伙下了决心要和中国兵将顽抗到底。他命令自己的儿子海克拉去守托克逊，大总管爱伊德尔呼里进驻达坂城，白彦虎守吐鲁番，准备与左宗棠决一死战，然而，他的计划最终一个个落空，这样南疆地区也没收复了，阿古柏节节败退，率领残余的一点儿兵力向西逃跑。半路上，又被手下人杀死，恶人得到了应有的下场，不久白彦虎和海克拉逃到了俄国，各路大军在吐鲁番胜利会师。这样，除去伊犁以外，清军收复了余下的新疆之土。

这天是公元1876年5月16日，在肃州西行的路上，一支威风凛凛、异常严肃的队伍，抬着一口黑漆棺材，两旁围观的千百万民众目瞪口呆，相互悄悄交头接耳问，怎么抬着棺材去打仗？未曾见过。

原来清军一路势如破行，收复了北疆、南疆，阿古柏等败死后，还有新疆西部，被沙俄占领的伊犁没有收复。俄国是一块“硬骨头”，不能等闲视之。想当初，朝廷主和派李鸿章等人建议扔掉新疆，就是惧怕俄国人的勇猛。而左宗棠不怕，他更不信邪，他说，任你“北极熊”再强大，我统统视若草芥。伊犁是我国国土，我怕谁？不收回伊犁，血战到底。就这样，左宗棠抬上棺材以示必死决心，豁上命与俄国侵略者进行搏战。而左宗棠这次抬棺材出征是捍卫主权，大义壮举。

有士兵问左宗棠，为什么抬着棺材上阵。左宗棠说，我今年已经六十五岁了，为了收复国家的领土，我情愿搭上我的这条老命。士兵们见统帅这么坚决，顿时深受感动，也纷纷表示不打败俄国侵略者，决不活着回来。此次出兵，一举收复了伊犁。可也有资料说，就在左宗棠加紧调兵遣将时，8 月 29 日，他突然接到清廷谕旨，要他迅速离开新疆，回北京。

原来最后还是决定依靠谈判来解决伊犁问题。所以，便将一意主战的左宗棠调离新疆。左宗棠备受刺激，十分痛心，但也无可奈何。

左宗棠虽然离开了新疆，但他为收复伊犁所做的军事准备并没有白费。在中国近代霸气学者曾纪泽（曾国藩之子）与俄国人进行长达半年多的交涉中，左宗棠在新疆的军事行动成为他强有力的后盾。光绪七年（公元 1881 年）二月，中俄签订了《伊犁条约》，沙俄同意将特克斯河谷和穆索尔山口归还中国。沙俄将它业已“吞”下去的领土又“吐”了出来，这是近代史上前所未有的。时人说，这是左宗棠的伟大贡献，左宗棠用兵新疆的胜利，捍卫了祖国领土完整，体现了民族精神，他的老朋友甘肃布政使杨昌睿热情歌颂了这一英雄壮举：

大将筹边尚未还，湖湘子弟满无山。新栽杨柳三千里，引得春风度玉关。

除了歌颂左宗棠用兵新疆的英雄壮举外，还有一事也值得大书特书。“左公柳”引得春风度玉关，这是后人歌颂左宗棠在新疆植树造林的诗句。人们说，左宗棠重视林业，利用部队休整之际带头植树造林，这是左宗棠收复新疆时在战争间歇之余实施的一项伟大壮举。

西北地区气候干燥，生态环境恶劣，外加连年战争等诸多人为因素破坏，许多地区黄沙滚滚，尘雾漫天，林木稀少，不利人居。身为西北军政总管的左宗棠看在眼里，急在心里，他说战争为了保卫家国，而造林也同样为民造福，有时间利用部队休整之余，率先垂范把植树造林搞起来，十年树木，百年树人，将来也不失在新疆为千百万同胞留下大好印记，这肯定也有意义。左宗棠指挥军队在新疆凡是交通道路两旁大力号召植树。连抓十多年不断,仅从陕西长武境界到会宁县止,600 里间历年种活的行道树,多达 26.4 万多株。除此之外,他还发动地方上也来种树。齐心协力、齐抓共管,不信植树造林抓不起来。大军走到哪里,树就栽到哪里。对这"连绵数千里,绿如帷幄"的绿化带,时人及后人无不赞叹不已,争相传播这些柳树赞誉为"左公柳"。植树造林,为强化管护,还有左宗棠杀一头驴的故事,一次,左宗棠在酒泉路旁发现有少数刚栽不久的柳树皮都脱落了,以致枯死,仔细观察,原来有一头驴系在柳树上,驴在啃柳树的皮,左宗棠火冒三丈,下令将驴牵到酒泉城内鼓楼下,击鼓下令军民、官吏一起前来听训话,左宗棠下令将啃树的那头驴,当面斩杀,宣布:

再有人胆敢破坏柳树,一律与驴同罪,格杀勿论。

左宗棠饱尝了苦甜酸辣。这是当时人为左宗棠的哀叹和鸣不平。左宗棠正欲抬着棺材,率千军万马,与俄国人交手,去收复伊犁时,朝廷六百里快马谕旨,召他速回朝廷述职。左宗棠非常痛心,望着西北方向一望无际的戈壁滩,连声哀叹,他泪眼模糊,泣不成声。但是毫无办法,只好命令兵马停止前进。

突然,左宗棠抬眼向前观看,古老的玉门关像两扇叠在一起的石门。左宗棠手臂一挥,大声命令道:"火枪营,全部上满膛,全体部队,向后转!"一百人马刹那间全部面西而立举枪向伊犁方向——左宗棠猛一转身和自己士兵面向一个方向,大声命令道"放",震耳欲聋的声音在戈壁上回荡,边塞雄浑的玉门关似乎都摇晃了起来。这枪声当然是凯旋的"礼花",是即将收回而未能如愿的愤慨——当然,这是献给自己的。

左宗棠性格怪异、刚直不阿、震慑朝纲,无奈清廷腐败,龌龊奸臣当道,江山社稷大厦不日崩塌,由此可窥见一斑。

光绪七年(公元 1881 年)正月,北京城虽还寒意料峭,可热闹非凡。左宗棠凯旋班师,回到了他久别五年的北京,上至太后,下到普通老百姓,万人空巷,以异常兴奋的姿态迎接这位民族大英雄的归来。

农历正月二十九,左宗棠从西直门进入皇城,城楼彩旗飘扬,各式各样的彩带层叠交织、飞舞飘飘,朝廷专派李鸿章为钦差大臣,在此等候为左宗棠接风洗尘。北京城的老百姓也抬着锣鼓一起来欢迎。一声炮响,两扇城门大开,锣鼓喧天,铺天盖地而来。左宗棠在马上一抖缰绳吆喝一声,进而几十匹战马簇拥着他,好不气派,不紧不慢地走向西直门。刚到城门下,又是一声炮响,接着噼里啪啦的鞭炮声响起,两边的百姓拥了上来,有的拿着用丝绸做的大红花给左宗棠戴上,左宗棠看着一张张真挚的笑脸，老泪盈眶，他不住地挥手，却感动得说不出一句话来。

"圣旨到，请左大人接旨！"

左宗棠抢步过来，跪倒在台阶上，太监把佛尘一扬，抖开幅卷。念道：

"钦差总督新疆事务大臣左宗棠不顾年高，为国效命疆场，平定叛逆，恢复国土，威震四族，劳苦功高，特赐予宝院一座，并准其休官二日，在京文武百官一并前往祝贺，钦此。"

可诡异的一幕发生了，左宗棠泪流满面，连忙叩头，哽咽着连声说："谢主隆恩。"他站起来对左右说："来人，拿一百两银子赏给这位公公。"不想，那位太监刹那间阴了脸，冷冷地说道："一百两？我知道左大人在新疆几年两袖清风，无所积蓄，这一百两，我也不要了，大人年事已高，还是留着做后事时用吧！"说罢，这位太监甩袖而去。

左宗棠只气得浑身发抖，他也知道当今太后主权，而朝内宦官正炙手可热，不然也不会如此横蛮，但左宗棠依然压不住心中怒气，大喝一声："站住。"

这时，一只手伸过来，轻轻抓着左宗棠的胳膊说："左大人，何必与这些小人一般见识，在下奉太后懿旨，特在此迎接大人，太后赐御酒三杯。"后左宗棠又连忙跪下："谢太后如此看重微臣，真叫臣肝脑涂地，诚惶诚恐。"

李鸿章卖了关子，左宗棠猛然一惊。李鸿章不紧不慢地讲到了《中俄伊犁条约》签字的经过及主要内容，左宗棠越听"阴云"越加"浓厚"，他没有想到朝廷竟在他离开新疆后背着他议和，更没有料到议和竟是如此结局，这不是屈辱卖国吗？左宗棠本想利用回京觐见的机会，据理力争陈述新疆实情，让皇上采纳自己的献策，他心中长叹一声，看来计划全部落空了，左宗棠心中十分明白李鸿章现在告诉他《中俄伊犁条约》的意思，他猛一勒马缰绳，狠狠瞪了李鸿章一眼，头也不回和随从纵马而去，李鸿章望着他的背影轻轻一笑："没想到他依然还是那种湖南骡子的脾气，越老越怪，哼，我倒要看看他们能在北京城里风光多久，我们今天已经杀了他的狂妄气焰了。"

没过几天，皇上、慈禧皇太后果然接见了他，皇恩浩荡，令他受宠若惊。左宗棠是从侧道上殿的，看着龙椅上坐着的光绪帝，左宗棠一阵激动不已，眼泪禁不住又流了下来，在陈述完自己新疆之行后，恭恭敬敬地把头天晚上写好的有关以后新疆的方略递给了光绪皇帝。光绪皇帝大加称赞并赏赐，令他以后留在京城辅佐朝政。

第二天，左宗棠又分别拜见了慈安与慈禧两太后，慈安太后把咸丰皇帝用过的一副墨镜赐给左宗棠，慈禧太后把自己一个年仅十七岁的侍女送给他做侍妾，左宗棠再一次感动得老泪纵横。第三天，即二月初一下诏，任左宗棠为军机大臣，总理衙门上行走，管理兵部事务，参与朝中的政治、军事、外交大政。京城是权力倾轧的中心，左宗棠被任命为军机大臣，这既是他一生事业的顶点，也更是他走向下坡路的起点。次日，醇亲王第一个前来祝贺。他告诉左宗棠，宫内传旨，赐大人花翎顶戴，因大人这次得皇恩甚重，这些宦官想得些奖赏，十万两银子。

左宗棠一听勃然大怒，拍案而起，说这哪里是要赏赐，完全是强盗的敲诈，醇亲王劝他万事以忍为重，不必因小失大，最后在恭亲王和醇亲王的调和下，减为八千两银子了事，可太监此时对左宗棠已怀恨在心了。不久，在恭王府里，一群满族官僚散坐在厅内的椅子上，议论的主题全是左宗棠，说这个人不胜朝廷之重负，湖南骡子的脾气不好使，做事又臭又硬，这怎么行？

之后，左宗棠上朝，遭到一群大臣的围攻。从此，左宗棠便不断遭到攻击、诽谤，甚至谩骂。时人说，真正使左宗棠感到沮丧的是慈禧太后态度的逐渐转变，由支持到冷漠，最后是排斥。慈禧太后听了众大臣的多条议论，虽明知是奕訢等嫉贤妒能，可还是训诫左宗棠："虚怀大度，不可自以为是。"左宗棠走出宫时，陪同他出来的一个小太监递给他一个纸条。左宗棠展开一看，原来是内宫中目前最红的太监李莲英，以父亲做寿为名，要左宗棠送银五万两。左宗棠不禁勃然大怒，压抑了许多天的愤怒一下子喷了出来，他把纸条一下子撕得粉碎，把那个小太监及李莲英狠狠地骂了一顿。

听说左宗棠在慈禧太后前碰了个软钉子，同时又得罪了李莲英，宝鋆他们正在努力找左宗棠的碴儿，想把他赶出京城。果然，左宗棠有了被人利用的把柄。

一天，左宗棠批阅案件到了深夜，疲劳过度，伏案而睡，第二天清晨，睁开眼时已是太阳高照，左宗棠大吃一惊，连忙气喘吁吁地赶到午门，却早已迟误了大臣上朝的班时，而这一天却不寻常，是光绪帝的寿辰，按照清廷的礼节，这一天在京的百官都必须按时到朝为皇帝祝寿。身为朝廷重臣，左宗棠的失误是很严重的失节。他一进宫殿，就请求朝廷给予处罚。可即使是这样，宝鋆一伙依然以此为借口，要求治左宗棠之罪。

左宗棠的一位亲王老朋友见形势危急，站出来为左宗棠辩说，慈禧太后念其年高功多，不忍心一下子抹掉他的业绩，但依然下旨免去了左宗棠的总理衙门上行走之职，并以年事已高为由，让其少参与政事，致使左宗棠坐"冷板凳"。

一日，左宗棠受太君之命，来总理衙门处理一则英国商人走私逃跑事件，当左宗棠义正词严地驳斥对方的狡辩，使他们狼狈地低下头时，忽然发现自己收集到的事实材料不见了。原来，宝鉴等人为了让左宗棠出丑，派人偷换了左宗棠收集的材料。左宗棠只气得当场吐血，但他心里更明白了，自己的雄心抱负及雄才大略，在这犹如污浊水的官场上已付诸东流，无法逆转了。

左宗棠性格耿直，作为朝廷要员，他口无遮拦。东宫慈安太后突然去世，朝中有人怀疑是被慈禧因想独霸朝政而使的手脚。左宗棠是个心直口快之人，他一听这事，心里十分悲痛，连夜进宫，不觉毫无顾忌说："今天上朝我还看到太后和往常一样言语有力，我不相信是寿终天年，一定另有别因！"不想此言被陪伴的太监听去，报告给了慈禧太后，这下可触犯了慈禧的禁忌。她大发雷霆，对左宗棠的态度一下子转了一百八十度。第二天，左宗棠上疏告老归乡，退出仕途。

公元 1881 年 9 月 6 日，朝廷下旨外放左宗棠为两江总督兼南洋通商大臣。从新疆到北京，左宗棠天真地指点江山，雄心勃勃地要革故鼎新，到头来落了个被革去军机大臣的官职，发配到南京去任两江总督，在官场上，他败下阵来。光绪六年（公元 1880 年），清朝廷调左宗棠到京任军机大臣，不到两年，又调他去南京任两江总督，因同主和派李鸿章政见不合，便以休病为由，向朝廷奏请。公元 1884 年，清朝廷又起用左宗棠督办福建军务，时年七十三岁的左宗棠上任后"伏波伏草使之慨，其它甚坚"，一面增兵台湾，一面整顿闽江军务，固守边防，他奉命往福建督师，指挥闽海战役，并亲自上阵。在左宗棠抗击法国侵略者取得胜利的形势下，软弱无能的清政府与法国签订了《中法天津条约》，造成以胜为败的结局，左宗棠对此十分气愤，上奏朝廷，拒签和约。从此，他忧患在心，一病不起，吐血七天，昏迷不醒。光绪十一年（公元 1885 年）左宗棠死于福州，享年七十四岁。

左宗棠是我国晚清时期一位伟大的人物。他既是政治家，又是军事家。作为一代军事家，他精通文韬武略，娴熟兵法战阵，能征善战；作为一代政治家，他有着深邃的谋略思想，时刻维护着国家尊严。若不是左宗棠的态度坚决，并置六十多岁高龄于不顾，毅然决定率军收复了新疆，就不会有中华民族的这一百多万平方公里的完整土地。时人有诗云：

能征善战旷古才，爱国保国满情怀。剿杀贼寇志不移，高迈年龄全不顾，六十挂帅保国土。转战北疆又南疆，七万兵马势雄壮。国土完整人欢喜，人唱伟大爱国将。一代人杰左宗棠，华夏疆土尽彩虹。

后 记

人人都有英雄情结。英雄情结的存在使英雄精神已渗透到我们每一个人的血液之中。事实上,中华民族自古以来就有着自己引以为傲的信仰——对中国文化、对祖先的崇拜。优秀传统文化是一个国家、一个民族传承和发展的根本,如果丢掉了,就割断了民族精神的根脉。中华民族有着根深蒂固的家国思想与情怀,在家尽孝、为国尽忠,天经地义。中华传统文化蕴藏着生生不息的自我更新能力,能够随着时代发展而不断获得新生。

遗憾的是,近年来在一少部分人尤其是青少年中淡忘英雄,忘记了历史。忘记历史,就意味着背叛。"位卑未敢忘忧国",作为一名公民,应自发自觉忧心国事,以爱国精神托举伟大复兴中国梦。创作编写此书奉献给国人,这是我们的夙愿。

2017 年 1 月 25 日,中共中央办公厅、国务院办公厅印发了《关于实施中华优秀传统文化传承发展工程的意见》,意在加强中华文化典籍整理编纂出版工作。铭记历史,讴歌先烈,不忘英雄豪杰们的丰功伟绩,这是中华民族的传统美德,也是我们的责任与义务。

书稿拙作一经寄出,黄河水利出版社的编辑们从"大局意识、核心意识"出发,以弘扬爱国主义精神为己任全力支持。这似久旱禾苗恰逢甘霖,拙作得以付梓发行,在此表示衷心的感谢!著名作家二月河、周大新,本书军事顾问李栋恒(中将)、陶克(少将)、李庚辰(享受政府特殊津贴的国家级专家)、查金路(少将)等对本书的创作均给予了鼓励和指导,在此一并表示感谢!

在创作过程中,我们怀着无比崇敬和感激的心情,尽情表达,但由于水平有限,疏误之处在所难免,恳请读者批评指正!

李荣太　周　宏

2017 年 7 月

作者简介

李荣太，男，1952 年生，河南南阳人，中共党员，中国人民解放军军事写作学会顾问，中国作家协会会员。曾任南阳市国资委政治部副主任。参加工作以来，一直从事文秘工作，撰写了大量的公文总结、报告、领导讲话、论文等，被誉为“南阳工业战线一支笔”，先后在《人民日报》《工人日报》《经济日报》《中国化工报》《中国建材报》《中国纺织报》《河南日报》等多种刊物发表长篇通讯、报告文学逾百篇。他酷爱军事文学创作，曾著有长篇小说《古代将帅演义》等。

周宏，男，汉族，1965 年 12 月出生，河南省南阳市内乡县人，1987 年毕业于南阳师范学院政史系。1996 年底前在教育系统工作（在内乡教育局工作 1 年），任内乡农高教导员、校团委副书记。之后从事新闻宣传出版工作，历任出版社、报社、《杜甫》杂志社及《中华姓氏》杂志社编辑、记者、编辑部主任、执行总编与河南省华夏姓氏文化博物馆副馆长，著有《家训雅集》《五行与姓氏郡望》。